中国近现代稀见史料丛刊【第三辑】

张剑 徐雁平 彭国忠 主编

孟宪彝日记（上）

孟宪彝 著

彭国忠 整理

凤凰出版社

图书在版编目（CIP）数据

孟宪彝日记 / 孟宪彝著 ; 彭国忠整理. -- 南京 : 凤凰出版社, 2016.9
（中国近现代稀见史料丛刊. 第三辑）
ISBN 978-7-5506-2416-0

Ⅰ. ①孟… Ⅱ. ①孟… ②彭… Ⅲ. ①日记—作品集—中国—清后期 Ⅳ. ①I265.2

中国版本图书馆CIP数据核字(2016)第188301号

书　　名	孟宪彝日记
著　　者	孟宪彝 著　彭国忠 整理
责任编辑	汪允普
出版发行	凤凰出版传媒股份有限公司 凤凰出版社(原江苏古籍出版社) 发行部电话025-83223462
出版社地址	南京市中央路165号,邮编:210009
出版社网址	http://www.fhcbs.com
经　　销	凤凰出版传媒股份有限公司
照　　排	南京凯建图文制作有限公司
印　　刷	苏州市越洋印刷有限公司 苏州市吴中区南官渡路20号,邮编:215104
开　　本	880×1230毫米　1/32
印　　张	21.125
字　　数	549千字
版　　次	2016年9月第1版　2016年9月第1次印刷
标准书号	ISBN 978-7-5506-2416-0
定　　价	88.00元(上、下册)

(本书凡印装错误可向承印厂调换,电话:0512-68180638)

袁行霈先生题辞

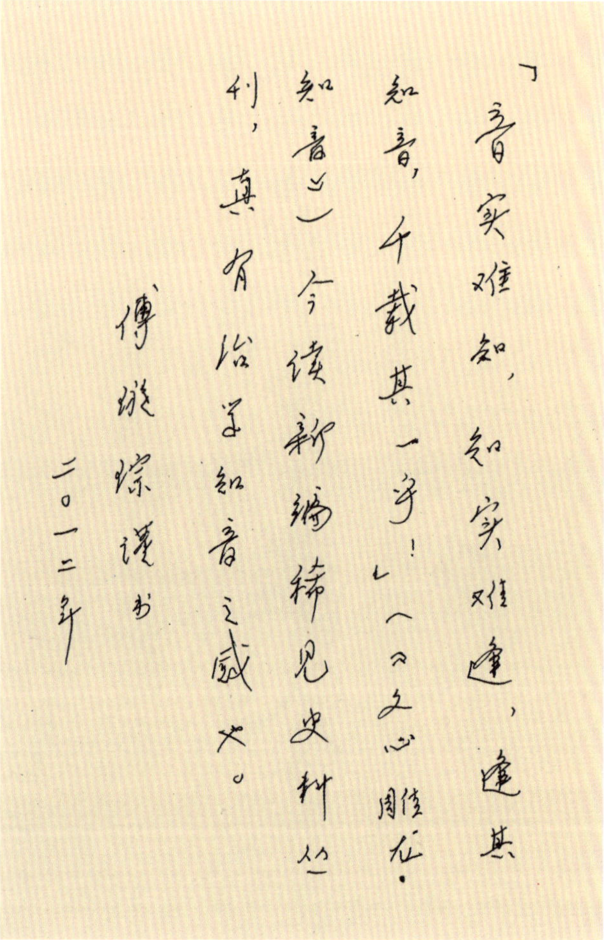

「音实难知，知实难逢，逢其知音，千载其一乎！」（《文心雕龙·知音》）今读新编稀见史料丛刊，真有治学知音之感也。

傅璇琮谨书

二〇一二年

傅璇琮先生题辞

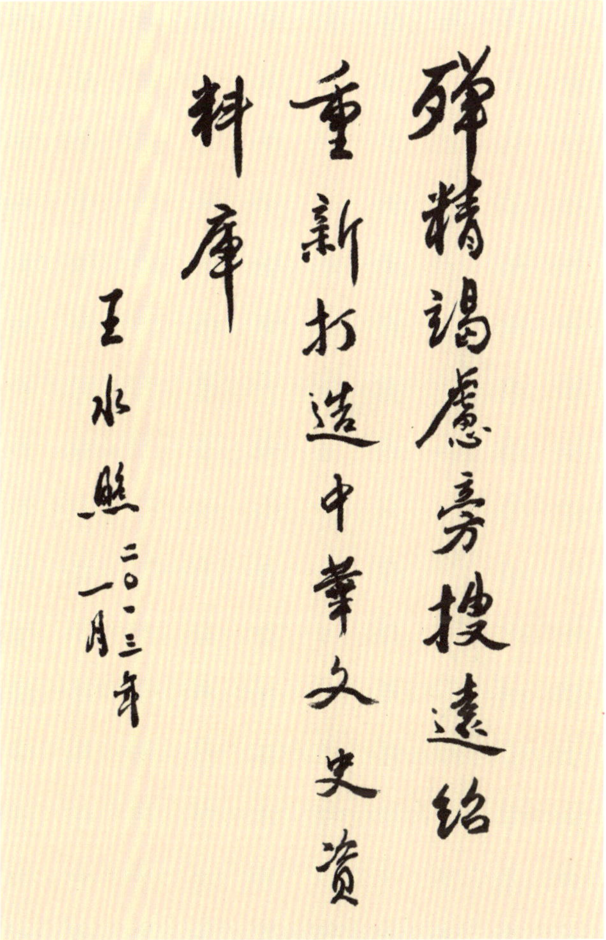

王水照先生题辞

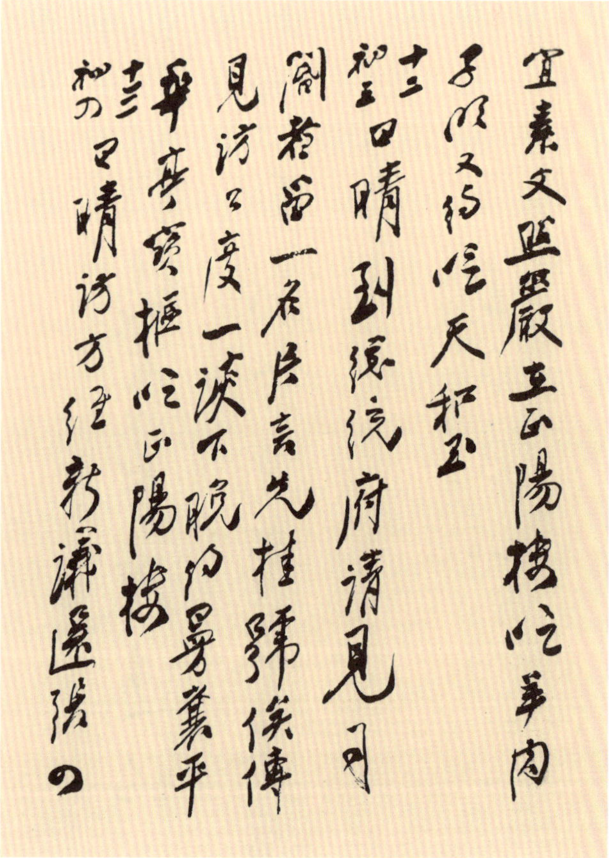

书影一

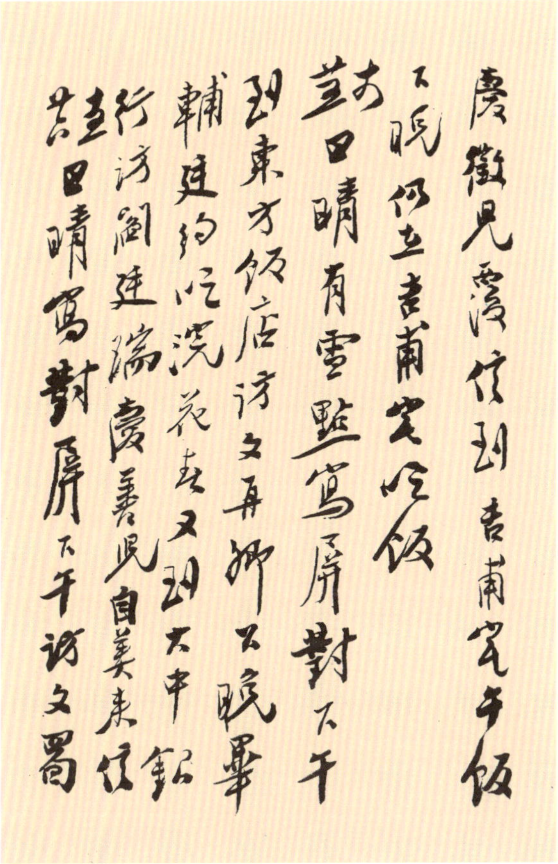

书影二

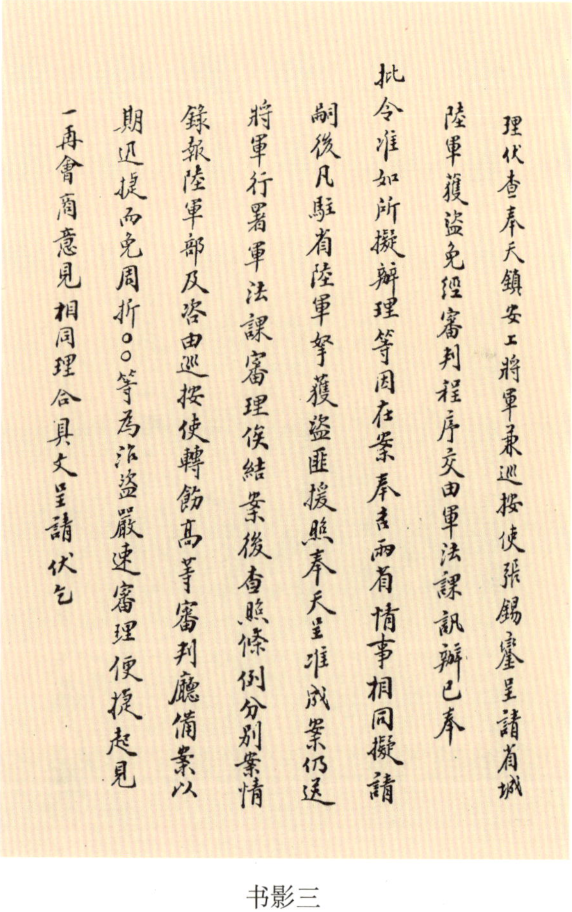
理伏查奉天鎮安上將軍兼巡按使張錫鑾呈請省城
陸軍獲盜免經審判程序交由軍法課訊辦已奉
批令准如所擬辦理等因在案奉吉兩省情事相同擬請
飭後凡駐省陸軍拏獲盜匪援照奉天呈准成案仍送
將軍行署軍法課審理俟結案後查照條例分別案情
錄報陸軍部及咨由巡按使轉飭高等審判廳備案以
期迅捷而免周折○○等為治盜嚴速審理便捷起見
一再會商意見相同理合具文呈請伏乞

书影三

《中国近现代稀见史料丛刊》总序

在世界所有的文明中，中华文明也许可说是“唯一从古代存留至今的文明”（罗素《中国问题》）。她绵延不绝、永葆生机的秘诀何在？袁行霈先生做过很好的总结：“和平、和谐、包容、开明、革新、开放，就是回顾中华文明史所得到的主要启示。凡是大体上处于这种状况的时候，文明就繁荣发展，而当与之背离的时候，文明就会减慢发展的速度甚至停滞不前。”（《中华文明的历史启示》，《北京大学学报》2007 年第 1 期）

但我们也要清醒看到，数千年的中华文明带给我们的并不全是积极遗产，其长时段积累而成的生活方式与价值观具有强大的稳定性，使她在应对挑战时所做的必要革新与转变，相比他者往往显得迟缓和沉重。即使是面对佛教这种柔性的文化进入，也是历经数百年之久才使之彻底完成中国化，成为中华文明的一部分；更不用说遭逢“数千年来未有之变局”、“数千年未有之强敌”（李鸿章《筹议海防折》），“数千年未有之巨劫奇变”（陈寅恪《王观堂先生挽词序》）的中国近现代。晚清至今虽历一百六十余年，但是，足以应对当今世界全方位挑战的新型中华文明还没能最终形成，变动和融合仍在进行。1998 年 6 月 17 日，美国三位前总统（布什、卡特、福特）和二十四位前国务卿、前财政部长、前国防部长、前国家安全顾问致信国会称：“中国注定要在 21 世纪中成为一个伟大的经济和政治强国。”（徐中约著《中国近代史》上册第六版英文版序，香港中文大学 2002 年版）即便如此，我们也不能盲目乐观，认为中华文明已经转型成功，相反，中华文明今天面对的挑战更为复杂和严峻。新型的中华文明到底会怎样呈现，又怎样具体表现或作用于政治、经济、文化等层面，人们还在不断探索。这个问题，我们这一代恐怕无法给出答案。但我们坚信，在历史上曾经灿烂辉煌的中华文明必将凤凰浴火，涅槃重生。这既是数千年已经存在的中华文明发展史告诉我们的经验事实，也是所有为中国文化所化之人应有的信念和责任。

不过，对于近现代这一涉及当代中国合法性的重要历史阶段，我们了解得还过于粗线条。她所遗存下来的史料范围广阔，内容复杂，且有数量庞大且富有价值的稀见史料未被发掘和利用，这不仅会影响到我们对这段历史的全面了解和规律性认识，也会影响到今天中国新型文明和现代化建设对它的科学借鉴。有一则印度谚语如是说："骑在树枝上锯树枝的时候，千万不要锯自己骑着的那一根。"那么，就让我们用自己的专业知识与能力，为承载和养育我们的中华文明做一点有益的事情——这是我们编纂这套《中国近现代稀见史料丛刊》的初衷。

书名中的"近现代"，主要指1840—1949年这一时段，但上限并非以一标志性的事件一刀切割，可以适当向前延展，然与所指较为宽泛的包含整个清朝的"近代中国"、"晚期中华帝国"又有所区分。将近现代连为一体，并有意淡化起始的界限，是想表达一种历史的整体观。我们观看社会发展变革的波澜，当然要回看波澜如何生，风从何处来；也要看波澜如何扩散，或为涟漪，或为浪涛。个人的生活记录，与大历史相比，更多地显现出生活的连续。变局中的个体，经历的可能是渐变。《丛刊》期望通过整合多种稀见史料，以个体陈述的方式，从生活、文化、风习、人情等多个层面，重现具有连续性的近现代中国社会。

书名中的"稀见"，只是相对而言。因为随着时代与科技的进步，越来越多的珍本秘籍经影印或数字化方式处理后，真身虽仍"稀见"，化身却成为"可见"。但是，高昂的定价、难辨的字迹、未经标点的文本,仍使其处于专业研究的小众阅读状态。况且尚有大量未被影印或数字化的文献,或流传较少,或未被整合,也造成阅读和利用的不便。因此,《丛刊》侧重选择未被纳入电子数据库的文献,尤欢迎整理那些辨识困难、断句费力、裒合不易或是其他具有难度和挑战性的文献,也欢迎整理那些确有价值但被人们习见思维与眼光所遮蔽的文献,在我们看来,这些文献都可属于"稀见"。

书名中的"史料",不局限于严格意义上的历史学范畴,举凡日记、书信、奏牍、笔记、诗文集、诗话、词话乃至序跋汇编等,只要是某方面能够反映时代政治、经济、文化特色以及人物生平、思想、性情的文献,都在考虑之列。我们的目的,是想以切实的工作,促进处于秘藏、边缘、零散等状态的史料转化为新型的文献,通过一辑、二辑、三辑……这样的累积性整理,自然地呈现出一种规模与气象,与其他已经整理出版的文献相互关联,形成一个丰茂的文献群,从而揭示在宏大的中国近现代叙事背后,还有很多未被打量过的局部、日常与细节;在主流周边或更远处,还有富于变化的细小溪流;甚至在主流中,还有漩涡,在边缘,还有静止之水。近现代中国是大变革、大痛苦的时代,身处变局中的个体接物处事的伸屈、所思所想的起落,藉纸墨得以留存,这是一个时代的个人记录。此中有文学、文化、生活;也时有动乱、战争、革命。我们整理史料,是提供一种俯首细看的方式,或者一种贴近近现代社会和文化的文本。当然,对这些个人印记明显的史料,也要客观地看待其价值,需要与其他史料联系和比照阅读,减少因个人视角、立场或叙述体裁带来的偏差。

知识皆有其价值和魅力,知识分子也应具有价值关怀和理想追求。清人舒位诗云"名士十年无赖贼"(《金谷园故址》),我们警惕袖手空谈,傲慢指点江山;鲁迅先生诗云"我以我血荐轩辕"(《自题小像》),我们愿意埋头苦干,逐步趋近理想。我们没有奢望这套《丛刊》产生宏大的效果,只是盼望所做的一切,能融合于前贤时彦所做的贡献之中,共同为中华文明的成功转型,适当"缩短和减轻分娩的痛苦"

(马克思《资本论》第一卷第一版序言)。

《丛刊》的编纂,得到了诸多前辈、时贤和出版社的大力扶植。袁行霈先生、傅璇琮先生、王水照先生题辞勖勉,周勋初先生来信鼓励,凤凰出版社姜小青总编辑赋予信任,刘跃进先生还慷慨同意将其列入"中华文学史史料学会"重大规划项目,学界其他友好也多有不同形式的帮助……这些,都增添了我们做好这套《丛刊》的信心。必须一提的是,《丛刊》原拟主编四人(张剑、张晖、徐雁平、彭国忠),每位主编负责一辑,周而复始,滚动发展,原计划由张晖负责第四辑,但他尚未正式投入工作即于 2013 年 3 月 15 日赍志而殁,令人抱恨终天,我们将以兢兢业业的工作表达对他的怀念。

《丛刊》的基本整理方式为简体横排和标点(鼓励必要的校释),以期更广泛地传播知识、更好地服务社会。希望我们的工作,得到更多朋友的理解和支持。

2013 年 4 月 15 日

目　录

目录

整理前言

孟宪彝(1863—1924),字秉初。顺天永清(今属河北廊坊)人。关于孟宪彝的生年,向有1864、1866之说,皆不实。考日记民国二年三月二十八日:“为彝五十一岁生日。”前推五十一年,为同治二年(1863)。民国四年四月五日:“彝值五十三岁生日,向母亲大人叩头。将军及军政均来道贺。以时局艰难,先时谢客,竟辱诸君惠临,留吃早面。下晚,稍备酒食,非敢云宴客,聊为欢聚也。”民国五年三月二十四:“本日为彝五十四岁生日。设香案遥为母亲大人叩头,一堂欢聚,殊为快事。”民国十一年(1922)一月二十八日:“彝则今年六十岁矣。修名不立,老大增惭,特是儿女满堂,虽无富产,聊可饱暖自娱,亦属可为喜悦之事。”亦可证其生年确为同治二年(1863)。其生日,日记历年所载,皆为阴历二月二十一日,如宣统三年二月二十一日:“本日,为彝生辰。设桃面为母亲大人叩头。家中想当欢会一日。此间署中无人知为我生日者。”民国十二年四月六日阴历二月二十一日:“五时回寓,亲友来者甚多。彝本日诞辰,故来相贺,初不敢当也。”

孟宪彝的仕宦经历,可以用其五十二岁时,被任命为巡按使,自己撰写以供呈报的履历概括之:

清光绪十四年(1888)戊子科优贡知县。

二十一年(1895),投效奉天,因获盗出力,保俟得缺后在任,以同知直隶州升用。

二十三年(1897),以知县留奉补用。嗣经中式丁酉科举人。

二十四年(1898),到省。

二十五年(1899),一年期满甄别。

二十六年(1900)六月,檄委署理奉天铁岭县知县,十二月交卸回省。

二十七年(1901),丁父忧,回籍守制,服满照例起复,回省候补。

三十年(1904)十一月,试署开原县知县。

三十一年(1905)六月,檄委代理锦县知县,九月调署承德县知县。

三十二年(1906)四月,调署西安县知县。五月,因剿灭巨匪出力,案内保准,开缺免补,同直隶州以知府仍留原省补用。

三十三年(1907)四月,在辽西防军,获盗出力,案内保准,俟补缺后,以道员用。是月委署海龙府知府。

三十四年(1908)九月,调署吉林长春府知府。

宣统元年(1909)五月,调署双城府知府。六月,补授黑龙江呼兰府知府。

(宣统)二年(1910)正月,调署奉天府知府。七月,甄别属员,保准嘉奖。八月,调补奉天府知府。十二月,升署吉林西南路兵备道。

(宣统)三年(1911)六月,在办理防疫出力,案内保准嘉奖。

民国二年(1913)一月二十六日,奉大总统令,任命孟宪彝署吉林西南路观察使。嗣因造获党匪,案内先后蒙给予三等嘉禾章,并五等文虎章。

(民国)三年(1914)五月,改任吉林吉长道道尹。七月十五日,奉大总统策令,任命孟宪彝署理吉林巡按使,此令。七月二十二日,交卸吉长道道尹篆务。八月一日,接署吉林巡按使任。

民国四年(1915)八月孟宪彝被弹劾卸职,五年(1916)元月十日命令"褫职夺官,非六年不得开复",八月开始办理家乡永清水灾赈,民国六年(1917)五月为省候补参议员,经曹督军、孟督军、李督军呈请为之销去处分、量予起用;九月奉大总统令,特派督办永定河河工事宜。民国八年(1919),入政治组织安福俱乐部。民国十年(1921)九月,获大总统授予一等士绶嘉章。民国十三年(1924)病逝于天津,享年六十二岁。

《孟宪彝日记》记载了宣统二年(1910)至民国十二年(1923)间,其任职、罢职、办理河工赈济、经营煤矿铁路等实业情形,以及十数年间中国社会、家庭、人民精神面貌所经历的种种变化。可以说,《孟宪彝日记》较全面地反映了清末民初这十余年间,这段中国历史上最为风云变幻、波谲云诡的历史时期,政治、军事、外交、经济、医学、社会各方面的镜像。

政治方面,诸如清帝逊位、袁世凯任总统、张勋复辟、南北议和、五四运动时各地学潮,孙文、黄兴革命,北洋政府等等,在日记中,如走马灯似的演绎着中华近现代的纷乱、混乱和革新、进步。而多省督军驱逐省长而自代,如同军队中的师长驱逐督军而自代一样,是那个特定时代的烙记。清廷振贝勒出访受辱于英人,被视为三等弱国,刺痛的不只是一个贝勒。还有安福俱乐部的集会、活动,参众议院开会多因议员不到场达不到法定人数而罢,反映出议会制在中国的存在状态。如关于张勋复辟,民国六年七月一日载:"早九时,由家起身,午后二时到郎坊。四时,搭车入都。下车,见街市龙旗飘扬,甚为骇怪。问之车夫,云宣统又作皇上。当即到寓,觅报纸一看,多系张勋伪造之上谕,为之心悸不止。草草一饭,即到树村处,乃知树村因病痊愈,急拟旋吉,昨日到总统处禀辞;又晤两总长谈之,时间甚长,未免疲倦,旧疾复作。为之焦急者久之。"二日的相关事件是:树村将军"又受宣统上谕为吉林巡抚,真有进退不得之势"。三日全文为:"早,快车回津。津市上亦挂龙旗。朱家宝已授民政部尚书,其归心帝制也可知矣。”四、五、六无，七日为：“王枢辰自清来，言乘车到故城，闻官军派车逐返，由水路来津。姚荚村来访，谈永固设银行事。下午，庆徵儿自北京归来，北京已两日不通车。言车上插英人旗帜；车到丰台，正值两军开战，客人多下车避之，迨车行时，妇女有不及上车者。凄惨情形不能名状。车后不远，由飞艇上抛下一炸弹。真无人道主义者。车上一日人，腿上受弹伤。此行诚危险也。徵儿之来，洵可喜也。”八日相关事件为：“又致亦云信，问树村督军可以微服出都否。午后，上南京冯大总统电，贺依法即任之喜。”其实是冯国璋代替黎元洪为临时大总统。九日无，十日全文为：“辅廷、柳丞来访。绣章来访。敬宜自京来访，言张勋经英法两公使调停，令其兵队解除武装，乃忽变卦，令兵队在永定门内开挖战壕，不惟民国所不容，亦外交团之公敌等语。张镇芳、雷震春，助逆者也。前日，亦获之于丰台车站，冯德麟获于津站。溯自张勋来津之初，警岗清道，气焰不可一世，今几何时，一败涂地！倡乱之雷、张两伪尚书，亦身名俱裂，为天下笑。冯德麟无逆迹，当释出矣。下晚，约伯玉、豁然、药生、申甫便饭。”见当时人对帝制、对张勋复辟的态度。十一日无，十二日日记全文为：“早起。访敬宜，同吃牛肉馆。到车站，知早间所开之车只到丰台永定门。两军已开战。又闻铁路局云：张勋兵已投降，张勋已入英使馆。果尔，北京三五日内可平定也。闻孟树村督[军]已于昨晚回吉。写寄一信，附入二弟信内转交。下晚，伯玉约吃便饭。”中国现代史上很重要的一段插曲，就这样草草告罄，其于百姓日常生活之影响，亦不过“骇怪”、“心悸”、“凄惨”、“无人道”，附从张勋者被称为“公敌”、“助逆”、“倡乱”、“伪”、“身败名裂”等，整个复辟过程如同一场闹剧，而百姓（孟宪彝当时已经赋闲）则是为朋友（树村将军）焦急，为儿子平安归来喜，照常约朋友便饭，复辟只成为百姓宴会相聚时的谈资而已。

军事上，辛亥革命爆发时东三省的助清，蒙旗的叛乱，俄罗斯、日本对中国的虎视眈眈，列强对中国的干涉、瓜分，直奉之战、南北之争，还有政客与军人错综复杂的关系，在《孟宪彝日记》中都有一定记载。如收藏在故宫博物院的赵尔巽全宗文档，有宣统三年七月二十七日、宣统三年十一月初二日，东三省总督赵尔巽致吉林西南路分巡兵备道孟宪彝的电稿两封，又有作为吉林西南路分巡兵备道的孟宪彝，于宣统三年九月二十一日、十月初一日、十月初八日、十二月十三日，民国元年二月十九日、二月二十一日、五月十四日呈给东三省总督赵尔巽稿和函件多达七封，被作为"东三省辛亥革命史料"；还有民国元年六月十一日、六月十六日、七月一日、七月六日、八月十二日，吉林西南路分巡兵备道孟宪彝致赵尔巽的函五件，被作为"蒙旗叛乱及私运枪械史料"。这些史料，倘结合孟宪彝日记中宣统三年、民国元年的相关记载对读，便可见当时吉省的乱象，孟宪彝频繁地向督宪、抚宪报告，督宪、抚宪不断地接见、指示他的情形。

外交上，《孟宪彝日记》主要记载了他在吉省时，与俄国、日本，尤其与日本的职事往来。"弱国无外交"、"外交无道德"是他感触最深的体验，日本人的蛮横无理，中国兵、警、民的无知颟顸，往往使事件变得艰难、复杂。在他与日人的交往中，他总结出应该据理力争、不卑不亢、坚决抵制日人无理要求的经验，这颇与日本国民性格一致。他还关注日人对东人（朝鲜人）的奴役和侵略，并对天津日租界现代景象、日人的团结爱国，日本人的国民性非常羡慕，如民国四年十一月十日，阴历十月初四日，天气微阴有风，他已经免职在天津作寓公，日记记载："本日为日本天皇加冕之期，日界旭街及公园各处街口高搭彩棚，悬灯庆祝，商户居留民提灯志贺。其国家气象真有蒸蒸日上之势。我国家何日方能到此地步？为之翘盼不已。下晚，到瑞蚨祥吃晚饭。归时，电车至东南城角停驶，以日界游人观光者异常拥挤，不准行车也。"同样，他涉及外交的日记，也可以与一些外交呈文、咨文相互参照，如据《中日"二十一条"交涉史料全编(1915—1923)》载，民国四年六月三十日，《外交部发奉天巡按使张元奇、吉林巡按使孟宪彝电》；孟宪彝的呈文，则有《外交部收吉林巡按使孟宪彝咨陈》

(1915年7月12日),《外交部收吉林巡按使孟宪彝呈》(1915年6月7日),《孟宪彝为吉省财政困难拟向中国银行借款等事致徐世昌函》(28日),《孟宪彝报告吉省与日俄关系之现状并为德奥俘虏治冻疮事致徐世昌函》(29日),《孟宪彝就中日二十一条关于东三省行政事务问题之意见致徐世昌函》(18日)等。

经济上,孟宪彝在吉省改革金融币制,大力发展林业、矿业(铜矿),清丈土地,经营商埠地,招商引资,邀请实业巨子张謇来考察,成立兴业公司,设立戏院、当铺、客栈,鼓励旧城商人迁入商埠地开办工厂、商店,甚至将分散的妓院也迁到商埠地,办成一条街;铺设大马路,成为长春最早的现代化大马路。这些措施,有的成为他被弹劾、遭人诟病的口实,如办妓院,但他对吉林地方经济发展的贡献,功不可没。去职后,他自己又经营煤矿、铁路、盐业等等,见出其经济思维之活跃和经济能力之强。

至于受命扑灭鼠疫一端,确为孟宪彝生平中光辉的一页,值得大书特书,它广泛涉及中日不同的卫生观念、中医西医之异及其优劣之争、现代医学人才的培养等多方面,因已经引起学者关注,兹不赘述。

日记中还有大量的观剧的内容,记载他在北京、天津大都市的观剧,及在地方乡村所见带有民俗色彩的演剧活动,其中记载的演员姓名就有梅兰芳、王蕙芳、王凤卿、吴彩霞、谭鑫培、盖叫天、杨小楼、刘喜奎、余叔岩、于振廷、孟小如、胡素仙、刘鸿升、林颦卿、黄天坝、赵云、杨瑞亭、李吉瑞、三麻子、李连仲、马连良、郭仲衡、恩禹之、李绍儒、小于三盛、吴少霞、吴铁庵、松介眉、王君直、贾洪林、王佑宸等数十名之多,戏剧种类则有传统戏、文明新戏,表演则有专业演出与票戏。这些日记,内容非常丰富,反映了当时戏曲演出的盛况,演员的生存状况,传统戏曲与现代电影的竞争等等。难得的是,孟宪彝往往还对演员的表演做出评论,有时发表他对戏剧的认识,体现了他的戏剧观念。

孟宪彝"九岁时入学,先严督责之甚严,以为己之学不成名,望之于子也。学字,教之以柳帖,口讲指画,一笔一画皆手书以示之。宪彝十四岁读十三经讫,乃为文,受业于李明吾、朱浣思、朱子宾、宋敬甫诸先生,每于下学归来,先严日日必命题,或令为试帖诗,或为时文数段。尝告以韩子所谓'业精于勤'者在此。彝十八岁入邑庠,先严督教有加,间日命为制艺一篇;作字不善,尝切责之,并罚跪,令改作……二十三岁,乙酉乡试报罢后,先严令随常醴若孝廉入都求学。宪彝二十六岁举优贡生,明年朝考,以知县用,屡赴乡试不售。先严令出关,以知县投效于盛京将军依诚勇公,充文案委员,翌年来京赴行,就便乡试,中丁酉科举人"(民国七年撰《清封通奉大夫孟诚叔公行述》)。故其虽是政客,兼为书生,十四岁时读完十三经,以及幼习柳字的学历,对他的一生都产生了重要影响,其日记文字的书卷气,不俗的书法,大量的对联、挽联、书画名目,以及诗歌作品,无疑都增加了日记的文化含量。

孟宪彝与民国总统、副总统、国相曹锟、黎元洪、徐世昌等有一定私交,如他称曹锟为仲珊(曹锟字)三哥;与当时的军政要人、各省督军、省长,以及各部门长官、议员等,也有交往,故《孟宪彝日记》,可以毫不夸张地说,以一个亲历者的身份,记载了清民之际中国社会政治、军事、经济、外交、民风民俗等方面所发生的鲜活的事件、事情,反映了中国社会所发生的各方面的变化、变革,中国社会走出封建制迈向近代的艰难步履和可喜、可惜的历程。

日记中还涉及近现代一些名人,虽然这些人出现的次数不多,但对研究这些人,补充其年谱或者编年事迹,依然有一定价值。如章太炎(1 次)、梁启超(5 次)、傅增湘(2 次)、张謇(10 次)、张伯苓(3 次)等等。其中一些记载,如傅增湘在肃政史任上曾经密告弹劾孟宪彝等,为了解历史人物增添了一些可资参考的细节和新的角度。

国家图书馆所藏《孟宪彝日记》稿本二十三册,可称巨制。因年时较久及入藏前保存条件差等原因,日记时有漫漶不清,且第二十二册已经无法装订。同时,令人遗憾的是,这部重要的日记并不完整,虽然时间跨度从宣统二年至民国十二年，但并非这十四年间全部都有记录，有的年份内容较少，有的月份全缺，有的日期无内容。具体列表如下：

	一月	二月	三月	四月	五月	六月	七月	八月	九月	十月	十一月	十二月	闰月
宣二												3天	
宣三	√	√	√	√	√	√				√	√	√	√
民一	√	√	√	2天					10				
民二			19天										
民三									22天	√	√	√	
民四	22天	√	√	√	√	√	√	√	√	√	√	√	
民五	√	√	√	√	√	√	√	√	√	√	√	√	
民六	√	√	√	√	√	√	√	√	√	14天			
民七									1天				
民八		√	√	√	√	√	√	√	√	√	√	√	
民九	√	19天											
民十					22天	√	√	√	√	√	√	√	
民十一	√	√	√	√	√	√	√	√	√	√	√	√	
民十二	√	√	√	√	√	√	√	√	√	√	8天		

整个民国七年，无日记。惟有署时为“戊午旧历八月初五日草”的《清封通奉大夫孟诚叔公行述》。戊午为民国七年，旧历八月初五，为阳历九月九日，原次于民国六年七月廿九日后，今移于民国六年十月一日至十四日之后，聊补一年之缺。其它几篇文件一起移动。

日记存在的另一问题是严重错简，具体按年月排比如下：

宣统三年一、二、三、四月，五月二十二日，六月，闰六月十八天，十月，十一月，十二月；

民国元年一月，二月，三月十八，四月初一、初二(无内容)；

民国二年三月十日至二十九日；

民国三年十二月五日至三十日(无内容)；

民国四年一月十日至卅一日，二月，三月一至九日；十二月九日至卅一日

民国五年一月至七月，八月一日至十三日；

民国四年七月，八月，九月，十月，十一月，十二月一日至八日；

民国五年八月十四日至卅一日，九月，十月，十一月，十二月；

民国六年一月，二月，三月，四月，五月，六月，七月一日至二十九日；

民国七年旧历八月初五日草拟《清封通奉大夫孟诚叔公行述》；

民国六年七月卅日、卅一日，八月，九月，十月一日至十四日；

民国八年二月至十二月；

民国九年一月，二月一日至十九日；

民国四年三月十日至卅一日，四月，五月，六月；

民国三年九月九日至卅日，十月，十一月，十二月一日至四日；

民国十年五月十日至卅一日，六月至十二月；

民国十一年全年；

民国十二年一月至十月，十一月一日至八日；

民国元年九月一日至十日。

其混乱状况可见一斑，阅读时令人经常生疑。如孟母在民国七年已经去世，而日记的最后部分，民国十二年十一月之后，却有关于其母健在的记载，如“初十　二十九日己丑”载：“本日为母亲大人寿辰，绅商各界均来称祝，设酒面款待。”这实际是民国元年的事情，若不理顺，实在不合情理。以上排列，是经过考证、整理而排比的，不少日记并无具体年份甚至月份，笔者为此耗费大量时间和精力，反复阅读数遍，在通盘认识、全面掌握的基础上，参考有关历史年表，为每一

天的日记确定其年、月，最后一一标出，使每篇日记都有具体的年月归属。今即按照厘定后的次序，重新排列。至于日记中穿插的呈文、尺牍，日记后总附的文件，一仍其旧，即使时间排列有误；其表示尊重而空格、抬头等格式，悉仍其旧。

由于稿本手书，文字写法不一，同一人名会有两种、三种甚至更多的异文，如“敬宜”与“敬一”，“饱帆”与“保帆”，“拉甫洛夫”与“喇甫洛夫”、“拉甫劳夫”，“侗伯”与“桐伯”，“董佑丞”与“董佑成”、“董右丞”，“朱侠黎”与“浃黎”，“高子占”与“高子詹”，“朗昆”与“郎昆”，加上人称接近，如“程桐伯（侗伯）”系其妹丈，而另有“郭桐伯”、“郭诇伯”司使、省长，还有“叶勤唐”与“柴勤唐”，一旦省称，就不易区分。地名如廊坊，有时写作“郎坊”。另外，清代满族人姓氏多有不断改动者，本日记中，同一名“祝三”之人，时而曰多祝三，时而曰庆祝三、王祝三、佟祝三，显得比较随意。根据整理的一般惯例，也是尊重日记作者，这些不同写法予以保留，不做强行统一。原稿署时或公历或旧历，或公历、旧历混用；混用时，或公历在前，或旧历在前。今亦仍其旧，不强行统一。而明显笔误，则径改或随文加符号标识。原行文空格处，为补“□”识之。

彭国忠

二〇一六年元月二十五日凌晨二时

于沪上

清宣统二年

庚戌腊月二十七日

下午六钟，蒙督宪传见。先出一手折，系密查委员禀报长春李季康观察封闭店房，拘留无病之人，并病院无人经理，以及南城外死尸十数具、被拘分食，种种不合各情。旋又出示简帅覆电，令彝接署西南路道等因，并谕令即赴长接印，妥办防疫事宜。又谓：尔在省诸事拘束如辕下驹，兹今独当一面，好自为之云云。当即往谒民政司，告知一切。适督帅传见民政司，令催促于廿九起身，务须初一接印等语。所有奉天府篆，委承德县忠令暂行兼护。

二十八日

谒交涉司，谕令饬工修造已故英医嘉大夫坟墓栅栏。当饬承警务长照办。到警务局办理交代一切事宜。晚六钟，蒙帅传见，仍催令速往接印云云。仍回警局办事。

二十九日

早起，到列宪及寅友处辞行。到警局办交代事。以用款纷歧，亟须清理也。晚六钟，到督帅处辞行，谕以防疫应办各事，并交民密电码一本。濒行，谆托之曰："为我救百姓要紧！"声泪俱下，曷胜酸痛！只好对以尽心力为之而已。出，行至二厅，晤王荫轩，略谈数语而别。又到民政司处，申谢一切栽植之意。回府署，设香案，供奉天地神位，遥叩母亲大人年喜，同堂话除岁事。九钟，起身到防疫事务所，与孝侯谈及今午有派往车站治病之中医官啜德铭，染疫身死，韩交涉司许给赏恤银壹千两。谈次，接公署电话：王荫轩不时许病故矣。为之凄楚不已。拜辞同事各人，登车赴车站。半路，访日警察署长佐佐木，不值；到车站，警局诸同人均来送。访铁路中村总裁。适长春松原领事到奉，畅论防疫应行各事。南满公司派米良贞雄来送。十一钟二十分，登车北行。同车为约来长防疫之舒君仙舟，名癸甲，日本留学最重卫生者。风雪交作，夜不成寐，口占七绝，语近俚俗，聊以纪实云："帅谕先闻痛哭声，声声为我救民生。灾黎待拯伤心事，除夕征车急北行。"

清宣统三年

宣统三年岁次辛亥　正月初一日庚子　元旦　微阴

八钟，到长春车站。何子彰太守、陆竹君、李海如来迓。季康观察派车来接。先到中学堂下车。绅界毕辅廷、薛润堂等，商界总协理史镜斋、祖萃林等，检察厅厅长孔笠杉，及官界旧同人等，均来见。防疫局总办黄芝堂观察来访。均略谈防疫各事。午饭后二钟半，到道署接印视事。晤季康观察，略谈近日防疫事。入城，到西三道街防疫局，回拜黄观察，并晤中西各医官，及局内诸人。芝堂观察出西洋医学毕业，通英文，人极诚朴。看其所作事，亦结实。得此相助为理，幸何如之！下晚，回公馆。将此一日事草书大略，托王荫轩之侄王耀宗旋奉之便，代呈督帅，并派人明早送南行赴奉者数人。

初二日辛丑　阴　雪

到防疫局。粗定规则，并找木工，催令限六日成棺木一千七百具。以从前每棺价中钱四吊，薄木恶劣，且现锯木而工费，兹则令以制成旧有材板作棺，工省而速，不过九、十吊钱，较前为费，较之奉天每棺六七元者，省而美观也。令赵队官多雇人刨坑。午前，奉督帅电，令照哈埠火葬等因，当复以死尸不过百十具，掩埋尚来得及，暂可不用火葬云云。下晚，上抚帅电，言初一接印，当与黄道晤商防疫办法，俟就绪，再晋省请示机宜等语。城内陆军死者不令棺殓，当即往访三镇曹仲三统制，言定办法，并求管翼之执法官为防疫局参议，为制服军队也。

初三日壬寅 晴

早九钟，访英医院丁大夫，讨论防疫方法，并请其出而相助。慨然允之；更言明后已有美医杨大夫由北京来，系防疫好手，到时再作区处。丁在长多年，商民信服，俾其出而助理，于防疫前途大有裨益焉。早饭后，入城，回拜商会、审判、检察官商各寅友。晤子彰，一谈。到防疫局，商定取缔澡堂、理发铺事，并招工刨坑事。

初四日癸卯 晴

到防疫局。适绅士薛景州来局，以疑似病院不收财政处病人，大肆不平，并声言西医之不办事等语。当会毕辅廷为之解劝，不得伤众云。子彰明早赴放牛沟，会同吉林府双阳县，聚议限制行人来往，以杜疫疠传染焉。

初五日甲辰 晴

早八钟，派车到日车站，接美医杨大夫怀德，送入丁大夫医院。午后一钟，往拜日领事松原一雄，畅议防疫各事。是日，松原适种配司脱血清，预防疫气之传染。当为言防疫在事各人及巡警等，均须注射血清以自卫云。下晚，到防疫局办事。晚八钟，韩毓松、熊友璋两员均由奉来长，晤谈奉事。写致张珍午司使长信。灯下，写上督帅草书长禀。夜分三钟，始就寝。

是日，晤松原领事后，拜访美医院杨大夫，晤谈甚欢。据言能制配司脱血清，较购自外人者为优；须过一星期制成。引之看视其制药器具。到兴亚药房，晤王寿山，请其到杨大夫处，为之购买应用制药未备器物。闻须电致日本购买，先须日金三百馀两焉。

初六日乙巳 晴

美医杨怀德来访。日领事松原一雄来答拜。南满铁道会社细野喜市、田边敏行来拜。均与之言近日防疫所办各事，并致松原一函，求其转向南满公司,暂借能注射一千人血清应用,照数交价等语。到防疫局办公。下晚,二道沟东清铁路交涉委员姜继业来,言俄员拟令栈店各户全数逼出界外,并拆毁其所居房屋,以杜疫氛,恳为作主等情。告以明日往拜俄领事,再为区处云云。友人多祝三带其子由奉来长,接其到署住宿,倾谭至夜分就寝。

初七日丙午　晴

十钟早饭后,送祝三到二道沟,上俄车。据站长言,今晚有北车送苦工一百五十人来长云云。往拜俄领事拉甫劳夫。在长旧交,两年不见,晤谭甚欢。与言二道沟栈店小本营业,为防疫起见,暂停其营业,每家只留两人看门,何如?该领事首肯,不意往见俄武官,据称伊奉防疫驱逐华人命令,领事不得干涉等语。万不得已,告以华人系我子民,我必为之安置;惟租地皮盖房不得擅自拆毁,且系西北路道交涉之事,必与之议定暂封房间则可,亦不得拆毁也。定准后日即令华人百人将行李物件携入我界,房屋暂封,俟疫气净尽再行归来云云。到交涉分局,告知姜委员会同田翻译相机办理,柔固不得,太刚亦恐决裂也。到防疫局办事。致张孝侯一信。

初八日丁未　晴

见客。午后,到防疫局办公。日来老虎沟刨坑苦工染疫,死者数十人,以致招工不得。不得已,遵用火葬。会议焚烧之法。督帅电谕:南满铁路公司助三省防疫费十五万元,悉准收受。分给长春五万元,饬即具领云云。

初九日戊申　晴

拜客。丁、杨两大夫来,谈到防疫局催促火葬事。下晚,新派吉林清理财政官栾笑髯,吉林交涉司佥事傅写忱,由奉来长,接入署中,详询奉垣近数日事,知尚安静也。督帅来电,饬令城关大扫除,疫病自消，不日派员查看云云。

初十日己酉　晴

铁路公司细野喜市，并带同能制火葬场人平泽怡平来访，以绘图示之。平日焚化每日百尸之场，不过日金一千馀元等语。饬开埠局巡警汪局长严查商埠房间。小店、伙房固早封闭，即小营生之吃食铺，亦令暂停营业；即无病者之家，并宜日日清查，为之消毒。到防疫局办公。奉天防疫总局派差送药到长，令转送哈埠，再转江省备用。

十一日庚戌　晴

早起，到防疫局，派令前借陆军之医官刘文炳、张汇川回镇，以哈埠派去陆军需军医也。致奉天张孝侯电，借拨医学生十人，不知能否到来。送栾监理、傅佥事登车赴吉省。到防疫局。又到城外老虎沟，监视火葬之法。分挖九坑，每坑一百馀尸。共计城乡未葬尸棺，以及搜罗四乡未埋尸躯一千二百馀具。尸下垫以木柴秫秸，洒以火油、芝麻引火避秽之物，举火焚之。一炬之馀，为之潸然不已。死欲速朽，佛重火化，东西各国皆用火葬，特我华人丧葬习惯无出此者，兹则官绅商民皆以火化为然。或者为转移风气之先导乎？回局，定局员薪水。昨日，奉督帅佳电，言外部电：据日使来称转据奉天总领事小池报告，长春新道台忽将隔离留验贫民全数放走，以致疫疠蔓延，日盛行，令查复。帅意以为监于李道办理之未善，致放留验之人，亦属办理不能妥当，仍宜留养；经医官验明，无姑准放行等语。今午后覆督帅电：查李前道腊月所设之贫民留养所，城西五里堡、二十五里堡，年前二十七、九日两日，贫民皆去，该所均已撤去。自彝正月初一日到任，查东所十五里堡只馀贫民廿四人，验明无病放行者九人，死十二人，馀三人无病，拨充掩埋队苦工。该所亦即撤去。此有卷可查，质之日领报告，虚实不辩自明。疫氛正炽，忧惧方深，万不敢草率误事，请纾慈廑等语。并以此电电禀简宪备查。奉天清和公司经理何世珍来函，言购药事。入夜，北风极紧。

十二日辛亥 阴 雪

十一钟，到日车站附属地防疫会，拜答日人细野、田边两君，并申谢铁路公司助日金十五万元，为东三省防疫之用，长春分得五万，灾民受益匪浅云云。更详言此间防疫办法，以及应需平泽君为制火葬场事。到防疫局办事。老虎沟尚存未烧之尸棺多具，仍催金队官寿山赶办第二次火葬。江家店雇工刨坑，已成八尺深之坑多处，约可埋三百尸棺，所有农神庙前存尸棺，拟将即催令运往埋葬。昨午，接奉垣张民政一函，极为嘉勉。督帅赐函，言凡作一事，必须实行到地，前道专讲表面浮词，焉得不败？人可欺，天不可欺。又言治病者当求其源，聚数百肮脏龌龊之苦力拥挤一处，即无疫疠，以足致疾，况又冻馁之，以速其毙，是造孽也。忝为民牧，抚躬自问，能无悚然？故所宜注意者，救生尤急于救死，隔离、留养二事，办理得法，自必渐少死亡。所内宜令医者时时诊验，勿使病人搀杂其中；倘一有疫毙，则同居者受其传染，皆陷于危险矣。留养苦力由官日给饮食，其穷苦无绵衣者，当商同同善堂施给，或由官制给，作正开销；室内常令温暖，柴炭茶水毋缺于供。每室能容几人，量房间之大小以定名额，勿使炕上炕下泥草污积，致碍卫生。所最要者尤在随时躬亲查察，庶在差员役皆肯勤奋图功，作福作孽全系乎此。再：在长旅工须饬属一概暂行截留，妥为安置，切勿再任南行，是为至要等语。敬聆之下，感悚交并，敢不切实奉行，用纾宪虑？下晚，作书禀覆帅坐，言奉钧谕，重之隔离留养两事，警之以作福作孽一言，痛下针砭，谨当遵办等情，拉杂书至夜分二钟始就寝。

十三日壬子 晴

十钟，到丁大夫医院，看视杨大夫作防疫血清药，并以千倍显微镜看视疫毒微生虫，有状类小米粒十馀粒，一联如穿珠者，有如散沙者。西医之研究殊堪佩服。详细看其制造血清物件，闻须四五日可出注射数百人之血清。问之，正以催其速成好救急也。上午，日人细野、平泽两君来，谈定于午后平泽到防疫局，派人同往城外，查视能造焚尸场地方。到防疫局办事。下晚，同黄芝堂、何子彰出南门外，看视新造之隔离所。屋内尚干净。院内木屋尚未成。惟院内马粪堆积，应令速即除去。由大桥下顺东城根北行，至水门子以南，有由城内运出之雪堆，置满路两旁，沟内弃棺十馀具。何巡警之不理，稽查之不查耶？当饬何守回局时，将该区警严惩，并速运载道之雪尸棺，速令刘才埋葬队长运赴姜家店埋葬。又到东关，看视隔离所。屋内布置极为洁净。北院屋宇尤好。惟院内亦有粪秽，特凝冻之物，除之不易耳。入东门，见有用爬犁拉运重病人者，岗警不加禁止，令其行走小巷，形同木偶。当下车，将该警严词斥责。甚矣！警兵之程度，尚远逊于奉天也。灯下续作上帅书，共成万馀言，据实直陈，不敢有所忌讳。至十二钟就寝。上午写寄家信一件，言自治会令提倡裕永官银号事；现下欠账甚多，尚无法归；楚安有馀赀入银号，股本容后日设法筹策云云。

十四日癸丑　晴

早十钟，到防疫局办事。催饬金寿山举行老虎沟第二次火葬。约计三坑，尸棺四百七十馀具云。饬金局长速饬长警严查商民栈店，各家存积冻雪秽物，限三日运至城外远方空地，以资清洁，免为疫疠之媒介焉。并饬城乡巡警搜寻死尸，有即掩埋，以清馀毒。下晚，到大成烧锅看视，两处隔离所正在工作，规模尚有可观。商埠警务公所获一沿河洒药之人，谣言遂起。当饬金局长不可张皇致人惊惧。迨严讯之，乃知为广东人不令香灰抛弃，以字纸包之，掷之河流者。人之迷信，竟致成洒药人之谣言。当令取保释出，并出示禁止谣言，以安人心。甚矣！不可轻举妄动也。此等洒药之事，奉省闻之熟矣，故一见而知其妄也。接奉天韩交涉司元电，言闻日人在长春派兵入城查疫，留难商民云云。当即电覆，实无其事。又奉督帅元电：外务部电称杨大夫到长春，道台接待甚优，购置零件及邮电各费，均须供给云云。当覆电：遵照办理矣。俄守备队统领斯且潘切，俄领事喇甫洛夫来答拜，均畅谈，并论防疫事。回拜伯都讷协领忠俊臣，不值。二道沟姜委员来见，告以该处设有防疫分所，应请帮同办理该处火葬事宜云云。

十五日甲寅　微阴

日人细野、平泽决议明日为我建造火葬场事。午后二钟，在署前闲房内开防疫会会议。美医杨大夫，日医满铁病院院长宇山，及防疫会会员二十馀人，均来会。当由彝宣言今日为本年长春防疫会第一次会议，辱承诸君光临，莫胜荣幸。此次疫气，由哈埠传至长春，甚为剧烈，为从来所未有。日本政府特助防疫费十五万元，长春分得五万，无任感谢！防疫办法已经李季康、黄芝堂两观察竭力擘画，诸有端绪。鄙人莅长以来，接续办理疫症，疑似各病院均已次第成立，分别轻重各症，送往诊治。又创设中医疫症院处，不日即可成立。所设隔离所七处，专为安置有病家之健康人，亦已次第修理。至前次哈埠运来苦工多名，系送至贫民留养所安置，上年已先后经医官检验无病遣散，惟事多草创，未臻完全，所望诸君发表卓见，赞助一切。至历来未及掩埋之疫毙尸棺，及搜集乡间路倒无主尸躯，业于十一、十四两日在城西老虎沟地方举行火葬，深期自此疫毒消除，各国在此居留商民，及敝国商民，同享幸福。至为盼祷！

下晚，到防疫局办事。接督宪电，谕大岛来奉，颇以长春疫盛为言。与司协议办法三条：一，实行城内遮断交通；二条，调用日本他处消毒班，帮同消毒；三条，将无业游民留养乡间，以杜传染。查第一第三两条应即实行，第二条与地面有无窒碍，是否应出钱雇用，望即详议核覆等因。当即在局议定：第一条、第三条遵即实行，第二条今日在防疫会已与日本满铁病院宇山院长议定，由我派警三十名到彼病院实在练习消毒方法，五七日可成，以备分拨各处防疫机关之用，似不必再招他处消毒班转致误用。电详督帅，并分报抚宪备案，仍请裁示云云。

十六日乙卯　阴

杨大夫、高子詹来谈。午后一钟，到日领事馆，会晤大岛都督。彼开言：伊正于国，闻关东疫盛，赶即来奉，见民命摧残，极属可惨。曾与锡督晤言，宜及早扑灭，中日两国均有利益。并详询防疫事宜。当经答词：前年在长，上年在奉，已与都督会过两次；今莅此，又承垂问救民方法，忻感实深。并将去腊如何办法，今年元日敝道到任后规定一切办法，如隔离、火葬，以及昨与宇山订定教练消毒班各事，条分缕析，详告无隐。彼均首肯。彼又言在奉与锡督定有三条办法，想已电告即昨督帅电告之三条也。又答以昨会议后始奉督宪电告第一条遮断交通是防疫要紧之事，当即实行；第三条将无业游民全送城外地方留养，已经办理就绪；惟第二条日本调用他处消毒班在城内帮同消毒一节，因昨已与宇山订定，由我选派警兵到病院实地练习，数日当可练成，如此，则无庸另调远来。此情已电告督帅矣。大岛言：此可与久保田理事一商。久保田谓消毒班非素有经验者不行，如宇山所云，教练日浅，恐不克济事。当答以既有教练之消毒班，或雇用日本消毒员为班长三人，何如？彼言只雇三人，恐不克来。旋又言此事容回奉再议云云。当即举酒，言都督厚意，诸多见教，感谢实深，深盼疫气早日扑灭，俾两国商民俱享幸福等语。尽欢辞归。时季康亦来，见都督在座，惟一言不发。灯下当将会晤大岛详细情形作函，飞告督帅，免致大岛旋奉言语两歧。并电告督、抚宪，以备大岛来奉，预为之地也。

十七日丙辰　晴

奉督帅电谕：哈埠防疫隔离办法，饬令照办。惟长春地广人众，且西医过少，与哈埠情形大不相同，办法自不能无异，至实行隔离方法则不敢不切实奉行也。致奉天防疫总局，请代汇日币五万元，以交通不便，派人往领不易也。杨大夫来谈。到防疫局办事。

十八日丁巳 晴

上吉林抚宪电，请留刘医官光榆。到防疫局办公。下晚回署，阅《长春公报》，竟将日前督宪密电登出，大为惶恐。以大岛回奉，万一见报，或有意见，则滋口实。当即电告何子彰饬辅廷将报全数收回，惟恐局内委员或有藉此倾陷者，不得不先自检举，以示不欺之意。惟语多愤懑不平之处，当为督宪所鉴谅也。下晚，交郝世辅带奉速交。是晚，颇不自安。五叔同教读刘恭甫由奉来长，略问奉天防疫各事。

十九日戊午 晴

曹统制来谈。到局办事。探询密电系金石珊文牍员告知董绅士董耕云，致误登报。当令金石珊移入他屋，不得入总办办公之室。下晚，督宪民密电告十六、十八两夜之函均悉，长春疫减，甚慰；练习消毒班办法亦妥；凡事当以镇静处之，毋自惊扰等语。奖励策勉，言简意赅，极可感也。并奉督帅电谕：奉疫流行，追系由长传染，兹已势成燎原，不可收拾；哈埠现因隔绝加严，颇见成效；长春以东清车未停，致成糜烂，可知防疫之道，非实行遮断交通万难收效。现在疫势以北路为尤甚，亟应严行隔断。已电令淮军王统领派拨马步队在长春以南，与奉天交界处所，实行禁止北来行人。若以奉吉为界，仍恐防不胜防，应否在伊通门设防阻，以断来源？除电王统领外，仰即会商王统领速复等因。当即电商王统领：查奉吉交界，长春西南与怀德县接壤，此为外大道；伊通南与开平、威远、堡门接壤，此为内大道，似均应遮断。统领在昌，地势较更熟悉，乞会禀复云云。毕辅廷、薛润堂来谈。内眷由奉到长，一切平安。

二十日己未 晴

王统领复电：即照内外大道设防，会衔电复矣。承德令墨岑来函，言十九面奉督帅谕令，转告对内对外一步不可放松，存坚忍不拔之心，去忧谗畏讥之念，实地作去，自能达到彼岸等语。督宪之劝谕有加，敢不益用淬厉耶？到局办事。

二十一日庚申 晴

官运稽查毓守干来见。吉林邓司使电，求向上海地西士洋行购德国枪四千枝，弹一百二十万粒，如运到长，请商日站，毋稍留难云云。致天津张小棠太守函电，问其能长相助否。到局办事。吉林曹提学来函，嘱照料王黼灿赴哈事。

二十二日辛酉 晴

度支司荐杨昌祥来长。奉天硝磺局委员傅恩普解磺赴江，来见。到局办事。午后二钟，防疫会会议。俄领事、日防疫会员到者甚多。会议两记钟，和洽如前会议时。下晚，作函上督帅，详告近日遵谕办事情形。明日，苏星符回奉，代呈。

二十三日壬戌 晴

吉林度支司电，恳照料荆监理过长事。哈埠郭司使电告：东清铁路公司声称有由双店子运来无业游民约百馀人，已经留验无病，拟送往长春，请设法安插折转送他处，属速电告云云。当电复：此间无法安置游民，且不能送他处，请转商不送长最好；如非送不可，游民亦我赤子，忍不为之地耶？乞先期电告，以便接收。又电督、抚宪：长春疫疠日减，四乡恐有蔓延，应即派员分投防范。惟经费浩繁，请一律作正开销云云。早十一钟，到大和馆，晤日本北里医学博士。随从博士甚多，皆来此参考疫症者。日领松原亦在座。北里为现今全球论疫症者之泰山北斗，人极诚实，有学问。问防疫事甚详。当将此间现办防疫各事直陈无隐。讨论甚久。留共午饭。饭后，约同往观老虎沟火葬场，及黄瓜沟疫症院。何子彰亦同往。在火葬场照相正在举火焚烧尸棺。到黄瓜沟，北里同各博士全着白衣到各病室，看视毕，消毒。言一切办法皆好，远在奉省之上等语。北里即晓回奉，惜无暇往视各隔离所也。下晚，将带同北里考察情形电告两帅。

二十四日癸亥　晴

查杏城来谈。日松原领事、宇山院长来访。电恳吉林抚帅：领款将次用尽，以后用款浩繁，尚难预算，仍请预备官帖二十万，以资接济。到局办事。

二十五日甲子　晴

督帅电告：求调天津医生不能来长云云。大清银行孙慎钦总理来谈，拟求关照赴奉也。到局办事。

二十六日乙丑　晴

督宪电告：外部敬电开防疫研究会，本旨由尊处会同本部妥速布置，所有会中应议事宜，已饬医官先事预备，并派英医礼耳赴哈请示伍医由哈回京时路过长春、奉天、山海关一带，有无调查关于防疫事件。该英医到奉，妥即接待，并饬长春等处地方官。

二月小建辛卯　初一日庚午　雪

美医杨大夫、英女医梅大夫来告：府属朱家城子附近染疫之家颇多，请饬查办等语。即饬何子彰差人前往。查有尸躯，即速埋葬，以免暴露。十一钟，日本医学博士藤浪鉴、贺屋隆吉、宇山院长、俊三高桥孝太郎、广海舍藏来，留吃番菜。饭后，赵科长同往看视火葬场、疫症院。细野喜市来告：日站新奉火车开行，惟搭车客人须先留验七日。特道署及来往官商恐有不便，已电商大连免予留验，俟接回电再当告知等语。奉天电局委员吴伯荪来见，明日求回奉也。到局办事。下晚，李聘三观察自哈来电，言晚车到长；派员往接，竟未得。接奉天林馥生来信，言前汇二千之款只收一千五百等语。致吉林府电，言铁路线有死尸，请饬人查明埋葬，免致铁路局借口。

初二日辛未　晴

英伊陵洋行勾利蛮、华德两人来见，言伊行被买办骗银，请代追等情。当告以已照会审判庭传追矣。十一钟，李聘三观察同俞亮卿来署，询知昨晚到二道沟俄站下车，宿于菜园也。到局办事。写致奉天张孝侯、廖铁如、彭衡如各信。奉天公署来电云：艳电会，禀“旨锡良等禀：长春商务总会捐助防疫经费，请赏给匾额等语。着赏给御书匾额一方，以示奖励，钦此”等因。即着该商会钦遵。当即传知，该商会欢声感动。

初三日壬申　晴

天津甘寄莽函寄本年《快览》，并续约章一部，命其侄甘景标投效前来。函中言旧友冯果卿观察因患偏口疮症，今正二十五日物故。闻之，曷胜痛悼！京中二十年前故友，李虹若已亡，今果卿又死，只少沧尚好，日前来信，充津浦铁路差。少沧闻之，其悲抑亦有不能自已者。

到局办事。到医院看视日本消毒队同我警兵，严重消毒，污秽狼藉，一火焚之，屋宇尚好。以药水洗之，馀毒当可消除。又同黄总办到日本分病院看视贺屋博士化分百斯笃虫，以千二百倍显微镜视之，历历在目。即日前在中医疫院所取病人之痰化分者。电请吉林抚帅饬度支司拨防疫费二十万吊，以资接济。下晚，黄芝堂观察约聘三观察、季康、子彰吃便饭。

初四日癸酉　晴

四十六协统领官张印，春霆，字醉侯。自吉来长，来访，详问省城防疫事，言上月二十八日开大会议，以商民对于防疫事有冲突也。日本细野喜市同平泽怡平来，问重修整老虎沟火葬场事。商会王荻人、史镜斋来谈。绅士薛润堂来谈。日领松原一雄来，谈附属地内应送给我官商通行证事。

到局办事。到官医院看视消毒，并同中日消毒班拍照，以作记念。致函奉天警务局林馥生，收支汇沈平银一千两，以了前欠。本城中医朱绅立槐以不信西医，要求在西关大佛寺另设中医疫院。当由局约定该院只准诊治下药，惟一切人等必须用完全消毒方法。该朱绅救人心急，凡病人饮食皆躬自看视，偶不及检，竟于初三染疫，延至下晚，身死。其鄙薄西医过甚，不以疫症为传染之剧烈症，竟以身殉，其志可嘉，其愚不可及。以前次屡函儆戒，乃不之悟，噫，可悲已！

初五日甲戌　晴

城内只疫死一人，关乡尚二十馀人。到日领事馆，晤松原领事、细野喜市，承给附属地通行证百张。少顷，驿长到。研究日站开车先入隔离留验所章程，诸多窒碍，亟应改良等情。到局办事。

督宪来电：以准外务部电，称三月初五日各国派医来东，研究疫症，应饬各地方官迅速经理，务于三月初五日以前歼灭疫氛等因。当即饬属遵照办理，拟报告督、抚宪朱医官染疫身死事稿。在局，商定现在疫气锐减，各局所亟应裁并，员司人役并宜裁撤，以节经费云。接奉天张金坡翼长函，为说子彰事。致衡如、馥生函，汇还奉天警务局壹千金，以了前欠事。

初六日乙亥　晴

吉林朱幼桥电话，问王揖唐来长时，电告并知会本月十六日为简帅太夫人九十大庆，不收寿礼，只收祝寿诗、古文、词云云。李聘三回哈。陈筱山、秋海门来谈。到防疫局办事。代商会电谕督、抚宪禀请赏给御书匾额，感激万分等语。

本日，日本铁路站长兼附属地隔离所长参观城内外各隔离所，叹为不可及，应照此归而改良云云。此实难得。我之隔离所屋宇洁净，自是优于奉天所为。兹日人竟亦自谓不及，我之苦心经营，亦费去金钱过钜矣。竞争优不得不然。本日，查西北城外商埠甲号隔离所，于昨晚拒送所之白姓孩儿不收，致白姓远之野外冻死。询明情形，当将该所号押交警局，罚作苦工一年，以为惨忍无心肝者戒。该所长毫无觉察，面加申斥，并即撤差。医官常文焕送所四人收容，收条只有三人，当时不加追究，致数月孤儿死于非命，殊属玩忽，应记大过一次示惩。并传谕各隔离所知照。灯下，与科长数人闲谈本年开埠局事，万分棘手。李道谓颜道用款十之八，所作之事只十之二，款已告罄，应办之事正多，不办不得，欲办无钱，奈何，奈何！

初七日丙子　晴

到局办事。午后，阴。同杨大夫照相。申斥常医官。本日，城内无疫毙者。吉林邓民政电求运来枪弹云云。适该件一千二百九十箱，由大连运到，雇车百五十辆运存商埠警局。下晚，阴，飞雪。六钟，王揖唐统制自奉天到长，接入署中，畅谈。渠以名进士先游学东洋，前年复随戴大臣赴俄，又历游欧美二十四国，调查军制。希腊，华人罕到之邦，亦亲至焉。其志趋之远大，诚足以包括四海矣。郑、赵两科长系其东洋学友，管翼之系其旧友，均在座，倾谈至夜一钟始就[寝]。昨奉天民政司陈统制电令照料也。

初八日丁丑　微阴　雪后甚寒

十一钟，请曹仲三统制、傅清节观察、徐协统、李季康、黄芝堂、何子彰、王揖唐统制吃番菜便饭。午后二钟，礼拜三防疫会会议之期，日俄医官、我医官皆至，研究疫症学理，至五钟。共拍一照，以作纪念。到局办事。下晚，杨大夫、王揖唐、管翼之在署，吃便饭。十钟，到大和旅馆，往晤自哈埠来长之英国防疫会员法乐、印度代表毕德利。接谈一小时。据日人言:此英医官专为看视防疫方法而来,非来研究学理者。文蜀生同年自京来函,言须二十后领饷到长。奉天寄到北里博士《鼠疫演说词》五十本,当即分致各处矣。上江省周帅电,言运枪费用事。入夜,北风作寒。本日,日朝鲜总督府医院医官博士森安连吉参考隔离所疫症院。

初九日戊寅 晴

王揖唐统制早饭后起行晋省。商会王总理来,谈雇车运豆,索用门证事。英医官法乐来访,请杨大夫、日医广海带同看视疫症院隔离所。据杨大夫及广海回称:英医[言]我之防疫系实在办理,并非空言无实际也。参考各处,均称赞不置。日博士贺屋隆吉辞行,宇山院长亦来,请其到内宅看病。

赵科长到日领事处索附属地通行证。适翁又申观察统税经理来函,言伊公子到大连北大房身,日人验疫,露地令脱衣沐浴,强与分解,始令入屋。屋无器具,只席地坐上等,饭食极坏,以下可知,请向日领求令电告放行云云。赵科长当将来函给看。日领恐于名誉有碍,允即致电放行焉。江省公署回电,令先垫付运枪车价,容即汇还归款云云。傅翻译言俄领言张家湾地方防疫差员,有借端勒索染疫富户六十元,免令烧房事。即饬该科员明早搭车前往查办。张干臣自临榆海阳镇来信,荐崔姓事。俄领事来信,询各乡疫症事。到局办事。

初十日己卯 晴

奉天清和公司派本冈亀藏来,求函致奉天防疫所结石炭酸账事。当作函复之。十二钟,日领松原一雄,同铁岭副领事森田宽藏,奉天防疫部长、警察总长佐藤友熊,新来长春警务署长吉田程治,并广海舍藏来访。接待尽欢。当饬广海带领佐藤等,参观隔离所、疫症院、火葬场,皆称办理合法,处处优于奉天。又有奉天派来调查北路防疫事宜委员张子英来访，言调查防疫各事，以长春办法为奉省所无等语。到防疫局办事。复督宪言英医法乐在长参观隔离所、疫院各处情形，今晚到奉，乞饬照料等语。下晚，写上督宪函，详陈近十日裁并各局所司夫役各事；兼中下两等机关不灵，更或有违犯章程之警队检疫夫役，致为防疫事之玷云云。末言金寿山充埋葬队官，宜善为驾驭等语。函交张子英带奉代呈。以事须预为之地，免致生事时被人查出，反为不好也。

十一日庚辰　晴　午后阴

同太太带同三儿，到满铁病院看病。该病院之设备，诚可为我取法之宝。到局办事。写致陈二庵京堂信。下晚，写上奉天民政司一函，详陈长春防疫四十馀日办理情形，并复前电接待王揖唐观察事。奉天吴提法司来电，问赴哈车通行留验否。当即电复：可任便北行矣。入夜，飞雪。

十二日辛巳　阴　雪

吉林二十三镇二等参谋官元陞来访，欲于吉赴双，查军队也。吉林孟统制电话，告知王揖唐观察已到省，住抚台衙门。午后，到日领事馆，畅论。现在城关疫气减退，前从日本消毒班练习之巡警，皆已熟悉，且疫病各屋均已消毒，日本消毒队十数人，请其不必再来，并申谢厚意，反覆辩论至两点钟，日领末云：我之欲令消毒队为城内消毒，是好意，实非勉强等语。尽欢而别。到局办事。与黄总办言定日本消毒队厚意，拟送烟酒等物，作为酬谢。有清乡监察员由竹亭大令，由农安来长，带警闯入东门，实属有违遮断交通定章。当饬金局长查明，由大令及所带之兵警等十三名，全数送入东关隔离所住七日，以示儆戒，而防传染。写致奉天林馥生信。致天津张筱棠函，内附陈介堂信。俄领事来函，言城内五区巡警租伊运冰车辆，并殴车夫，请查明惩办云云。奉督宪电：美医杨怀德留长春。外务部来电：已告知协和医学堂矣。清早电招吴子儒来长，为内人诊病事。下晚，告知汪局长明早购烟酒等物酬谢日消毒部。与开埠科员议四年统计事。

十三日壬午 晴

由省来哈埠盐仓委员梁中同，及民政司派来查疫并接受枪械委员于奎垣来见。伊通办理防疫事极坏。且汪讱庵太守人极衰老无能，且操守不堪共信，致绅民挟其短长，现已撤任，亦地方之幸也。致函日领事，道谢派消毒队之事，并送烟酒、罐头、小菜等事约值洋一百数十元，请其代送消毒部桥本诸公，用申酬谢之意。写致衡如、籛如两信，为催欠款也。到局办事。十六日为抚宪太夫人九旬大庆，由局公电祝词上寿。昨夜，城关疫毙只六人，指日当可望肃清也。奉抚宪电盛密：锡帅咨因外人在通肯买地事，饬将合盛信局执事张明清、刘鸿禄彻查严究。应先由该道将两人密拿看押。除另文饬究外，希查照办理为要等因。哈埠郭司使、于观察电告：明日俄派医博士查伯罗尼，又伍总医官，及正医官四人，学生十一人，赴奉过长，均希照料云云。又，孟督办电询：拿获匪首双合，请解省审办事。请子彰来，谈办盛电事也。

十四日癸未 早阴雪旋晴

复俄领事函，以前据俄领函，称城内五区巡警殴詈道盛银行运冰大车等情，经警局查复，强行雇车，并未殴詈，且亦不识银行之车等语。俄领以此小事妄行函辩，殊属不顾大体。复以须将银行大车送警局质对，方有实在情形，再予核办。毕辅廷来谈，请求为商会绅士与何守了结互控营业税事一案。到局办事。议撤商埠两区医官，消毒队归巡警公所，另行组织，可以节省经费也。两日，城内无疫毙者，疫病亦不多见。或可期有扑灭之一日乎？复于朗昆函。复抚宪盛密电：合盛局因染疫早封闭，其执事人不知所往，容再查缉等情。日领复函，道谢昨送烟酒事。于朗昆、郑芳春来信。

十五日甲申 晴

朱幼樵自省通电话，言娄翔青来长，求关照。闻之省垣疫疠亦见减轻。出署外游行。到局办事。午后二钟，防疫会会议。日会员到者三人，如前和洽。下晚六钟，备番菜，为杨大夫送行，并约各区医官及广海医官。呈复稗子沟留养散去人数，以督宪批回诘问也。

十六日乙酉 晴

早六钟，到车站，接伍医官，及俄派医官查伯罗尼、哈埠俄总医官诸人。七钟，随搭南满车赴奉。其馀医官十馀人来署吃便饭。搭九钟慢车赴奉。留全少卿三人住一日，参观防疫各局所。到局办事。下晚，约数医官来陪全少卿吃便饭，畅谈哈埠事。据言哈埠有一中医，用针治针疫病，经手死一千馀人，渠竟未受传染。惟其素吸鸦片烟，岂烟毒本深，能攻疫毒不入耶？此亦不可解者。昨亦带之赴奉，闻供三月初五日各国防疫会员之研究。冯荫卿来信。奉天民政司复信。督宪电告江省借水车由南满车寄长。

十七日丙戌 阴 雪

早起，派人送全绍卿医官等，并昌图卢协统搭车南行。日消毒班谢送酒烟等事，并辞行。西村亦来。又领事署小松书记来谈，为日木工被何太尊马车撞倒负伤，到医院，经医官诊断，须调养两星期方愈，希转告子彰，聊送养伤费，以资怜恤云云。到局办事。写复荫卿信。复吉林代理交涉司辛芑云调查开埠局需用碾地机器抄送各项合同。下晚，于朗昆来信。灯下，娄翔青、张锡臣、朱紫仙由吉来，留住开埠局院。谈及吉省商民反对防疫，几致大起风潮。徐协臣司使与邓孝先民政亦有冲突，现在稍见平静矣。

十八日丁亥 晴

王揖唐自吉林来信。驻奉德总领事来信，为照料宝德路运枪事道谢。致吉林二十三镇孟统制函,言此间防疫事,并允其荐伊亲戚田姓来长差委事。到局办公。致俄领事函,言城巡查明实无警兵殴詈道胜银行车夫事,请其以后毋听浮言,方免轇轕,且可日臻亲密云云。上吉林民政司电,言枪弹已运到,由于委员接收储商埠警局。接江省抚帅电,言派张道国淦晋京公干,求商南满车勿阻滞。并接张道电,言帅之公子同来等语。均即电复。

十九日戊子 晴

昨十七日,督帅派员送到恩赏商会御书匾额一方,文曰:"谊敦保卫。"当即通知该商会今午前商会总协理带同会员等,到署恭迎。当备黄亭,派马队、乐队,并亲往城内商会送交,以示隆重。哈埠停刊《东邮报》馆主笔周浩,同高子詹来谈,痛论奉天各报之无价值,徒肆谩骂,毫无是非,不能竟谓官家之反对也,亦讽周之意也。哈埠俄铁路公司帮办葛利罗夫、防疫局差遣委员世显、医官李青荫来访。彼等沿途检疫,离哈埠已二十馀日矣,到局,同照小像。抚帅电准防疫局经费三十万吊。与黄总办议裁减员司各事。写复奉天德总事函。复东南路道陶梅先函。写复谢奉天满铁公司横山米良等寄调查事务表函。送细野喜市、宇山院长以烟酒、罐头、小菜等事,以答其帮同赞助防疫之意。

二十日己丑 晴

曹统制来谈。奉天交涉司来电,言俄医查伯罗尼今早到长,请招待等语。送统制到车站登车赴奉。回拜俄铁路帮办葛利罗夫。少顷,查医由奉车来,详询奉天疫症情形。据称将次消灭;惟言仍须防备秋凉后根株或不能断,恐复发生云云。谈一钟许,搭俄车北行。午后,史镜斋来,详询纪积善堂产业归还商欠事。俄葛利罗夫来署,同往参观商埠乙号隔离所,又看消毒班实行消毒。到防疫局小坐。又同参观西门甲乙两号隔离所,颇为称许,言未见过此等钜制。分照各小影。回局办事。杨嘉午自伊通来电，言已接任。抚帅来电，以准钦帅电开外部十四电开俄使照，称中国新闻纸对俄言论或以忿怒，或捏谣传，煽动公共之心，实属危险。再，满洲各处对俄蛊惑日增，人民或有摇动之影响，请设法消弭等语。希传知该埠报馆，一体遵照等因。遵当传知《长春公报》照办。吉林邓民政司来电，谢代关照运枪事。

二十一日庚寅　晴

本日，为彝生辰。设桃面为母亲大人叩头。家中想当欢会一日。此间署中无人知为我生日者。十一钟，日博士藤浪鉴来辞行。宇山院长同来，稍谈一会即去。俄医官及俄检疫官葛利罗夫来，吃午饭。子彰来陪。该医官举酒，言此间疫气不日扑灭，办理得法，归功于我。当即答辞，谓鄙人防疫已阅五十日，全赖局中同人协力助我，亦由各国医士防疫员开会研究，交相襄助，方能收此效果。其实天心悔祸，俾各国在长商民同享以后之幸福，鄙人实不敢贪天之功云云。合座甚欢。饭后同拍小影。到局办事。接奉天齐司使来函，问火车免验，其世兄可否来长事。当即作函答言可，无阻滞，并言此间防疫情形。接北京峻都护昌来信，问赴吉免验事。下晚，吉省钟观察来电，言李季康已允将道署球台与公署球台对换，嘱饬人送省，愈速愈妙等语。世局如此，似不能不藉此消遣也。晚阅报纸，知大局危险已极，悲愤填膺，几欲失声一哭。又以手无斧柯，不克干济时艰，为之一慨。倘得跻至民政司一席，必当实地以整顿吏治作起，吾民或有其苏之一日。特只手难挽狂澜，一木难支大厦。至此作想，不禁英雄气短矣。如欲挂冠归隐，则幼学壮行之志云何？如虚与委蛇，又于心不忍，且非我本性。筹思再三，仍以进行为主的。拟俟防疫事毕，即从所管各地方官严加整饬起点，尽几分心，作几分事，完我官人之格足矣。书至此夜分十二钟就寝。

二十二日辛卯 阴雪

十钟,俄医官等四人同往老虎沟,看视火葬棺尸四十七具。同拍小照。又到大佛寺,拍中医疫院照像。到防疫局,稍坐,同回道署,吃中国饭菜。午后,防疫会会议。日医官到者甚多,并带显微镜三具,照人蚤、鼠蚤两种类。照各脏腑百斯笃,实验解剖之人身、喉、舌、肺叶、肾、肝之有病者。如肺叶无病者,极柔软;有病之处极木强也。此种学理,今始发明,岂中医所能梦见者!今将各样标本分给医官广海一份,令其逐条标明,以资各医官研究。四钟散会。致奉天提学、提法、交涉、劝业各处信,言到长至今所办防疫各事。接于朗昆信,言齐司使已请开去度支司之差,蒙批照准,不知谁为接手。江省张观察印国淦、赵威伯厅丞,带同朴帅两公子到署,交到秋青士一函,详询江省近事。写上督宪一函,言防疫事:此间疫气日减,亟须筹办善后各情。交张观察到奉代呈。夜一钟半始就寝。

二十三日壬辰 晴

前日疫毙只一人,昨日竟无疫毙之人,且无一病人。疫症院更已清净,无一病人,或可有肃清之望耶?写上奉天民政司一信。到局办事。接彭衡如一函,当作函[复](作)之。

二十四日癸巳 晴

写致都云卿一函。到局办事。催局中速造图表送奉。奉督宪电催也。先电复准月内送到。到警局回拜由令竹亭,谈审盗案事。下晚,张兰均来长,接入署内,畅论阿城及哈埠防疫事。阿城未用一西医;呼兰、双城亦未用西医,疫均平静,岂真西医之果能扑灭疫气乎?平心论之,西医言防疫遮断交通、隔离消毒各方法,此诚高出中人之上者。惜竟言防终无疗治法也。中医不知卫生,徒言疗治,致多传染,反为西医借口。倘使如西医之自为保卫,再事疗治,将出诸西医之上。西医疫院送百人死百人,中医治百人,或治愈数人,特不如现值西医气盛世界。即治愈吐血者,西医则谓此疑似病,非真疫症也。此真足令中医短气也。接张孝侯来信。

二十五日甲午　晴

张兰轩由吉省来,谈吉省陆军败坏,树村统制将有意辞差云云。王获人、王儒珍来谈。到局办事。写致张孝侯之信,言防疫事,请派员查办,免得外人浮言;谓为升官发财之地位,将来刊布,以征大信云云。奉省如此,此间事亦拟请督、抚帅先派人参观大派,然后好造报销,免得区所裁撤之后,致招闲话,反无以自明。天下事之可为寒心者,大率类是。陈介堂、廖篯如来信。在局,提议月杪归并隔离所为一处,裁并绅商,稽查裁撤乡间防疫各区委员,归并城关各区防疫医官。幸今日城关内外无一疫病也。致天津张小棠信,请吴伯楚缓来。

二十六日乙未　阴　微雪

派译员送吉林赴奉送图表巡长赵得胜等,哈埠赴奉送报告活旱獭委员凌熙年搭车南行。奉天劝业道赵允卿观察来。复信。到局办事。

二十七日丙申　晴

到局办事。下晚,文蜀生同年由北京领协饷回吉,过长来署,面称到奉谒督宪,嘱令问好等语。闻之甚悚无已。下晚,写上督宪一书,言防疫行政将次告竣,须筹办善后之策。并报告日来俄兵增加,哈埠情形危迫各事。(按:自“写上督宪”至“各事”,原在第二十六日,自注:“移入二十七日。”而“无已”后原有“下晚写上云云危迫各事”之提示语,故径录于此。)张筱堂之弟由津来投效。又,吉林防疫总医官钟芹溪观察赴奉参观万国防疫会过长,假寓开埠局,晤谈吉垣近事。

二十八日丁酉　晴

同钟观察到防疫局，并令局中医官带同往火场、疫症院、隔离所各处。下晚，请黄观察、芹溪、蜀生、子湘诸人来署，吃番菜。今午后，吉林公署内戚劳太太到长，假寓内宅。是日早间，饬局中舒提调检齐防疫报告图标各事，送呈奉天督宪，以便译送防疫会，为开会研究资料。

二十九日丙戌　晴

钟观察带同员司赴奉，劳太太同行。到局办事。下晚，江省前民政赵醴泉携眷到长，为在悦来栈预备行辕。前往晤谈江省近事，极为欢洽。延其来署畅谈，并给阅所抄禀启杂抄各稿，皆数年来条陈经验各事。入夜分二钟始就寝。

三月大建壬辰　初一日己亥　阴　大雪

同蜀生同年到官银钱号，访查杏城，一谈。又同往西关甲号隔离所看视。到局办事。下晚，督、抚宪来电，告知中俄续订约事已和平了结矣。

初二日庚子　晴

奉督帅发到中俄和约告示四张，分贴四处，俾众周知。从此谣言可以息矣。湖北张维野同年丁酉拔贡来访，为题照相。维野以书著名，工篆隶，尤长东坡书法。到局办事。下晚，舒仙舟由奉归来。谒督帅，蒙问长春事。一时许，于朗昆来信，知奉天赵劝业道升署度支司，遗缺以管洛笙太守升署。惟张孝侯又落孙山之外，仙舟云其甚为失意，即拟请辞差也。

初三日辛丑　晴

文蜀生晋省。写致王揖唐观察一信。十二钟，访日领事松原，详问湖北难民回籍搭车事。据称搭车小事,无不可,惟防疫本部须切商,告以可电告小池领事,并佐藤防疫部长:我到奉明日即晤佐藤,面订一切云。又论开放交通事。到局办事。上徐菊人中堂一禀,历陈两月来办理长春防疫各事。拟复吉林公署电,历叙此次疫症发生以来外人对我,与我对外人办理各事,初则似有误会,终则归于和平云云。复韩司使电,言自美购到之防疫器箱,准今晚到奉不误。

初四日壬寅　晴

上午九钟,偕同黄芝堂观察、寿洙农、金石逸、郑季元、日本广海舍藏、中医官屈良瑛搭车来奉。同车有俄派代表医官查伯罗尼,俄医库列沙巴得、列福斯克、伊金山,由朱译员畅谈。行至昌图驿,用午饭。下晚,车至铁岭驿,下车散步。远眺西关一带,不胜今昔之感。庚子岁,彝宰铁岭时,只有俄破车站,今则经营进步极扩张也。七钟,到奉车站。晤日本防疫部长佐藤与久保田两君,订定湖北难民搭车南行事。墨岑兄到站来接。同到江南春吃饭。饭后,往见韩司使,畅谈。又谒民政张司使,一谈到长以后事宜。极承关照也。寓墨岑署内。题长春防疫全部照相。夜分二钟就寝。

初五日癸卯　微阴

早七钟,同芝堂谒督宪,详陈长春防疫事,并奉谕及回长时再查哈埠巡警与俄人冲突事,面呈长春防疫全部照像。九钟,到公署,见各司道,稍谈。与孝侯同车到小河沿惠工厂防疫会场。十钟开会。督宪先开议:奉旨约集各大友邦良医贲临,研究治疗疫症方法,实为中外环球之福,不胜希望等语。施泽之丞堂亦用英语演说,中外官医击掌称贺。开会礼毕,用酒点,照相多次。往拜卢提学、管洛笙劝业,不值。访张今颇翼长,一谈。适刘仲武观察在座。又访陈二庵京堂,不值。下晚,访谈饱飒昆玉,一谈。

初六日甲辰 晴

往拜齐自芸度支、新任度支赵允卿，皆畅谈。到警务局，晤都云卿、朱荷宜两局长，并局中诸员司。往拜德都护，不晤。晤吴伯琴司使，畅论归隐之意，以伯琴招隐也。下晚，督宪招中外官医宴会，同座九十馀人，为未有盛举也。九钟散席。上吉林抚宪电，言湖北难民搭南满车出大连口，须俟二十以后再定期事。

初七日乙巳 晴

韩司使来谈。谒督帅，面陈长春善后事，并开埠局应半未办、缺款各事。论寿令洙邻为人，帅宪欲委用之也。并举李令寿如堪任地方官云云。下晚，警务局全体四十馀人在江南春开筵，招饮尽欢。又到保驯处一谈。张翼长、齐司使均来谈。是日上午，访日领事小池，一谈。访德领事，不值。访英领事，一谈。是晚，洙邻委署安东县事。

初八日丙午 晴

到合盛元、世义信、志成信各票庄一谈。到交通银行，借五百元零用。午后二钟，日本中村总裁在车站满铁病院，约观陈列疫症各标本，并拍一照中外官医全影。下晚，约南满公司镰田、横山、米良，在四海春吃便饭，甚欢。

初九日丁未 晴

谒督宪，谈一钟时许，辞行。又到民政司署辞行。适张令颇翼长来，畅谈。又晤蒋枚生，一谈。又访张元博，一谈。到廖籛如处吃午饭。下晚，同朗昆到四海春吃便饭。饭后，买南菜、吃食各物。步行回县署。

初十日戊申 阴雨

访李次山，不值。访董柳庄，少谈。访韩司使，论长春事。又晤蒋枚生，论电灯厂事。到防疫研究会所访施泽之丞堂，畅谈哈埠、长春现在及以往事。以施丞堂在哈关道数年，情形熟悉也。送其长春防疫照相一大本。到电灯厂访齐听轩观察，并晤长春订购美国协隆洋行电灯机器行东，一谈。并试演电气自行车。式与马车同，惟不用马，迟速皆可随意，亦巧制也。访都云卿，一谈。下晚，张誉久在四海春约吃饭。晤颐韵泉，约其到长春办埠局事。又赴德仲克都护招饮之约。在座晤黄毓炎、殷献臣诸人。

十一日己酉　阴雨

与墨岑同车赴车站。晤骏瑶笙，自北京来。谈及伊兄贻蔼人将军已经释出，尚未定日西行。少顷，登车。警局同人送者甚多。同回者为芝堂、洙邻、石逸、季元数人。到昌图站吃饭。下午五钟五十分到长。子彰及局中人均到站迎接。

十二日庚戌　晴

农安茹泽涵，及由竹亭诸人来见。据茹令所陈，办理新政各事极有条理，诚可谓尽心民事者。惟其前在长春审判厅时，办事过于深刻，局量过于褊浅，今则大有进步矣。伊陵洋行英人来议租商埠地基事。午后，步行入城，到防疫局。街面铺户，如常开市。度过危险，世界如庆更生，诚如天之福也。在局，议再裁减各事。电报抚宪十五日开放交通。下晚，芝堂约到农产公司吃饭。韩司使两电，告知鄂民出口事。

十三日辛亥　阴雨旋晴

韩司使电告：鄂民改于十三四入隔离所，随第三批回南。日领函告仍须十六七入隔离所。当即电禀抚帅，并电郭司使将阿城、哈埠鄂民克日送长云云。下午，到局办事。十五日开放交通。十六即准梨园演剧。唐临庄来信，荐董炜臣。下晚，改定议驳资政院核定公费室碍理由，上抚帅，并复清理财政局文稿。

十四日壬子 阴雪

写致文蜀生贺署双城任喜函。复唐临庄一函。午后晴，函送日领事松原烟酒、鲜果、吃食等物八色；送小松书记烟酒四色。到防疫局办事。下晚，接金道坚复函，言西医误认疔毒为腺百斯笃，迨英俄医官检验则称确非腺百斯笃。中人之学西医者，西医之能，举此一端可知也。

十五日癸丑 晴

早六钟到车站，晤哈埠郭调伯司使，订鄂民由哈来长事。到城内自治会。本日为城议事会开会之日，会员请训词，当即登台演说自治应办各事。何太尊为该会监督，亦当众训词，彝又复对众演说：时局蹙迫，全赖自治；争此要点，我既为社会所欢迎，从前在府任未竟之绪，必期有以足成之；至此次议事会应办之事，更当极力提倡；所望绅商官民结成团体，地方文明事业方有进步；以及防疫事竣，卫生、清道各事，均在地方自治范围以内；我有交议两事，务请公决云云。大众赞成。到防疫局。到西街，访俄领事，畅谈。又访芝堂，一谈。又到防疫局，订移湖北难民到日本车站事。接日、俄两领事照会多件，皆系前任未完之事，出语皆有锋芒，咄咄逼人，所谓外交无道德者，信然。接于朗昆来函，求转术保案事。入夜大雪。

十六日甲寅 晴

芝堂赴哈埠办事。俄医库和契林来访，为题《长春防疫全图》一大册赠之。午后，日领松原来访，申谢赠以烟酒之意，并与订言以后遇有交涉事件，甚愿见面一说就了，若形之于文牍，则反多所轇轕；所有以前未了旧案，应即速行议结，以清积案。日领亦极赞成云云。定明日送湖北难民入隔离所，并接收以前在车站隔离已故之人银钱衣物。此系奉天韩交涉司与日小池领事订明之件也。到局办事。访铁路局傅清节观察，商定专车送安龙泉鄂民事。

十七日乙卯 晴

请吴桥部汉宗测绘学学堂毕业，暂教大五、三五儿读书。步行到局办事。安龙泉各处留养所湖北难民送入日本车站，二百一十人到隔离所，七日后再行搭车南旋。再，汪局长收到日隔离所已死华[人]银钱衣物等件，暂存巡警公所。衣物之不洁者，饬即从速焚化焉。下晚，仍步行由局回署。接奉天于朗昆来信，言周朴帅电调彝试署江省呼伦贝尔道，蒙督帅覆以吉省正资倚畀，碍难更调等语。过蒙督、抚宪知遇，正宜奋勉有加，然亦殊深惭悚也。改正开埠局请款文稿数件。

十八日丙辰 晴

日本细野喜市来谈，并道谢前送烟酒等事。午后，步行入城，到防疫局办事。与自治会绅董论卫生、医院等事。下晚，仍步行回署。下晚，晤由竹亭，详问抚安乡黄天教会匪事，鼓惑乡愚，诚多危害，亟宜查缉，以正人心而息谣言。派人到车站接待江省杨玉书太守。并接星阶、祝三来信。写上督帅及民政司珍午先生各一函，均言已二十日无疫，地方安静；并报纸所载黄天教事。致于朗昆一函，言已代求民政优予奖励矣。

十九日丁巳 晴

杨玉书来拜。曹统制、王子云均来谈。送至车站。并晤祝三之公子。拟照覆日领，论营业税事。请管翼之来议日兵与陆军年前争殴事，须和平了结云云。到局，议裁城外二区二道沟姜委员处防疫夫役、疫症院夫役事。下晚，写复星阶、祝三长信，托陈竺带江省代交。

二十日戊午 晴

写复韩吟笙信。烦赵科长到日领事馆探询从前未结交涉案数件办法,以期速结。到防疫局办事。写日本医学博士藤浪鉴求书细绢三幅。博士之父斧山先生七旬大寿,倩叶科员为祝寿诗二首赠之。上抚帅电,言长春营业简章件系何守手定,现值改正之期,我宪方广益集思,以臻周密无间,可否饬令何守晋省详细面陈,用效壤流之助等语。写致新任浙江盐运使司盐运使陈仲瑀司使一书,言别一年此间近事,并防疫情形。上抚帅一电,言请速定营业税章程,可否令何守入省参预各情。

二十一日己未 阴雪

写寄家一信。写致朱幼桥一信。上抚帅呈文,言日领要求改正营业税,并抄呈日领照会原文,俾帅宪知道署为难情形,简章不速修正,道署即无以对待之也。到防疫局办事。简子襄自吉省来,言及简帅有与苏抚程雪帅对调之信。民政司邓、度支徐、提法吴,皆有求去之说,不知何人造谣,谓彝求调奉锦山海道,且有运动是缺者。我向不善求谋诬人以求己之所欲。甚矣!人情之诡幻也。下晚,接文蜀生同年一函,已径赴双城署任矣。接简帅回电,准令何太守晋省参预营业税改章事。钟芹溪观察自奉来署,谈奉省近事。大雪彻夜。

二十二日庚申 阴雪

写致金道坚、文蜀生两人信。奉天交涉司来信,言《长春公报》三月十三日报载刘姓盗卖地图一事,干涉日领事馆一事,求速更正等情。下晚雪止。此去冬迄今未有之大雪也。何子彰兄来,商明日晋省参预营业税简章事。

二十三日辛酉 晴

钟观察带同汪虎臣、曹医官赴哈尔滨。闻郭司使亦于早间由奉旋哈。午后一钟，日领事带同三井洋行经理来，论[营](税)业税之违反条约，请即停收云云。答以前任所办之事，已经上官批准试办，旋以此项税率不甚妥协，前任曾请修正，应听候上官命令为准；未奉新章以前，本道万不得作主免除。反复辩论，日领亦无可如何也。旋又议及前年陆军在附属地内运粮，与日警互殴事；又前年八月节陆军打殴日御料案；又前四年奉军到长殴伤御料理馆案，均请赔偿损失。前年两案，当面允酌给偿，共计日金七百馀元了案；前四年之案无凭查考，作为悬案，不提。至于日车站电场议租水源地亩，准予赞成租给，容与满铁会社议值。若开埠局占用松永洋行地基少许，是否亦由道署租用，请日领商之该行主，成否皆可。谈至五钟方去。下晚十一钟，施泽之丞堂带同各国医士，到哈埠游览，到站接待，各与畅谈甚欢。十二钟，开车北行。奉天熊司使来信，言陈世杰假信求差请驱逐事。

二十四日壬戌　晴

张夷千自奉天来，带张珍宪函，言肃清案廿六拜发。昨接朗昆来电，言次帅督东，今早上次帅电，言东事益亟，急待我宪重来挽救；沐恩孺慕之隐，益切欢忻；锡宪督东二年，极力整顿，特权力不如心愿，故进步为难耳。我宪在京，必预请特权到东，方免棘手。沐恩夙承青睐，敢冒昧贡此刍言，尚乞隆察等语。写送藤浪鉴博士屏对。到局办事。电复抚宪道署及开埠局院减预算案。

二十五日癸亥　晴

早九钟一刻十二分，子立住生，均极平安。收生者为满铁病院所派之产妇。日本于生产学列入女学科，故生殖繁众，人鲜夭折也。午后，陆军队殴伤岗警，管执法官来署，道解陆军不合事。写上次帅禀，言阅报有调陆军六镇到奉之说，此事可以不必。如慎重国防，无妨先与陆军部定明，俟到东察看情形再调。如此，较为活便。倘随调来东，恐贻后累云云。以陆军已调在东者毫无实用，不过为地面添扰累耳。且其内容徒为外人耻笑，更于国防无所增重，故请不必再调也。再写复奉天熊司使一函，言陈世杰已去长等语。晚十钟，金道坚来署。各国医官由哈到长，旋即登车返奉，皆握手尽欢，大呼万岁而去。

二十六日甲子　晴

到防疫局。统裁城内防疫分局，传谕各医官资送回津。是早，道坚赴奉。

二十七日乙丑　阴雨

下晚，张小棠自天津来，寓署内，畅谈天津近事。雨彻夜。写屏对。

二十八日丙寅　阴雨

专人上督帅防疫照像两册。上施植之丞堂照相一册。致日本博士照相一册，又屏对一堂。送奉天英医院照相一册。送北京协和医学堂照相两册，内有送杨大夫照相一册。下晚，晴。查杏城、陆竹君来署吃便饭。王揖唐自吉林来函。

二十九日丁卯　晴

到防疫局。令裁总局归入官医院之卫生局。到商务会，对会众论前定营业税章程不完，致起外人干涉各事。小棠赴吉。写致子彰一信。

三十日戊辰　晴

午后，写上督宪一函，感恩知己，言出至诚。书毕，重读一过，竟不觉失声一哭。恩宪一去，真有难以为情者。又致朗昆一函，以朗昆函告督帅亲保彝试署，折考语为“才具开展，任事实心，办理防疫事宜，勇往直前，不辞劳瘁，极意联络，众论咸孚”等语。在彝万不敢贪天之功，乃蒙优加考语，且感且愧。

四月小建癸巳　初一日己巳　晴

写复王揖唐一函。致孟统制一函。午后，徒步入城。回拜荣少农太守。又到审判厅晤苏味辛、孔笠杉各旧日在厅诸人。又到官医院看视。下晚，昌图王茂萱，淮军统领，带马步队两营赴江剿匪，过长来访，留吃晚饭。

初二日庚午　晴

接陈仲瑀都转自天津复信，言在京晤次帅事。在署，宴防疫同人，及绅商两界人等五十四人，极为欢畅。接朗昆信。接家信。有陈禀勋者，携次帅函求差，恐系假冒也。上抚宪禀，以日领要求追还营业税款事。再夹丹禀，言收税简章不甚完美，授人口实，碍难与争云云。回拜王统领，不晤。

初三日辛未　晴　风

早起，写上浙江增子固中丞一函，言近来事。午后，到巡警公所，令汪局长妥为遣发奉天运到华工，以督宪及韩司使均有电来，即电覆现正妥为遣送云云。到官医院，令速造送报销各事。袁梦白来谈。

初四日壬申　晴

韩司使电告鄂民可送奉天，转由京奉车入关等语。当即电达邓司使速将省垣鄂民送长，以便搭车送奉云云。写寄二弟信，并复朱玖丹信。毕辅廷、薛润堂、张云舫来谈猪捐及小铺等捐事。下晚，商会来函，言猪捐病商云云。都云卿来函，言欠项添齐，即交志诚信。当即复云卿函，并求关照李景阳事。又致彭衡如一函，言高庆求差事，并道谢前在奉天局中同人招饮事。朗昆初二日函，今日始到。

初五日癸酉 晴

早九钟，陆军三镇退伍兵在车站与日车站兵因事争殴，彼此各有受伤，当经日警抓去陆军四名拘留，几经索还，日领以事结方能放还，殊悖公理。子彰由省来电，言营业税简章由卖上金额纳捐，须七月间实行；日领要求各事，须再与交涉等语。到防疫局办事。下晚，商会总协理来署，妥议前会请免之罐猪捐，并小铺营业附加税事，即拟稿详覆抚宪，以结此案。黄芝堂由哈回长。

初六日甲戌

早，到官医院，与芝堂论防疫保案事。午后二钟，到日领事馆，索昨抓去四退伍兵，不得。乃与定议结办法四条：（一）三镇严惩滋事兵，并惩原派之排长。（二）统制派标统到日领事馆道歉。（三）陆军须包给受伤日兵疗伤费；陆军标统并与日兵官见面，以期敦睦；且陆军须传谕一般军人，以后毋得再行凶暴，免碍交谊。（四）陆军如有多数兵到站搭车，须先知会日领事，并多派管兵官，及翻译护送，以保不至再生事端云云。回署，又赴南岭，晤曹仲珊统制，及其参谋、执法等官，讨论他种对待之法；均以所订四条尚属和平等语，当即议决明日照办。早间，奉督帅行知试署道缺，民政亦来函云云。上道谢督帅一函，并言陆军事。

初七日乙亥 晴

上午，到日领事馆议定陆军与日兵和解办法，强索拘留之四退伍兵，仍不肯交出。甚矣，无公理也！子彰由省归来，言省营业税新章定于七月初试行。此间前收之营业税，不认从前之错误；仍令与日领交涉。此首府傅写忱主持大旨也。并谈及司道各员日日赴公署打球，均无担负责任者。言之慨然。

初八日丙子 晴

早十钟，三镇派王标统到日领事馆见面。日领须延鄙人到馆，从中解和。至则先将拘留之四兵释回。在座有三原守备队长、警察署长，及车站驿长，并公主岭守备队长。见面均极和洽。备有酒点，益臻和睦。适大岛都督自旅顺来电，言中日军警冲突既和平了结，无庸中国陆军包给日兵疗伤费，以示和好等语。当求日领代致道谢之意。是日，绅商两界在戏园预备酒筵演剧，相约以致感谢。先由绅士辅廷开谈，申谢防疫勤劳，绅商感激之意。当由鄙人答词，痛言正月以来防疫各事，皆由绅商协助；又幸天心悔祸，乃克致此，鄙人实不敢贪天之功以为功云云。大众鼓掌。下晚，戏散。到黄芝堂处吃晚饭。清节在座。

初九日丁丑 晴

到日本小学校看运动会。日人尚武精神不同粗暴，由其自小学时，目之所见耳之所闻无非竞争之事。然皆有秩序可观，不得不为之感动焉。旋到官医院议事。

初十日戊寅 晴 风

下晚，电局陆竹君约吃便饭。至则闻省电话本日午后吉省大火，言由西街延烧官银钱号、抚署，往东焚烧等语。旋又言已烧毁度支司署、交涉司署，及警局，将烧电报局，电话即不通矣。电报机亦不通。竹君即电告奉天总电局，并报告督帅吉垣大火等语。入夜，风未息。

十一日己卯 晴 风

窃念省垣大火，必须米粮接济，询之商会，人云省垣粮石大栈八家均在城外，当可无虞；惟火灾之后，人心惶恐，不得不多备粮石，以资接济。即求商会广购粮米，先购粳米二百石，拟即装由俄车运至小城子，转由俄船运省。奉督帅电询吉垣火灾详情，饬令飞差往探具报。当据所闻实在情形电覆，并言运米接济事。旋奉督帅电示：运米接济省垣，无论何款[都]（动）予动用，将来由奉归还等谕。救灾恤邻，仁人用心，实深钦感，况又为所兼辖，故有如是之迫切者。并即电复吉垣米店在城外，红粮当不大缺，容当请示抚帅办理；长春粮米甚富，必能担任接济，不令缺乏云云。

十二日庚辰　晴

吉林已通电，闻火灾已于十一日下午止熄，令商会多购粮米，预备运省。又以运脚甚重，且本地小米不甚好吃，当派杨科长随同运米俄船赴乌拉街买小米，并派于委员莲芳赴双阳县购杂粮。粮价贱，车脚轻，就近运省，尤为便利也。下晚，日领事约吃饭。归来，写[上]督宪一函，言吉林火灾事，托三镇黎标统赴奉之便代呈。

十三日辛巳　晴

催办运省双抄纸一千批，度支司电告开用临时官帖之需也。哈尔滨郭司使电告，亦购米面，由俄船运省接济。

十四日壬午　晴

赴省探差回，带到陈大帅复函，并度支司、民政司复函，言求接济省帖，须由长春税局及商会暂借等语。下晚，小棠由省来，谈灾后情形，惨不忍闻。芝堂、立纲、竹君均来谈。

十五日癸未　晴

门生顾德保来见，留用早饭。下午，审判、检查两厅约吃饭，并言两厅经济困难，求设法接济等语。子彰亦在座。

十六日甲申　晴

拟上抚帅覆，详[言]长春营业税办法，及了结绅商冲突各情。借三镇辎重车运省红稻六十四石;雇车运省芦席三千片;运麻袋千二百条,交双阳购米于委员。省城电告粳米已解到矣。下晚,郭司使、王铁珊观察到长,均约来署畅谈,至夜两钟始去。

十七日乙酉　晴

约同傅清节观察搭车来奉,并先电禀抚宪言,到奉为督帅送行云云。车上吃麦酒大醉,下午始苏。下车,寓茂林馆。访都云卿,畅谈。知次帅十八[日](人)来奉之说尚不确也。

十八日丙戌　晴

早八点,谒督帅,详论吉林火灾善后事。谈一点钟,始出。又谒民政司、交涉司,均畅谈。同墨岑、朗昆、芸士,在四海春吃早饭。饭后,拜齐、熊两司使,皆不值。谒赵度支司,一谈。到荩卿处。晤子俊、子元、饱帆、振甫、绩卿。下晚,籛如招饮。座中为燕荪、腾溪、雨亭、云卿诸人。

十九日丁亥　晴

早八钟,搭车回长。车上晤姚文甫,一路畅谈。到昌图站吃午饭。过开原驿,知昨午后客栈不戒于火,延烧数家。下午六钟到长。子彰诸人皆来接。上抚宪电,言次帅无到奉准信云云。写致双阳县购米于委员信,言已买米粮尽数运省,此外不必再购等语。

二十日戊子　阴大雨　午后晴

写致张兰均、朱幼桥各信。

廿一日己丑　晴

催运省粮石速行起运。

廿二日庚寅 晴

函告双阳县购粮于委员已购者速运省，未购者缓办。并告乌拉街购粮杨委员，亦如是办理。

廿三日辛卯 晴

写送日人屏对多件。下晚，接韩交涉司专差函，告今晚日专车送暹罗王太弟赴英过长，嘱为招待，当赴车站迎接，并派乐队、警兵迎护，预备酒点，以尽东道之谊。晚九钟，王太弟暨妃至，握手为礼，并邀赴接待所小憩。王太弟暨妃均言语谦和，言离暹罗月馀，乘京芦汉车到京，曾瞻万寿山，并阅禁卫军，到奉天谒北陵，皆扩眼界等语。少憩，搭俄车北行。

廿四日壬辰 晴

奉天函云：新任督宪赵次帅今日到奉。下晚，吉林吴子明提法司来长，到车站迎迓，邀其来署一住。畅谈省事。吉首府傅写忱亦到。

廿五日癸巳 晴

送提法上车赴奉。午后，往拜日守备队长三原，并日本各官。到加藤洋行买物件。小子立柱弥月备酒，请署内各员一饮，拒其送礼，不得不小宴以志喜也。

廿六日甲午 晴

奉天函云：次帅今日接任。下晚，约日领事及日各官十馀人，在署内吃番菜。饭后，日本大岛都督来长，到站一迎，以示睦谊。

二十七日乙未 晴

早饭后，到南岭三镇，唁慰曹仲珊统制丁艰事。晤其萧参谋，少谈而归。下晚六钟，设宴请大岛都督，并随从各员、日领等十数人。

饭时大雨。饮宴甚欢。雨彻夜。

二十八日丙申　阴

早八钟，搭车赴奉。在车上与大岛畅谈。下晚六钟，到奉，晴。寓奉天府署。晤云卿，问近事。

二十九日丁酉　晴

早八钟，同各道谒锡帅，畅谈，并谕以后作事必须作到实地等语，勉励有加。又谒赵帅，略陈旧事及近事，以同见人数极多，不暇长谈，送至阶下，告以下晚来吃便饭，示优待也。拜民政、交涉各司使，拜各宾友。下晚六钟，到公署吃饭。同座为王铁珊、赵燕荪两观察，傅写忱、都云卿两太守，张统制，蓝、潘协统等人。帅问预备巡警发枪办法，写忱不主发枪，谓令民间有百害无一利云云。一偏之见，不足为训。张统制、蓝协统大不谓然。彝亦是张、蓝而非傅。帅则谓百姓自卫身家，多一枪则多一利，不能如高丽人之坐以待毙也。彝则申论前年曾合三省条陈预警办法，请查卷核办等语。饭后，访谈饱帆昆玉一谈。

五月小建甲午　初一日戊戌　晴

早六钟到京奉车站，为清帅送行。自次帅以及司道以次各员，均在焉。八钟后开车。在车上，聆清帅畅谈。到新民车站，晤张翊臣太守，及新民审判厅各员。十一钟，到沟帮子车站。清帅依依不忍别之意见于词色，送行各员俱黯然魂销。汽笛声中，帅节远矣。在车站小憩。午后二钟，搭西来车东行。下晚六钟到省。

初二日己亥　晴

往谒各司道。午后二钟，谒次帅，面陈长春应办各事。奉谕代购山参，要中等参，便赠四川友人云云。拜辞后，往拜友人。在荩卿处稍坐。又到各友处辞行。下晚，出西关，到车站。北车已开，只得在悦来栈一宿。

初三日庚子 晴

早八钟，搭车北行。午后二钟，到昌图车站，吃饭。下晚六钟，到长春。子璋同人等均来接。议预备明日赴英专使振贝子过长应办各事。

初四日辛丑 晴

部署各事。早八钟，搭车到四平街。日警察署长吉田程治同来。到日俱乐部便饭。适奉化县令戴亦云同年由南车来，畅谈。下午四钟，振贝子专车到站，恭谒，略谈数语。参赞有周子翼丞堂从前在京同考试者、邵参议□□丁酉同年，相见极欢。邵同年并介绍，又谒振贝子，倾谈三省近事一点钟之久。又有祝子深丞堂诸位，均畅谈。在车上，晤南满副总裁并镰田弥之助。在车上，备番菜以供晚餐，六钟吃完，适到长春站。何守及军警两界，及日俄两领事，敬恭接待，极为齐整。郭司使、文蜀生太守，均自哈来接。王揖唐观察亦由吉省赶到，持简帅名片谒振贝子。九钟，开俄车北行。在车上又用茶点少许。

初五日壬寅 晴

早四钟，到双城府车站，见德俊亭、黄子和诸人。七钟，到哈尔滨车站，见东清铁路总办霍尔瓦特，江省张提学，及呼兰王理堂太守。大雨倾盆。九钟后，振邸北行。十一钟，彝搭车南旋。一钟到双城。俊亭在站，并张哨官亦在焉。用茶点，稍谈即南行。下午八钟后回长。适谈饱帆嫁妹赴江省过此，见面于悦来栈。荩卿亦在焉，同行来署，畅谈。

初六日癸卯 晴

办日来应办各事。下晚六钟，奉天民政司张珍午司使，带随员龚右二等，赴吉省查火灾过长，到署，论灾后事。

初七日甲辰　晴

六钟，同张司使登俄车开行。十点半钟，送到小城子车站。微雨。即在俄饭铺小憩，候至下午四钟始搭北车南来回署。

初八日乙巳　晴

哈埠于观察电告：顷准东清公司照称访闻吉长铁路工人内有霍乱病发现，兹派医官二员、委员一员，于明日前往调查，请电达派兵保护等因云云。吉长路线何尝有霍乱病？此俄人之造谣生事也。八[钟]（晚）到车站接待法公使，以奉天韩司使电告也。

初九日丙午　晴

吉林公署濮素兰回吉，寓此。

初十日丁未　晴

电覆桦川县孟颂平大令，该县请领枪弹，已发交冯委员即起运云云。

十一日戊申　晴

奉赵督宪电告：本日叶监督乘通车来长，十二[日]乘轮赴吉，务饬该轮稍待等因。当即电告官轮局，并电告抚帅。下晚，到车站接待叶监督，并吉林吴子明提法，来署暂驻。随员有刘伯庚太守。

十二日己酉　晴

电禀督宪，言有要公随叶监督晋省。早六钟到站，同叶、吴两公搭车北行，十钟半到小城子站。新城刘梅舫太守派队接至官电局吃饭。少顷，梅舫亦由新城来。午后三钟，到官轮码头，距车站八里。

蜀道崎岖，甚不易行。四钟，轮船开行，穿俄江桥而东。船行上水，颇迟。以同人畅谈，不寂寞也。入夜，不停船，酣睡。

十三日庚戌 晴

早上五钟，停船，上木柴，登岸步行里许。船开行，有大鱼跃入船上，以江水烹之，其味极美。在船上无事，闲谈酣睡，看丛报，亦足资消遣也。

十四日辛亥 晴

早八钟船行，至乌拉街，添木柴。上岸步行。少顷，开船。一路两岸柳林甚盛，渐有山峰，可资浏览。船近省垣，两岸人户渐多。远望龙潭山云雾迷离，得一句云“龙潭山下水云低”，人声嘈杂，不[redacted]成之，为憾。下晚六钟，到省垣轮船码头，各司[redacted]亦各投帖于彝，非所敢当，只得随同入劝业道[redacted]衢公馆止焉。钱厅丞、兰滋、史检察长、仙舫均来，谈灾后事。孟统制谈至夜半始去。

十五日壬子 晴

早十钟，谒抚帅，乃值星期，不见客。晤朱幼桥、郑馥如诸人。谒张珍老，一谈。访黄柳三、松秀涛，皆不值。晤辛芑云。访曹提学，不晤。访邓司使，畅谈。吴司使亦在座。又访德养源，适廉懿斋来谈。

十六日癸丑 晴

谒简帅，畅论火灾状况，略叙长春商埠事宜，颇蒙优待也。拜各寅友。下晚，徐度支招饮，同座为叶京卿及各司道。张司使因有查办事件，不与焉。

十七日甲寅　晴

盐务局曹彝卿请吃午饭。下晚，曹梅舫提学请吃晚饭。饭后，访徐司使，言领款事。

十八日乙卯　晴

吴提法请吃午饭。邓民政请吃晚饭。连日困于酒食。饭后，孟统制约同观剧。又到文鹿舟处一谈。

十九日丙辰　晴

到抚宪处禀辞，少谈。吴佑、李子衡、汪云松三人在云衢公馆设筵相邀。又，孟统制在鹿舟处请吃午饭。下晚，简帅招饮。座内为叶京卿及各司道。荆监理以事为度支部撤差，换江省，其监理接替。晚[illegible]道均迎叶、吴两公，乃[illegible]楼稍憩，少谈即投云[illegible]

二十日丁巳　晴

早八点，同张司使、叶京卿登轮船。简帅同各司道在江楼送行。彝则万不敢当也。十钟，大雨如注。船至下晚，仍连夜行。

二十一日戊午　晴

早八钟，到小城子轮船码头，可谓速矣。换车行八里，到车站俄饭铺稍憩。十点半钟，叶京卿同刘伯康、伍绍原搭南车赴哈尔滨。候至下午四钟，北车到，乃同张珍老搭车南来。八钟到站，回署。同车有江省周抚帅之夫人，过南，过长，寓悦来栈。送以饭菜。

二十二日己未　晴

早九钟，送珍老搭车回奉。

六月大建乙未　初一日丁卯　阴

上午，电报局陆竹君约吃午饭。下晚，雨。闻子璋太守言及怀德县令赵荣山，偕交涉司派来之日文译员郝延钟等两人到来，以陶家屯地方日站驻兵擅入民家，枪伤杜姓一命；翌日，日兵又到杜姓家，绑去到杜家看视者六人。交涉司派员与之交涉也。

初二日戊辰　晴

上午，赵令来见，并言昨日日领颇为藐视，不交出绑去之六人；郝委员亦无可如何；同来之谢委员已回奉见交涉司核办矣。少顷，日领来谈，言陶家屯日兵所伤者，皆向火车击石者。信口开河，毫[无](不)情理，当以正言驳论之。

初三日己巳　晴

午时，交通银行吴华山在大和馆请吃大餐。座中为傅清节、竹君诸人。下午，微雨。下晚九钟，偕同内子搭南满车夜行赴奉。

初四日庚午　晴

早七钟，到奉天车站。内子转搭京奉通行晋京，彝到奉省都云卿奉天府署。十二钟，谒民政珍五先生；访朱度支司、熊司使，皆不值。到莀卿处吃饭。晤张伯翔。访韩司使，论日兵伤人事。到公署。访许九芗观察，一谈。廿年故友，阔别十年，畅叙离悰，异常欢洽。六钟，谒督宪，详陈颜前道用款，及开埠局应办各事，并言须俟张季直殿撰明晚到奉，与九芗接洽调查吉江两省实业事。帅谕可再住两三日云云。同九芗吃四海春，并约于朗昆作陪。饭后，同往天仙茶园观剧。

初五日辛未　晴

早起，到瑞林祥购衣料。到巡警局与同人见面。访谈铁隍，一谈。晤程谱泉太守。铁隍于五月二十六日举一子。是日，为英皇加冕之期，命名曰英冕。诚可喜也。又访九芗，一谈。午后四钟，张元博约吃晚饭。座内为齐子芸司使、吴佩伯、张蔚亭数人。

初六日壬申　晴

早八钟，同九芗见张季直殿撰，畅谈三省事。少顷，次帅亦来谈。又道及前四年以内事。谈至一时之久。拜别季直、九芗，又到西院禀辞次帅，又谈片刻，回到司道官厅。晤朱、熊两司使。少顷，次帅又来谈。午后，在荩卿处晤绩卿、祝三。绩卿约到福合园吃晚饭。到楼南并四平街买零星物件。下晚，同到庆丰茶园观剧。本拟搭晚车回长，竟不果也。

初七日癸酉　晴

早八钟到车站。车上，晤铁岭徐定甫大令，畅论防疫事。其人系东洋留学生，颇明白。到昌图用午饭。适三镇卢统制搭车回长，在车上畅谈。下晚五钟四十分，到长春车站。回署，电告吉林抚帅，言公毕回署，并言张殿撰将有吉林调查实业之行云云。

初八日甲戌　晴

子璋来谈。

初九日乙亥　晴

接奉天电告：季直、九芗今晚到长。当嘱细野电令昌图车站食堂预备张、许两公午饭。审判厅新来之厅长何令之镕来谈。当于下晚备筵，约何大令、孔笠杉、孟颂平、王炎午、张夷千、李海如作陪。由竹亭、金琢斋亦在座。下晚，张、许两公，带同随员七人来署，极为欢洽。是日上午，日领松原带同三井行执事人杌议营业税及七四厘捐事。

初十日丙子　晴

同季直、九芗参观福兴栈房机器豆油场。午后，约绅商各界来署，详询地区商务情形。晚饭时下大雨。饭后九钟，送张、许两公及同人等搭俄车，夜行赴哈。季直为我书扇，笔意极入老境也。

十一日丁丑　阴雨

拟请领商埠款，及颜前道借支之款稿。与赵科长论外交事。致李兰舟观察函，附送简帅。寄季直电一纸。

十二日戊寅　晴　雨一阵

复郭尔罗斯齐公爷信一件。下晚，到新马路看视。颂平来，谈东北路沿江形势。周少衡自北京来信。少衡名浩，前在哈埠《东陲报》馆被封后回沪，兹到京拟编政治报，嘱为招股两千元。此敲竹杠之意也，容婉言复之。吴丽周来谈，拟调查江省垦地事，告以嫩江地已购，三井可集股开垦也。

十三日己卯　晴

下晚，雨数阵。张兰轩、孟颂平、毕辅廷来见。为颂平书扇、书对联。烦颂平寄交王铁珊观察八言对联。写致都云卿函，寄公司股款一千八百元，奉天兴业公司建房出租者。又寄吉林度支司库官卢序东一函，求其代领库拨李前任借垫廉俸八百金之事。

十四日庚辰　晴

写扇数柄。覆抚宪电，核减卫生医院用款。

十五日辛巳　晴

奉天韩司使派来之李委员大钧来访，极言来此与日领交涉日兵伤毙民人杜姓一案。日领蛮不讲理，日人岂无公理？与我则不讲公理，恃强权也。言之凄惋。日本旅顺陆军中将押上来访，并求介绍到三镇参观军队。下晚，回拜李委员、押上中将，皆不晤。写大字匾对多字。拟上督、抚宪核减卫生医院用款，并上清折文稿。到车站接张、许两公，不至。

十六日壬午　晴

天气颇热。早起，到巡警公所，人多未起。又到警局第一区，严行申斥赵区官，以其名誉最坏，不大改悔即撤云云。又到新修马路处察视一周。吉林民政司委员李锦山善相人术者来看。留吃早饭。吉长铁路局裁撤员司石君、廉君计七人均系同乡，以李亦卿新总办少发薪水，致起冲突，求代为缓颊，领到薪水，以便启行入关云云。准为明早往见亦卿说项。下晚八钟，接待季直、九芗两公，约同来署吃晚饭。饭后，送之搭南车回奉。电告抚宪并奉天韩司使张、许回奉事。

十七日癸未　晴

步行到吉长铁路局，回拜李翊廷总办，畅谈铁路局事，旋为被裁员司石君等说项。至十二钟回署。窦环海来访。奉天督宪派姚绍山庶务到哈接振贝子，来访，留用晚饭，写一扇赠之。

十八日甲申　晴

吴丽周赴江省察看墨尔拓荒地。写信致魁星阶、钟辑五、温稷臣，并垦地之王姓、杨姓。吴伯楚持段香崖函来求差，谈津事。陈竹坪来见，谈开煤矿事。

十九日乙酉　晴

三井行佐佐江来辞行，赴铁岭行办事。为写信致徐定甫，以介绍之。下晚九钟，到车站，晤伍医官，论设立医院事。以先时韩司使来电告也。大雨如注。

二十日丙戌　晴

正午，日领事松原带同信泰公司执事佐竹令信来，争论七四厘税，并营业税事。公主岭交涉局巡官董毓璧来见，询日人获去何长清事。函复郝委员：已于十三日释放矣。下晚，设筵请俄领事，因路不能行，辞谢。当延电灯厂三美人、云龙行英人，及华保人寿公司丹人等，备番菜，以欢聚畅谈。王德恒自奉天警局来，备言警局新总办周仰庵整顿事。

二十一日丁亥　晴旋阴雨

北京人周荣绶来见，约系周小庄之子。是日，到公厅办事。写扇数柄。

二十二日戊子　晴旋雨

写屏对、扇子。下晚，周子彰自奉归来，来见，略论奉天近事。吉省电：简帅二十四日出省，廿五到长。帅亦电谕，令备办接振邸事。陈仲瑜都转自浙江来函，并送兰谱。商埠巡兵富文萃与城内日妓口角，并与日警兵斗殴。城内金局长不知权限，妄带富文萃到日警署验伤理论，富乃被日警拘留。

二十三日己丑　晴旋雨

城内之路，一步不能行矣。奉天电，言督帅廿五早到长接振邸云云。致抚宪电，言在道署预备行辕，并督帅来长事。下晚，奉抚宪言，准住大和旅馆。并接幼桥电话，言住大和馆为方便也。午后一钟，到日领署交涉索回富文萃，和平了结，以现在交涉，大了不如小了，明[了]不如暗了，尚鲜失败之处也。天津麦观察鸿钧、罗太守文庄来访，荣少农太守来见。下晚，张云衢携眷同辛芑云来长，住大和旅馆。吉省徐司使电告，令转辛赴哈，预备接振邸事。到大和馆晤云衢，谈省事。备番菜，请辛、麦、罗三君。陈仲瑜荐来前充长春税局差李家绂来见。

二十四日庚寅

阴雨彻日夜，近一星期，无日不雨。然日间忽阴忽晴，尚可出门，今日则一雨不停，入城已一步不行矣。如此苦雨，农田秋稼已受损伤不少。

致吉林度支司电。致奉天府电，问帅节随员。又上督宪一电，言以道署预备行辕，并告简帅亦廿五到长。旋闻之车站北田驿长电话：督宪改于廿五晚到长。子璋来谈，令其明早赴小城子接抚帅，彝则明早搭南满车到公主岭迎接督帅矣。上午，云衢来，畅谈省事，有慨乎其言之也。写复热河苏玉如一信。复韩司使信。下晚，到大和旅馆，为云衢送行。下晚，雨益大。

二十五日辛卯　微阴

早十钟，搭南满车，赴公主岭车站。该处交涉局派队官来接。到交涉局吃饭。详询彼处情形。午后四钟，南车到，上车，谒督帅，畅谈。随员为王揖唐、蒋参议、王太史名孝绸，王可庄殿撰之子、寿翻译、金委员等。沿途论地方情景，并荒山宜多种树木各事。六钟，到长春车站，日领事、卢统制、文武各员、军队来接。道署作为帅节行辕。八钟，到站迎接抚帅，先到大和旅馆面禀以督帅专候，同用晚饭等语。同来道署。在宴会厅设筵，款待两帅及随员等。及夜半始就寝。

二十六日壬辰　晴

与督宪论吏治，奉谕应即详加各员月旦以闻。十钟，到大和旅馆谒抚宪，畅谭。[少](各)顷，督宪亦来。十一钟，同两帅到日领事馆一谈。十二钟，回署，为两帅设筵，请日领事及日武员等数人，作军乐侑觞。午后二钟，饭罢，同拍一照像。哈尔滨电告振贝子五钟到长。四钟，两帅到大和馆候邸驾。彝乘马车赴二道沟。未至，见有双车头引车南来,是邸驾已至也。返至车站,谒振贝子,言已在大和馆预备行台,竟以有病不便下车为词。见周子翼参赞,密告之曰:英待专使甚薄,置我国于埃及之次,德联邦之内,以我为三等国。受此激刺,故邸驾不豫云云。姚绍山委员告以振邸护卫以江省朴帅曾送小费差帖千元,亦嘱其向两帅需索,已密告两帅,并经告知子翼参赞矣。六钟,振邸启行,两帅送之南往大和馆。所备之番菜即约同送行。各寅友来馆共食之。李兰舟同哈埠俄铁路帮办来访。

二十七日癸巳　晴

访日本警察署长。又访宪兵队道谢。日前迎接督、抚宪厚。又访宇山院长、细野喜市一谈。

二十八日甲午　晴

午后,备番菜,请日人细野、宇山及其眷属等,以宇山将调赴安东病院也。德养源、颐韵泉作陪。

二十九日乙未　晴

访日领事,一谈。为催日商欠商会豆款,及农产公司麦钱。下晚,设番菜,请翁又申、刘春亭、毓君干,又税局提调郑君、马君等,共十馀人。

三十日丙申　晴

早六钟,到车站,接抚帅自奉天归来,迎入道署,畅论在奉各事。住一日。下晚,张小棠自津带简帅之公子到。十一钟,日领事来,称日邮便车五辆行至长春东八十馀里,被马贼将邮物抢去,日人一人跑回,一人丢失等语。询以马贼情状,则又称皆持棍,背负小包步行。明明非马贼也。许以明早派队往查。又令何守详询日警察署广本,并送日邮便人之范姓情形,则惝恍迷离,以耳闻并未见贼匪也。

闰六月小建十五日立秋　初一日丁酉　晴

早六钟，抚宪带同王诚斋、崔博吾、廖君，到俄车站搭车。祥标统在车上。奉帅谕饬查日人所报被劫邮车事件。少顷开车，送行者为子璋、兰均等，到张家湾车站下车，吃茶。见车站左近大水泛滥，一望无边，农田损失颇钜。十一钟，到老夕沟下车。适新城刘梅舫来接。榆树厅茹泽涵亦来。俄统领派车来接，到其避暑凉亭等处游览，俯瞰大江，并到兵船上参观。此间消夏可无暑气侵入，诚佳境也。少顷，约到树阴下午餐，番菜，拇战极酣，饮酒皆醉。以军乐侑酒，乐中闻有凄惨之音。问之此何声也？告以此乐歌为日俄开战时，日沈俄船于旅顺口，人船并没，作此乐以志不忘。嗟乎！俄人其有心者耶。令人将该处杜区官传到，告以与俄官联络，以保地方，免致俄兵下乡骚扰；如有交涉之件，再行报告。下午四钟，俄车北来，告别俄军官等，登车。俄统领仍以军乐送至车站，道谢作别。泽涵、兰均随之来长。在车上畅谈。八钟，到长。本埠电灯厂放光。

初二日戊戌　晴

前奉天大清银行总办保莲洲调充长春行，来访。下晚，到车站接文蜀生，住悦来栈，由双城丁内艰，南旋，送其宁绸挽幛一端。

初三日己亥　晴

到商会，与绅商议修路事。为之化除意见，剀切劝导，终乃全数认可。先行借款，以自治商会常年应得之项作为抵押物。下晚，到车站，送文蜀生搭车南旋。

初四日庚子　晴

高月亭来，议购还日人高桥房屋事。下晚，请英人工程司并电厂三美人在署吃番菜。

初五日辛丑　晴

陈竹坪来见，言奉奉天营防处委札，赴洮南一带查事。下晚，母亲大人搭南满车来长，到站迎接。何太守并本署员司往恭迎。我母亲大人精神强健，为之喜幸之至。畅谈家事。内人亦奉侍前来。

初六日壬寅　晴

写屏对。省城之电灯厂金海亭来访，带同[看](到)电灯机器。

初七日癸卯　晴

奉天交涉司委员李大钧来，谈陶家屯交涉不易了局事，并论时局，为之慨然。下晚，李翊廷招饮。以督宪介弟赵小鲁带同实业团到来，住悦来栈，作东道主人，不果往。小喜来署，访问吉林森林、矿产各事。致柳三电，以招官轮到小城来接小鲁也。

初八日甲辰　晴

早，小鲁带同王益荪数人来署，为设番菜，请其早饭。

初九日乙巳　晴

新任德惠县庆令全来见。前曾充烟酒木税差，旧相识也。子璋、怀人、辅廷、竹亭、子占均有事见面。吉林电灯厂委员金海亭来见，书一扇赠之。吉林兵备处总办王揖唐观察来，寓署内，畅谈奉天近事。

初十日丙午　晴

苏味辛自吉林来访。卢子嘉统制来访。施神甫来见，为求代追民人欠款事。

十一日丁未　晴

双城德骏亭来访。奉天交涉司派委员来，问运行李赴吉事。

十二日戊申　阴雨

东洋留学袁铁庵翼自奉来，调查商务。与之畅论农产一切事宜。下晚，养源、竹君、杏城来谈。

十三日己酉　晴

揖唐晋省。到自治会，议修马路事。适省派一调查自治委员匡姓在会演说，过于激烈，信口开河，几致谩骂，乃有毕绅辅廷积不能平，还相质问，竟成冲突。当饬各还坐位，为之和平演说片时，匡委员自己认错。迨绅商两界会议路政，尚称和协。决定筹款権限，俾此路工可以从速勘估矣。

十四日庚戌　晴

袁铁庵还奉天。松原领事来见，为求代照吉长铁路局李总办宽待日人包工，免令合同作废事。回[拜]荣少农太守，不晤。到审判厅晤何冶园，一谈。又到府署，访子璋由奉天招来之勘路人。何君世珍亦来府署，相与到商会一谈。步行看视城外新筑土路。回署。

十五日辛亥　晴

访俄领事，畅谈。又回拜荣少农太守，一谈。访子璋，不值。到卫生医院看视，正在开办之际，诸须整理也。下晚，详细写家信，甚长。

十六日壬子　晴

天气极热。由东洋留学归来之国民会代表金鼎勋、王葆真来见，与之言东省大局、数年来所欲办各事。彼代表皆以未得实行为憾。

午后，到吉长铁路局晤李翊廷观察，言日领所求各事。据称日人出钱，华人包工皆无信受罚，惟日领既代照求，只可免罚，惟需日领转饬日人大丸组催令华工限日工作，毋再逾限致罚为要等语。下晚，日领来探问说项事，彼甚如意，称谢而去。荣少农、杏城、竹君来署，吃便饭。饬由家来之马凤栖执事归去，并为作屏对、折扇多件；带去相片数张。

十七日癸丑　阴雨旋晴

下午，俄员葛利罗夫来访，畅谈。奉省电，告以奉督帅命令，饬查办颜前道所办之农产公司及开埠局出款各项卷宗，转令检齐送省清理、财政局查核等因。现查各卷正须盖印，以便送省。写致都云卿、王浣之、彭衡如信。

十八日甲寅

大雨竟日，农田损失不知价值几百千万。闻吉林有抢米之案。呼兰水灾，哀鸿遍野。为之慨然有隐忧焉。写致许九芗新任奉天交涉司使信，致郑昆池信。复温稷臣信。复郝新甫信。致魁星阶信、王克洲信。接韩司使信，派人来长转运行李，求为招呼云。书扇一柄。阅《京报》，知为防疫保案，蒙督、抚宪亲保，奉旨传谕嘉奖。防疫为保全民命之不遑，岂敢贪天之功？幸荷天恩，感惭无地矣。下晚五钟，雨止。六钟，备番菜，请俄员葛利罗夫，谈及淮军由哈搭车到长途中，淮军将俄车之打旗人推下车，哈埠铁路局电令该员与淮军交涉等情。稍顷，哈埠李道亦电告前情，嘱转王统领查办，并淮军之管带官来见，请为斡旋。当求葛利罗夫和平了解。渠亦允诺。

辛亥十月小建己亥　初一日乙未　阴

铁隍六钟赴奉二十三镇。陆军炮队二十三标一营管带官赵振纲、二营管带官李裕功来见。保安会商团长李德芳来见。均与言联合保卫地方之策。二十三镇三等参谋吴德振来访,为侦探外兵来也。三镇军需官董肇谦来,言筹借饷项事。英国牧士杜荣本、文安德来谈。陈青州湖北人持驻日汪公使给予文凭视察朝鲜满洲全线铁路,未之见也。下晚,求参观电灯厂,以其异言异服恐骇观听,亦以婉言拒之。忽闻薛绅景州藉保安会名义,私自集会,迫胁多人出名电控子璋何太守四款:财政、警政、戒烟,并府署两科经费事。该绅为何守极信任之人,乃与前控该绅之董耕云、倡议独立之王皞民等诸劣绅串通一气,反噬何守,真所谓丧心病狂,主张破坏,为公论所不容者。且径禀督、抚宪,更属越诉。该劣绅等如是骄横,地方官万不可为矣。上督帅一函,详陈此中细情,明早由邮局快信班寄奉。由道胜银行电寄上海张云衢弟台银五百两,以资接济。复吉林韩司使,言医生阎毓麟到时,当密侦之;求运马车,当设法运省等语。

初二日丙申　阴　微雨

吉林新练巡防步队第四营管带官福禄来见。该管带奉诚统领之命,到长招队,以保地面。北洋淮军外交官张文成来,言淮军调赴关内,求关照事。清赋局承办赵宗延来,言小双城堡分局被前二十年西夹荒兵民交哄巨案在逃匪徒之潘际昌,带领乡民三百馀人,将分局捣毁,并绑去书记三人,扬言夹荒永不加赋,不认新加之审判经费钱二百二十文也。告以当派妥人前往解散。奉督帅电,催金万福赴奉接差。上督帅电,言薛绅控何守事,并言金万福俟三镇初八开完,初九即饬赴奉。致韩司使电,亦言薛绅控何守事,并言西夹荒案。上督帅电,言曹营出发车费须饬交涉司,与南满公司交涉事。曹提学来电,问中学员生遣散事。下晚七时,有西北角巨声,如沈雷。问之,人云系一大流星自东南而西北也。祥瑞亦妖孽也。

初三日丁酉　阴

上海云衢来电,已收到汇款矣。奉督帅靖电,言独立非是;何守与地方因何龃龉，详询内情等因。当即电覆，已详昨函禀，并昨电中；何守无甚过失，地方正在危急之秋，不得因劣绅一控，即令去任，以长刁风。并言保安会第二次改章尚未奉到。多竹三自苏州来，言程雪帅万不得已倡言独立，以保全一省生灵等语。下晚，搭车北去。二十三镇马队二十三标第三营管带杨金声来见。日本领事松原一雄来谈，以曹统制临别送伊纪念物品，嘱为致意道谢。大、三五儿自天津来信，言津门尚安，学堂照常上课也。复曹提学电，言中学教员已遣归，学生多散归；有移入店者，闻勾结劣绅派人南下勾革党，密为防备已耳。督帅电言初六淮军过长，饬为照料。

初四日戊戌　阴

代三镇向大清银行借款弍万两。细野来，告三镇出发车价已经中村总裁告知，由奉天交涉司计算。寄天津汪云松函。并寄小儿等一信，言到云松处取银元事。接帅电，饬和平办西夹荒清赋局事。韩司使电，告何守事已经帅委彝及谘议局议员何印川查办矣。复于朗昆一函。下晚，毕绅浩垣、张绅经周、王子明、何鹿洲来谈，极愤薛绅之提控何守，公同电禀督、抚宪，以表明薛等之妄为、何守之诬云云。此亦足征公道之在人心也。刘梅舫来信。

初五日己亥　晴

上督帅电，言金万福昨夜赴奉；劣绅控何守事已经抚宪派彝及谘议局员何印川查办矣。韩司使电，告西夹荒事，度支司已电清赋局缓办等语。三镇咨请接收镇部房屋，并各器俱。即饬何守派警接收。兴业公司毕辅廷经理，以公司款不足用以租埠地建筑房间，向正金银行押借叁万元，六个月为期，每月利息七厘弍分。下晚，铁隍并韩叔文由奉来访，畅论奉省保安会内容，并地面情形，政党终归主张君主立宪。自是好消息。覆吉林营防处电，言三镇初八开完，即令福管带全队移入长安，甚安；再过数日，酌令省来两队回吉，容再电告云云。

奉督帅札，令调停何守与绅界，化除意见等。因奉吉林公署札，交宽平银五万两，饬令转交三镇曹统制，以备出发之用。复新城刘梅舫太守长信，并寄《长春保安会章程》。近来天气过暖，自本日起，北风作，寒窗结冰矣。

初六日庚子　阴

祥标统来谭。双城绅士运升、董辑五来访，为询保安章程事。陈仁甫来，已与何太尊商定派为财政处主任员差。奉督宪电，告北军已渡襄河，攻至龟山，甚属得手，汉阳可复等语。奉督宪电示《吉林保安会章程》。上督宪禀函，言曹统制全队初八开完，并前次卢协统开队车价由奉天交涉司照交，以省周折。再现饬何守整理警政、财政，以求无闲人言，并言毕绅等系公正代表抱不平，上控薛绅云云。

初七日辛丑　晴

致度支徐司使函外，致卢序东函，为领十月道署薪费事也。下晚六[钟](协)，陈翊臣协统来辞行，留用晚饭。九钟，到车站接待日本大岛都督，系出游欧西，由西伯利亚车归来也。随到大和馆，略致寒暄。奉督帅电，言倡言独立，与前义和拳无[异]；各城地方官有立即解散者，有听其妄为者；以后如有倡言独立革命者，解劝不悟，立即剿拿，免滋贻误等因。当即电复：长春学生、劣绅初有独立革命之议，当即劝导解散；乃闻尚有南下勾革党之说，已经严密防范，定当遵谕办理；近日人心安静，请纾宪怀云云。

初八日壬寅　晴

写致谢曹统制一函。十钟，到车站，送陈协统赴奉。陈协统机警多智，此次黎标统不得为乱者，皆协统布置之周密也。日领事来署，为定承租埠局房屋为各国洋人俱乐部，并代大岛都督道谢军服。驾曹统制新送之敞车，到城内商会一谈，并看兴业公司新建房屋。下晚,接督宪急电,言探称王国柱运动高子占日内回长,拟将何守斥去,得有警权、兵权;日人即乘机而入等语。如该处绅士有举高子占警长之说,则所查即为有据,自应严加防御;倘有暴动实据,即可相机拿办为要等因。当即禀覆高子占曾经提拔,不至有意外之事;且兵力甚厚,皆为彝所用,可保无虞云云。并言吉林新设之备警总局,与巡警分而为二,以后恐生事端,详加论说,未免小心过虑也。更言各城保安分会章程只要单简,不取铺张,倘人人予以参预保安行政之权,则恐转而多事也云云。朗昆来函,言奉天初五日夜十二钟,急进会党人多名,皆秃头洋装,汹汹入府,请大帅出来会议。时帅已就枕,号房一面禀知,一面电请张统领带同马队两营入城,散布公署左右,防不测也。比一钟时,在饭厅开会。彼党迫令大帅宣布独立,语极激恶,并拍案作响瓦声。张统领及陆军统领三四人立即拔刀,欲溅彼党头颅之血。此时,大帅左右为难许多时,始将两方面劝住,遂各分散。时已钟鸣三句矣。时局阽[危](局)人心乱,此后戒心恐无时释却也。吴廉伯偕同刘兴甲赴申,安危两字当于此二人归时卜之云云。写致金道坚靖戒信,催索前挪之九百日币也。

初九日癸卯　晴

上午,到商会看视商团练队壹百六十名。当面演说敌忾同仇之意。午后,到吉长铁路局,晤翊廷总办,知该总办已经邮传部撤换,接替者路观察多钰。翊廷办事为日人所畏服,然必多方运动,去之而后快。兹果撤换,日人可任所欲为矣。而路政之失败,以后真无法挽回矣,此可痛哭流涕者也。我之铁路与东关横隔大河,且又隔绝一日本小铁轨,城内商民非到头道沟日站处不能上车。此不能不痛恨当初勘路卖路贼之傅良佐也。下晚,约祥标统,赵、李、福三管带,吃便饭。北京钦差大臣电告:据前敌电称,初七午后二钟,官军已克复汉阳钢药厂,全未损失等语。当即照电出示晓谕,俾众周知。致韩司使一函。送车入省。

初十日甲辰　晴

写致都云卿信，派办事官往取平康里房间服折息折。复墨岑一函。昨接二弟九月十九自永清所发来信，言家事平安。昨今两日，接朗昆两信，言新官制将由保安会议决裁去司道各员，并言近日戒严。王平子代理民政司、辽阳学界倡言革命，已挂白旗，州官史曜五奔至省，督帅另委金令选三星夜前往接代，省内各官眷，均已迁徙一空等语。当招祥标统、史协理筹商防备之策。下晚，吴佐民太守自上海来，言南方情形，程雪楼中丞反背朝廷等事，令人发指。

十一日乙巳　晴

吉林官运局长姚文甫观察来访。保安会绅商人等以薛参议长景州不符众望，另举张维周为参议长，所遗副参议长一席，公举何晓川承充。吉林派查委员何印川亦在座，均不直薛景州之把持要挟也。下晚，吴佑民、陆竹君来谈，留用晚饭。晚九钟，驻法公使刘紫升由俄车来长，前往迎迓，以尽地主之义。奉天南满会社主任佐藤君亦到长，晤谈甚欢。适日本内田公使亦搭俄车来，同在车上大餐。内田作东道，殊歉然也。同车有直隶人由欧西来者四人，亦接谈，询及在外洋人对于革命一事有何评议，则称亦多赞成革命者。盖外人殊不知中国国民未必有此革命程度，不识战祸何时已也。回署。适《东三省日报》主笔汪子实由俄归来，畅论俄京国民程度，并富贵人家骄奢淫佚与中华等，但不知彼国财产之多何以若是。

十二日丙午　晴

美商阿诺德来访，留用午饭。争论电灯厂不能再用洋工程师理由，免令把持也。下晚，吉林韩司使委员李大钧东洋留学来访，畅论东三省与内地不同，不能独立革命理由。与彝见解相同。致韩司使函，并致孟统制函，皆详言长春地方现在情形，并调遣军队各事。

十三日丁未 晴

接二弟自永清来信，家事甚安。巡警公所叶队官来，言点收三镇器具各事；福队官挪借官帖五千吊，修理营房、置备器皿各件。黄芝堂观察来谈，即晚搭车赴奉也。长春《国民新报》近日所载，皆属鼓吹革命之事，大违报律，并有诬人名誉情事，即饬巡警康局长将魏声钥传来，当面责以后当严加取缔云云。昨抚宪并韩司使来电，皆言奉天匪徒倡言独立，居然与督帅反对，饬令严防各匪徒，免来吉江肆扰等因。当即覆：遵饬，与祥标统妥商严防矣。

十四日戊申 晴

写致二弟一信。阅奉天省抄，知怀德赵令荣山调省，遗缺以萧令钧署理。上督宪电，云：怀德赵令地方情形最悉，如无大过，似以不动为宜；萧令文学有馀，似非济变之才；长怀接壤，尤有关系，彝为大局起见，冒昧上言，乞钧裁云云。到日领事馆，为吉长铁路包土方工人呈控日人前田平太不给工价，求领事代催事，并催日警殴伤大屯人，速予了结事。

十五日己酉 晴

十二钟，府自治会成立，监视开会，痛切演说俾免官民隔阂等语。子璋由西夹荒归来，已将聚众之数百人解散；绑去司书业经放回；索去官帖票照亦均如数送还。惟乡民要求本年夹荒水灾，须振济钱一万一千吊，并免去宣统二年分审判厅经费钱二百四十文，约计两万吊之谱，当即禀请抚帅，准予照办。此实保全大局、从权办理也。派赵科长在料理店请日本车站站长、各执事，以酬报输送三镇兵队之劳。写上督帅禀信邮局快信，言西夹荒事已解散；薛绅控何守事亦了结；奉、吉两省发起国事共济分会，无疾而呻，徒滋扰乱，宜及早解散，用保治安云云。写牌匾多件。闻农安有聚众之事，即电李令询其原因，俾令劝散，免兹事端。

十六日庚戌　晴

日领事来，谈俱乐部租赁开埠局房间事，并论《国民新报》信口诬诋，有碍两国邦交，求为取缔等情。上徐中堂、锡都统书，言近日长春情形。下晚，黄芝堂来，谈李翊廷观察销差回京矣。奉抚宪电：何守所请振济西夹荒各项已准行，令转饬遵办云云。

十七日辛酉　晴

今日为三儿生日。接朗昆来函，言奉天近日安静情形；闻许九香司使已回奉，北京复调其回京，与唐大臣绍怡同赴鄂媾和。忠晋卿自吉林来，留用晚饭。邀姚文甫观察来谭。吉长铁路局新任总办孙章甫印多钰，留学美国，本年廷试，授职翰林院检讨，人亦精明，不识能如李翊廷之魄力，能惹日人注意否。督宪电询农安乡民聚众事，当即电覆：闻聚众农民要求撤审判厅归地方官办理，并免审判经费等事，非同暴动，日前商之祥统领，派赵管带前往解散，容再报，请放心云云。农安李令亦来电，言赵管带到，即可解决等语。顷据何守由电话报告，小双城堡事已有头绪，乃今日又闻官盐缉私队获私盐八车，十三甲团勇到缉私局强拉盐车，与盐巡开枪，击毙盐巡一名等语。告以当派曲义贵队官前往，与该区区官和平了结。惟民勇枪毙巡兵，人命至重，亦不可不予究办，致长刁风。适官运姚局长在座，当与妥商以后官运便民之策。姚亦极赞成。

十八日壬子　阴

夜三钟，立住儿有微疾，起视，稍愈。六钟又就寝，八钟又起。立住儿汗出热退。请王寿山来看视，言病甚轻，去其风热，当自愈矣。祥标统来，谈东人有密串军队情事，俟得有确证再行发表。史静斋亦来，言商团兵队与陆军互殴事，已与祥标统论定，速予了结。徐秀亭报告乡民枪毙盐巡事，接农安李令、赵管带电，称乡民聚众事已经劝导解散，惟要求蒙租照旧章征收，司法不得用地方款各节，执持甚坚，已另详陈等语。当即转电抚帅,俟另详到后作何办法,再行请示云云;并由电话告知祥标统、何太守矣。抚帅电示:俄领租地事,应俟部定章程再办等因。钟辑五电催讷河厅购地事。本署队兵自十月起每月赏加三十元,以资津贴。

十九日癸丑 晴

商会王获人总理自关内来长,言关内各处均极安静。英美烟公司经理英国人来谈。日本横滨正金银行取缔役小田切万寿之助来访,中国语言极好,嗣知曾充上海总领事,且游京津各处,故熟悉中国情形也。农安李令来文,为绅士要求各项转为请示事,并详细禀函正在批饬函覆间,复据李令电告,请将劣绅之倡乱者出其不意,严加惩办等语。当即电覆言:法办事恐召乱,倘非此不可,而附和者不至为乱,则亦济变之一道;尊见如有把握,应请抚帅示遵云云。并覆长函,嘱其万勿卤莽从事,致激变端等语。

二十日甲寅 晴

早起,到大和旅馆,回拜小田切万寿之助,少谈。并回看英美烟公司经理伯独立。即在大和馆自由剪发,以先禀明母亲准剪也。从兹脱去烦恼业根,亦省事之一道也。祥统领、何太尊来,谈东人勾串华人起议暴动事。密饬探访孙队官访党人黄子璋行踪。接二弟自家十五日来信,知家事甚平安。当作覆函,告知长春近事。致魏办事官一信,内附封租票五纸。寄天津两儿信。

二十一日乙卯 晴

日本警察署译员广本来,谈日人勾串革党事。午后,访祥统领,一谈。到商会稍坐。到城外商埠看视戏园工作。下晚,诚德堂统领自省到长来访,畅论省垣近事。接韩司使快信,言省学界前倡独立,已归平静,乃王揖唐参议陡向抚帅提议独立,且密查军界不无勾引,日来正在竭力遏止，不知能否有济等语。则吉林风潮尚未息也。灯下，祥统领、日本警察署长吉田、译员广本来署，密议日人勾串革党设法调查事。覆傅清节观察一函。

二十二日丙辰　晴

写匾字。午后，回拜齐绅耀瑄。又答拜诚统领。祥统领来谈，述今早庆恩探得日人拟起事时，攻破道署，并绘具图式。日人之狡，一何可笑！赵干臣管带自农安来，言众民已散，以无理要求结局。即上不允许，亦必不能再聚众矣。电告韩司使长岭聚众已解散无事；农安虽无理要求，亦无再聚之事云云。于朗昆来信两函。阅报，上谕吉林陈等：请收回摄政王退位成命，实属不知事体，均着传旨申斥等语。则抚帅及各司道以摄政王退位使人民益滋疑惑，非所以救危局，亟宜收回成命，否则臣等不能复任地方之责云云。疆臣热诚，朝廷微意，各行其是也。致李虞臣信，为韩司使购车上器具事。

二十三日丁巳　晴

接马绩卿自盘山厅来信，求为伊本乡马家头台距长三十里双阳县界购枪数支，以备防贼等语。此事诚非易易也。十二钟，到自治会，议保安会进行事宜。以由省新来奉民政司札办清乡预警事宜之贾学生治安长春人，省学堂肄业亦到会演说。少年无经验，言之易，行之难，当告以清乡预警，论章程则事极繁难，需款尤钜，当先筹定款项，方能入手办理；应先从保安会整顿巡警，及招集预警，既有头绪再从事逐细研究，方为正当办法。众皆赞成，并定准以中学堂为保安会地所。杏城、竹君来谈。日广本来告，已将日人木村拿送城内警署，正在研讯，求将祥统领处军校庆恩所得之手枪、道署图纸取去，留下领收证，明日讯明报告云云。

二十四日戊午　晴

覆奉天交涉司电，言吉林禁粮出口，系自十月十五日起，至十一月十五日止，此一个月内可照常输出，以后查禁云云。韩司使由电话告知抚辕文巡捕张树荣系革党，今日出省到长时，可密侦其去路何所。俄领事来，言租地事。即电抚帅，请酌定租价。下晚，约庆恩来，详言与日人木村好太郎数日来聚会细情，以凭报告。

二十五日己未　晴

广本来，言日领以彝未将木村拘获，暗令日警拘办，实属保全彼国名誉甚大，嘱令先申感谢之意云云。当促令广本将前取去之手枪，并木村绘图交回，以凭照会领事云。写致韩司使信，并上督帅长信，皆详言[庆](广)恩密侦日人木村谋乱不成事。朗昆来函：督帅请假，奉旨赏假十日。劳瘁可知也。

二十六日庚申　晴

午后，赴吉长铁路局，答拜孙章甫检讨，畅谈路局事。写上抚宪函，亦详[言]日人木村谋乱事。写致二弟一信。令李斌送于妈回家，并寄儿子辈一信，令李斌到津看视。民政司委员李景阳来，言吉林府管界黄天教聚众三十馀人，拦路抢劫等情，已经警兵打散云云。长春前亦有倡言此等邪教者，应饬保安会各警随时查拿，以靖地方。写致于朗昆一函。

二十七日辛酉　晴

早十一钟，俄领事来谈。适昨奉帅电，俄领租地建署，准援奉天章程议租，他人不得援以为例等因。即与俄领同往勘丈地段，计用三十亩，照中地议定租价每亩弍百金，共计银六千两。该俄领即以报告外部列入预算也。午后，祥统领来，稍谈。日领事来谈，言木村事已结办，并道感谢之意。日警署长吉田言有陈荫亭者，在公主岭地方招兵等情，告以即饬警往探。下晚，致孟统制函，亦言木村事。又致卢序东函，求其代领道署公费，并运米车价。写复韩司使函。顷接赵惠山科长言，昨见赵树荣，伊称因劝抚帅独立未允，给以路费四百元，令其离吉赴沪探听消息，并言王揖唐亦倡言独立，不得行，亦将离吉矣。赏给祥标统标下庆军校恩壹百元，以侦探日人木村有功也。

二十八日壬戌　阴　甚暖

谈铁隍来信。到加藤洋行买信纸，回路到新修戏院处一看。罗海村自省来，谈省垣近事，尚安静。写唁刘梅舫信，并送挽幛，交海村带去。下晚，日警长吉田来，言日人一、高丽人三，在城东二十里堡被抢，见系巡警所为，请速查办等情。当饬汪局长会同康局长派警往查。日警亦派数名随同前往。拟详覆督宪长春绅界薛景州、毕维垣等互控等情已经和平了结，请销案稿。接韩司使快信，言及送到密电码本。

二十九日癸亥　晴

写致韩司使快信。写复张云衢信，并托买书帖。到官运局访姚文甫，一谈时事，为之杞忧。李蔚青查巡警是否抢掠日人事回城，据称日人聚赌，巡警借查赌抢日人钱帖。店主言之凿凿，日警广本极欲到东卡伦搜查警兵，蔚青阻之不得，来城请示。当在大和馆见警长吉田商之，日领准令写信令广本归来，搜查警兵由我警担任，免有冲突。即饬汪局长转致康局长，带警到东卡伦自往搜查，将犯事警兵带城讯办。孙章甫在大和馆邀吃番菜。又经三井行、正金银行两主人约，往日饭馆吃便饭。十钟半归来。

十一月大建庚子　初一日甲子　晴

怡大洋行两英人颇谙电学，到电灯厂指示一切，极为有益。备番菜以食之。闲游，看视兴业公司所造之戏院、书馆。景春茶庄今日开市，系王寿山经理。往为道贺，少谈而返。接韩司使快信，当即作复。密探由奉归来，言张树荣直赴大连，有伊同乡马长贵到奉下车，寓督练公所等情，并告韩司使知之。

初二日乙丑　晴

陈纯如自奉天来访，为赴官运局谋差也。留住署内。陆竹君、孔笠杉来谈，留吃晚饭。午后到巡警公所，讯东卡伦警兵，日人控案。该警兵四人野蛮已极，不可理喻。饬康局长带回研审。于朗昆来信。儿子辈自津来信。

初三日丙寅　晴

督宪电饬查缉木铎，即刘莪舟。日关东都督府□□□少佐，并冈野增次郎翻译来谈。到中学堂(国民保安分会暂定地址)筹议进行方法，以办清乡为急务云云。姚文甫来谈，留用晚饭。吉林郭司使为农安公司房屋事也。致张云衢一信，为求其致徐朴安信，关照王寿山赴津购货事。

初四日丁卯　冬至　晴

董次苏来访，问延吉府近事。审讯日人所控之警兵。到日领事馆，争辩日人韩人捏控警兵强抢事三点钟之久。下晚，电请抚宪，以吉林府管界杨大桥西二十里，闻有俄人尸一，华人尸二，车一，请饬吉林府速查报等情。韩司使来电，告知学生贾至清至长，劝办预警，不得另立局所，多请款项，任意铺张，请力为主持等语。即饬何守知照。又奉抚宪札饬内阁漾电，以官绅举办乡团，应由各绅就地筹款，不得纷纷请领枪支，致滋流弊等情，饬令转饬所属一体遵照等因。朗昆来函，奉天保安会有取消信息。张榕已回奉矣。

初五日戊辰　晴

纯如回奉。王揖唐观察来访，畅谈吉垣近事，并痛论时局。留用午饭。孙章甫来谈。吉长路局机务处总管秦仲宽来访。下晚，到悦来栈，访旧友廷克卿，畅论北京近事。克卿系极有气节之人，旗员之不肖者尤深恶痛绝之，以不合时宜落寞终老。兹其江省门人约其到江暂避北京噩耗，亦可慨已。致李兰舟信，问三多大臣何日南来事。致钟辑五一信。

初六日己巳　阴

早起，到审判厅访何冶园、孔笠杉，一谈巡兵绑讹日人事。午后二钟，福管带带领新招之巡防队来道署，听候验看。当邀官商各界来观，并对全队演说军人军纪、忠君爱国、合群保民等语。另送茶叶十斤，以示薄意。到公所审讯巡兵讹日人事。接李虞臣信，为韩司使购马车皮套事。致韩司使信，缕陈地方情形，并送皮套事。

初七日庚午　晴而微雪北地常事也

韩子明来访。询营口状况。赵君子静持韩司使介绍信来见，畅论时局，意见甚合。赵，吉林桦皮厂人，由吉林师范学堂毕业，到奉天组织报馆，与革党中人有相识者，故其能明时局也。此次司使派其赴大连，闻党人有由连来吉之说，前往阻止之也。鄙意两军媾和，在上海地点，或谓上海民气最盛，和议恐不易成，彝则谓无虑也。现在两方面财政困难皆达极点，无力再战。况英日各国均不承认中国，共和之局不成，必皆出而干涉，革军万难抗议。和局一成，黎元洪、程德全易与耳。若孙文、黄兴辈，必当功成不居，遨游海外。或以未达种族革命目的，惟有蹈东海以死耳。管见如斯，容觇厥后。韩崇司使之侄、文兴司使委员来谈。午后二钟，赴府议事会研究义捐之事，决议举办慈善捐粮。车之捐，暂作罢论。下晚，到大街查视一周。饭后步行，有益筋力也。写致朗昆一函。写人和药局匾额。

初八日辛未　晴

立柱儿夜间啼哭，不能安睡，故早起颇晚。为日领事送新年贺礼六色，送细野四色。到巡警公所，审讯姜家店柜伙是否知警兵诈索日人钱财事。哈埠李观察送到运兵搭火车半价单一纸，以日前奉抚帅电谕省队派赴宁古塔，须候半价[车](单)也。下晚，韩司使电询：康局长难期振作，可否调派法芬布充任？当即电复：法甚好，惟有许多曲折，函详，并详言现议将商埠巡警并入城局，似以汪局长为相宜，以其先在城局充差，与绅商感情尚好，尤能联络外人也；如司使实在不以汪局长为然，则即派法来长等情由，快信致韩司使矣。李斌自津归来，带到二弟信，并两小儿信，皆平安也。

初九日壬申　晴

早七钟即起，到头道沟接待俄人之前与日战战亡于高丽各大将灵柩到长。晤俄领事，及由哈来之马中将、各武员，并搭车至二道沟。其喇嘛讽经，及车站悬挂黑白旛幛，与中国丧礼同意。十钟，俄警察长民年过夫邀至寓所，以茶点相待。十一钟回署。写日本副长太田求书对联一横幅、一束幅。子詹来见。下晚，到商埠界内旅行，为消食也。写致天津、吉林官银钱号张小棠、汪云松函。南岭巡防队来一金姓，言福管带到头道沟群仙妓馆缉贼，正在绑带来城，被日警夺去，并将福管带及兵队带赴日警署，请饬索还等语。即令李荫青科员前赴日警署询问。该科员覆称：日警长吉田以福管带擅入附属地内绑拿客人，并搜抢客人身上差帖、戒指等物，实与胡匪无异，此非寻常事件可比。现在日领事已赴大连，应俟日领归来办理，不能释回。并以福管带目不识丁，大为讥诮等情。该管带一勇之夫，乃冒昧[带](到)枪到附属地内拿贼，殊属不明道理；而日警即以强权对待之，徒令外交官贻羞。华人不受教育，事事吃亏，日来屡出此等无理案件，一波未平一波又起。甚矣，国势衰弱之秋，民人野蛮之气，以致交涉处处为难，可为浩叹。于朗昆来信。

初十日癸酉　晴

致函日警长吉田，索还福管带。据李译员回称，福管带昨拿获杨姓确系新民府辛立屯贩棉花商人，有晋丰达客栈货帐为据。吉田通令出具误抢平民甘结，方准释还等语。当又致函吉田，出具福管带误拿良民字据，方得索还福管带，尚不知所获为商人，告以种种证据，始恍然悔其所为不合，言误听金右臣密探之言也。当饬回营，立将金右臣严押以凭核办，并饬李译员传如意班妓女到公所讯问贩棉花客人行为如何，该客人失去差帖等情，以该商人告知日警在该妓女处被窃也。下晚，为吉田、广本写屏对多件。

十一日甲戌　阴

写屏对多件。写致汪云松、张小棠信。接韩司使快信。即作函复之，附论时局，并带去皮套四件。

十二日乙亥　晴

接韩司使电：长春城巡局局长仍拟调法芬布充任。下晚，孙章甫来谈，留用晚饭。吉林府四乡警务长景贵来见，详询在三道岭子俄商被匪劫毙一案情形，失事地方附近一巡警分住所，只步巡十馀人，夜间亦不能远出巡逻。告以应以步巡改为马巡，星夜巡缉方为有济等语。该府警饷亦已数月未放，无米为炊，何能办事！当函告何守通盘筹算，认真整顿焉。

十三日丙子　晴

吉林交涉司余大鹏译员来见，亦为俄商被劫事而来者。本日，为日本及欧西各国新年初一日，当同何子璋太守，康、汪两局长到日领事处，及日警署、南满会社、邮便局、宪兵队、守备队长各处道贺。下午，又到三井行、正金行、伊陵洋行、天主堂道贺。吉林郭司使电请为俄武官由长赴吉，知会吉长铁路局备特别车车票，送交俄领转交俄武官备用等情。复郭司使电:照办。代何守复韩司使一电,请暂留康局长月馀,使大局定后再请调法芬布等情。何守密告:昨李大钧到长,其言论确为革党。伊本为韩司使委员,伊之由北京上海转来,将以游说司使也。当致电司使,请防游说之言云云。下晚,写致韩司使长信,并复郭司使一函,均交余译员带吉。奉督宪电告:革军向汉阳发炮,和议停战之约已经破坏,闻长春党人来者甚多,应严加防范等因。当告知何守,并又详函致韩司使。

十四日丁丑　晴

祥标统来,告知和议破坏事。日领事来谈,告知不日奉调回国,所有交涉未竟各事,一一叙明,求速了结等语。磋商至四个钟头之久,总以多占权利为要求。我之所要求者,彼乃不外“推诿狡展”四字。虽节节争论,不稍退让,而国势衰弱,又当变乱之秋,而我之军警人民程度太低,事事不能见重于外人,且多无理行为,外交安得不失败哉!为之惭愧,为之愤恨。徐中堂七弟来谈,留用晚饭。奉督宪电告:汉阳两军前敌因接上海电过晚,是以误会攻击,现又订明退兵百里外,再限五日续议和局等因。

十五日戊寅　晴

商会告知关内火车自留守营以西不开行等语。当电请督宪饬查有何变故,速电示以安人心。何守又称何印川自省来信,言停办新政,免去捐税等情。当电请韩司使,恐有不实,致滋谣惑云云。又经陆竹君告知:滦州王茂萱总统自称民军北边大都督,已分电各省宣布独立等语。当转用电话告知吉林公署郑馥如,以渠问火车不通之故也。

十六日己卯　晴

庆善银号王楚珍来,索前担管谢福州捐官尾欠一千馀两。管洛笙自本溪湖来函，求关照在长分销煤事。下晚，设筵请日本领事松原一雄，并军警官商、南满会社诸人二十二人宴会，为领事送行，为诸人贺年也。

十七日庚辰　晴

往为杜牧士贺年，不晤。写致郑昆池、殷献臣、陶守之、马仙桥各信。皆为追索欠款事。昨奉督宪电示：驻滦一标李、张、施三管带欲独立，兵不尽附，三镇自能了之，火车不过暂停耳；内发金八万两，足支数月矣等因。当即通知绅商，以免人心浮动。据毕绅来谈，昨晚有省派谘议局议员何印川仓卒来，言奉抚帅及各司道统制公用印文，赴沪与革党直接谘访共和，预备各事，以凭照办等情。是直省民军与独立无异也。北京政府尚存，何妨稍候和议归宿，再听政府命令，以定从违？乃率与民军直接，是犹之乎以摄政王退位，奉请收回成命之事同为失计也。闻系大开会议之举，并松秀涛观察亦须赴沪，则旗籍亦赞成共和，更不可解也。毕绅又言：昨何月波与众绅电请民政司派毕绅充长春巡警局长一节。绅权如此膨涨，不先知照何守，竟越权限公举警长，则监督之义安在？时局之不可为如是，可慨也夫！接朱幼桥来函，即作函复之。

十八日辛巳　晴

日领事馆译员荷野，同宪兵队长大矢来谈，并领事问：省垣开国民会，派员赴上海会议，有此举否？答以亦闻有开会之举，曾派员何印川赴上海，其内详情不知云。祥标统、何子璋、毕辅廷来谈。出外游行。接于朗昆函。又接李聘三来函，借五百元也。聘三之窘可知。灯下写送日领事松原四屏、一联。屏为七言四律两首，系挽叶文伯捉刀，经彝改削者。诗云："旭日光华耀海滨，轮船到处地回春。交缘诚信情愈密，时值艰难谊倍亲。方幸善邻敦友道，那堪歧路起征尘。洗樽祖饯多惆怅，南望风云更怆神。"（武昌官军与革军正在相持不下，和议未成，杞忧何已。)“阅尽艰辛志不灰，丹心一片费疑猜。茫茫世宙呼天问，滚滚江潮跨海来。谁识岁寒显松柏，要知春转有风雷。待当扫尽尘氛日，记取临岐首重回。”(松原领事，法律家也。彝于今正元旦到长赶办防疫事，即承相助为理，所办交涉各事宜尤能协和相商，以故事无大小，咸得取决焉。兹值荣旋，勉成俚句，用作记念，并希诗家两正。)接督帅电示：滦事剿平，车开云云。当即知会商会，以安人心。奉吉林公署电：长春保安会参议部电称公举毕维垣接充警务长等语，查巡警系官治性质，照章不便公举，惟现充局长是否胜任，望即查明电复核夺。啸印。绅权之膨涨如是，不禀商地方长官及会长暨民政司，居然直接帅座，绅士之程度如是，犹欲骤跻共和，安见其不导乱耶？

十九日壬午　晴

写复管洛笙信。午后一钟，日领事设筵相招。三钟后回署。王获人来谈。毕辅廷以公举警务长未蒙帅允，大为愤恨。当以情理开解之，然彼恐不能释然，难免不再起哄也。同子璋复大帅电，请核办派警长事，并致韩司使电，亦言请速派警长，当督饬何守认真整顿，俾令绅士置喙云云。

二十日癸未　晴

写复于朗昆信。午后二钟，到二道沟俄警官民年过夫处贺节喜俄人重在年前之松树节也。留用茶点。又至俄统领西班磋夫处贺喜。有俄武官并武官之夫人多人均集。留用茶点。以多吃香槟酒至二十馀大杯，下晚归来，将酒呕吐至十馀次始尽，一夜不得安眠。二十年来，无如此大醉也。接韩司使来电，言已派法芬布来长接警务长事。

二十一日甲申　晴

诚统领自吉林来长，来谈。午后，俄统领兵官五人带其夫人等六人来访，设茶点酒果款待。至下晚始去。并约定俄新年一日到二道沟看烟火，二日来道署吃番菜云云。晚七时，何守报告审判厅看守所所押犯人乘放封之际，抢去看守兵枪械八支，开枪逃逸，计逃去命盗案三十八人，苦工十九人等情。当即分电奉天督帅、吉林抚帅，及吴司使，并电告陆军兵警，分投追拿，俾免逃犯逸出，滋扰地方。

二十二日乙酉　晴

奉督宪电：封犯逃逸，并将所长枪毙，非寻常疏忽可比，应将管狱官摘顶，道府厅均记大[过]（记）等因。以意有误会非反狱也。当即覆电声明，并详覆一切情形。审判厅系司法独立，道府无监督之责，代人受过，殊难为情也；且事非反狱，官更不任咎，应请将记过摘顶之处注销，以昭公允等情。日本松原领事以不日回国，来署辞行，面谈刻许。下晚九钟，搭车赴奉，在车上，夜半后始寝。

二十三日丙戌　晴

早六钟到奉，候督帅早起晋谒，详陈地方一切事宜。谈两钟许，吃点心。督帅亦言吉林奖励孟统制保护地面等情，并郭司使以交涉部关防行文哈埠英领事，该英领到奉面诘，以吉林为独立，经督帅电责郭司使，抚帅为之袒护，两有意见，督帅电抚帅：以斯何时也，两人岂可有意见，自认失言；于抚帅，亦认过，终归于好，郭司使免予开缺，现提学曹司使禀请开缺，督帅意以郭司使调署，即以韩司使兼理交涉司事，并令彝到吉告知抚帅。彝以不便代传此言，请督帅致函可也。晤金仍珠度支、周养庵盐运，稍谈而出。晤史曜五刺史，略问辽阳近事。访朱养田民政，略谈到京与袁内阁问答各节，袁亦似不能战者，殊可怪也。访张雨亭统领，不晤。访饱帆，畅论大局事。阅《盛京时报》所载媾和议员上某大老书，言民军事事压制，不讲人道各情，万不能成大事也，不过糜烂天下人民惨苦耳。吃面饭。又访于朗昆，一谈。又访萧司法，一谈。到四平街买纸张、香槟酒各物。晤任景丰，问北京情形。往访新任奉天府孙幼谷太守，不值。到忠荩卿处。晤段子由观察、潘丹庭统制、福圃孙诸人。留用晚饭，即存宿焉。

二十四日丁亥　晴

早七钟，搭车到车站，吃番菜。八钟，搭车北行。同车有日官数人、女眷数人。午后一钟，到昌图车站，吃饭。下午，到公主岭车站，见日警长吉田，始知同车日官为新任驻长领事，由吉田介绍，略致寒暄，并与其夫人见面。[在](见)车上见北地有薄雪。下晚六钟，到长春，回署。少顷，何子璋太守来谈。电灯以机坏灭，时许复明。警局报告祥统领之陆军六十馀人，均持木棒，入戏园门即打，致伤看戏人、警兵、戏园诸人，并毁器物多件。当即面谕汪局长先医受伤人，一面查点损坏各物，并将抓获之陆军送归陆军自行惩办，明日仍须开演。陆军之野蛮如此其极，尚何言哉！惟须向祥标统索偿损失，及包补戏价耳。

二十五日戊子　晴

赵干臣管带来，议戏园赔偿损失事。林凤山、郭维藩来，言德惠办预警为难事。

二十六日己丑　晴

早十钟，到车站送日领事松原回国。本日，为俄国新年元旦，到俄领事处，并道胜银行，贺喜。均留用茶点。孙章甫来谈，言到吉借款二十六万，两路事得以接济云云。府议事会来，言王皞民禀讦何太尊，并控告各界七款，请问作何查覆。当告以论人必须忠恕为要，万不可稍有偏私，自取咎戾。如王皞民者，以道路传闻之语诬蔑长官，及议事会名誉，并出具诬告反坐切结，乃查无一实者，其自贻伊戚，夫复何尤！会长张树屏等均无言。后又言官绅以后须不可有意见，方于地方有益。众皆赞成。

二十七日庚寅　晴

饬汪局长向祥标统要求赔偿戏园损失事，以保营业。日本陆军中尉铃木来访。府议事会王甲臣等五人来见，求融合官绅，并求办赈，救济穷民，及办请款平粜，以备明岁青黄不接之时用资挹注等情。杜牧士来访，为伊通州教堂房东无理取闹，不到年限欲霸房另租等情。当允代函致沈牧，代为理结，并求商埠租地，建设宣讲堂事。诚统领来谈。查杏城来，议祥统领赔偿戏园损失事。祥之不讲公理，一若陆军可以横行也者，名誉扫地矣。杏城求为从权包赔了结，不得格外从宽矣。子璋来，谈吉林之代表二人自京来信，民军在南惨无人理，北京已办联合会，公举冯国璋为会长，仍须主战云云。致谢卢序东库官一函，为代领公费也。

二十八日辛卯　晴

奉抚宪电，以长春参议部请筹办平粜，实无款可拨，饬令明白宣布，以释群疑，并令统筹究竟振抚需款若干，查明速覆等因。即饬何守邀集参议部妥议，以凭声复。访孙章甫，一谈，向催前欠地价并砖二十馀万价钱允稍减。子彰同绅士六人来署，讨论振济灾民、购粮平粜事宜。吴提法电，论道府因封犯在逃记过，代为不平，呈请督宪将处分取消等情。覆电道谢。阁电：停战再展限两星期。

二十九日壬辰　晴

日领事木部守一来访，谈一时许。其人之精明，与前领事松原相等。下晚，养元、竹君来谈，留吃晚饭。奉督宪批回前请销处分呈文，准如所请，销去记过处分矣。昨吉长铁路局接京部电：袁内阁出东华门外，被人放炸弹，幸未受伤；登时将放炸弹人拿获云。内阁为朝廷柱石，倘有疏失，大局何堪设想！幸得保全，为之称庆不置。

三十日癸巳　晴

日医广海舍藏前办防疫时出力，旋在满铁附属地检疫，兹以事毕回国，特以所书屏四幅、对一联送之，并赠其助手坂本对一联。诚统领来谈。子璋来谈。朗昆自奉天来函，言朱民政司辞职已批准，因与张统领意见冲突之故。阅报，海城赵令被日人击伤，不识有何情节，不识督宪作何交涉。赵科员词源言前在辽阳滋事土匪之顾小楼、李维一等，在日附属地内药铺藏匿，当预防之云云。

十二月大建辛丑　初一日甲午　晴

祥标统、赵管带来辞行。王获人来，催定租埠地开粮栈事。府议事会议员王甲臣等五人来见。毕绅电请充警务长，议、参两会均不知情，以其不应如是要求，并有欲相禀讦之意云云。讨论办振请款事。午后，回拜日领事，谈一时。孙章甫来谈。子璋来谈。下晚，俄统领西班磋夫约赴二道沟统领处俱乐部，看视妇女跳舞之状，亦我国乡人傩驱逐痢疫之意。九钟归来。接抚宪电，言准督宪电开，闻匪党由海参崴运枪到哈，日内起事，望饬兵警严防等因。当即转兵警遵照。接韩司使电，问福管带何以不撤差等情。电覆交涉事已了结，管带记过已足，似不便撤差；倘将来再有兵队滋事，日人照此要求，交涉恐益棘手云云。传闻孙文已被人刺毙，此信若确，于大局当有裨益。彼之负盛名，亦招忌之端也。

初二日乙未　晴

上午十二钟，备番菜，请祥统领、赵管带、孙章甫、查杏城、陆竹君、何子璋、陆逸民、秦总管诸人。下晚，南满铁路会社田边主任，在大和馆设筵相约。座中为木部领事、俄领事及武官等，共四十馀人。田边致词，彝亦两次答词，言三国铁路衔接，商务均极发达，官民感情益得亲密云云。闻老少沟巡警区官高瑞带警十八人外出，意图变乱，有四警逃回，高瑞开枪向击各情。当即电告韩司使，并电知榆树、双城、新城各邻封，一体堵缉矣。

初三日丙申　微阴

接韩司使电，告帅交禁卫军侦探王良报告长春议员王皞民、何晓川均与沪匪通还，谋为不轨，探访队长孙绳武亦有异谋，查明严办等情。当电覆：王皞民人性躁率不平正；何旧学无能力，若谓该两人通革党，谋为不轨等情，似不确实；孙则任用数年，颇得力，确无异谋，敢担保等语。下晚，上抚帅电，言因绅士请求筹办赈济平粜各事，拟日内晋省面禀宪台，并陈地方事宜谨闻云云。朗昆来函，求函荐充差事。

初四日丁酉　晴

赵麟阁、李景春来，言德惠县高瑞区官被俄兵声言欲将其拿办。又，德惠庆令饬将高瑞撤差，并将其送哈埠李道处惩处等情。高瑞意不自安，故带警十馀名外出暂避，并未开枪。据张云舫来信，已令绅董与高瑞劝说，情愿交长春道台惩办等情。当告速覆云舫信，令带高瑞来长核办。诚统领来谈，商问在城内驻兵少许，以防不虞等情。子璋来告：韩司使派来之张仁行踪诡秘，言语则偏袒共和一方面，此不可不防也。前韩司使来电，言张仁出长春，令来见，乃避不来见，此其更可疑者。新任城内警务长张令熙来见，与论整顿警务事。大、三五儿自天津书院来函，言津门现甚安静也。电上抚宪，言彝初五日晋省面禀饬办筹赈事宜。

初五日戊戌　晴

早十钟，到吉长铁路东站。适章甫总办在站相候，少谈，搭车东来。车上甚暖，茶水亦极周到。至英城子车站停一时许，候东来车。午后二钟，到马鞍山车站下车。张站长接待甚好，预备饭菜。三钟半时，换马车东行。同伴劳君为简帅内亲。东行十馀里，为土门岭。天色已晚，幸有新月照我征鞍，口占小诗以破车中寂寞。诗曰："岩际一钩月，照我双马车。余心多隐忧，大陆起龙蛇。模糊望炊烟，何如野人家。行行荒山里，最怕听悲笳。"夜行山路，寒气袭人。前行有灯光数点，为邮政差赴省者。又四十馀里，到桦皮厂。孙总办派张委员同来，在此工程分局预备晚饭。

初六日己亥 晴

早七钟，东行二十里，车辕折在路旁车店，收拾一时许，又东行四十馀里，到省。路经二十三镇门首，即访树村统制宗兄。因假馆焉。晤树村，访问省况。饭后，三镇谒抚帅，并晤各司道，详道长春近事。五钟回镇署用晚饭。往访韩紫石民政，面告来意，请办振济事；请练兵防护；请以长春何守暂摄司法事，皆为安抚地方起见。紫石极赞成，并畅论时局。十钟，又访徐锡臣度支，畅谈。回镇署。知由孝感前敌段军统处来万万急电，系通字密码，镇署无此密本，即去电往问，并电询奉天潘丹廷统制有无通字电本，改译他密码电吉云云。

初七日庚子 晴

往访吴子明提法，商以何守暂摄长春审判厅长，藉以笼络民心，一俟大局平定，再照章另派员组织等情。提法亦极赞成。往拜曹梅舫提学，一谈，言学生嚣张事。又往拜各寅友。到公署谒简帅，言长春筹办平粜事，须用官帖三十万吊，内须拨给德惠县数万吊，已与民政、度支两司说定。又，道署须招护卫兵一营，以备不虞等情。帅谕振事可拨三十万吊；招队事，不必成营，可招马队壹百人，分为两哨，与一营相差无多，以各路道皆请添兵队，业经批驳；长春较他处吃紧，可准招兵两哨，不成，成一营等语。亦略谈司法事。稍迟，又晤吴提法，言顷议何守兼司法事，乃提法宗旨倏变，仍须司法不能归于行政事，以访之史仙舫之意见，他人言提法不能作主司法事。其人之模糊，略见一斑。下晚，郭惆伯司使约吃饭，同座为各司道，畅论时局。

回镇署后，知顷间长春何守来电，言有人倡言共和，催彝即日回长。地方之不靖，人心之浮动，为之焦急无似。然以事皆未办成，须后日起身回长也。拟上简帅两禀稿。一钟后始就寝。致子璋、章甫电，言初九回长云云。

初八日辛丑　晴

早起，申伯勋、茹泽涵、时玉纶诸人来见。午时，管怡之在陆军小学堂设筵招饮。饭后，谒简帅，呈递手折，即蒙批示准拨官帖三十万吊，办平粜事。又招队两哨事。又与各司道畅谈京电言袁总理封侯；又京电言正在议和之际，不必轻听浮言，所谓共和之政，皆无据之言也。下晚，韩民政、徐度支、曹提学、吴提法、黄劝业，在民政署公设筵席招饮，畅谈甚欢。又到宋勃生观察处一谈。

初九日壬寅　晴

统制接潘统制电，系代译段军统前日之电，系段祺瑞、王占元、陈光远、李纯四人出名致北方军队，联合赞成[和](公)。北方军队本为联合主张君主立宪，乃前敌将帅竟出此举，必系袁内阁暗中主使者。大局之破裂，甚为可虑，天下之惨祸，将无已时。为之发指、痛心不已。别统制登车，起身回长。午后三时即到桦皮厂，寓朱家店。此地为吉林府巡警七区，有催办预警之学生魏连甲来见，问之，为双城府中学堂学生，前年彝在双城时，送入省城优级师范肄业者，详询此间预警，已可至一千五百人，颇可自卫云云。本店东家来言：日前有邮差来店，索上等酒饭，声言此系官差，每饭给饭钱六铜字；与之理论，肆行殴打；各店均被其扰害，经本区区官和解，令各店户每户每月出钱二三吊，为之供给饭食等语。查邮差，系邮政局催使送信之苦力，乃敢假官势横暴如此，民人夙为官力压制，竟不敢与较，乃区官亦畏官势如此，为之不平。即饬店东将该区官焦秉安传至，告知邮政极宜保护，邮差横暴则宜严加惩创，并告以如何取缔之法、其他保卫地方各事。一面令店东递呈控告，当到长与邮局交涉也。

初十日癸卯 晴

早七钟起身，十一钟到马鞍山车站。张站长为备饭食。午后二钟，开车西来。下晚五钟，到车站。孙章甫、子璋诸人来接。到署。接吴子明司使电，言令子璋兼充审判厅长云云。

十一日甲辰 晴

张云生、王获人、毕辅廷来，谈地方事。写致韩司使信，言长春地方事。

十二日乙巳 晴

忠荩卿自奉天来，谈奉垣近事。朱民政、金度支皆去官，以萧提法兼署民政，周盐运兼署度支，奉天府孙幼谷兼署交涉，陈琪署劝业道云云。丁兹乱世，正宜共结团体，互相维持，乃纷纷去职，固亦有不得已者，然亦不免恝然也。下晚，姚文甫约吃饭。

十三日丙午 晴

写上督宪禀函，详陈吉垣安静，并领振款、招营队以及请领枪弹事。下晚，商务会约吃饭。

十四日丁未 晴

早九钟，到东车站，同章甫赴马鞍山车站，接徐锡臣度支自省来。在车上，写致韩民政函，交高月亭带省。午后，同锡臣西来。下晚五钟，到署，设筵，约德堂、文甫、养源、子璋、竹君、杏城诸同人作陪。写致二弟信，令李斌送往，并带去日币千元，助其度岁之需。到津，接二子回长。姜颍生自京来信。

十五日戊申　晴

子璋诸人约彝到大和馆早餐，饯徐司使之局也。

十六日己酉　晴

福圃孙自奉天来访，闻沈垣事尚平静。下晚，日本村井少佐在大和馆备番菜招饮。

十七日庚戌　微阴

章甫来谈。韩司使密探赵作东来，告陈荫亭前往奉天意图暗杀，请电督帅防备云云。当电告奉天以防之。少顷，孙绳武报告赵作东前与陈荫亭同谋入党，渠以陈荫亭救入奉天，恐败其阴谋，固欲图之以灭其口云云。言之有理，乃稍悟赵作东之言为稍露仓皇之色云。

十八日辛亥　晴

写上督宪一禀，言赵作东情形，并请枪事。赵作东又来，言陈荫亭在奉天居住，请派队往拿等语。以其言之可疑，辞之。陈嘉谟自大连来，言情形尚安。

十九日壬子　阴　雪

长春今冬少雪，今始见雪，惜不甚厚。下晚，到伊林洋行吃番菜，并到电局一谈。

二十日癸丑　晴

庆锡侯同年自奉天来，言奉督宪命令，以君主立宪意维持东三省，否则北京一宣共和，即当宣布独立等语。合速归吉垣，与官绅会议，以便电覆云云。我督宪忠肝贯金石，曷胜钦仰，但愿袁内阁与孙文平和解决，总要存君主名义，俾东三省得庆安全，则大局无量幸福也。韩司使所派之委员来见，名张仁，假名也。其人则革命一流人物,议论大局颇为中的。彝亦空中楼阁与之对待,好在语之不着痕迹也。朱子桥之子朱榕来见,详问锦州近事。

二十一日甲寅 晴

子璋来,言审、检两厅有不承认行政官兼司法之说,否则全厅解散,以作要求云云。下晚,绅董全体来言:审、检两厅如不承认行政官,地方亦不承认审、检厅云云。当径将详情电达简帅,请饬吴司使仍照原电饬何守组织审判厅事,免有冲突。

二十二日乙卯 晴

高等审判厅丞傅子馀来见,会商组织审判厅事。日领木部守一来见,言前巡警绑打日人失钱一案,请饬速为了结云云。当与之详告案情:警兵绑打放赌日人,两有不合,已饬警局速了矣。

二十三日丙辰 晴

徐秀亭来见,令其到西夹荒招致旧带兵队百名,充卫兵之用。俄官葛利罗夫来访,留用晚饭,并令李海如请俄官观剧。苠卿约吃晚饭。

二十四日丁巳 晴

早六钟,庆善、庆徵儿由天津放学归来,颇为喜慰。新委长岭县知县崔蓬山来见。人极明白,以之任以地方当为可靠。张局长来告:已托日警长室地,为了警兵殴日人案。张仁来谈。渠住满铁附属地内,日人稽查颇严云云。致二弟电:母亲今年前不能回家,俟明正再说云云。

二十五日戊午 晴

写上督帅函,求领枪事也。写致二弟一信。电覆江省于振甫观察，言为朴帅南满备车事已妥云云。电贺新任宋铁梅署抚帅任喜。电请魁星阶挪洋三百，交李聘三，并求铁隍交一百元，周李观察之急也。下晚五钟，到东车站接曹司使，同到头道沟下车，来寓道署。同子璋、荩卿畅谈近事。

二十六日己未　晴

伊陵洋行寇亦文来，求代催王荫轩欠债。下晚，本拟设筵请日本领事及日本各界官商二十馀人宴饮，乃至下午三时，日领派翻译河野来告：接北京电，大清皇帝有退位之诏，另立中华政府，今晚恐道台事多，不便叨扰，愿代辞却各客等语。彝以我生不辰，值国家丁此大不幸之事，时艰莫补，即为当官之罪人；若再宴客，岂尚有人心者之所为！即烦河野代辞各官，惟声明现值大局未定之天，仍照旧交涉，藉以维持现状，令其转达日领云云。当约诚德堂、子璋、云生、章甫、荩卿诸人到来，商订保全地面之计。电致奉天孙幼谷，闻北京电告如何，帅座如何政策，望随时电示等语。电话韩司使、唐蓂庭，问时局危急，宜竭力维持事。

二十七日庚申　晴

由电局送到皇太后懿旨两件，命袁内阁组织共和，宪法改为中华民国云云。如此，则大清二字亡矣。为之酸楚不已。曹司使来谈，留吃午饭。饭后，木部领事来署，一为慰藉清帝之退政，一为致贺民国政治之兴起。彝惟谦逊引咎而已。张仁来，谈时局。下晚，电问督宪北京命令如何，宪台政策如何，乞随时指示，并周朴帅今晚到长，换车赴奉等情。七钟，到二道沟。八钟，周朴帅搭东清车来长，为之张罗日本车座。日官多有迎接者。晤谈时事。蒙朴帅奖励有加。李兰舟、李虞臣亦来长。曹司使南旋。回署，接督宪电示：政体已经解决，务宜保全地方秩序，如有匪徒扰害治[安]，即宜严办等语。

二十八日辛酉 晴

孙幼谷电复，语云：共和诏已颁布，三省力持秩序，一切万妥。又，吉林公署急电云：今日政府袁电开，现在共和宣布改为中华民国，其国旗定为红黄蓝白黑，由上而下，除南军一律照换此旗外，北方各军队奉到此电后，迅即悬挂此旗，以免彼此再有冲突等语。又电开：本日接北京全权组织临时共和政府袁阁令两电，其第一令：现在共和国体，业已宣布组织临时政府，所有旧日政务，目下仍当继续进行，在新官制未定以前，凡现有内外大小文武各项官署人员，应照旧供职，毋旷厥官；各官署应行之公务，应习之职掌，以及官款公务，均应照常办理，切实保管，不容稍懈等语。第二令，谓本政府组织伊始，地方治安关系至重，全赖军警协同维护，免使厉民惊扰，所有旧定之军纪警章，仍当继续施行，藉以统一政权，保持秩序。倘有不逞之徒藉端生事，扰乱治安者，定当按法惩治，以维大局。凡各级长官务当共申此旨，认真约束，勿得稍有疏懈，致干咎戾等语。孙章甫来谈。下晚，赴津。

二十九日壬戌 阴雪

写上督帅一函，言遵饬改国旗，并地方情形。写致韩司使一函。吉林公署电开：顷奉北京袁全权沁急需开：宣布共和明诏计达，南北既为一家，所有北方各军队应即一律停进；顷接南京黄陆军总长元电，南军业已电饬一律停进矣，希即查照，转饬所属军警遵照，一律停进云云。又电告：顷接北京政府电开：现在改定国体，采用共和，业经大清皇帝明白宣布，凡我国民，须知此次改革为我国从来未有之创局，非舍故君而代以新君，盖由帝政而变为民政，自兹以往，我中国之统治权，非复一姓所独擅，而为四百兆人所公有，我中华国民不论满汉蒙回藏何种民族，均由专制朝廷之臣仆，一跃而为共和平等之人民，实我中华无上之光荣，亦世界罕闻之盛举。惟当新陈代谢之交，正祸福攸分之日，始基不慎，贻害何穷！吾人同属国民，各有天职，艰难缔造，义不容辞，凯以非才谬膺组织临时政府之任，力小荷重，其何能堪！所赖贤士大夫各竭知能，共谋匡济。诸公久膺疆寄，外观世局，内察民情，必有以慰同胞望治之心，方不负大清皇帝改政之意。其或愚民无识，胥动浮言，亦宜剀切详明广为劝导，务令各安生业，不酿事端，是为至要。至地方有司在新官制未定以前，一切暂仍旧贯，所有各官署应行之公务，应司之职掌，以及公款、公物，均应赓续进行，切实保管，不可稍懈。总之，共和国家高论，即为法律之母，国是一定，万难再事动摇。无论何人，均有服从国法之义务，凯虽不敏，愿与诸公行之。敬布腹心，即希亮察云云。

回拜日领事，略谈改革政体事。

三十日癸亥　阴

回拜日本村井少佐，未值（赴旅顺也）。到日警署，晤吉田署长，一谈。道署楼上，清早悬五色新式国旗，即中华民国之第一改革纪念也。奉督、抚宪电饬，改用阳历，明年正月初一日改元年，二月十八日出示晓谕。闻哈埠本日为党人占领，岂此辈反对共和耶？不然，何无意识之举动，至于如此耶？请诚统领、何太尊会议设防之策。下晚，分赏兵警一千五百吊。上抚宪电：筹备临时防守兵队，请发款以应急需云云。与韩司使数次通电。

中华民国元年

中华民国元年岁次壬子　二月十八日　旧历正月初一日甲子　晴

日领、俄领，及日俄官商各界均来贺年喜。致词申谢：以中国时局方定，换旗改历，正在新旧绝续之交，我国官民亦正在力加整理之日，敬惧方深，不敢当贺云云。督、抚宪电示换旗改历，及中国更新，袁总统电报，均出示晓谕，俾众周知。夜十一钟，同张隽生到城内查看兵警查夜情形，以电灯不明，立迫侯工头即刻修理。派黎星垣赴哈埠，察看乱党情形。派陈家谟赴公主岭，察看情形。以日本公主岭探员电告该处有乱党占领也。写致韩司使一信。

十九　初二日乙丑　晴

赴日领事馆申谢，并言公主岭乱党情形，请其查禁；若在华界扰害，定予派兵剿办云云。约集兵警绅商各界人等来署，会议防守之事，并宣告中华民国大局现在情形，各界均极赞成保安地面秩序，如再有冒充革党扰害治安，即以公敌目之。接哈埠电告：今日匪党在议事会战败，毙八九人，擒十馀人，馀党逃散，以后当可无事等语。下晚，同张隽生到城内暗查情形。写上督宪一函，言近日防守情形，并论铁岭、哈埠各事。

二十日　初三日丙寅　晴

养源来谈。下晚，赴养源处吃饭。

二十一　初四日丁卯　晴

细野来，议代购向井洋行地租。写上督帅一函，言招抚党人三事，免致地方扰乱事。因今早党人有齐绪堂者（前充长春教员）来投，言明前在大连附从革党，昨从铁岭来，深悔在铁暴动，惹动交涉，贻害地方，为彼党之咎，现在彼党均极困穷，骤难解散，求为筹策，免致将来为地方害等语。当与草之议定：一、彼党之上级人，各给川资分散；二、解散后不再诛戮；三、凡所招定胡匪，及曾充兵警有枪械者，编入营队，另派武官管理。第一、二两条，可以代求上宪恩准，第三条须请两帅示遵齐允，赴各机关部妥商再覆，以便办理等语。致韩司使电，如上所陈各事。下晚六钟，日领事设筵相招。饭后，论禁止党人扰害地方各事。日领极表同情。接二弟自家来信。公主岭党人首领李贵极愿附从解散之命，以所招之人不易解散也，拟派孙绳武队官携督、抚宪电示各事，前往劝谕，保全地方。

本日，日领事曾言，有冒充党人往见，经面告此间地面安静，毋得有扰乱情事。其言颇可感谢。惟附属地内义昌公司有陈中孚等数人，为革党机关，皆系穷极无聊之人，藉端生事，不得不防备也。

二十二　初五日戊辰　微阴　雪水皆化

早起，驻奉日本副领事有田君来访。闻知铁岭党人皆散，地方官为王永江，从此可无事矣。写致二弟信。并寄去电函多件，俾永清偏僻地方，亦知换旗改历之事。回拜有田领事。内人设筵请日领木部夫人，并细野太太、吉田夫人。何守告知匪徒甚多，各处设防。

二十三　初六日己巳　晴

日警官广本来告：头道沟附属地未发现之匪徒，万不敢有暴动之事，如铁岭前事，匪徒在城滋扰，日警如不知之，是旷职；如知之而视其扰害，殊多不合等语。广本之语，尚属光明。午后，查杏城约吃饭。到诚统领处，交其赏兵队钱壹百吊。入夜，大风。

二十四　初七日庚午　晴

接朗昆自铁岭来函，详告日前匪徒退走事。午后，到日领事处，晤谈附属地内有陈中孚等冒充民军摇惑人心，请饬警驱逐，以靖地方。详细推敲至两时之久。该领事答以保无暴动之事。到福顺栈，接郭司使，同车来署，吃晚饭，畅谈省事。苊卿同来。饭后，到燕春茶园观剧。十二钟归来。写上督宪一函，详叙孙队官解散公主岭暴徒事。

二十五　初八日辛未　晴

约郭司使吃午饭。饭后，为题照像。下午，苊卿在署备筵，宴郭司使，诚统领、何太尊均作陪。毕辅廷以高子詹全家搬入附属地内，恐诚统领拿办云云。当即只身往访子詹，并见其母，剀切劝谕为人不做不法之事，自无所畏，且诚统领实无派队往拿之意，何得轻信谣言，自为扰乱？以后，彝当作保；如无钱用，彝当出钱以周给之。伊母子乃感悟彝之到头道沟党人盘踞之地毫无所惧者，以气壮理足，彼党且知畏也。下晚，郭司使南行。同苊卿到城内会仙茶园观剧。写致韩司使一函，详叙铁岭事，又言公主岭事。

二十六　初九日壬申　微阴

日领事来谈，辩驳上年乡巡强拿日人在乡设睹索取钱文事，为彼人要求权利，一步不让。我警毫无程度，致酿交涉，可恨孰甚焉！子詹、声钥来谈。下晚，同苊卿、隽生到城内观剧，以解愁闷。

二十七　初十日癸酉　微阴

张云生警务长以警饷不足来，暂挪钱五千吊。《吉长日报·号外》载袁总统致东三省督、抚宪电，言蓝天蔚实未在东三省有暴动之事，均系土匪假名妄为；蓝电自白，免损名誉。当饬录电出示，庶暴徒无所藉口也。孙章甫由津归来，言京津近状极为安静。于朗昆亦由铁岭来，言近状亦好，惟代理之王永江不愿久居，现以陈漱六大令代之云云。闻头道沟之陈仲甫今早搭火车他往。日警官广本来谈，言头道沟地方决不容匪党滋事云云。写致二弟信，告以母亲大人拟于十四日下晚起身，到奉天搭车，十六日到廊坊车站，家中派车迎接云云。

二十八　十一日甲戌　晴

韩司使来函，言闻海龙府朝阳镇为胡匪占据云云。此谣传也。竹君、星阶来谈。

二十九　十二日乙亥　晴

寇尔门带电工师来谈。日领派河野书记来，告附属地内之党徒，华人已均解散，无赖日人解本国法办，当保无事等语。当即电禀督宪，并电禀抚帅，附言闻奉天海龙朝阳镇为匪徒所据，东平告急，已函请祥标统及伊通、磐石各地方官派兵警堵截，以免蔓延云云。子璋会名禀张今帅荐高孝廉鸿飞才具可用云云。下晚，同荩卿观剧。

三月初一日　十三日甲子　晴

下晚，江省张季端学使到长，接入署内，往豫湘斋小饮。

初二日　十四日乙丑　晴

季端学使书对联数十付。彝亦书联多件。下晚，母亲大人带同内人，大、三五子等起行回家。彝送至奉天。张季端[学](司)使亦同行入关。夜过半，车行至铁岭站，彝正睡眼朦胧之际，见有一日人登车，向车上看车之日人耳语“孟道台何在”云云，倏又下车。彝以事可疑，当追询看车之日人。据云此日巡捕，无庸疑虑，而彝之心则不能释然。想彝之行，或长春日人电告铁岭日人欤？

初三　十五日丙寅　晴

早六钟，到奉天车站下车，暂到悦来栈休息。八钟，母亲登京奉车西行。车上，晤倪清和，稍谈。入城，谒督宪，详陈防备长春地面各事，并解散党人情形，颇蒙许可。适张雨亭、马腾溪、吴□□三统领来，谈及现在北京三镇兵变，烧抢甚烈，袁总统不识有无危害。昨三次电京，竟无覆电。天津兵队亦变，大肆烧抢，与北京同。闻督署被焚，张署督逃匿等情。本日，日总领事又求见帅座，倘有藉京津事要求，可以应之，而督宪谈及国难家难极为伤心，掩面而泣。彝劝以北京事尚不敢定，我宜照常维持大局，不必预为焦虑云云。适日总领事来见督宪。张统领约彝到其公馆早[饭](馆)。统领之卫队十馀名随行，防奸细也。饭后，又同往谒督宪，知日总领事所要求者，为南城兵队误毙日人事，并悉海龙朝阳事已平定，崇令廉前往东平，与黄令招抚胡匪大祥字马忠有，请督宪派马为管带，以管束降贼一百数十人，围场以安。吴统领令帮统郑管带电调回省，张统领以其驻防开原哨官张姓失守防所，将该哨官正法，以肃军纪。今早，辽阳以南兵队拿毙胡匪多名，兵队亦受伤数名。匪党向辽中县地方逃散。往访孙幼谷交涉司，不值。访谈饱帆，畅论时事，为题其书册。晚饭后，回张公馆，畅谈彻夜。电致山海关站长转请母亲大人：如西路车不通，仍请回长云云。张统领处，晤王平子、施郑传同年。

初四日　十六日丁卯　阴

早八钟，到车站悦来栈稍憩。九钟上车。晤吉长铁路局姚委员，昨自北京来，言出京后京津烧抢情形，与昨之所闻者较详。晤景雨田。到昌图车站食堂吃早饭。下晚，到长春。是晚，设筵约请日领事、日本军警、商行二十馀人，及长春官绅商界同人宴会，宣布此次党乱我兵队固严密设防，地面平静，亦多赖日官警于附属地内不令党人匿迹，俾免摇惑人心，我城内商民对于日本感情甚厚，以后两国交情益臻亲密云云。日领亦答词谦谢，畅谈尽欢。饭后，同入新设之打球房打球多时始散。上大帅电，陈京津事，惟大局无碍云云。

初五　十七日戊辰　晴　风

早起时，母亲带同内人，大、三五子们回署，言关上事。上大帅电，言奉天海龙朝阳镇事已平定，招抚大祥字即马忠有，派为管带，吉界可平安矣云云。写致韩司使信，详告京津及奉天近日情形，托时玉纶带交。下晚，日领事来谈，催问窃犯王贵昌如何审办事。下晚，写致二弟信，言母亲到山海关，以西路不靖，仍回长春，俟时局平静再行回里云云。

初六　十八日己巳　晴

寇尔门与王荫轩来署，清算帐目，求为了结，议至日暮仍未了，明日再算。下晚，孙章甫来谈。

初七　十九日庚午　晴

午后三钟，到商会，延同绅商两界筹议商埠巡警本年度无款给饷，可否由城内外以房产营业食租之户，由房租内酌提数成，以资补助。各界允先调查房间再议提支警款云云。

初八　廿日辛未　晴

高子詹由烟台来函，言长春有人造谣：彝出二千元令其到山东充秘密侦探，致军政府将其拘禁，嗣有人将其保出，仍不得自由云云。魏声钥来谈，求差使也。吉省巡警区官安国祥，调充双城警务长，来见，闻吉垣近状平安。朱幼桥来信，求安置李守纯事。

初九　二十一日壬申　晴

郑经历棻来见。

初十　二十二日癸酉　晴

钟辑五、谈饱帆自奉天来长，畅谈。露积生下晚亦由奉天来，到加藤洋行购零物。日人信泰公司佐竹令信、阿川甲一来见，为谈电车事。子璋之弟何厚倞（日本振武学校测量毕业）来见。袁大总统在北京授职。

十一　廿三日癸酉　晴

写致二弟家信，并寄永清刘伯远县老父台函，为孙姓匪徒烧毁场园房屋事，请其惩办以靖地方。二弟来信，受人之欺，甚为焦急也。章甫来谈。下晚，饱帆、辑五赴哈，托辑五带差钱五百元，交嫩江府垦地处工人杨德林应用。

十二　廿四日甲戌　晴

城议员崔昆田来见，言木工新制种田木机，一人可抵三人之用，拟禀请专利数年事。杜牧士来见，求书青年会匾对。伊陵洋行王荫轩算清帐目，即日了结。下晚，陆竹君、章甫、杏城公请为养元饯行，筵设电局，尽欢始散。

十三　廿五日乙亥　晴

子璋、云生、辅廷，会议官绅军警商学各界联合开会，庆祝中华民国成立、袁大总统授职，并请外宾，以期敦睦。下晚，到车站，送养元之双城新任。

十四　廿六日丙子　晴

诚德堂、王获人来谈。日本大枝少佐（公主岭住）、柴田大尉来访。李子骞来见，言义昌公司并无党人事。

十五 廿七日丁丑 晴

日领事来，谈巡警绑殴高丽人，并讹诈钱文事，意见不合，定期以下礼拜一日再行研究，以求水落石出云云。

十六 廿八日戊寅 晴

接孟统制来函，附有抚帅行知保奖二弟以府经历部选云云。当即函告二弟，并索捐照履历。又致烟台高子占信。下晚，福管带来，告巡防第一营兵队到平康里滋扰；闻该营又出多人，有意暴动，请饬防备。当即转饬何守传谕各界机关戒严。幸诚统领弹压，尚未出事。

十七 廿九日己卯 晴

早九钟，防队六七十人到平康里，打毁妓馆五家，伤人六名。诚统领到场弹压始去。闻该统领面谕亲兵捉拿滋事之兵，竟未获一人，则该防兵之捣毁妓馆时，直目无该统领也。兵队不知服从长官命令，统领失却管兵能力，以后事事不可靠矣。朱幼桥、韩司使均由电话问长春兵队滋扰情形，答以实非暴动，市面人心尚安云云。防队总稽查李冠卿来见。其人书吏旧气太重。何守、绅士等均来见，言了结防兵事，请勿深究，谕以嗣后不再滋事，准允从权了结云。

十八 卅日庚辰 晴

荣少农、诚德堂来谈。吴佑民自吉林来。日领事带同(案：下阙)

四月初一日 旧历二月十四日癸丑 阴

子璋由天津到奉回长，言津督今帅处事亦难办，奉督次帅时以国忧家难伤心，各地方尚均安静，有由南京来奉之谭道四人，经张雨亭统领接待甚洽。谭道等电致南京：东省实已赞成共和云云。南京覆电：立将蓝天蔚都督名义取消。写上简帅太夫人九秩晋一寿联：“萱寿百龄祥凝羊石，莱衣一品福荫鸡林。”贺孟统制五旬晋四寿言：“南极腾辉，瞬周花甲；东陲蒙福，跻祝林壬。”

初二　十五日

阳历九月初一日星期　阴历七月二十日庚辰　晴　有风

江省李聘三观察来函，荐一电灯厂办事人，以无法位置，辞之。邵小康来，议处置蒙古办法：一，暗令江省收降著匪天边羊（现充营官）投降，呼伦贝尔之蒙总管胜福（现经活佛封给贝子衔者）诈降后，再设法制服胜福，收回呼伦贝尔之地；一，通信郭尔罗斯前旗齐公，令其明为降顺活佛，暗为我通递蒙古消息，再定剿办外蒙之叛顺者。下午，察视新修马路工程。马路两边各铺商建筑门市房间数十百家，甚矣，其盛也！写致吴子明司使信，言维特子彰事。孟统制来电：么殿元明日由省起程，带队百十七人到土门岭，求为预备火车，并备店房事。韩司使来电，求派警护送侯委员事。公署电饬查点枪弹事。写致老少沟俄三号统领西班错夫一函，为该处预警索俄人扣留之枪十二支事，交林风山送去。

初二日　二十一辛巳　阴

午后，到官运局，访忠荩卿，适谈铁隍自哈尔滨来，闽荣光在座，廉懿斋亦来，畅叙。留吃晚饭。微雨一阵。农安领枪弹员来，言地面安静。

初三日　二十二日壬午　晴

覆陈都督电，言存拨枪弹数目。审判厅黄厅长来，商论日人大关案、俄商纪姓案。朱幼桥来函，嘱荐全扶辰办盐运事。与刘毅臣、谢礼庭言举办顺直振捐事。午后三钟，到城内国民捐事务所演说，此次办国民捐事，纯系维持国家之计，必有国而后有家，应须视此捐务为救我一家之事，如此亲切，办捐方有热心等语。旋又与绅商各界议论城乡警务分办事，又及城内商埠警务合办事。晚饭后，陶紫京自山东文登县来，言伊家住威海街英租界，英人之文明，地方之安静，较内地迥乎不同。又言烟台之穷困，匪类之扰害，伤心惨目，难以为情。今晚由省开来之么管带殿元，带领兵队一百二十名，该管带极为英勇厚重，明早即开赴农安云。孟统制通电话，言省城安谧，并嘱照料潘弋之公子由津来吉事。公署电饬办理选举事，应饬各属速办云。

初四　二十三日癸未　晴

王茂卿观察自奉公毕回长，来访，详询奉天状况。接二弟自家来信，言永清一带上月廿三四日大雨，秋稼、大麦损害，韩村一带又因永定河北五工漫口，大水成灾云云。下晚，温鹤仙约吃晚饭。三十三镇炮队李管带来访，明早即开赴农安。韩民政司之侯委员自奉天来，明早派队护送晋省。

初五　二十四日甲申　晴

驻奉德领事希古贤，函寄《德国在青岛组织政略论说》，颇极详明，我之山东海峡，荒僻之区，经外人经营，顿成繁华巨埠，可畏也哉！写大字匾额数方。到荩卿处吃早饭。下晚，张蓬仙观察约吃益春饭店。

初六　廿五日乙酉　晴复

覆希古贤一信。审判厅长黄君守愚来信，言禁烟委员侯子青在押逃逸，如何办法？彝告以此案已经张云生警务长担任，即作为将侯罚办结案可也。大清银行协理倪君福保，由京派来查办员李君端棨来访。又，潘震声之公子来吉就亲，来见，昱日派兵护送晋省。

初七 廿六日丙戌 晴

共和党职员会。下晚，约温鹤仙、吴伯孙会员等，到益春饭店吃饭。适辛芑云之公子来访，留与共饭。辛送眷赴南洋吉隆坡云。

初八 廿七日丁亥 晴

奉天警务学生张景铭来见，持廿七镇孙协统、忠润斋荐信。林仙洲来谈，详询长岭县蒙古事。吉林共和党王铁公、黄德勤两君来访，言长春支部将来选举上议院议员时，必多失败，以长春无分部联合，所有外府、厅、州县分部，均隶吉林支部也。孙章甫来谈。

初九 廿八日戊子 晴

俄文学生刘士珍，霸州人，来访，言在长春城内设立俄英文学堂事。日本铁城学堂教员守田顺三郎来见。丁质初、顾衡如来见。日前，家人李斌自天津归来，言儿子大五、三五等，到津后回家看视，现已回津入学堂肄业。二弟信，言母亲大人平安，惟腰际生小疮，索长春药膏。当即回信，并寄去药膏、药末，以期速愈。并悉永清地面均被水灾，秋成不过二成云。

初十 二十九日己丑 微阴微雨

本日为母亲大人寿辰，绅商各界均来称祝，设酒面款待。同人等并出资送戏一日，即在燕春茶园开演，在益春饭店晚饭。彝以大家美意不敢当，然不敢辞。前数日，即当各界说明本年蒙古各边时有警信，处处戒严，家慈之寿，不敢举动大家，亦体会此意，故如是称。

中华民国二年

二年阳历三月十日　阴历二月初五日

王心德理堂之侄自吉林来，带到朱幼桥一信，豹皮两张。午后四钟，日酒勾领事官补翻译河野清来，言三井行被骗一案，现在德发合接有关内来电，有前由德发合散去柜伙高凤彩回家暴富，情有可疑，请求致电昌黎县城南大城坨庄地方，将其逮捕，一面派人入关往办此事。当允照办，惟再三订明将高凤彩解长，日警署毋得干预，自有我法厅讯究等语。适贾至清来，催问是案，将电昌黎之高，交其送交拍出。七钟，三井行派来一能吐华语之日人，并该行买办张绍一小伙史杜文，德发合之张凤翥来，言三华人入关，请求作函致昌黎县，以昭信用。即予一函前往。惟与日人言张绍一种种不合，尔行被骗，何得嫁祸于德发合？致令受此屈辱，并伤商人感情。日人亦深知悔，张绍一愧惭无地。下晚，顾衡如假本署设便酌，约子坚、尧田、焕章、挺芳诸人。十一钟后，警局刘局长由电话告知日警署电告警署有一拘留之高姓头道沟某商号华人缢死等语。当电询头道沟商会，乃以夜深无人答话。后派差前往，招李子骞来署，二钟半始到，问以日警署缢者何号商人，茫然不知，允以翌晨查探再说而去。闻近日城内及头道沟两商会联合开议，以日警虐待华商惨无人理，三井行假日警强权，不合公理，群与该行断绝交易，以免欺侮等情。如此愤厉之举，皆三井有以激而成之也。此与抵制日货风潮不同，亦足以为我交涉后盾矣。

十一日

子坚、焕章搭吉长车回吉林。日领来函，言高禄峰即高凤彩之父，在头道沟晋泰丰佣工。于昨午后二时假留置日警署，夜间自缢身死，请验收等情。此与德发合之案有关系者。闻之愤极，当令黄译员与刘警长同候检查官往验，得高姓尸身腹。高口内吐出水沫一茶杯许，系受以水灌后自缢身死者。彝即电知日领，将亲往面与交涉。日领以现因防疫注射药针，请明日再会云云。午前，日领来函，言彝前函向索之德发合柜伙三人，因警署正在调查证据，且高姓尚未到案，不能释出云云。此三人者，已押九日。日人之违约侵权，殊堪痛愤。乃至下晚，日警竟电知城内警局派警将此三人领出，殆因高姓之死，天理难容，有手足无措之状者然。当饬贾至清赴警局，将其柜伙三人领出，先行医伤，并饬刘警长录取三人受日警凌虐实供。裴旅长下晚约日本文武官宴会，以事忙辞谢。写上陈都督长信，言日警虐待华商，与日领交涉情形，并以正式公文分报奉天张都督，请饬附近南满路线各地方官，注意日警虐待华人之事。此事处处皆有。

十二日

邵小康自北京来，询以京中近事。蒙租局布蒙员来告，日三井行、正金行均已照纳地基租金。午后三点半钟，到日领事署交涉日警署威逼高禄峰命案事，以理直气壮，抗论不挠。日领言何以如是强劲？答以职任所在，不得不尔；且近日商民之气极为愤懑，皆抱怨我外交官，况报纸攻击甚烈，我有保障商民之责，今日警署令我失却信用，故不得不如是力争，望领事原谅。日领又言：闻贵道前夜十一时到商会演说，抵制日货云云。当驳辨云：商家正在怨我不暇，岂能听我演说？且抵制日货之事，皆无识者之妄言，何得以小人之心度君子之腹哉！殊为不值一笑。日领无言，亦一笑置之。微窥日领之意，明知日警署之虐待华商，勉强支吾，未免理屈词穷也。回署时已六钟。高冠三在益春饭店招饮。

十三日[十四日]

王获人来，言商会之议与三井行断绝交易事。马益堂亦来见，言商会之公愤与三井对待云云。王仲皋来，言江省垦荒事。午后四钟，裴尧田旅长在中盛饭庄置番菜，请俄统领西班错夫，及俄警长，嘱彝作陪。座有章太炎、虞挺芳诸人。饭前，共拍一照。又，胡寅谷、刘朴真在福春堂设筵招饮。饭后八钟，搭南满车赴奉，同车有吴严周，并遇张穆臣，彻夜畅谈。到公主岭，又遇钱兰滋，直至虎石台地方，稍一合眼，又被车手唤醒，言距奉省不远。时为十四日早六钟。下车，到小西关大德玉票庄稍憩，至八钟半入城，为张都督祝七旬晋一大寿。公署满张屏障，文武官员跄跄济济，一时毕集。少顷，面晤张都督，寒暄毕，言长春近事，并交涉各案。十二钟，赴张翊宸中路观察使之约，邓孝先、张元博已先到。饭后，畅谈。至下午七时，又出西关，搭马车赴车站。八钟五十分开车北来。一睡至铁岭始醒，旋又朦胧睡去。至公主岭，东方微白，即不能再睡。六钟五十分，到长春站，已红日上升矣。

十五日[十六日]

早八钟又睡。至十一钟始醒。适吉林吴佑民来，言送吉林赴京议员来长，求为关照云云。午后一钟，章太炎在福春堂设筵，请日俄领事，嘱彝作陪。座中有裴旅长、张蓬仙。双城议员杨省吾来见。张叔平来，求写对联。王仲奉同李寿田恳江省荒者来谈。夜半后两点四十五分钟，为十六日丑时，妾室喜举一子，内子告余曰：今生一女。为好养活，故作此诳语。至十钟时，始知为生男也。本日上午，在署设筵两席，为众议员送行，言诸君到京建议为吉林造福，彝为关内籍，而与吉林同连一块土，当亦受福不浅云云。合座尽欢。适养源自省回，亦约作陪。统一党之高冠三、刘少熙，亦约与宴。日人细野喜市来谈，并索毕辅廷前许之借款酬报云云。以前兴业公司借款，毕辅廷许以送给股票两股。辅廷入都充议员，故细野求为说项也。高子詹之戚左凤山晋京无路费，给以小洋二十元。致二弟一信。又寄庆善、庆徵儿信。为佑民之子家球介绍入新学书院肄业也。

十七日

张兰均自京回吉，送小菜四篓，腰带一条。十二钟，到车站送诸议员南行。又访荩卿一谈。午后三钟半时，日领来访，争论三井行与德发合案。日领故为敷衍，我则抗争愈力。日领理屈词穷。彼虽狡，亦不能不究办其警署之荒谬野蛮也。谈至五时半始去。蒙租局招饮，以交涉事辞谢。长春中国银行总理李端棨君来，谈开办银行事。

十八日

见新生子，肚腹澎涨。生已三日，竟不大便。且由口内漾出绿水，颇觉可危。当延日本川岛医学士来医诊，知为肝炎之症，系先天所得，殊难着手，灌以药水，并由肛门注射油水，内以肝气涨满，将肠压倒，如有硬物，油水不得入，以药布浸热水蒸腹，医治一夜，至清早竟无效。日医辞去。

十九日

午后一钟，新产儿竟殇。既生，即不应死，乃竟生四日而死，殊多一层烦恼，真是可恨。接吉林内务司长徐锡臣来信，以孟护军使与铁路局争执铁路线内外兵队出入事，嘱与虞总办调停等情。电询虞总办，已于昨日赴吉。当复锡臣一函，言虞已到省，想当面晤，请面与商办云云。寄函北京助振局，问前由刘履真寄去之小洋一千五百元是否已经收到。竟日雨，地气当渐可开通矣。本日为前清隆裕皇太后追悼之期，即日释服。午后，写屏对多件，以解闷怀。

二十日

庆善、庆徵儿自天津来信，索旧邮票，为换外国旧邮票以作纪念云云。哈埠俄交涉员葛利罗夫派方通译送到上年俄兵搜去老少沟预警快枪十二杆，子弹五百二十五粒。言尚有子粒及枪刺，以后查出再送还等语。并询该通译俄人无与中国开仗之说。夜间大雪。写致二弟家信，并寄津教二子书，附寄旧邮票。写屏对多件。复葛利罗夫一函，道谢送枪事，并言广顺号裕升庆派代表赴哈觅讼师起诉追偿楼房事。致张翊宸一函，言上次到奉，忘却马褂一件，请收存事。午后，风雪交作。于朗昆来谈。

二十一日

写致嫩江电局温稷臣一函，追索欠款。并致杨德林一信。接徐锡臣一信。写屏对多件。陆昆山自奉天来信，言收抚宗社党事。吉省军政处委员黄尔宇、江省军政处委员庞士仁来见，言自秦王岛运到吉江两省子弹，在日站下车，请派队照料。当即告知警局，派警前往照料。下晚，预备便饭，请赵蕙山，同署各员作陪。以蕙山将南旋，为其送行也。

二十二日

日领派翻译河野清来，言前派入关到昌黎县之史杜文归来，言高凤彩业经县署派彼拿获，旋又逃逸，访之，人言县役得贿纵之使逸云云。当答以史杜文听何人所言，应再查究；至于催昌黎县赶紧查拿，即时电催。又再三讨论此案完解办法，亦易解决，惟日领坚执日警无虐待华人之事，则万不办到。为赵蕙山送行，以其被柏都督约在皖省办理江淮大学，并充公署秘书，故留之不住也。蕙山充外交科长两年之久，颇资襄助，忽尔辞去，不禁惘然。午后三钟，搭车东来，在车上与赵鼎臣参议院员同室，渠言吉省抵制郭司长，系学界藉伊名电致中央政府，破坏学界全体，伊因病静养，毫不知情，现亦不便说明云云。晚六钟，月且食既，至十钟始复圆。到省，到佟庆三都护公馆，适开筵会，宴护军使各司长同人，畅谈至深夜始散。到二十三师宿焉。

二十三日

为树村宗兄五十五岁寿辰，各界同人清早均来称祝。十一钟，到都督公署道喜，论长春近事。熊雨生观察约吃早面、晚饭，欢聚一日。

二十四日

各司及各界士绅，藉二十三师署设筵，公请都督护军使。至下晚十钟始散。

二十五日

上午，张绅节涛在玉壶春约吃饭。饭后，为宋渤生道喜，署交涉司也。黄柳三了外□，请假，日内出省。下晚，廖星石处长约吃饭。彝廿二来省之晚间，闻长春城内出抢案，当场获犯一名；廿三日又出抢案，又获一犯。今日据裴旅长电告，前获犯王清海一名，已送审判厅讯办；后获之犯孙兰，绰号喜字，路遇北大街日警察出张所，被日人劫住，藏于警署内，经吴营长、德知事索出，讯供强抢不讳，应即枪毙。惟日警仍向德知事索要该犯，究应如何办理等语。已与护军使商明：明早先由电话问明德知事，再请示都督办理。

二十六日

早十钟，与养源通电话，知获犯孙兰，日警不能再索，地面安静等情。当同护军使谒都督，面陈长春获犯，应请就地正法，以昭大戒。蒙允派军法科长熊荫轩前往审办。十二钟，到内务司吃午饭，晤渤生，谈及《民舌报》出有传单，提倡抵制日货，亦由长春日警虐待华人之故。日领出面干涉。彝告以如晤日领，告以人心不平，乃有此等举动；如长春日领办理能得其平，则商民自仍归于好云云。饭后，到子坚处，晤周公伋泉、徐焕章，一谈。下晚，文在卿设筵相约，畅谈，归来已夜半矣。

二十七日

长春罗绅懋书来见。逯景新到省，为议学务事，来见。十二时，祝三约吃猪肉，以其有家祭也。到公署，阅宋都督来电，言高鸿飞在大赉厅招募国民义务军千馀人，皆系胡匪，开赴奉天安广县者百数人，名为征库伦之兵，恐俄人有所藉口。已电告政府，并饬军队防剿云云。又电称王振文、孔继德等粮户来长春购自来德枪十二枝，被道署卫队扣留。王振文有控其接济胡匪军械者，现被双城拿获，请饬严究等语。上海电，言前枪伤宋教仁匪徒已经拿获云云。

旧历二月二十一日　二十八日

为彝五十一岁生日。访何子彦，不值。到高等巡警学堂访段伯平校长，为长春学生蔡国山、边会卿说项入学堂附课求学，当经允许。访教育司长郭调伯，不值。到徐锡臣处吃午饭。饭后，到子坚处一谈。周筱泉、徐焕章均来谈。少顷，护军使亦来，并在子坚处吃晚饭。到公署与各司长畅谈，并访军政处王庄持副处，论高鸿飞南来，恐有骚扰，应饬长、农两处军队阻止云云。

二十九日

到公署，谒都督辞行，请示处置长春各事。十二钟，郭调伯约吃饭，同座为各司道。二钟，到车站，搭车西行。下晚八钟，到长。日领木部、副领酒勾、翻译河野清来访，言有在农安县居留之日本人，计六家三十五六人，已住两年，忽奉地方官命令，限六日出境，否则将门户钉闭。请电饬该县保护，勿令逐出等语。当允以致电问明情形，再行核办。即拟电致农安廖知事，言非通商不准外人杂居，勒令出境自是正办，惟该日人所称已住数年，且无非法行为，其初来之时并未禁阻，骤下逐出之令，彼必有所藉口，况先未报告，与日领交涉妥当，该日人岂能甘服？如此激烈手段，难免不激成交涉，究竟是何情形，望先电覆核办。日领又言日前陆军拿获日警之雇用人，陆军吴营长带队强制日警，藐视日本帝国国权云云。答以候问明裴旅长、德知事如何事实，再行作答云。阅日来公文。

中华民国三年

［九月初］九　二十日　阴午后雨

九十钟，见中知事伯勋，告以既任县知事，岂可在省流连，置民事于不顾？严予训饬，令其即日出省。却任濛江县知事孙福畇七月被胡匪绑去，经陆军打回者，勉以数语。其人亦吏才也。分发知事孟，清溪人，颇精明，可以作吏者。匡君熙民，由京来边陲，杂志主笔，以所译《卢斯福文集》见赠，拟津贴其旅费五十元。冯兆勋，双易警务长，解差来省，少年明敏，勖以警察保民缉贼数事。松毓为与官银号争执抽购房地事，其理由固属非是，亦前官银号附和前省长为之批准贻误所致。却任密山县庆康，系丁酉乡试同年，问以地方禾稼，均好。李维熙，盐山人，财政部主事，寓将军处，来投效也。

叶秀亭、孟顼平来，同用早饭。拟覆呈国务卿信。写致徐敬一信，致新任滨江道尹李虞臣信，论归并吉江两局事。复朱子桥将军信，言安置任佐卿事。接北京内务部庚电，以大总统寿辰，即由巡按使领衔，并列道厅长官衔名，率属电贺，电文宜简，无取赘词。其特别区域，由该处地方长官领衔电祝。哈埠李虞臣道尹函，称俄商在松花江南岸德里木地方购粮，该处禁其出运，若以交战国不得在中国购粮，则英日等国固向华商购粮，该处距战地甚远，只能作为寻常交易之事，不得视为关系战事等语。当电饬方正县知事知照，并电复虞臣矣。午后三钟，到公厅办公。饬内务科登报：嗣后各地方官不得以地方小事请求来省，即须来省，亦必于五日内出省，俾免延误地方之事。饬实业科拟稿通饬东北路各县知事开通道路，与邻县互商，接连兴修，以便垦户遄行。又饬东北路电局应添设应迁移各处，拟陈之交通部，俾令信息通灵。雨至夜半仍不息。

十　二十一日　阴雨至天明仍不开晴小雨又一日

上午，见岔路河税员侯保廉，详问地方事。新委署方正县知事范琛，东宁县知事郑颐津，穆稜县知事杨培祖，告以地方官应尽之职任。却任伊通税员张焜前为四川知县，颇有才干，听其言知之。于贵良、庆祝三来，言中兴瓷业公司借款事。阮道尹请求升为二等道缺。招卫队添外交费等事，恐作不到。部电：公债票收至十二月底为止。哈埠交涉局电：俄政府有授霍中将在路界内行总督事宜。此说颇确。午后，到公署办公。前三姓道署科长陈玠上《拟筹三姓旗人生计说略》、《拟三姓官产收价归公》数事，极有见地，多可采用。写致徐敬一书，言官银号出兑电灯厂事，恐为暗有外股者所欺，并言李惠民酿交涉事。

十一　二十二日　阴小雨霏霏一日

许东藩自保定来信，为李长庆求差使。李言保定道尹署经济困难，较吉林为尤甚云。写对联四付、屏四幅。闲试笔也。公槐来辞行。赴依兰道尹，住滨江道署。电复俄政府授霍中将于道线内行总督事颇确，其议筑炮台一事，细探无着等语。当据情电覆。外交部来电：九日令：署滨江道尹李鸿谟兼署交涉员，希转饬知云。上大总统电：新简滨江道尹李鸿谟，请令先行到任，暂缓觐见等情。到公署办公。致电张上将军，问本溪县有无乱党肆扰云。伊通县请示加收警捐每晌地三角，较之奉天警捐，尚轻三分之二，应即照准。

十二　二十三日　阴下午晴

早起，写对三付、屏四幅。齐震岩自南京来电，知于月之五日，接江宁巡按使任，并觅电本复电函寄，并贺任喜。陆军部电示大总统寿辰奉谕停贺，自应遵照；遥祝之仪例可从省云云。顾衡如自长春来，详问长春近事。昨闻奉天本溪县有匪乱，今早阅报，亦登载相同。未接张将军覆电，殊为悬念。下午，到公署办公。到江沿看江水大涨，较夏日水涨尤甚，沿江居民有被害者，面谕警厅代理厅长之王科长查明抚恤，俾免失所。晚饭后，访树村将军，谈地方保卫事宜。

十三　二十四日　晴

颇暖。秋田禾稼可赖以成熟。江水亦渐渐退落。为人民幸。

早起，写对联五付，中条五条。十一钟，将军来署吃饭，并请允孚参谋长、声甫旅长作陪。饭后，看江水，稍落。接江省朱将军信，催传朱补山事。复函：朱星五已前往矣。庆善、庆徵儿自津来信，皆好。于朗昆来信，言滨江电灯厂人民健讼事，并言新简之滨江道尹李鸿谟一般，外官藐视者占多数，东人尤甚云云。

十四　二十五日　晴极暖

早九钟，到东关青年会，以英人惠彰德、牧师华茂山、青年会干事员约为讲演会主席。阅青年会各书，无非提倡青年人德育智育体育三事，以造就为完全国民，方能为社会作事。当即本此意义发为演说。到会者无多，计只五六十人。十二钟，二弟搭吉长车来省，相见极欢，畅叙家事。母亲非常喜乐。接庆善、庆徵儿自津来信，言已升入五班。向学之心甚切也。谈铁隍来信，言兴业银行事，当即电询颇帅，请将办法抄示。写致铁隍快信，问颇老主持银行意旨与本部争执情形。

十五　廿六日　阴雷鸣雨声稍晴

同二弟到将军处，留用午饭。电贺大总统五十晋六寿辰之喜。政界为彝领衔，军界则将军领衔也。午后两钟，大雨。到公厅办公。九点钟，雨稍息。奉天张兼巡按使来函，言因战事不定，蒙古会议暂缓举行，已呈咨矣。由电话询郭道尹贺寿礼节。

十六　廿七日　晴

公署设大总统寿坛，政界人等并将军军界人等，齐集，行三鞠躬礼。英法教会首领来贺。日人细野喜市来贺。日领事约因北京停止觐贺，故未前来。俄领事以西关水涨道路不通，未来，派翻译持照会来贺。张将军电告将兴业银行为难及搅扰之人电呈中央大略情节。江省高等检察厅长杨南生电贺家母寿辰。复电申谢。下晚，同将军在公署设寿筵五桌，请军政各界同人。宋铁梅参政来函。

十七　廿八日　晴

早，写对联八付。虎林县范知事却任来见，询以所报修治道路事。又问地方情形。新任东宁县郑知事韵泉，告以到任后与俄人联合办地方事，勿遽更张各情形。顾衡如来，留用午饭。饭后，将军同董佑臣、郭桐伯来署。长春商会及头道沟栈店，并道署开埠局各员均来。下午，到公署办公。下晚，滨江道尹李虞臣、马荩卿来。诸同人以家母寿辰，送寿屏寿幛礼物者，却之不得，盛谢曷已。

十八　廿九日　阴

设内外寿堂，为母亲大人叩头，祝七旬晋四寿喜。二弟同内人等，同堂称祝。军政各界同人均惠临庆寿。将军亦同彝兄弟竭诚招待。女客来者甚多。军乐队作乐以志欢乐。预备寿面款客。哈尔滨中东铁路公司达聂耳代办，派翻译朱虞臣来，并函贺寿喜，暨备咨询哈事。午后，细雨。下午，备寿筵酬谢来宾，亲为敬酒，以表感谢之意。日间，女学堂职教各员带领女学生一百馀名前来贺寿，内有长春女生十四名新升学来省者。在院内排班，彝为之演说女学进步各事，用示奖励之意，并申敬谢之怀。军政各界送寿屏两分，寿联、画屏等件，寿幛及酒烛桃面，皆辞，不获已，乃收受之。夜半雨止。

十九　三十日　晴

刘知事自双阳县查事回，报告该县宋知事权柄下移，任用科长收发等，三人朋比为奸，致卖灵岩寺庙产款十万吊，该县只收两万馀吊，其八万吊竟为科长等吞去；修建监狱包工两万馀吊，只发给工人壹万馀吊；并有糊涂断案致逼人命之事。该知事貌似谨厚，孰意其无能力至于此极！昏官之害甚于贪官，为之愤恨无已。董佑臣同其戚韩叔文曾任直隶知县多年来见。赵宪章警察厅长自京请觐毕来见，详述在京各事。下午，到公厅办公。到财政厅长处道谢。下晚，到将军处吃晚饭。

二十日　八月一日　微阴午后晴

见客。上午，郭侗伯、李虞臣、饶炳文、傅写忱、朱虞臣吃午饭，四乡绅董来者八九人，议筹募公债票事宜。潘履元来，议中国银行与官银号收帖改币问题。较前与齐省长密议情形大见退让。或可有成。下晚，微雨一阵。

二十一　初二日　晴

见客，至午后一钟始吃午饭。三钟，到公厅办公。李虞臣、傅写忱共议哈埠交涉应议各事。磐石铜矿萧委员来，陈铜矿事。朱虞臣来，谈火石岭子煤矿矿务之富，直与奉天、抚顺之矿媲美云。致哈埠铁路公司霍尔瓦特并达代办各一函。通候新任吉林县知事李廷璐今日接新任，来见。

廿二　初三日　晴

会客多人。财政部派来吉林出卖站地之员濮良至到省，来谈北京及奉天事。午后，到公厅办公。写致徐敬一信，言议收帖改币事。

廿三　初四日　晴

高月亭来见，言扩张林业以抵制外人事。颇有见解，奈无阔大资本，殊多为难。龚北居来见，言电租电灯厂事。回拜前日来贺寿之宾友。到将军处吃午饭。三钟，到公厅办公。与写忱、炳文、集安论要事。又与敬一写信，言濮之来卖站地并林业为难各情。写致于朗昆信，言哈埠宜改设警察厅事。

廿四　初五日　晴下晚阴雨

写致宋铁梅参政信。接敬一自京来信两件。致哈尔滨中东铁路公司霍总办、达代办信，商请承认李道尹接办铁路公司总办事。接李道尹来电，称晤霍总办，言经费事须两省长来信商办，可以复旧，并欢迎其接总办云云。林仙洲来信，言长岭西河套聚匪数百名，请派兵剿办等语。当以电话商之将军。据云已据祝营长报告电饬附近各队堵击，并知照奉天军队驻彼防堵。午后，到公厅办公。下晚，将军请吃晚饭。兴京副都统德仲克来信，通候也。灯下阅来文，有控双城欧知事者两件，批令派刘知事延祺密往查办。前日已有人[控]欧知事矣。该知事性急躁，未免任性，兹则因其性之躁致酿命案，殊属可恨。刘知事查案数次，俱能破除情面，诚足多也。

廿五　初六日　阴

到徐声甫旅长处送行，有事回河南省亲也。雨后半日。长春董佑臣来函，以考取谢知事作霖请调吉，当即查照前案，致电内务部调吉差委。又来电缉私、领枪。即函复准其通融具领。到公厅办公。阎廷瑞自奉天到吉来访，言奉近事。长春日本赤十字会委员木岛喜藏来见，劝内人入十字会。捐日币五十元。秋海门自富锦县来。详询该县放荒事宜，及地方情形。邮局寄到石印呈纸，控告延吉审判庭长王铭坤、推事刘廷选违法各情，并分送北京各部。是其有意酿起风潮。当将呈纸函知栾佩石厅长，令其澈底查究，并饬延吉道尹查办。

廿六　初七日　晴

写匾字两方。濮青孙来，议放站地事。二弟景初回家，派李斌送往。午后，阴雨，将军来议。农安营县获盗三名，并起获枪弹之窝户。电请就地枪毙。现在地方不靖，电饬照准正法，以昭炯戒。徐敬一自京来两信，皆言钱法不易整顿事。连慕秦来信，欲求滨江道尹事。真似有神经病者。子桥将军来信，言江省设立女子教养所，嘱令以无告之女子送往。此事真不易作到。当作函复之。英人华茂山（吉林青年会主任）持册求助常年费，允为代募。

廿七　初八日　晴

早起。赵子静来，索书屏四幅、对两付。到将军处吃早饭，畅谈至晚饭后始回。接吴士缃、董佑臣来函，附柴勤唐履历。刘光烈自京来信，知已考取乙等县知事。徐镇、高倬汉、杨惺三、于秋潭、程恩荣、王鹤庄来信。

廿八　初九日　晴

遵制祀孔子至圣。军政各界长官毕至。彝照定制为承祭官，将军则同列阶上行礼。八钟半上祭，至十二时礼成。回署。求差者甚多。金颇张上将军函荐崔君国光，前在锦州任时所派办学绅士，虽曾任台安县知事，现以无事嘱其暂回奉天。杨裕民、赵增厚皆以无事令其回奉。政事堂徐国务卿来函，言吉林改币事应取渐进主义，缓期收回云云。则部中之权力真不顾外间之情形，专事压制主义。时局如是，为之三叹。齐震岩按使来函，嘱觅电本，并求关照双阳宋知事事。部电，言欧战方殷，本年国庆日不宴会外宾，嘱转各交涉员云云。午后二钟，到公厅办公。至六钟半方吃晚饭。张节涛赴外城查税局，事毕回，称宁安税捐委员弊端甚多，应予撤差等语。税局之弊弊，可见一斑。阅京电，任命张元奇为奉天巡按使。是奉天又军民分治矣。

廿九　初十日　晴

会客。无非求差者之多也。写上张珍午奉天巡按使贺信寄京。写大字对联十付。将军来谈。与电灯厂执事人论电灯暂仍自办事。到公厅办公。下晚，到将军处吃饭，军界公请也。江南来电，以江宁灾荒求振。吉林亦患水灾，尚须筹振，恐无暇顾及外省也。桦川、宁安来函，论放荒为难，应予批复。

卅　十一日　晴

写七言对联十付。会客十数人，多系求差者。唐慕潮来信，荐莫易，法学士也。陈松泉由江省来信，荐孟宪文、高庆润，详陈阿城放荒事。马荩卿来信，言十月一日接哈尔滨江省铁路交涉局事，并约王蓬樵为之襄理。于云章自奉天来信，催问清和公司与南满公司伙开煤矿，矿政署若何批示事。到公厅办公。写复奉天于云章一函。又复宝献廷信。写致王蓬樵信。写复马荩卿、于朗昆两信。

十月一　十二日　晴

会客。日本医院医学士石桥三郎回国，辞行。石桥在吉林组织日本医院，今乃归之南满会社，日人将于此扩张，其用心诚为至深也。徐敬一来信。写大字对联十付、直幅四条。到公厅办公。写致魁星阶信，为代伊买房。写致高守仁信，为催问奉天云章煤矿合同事。下晚，阴雨。到将军处议事。长岭农林蚕牧公司林仙洲来信，言奉天交界附近长岭起，有大股贼匪，请调队堵截云云。应函商将军办理。虎林高知事汝清来函，言接任后各情形，尚有未尽妥协之处，应作函详示之。山西宗圣会函询孔子诞日礼节，饬教育科拟复。

初二 十三日 晴

忠濬臣、何子彦来见。写直条六幅、小屏条八幅。将军来谈，议拟拨派军队赴长岭县防堵事。昨财政部电开：濮委员将变卖站地及各官产查清，即行回京云云。当饬财政厅将站地卷送阅，并复以各官产无多，只有官银钱号抵债各产候饬，该号开单送到即转送等语。写致北京金台旅馆董右臣函，附咨内务部文，请其代领四路道尹印信。到公厅办公。赵子静来，以所书自勉语录请益。当逐条指示，并批评焉。子静，少年有志之士也。

初三 十四日 晴

顾鋆、龚炼辰、李中来见。写对联六付、小屏四条、直条四条。南满铁道会社总裁中村雄次郎，副总裁国泽新兵卫、上田恭辅、北田正平、鎌田弥助、票山虎次等来访，接待以酒点。总裁送来围屏一架、绣画两幅。到公厅办公。下晚六钟，到领事馆回拜中村、国泽诸外宾，即赴林领事晚筵。九钟半回署，看公文。

初四 十五日 晴

午前十一钟，请中村总裁等主客廿四人畅谈，至午后一时席散。同将军到车站为中村送行，敦友谊也。下晚，请将军、廷瑞、子圣、允学诸人在署小宴，循旧习惯赏中秋也。延吉道尹陶梅先来信，并送履历。梅先在延八年，办理外交实著劳绩，拟请政府奖励，准暂不迁其官，以求其沾绩愈久，愈为切实有益于地方也。朱虞臣来信，言裕华公司事，并招股为开火石岭子煤矿事。高汝清、张凤墀来信。矿政监督曹宝江来信通候。

初五 十六日 晴

早，会客。依兰交卸杨知事梦龄来见，详询三姓被水灾拯济情形。秋稼十成丰收，不过沿江各处水灾，尚与年成无碍。并问东北路各地状况，及各地方官政治。写对联十付。到公厅办公。徐声甫前回河南省亲，兹来信嘱为姚鸿钧谋事。刘润之报告伊通地方情形。长春侦探函告乱[党]刘栴孚与其弟刘焯孚由大连来，言承孙黄命，往延吉机关部，并为起事根据地等语。当饬陶道尹严加侦缉。谈铁隍来函，嘱代送敬一宅百元，由奉归还云云。高骞甫自北京来函，令其子高重翔来吉谋事。

初六　十七日　晴

写屏条五条、小对四付。刘汉池、马益堂来见。下午，阴雨。到公署办公。写复赵干臣团长信。

初七　十八日　晴

会客。写屏对。到公厅办公。谈饱帆自奉天来信，以新委署东边道尹，嘱代约王蓬樵襄理事宜。蓬樵赴长查案，当将来信寄交，并复饱帆一信。又复铁隍信一纸，以其昨日来函嘱代付敬一处小洋一百元。敬一由京来信。廖子垣由南京来函，嘱财政厅拟电复南宁助振款洋一千元，助江宁振款一千元，助山东振款两千元。

初八　十九日　阴密雨多半日

同江县李知事树珊电请以病辞职。张珍午巡按来函，言望后来奉。阅报忻悉段少沧谱兄为湖北巡按使。滨江县于朗昆来信，当即复书。张上将军来信，荐奉天莫月樵候补道尹来吉求差云云。到公署办公。灯下阅来文。修正上国务卿及财政部公函，言添官帖补助林业公司及借贷商家款项事。未必允准，特身任地方，不得不为之请求也。

初九　二十日　晴

写送长春酒勾代理日领事屏幅。将军、集安同吃午饭。南京冯将军致将军电，言日人在山东侵害我之中立，并种种虐待人民情节，拟请政府筹商对待之策。将军令参谋高彦如赴奉，与上将军妥商。拟复。接宋铁梅、徐敬一参政信，当写复敬一函，言之甚长也。到公厅办公。写致奉天于云章一信，附守仁原信。

初十　廿一日　国庆纪念令节

在公署前铺设会场，装饰华丽。早十钟，集军政绅商警学各界。外宾：日俄领事，及日俄军警商人等，均来与会。到会场前，升国旗，作乐，唱国歌，行三鞠躬礼，对民国成立先烈行一鞠礼。将军、声甫、子坚用午饭，休息半日。荩卿自哈交涉局来信，即作函复之。

十一　廿二日　晴

写屏联多件。午后，将军来谈。约到徐旅长处吃饭。早间到高集安处，为其太夫人贺寿喜。

十二　廿三日　晴

会客多人，求差者占多数。午后，到公厅办公。饱帆自奉来函。李兰舟自京寄来绥芬金矿招股章程。浙江宁海县殷李君兢来信。汉中道尹陈子培来信。王揖唐为其兄调吉来函请托。毕辅廷自京来信，即作函复之，并复君兢信。又致李虞臣信，为马椒亭说项。财政部来咨，以龚焕臣调查旗地变价，已饬濮良玉会同财政厅查复。

十三　廿四日　晴

写大字对联四付。任荩臣自北京、河南归来，来谈。王揖唐来函，请为其兄治训已免考县知事咨调来吉差委事。当作复函，并咨内务部。阅高等审判厅详文，训结官银钱号与佃户滕凤翔争地涉讼案。官银号理由充足，滕凤翔以运动力竟胜诉。双方律师闻均得沾润。上年云贵将军某电告各省，言受法律之庇护者，在奸宄而不在人民，信哉！延吉陶道尹报告延和各处韩民屡有仇日之说。韩人之荒谬糊涂，自速祸殃，深可怜惜。然其志亦可悲矣。

十四　廿五日　晴

会客。写大字对联多付。交通部派来佥事傅润璋调查电报局所购电杆被水漂失情形，来拜，并求派警再为寻觅云云。郭侗伯道尹来见，面陈长春近事。到公署办公。写复胡寅谷信、上徐相国书，报告延吉韩人情形。

十五　廿六日　晴

会客。到将军府吃饭。回拜傅佥事。长春南满会社岩崎主任来访，即时回拜，并访细野。咨财政部，言添款办理磐石铜矿事，并报知国务卿一函，寄京徐敬一处，请其代投。复关中道尹陈子培一函。徐国务卿来信，言剿办乱党事，并荐吴渊，嘱为位置。又庆善儿等自津来书。

十六　廿七日　晴

会客。奉政事堂封寄大总统准参政院条陈军政财政两事，令为切实晓谕民人，力图进行等因。吴渊来见。渠先充当秘书，恐难以位置焉。孟颂平辞行，赴同江县任，谕以安插黑斤种人，切实保护俾资生息，修治道路，俾便垦户遄行云云。到公署办公。鄂巡按使段少沧自京来信。沈海秋来信，嘱代购参茸虎骨膏。下晚，写复于筠厚信。于朗昆来信。侗伯道尹来谈。闻之长春日领事言满洲里附近发生鼠疫，危害甚众等语。即电询朱将军查明电复。增子固参政来信，为其弟萨子维说项。

十七　廿八日　晴

会客。写对联八付。蒙员依克塔春来见，详询齐王丈地事宜。

将军来谈。傅写忱、赵俊卿来议俄领事馆及昌邑屯加警添岗事。到公署办公。下晚，请傅子如、将军、濮青荪、童泗泉、郭侗伯、冯镜人、李进之、顾衡如、饶炳文、栾佩石十人吃便饭。朱将军电复：满洲里鼠疫，已派人往查云云。写复于朗昆一函。

十八　廿九日　阴

十一钟，赴基督教会祈祷会演说十数语，言其大概，嗣由高大夫会牧师及华人长老祈祷上天，言愿欧洲各战国齐息战争云云。接政事堂相国来信，言世太保托办皇产事，令地方官谕示保护云云。徐敬一自京来信，带来绢纸十张，并带来翁学涵书长条，程蕙画条山一幅。下晚，到将军处吃晚饭。写复裴旅长一函。

十九　九月一日　阴　细雨竟日

会客。朱将军来信，以交涉经费须再由李道尹与铁路磋商，当即致函李道尹，令其照办。到公署办公。与廉懿斋、颜之乐胜全议结双滨晾网地事。

廿　二日　阴雨雪竟日

写致张雨亭、于云章、张翊宸三信，并各寄屏对数件。写对联八付。午后二钟，到日领事馆见林久治郎领事，以其转调山东济南领事，相与周旋也。到公署办公。张子安检察长来谈，言及审判各案多有不公，检察各官多有碍难情形。到二十三师，赴顾衡如招饮之约。

廿一　三日　晴

朱虞臣自哈尔滨来见，详问滨江交涉近事。渠之来意，商请保护所承办之保吉公司事。留吃午饭。写屏幅多件。到公署考试书记（即雇员），以缮写之件太坏也。写复段少沧一函，并贺其十五日到湖北巡按使任喜。于朗昆来函，详告办公债等事，招厚监督之怨谤。各忠所事，无足怪也。双城蒋清芬来函，言欧暑春知事、焦秉安警长营私害民事，并贿托查办员之刘延祺知事等情。当再派人密往查之，俾求实在。又，磐石王有年禀控县属区官陈登瀛殃民栽赌等情。亦当派人密查。然此密查之人诚不易得也。

廿二　四日　晴

会客。郭侗伯道尹自长春来省，筹议赴哈尔滨见铁路公司霍总办，商提交涉局存款，并商前划之界，让出道路，免令傅家甸各街出入不便等事。并请将军、履园、写忱、炳文、声甫、集安同吃午饭。到公署办公。下晚，将军诸人仍留吃晚饭。本日，天初明时，忽梦见故友冯果卿，并对少沧言前说果卿已故，孰知其今尚在耶？以手拍其臂。果卿乃背其面。余乃一痛惊醒。忆十年前到京，与少沧、果卿三人拍一小照，至今尚存。或昨致少沧函，并思果卿，故入梦耶？为之怆然不已。在枕上口占小诗云："高风忆干木，幽隐怀浩然。古人不可及，劳劳世情牵。浚仪汴梁、祥符县古郡名有良友，胡为归黄泉？晨梦一相见，惜哉泪涓涓。"

廿三　五日　晴

聂献廷来函，为谱兄申仲符之子说项，来见。并故友李虹若之子李佩璜同来。向受业于余者。问及其家近况，得悉果卿之子冯慕韩已随少沧赴湖北矣。会客。到定质堂处，为其世兄完婚道喜。并赴张允符处，不值。到公署办公。潘履园来，谈收帖改币事。与代理高等审判厅厅长许厅长详论审判官银钱号与滕凤翔争地事之不公允等情，许厅长深以为然。下晚，到质堂处吃喜酒。接徐敬一、于朗昆来信。

廿四　六日　晴

写复徐敬一信，会客。林仙洲论开垦农林公司事。到公署办公。

濮青荪来，告财政部电调赴京面询事件。寄郭道尹处虎皮两张，豹皮一张，令其代送霍尔瓦特、达聂尔，以资联合。哈尔滨中东铁路公司交涉员葛利罗夫来访，旧交也。阅来文，濛江李知事详为修路事，并绘图一纸，批奖数语，以为有意要好之地方官劝。

廿五　七日　晴

写匾字两方。上徐相国书，言贡山事，并言吴渊到吉事。林仙洲来，言长岭垦务事。宝献廷来，议代买妥西昭王地二十方事。下晚，日本林领事招饮，以其调任山东领事设筵告别。当答词，言领事凡事和平，各界感情甚洽，想贵国政事念山东正在行军，恐山东地方人民受有损害，故以领事赴东约束贵国军队和平对待地方，益坚两国睦谊，我各界人等当代山东地方人民预为申谢云云。

廿六　八日　晴

会客。到公署办公。二弟自永清来信，言日内来吉，详言家事情形。下晚，虞挺芳局长来访。请将军、林仙洲、张允孚同吃晚饭。

廿七　九日　微阴

会客。下晚，到北山，公请日本领事及日本各界人等十数人登高，为饯别会。登楼远瞩，高山长江历历在目，同拍照以作纪念。下晚，同到二十三师司令部宴会，尽欢而散。

廿八　十日　晴

林领事来辞行。下午，到公署办公。徐声甫荐到厨人一名，令作河南菜数色，请将军诸人吃晚饭。

廿九　十一日　晴

中日协会为林领事送行。十钟毕会，共拍一照。午后二钟，到车站，为林领事送行。该领事在吉七年，办理外交，尚属和平，故吉林各界对之感情颇好云。到公署办公。与中国银行潘履元行长筹议收帖改币合同，磋商至再，幸得定准。将来吉林之财政可望有发达之一日矣。复北京沈叔瞻京兆函，贺其任喜，并永清城北地区时有盗匪出没，请严饬警卫队梭巡拿办，地方人民受福云云。呈请大总统保荐徐敬一才堪大用，请擢用云云。

卅　十二日　晴

天气甚暖。委高重翔为方正县监理员，朱祖彝为额穆县清丈监理员，委刘萬、邓寿瑶、戴景曾、廖佩珣为中立处调查员。到公署办公。将军、声甫诸人来吃晚饭。接敬一来信，即复其一函。

卅一　十三日　晴

董佑臣自长春通电话。裴旅长亦由长春通电话。接郭侗伯来函，告知到哈尔滨与霍尔瓦特接晤情形极为亲密，铁路交涉局经费准予照旧提交；傅家甸西出道口准予拨留道路，以便商民云云。今早，简子湘来，告陈简帅在上海于本月二十日丑时病故等语。一时悲感交集，极难为怀。以六七年来感承简帅知遇甚深，末由报称，遽闻长逝，何以为情！当即告将军、饶厅长、高集安，拟于五七日内通知各界，在北山开追悼会，以申哀挽之意。到公署办公。到皇产事务所商问出放四合贡山事。于筠厚自依兰来，董佑岑托其带到领出之四路道尹关防四颗，畅谈数小时。渠现在充兰江榷运局差，详言依兰各界近事。覆赵次帅馆长一函。

十一月一　十四日　阴雨　下晚雨雪

子桥来函，以外交费事，应饬傅写忱酌定，详细函复。到将军处吃晚饭。忠墨岑来，移寓署内。派吴德镇为中立筹办处顾问。

二 十五日 阴雪下晚雨

十钟，到法政学堂，与校长、教员等言办学诸事从严，万不可稍存宽假之念，师严乃觉道尊云云。逐视各班生上课，并到其自修室、饭厅看视，尚属洁净、温暖。在楼下同拍一照，以作纪念。到公署办公。永清县史知事书，详称合属绅民代表，请转详高前令绍陈于前清庚子岁有功地方，须征求事实等情。当将我家被德之事实覆之，即知高前令之遗爱在民也。写寄儿等信。

三 十六日 阴大雪

出东郭，到团山子师范学堂察视职教各员，并看视学生上课。观三百数十学生一厅共食，尚属肃静。又到农业学堂看视。长途跋涉，泥泞不堪。回食午饭，已时交两记钟矣。到公署办公。下晚，雪止。

四 十七日 阴

秀涛、在卿、杏城来，为求李惠民抵债事。到中学堂看视。哈尔滨吉林铁路交涉局科长徐松山来见，并带到王理堂、韩吟笙两函。适有哈埠俄检察官□□并铁路稽查员□□来见，言在哈尔滨拿获烟土甚多，价在一百万元之谱，并研究以后严拿惩办方法。当嘉其揖睦邦交，以中国正在禁烟严厉时代，承其协力搜查，实于禁烟要政有裨益，告其回哈时，与李道尹商订以后查禁计画云云。到公署办公。七钟，请俄员三人，松山、写忱、丽周吃晚饭。饭后，同到电影园观电影。所看德法战事如历战场上观战云。写致姜伯和警长一函，嘱其查明刘毅臣查拿假官帖之奖赏焉。第二区矿政监督曹致东来函，言其移至奉天办公云云。

五 十八日 晴

新委方正清丈监理员高重翔、额穆清丈员朱祖彝来见。告以丈地应日日到段监视，则弓绳人等自不敢作弊等语。将军来谈。到公署办公。李斌自永清来信，言二弟十六七日来吉，约二十三日可到云云。写致马荩卿信。

六　十九日　阴雪

到菁华中学校察视。该校学生只五十馀人，实在不足以资观摩，而学生之中文国文论，尚多明白可造之才，与该校长论说管理之法，总以一严字为要义。哈尔滨蒉丹廷来见，为俄人马尔金接办采石厂事。到公署办公。到任三月，保陈四事，整顿吏治，惩办盗匪，维持实业，清理财政，分别已办筹办，并地方秋收情形，上陈大总统述所职也。下晚，徐声甫旅长约吃饭。

七　二十日　晴

徐松山来见。到女子师范学堂察视，见所做国文尚多明顺者。又学生讲习国文，亦甚明晰。到公署办公。下晚，林仙洲招饮。灯下阅来文。阿城县张知事凤墀详请回籍，并请送考。该知事前办荒务案未免油滑，曾经申饬，限日办理清楚，乃公然辞职，其为不堪造就，殊为可惜可恨。写上奉天珍午巡按使一函，附饬黄知事懋祺赴部口试咨文。

八　廿一日　阴

测量陈局长请在将军府吃午饭。午后，将军来谈。董佑臣自长春来省，留寓署。《日本号外报》言青岛于七日陷落云云。

九　廿二日　晴

请徐司使、蒉丹廷吃午饭。到公署办公。派颜之乐赴阿城密查张知事官声政治是否良好。同江县却任李树珊来见，详询该处地方情形，令其开具手折送阅。面谕赵警察厅长。午后，日本居留民提灯会派警弹压，以靖地方。林仙洲在将军处请吃晚饭。徐静一自京来信,言德兵舰四艘,混入青岛,德与日兵停战云云。如此,则日报青岛陷落之说不甚实在,容后验之。

十　廿三日　晴

到模范小学堂察视。小学生上课,尚有可观。高等生之教员,不甚合格。又有一班女小学生。虽云男女合校,究竟不甚相宜。十二钟,二弟自永清来,言家事平安。儿子庆善、庆徵等在津上学尚好,颇为放心。午后,到公署办公。下晚,请将军、佑丞、诚德堂、炳文、集安诸人吃晚饭。日本领事森田宽藏新到吉林,来拜,畅谈。该领事系由铁岭转调驻吉,人尚和平。于朗昆由滨江来省,略询地面情形。

十一　廿四日　晴

吴约之持张上将军信,朱荷宜、马藤溪各信来见,求差使。详询安东交涉情形。双城警佐焦秉安来见,详问地方情形,并加勉励语。同将军回拜森田领事。到公署办公。长春日学堂九里知雄、饭河道雄来见。张允孚同杨国栋奉天天利煤矿公司委员、佟祝三约吃晚饭。

十二　廿五日　晴

写挽陈简池都督联语为:“楚难未纾公竟去,萧规可继我无才。”又为王少石女学校长写寿屏三幅。傅子如借庖人治筵请客,同席为将军、子坚、进之、衡如诸人。到公署办公。写复鲜子彦,请其不必来吉。接公债总局来函,十月以后无庸再募云云。袁洁珊自京来信,荐徐星朗求差使。潘履元自奉天来函。下晚,日领事森田招饮,同座人甚多。归来,写寿屏三幅。

十三　廿六日　阴

写寿屏五幅。姜焜尚来说长春警务事。吴士湘来函,荐刘嘉璸。王揖唐来信,荐赵蕙珊。唐蓂廷函求依兰道尹升为二等等情。阿城绅董来见，请留该县知事张凤墀。当告以现已派员密查，如系好官，为地方造福，决不更调云云。并告以张知事于出放草甸事，高委员办理不善，不先为之纠正，如系碍难办理，此次请假，定系知难而退，当为之另换能办事之地方官。令各绅回归，无庸在省逗留云。到公署办公。下晚，到将军处吃饭。下半日雨。

十四　廿七日　阴雨

写寿屏四幅。裴旅长、郭道尹均由长春来访。到公署办公。下午，内人赴长春，为马太太贺生子之喜。二弟承董佑臣局长派充总仓委员，亦同赴长。下晚，同尧田兄到将军处晚饭。写复外交部孙总长函，以其函陈李知事奎保才能可用，复以容汇案核办，并请其将子授先生遗墨赐寄一二，以便临摹云云。王揖唐函荐赵蕙山，复函谢之。

十五　廿八日　晴

早十钟，到三江会馆，为陈简池都督开追悼会。军政各界到者二三百人，公同致祭如礼。午后，王少石作寿，在斯美茶园设寿堂演剧，前往贺寿。一日之间，一吊死者，一庆生者，悲欢之不同如是！接长春劝学所逯景新来函，求来省当差。即复书谢之。又复佟竹忱信。写致霈典升亲家信，附寄大洋四百元。通信为庆善儿完婚也。

十六　廿九日　晴

财政厅面陈省城庆泰成钱号荒闭亏欠官款甚钜等情。当即传令警察厅赵厅长查封该号，并联号各财产，以凭核办。会客。接徐敬一函，并言吴渊求差事。二弟自长春盐仓来信。到公署办公。下晚，傅写忱请吃晚饭，客为日本森田领事。饭后，熊芋生来，谈北京近事。

十七　卅日　晴

警察厅长、审判厅委员请求处分庆泰成欠款事。准由警厅将该号东家掌柜送法厅，特别严追，以重官款。会客。到公署办公。阅来文，批准阿城县张知事凤墀辞职禀。申仲孚来信。江苏巡按署来函请振。

十八 十月一日 阴

内人同董太太来省。午后，到公署办公。下晚，到将军处吃饭。董佑臣自长春来。

十九 二日 晴

为将军太太贺寿喜，宴会一日。观剧，甚欢。以有由长春约来角色演武圣《单刀赴会》《古城相会》各剧，忠义之气令人感动。

二十 三日 阴

董佑臣、柴勤唐、朱虞臣、潘履元、饶炳文来吃午饭。潘、饶来订合同，签字作为定准。到公署办公。下晚，到将军处吃饭。

二十一 四日 晴

法部派来司法观察员王文豹来访，详询北京近事，以昨晚在将军处见京信，知有外人倡为邪说，"请政归宣统皇上"一语。此等谬论，于民国、皇上两有不利，外人从而得利，真可畏也。见政府公报，载肃政史夏寿康将《惩邪说保全皇上》一呈，语语透辟，洵足以维持国是，奠定人心矣。虞臣、佑臣、勤唐来议开办火石岭子煤矿事。留用午饭。到公署办公。程印堂自江西来书。灯下作书复之。写复谈铁隍信，为说明韩叔文亏款事。

廿二 五日 晴

同柴勤唐到将军处吃午饭。适桦甸县报称贼匪刘大个子聚匪三百人，距县十里，欲攻县城。城内兵军请派兵往剿等情。当商之将军，即派兵两队往剿矣。朱巡按使来电，言清帝复辟之谬论，应请查禁，并拟电上中央稿，知照联衔上请。当拟复电，极表赞同，请挈衔上呈云云。

廿三　六日　阴雪

哈埠基督教马牧师德良来见，请求在哈设立青年会，须由官家择一相当地基等情。即致于朗昆知县一函，令其协助云云。写复徐敬一信。到公署办公。又接徐敬一来信。晚饭后，到将军处议商要公写复赵燕荪信，并复袁洁珊信。

廿四　七日　晴

到公署办公。下晚，请熊芋生吃晚饭。将军、炳文、集安、写忱作陪。

廿五　八日　雪

到公署办公。下晚，到将军处出示晓谕：自十二月一号起，以官帖七吊作银元一元，设收帖改币处。从此官帖定准价值，则市面自平，并从前倒把之恶习，不禁自绝矣。

廿六　九日　晴

每早会客多人，大抵求差者居多，以有用之光阴酬应之，亦恼人之事也。日人峰旗教员递兴学意见书，极有见地，其语语道破中国人习惯积弊：不克合群，不能爱国。真属极可愧耻之事。到公署办公。见铜矿萧委员，详问一切。下晚，请日领事森田君，同座为将军。日人草翻译，天野警长，□□书记官，傅署长，高、徐两旅长。

廿七　十日　晴

早，会客。午后，到公署办公。灯下写复张颇老上将军书，为言韩叔文被商号庆泰成欠款，现正设法维持云云。写复张岱杉次长书，为言荐到刘契苏，前事未结，现在难以位置云。为伊纪书写册页一开。旧历十月十日为先严诚叔公忌辰，月份牌偶差一日，家人于昨日作为十日，在中厅设席致祭，对之怆然泣下。先严教子费尽数十年苦心，今为子者倖居巡按使之席，而严亲已不及见，伤感奚如耶？审判厅详饶河县赵知事疏防押犯，请予撤任。当委该县清丈员刘恩淮代理。

廿八　十一日　晴

会客。见冯镜人、吴丽周、陈蔚若，议商设立官帖收换处各事宜。写致于朗昆信，为接匿名信，言徐警长各弊端，饬速查复。致蕢丹廷信，言马尔金接办木石案。致唐莫廷信，言依兰道升为二等，咨部请示矣。上政事徐相国书，言江省清乡督办王顺存才堪大用云云。

廿九　十二日　阴

天气极暖。前二日天气极冷，致大江封冻。今宿雪开化，且又小雨竟日。长春直东同乡会成廷芬来言会馆告成，须再筹捐款也。毕辅廷分发奉天知县，来见，送来殿板古唐诗四套，极可爱玩。长春史镜斋以商会名义，言设立医学研究所施医处，并桥梁费，须由地方自治款动用云云。到将军处吃晚饭。

卅　十三日　阴

早饭后，到将军处，正值家庭争吵之计，为之解劝，乃止。下晚，留用晚饭。

十二月一　十四日　晴

会客。午后，到公署办公。韩吟笙自滨江来访。王蓬樵亦由滨江来，辩论道署公费事。张珍午先生自奉公署来函，为夷千说项事。

二　十五日　晴

会客最多。内有新到省知事谢作霖、乔从锐，旧日学生曹凤山。午后，到公署办公。女学前校长王文珊言女生有意要求留校长，殊为不顾大体云云。写致同宾张知事信，附匿名信，令其查办。

三　十六日　晴

会客。内有新到省知事张治委、梅镇涵，署理双阳县事费知事。懋祺自奉天来见。谢其为保免试也。师范学堂以新换张校长群起阻抗，有如前次之阻抗郭司长情形。当饬彭主任前往劝解。竟不听从。午后，到公署办公。

四　十七日　晴

师范学生十数人来署求见。当面劝导千数百[言](元)，仁至义尽，众皆无话，允为回校。劝导各生而去。会客。到省新知事刘光烈来见。午后，彭主任又到校劝导，又不之听。当于公署办公时，招集本城办学士绅，告以详细，皆允为往劝而去。写复张珍老信。写复许典升亲家信。

甲寅十二月五　十月十八日　晴

早十钟，饬彭主任会同本城办学士绅，到师范学校劝导各生上课。午后，回报学生顽梗加甚，劝导无效，各士绅付之一叹。当于公署办公时，拟具牌示，警告学生上课；如再抗阻，定予解散等语。令警察厅长明早前往执行。当晚，上教育部电，详陈前项情事，并知照将军，请派军队防卫军械局，免生意外之事。校长吴玉琛来见，言往劝学生无效云云。当面严予申饬：以前办学敷衍，养成该校学生目无师长，性质至于此极。

六 十九日 晴

赵厅长解散学生，学生竟不出校。午后，将军派高彦如参谋长、赵子静前往解劝，竟亦无效。其顽梗情形，言之令人发指。万不得已，饬赵厅长以学生既饬解散，应即停其火食。师范学生，其不率教竟至如是，则教育前途安有好希望！甚矣，皆其士绅于近数年来造成之也。董佑成自长春来。阮斗瞻来函，言进步党到吉演说，请为保护云云。

七 廿日 晴

赵厅长自师范学校电告学生顽梗如故，告以应查为首滋事之学生，拘送警厅。近递至各学生原籍，由县知事交其家属追缴学费，毋得拘泥，致酿事端。该厅长请致将军派队帮同办理，以学生藐视巡警，不知畏惧也。当即电告将军，允以派队前往云。女子师范学校初校长来，告女学各教员因向习放任，此次力与整顿，忽而辞职。当即慰留。女监学亦如是。当告以应将辞职之教员等，均予辞去，另行聘请；闻女校名誉太坏，非严加整顿，实不成事。松秀涛、庆祝山、赵子静均求到校男师范学校劝导，告以另求学生承认校长，照常上课已耳；如再执迷，定予解散。会客多人，求差者，真无法应付之也。上北京政事堂财政部电，言吉林币制已定官银钱号仍归省有，则前之督会办似可取销。又，驿站官产之部派员濮良玉业经调任，似应责令财政厅长办理等语。到公署办公。教育部派钱视学到省来见，正值初校长由女校归来，言女生闭门不纳各情，又闻松秀涛、赵子静劝解男校各生，仍前顽抗，则钱视学亦为慨叹矣。晚饭后，将军、张参谋长、赵厅长来，言明日实行解散学生手续。写致许典叔信，言在京作女衣服事。写致吴丽周信，言长春收换官帖，宜防弊端事。接王揖唐来信，以其兄王揖周到省，求关照云云。当作函复之。

八　廿一日　晴

写复朱健初信，为舍间收入地租事。会客。庆祝三电告出首筹议调停学堂事。张校长来，告张参谋长告知令其辞职云云。当谕以既受省长委，学生无故生风，万不得辞职等语，当将此意电告将军。旋接张参谋长电话，言学生已遵守命令照常上课，请勿追其既往云云。当告以学生既知改悔，准予从宽免究。下晚，在公署接见张参谋长。庆祝三及办学各士绅十馀人来，言学[生]悔过，遵奉命令照常上课，请免究办云云。当准，面告此次风潮之发生，殊属荒谬无理，既经诸士绅为之请求，姑准免予追究，惟此后再有无理过犯，不再宽贷，各学校亦宜严加管理，将来无论何校毕业时，本使定当亲往考试，以防弊端云云。商会来言收帖处办法，当即出示改订手续，俾免来换帖者之有向隅。细野喜市亦来，言换帖处应行改良办法，以昭信用等语。潘履元来函，言长春银元价贵，拟出卖银元，以平市价云云。饬忠墨岑总办作复：官银号乏款，碍难照办云。

九　廿二日　晴

五常县财务处主任来见，言五常行用市帖如饬收回，则无过筹之物，请与财政厅商定办法。批饬师范女学堂应遵功令，承认校长，不得无理取闹等语。到公署办公。魁星阶来信。同江孟顼平来信，历陈地方情形。延吉道尹报知日人之提灯会人，被学生用石打伤案，已将学生斥革完案。扶馀县来禀，言学款被劣绅侵吞，应严予查办云云。

十　廿三日　晴

吴盘年来见。张允孚来，言张校长辞差事。当面驳之。十一钟，到师范学校，晤张校长，及各教员，并将龙监学请回，同到第六讲堂招齐学生四百馀人，登台演说，将学生应遵从命令，前数日所现之风潮，以及取缔之手续系迫不得已，仁至义尽，苦口婆心，演讲至两小时，并面嘱校长、职教各员以后从严管束学生，毋得如从前之疏懈云云。又到军械局张松山处道谢，以其劝解学生也。昨晚，接教育部覆电，言解散全体学生系出于事之不得已，而学生四百人，应将为首之滋事者惩治，其被迫胁及盲从者，准其悔过上课；如不悔过，只可全堂解散云云。亦将此意告知学生矣。奉天英国总领事寄到记载英国战事纪实，惜全系英文，尚须觅翻译人焉。统率办事处寄到孙文事四千本，须分送各处。与中国银行分长议代办金库事。

十一 廿四日 晴

会客。珍老之六弟张夷千来吉。午后，驻奉英国总领事额必廉来访，为交涉戴牧师在磐石县被抢事，拟请令磐石县知事包赔财物结案。答以地方出有抢案，责令地方官缉贼，断难责令赔偿损失矣；此端一开，将来各国人倘援此例索偿，何以应付？磋议再三，允令地方官黄知事限期拿贼，一面与戴牧师自行互商议结，免再交涉。额领事亦以为然。又谈及欧西战事缘起事实。订即晚小备酒肴，请总领事，并请高大夫、两位牧师、华青年会员、傅交涉员作陪，至十钟后方散。

十二 廿五日 阴 微雪

面谕勘丈六旗马厂委员四名，务须和平劝导民人承领云云。到高大夫处。往拜额必廉英总领事，畅谈。饭后，到女师范学堂，女生已经散学。当与职教各员详论管理之法。双阳县密详查获蔡德海等反对勘丈站地，并出有传单证据，内有前日递禀之黄铁肩，饬警查拿，已经逃逸。到公署办公。写复韩紫石巡按使一函寄皖。

十三 廿六日 晴

祥星如来见，言双城货牙事。刘星五来见。魏如九到锦县催收地租。李斌赴津接庆善儿等回吉，年假也。虞挺芳来，同到将军处一谈。阮公槐来信。

十四　廿七日　阴　微雪

新到省知事吴鸿志来见，交赵次帅信、郭小鹿信，求关照也。该知事福建旗人，前清翰林，《清史》馆协修。兹以知事到省，未免长才短驭。特知事为亲民之官，较前知府责任为重。与之接谈，极其明敏。我吉省又添一好地方官，为地方幸喜之至。会客多人。挺芳、写忱、墨岑、北居均来，留用午饭。午后三钟，日领事森田，同其太太来拜，请至内室，以茶点香槟款待之。到公署办公。下晚，设筵，请部派钱视学，作陪者为集安、写忱，并办学士绅数人。写致山西巡按使金道圣大哥信，荐新分山西县知事张文翰，前署吉林东宁县，颇有政声者。

十五　廿八日　晴

会客多人。吴芸士言接办哈尔滨官银分号，前委员赵焕章放款多不可靠云云。午后，日领事森田带同关东都督府参谋长西川虎次郎，及军官两人来谈，款以茶点香槟酒。到公署办公。下晚，同将军到领事馆回拜西川虎次郎。将军请审检两厅人员，嘱为作陪。

十六　廿九日　晴

见绥远清丈监理员张步云，详问丈地情形。林仙洲来，求写联对两付。到公署办公。将军来署，商问徐旅长到哈与中东铁路公司订立剿匪合同之事，并同电覆榆树张营长、李知事剿办爬犁贼匪之事。下晚，写复赵次帅一函，言吴鸿志到省事。又致宁湘路局孙章甫总办一函，为荐铁路学生杨挺英事。

十七　十一月一日　晴

会客多人。到公署办公。写复齐玉卿一信。郭侗伯来信，言收帖换元币对待外人为难事。财政部电复三省银号督会办仍应存在事。

十八　二日　晴

五常瞿知事来见，详论地方钱法。该员论事明白，读书有得之人也。陶梅先道尹自延吉来见，畅论延吉情况。到公署办公。昨午，林仙洲荐到星士名黄瞎子者，详论合宅八字，多中肯语。言大儿庆善将来作事和平，官至道尹；二儿庆徵精明能干事，可期大用云云，则近于迎合之言。惟有令儿辈勤学自立，学成致用，为国家效力已耳。接段子敬自北京来信。又接吴佑民来信。写复永清贾仲锜一信，言舍间近年收租地吃亏，求予劝导各佃户，须要公道作事，应增加租项，并令焦表弟同王西樵回永请人从中说导，和平了事云云。写寄京许典叔亲家信，请其在京做衣裳。致京金台旅馆董右臣信，请其在京□财务件，官银号□，不时救急。

十九　三日　晴

十一时，到俄领事馆，为其俄皇帝祝贺万寿事。回路到官银号看视昨晚火灾。到公署办公。与饶、高两厅长议出卖官产事。写致江省魁星阶厅长一书。又写复于朗昆函。

廿　四日　晴

林知事来见，议剿匪事。日人峰旌带同宫岛信太郎农业家来见。午刻，将军请客，嘱往作陪。

廿一　五日　晴

会客甚多。与李知事奎保、王知事炳文，论听讼剿匪方法极详。到公署办公。下晚，请陶道尹，瞿、李、林、彭四知事，饶、高两厅长便饭。

廿二　六日

早，到竞权女学校参观，并筹议经费事。到公署办公。张芍岩自两湖来，详论南省尚事戒严，地方多不安静情形。

廿三　七日　晴

早八钟，恭往东关天坛祭天。新购到祭服，服之行礼。自将军同城各官，皆与祭，肃穆观瞻，俾人民皆知敬天之礼，为生民所自始也。到将军处吃午饭。

廿四　八日　晴

面饬李知事回榆，速讯张营长获犯。饬何德成赴扶馀和解孔知事与学绅争执事。俄领事来，交涉虎林县江中漂木事。上年六月出事，至今未结。即与傅署长据理与俄领详论，并拟照复，以便俄领转复驻京俄使云云。潘履元、李行长、忠总办，议兑换处事由，留用午饭。到公署办公。派张祖策为公署实业顾问。下晚，到官银钱号吃饭。

廿五　九日　晴

会客多人。新分吉林道尹王树翰，同张允孚来见，详询奉省前办清理查勘事宜。电陈政事堂、财政部，言财政厅饶厅长办理庆泰成商号倒款案，奉大总统令，交付惩戒，请予保全，令其戴罪图功云云。到公署办公。下晚，翰章、仙洲、廷瑞来谈。阅来文，批示数起。入夜，微雪。

廿六　十日　晴

会客。新分吉林县知事张嗣良来见。到公署办公。面谕张知事、凤翰到双城查二成粮捐是否可以取销，并饬到宾县查王氏控案，到将军[处]议公事。致谈铁隍函。调取奉天屯垦局章程。

廿七　十一日　晴

写上奉天张巡按使信，言毕知事维垣、富知事恩霖、赵知事增厚，均可录用云云。到交涉署，言外交部来电，俄领事馆护队换防事。回拜王维宙道尹，不晤。到将军处议公事。

廿八　十二日　晴

会客。见各城来省验看佐领拟拣正陪之旗官二十馀员。到公署办公。拟发贺年各电。与王维宙道尹详论奉天土地调查局为经界局之预备事。各外省友人来函，贺长子庆善成室，并寄喜幛者，皆复书道谢。

廿九　十三日　晴

会客。到公署办公。写复徐声甫旅长信。将军、写忱、集安来谈婚礼请外宾观礼事。入夜，雪。

卅　十四日

中华民国四年

[元月初]十　廿五日　雪

早起。午后一钟，到车站迎接树村将军自长春归来，言在长与日司令官藤井宴会，道及中日交谊，颇表敦睦之意；长春之新换日领事亦甚好，并到南岭阅兵云云。随到将军处畅谈。

十一　廿六日　晴

会客甚多。谈论亦甚多。北京税务处派员李青舫来访，论及各项税则，并维持实业事宜。到公署办公。双城、珲春、宁古塔各城旗署代表来见，言请缓裁各城分处事。当面告以碍难缓裁理由，皆无可置辩。彼等又言各县新设之旗务科，亦难永久存在，不如将各处之生计存款，分给各处穷困之丁户为宜云云。告以当与旗务处长说明，明日再议。王维宙自奉归来，问以奉省裁撤旗缺各事。奉省新设官地清丈局，筹款之大宗也。奉大总统令，给彝少卿衔。拟即具呈申谢。下晚，写寄二弟信，言永清来信，论地租事。复吴子明津海道尹函，言催追张蓬仙煤矿欠款事。奉政事堂封寄令筹款事。

十二　廿七日　晴　天气极冷

会客多人。到公署办公。委王树翰道尹为全省清赋局总办。仿照奉天官地清丈局之例也。将军来，谈筹款事。赵燕荪令其子鹏弟来见，求保免考。该员极其安详，又在法界多年，堪造就为吏才也。到俄领事馆贺其松树节，留吃晚饭。又到将军处，闫廷瑞、周小泉请吃饭也。

十三　廿八日　晴

阅来文。午后，到公署办公。下晚，请将军、李枫圃及政绅各界二十馀人。

十四　廿九日　晴

会客多人。到公署办公。会商将军，拟复政事堂前电，并封寄饬令筹款案一电。吉林筹设清丈局，约放各项地亩，可得银一千万元之谱。拟请赴京觐见，请示机宜，再行回吉办理云云。

十五　十二月一日　晴

写天津太和堂匾额；又"紫箭青芝"四字。到公署办公。电上徐相国，言前电俟彝准觐时面陈，暂勿交财部，免致另生支节云云。

十六　二日　阴　微雪

写送天津对联数付。庆善、庆徵午后搭车赴天津就学。二子就学已四年，勉其用心向学云云。入夜，接政事堂覆电，奉大总统令，准彝入觐云云。

十七　三日　晴

长春袁植臣督办，言官银号办理不善云云，所言多系一面传闻臆度之词，拟据实复之。墨岑、守之、将军来谈，留用午饭。么、凌两团长来拜，即行答拜。到将军[处]吃晚饭。接徐相国复电，言统俟到京面商办理云云。

十八　四日　晴

吉林开办国文教授法讲习会，到会演说国文如何教授法。教员到会者六十馀人。共拍一照。与财政厅忠墨岑论钱法。到公署办公。下晚,将军及军界请吃晚饭。

十九 五日 阴雪

内史监寄到大总统颁赏之“福”、“寿”字两方。荆性成来信。到公署办公。下晚,到中国银行吃饭,并与李叔芝行长议交换现金元币事。复长春袁行长植丞长信,论官帖跌落之故。

廿 六日 晴

会客。到公署办公。致袁植丞函,言现银铸银元事。下晚,请军界官长二十馀人,呈谢大总统赏“福”、“寿”字。徐敬一电,问行头。

廿一 七日 晴

会客。接财政部电,以袁植丞电称吉林官银号不履行合同等情,当即覆电,言官帖兑换处曾订合同,由官银钱号交银行六十万元,而银行即应交元币一百万元,现银行尚亏欠官号一百馀万元,何言不履行合同云云。到公署办公。同将军到定质堂处行吊。下晚,请将军府参谋课长二十人。复敬一电:十日内启行。并复程印堂电,亦言行期也。

廿二 八日

磐石黄知事、长岭万知事、郭道尹均来见。二弟由长春盐仓来省。到公署办公。下晚,请二十三师军界同人便饭。增子固来信,为范熺泰说项。外部咨长口县巡警毁坏日人测地三角,应速分界事。统率办事处电告东人以多数重要条件令其驻使向外部要求,并声称如不得同意,彼国浪人将会同中国乱党扰害中国云云,饬为严密防范。何相煎之急也!

廿三 九日 晴

会客。袁植丞来访,详论整顿银行,并推行元币各事。留用午饭。李叔芝在座。饶厅长、忠总办均来与议。到公署办公。有孙寿恩者来见,言察查事件,并出其信纸,条列数款,言兑换官帖、庆泰成倒闭查封,以及易知事护住各细事,皆谓彝办理不善云云。问以何人来问,则称不便明言。当经饶厅长在座,告以彝奉吉当官二十年,操守堪以自信,馀则请在外调查,拒而去之。此等冒昧之人,殊不足与之计较。又思或有人在外造谣;或系以揭帖报告中央,故出此风潮也,亦未可知。下晚,请郭、陶两道尹,及外县知事数人吃晚饭。饭后,到官银钱号访植丞,研究推行元币方法,由省长负责,令各地方官负责领用元币;转饬商民出具抵押物借用,云云。饶厅长、忠总办、李葆三均极赞成。袁植丞拟本此意报告总行云云。

廿四 十日 晴

写致徐敬一信,言变易收帖元币价值,以平市价情由。留袁植丞午饭,详论钱法事。林仙洲来谈。到饶炳文处贺喜。到将军处一谈。又同到交涉署,陶道尹设筵相约也。董佑臣局长来省,论兑换盐款事。

廿五 十一日 阴雪

会客。日森田领事来访,问及入都,以前说知照,以便南满路预备火车,并详论近日钱法与定价不一,应变通办理情形。长春榷运局洋稽核员巴尔穆来访。并与佑丞局长、财政厅长、忠总办,论盐款兑换元币事。与饶厅长拟[致]财政部,言洋价日涨,官帖日贱,与定合同、改币收帖宗旨不符,拟照江省收帖办法,照市价收帖,免致奸商倒把渔利,银号亦不致吃亏,于二月一日施行,请备案云云。下晚,将军请巴尔穆吃饭,嘱往作陪。

廿六　十二日　阴雪

天津中国银行林行长来访，道及此来为总行恐袁植丞行长办理不善，特来接洽云云。告以袁植丞人颇老实，特无定见，偏听人言，致多变卦，现已商明两方面维持之法，已极融洽，并告以将来推广银元币办法。林极喜悦，留吃午饭。到公署办公。下晚，请巴尔穆吃饭，将军、佑丞诸人作陪。

廿七　十三日

佑臣回长春。仙舟来访，商定购买马姓长岭地千晌，合价二十一元五角一晌，计两万一千五百元。墨岑来，言接周总长复电，言变通办理收帖方法云云。是周总长亦在随市价收帖为宜也。到公署办公。写复张珍午巡按使信，为言李寿如保免考事。写复永清为说合地租各亲友贾敬庵诸人信。又复王西樵信。阅保免考各员履历事实。

廿八　十四日　晴

会客。万福华由京来省，为办东宁垦务事。到公署办公。写复齐玉卿信。写致北京朱侠黎信。朱虞丞自哈尔滨来访，详论裕华公司林场事，并火石岭子煤矿事。写致于朗昆信。

廿九　十五日　晴

早，军政绅商各界齐集公署，庆贺选举大总统法，升国旗，读祝词，拍照。将军、梅先、祝三在署吃午饭。到公署办公。写致吴琴舫、张鹤楼函，并复虞挺芳信。接冯公度自京来函，以前年劝办顺直水灾捐款，经直隶朱经帅呈，蒙大总统颁发匾额一方、褒章一座等情。

卅　十六日　晴

会客多人。到公署办公。下晚，凌、么两团长在将军府设筵相约。

卅一　十七日　阴雪

朱虞臣、忠墨岑来访，留吃午饭。阅保长岭天利农林公司委员林仙洲稿。史仙舫、李叔芝来谈。到将军处吃晚饭。

二月一　十八日　晴

唐临庄之世兄文源来见。俄新任领事巴车夫来见。今日改照市价收帖，而价值转稳，足见向日之涨价元币，皆奸商为之祟也。郭道尹来见，以彝二日入都展觐，须令道尹来省代拆代行也。到公署办公。将军来谈。下晚，各界同人在交涉署设筵饯行。二弟景初接办吉林省城盐局差使。

二　十九日　晴

早七钟，搭吉长车启行。将军及各界人士均到站送行。同行者为廉懿斋、张溥元、吴瑞阶。十二钟，到长春，军政绅商各界，日领事、日人各界，均到站迎接。当换南满车西行。车上，晤南满都督府松下秀夫，言及中日邦交应联合亲密，倘有破坏，均难图存云云。下晚八钟，到奉天车站。张珍午巡按派沈阳县赵宾生到站来接，并警局诸人来接。当即乘车到奉天公署，谒珍老，畅论三省币制，并与三省督办对待各事。又谒张上将军，一谈。到雨亭师长处，晤元博、廷瑞，一谈。

三　廿日　晴

搭车西行。广赞廷警长随车送行。到新民县，廖籛如知事到站接待。赞廷送到沟帮子归去。王揖周来接，时充马帐房盐务差。下晚七钟，到山海关，站长告知已经预备随慢车连夜西行。饱餐酣睡。到塘沽，警队鼓号(按:下接次日。)

(四 廿一日 晴)

来接。到天津，杨以德派侦探保卫。午后三钟，到京。寓吕祖阁后院。学生马魁莹来看，二十年前之弟子也。宋铁梅、徐敬一、齐照岩、王仲高、徐典生、禹生斌、典臣均来看。

五 廿二日 晴

高谦甫、许济生、雍仲嘉、萨总裁、王子翰来看。到朱博渊处晤，其弟洽黎求其为觅厨人也。聂献廷来看，并同至冯公度处，议商接待大总统赏给匾额一方事。下晚，照岩、铁梅、敬一、典臣诸人，在东兴楼招饮。饭后，到东安市场丹桂茶园观剧，前数出亦平平无奇，压台为谭鑫培之《竹连寨》，为沙土国班兵，李克用收服郭威故事。该伶六十馀岁，尚有前二十年态度。其陈敬思者，为汪笑侬，旗人，前清拔贡，号为诗伶，不得志而隐于伶人者。唱工音稍哑，作工甚可观。

六 廿三日 晴

早十钟，同乡冯公度、聂献廷、朱侠黎诸[人]送到大总统所颁匾额、褒章、证书，警队鼓乐前导，颇极荣宠。当服大礼服，敬谨祗领。适聂献廷送到盛筵一桌，即留献廷诸同人午饭。午后二钟，到政事堂，谒见鞠人相国，畅陈吉林应办事，并财政竭蹶情形，又将磐石铜钱各一条请鉴。赶到新华门。谒见大总统，详陈吉林应办各项要政，暨财政牵制难以放手施措情形。大总统深以为然，诚属鉴照万里，并赐谕嘉以所办各事甚好云云，为之感佩无已，更申谢颁给匾额、褒章而退。询事至一点钟之久。大总统精神焕发，论事明通，曷胜钦服之至！下晚，敬一约吃石头胡同之又一村羊肉馆，烧鸭子为至美之物。饭后，到天乐园观剧，李吉甫之约也。刘鸿声之演骂杨广，忠义悲愤，声调绝高，人所不能及。惟惜其嗓音之稍窄耳。王蕙芳、梅兰芳演《虹霓关》，两美相对演出深情于不即不离之间，可为叫绝。王凤卿、吴彩霞演《朱砂痣》。王之声调极高而圆，吴亦极沉稳。末则谭鑫培演《法门寺》全本，至结案尤为见所未见，闻所未闻。其音韵圆转自然，较之刘、王两伶之极意要好者，更上一层。

七 廿四日 晴

往谒杨、钱左右丞，不值。访增子固，一谈十年阔别之意。留用午饭。访陈秀峰、陈二庵、江雨辰、吴镜澄、沈叔詹、高骞甫，均不值。谒赵次帅，谈两小时。次帅神气甚充实，七十三岁老人俨如六十岁人，其颐养之法真堪健羡。访宋铁梅参政，一谈。观其所购书画甚多。下晚，到德昌饭店，赴雨辰、叔詹、镜澄公局招饮之约。座中军界之人为多，皆当时重要人物也。饭后，又赴雍仲嘉福全馆之约。饭后，回寓。友人之来看者甚多，惜未在寓接待之也。

八 廿五日 晴

早九钟，到总统府觐见大总统，第一班，与黄道尹家杰。大总统勖以"汝能办事，以后更要勉为之"数语。事毕，见陈二庵，告以极峰极为器重之语。旋谒黎副总统，详问吉林情形。谈至三十馀分钟而出。午后同敬一谒相国，语以极峰颇见重，今日已有令，特任为吉林巡按使，并授少卿，以后更宜力图精进，方可以仰对大总统任重之意，并可以告无罪于国家云云。下晚五钟，政事堂相国、左右丞招饮，同座为赵将军倜，及倪将军嗣冲、陈二庵、傅清节、王揖唐、唐执夫诸人。饭后，又到东堂子胡同赴阮斗瞻、王揖唐、张岱杉公局之约，尽欢而归。同座者，闻为交通部总长、税务处梁燕孙、张心安、冯次台诸人。

九 廿六日 晴

萨总裁、任景丰、王幼山、寿洙邻、连慕秦来访。到松华斋购纸。到陈仲瑀处吃午饭。晤吉士，一谈。往拜周子宜总长，畅论整理吉林钱法事宜，如取销三省官银号督办，以免阻碍，无庸再派清理官产委员，以免权限不清，致有诿却，再由中国银行付给永衡银号角币一千万元，由银号负责付现，将来陆续以现银付还银行，另订合同，并由总长电致饶厅长来京再定办法，以期周密。如此办法，吉林尚有可为。详论至三小时，极为浃洽。又访朱桂辛总长，详论哈尔滨交涉事，并言李道尹恐不克胜任各情。到松筠庵，同乡刘仲鲁、袁霁云、聂献廷、史康侯、金筱珊、冯公度、朱侠黎、李□曾设筵公请，并瞻仰椒山先生遗像，有许滇生跋语。是晚，袁洁珊亦请吃饭，以不克分身辞谢之。

十　廿七日　晴

友人连慕秦多人来访。午后，赵次帅、徐敬一、戴菥箕来谈。到大总统府叩谢，未请见也。往访法部章总长并其次长，详言吉林司法事。往拜大理院董院长，一谈。六钟，赴中国银行萨总裁晚饭之约。饭后，到新舞台观剧。王凤卿演《四郎探母》，以音不响、座太远听不清楚。杨小楼演《落马湖》，无甚佳处。其语句之间，颇觉清楚。归寓。董佑丞、周小泉、闫廷瑞来谈。

十一　廿八日　晴

祝荫亭诸友人来访。十二钟，到传心殿，赴周、朱两总长之约。殿内罗列前清大内所有之刻丛书画，颇极大观。饭后，又到文华殿，瞻仰内贮先朝大幅名人书画，真属见所未见，仍以仇十洲、王石谷、恽南田所画为最。与周总长论财政，并求电调江省魁财政厅长来京，筹议吉江善后要政。同到张馨安处贺寿。观梅兰芳、孟小茹之《汾河湾》，梅则优于孟多多矣。到阿王卿处晚饭，座中为次帅、养庵，主人为阿王、荣珠农、陆芝田、彭蘧庵四人。归寓。写寄墨岑、景初、克庵信。

十二　廿九日　晴

殖边银行项伟臣、徐固卿招请午饭，论扩张元币事。到老德记晤景丰，同到瑞蚨祥买女衣。往拜交通总长，不值。五钟，黎副总统招饮。吴士缃、朱铁邻在又一村招饮。王揖唐、汤济武、王幼山在长安饭店请大餐。饭后，到李吉甫处一谈。

十三 卅日 晴

写大总统所颁“福”、“寿”字上下款。午后，访袁绍明，一谈。又到童鹤龄处看桐伯，适晤荫棠。接高集安来信，请拟批扶馀孔知事来详与绅士傅广互禀之案也。

十四 旧历正月一日 晴 甚暖

到吕祖香案前焚香，叩祝母亲大人长寿。写复集安信。朱博渊昆玉、马魁莹，均送饺子。到任景丰宅吃午饭。往沈雨人浦信铁路督办[处]一谈，不晤十馀年，畅论往事，历数旧交。谈至两钟之久。到宋参政铁梅处展览旧书画，开拓眼光。留用晚饭。

十五 二日 晴

刘嘉瓒持严范孙信来见，请保免考也。雷朝彦总长请吃午饭。饭后，到傅清节宅。郭小麓请吃晚饭。

十六 三日 晴

哈埠李虞臣、马苉卿、于朗昆来电道贺。接忠墨岑董电，言今早五钟育麟，贺喜云云，则妾室生子，在旧历一月一日清早也，并言同饶、顾于六日来京等语。到大栅栏买药、烟叶、胭脂粉等物。访于友贤，一谈。到掌扇胡同李宅吃午饭。到殖边银行访徐固卿，一谈。到外交部、陆军部拜总、次长，均不值。到海军部访刘总长，一谈。到铁狮子胡同访孙慕韩，不值。到蒙藏院访贡总裁、熙副总裁，一谈。朱博渊、侠黎昆玉请在中华饭庄吃晚饭。写致孟将军信。

十七　四日　晴

子固、洁珊、敬一来访，留用午饭。拜访齐照岩，一谈。瞻仰岳忠武像，有伊秉绶题语。访张季直总长，不值。访刘仲鲁，一谈。访张仲仁，不值。到许典生亲家宅，拜见其太夫人，及各位亲家、亲家太太。往拜周少朴平政院院长，畅谈吉江两省事。到溥寿山家一看，二十年前之旧房东也。到成端甫处，见其世兄，一谈。下晚，到大栅栏买物件留声戏片。子固约到三庆园观剧，多系女伶，刘喜奎演善宝庄。该伶都人士艳称之喜彩凤，演《庄公梦》，即《大劈棺》，无情无理，有伤风化。末出为赵紫云之《刺巴杰》，尚可观。

十八　五日　晴

接郭侗伯来信。茹泽涵、毛协五来谈。到宝记照相馆照像。吃午饭。饭后，往拜段子敬、聂献廷、李符曾、李润田、文田，均不值。访姜颖生，畅谈。访袁际云，一谈。逛厂甸，购烟袋玉嘴，购烟壶，购翁方刚四屏、胡石搓四册页、张子青小方幅。许禹生、积生亲家约在京华春晚饭。又赴袁绍明之局。

十九　六日　晴

闲一日。

廿　七日　晴

刘苹西、唐子奇来见。忠墨岑自吉林来，详问地方钱法情形。敬一、照岩来，留用午饭。往拜史康侯、金筱山、梁任公、梁燕荪，不值。康侯则见面稍谈。冯公度约吃完饭，观其所藏之翁覃溪长卷、唐人金字写经，皆精品也。饭后，到城外见李吉甫、董佑臣、柴勤唐、朱虞臣。张皋岑自津来京。

廿一 八日 晴

姜颖生、任景丰、宋铁梅、徐敬一来谈，约吃午饭。董佑臣、叶勤唐、朱虞臣来谈。往拜傅子如，不值。回拜张成栋字鸣銮，铁岭人。访刘子坡统领，一谈。派队带游白塔山，即琼岛也。登山，拜佛，瞻视前清纯皇帝刻石，并观三希堂刻石壁。归路访张季直总长，一谈吉林林矿事。下晚，在中华饭店请袁际云、聂献廷、冯公度、金筱山、李符曾、朱博渊、侠黎晚饭。

廿二 九日 晴

刘荔孙、连慕秦、丁质初来谈。到史康侯处，为其太夫人祝九旬寿喜。到宴宾饭店，赴祝荫庭、包礼堂、润生、李润田、文田、珩甫公局之约。到政事堂谒见徐相国，论以推行中国银行元币，为吉林地方银行基础各事；论提携直隶同乡后进事。又为程印堂、董佑臣说项。谈至一时之久。又同忠墨岑往见周子宜财政总长，谓借中国银行元币壹千万元，宜与中国银行妥议条件各事。

廿三 十日 晴

巢季仙、卢序东来看。午饭后，到大栅栏、瑞蚨祥买衣料。到青云阁吃点心。到琉璃厂买磁器数件、旧扇面十纸。下晚，钱干臣约吃饭，座中为倪丹臣、江雨辰、吴镜潭、王一堂诸人。饭后，访李芬圃，一谈。访周小泉、董佑臣，一谈。归寓。饶炳文厅长自吉林来，与论借银行元币，应详议条件各事。

廿四 十一日 晴

张季直总长约吃午饭。同座为熊、蔡两督办，庄都肃政史。适大总统传令三钟谒见，又详陈吉林钱法，及地面各事、筹款要件。奉谕认真作去；如有阻挠，应即惩办。并言银行督办业经取消，前督办潘鸿宾与商民争利，已饬法厅讯办等语。谈至一时之久，回寓。萨总裁来访，论银行勒币不付，请饬其速付，毋得违背合同；并言另借银行一千万元，详订条件各事。下晚，到又一村，请饶厅长、敬一、蕤賔、寿如、懿斋诸人便饭。到文华银楼买手镯、手戒指各件。又到瑞蚨祥买戏盘十一张。写寄庆善、庆徽儿信。高集安来信。

廿五　十二日　阴雪竟日

毕芝田、黄抑三、朱中扶、朱与忱、董佑臣来谈买字画。史久亨仲允来谈，为言潘履元倒把得利事发觉，疑为彝举发。其实彝与履元感情尚好，何能为损人不利己之事！况有人提及潘事，彝尚为之弥缝耶？往拜熊秉三督办、恽薇孙、蔡□□督办，均不值。谒清秋浦，一谈，尚在病中。清为人素性强直，其病似有不能言者。不晤将十七八年，其形容枯槁，为之伤感。以昔受其知遇，奉以百元，供其病中甘旨之需。又往访陈二庵、张馨安，不值。下晚，赴沈雨人之约，座中有旧雨黄伯雨、张小松、段子敬诸人。写复高集安一信。

廿六　十三日　阴

沈卓吾来谈。到大观楼吃大餐。颖生、景丰公局之约也。同座为铁梅、敬一、子固、荫庭、礼堂诸人。午后，访岱杉，一谈。访陆子兴总长，详论吉林外交事，并请奖励俄官之有功于民国者。回拜绍越千。王子瀚约吃晚饭。中国银行约吃饭。史康侯约在泰丰楼畅聚。到澡堂沐浴。归寓。接李叔芝来函，言吉林银号交银事。

廿七　十四日　晴　风甚冷

冯公度、黄伯雨来，鉴定所购书画。魁星阶自江省来京，晤谈江省财政。下晚，殖边银行约吃饭，议推行元币事。

廿八　十五日　晴

午前，在致美楼请客两桌，为宋铁梅、袁洁珊、齐照岩、徐敬一、荣祉予、乌泽声、魁星阶、斌典臣、姜颍生、任景丰、祝荫庭、包礼堂、包润生、李珩甫，李润田、文田，聂献廷、冯伯岩、增子固、梁佩馨。十二时，刘荔孙在致美斋约吃饭。饭后，朱中扶请在文明茶园观剧。于振廷演《拿高登》，身段极好。韦九峰演《乌盆计》，尚可观。压台为银空山《回龙阁》又名《回铃》。孟小如、梅兰芳、胡素仙合演，非常粹美。下晚，同敬一、炳文吃致美斋。李斌自永清来京，知家中索地租事已和平了结矣。接述兹信。据炳文言，今早到周总长处，与中国银行议借一千万元币事。银行索取现金，又令银号付现，颇不正当，恐不易有成云云。

三月一　十六日　晴

买字画。往拜陆凤石夫子，年已七十有四，精神尚强健。夫子现充清室宣统皇帝照料差，出示御笔大字“邕芳旁布”四字，笔致甚佳。以一百元为夫子寿。谈半时许。往拜孙少侯，不值。又访李珩甫、李振邻，均不值。到杨荫伯处，晤姜颖生、孙少侯、庄思缄、袁珏生、陈亮。荫伯出其所藏王石谷《江山卧游图》、王廉州各手卷大幅，均属极精之品。又赏鉴各种磁器，皆可宝贵者。杨、袁、姜三君设筵晚餐。又赴梁燕孙晚饭之约，同座为陈二庵、蔡松坡、王一堂、凌润苔诸人。

二　十七日　晴

到宝记像馆照像，一大礼服，一便服半身。在又一村约照岩、敬一、炳文、仲元诸人便饭。饭后，往拜世中堂续，一谈，论吉林皇产地亩事。访瑞芝亭，不晤，见其夫人，已有子女五人，为之一喜。访徐又铮、冯伯岩、刘履真，不值。访陈吉士，一谈。到文明茶园观剧。梅兰芳、孟小如演《桑园会》，颇为可观。到致美斋吃饭。

三　十八日　晴

故人冯果卿之子梦韩来见。徐固卿、项伟臣来，议殖边银行事。

下晚，在寓设筵，请郭小麓、吴士湘、朱铁林、马绍眉、照岩、敬一诸人。到雷朝彦处，一谈。张馨安、颜韵伯在座。又到瑞蚨祥吃晚饭。

四　十九日　大风　尘土甚大

呈保紫维桐，请大总统录用。到政事堂，函呈相国，论滨江道尹事。往拜哲盟之宾图王丹巴达尔斋，一谈。访沈大京兆，一谈。谒赵次帅，一谈。访双履安同年，一谈。访荣珠农，不值。高谦甫在岷江春约吃晚饭。震发合亦约晚饭。姚咏白、俞寰清并请晚饭，至夜半始归。

五　二十日　晴

刘荔孙、朱中扶、毓少岑、李南帆、瑞芝廷、陈海峰来访。午后，谒相国，畅谈。知财政总长周子宜调农商部，以周缉之调署财政。当同炳文、墨岑访子宜总长，讨论借一千万元合同。到文明茶园观剧。只听刘鸿升之《斩黄袍》后半出。其声音洪亮，人所不及。惜后末四句尖音唱不响，为白璧之微瑕耳。张鸣岐在福兴居约吃晚饭。李寿如昆玉在同兴堂约吃饭。

六　二十一日　晴

世中堂来拜，挡驾未见。黄伯雨来看书画。周正朝在又一村约吃午饭。到文明茶园观剧，《八大锤》尚可观。刘鸿升演《朱砂痣》、《连认子》。后半本多精警语。李润田、文田约吃宴宾楼。座内多能唱皮簧之人，王君植、张小山、郭仲衡、李润田、李吉甫皆系票戏钜子。到杨霁文处，一谈。

七　二十二日　大风

为前日友人来访者甚多。到周总长处，请其签字，前日议定之合[同]，乃竟不值，殊为着急。以子宜调任农商部，新任为周缉之总长，前后恐不接洽也。到庄景高处吃午饭，假座总布胡同姚次之庭长宅。庄简任浙江高等审判庭长，不日出京也。饭后回寓，面饬墨岑持合同到子宜宅候其签字。到文明茶园观林颦卿演《打花鼓》，俗不伤雅；刘鸿升演《六郎斩子》，声调极好，惜其减唱多句，滑而取巧耳。下晚，申仲符、王文田约吃杏花春，增子固约吃福兴居。

八　廿三日　晴

买字画。午后，往访姜颖生、袁珏生、申仲符，一谈。访顾巨六，不值。到秀文斋，遇亦贺，同往文明茶园观剧。林颦卿演《卖油郎独占花魁》，颇好。刘鸿升演《金水桥》，唱工亦好，惜又减去词句，为可恨耳。下晚，照岩、典臣约吃东兴楼。又到袁绍民处，一谈。

九　廿四日　晴

买字画。李振邻、张绍甫、张展云来访。午后二钟，往拜财政部新任总长周缉之，一谈，将一月中商办财政事之曲折详陈，而我之不满意于子宜总长之为善不终，未免可惜也。朱内务总长为其第三女招赘，前往道喜，并送缎幛一端。答拜毓少岑、访沈次长，均不值。访黄熙臣，一谈。到文明园观剧。林颦卿接演《独占花魁》，情致可观。刘鸿升演《草船借箭》，所唱不过十数句，均可听。广信公司约在福兴居吃饭。饭后，又到第一舞台观《吊龟》，杨小楼演《淮安府》。其黄天坝又演《取南郡》；其赵云、王蕙芳演《霓虹关》，作工甚好。晤陈仲禹，略谈。

三月十　正月廿五日　晴

程荫堂来，言桐伯妹丈到吉，妥为位置事。同朱中扶、刘荔孙借坐雷朝彦电车，到砂锅居吃便饭。出西直门，游万甡园，先观动物园，虎豹狮象皆幽闭小室，各有抑郁困闷之状，失其深山大林、高掌远蹠之本性矣。英雄无用武之地有如是者。各色禽鸟尚堪适性。览农事试验标本。到豳风堂小憩，饮茶数盏。观植物室，无甚奇异花卉。游览各样果木园。观动物标本，狮与兕皆新见者。步行六里馀。归路到社稷坛公园一观，四圜皆新种牡丹，门以外多三四百年前古松。出天安门，出前门，到文明茶园观剧，林颦卿演叶天士，[翩翩]（骗骗）极有意致，令人发噱；刘鸿升演《渑池会》完璧归赵，较前数日为加意精工，气足神完之作。到信浦铁路局，黄伯雨、劳□□约吃晚饭。董佑臣电询出京日期。本日上大总统略节，言诸事将次就绪，拟即旋告云云。

十一　廿六日　晴

买字画。赵次帅来访。叔瞻、子固、献廷均来访。午后，谒徐相国，畅论吉林军政各事。又言直隶人才宜提携事。同江雨辰、王一堂、朱铁林、徐敬一到文明园观剧。林颦卿演《杜十娘怒沉百宝箱》，形容惨淡，声调凄凉，令人叫绝；刘鸿升演《血抔圆》，无甚精采。下午，乌泽声在杏花春约吃饭。晤饶炳文，言见遇周总长，似不以前订合同为然，则一月馀功夫磋商之效力，恐不可靠。重要人物之办事如是！如是，国家大局又谁与维持耶？

十二　廿七日　晴

买字画。访教育总长、次长，面陈教育情形，并延吉所属和龙四县宜筹垦民学堂，免致外人干涉。访姚咏白，一谈。谒大总统，面陈月馀在京筹议财政事，并教育事。当蒙谕以中日外交紧迫，初十日日人已下动员令，东省人情恐有惊惶，应即回吉维持地方现状。至于国土主权，决不令其丧失。并将此意传知奉天张上将军巡按使、江省朱将军。如已到奉，传谕令其回江云云。本意请假数日回永清故里展墓、存问亲邻，骤闻命令，为之废然而返，不敢再言私情也。王君植、王道元在宴宾楼约晚餐，不得不一酬应耳。

十三　廿八日　晴

收拾归装，开消一切，回拜张展云。到瑞蚨祥小坐。晤景丰及送行之友人。午后四钟，到前门东站，友人之送行者，如齐照岩、徐敬一、王揖唐、连慕秦诸人。适朱经田巡按同车来津，谈及据陆子兴总长言中日交涉两星期可就绪，决不至决裂云云。下晚七钟到津在官吉林驻津之官银分号。晚饭，儿子庆善、庆徵来见，勖以在学堂用功各事。派迟哨官送归书院。到奥界东天仙观剧，无聊之极思也。吴琴舫、张鹤楼均在车站送行。夜半一钟，北车到，登车东行。同行为懿斋、溥元、墨岑及在京友人荐到之数人。

十四　廿九日　晴

早十钟，始到山海关。开县知事邓平仲到站接待。知其到任仅三日也。到绥中站，县知事王仲英来接。下午五钟，到新民站，廖铁如来接。八钟，始到奉天边门车站，警察厅长宋墨林、赵寅生知事代张珍老巡按来接。进城，往谒将军、巡按，均不值，皆在雨亭师长处相见。传知大总统所令之语，并陈北京交涉近况。与雨亭、云章谈至夜深始睡。当晚，电禀大总统，并电告吉林孟将军，知(朱)朱将军已到吉省也。

十五　卅日　微阴

到开原驿，见有日兵五十名，登车北行，到四平街驿下车，似新到之兵也。到公主岭站，曹营长志刚、长春县彭知事均来接。适日司令兵藤井赴长，在车站畅谈。到长春驿，长春军政商绅及日领事、日之官商各界均来接待，为之申谢。到道署，小憩。裴旅长约在旅部便饭。十二钟，回寓道署。

十六　二月一日　晴

藤井司令官来拜，言有事回公主岭，今晚不克趋扰云云。到直东同乡会，演说直东两省旅长人民互相联合辅助之意。到会者数百人，情意甚洽，殊可喜也。到商务会，说明此次到京与财部议借中国银行纸币一千万元，以资开办吉林地方银行，维持市面等情。各商皆极赞美云云。到益春饭店，赴军政绅商公局招宴之约。午后三时，答拜日本山内领事，稍谈。又往访俄领事喇甫洛福，并贺其乔迁新馆之喜。其室内古铜旧瓷雕漆，分所罗列，殊可瞻览。回道署小憩。晚七钟，到大和旅馆，设番菜约日俄领事军政商警各界八十馀人，开筵演说，以示联合敦睦之谊。九时，席散。山内领事特请到八千代馆欢宴，至夜半后始归。

十七　二日　晴

早七钟，由头道上车。日领派代表河野及各界日人来送。到长春站，军政绅商各界均来送行。十一时，到省。将军并朱将军、政绅学警商各界均来站迎接。当径面为申谢。回寓，见母亲大人及眷属，均好。新生一子，适逢弥月之辰，名四喜，亦茁壮可爱。少顷，朱将军来谈，告以京中近事，并电呈大总统，言在长联合日俄感情，全省地面安谧。传谕令朱将军回江云云。下晚，在树村将军处吃饭。

十八　三日　阴雪

孔知事宪熙、刘恩湝等知事十馀人来见，谕以现在时局危亟，人民风气不开，宜不时下乡巡视，查察巡警，添增学校，私塾改良等事，为考成之具云云。午后，日森田领事来见，无要事也。下晚，到将军处吃饭。朱将军出示电报，大总统电稿言回江巡视云云。

十九　四日　晴

细野喜市来见。张凤墀来见，报告往查扶馀地亩情形。黄子和来见。韩吟笙自哈埠来访，告以此次李道尹暂留署任底细各情。盖日前奉大总统令，李道尹在哈年久，熟悉情形，与俄人感情夙好，宜暂留署任，王树翰暂缓赴署任等谕，知必系李道尹运动俄人所致，其为人可知矣。下晚，到将军处吃饭。朱将军出示大总统来电，言时局危迫，令即回江，以资震慑等谕。即遵照回江也。

廿 五日 晴

外城县知事及候补县知事来见者多人，详为劝谕为官之要。午后二钟，到车站送朱将军起行。到公署办公。

廿一 六日 晴

德养源来议兴隆沟金矿改为官商合办较为便利也。杨培祖知事来，陈治理穆棱各事。吴仲文来见。

廿二 七日 晴

徐松山、德养源来见。留用午饭。会客多人。董佑臣自长春来。到公署办公。下晚，到将军处吃饭。

廿三 八日 晴

佑臣早车回长。会客多人。到公署办公。

廿四 九日 晴

会客多人。到公署办公。下晚，拟上政事堂、财政部长电，言前定合同请速签字实行，榷运局存帖代购现洋交付等语。

廿五 十日

将军来谈，留用午饭。到公署办公。接驻日办学言，监督复电言学界风潮已平，学生已上课云云。适留日学生冯翙岐、徐广德来，言情愿回东就学。当与将军会衔统率办事处，言派员送前回国之学生东渡等语。到将军处吃晚饭。孟范九自长春来。致北京饶厅长电，早间接其来函。另有条陈，由省刷印小银元、角币云云。

廿六　十一日　微雪

会客多人。细野喜市来见，问及抚松县防疫事，告以濛江县与抚松县接壤，已令李知事带同医官前往，筹办防疫事。林业局长胡宗瀛来见，言吉林林业宜通盘筹办事。到公署办公。梅知事来，言治理双阳事实。孟范九来访。饶厅长自京来信，言部派唐宗愈来吉调查钱法，希与接洽云云。到将军处吃饭。

廿七　十二日　晴

会客。内有密山县绅董四名，问以庆知事前放荒地，弊窦太多，应将未经勘丈指段放出之小票取消，原价退还，以清轇轕等情。该绅等均以为然。午后三时，往访森田领事，谈一时许。言濛江防疫，省城筹设自来水以重卫生，并防火患。又言在北山建筑公园，并于种植实业等事附设其间，俾游人观览之馀，兼知实业云云。回拜陈理事储蓄所、胡局长哈埠林业局、孟范九、吴振之交通行，皆不值。到公署办公。林仙洲、周小泉来谈，留吃晚饭。致阮斗瞻函，附致内务、财务两部咨文，依蔺道尹请改升二等事。于郎昆来函，欲来省也。

廿八　十三日　微雪

早九钟，到东关，祭关壮缪侯、岳忠武王，此则将军主祭也。写上徐相国书。封发后，接财政部复电：敬电所请均未邀准。当饬谢坐办。按财部来电，一一据事实申辩，以财政徒言守经，昧于时事，我则切中时事，纯言达权也。同虞挺芳到将军处一谈。

廿九　十四日　晴

会客。再写上徐相国书。到公署办公。同将军在公署设筵，公请藤井司令官、森田领事，共二十馀人，中日军政两界联合盛情也。

内室则设筵请森田夫人及日妇五人。复哈尔滨霍尔瓦特书，言孙锡武前押在官银号之产，已有人备价领去也。批饬官银钱号维持青龙火柴公司借给洋元一万五千元，提倡国货之议应尔也。

卅　十五日　晴

日人峰旌来谈学务。细野亦来，言游学事。午后二钟，到车站，为藤井司令官送行。到公署办公。到将军处吃饭。在车站，训饬赴日留学生以笃志向学，毋得趋于浮华，为外人窃笑云云。

卅一　十六日　晴

会客。午后，日领事森田回国，到车站送行。将军五十七岁寿，为之往贺。以时方艰难，不受贺，不收礼，可谓知时务也。到公署办公。到将军处吃饭。

四月一　十七日　阴雨

会客。萨总裁来信。山东靳将军、蔡巡按使咨为讯办曹胡匪事。到公署办公。致北京袁绍明、吴镜潭、江雨辰函，申谢也。致朱将军电，言会保中东铁路公司俄员勋章事。上大总统电，言整顿吉林钱法事。又分电政事堂、财政部，亦言时局危急，不得拘文牵义，致碍政策进行云云。又上徐相国电，求维持之也。致电饶厅长，以前电事告之。写致饶炳文一函，亦言致电之事，并托其代换公债预约券。

二　十八日　阴雨

将军来谈。留用午饭。到公署办[公]。农商部技正陈训昶来访，为查访李映庚肃政使条陈吉江荒务也。接陈仲瑀来信，附林赞虞所书对联。项微尘来函，附池、项两人履历事实。写致雷朝彦函、黎副总统函、萨相孙函。复孙幼穀信。

三　十九日　晴

会客。详询东宁县郑知事俄界种烟情形。赵子静送参苗一支。出东门，赴师范学校，至半路泥淖难行，中道折回。到公署办[公]。与胡玉仙林务局长详论林业[事]宜。招商股夥设公司以资兴办。

四　二十日　微阴

夜间大江开冻。晨起视之，冰块满江，水大涨，江岸木植多有冲去者。本地人言向来旧历二月清明，开江在清明节之前；三月清明，则开江在清明节之后。兹旧历二月二十二日清明，二十日开江，人言果信，其有经验也。将军来江岸观水。同车到将军处吃饭。饭后，回署。阅方监理官覆财政部文稿。接财政部电，言本年外债、赔款各项，共计应筹八千馀万元，嘱各省筹策云云。富锦陆知事来电，言城北命案事。江水涨发，吉长路闻有两桥冲坏，火车停驶，驿马河旁电话线杆冲倒，不能通电；长春到奉天电线已于前数日中断，故北京三十日电报今日始由奉邮寄到吉云。

五　廿一日　晴　午后阴　微雪

彝值五十三岁生日，向母亲大人叩头。将军及军政均来道贺。以时局艰难，先时谢客，竟辱诸君惠临，留吃早面。下晚，稍备酒食，非敢云宴客，聊为欢聚也。耳闻霍中将蒙俄皇特使赏宝星会将军衔。致电滨江道尹，嘱其代表前往道贺。江水大落，江沿被淹小户已大半复业矣。

六　廿二日　阴雪

会客。写复北京冯公度函，言电灯公司入股事，一时无款云云。饭后，到文在卿处，贺寿。又到将军处道谢。到公署办公。林务局胡玉仙局长到来，会议林业事。写致北京王药生一函。接徐敬一、蔡品三、段子敬自京来信。灯下各作一函复之。沈海秋自江苏泰兴来信。

七 廿三日 晴

会客。到公署办公。王揖唐来信。写复奉天赵燕孙信,为其荐张知事励学来吉求差也。下晚,到文在卿公馆吃饭。戴莪贲同年来吉,馆以署之东院。

八 廿四日 阴雨

接长春榷运局电,请拨洋元等语。当复电:已饬官银钱号三日内拨付二十万元云云。财政部覆电,仍持前议,并有许多猜疑之词,殊堪痛恨。即令谢坐办与高厅长拟复电,以声明之。到公署办公。

九 廿五日 晴

会客。董佑臣局长自长春来。部派调查官产之巢君季仙来访。到公署办公。将军、翰章、莪贲均来,留用晚饭。与墨岑议,将收回之官帖赶紧凑集,免致财部挑剔,与我为难云。写上相国一书,并抄送复部电稿,附黑龙会极秘书。

十 廿六日 晴

会客。午后,答拜巢季仙,不值。到公署办公。李季芝来议变通地方银行,推广中国银行元币互相维持之策,颇有见地。饬财政厅拟具税捐改作银元本位以期收支相抵说明书,以凭核办。上大总统一电,暂缓出巡,请示遵行。

十一 廿七日 晴 星期

休息一日。弟妹带同庆常侄、庆珍侄女来吉,一家欢聚也。

十二 廿八日 阴雨

额穆马知事来见,详询地方放荒情形,并告以知事应办各事。政事堂传奉大总统电,令该使拟饬各知事先行下乡巡视,一俟时局平静，再行出巡，事属可行，应即照准等因。阅京电：饶昌龄任命河东盐运使，任命熊正琦为吉林财政厅长。吉林财政正在整理之际，乃去一熟手，换一生手，财部之意不知何所为也。到公署办公。下午，将军及绅商各界来署开会，讨论招募四年内国公债事。灯下写复增子固、李文田、诚德堂三函。

十三　廿九日　晴

天气颇凉。到公署办公。星阶自京来信，荐到许积生亲家来吉，真无法位置之也。朱虞臣言，请奖中东铁路公司俄员事，致黑龙江朱将军电，拟两省会衔保奖之。

十四　三月一日　晴

会客。到公署办公。写致朱桂辛、周子廙、梁燕孙、傅清节、周养安申谢函。写致齐照岩、徐敬一两书，贺授参政之喜。写复朱洽黎信。写致朱子桥将军信，保奖俄员事。

十五　二日　晴

会客。朱六诒来书，荐到陈君。无事，恐不易安置。张雨亭、于云章荐到分发吉林县知事高毓衡，俟见面考验之。张珍老来信，言足九在榷运局任差事。到公署办公。魁星阶来信，密告《神州日报》载肃政史傅增湘云书弹劾彝与饶厅长卖缺纳贿打牌等事，闻留中不发云云。肃政史果如是妄造黑白，坏我名誉，彼则真无肃政史之价值矣。星阶箴我止谤莫如自修一语，当拳拳服膺，不敢忘也。即作一书复之，言以后益当谨慎将事，用副厚期云云。写致佑臣一信。

十六　三日　晴

巢季仙来访，细谈潘履元在长春捣把事，并此间财政情形。英人华德持寇尔们函来见，言宝藏兴铜矿桦甸地方欠伊洋元，请为追讨事。

到公署办公。财政部派到唐委员慕潮来访,详言相国极意维持吉林钱法,财部总长委令到吉调查之底细各情。

十七 四日 晴

会客。长春日人田原稔和登良吉来访,拟购磐石铜也。到公署办公。

十八 五日 晴

阎荣光来见。彭云伯主任回南。下晚,设筵请巢季仙、唐慕潮、李叔芝诸人。官银钱号开单交季仙手续不清,当申饬之,令再照式开单送阅。

十九 六日 晴

唐慕潮来,谈官银钱号事。到公署办公。部派来吉调查财政之龚仙舟,同柴勤唐、董佑臣来访,留用午饭。下晚,设筵请仙舟、勤唐、佑臣、叔芝、将军诸人。闻饶炳文在京告人,言税差不能专主闲话,有意卸过。其器量之褊浅,殊为可笑。仙舟详言整理吉林财政事,渠回京必为详告财部总长,当与维持云云。以其到吉调查,方知部中理想之言,不知边外情形也。

二十 七日 晴

答拜龚仙舟。少顷,龚仙舟、柴勤唐、董佑臣来辞行,稍谈。到将军处吃饭。饭后,送仙舟到车站。到公署办公。到徐声甫处吃晚饭。入夜,雪。

二十一 八日 阴雪

会客。唐慕潮来访,留用午饭。饭后,慕潮回京。到公署办公。接照岩、炳文来信。写复赵次帅荐张荣芸书。

二十二 九日 晴

写上徐相国书，言部派员到吉调查财政情形。到公署办公。文次里俄国铁路会办自哈尔滨来电，言李道尹招待将来到吉游历等语。写复张雨亭、于云章一函。王蓬樵由哈来省，详论哈埠事。惟言道外傅家甸一带街道上雪水至深五六尺云云，实在有碍交通，贻笑外人犹其次也。拟即饬道尹督同滨江县招集绅商各界集款修筑马路，以利通行。永清张柏龄姻弟来，言说合佃户长租事。写致高谦甫信。

二十三 十日

阴晴雨雪，顷刻变化，然冷气逼人。恐待播种之农户，不免怨咨也。会客。接徐敬一参政两信。到公署办公。写复黄子和信，为请女教员事。写唁聂献廷。与清丈局会议丈地规则事。政事堂来封寄一件，言财政节省事。双城电告廿夜监犯逃脱廿七名，当时拿获十名。即电饬限十日全数缉获。

二十四 十一日 晴 稍雨数点雪数片

天气甚冷。到公署办公。写复徐敬一参政信，附姜颖生、聂献廷两函。写复陈仲瑀信。有密人递密函，言庞知事纵容家人违法徇私等情。即函饬庞知事查明具复。阎廷瑞来见，言殖边银行下月初开行事。统率办事处密电告知乱党内渡，某国人为之内援，未能成事，应预查防云云。

廿五 十二日 晴 微雨数点

派卢维时赴双城，查监犯脱逃事，并盗犯王永清案。将军来谈。下晚，到将军处吃饭。外交部咨俄公使交到德人谋破坏中立事，饬属查访云云。

廿六 十三日 早间大雨 午后晴

会客。李南驯持陆军部段总长函来见，请求为之勘丈五常县大青山地段事。吴玉琛自东洋送学生归来，详述在日参观工业、小学堂各事。杨福洲、聂树滋赴天津全国教育研究会，当告以陈说吉省本年扩张学校，自私塾改良起点之意见云云。到公署办公。密致扶馀县惩办李鸿逵函。本年，财政厅入款仅敷军费，政界俸给竟致数月之久多不发给。面饬谢坐办速编所亏款项数目，以俟新任熊厅长到来，用便筹画云。写复袁洁珊参政信，前来信荐时玉纶也。写复朱子桥将军函，会衔[请](清)奖俄员在中东铁路公司出力者。

廿七 十四日 晴

会客。到公署办公。

廿八 十五日 晴

会客。到公署办公。下晚，到将军处吃饭。

廿九 十六日 早起大雨一阵 旋晴

驿站官产处童坐办宗河来，言站地前定价银元照官帖八吊四百文作大洋一元，今则十三吊有零，部示照此市价收地价，万难办到云云。当告以部中不知外间情形，俟新任财政厅长日内到吉，再行商办。将军来，吃午饭。奉天巡按使电告：张鸣岐今日由奉来吉。到公署办公。写上徐相国信，言对日对俄情形，据延吉道尹、虎林县知事报告者言之；又，延吉德奥俘五人在延各情。

卅 十七日 阴

将军处任副官长由电话告知将军与妻妾口角生气，请为劝解等语。当到将军处劝解，并同来署吃午饭。画公事多件。同将军、徐声甫、亦云、伴琴登北山闲游，甚为欢畅。下晚，到声甫旅部吃饭。接敬一来函，言周总长不满意于彝所报告整理财政各事，并巢季仙所禀讦之一二事云云。中外之隔阂，作事人之难，可胜浩叹。

五月一　十八日　晴

会客。写复严范孙一函。以其来书荐刘知事嘉璸也。到公署办公。下晚，电话局约吃饭。

二　十九日　晴

与谢坐办、高厅长议整顿财政事。财政部电：以本年中央预算不敷甚钜，预认解款于五月起，自解至八个月为止，限十日后电云云。新旧财政厅均延不来吉，殊为焦急。午后，为傅写忱祝寿。到将军处，适殷承瓛中将奉经界局饬来吉调查经界事宜，渠由朝鲜来，道及在鲜住月馀，见东人苛待鲜人，较法之待安南人残忍奚啻百倍！将来朝鲜人种当归消灭云云。六钟，电话告知财政厅失慎火起，当即到厅查视，火渐扑灭。当电致饶厅长，云本日午后六时，该厅雇员室失慎，即时扑灭，未延烧物件，望速回吉，并就近陈明财政部，免致误会等语。段少沧巡按自湖北来信，言购磐石铜，并谢雨生知事事。沈叔詹自京兆来信。吉林县岔路河匿名信报告胡匪事。双阳县乡民匿名信控梅知事事。本日京电：奉大总统令诰诫慎重司法事，言之痛切。即饬公报登出，俾各地方司法人员遵守，以重民命。

三　廿日　晴

殷叔桓来，言日人在朝鲜所办经界事宜，每年可收款至一千万元之多云云。俊琼笙来，言伊侄拖欠官银号款项事。到公署办公。唐慕潮自北京来信，言已见周总长，备说吉林财政困难情形、开办地方银行事，周并无异议等语。《国华报》主任乌泽声寄到新报两纸，备言中日交涉事项内容。即复一函谢之。

四　廿一日　晴

下午，日人细野喜市来，言中日交涉正在紧急，日政府传令各埠居留民限日回国，闻有最后通牒致中政府限时答复，恐有危险云云。适长春郭道尹电告日人透出消息，如细野之所云，城内居留民迁居南满附属地，商则止账，均组织义勇团等语。裴旅长之电话告知将军者，亦如是。当同将军会衔电大总统，请示机宜，并电致奉天张上将军、巡按使、张师长，问地面如何情形。到公署办公。入夜十二钟，张巡按使复电，言奉省已请示中央，尚未得复，地方安谧，惟日侨纷徙，人情不免惶遽云云。驻长之陈绍卿由电话报告，言奉天悦来栈转告张师长已将炮位安置城上，兵队已登城防守云云。

五　廿二日　晴

省城日居留[民]收拾行装，均备迁徙，人心惊惶，钱价陡落。当请陈术之翻译到日领事馆声明：居留日人，地方军警自当保卫，毋得轻信谣言，纷纷迁徙，致人心摇动不安等语。陈译员回称：日员甚为感谢，惟其政府命令，敕令回国，奈难制止云云。据老晋隆鞠经理电话告以美人言奉天中日兵队已经开战等语。虽近谣传，亦不敢谓必无其事。以张师长性好战斗，必不甘受此侮辱，或不得已而为此一战耶？又会衔将军电请政府赐谕，以便遵行云云。将军已派张允符参谋长赴长春察视，又会同派委戴亦云赴奉天驻奉通电，一面饬谕警察厅长准绅商之请，添增巡警，以保治安。恐将军调遣兵队时地面或致空虚，不得不预筹之也。午后二时，吉长车日妇女之搭车赴长春者八十馀人，男子在外。到公署办公。一钟，将军接统率办事处电，告中日交涉正在相机应付之中，并无决裂之事，望仍镇静处之，毋致人心惊恐等语。则知前此谣传皆不确实。又接张师长覆电，言持坚定主义，一面筹防，以观其变，地面尚安云云。则开战之说更无其事矣。至夜分一钟，始就寝。下午上灯后，回傅写忱写晓谕稿。四时，魏珍送到北京电报，言政事堂传大总统谕：支电悉，中日交涉正在极端相持，不至到决裂地步，日人此举，真不可解，望极力镇压，万勿惊扰等因。又通电密谕各省将军、巡按使，言中日交涉不至决裂，国权土地决不损伤云云。奉天将军、巡按使电告现状安谧；滨江于知事电告日侨迁徙道内俄附属地内；朱将军电告接到前电。

六 廿三日 晴

日细野来见，告以交[涉](决)可望平和等语。持晓谕十五张，到将军处会印张贴，并寄长春十张。会衔电呈大总统，言奉电后人心渐安，并晓谕以及严饬军队密为筹防，添设巡警，妥为保卫等语。午后，新任财政厅长熊慕韩来见，告以吉林财政状况、诸请设法维持。熊厅长尚和平，可与共事。到公署办公。张岱杉、朱铁林、孙少侯来函，皆为该厅长说项者。日领事馆草翻译官、天野警官来署，申谢昨派陈译员到彼声言保护之事。日人峰旗教员亦来见，申谢。伊通吴税员渊来见，言收税事。密山厅知事来见，言取消庆知事所放荒地，殊难办到等语。写复廖钱如一信。

七 廿四日 晴

会客。会将军衔上大总统电，言吉长外埠各处日侨迁徙殆尽。《长春日报·号外》言七号最后通牒至九号为止云云，系鼓动谣惑之行为。我则严饬军警坚持镇静，毫不为动，俾乱党奸人无可入之隙。现在市面人心皆极平稳，堪以上纾廑系。到公署办公。下晚，接统率办事处鱼[电]：外交当无决裂之事等语。知必可和平了结也。会将军衔电复，言已饬驻长春混成旅暨道尹遵照，密守尊指办理云云。

八 廿五日 阴

到公署办公。回看熊厅长，详论财政事。统率办事处电告，仍是鱼电，为六日发出，言日本条款有最制我死命者六端，会议二十六七次，延长百馀日。其间历遇多少艰难磋议，日人皆允减去，不便因之再有枝节，当无决裂云云。下晚，又接处庚电，言本日开会议，已允日人之请等语。又来明电万急：各省将军巡按使鉴：本日未刻，政事堂各部长、各参政大会，议日本最后通牒，既有让步，无损主权，决定由外交部即日答复允诺；此案已结，中外敦睦，望晓谕安辑云云。当即会同将军出示晓谕，以安人心。先是，七日晚，接奉政事堂传谕该巡按使：前请添设巡警，事属临时，应即照准等因。当即传知赵厅长照办，并电告郭道尹，言长春日来巡警勤劳，应赏给五百元，以鼓励之，并准多加警兵五十名，以资震慑。至下晚，又电告该道尹，言中日交涉已了，所言加添警兵事，可再给三百元作为赏劳，不必再加警兵，致多糜费；如已加警，即于此两次所给之八百元内支给云云。赵厅长处，亦以此意告知，少加警兵云云。

九　廿六日　阴雨

告示一出，人心大定。《吉长日报》亦以昨电登之号外矣。惟中日条件尚未宣布，现在虽无交战痛苦，来日之事正复大难，不得不虑及之。内务部庚[电]，告日本交涉案已正式答复，和平解决云云。接财政部来电，以闻三年度大租之半还财政厅之欠款，大不谓然，令速全数交中国银行。是中国之势力压人，财政部不知事实，专事强权，只可饬财政厅据实复之耳，不可与之争闲气也。然如此，中央集权无益有损，可为三叹。将军、熊厅长、方监理官来谈。闻徐敬一参政自京归来，往访，畅谈一切。同至声甫旅长处吃饭。接蔡品三、敬一自京来信、小儿等自津来函，尚不知中日交涉之解决也。到公署办公。孙少侯来信，荐周源，求差使。

十　廿七日　晴

写复徐相国书，言熊厅长到吉，其政见甚为符合云云。到公署办公。下晚，官银钱号请吃饭。

十一　廿八日　晴

写上相国信，言中日交涉解决之后，后患正长，将来欧战定后，列强均势问题接踵而起，三省防患未然，应订为特别区域，行政一切制度，另为厘定，以期扩张势力云云。致郭道尹，亦略如上所云。写致北京乌泽声函，问中日交涉之内容，以便筹备。午后，接其来书，言南满永劫不复出等语，痛哭流涕言之。骤闻之下，几将哭声随之出也。至公署办公。下晚，到将军处吃饭。佑丞局长来访。

十二　廿九日　阴雨倏晴倏阴

佑丞回长春。会客。接唐慕潮来函。接北京统率办事处两灰电，详告日人初次要求及后来结果各条件。知前后所差甚多也。到公署办公。将军来谈。秫篔自奉归来，详言日前奉天对待日人情状。写复慕潮信。

十三　卅日　晴

密山庞知事带该县民人二名来见，请求免撤庆知事误放之荒。当谕以庆知事违章放荒，应付惩戒；其所放之荒，自应撤销另放无异义焉。拟复财政部电，预认接济中央二百万元缓至秋冬之间，以土地清丈局收入，随收随解云云。到公署办公。本城士绅刘燕生、张雅南、赵子静等，来商整顿保卫团事。张誉九、斌典臣来，言丈放皇产地亩，请派员带兵弹压事。写致张雨亭师长一书，附致云章信。

十四　四月一日　晴

徐时镇自滨江来。问该处近事。松山拟赴都听候任用。为代上相国函，并致外交总长信，介绍之也。会客。到公署办公。下晚，将军、敬一、尧田在公署吃便饭。尧田言长春事甚详。

十五　二日　晴

伊通警佐王德恒来见，详询地方防盗情形。杨作舟、聂树滋自天津参预全国教育会事宜归来，详询开会研究各事，以教育科添入军事教育为最要主旨云云。饶河税捐局长孙德叔来见，详问俄边税项交涉事。长春三井日商浦保寿来见，商买长春银号所存古合铜也。湖北王占元师长电告中日交涉不平事。统率办事处电示：王来电勿宣布等语。到公署办公。致齐照岩一函。

十六　三日　晴

北京王德芳来见。问北京近事。张参政凤台自长春来省，嘱亦云往接待之于近宾旅馆。同敬一、写忱、集安往游北山。少顷，将军至，看视修筑公园地点，并拟假长公祠后院为公园事务所。往访裴旅长。下晚，在将军处吃军界公请之局。致财部周总长一书，言部订八则增加粮赋各事，按之吉林清丈办法，多不适用云云。

十七　四日　晴

张参政来访，详论查访各事。关于收帖改币，及旗务处放荒旧案。敬一同谈。适财部派熊厅长为官银钱号督办，即饬忠总办辞职，强行职权，另派叶先圻充任。张亦叹巡按受制于财部也。到公署办公。下晚，鸣岐、将军、敬一、亦云来署吃饭。

十八　五日　阴

会客。午后，日领事森田宽藏同其夫人来访。问日本内地天时如何，当不如此间之江边冰尚未释，农田之待种也。到公署办公。

十九　六日　晴

答拜张参政。适长春、吉林商会两总理、何雨人均在座，畅论开办地方银行，以维持吉林金融详细情节。又到交通银行一谈。午后，答拜日领事。到公署办公。下晚,将军请鸣岐吃晚饭,前往一陪。艾君德元来见。鸣岐随员调查应查各件,与之开诚论说,以资接洽。

廿　七日　阴

早十钟,鸣岐、聿修艾君字、将军、尧田、亦云、敬一、祝三、桐伯,同登轮船,顺江东行,登龙潭善。宝三先至,高旅长后来。观龙潭神树,上南天门,俯临大江,遥瞩城内,历历在目。惜微雨,烟雾溟濛,辨不清楚焉。又视旱牢,土人谓此山为百花公主驻在,所以旱牢羁罪人云。小酌后回船,鼓轮上驶,五钟后到署,画公事。下晚,熊厅长、叶总办、何雨人公请于官银号。

廿一　八日　阴雨

以魏知事绍周署双城县事。前任欧知事管狱不严,人犯脱逃也。长岭万知事邦宪,亦因疏脱狱犯撤任,以廖知事署理。双阳梅知事,前清举人,本系寒士,又考取县知事,其文学颇为优长,令署双阳。到任后,初鲜成绩,乃忘其所以,先娶一本境女子为妾,名誉甚坏。撤其任,以吉知事人接署焉。三知事皆来见,勉以作吏之道,以彝之八字官箴作之则焉。到公署办公。下晚,董佑丞局长来署,同至将军处一谈。

二十二　九日　晴

会客。艾聿修、萧曹随来见,接洽调查各案。到公署办公。下晚,到敬一处吃饭。饭后,回署,拟具《吉林钱法原始》,及历年经过阶级,并《整顿办法说略》。

二十三　十日　阴　雨晴时时不同

拟《说略》。午后,鸣岐、敬一、集安同游北山。少顷,将军、声甫亦到。至五钟,便饭。饭后,稍坐,回署。接张珍老来信,言已派政务厅长赴都参预交涉条件云云。又接山东胶东吴交涉员复信,言已与草翻译接洽矣。接北京徐相国函。十日两书,筹边各议皆极中窍要,已呈主座鉴阅云云。

二十四 十一日 晴

鸣岐来辞行。朱虞臣来谈。粤东驻美华侨周汉振来访。经胡玉仙介绍,察视林业者。王德芳来,言相人术,言彝至五十七岁时当有大事业作出,总而言之,皆恭维之语。彝智虑短浅,治吉林十馀月毫无成绩,已自愧恧,尚何敢言大事业哉! 午后,到车站,送鸣岐还京。到公署办公。下晚,外部电询杉松岗是否隶额穆县或和龙县,抑两县均有杉松岗云云。当即查照地图所载,电复额穆有杉松背,亦产煤,距韩之会宁甚近,额穆煤矿留为我用,较为相宜等语。将来日人修筑吉会铁路,当先开和龙煤矿。若并额穆之矿而并吞之,人之利我之损害不浅矣。

廿五 十二日 晴

会客。四喜儿百日,俗谓之百岁。到公署办公。电致外交部,问吉长铁路完全管理字样如何解释。朱荷宜来访,留吃便饭。敬一、祝三、亦云、伴琴、桐伯均在座。

廿六 十三 阴雨

查友三之子来见。奉天上将军、巡按使电问下九台匪杀日人情形。当即电复,并电告统率办事处、外交部矣。筏如电告黄香远之太夫人八旬大寿,请列名,当即电复。财部电告,派郭道尹监盘财政厅交代,即复电照派矣。财政部来函,言前后复之书明白晓畅,剖析无遗云云,以清丈土地应就地方情形为之也。到公署办公。日领事森田来访,想详说下九台匪杀日人案,请饬严缉凶贼云云。日领对于此案尚平和,无意外之要求。当复电告统率办事处、外交部,言此案省交涉日者,与日领交涉极平和等语,免致中央之悬系也。电上徐相国，言张参政来吉查事极为严正，必能主持公道，到京详陈云云。下晚，设筵请熊厅长、胡玉仙、周华侨广东人、叶总办、傅写忱、高集安、栾佩石、赵俊卿、李宝三诸人。统率办事处电告中日约二十五号签字。又电告二十五日奥义开战。如此，则欧战更无日止息，不知好生之上帝，何以对于各国之生命如是其酷耶？

廿七　十四日　晴

会客。面询农安乐知事绍奎各要政，竟多茫然不解者。严谕之，使特别注意。午后，到车站，送将军太太西行旋里。到公署办公。广东张伯桢寄到《袁督师遗集》，并《轶事集》，附督帅应配祀关、岳意见书，欲联合以为之呈请也。

廿八　十五日　阴旋晴

会客，畅论时势。写上徐相国书，附《吉林钱法说略》一本，并奉天谈铁隍所著之《钱法刍言》一本。到公署办公。同敬一到江沿看视，小轮船拖带新造拖船下水。外交部电告中日交涉始末情形。陶道尹电告和龙、杉松岗煤矿长约百里，苗质甚佳，现归商民开采等语。郭侗伯道尹来省，详述长春地方情形，并送到何子贞书致沈文肃信两纸，老年之作，字字精神贯注，罕见物也。又，文衡山书册一本，八十九岁所作，笔致峭拔，尚如中年所书，亦不多得之作。接袁洁珊参政书，言三省大局非通力合作，不足以图存云云。到公署办公。将军、敬一来谈。

卅　十七日　阴雨旋晴

警厅送北京高等传习学生三人来见，告以东省警察亟须改良，若长此因循，终归无效，应照陆军退伍办法以教练而编制之，此根本之计云云。午后，到张南双处，贺其新婚之喜。声甫旅长约到北山一游。下晚，到旅部吃馆。接朱建初来信，与昨接贾仲锜来信，求种地减租也。内附各中人名字。

卅一 十八日 晴

会客。郭侗伯、集安、写忱来，议中日解决交涉后如何对待维持方法。留用午饭。到公署办公。下晚，万绍武在官银钱号备筵相约。

六月一 十九日 晴

会客。到公署办公。下晚，设筵请万绍武、敬一、兰轩、集安、季良君、立葆诸人。致珍午巡按使、子桥将军函，附《三省善后计画》文稿。

二 廿日 晴

会客，论八旗生计事，至两时之久。到公署办公。下晚，阴雨。致永清李晋斋表兄等原中人十馀人，为居间地亩增租事。复张鹤年一信。又复佃户贾仲锜、朱建初一信，总欲和平了事也。本月一日将旗务处实行并入公署办公，以期节省经费。而旗人之控告前处长廉懿斋者甚多。一面饬人查办，一面将旗工厂停止，免致赔累。

三 廿一日 阴雨竟日

本年雨水过大，农田有误种植，殊为可虑。写复何子璋信。复写溥寿山信。写复报馆王河屏信。到公署办公。寄京沈雨人信。写复干臣信，言伊弟端甫派差事。

四 廿二日 晴旋雨一小时

中国银行李叔芝来见。熊厅长拟借该行一百万元补发经费。致贺王聘卿署陆军总长一函。致段总长一函，言李春湘查照五常县地亩事，借势欺人云云。到公署办公。

五　廿三日

全城学生运动会期，因大雨停止，改为八日举行。到公署办公。下晚，日领事请吃饭。上大总统呈文，附上《吉林善后条议》一册，以后来中日条约施行，外交益复棘手，不得不预为筹备，以防制之也。

六　廿四日　阴雨旋晴

上徐相国书，附上《改革行政官制事宜》，如以为可，再行呈请实行云云。下午，廷瑞、小泉请游北山，并备酒食。饭后，赴救国储金团之约，到丹桂剧场，观储金者之热心将事，是可喜也。悬想国事，来日大难，正大悲也。

七　廿五日

忽雨忽晴，有如伏日时候。农田之未播种者殊多方害。

敬一来谈。上相国《吉林善后条议》一册。写致林仙洲一函。

八　廿六日　晴

颜韵伯之子本廉来见，亦来求差。韵伯生性豪侈，不能教子，至贫困无以自立，可惧也哉！十二钟，到东关运动会。本城各校一千馀人齐到会场，甚盛。彝与将军充会长，写忱、集安充评判长，青年会英人数名充评判员。师范学生以竞走未得第一名，怪评判员之不公也，率师范一校学生先去，殊为浮躁。运动毕，核算分数，第一中学为第一，农业学校次之，法政学校又次之。中学乃夺锦标，而群相喝采，呼中学万岁，亦极美观也。是日，军乐队及军队旁列，更为威武。观者中外人士几及万人。下晚，到将军处吃饭。小雨一阵。

九　廿七日　阴雨

在卿、研笙、锡九、典臣来见，为庆知事求保外事。当婉言却之，以避嫌疑。到公署办公。敬一来谈。

十　廿八日　晴

会客。本日，本城北山庙会甚盛，铺商工人皆放假，亦俗例也。到公署办公。齐王爷送到藏香十二束等物，闻其到长，将晋京也。

十一　廿九日　晴

会客。日领事派翻译官来，言昨日北山庙会有人散布传单，为"维持国货，毋忘国耻"等语；又有人造谣，谓日本人在北山埋炸弹、放警查拿云云，均足挑动恶感，请求饬警严禁；前来查北山之储金会演说，未免有排外之语，维持国货，救国储金，自是人心愤激爱国之意，若稍涉激烈不平，亦不免挑动恶感。况有奸徒造谣生事，尤为可虑。当饬警察厅长出示派警，严为查禁，以保治安。到公署办公。函知进步党本部，撤销委任状。并致函汤总长，请饬彭云伯主任速回吉办学云云。

十二　卅日　晴　午后阴雨数阵

会客。写楹联七付。敬一参政今早起程旋京。到公署办公。复查友珊一信。日前来信，为其子贵奇求事也。

十三　五月一日　晴　午后阴雨

到东关青年会，发给运动会奖品。独师范学堂不到领奖，亦太激烈矣。到将军处吃饭，看所制之雌虎标本，馀威尚在也。接鸣岐参政自京来信。段芝泉、王聘卿来书，吉林五区清茶馆地出有胡匪七八人，强抢李琛家，并掳去李琛之孙，勒赎钱四十万吊。附省只百里，盗匪如是横行，不胜发[指](胜)。当饬吉林县速往剿办，并知会将军派队往剿，以靖地方。

十四　二日　雨旋晴

会客。写复张鸣岐一函。致敬一函，附寄。接傅写忱自京来函两件，言在奉会议事件云云。黄芝堂自津来函，言美商拟合办磐石铜矿事。查该矿已经官办，碍难再行改章也。到公署办公。将军来谈，留用晚饭。黄星士为占一课，言春夏间小人多谗言，诸事不能顺手，一交秋令，则无忧多口矣。现再过十日，较前已见顺利。依兰矿务委员李香溥来，言三姓金矿均系旧矿，不易见起色云云。彻夜雨。

十五　三日　阴

竟日雨，农田大受损害，未种之田不易播种；已种之田，新苗不易壮长。甚矣，其可虑也。

午后，到清丈局，与局长、分局长、起员等三四十人，发表清丈政见，并陈前在奉天历办丈放地亩经验各事，及其流弊，总期百姓知清丈之利，而不见其扰累之端。斯至善矣。到将军处议会。复统率办事处抽兵之电。到公署办公。到徐声甫旅长处吃晚饭，闲谈也。接敬一自奉来信。庆善儿自津来信，言庆徵儿欲赴北京清华书院读书云云。徐相国覆书，言边事益棘，官制不便更定；至调用县知事与财政两事，可以预陈主座，为之地步。在中央注重边事，度无不可变通云云。

十六　四日　雨止天尚阴

到公署办公。写致徐敬宜参政一函。

十七　五日　阴　端阳节例假一日

到集安处，贺寿。到将军处，一谈。接傅写忱自奉天来函，言在奉会议各事毕，已赴都与部接洽矣。

十八　六日　阴

丁义华电告：各省禁烟不能实行，耗财事小，弱种事大，应严切进行等语。敬宜电告,信之一字,言行政事尚为中央信用,宜猛厉为之之意也。致段香岩上将军函,贺其老翁□十寿,附上寿文稿。到公署办公。致沈叔詹京兆尹信,为言王道尹树翰入都调查京兆经界事宜。上相国书,亦与沈信同。何子彰来函,言随张上将军入都云云。

十九　七日　阴晴雨忽异有如伏日时

会客。柴勤唐到来,来访,畅谈京津事。到公署办公。派叶珊为宝清设治委员。写致敬宜一信,附致鸣岐函。周养安、王揖唐荐到宣德音安署,甚为难也。

廿　八日　晴

荣华萼同年世兄来访。三十年前同考之世弟兄也。派李斌赴津,接庆善儿等,以近暑假须归来也。敬宜来信,密告相国言彝办事有失当之处,然其心可嘉,主峰已释然云云。中央爱护之意,曷胜感激！惟不知何事有失当之处,殊难索解。殆谗谤之来,荧惑主峰聪听,相国从旁维持,不欲言宵小辈全无是处,以益其毒,故言彝有不是处以解之也。然彝益当自勉,以酬高厚知遇焉。张岱杉来函,言沈兰亭请开伊通缺,求保奖之意也。兰亭亦来信。到车站迎迓法部江次长庸来吉察视司法行政事也。写对联两付。江次长来访,为言吉林整顿钱法、开办地方银行事,详细陈说。渠颇歆动。下晚,将军约吃晚饭。

廿一　九日　晴

会客多人。答拜江次长,畅叙。到公署办公。勤唐送到周自庵家藏王原祁山水画十二帧,王鉴画山水十二帧,无名氏画波罗叶、十八罗汉图,皆稀世之珍也。记之以示眼福。下晚,备筵,同将军请江次长宴会,陪客为勤唐、慕韩、佩石、子安诸人。

廿二　十日　微阴

会客。到车站送江翊云次长西行。到公署办公。写致敬一参政函，附咨内部文一件，为领小官印事。又附公槐一函。又致朱中扶，附咨内部文，请分省事。

二十三　十一日　晴

三井矿山株式会社本店技士理学士佐川荣次郎、浦保寿山、田海雄来，言调查矿山，为中日合办张本云云。矿蕴于地，本极可惜，前此狃于急款自办，竟至无一可办者，兹拟派员会同往查，若可合办，当兹部核示，以启久蕴之宝藏焉。写致李润田信，附交王道元、刘贵德饬文。接写忱自京来书，言外部会议三省善后条，以吉林所呈之件为根据，约合六部长到会，开议前途，或可有好希望也。高集安自奉天来书，言会议各情，已交厅会议处矣。

廿四　十二日　夜大雷雨一阵　早开晴　天气甚凉

彝于夜间为寒所侵，发冷一日，然非病也。会客。到公署办公。黄伯雨来信，荐到警士程方琦，不易位置也。

廿五　十三日　阴雨晴

答拜胡监理官、柴总办。到公署办公。勤唐来谈。

廿六　十四日　晴

会客。同江孟知事来见。到公署办[公]。熊厅长、胡监理官、叶总办来，言与中国银行借政费一百万元，以官银钱号基金一百二十万小洋作抵事。复王一堂、周养安信，言荐到之宣德音回京，小事，不就送，盘川亦不纳等语。

廿七　十五日　晴

早十钟，请日领事馆增井天野、细野峰旗、森田领事、夫人等四人，将军，高、徐两旅长，熊、栾、张、赵四厅长，同登火轮，由江行赴龙潭山一游。李知事先到。山路殊难行。午后一钟，备筵两席，宾主极欢。饭后，看龙潭神树。是日星期，师范女学校女生来游者数十人。四钟，登轮溯流而上。六钟回署。七钟，到将军处，陪李承宣官吃晚饭。敬一、泽声由京来函。

廿八　十六日　晴阴雨数阵

会客。胡监理官来谈。傅写忱自京来函，报告在外部会议事。到公署办公。雪庐自保定回，言北京近事。下晚，到将军处一谈。

廿九　十七日　晴

到中学堂考试毕业生之补习者，以"业精于勤论"命题，并参观各班学生上课。到公署办公。吉林各乡公民十馀人来见，言保卫团事，谕以保卫团有守望相助之义，即旧[日](之)之团练，有事为兵，无事为农，自应归各区警官节制教练，如警官违背警章，随时撤换；巡警、保卫团务须联合一气，万不得各树一帜，致启竞争之端。该公民相喻无言而出。调查员徐信之自榆树县查事归来，言各县巡警之亟宜整顿各事。集安厅长自奉天会议归来，详言会议各事。

卅　十八日　晴

拟上徐相国书，附《吉林钱法救急概略》。写致徐敬一参政函，附《吉林币值改革说略》、《吉林钱法救急概略》。到公署办公。奉天来函，言日警三十馀人夜间到法政学校，绑去学生三人，非刑拷打，逼出口供，言系放炸弹，并抵制日货云云。法政学校，中国国家所设立者，悍然不顾，横使强权，有意挑衅耶？抑必以亡韩目我也？此可忍孰不可忍耶？为之太息不置。

七月一　五月十九日　晴

拟致财部周总长、龚次长书，婉商整理吉林币制，开办地方银行各情。附《吉林币制改革说略》、《吉林钱法救急概略》。如此委曲求全，为国家计，为地方计，不能以财部前此之不同意，遂不为变计也。董佑成、巴尔穆来省。到公署办公。下晚，在北山便饭。请巴董、勤唐、将军、声甫、亦云、桐伯诸人。声甫之陆军浑成第三旅成立，为之道贺。高旅长改为浑成第二旅旅长，则二十三师取销师部矣。儿子庆善、庆徽自天津新学书院放暑假归来。

二　二十日　晴

会客。内务部来电，并相国来函，言准清室内务府函称霍伦川丈地，乡民聚众滋扰，四合川、交河抽收山分局，被警查押，请饬保护等情。查霍伦乡民之聚众，为皇产局许本富公司专利压制乡民，故激怒于民，非民之罪也。交河地面本不隶于四合川皇产之内，抽收山分局卡勒索木商，故派警取缔也。以上两事，已早与此间皇产局接洽，乃内务府犹用此亡清馀威，胁我官吏，殊可惜也。当饬科据实声复，俾知真相。到公署办公。

三　廿一日　晴

九钟，到教育会研究教育改良各事。其最要者在扩张小学，刊行通俗宣讲书制订成册，附《白话报》。并加添东文东语，以为将来日人南满杂居言语相通，可以联络感情之预备。到公署办公。庆善、庆徽儿此番暑假归来，叩以学习英文等事，皆有条理，较前有进步也，为之喜。

四　二十二日　晴

将军、集安来谈。方知事世立携史忠烈公可法画像来访，有忠烈家书一幅。临维扬危急之秋，笔墨尚极精妙。前清高宗题额，并题诗,一时名臣皆题诗其后,洵可宝也。惟刘石庵题字笔意拙笨,毫无神妙处,或系赝作。下晚,带儿子辈到两军处,又同将军赴北山公请俄领事。同座为两旅长、李道尹,高、赵两厅长。日夕方回。

五 廿三日 晴

早九钟,到东关师范学堂考试毕业各生,论题为《师道立则善人多》。又招集各班学生于一大讲堂,演说国家大局,欲强国先兴小学教育,而师资则望之于师范班各生,将来吉林教育之先途,惟尔三四百人是赖云云。并言不日日人杂居,更宜文明对待,将来拟于教科中添入东文东语,以便与日人竞争,免致吃亏等语。时有日人峰旌教授在侧,亦以此语为然。又到农业学堂开始毕业各生,论题为《大利归农》。又招集各生于一大堂,演说农业事。馀则如在师范学校立论云。归路到林业局一看。回署后,精神极为疲倦,稍食粥即酣睡一小时。财政部特派来吉调查磐石等矿产委员王泽敷、水崇逊来访,告以各矿产情形,即令实业科主任与之接洽一切。到公署办公。下晚,设筵请李虞臣、熊慕韩、叶紫封、集安、懿斋、欣甫、子衡诸人。昨今两晚时间,拟咨呈国务卿文稿,以昨奉封寄大总统谕,据探报外人阴谋侵略,须筹消弭之方,严重注意,随时随地密为防杜,以消隐患,而免后时等因。密呈为甲乙丙丁项,逐条筹备,不得敷衍从事,致贻误于将来也。

六 廿四日 晴

会客。为榆树、凉水、泉子垦民、绅士,演说丈放旗产理由,事实均为感动,虽欲阻抗说不出口。到公署办公。下晚,到将军[处]会审清茶馆地方绑票盗犯,多先为军警之无赖者。十一钟,草拟上相国书,言被诽谤之所由来云云,以明事实之所在也。至一钟脱稿,始就寝。

七 廿五日 晴

写上敬宜信，附上相国书，请其代送。适敬宜由京来函，言近日事，促将军之入都也。勤唐、李虞臣、集安来谈，留吃午饭。到公署办公。下晚，到将军处一谈。

八 廿六日

写致钱干臣、右丞一函，荐谢骞到京议财政事。写致敬宜参政一函。前赴磐石调查矿务之日人归来，二人来见。又，双城俄之传教人来见。电外交部，言德奥俘五人，应送赴津，以管束极难也。到公署办公。将军来谈，留吃晚饭。接沈叔詹京兆函，为分吉县知事徐伯勋说项也。下晚，雨数小时。

九 廿七日 晴

腹泻三次。董佑臣来省。勤唐来，同吃午饭。到公署办公。下晚，将军、朱虞臣、勤唐、佑丞同吃晚饭。黄卜者来，为佑丞占课。敬一来书，言前上改币书已交政事堂主计局核议矣。写复敬一书。

十 廿八 阴

榆树李知事、孙局长，并凉水、泉子旗地代表人来见，剀切劝导，总须入手清丈方有办法云云。到江南农事试验场看视，风景极佳，销夏胜境也。面谕场长以次人等设法节省出款，以资兴作等语。午后，回署。到公署办公。下晚，雨数阵。

十一 廿九日 晴

上午十钟，同将军家人等，过江到农事实验场避暑。本日，天气甚热也。族侄缉熙来吉。齐巡按使寄到会保栾佩石呈文。延吉陶道尹来函，言催中国银行设支行事。张阜岑来函，言北京清华书院招考事。

十二　六月一日　晴

会客。日领事来访，详询派队护[德]奥俘解京事。午后，德奥俘之军官来见，请求宽为管束，并求请电外部，俾解至他处，免予拘束云云。到公署办公。咨呈政事堂，为筹议大总统密谕探报外人进行满蒙事。下晚，雨数阵。拟上相国寿画，挽救吉林大局函稿，主要之义，仍以请求整理财政特权也。

十三　二日　晴

写对联四付。勤唐来谈。到公署办公。下晚，到将军处吃饭。座内有殖边银行之姚君爵五，畅论银行因地制宜情形。写致敬一函，附上相国函稿。

十四　三日　晴

到将军处，详论吉林善后事宜。午后，送将军启行，赴都入觐也。接敬一来信，言当此之时，行政长官有何意味，认真不得，敷衍不得，使管、葛复生，亦无如何，况其下焉者乎云云。数语写照，可为三叹。当即作一函复之。到公署办公。

十五　四日　晴

小雨数阵。写致孟将军信，附《吉林钱法救急概略》一本。到公署办公。拟《吉林收帖定价说略》。

十六　五日　晴　天日颇热

写八尺屏八幅，对联三付。到公署办公。广东巡按使因病辞职，调京任参政，以王祖同为广西巡按使。致敬一、树村两函，附《改币说略》。上张将军一函，贺其得勋章也，附言子彰事。

十七 六日 早间大雷雨 午后晴

写对联六付。到公署办公。奉天张珍老咨到东蒙南满善后各件。《时报》来函，求助款。真无赖之甚也。

十八 七日 晴

早九钟，到声甫旅长处，为其太夫人祝寿。十一钟，请森田领事并其夫人、公子，细野，增井，及红十字会委员等，乘船到江南农事实验场避暑，吃便饭。至下晚三钟方回。佑丞、墨岑来谈。史镜斋、姚爵五、周小泉来，言殖边行信托事。敬一来函，言上筹设三省地方银行事，主计局仍通知财政部，大约不能如愿云云。其上相国及副总统书，均以设地方银行为不二法门，似三省合一，力量较大，并将三省银号、公司合为一炉而冶之，实地营业，如矿业、森林、田地，均作抵押品，以便商民，并另组公司，凡实业之可以布子者，均占先着，则满棋子皆活等语。如经部议，必不能行，以周总长与中国银行一鼻孔出气，万难邀准也。

十九 八日 晴

会客。奉天安图县知事李浩斋来见。到公署办公。昨接大总统府内史监来函，言奉大总统谕，颁给折扇一柄，生丝纺两匹，以资清暑等。因今日扇、绸颁到，谨即祗领，拟即具呈恭谢恩施。下晚，拟国家银行与地方银行性质应互相维持，不宜偏废各情，拟上相国鉴核。致敬宜电，言吉林官银钱号监理官胡思义人极明了，强直敢言，与论钱法事，颇赞成彝之论说，现在来京，请代陈相国，招之一询吉林财政，当可知其大概云云。

廿 九日 晴

会客。接敬一、锡丞、献廷来书。到公署办公。下晚，请王靖吾、水次慧财政部派查金矿者、李浩斋奉天安图县知事，奉天之旧宾友、勤唐、集竹山、雪庐、溥元、畹伯、柳丞、德堂在署便饭。饭后，与勤唐谈整理财政事。写致敬一函，附《金融危论》两本。

廿一　十日　阴雨

写复聂献廷信。午后，晴。到公署办公。接树村将军函，告十八日入觐情况。又兰轩信。又敬一两书。即写复树村、敬一两函。统率办事处来函，日大隈伯演说文存政务厅。写复祝荫庭、包礼堂信一件。

廿二　十一日　晴

写致谢锡臣信，寄京。写对联四付。到公署办公。下晚，阴雨。

廿三　十二日　阴雨竟日

接于朗昆、徐敬一之函，有针砭语。益友爱我应如是也。到公署办公。督饬委员会缮具警察、税课、审判三大案善后呈文，附细章八十件。复敬一书，言近日办事情形。将军署来函，言据哈埠探报，霍尔瓦特奉俄皇电令，自瓦尔沙失守后，前敌兵丁不敷分布，饬在哈埠招募华人四万名，发往高家索助战，现已招集二千馀人，拟日内运往欧洲，实与中立攸关，应即饬李道止严查禁止，以准中立。

廿四　十三日　晴

写赏宾县办公债人匾额字三方。写北山匾额“神仙福慧”四字。写对联四付。上大总统呈文，商租矿务两大案。前办磐石铜矿之唐鉴章，经人告发，乃由上海道尹转到日斯巴尼亚领事公函，为之辩冤。中国人之无耻，真无所不至矣。

廿五　十四日　晴

早九钟，登火轮，到温道河子船口。在船上吃饭罢，即登岸步行七八里，到小白山下，看视鹿圈。天气极热，在树下歇凉，严谕养鹿人小心喂养，早晚换水，毋得苛扣养鹿草料云云。以时正暑热，未到山顶。三钟后，搭轮回署。接佑臣信，朱将军为韩廷焕更正名字事。闻江省请办交易公所信托事业。为清乡筹费一节，致电，抄示章程，以凭仿办。外交部电将德奥俘三人直送解南京。

廿六　十五日　晴

会客。杨霁文来见，言北京近事。维宙、勤唐来谈。接兰轩信。敬一来函，言拟具意见书，请画东三省为特别区域，开设地方银行，已蒙主座交财部核议，并提[交]（出）国务会议，或可得良好结果。到公署办公。写复敬一函。又致家中说合地租事之诸亲友两函。致外交部电，言据同江县称，由伯力逃来之德奥俘□人被俄兵劫去，有违中立，应与俄领交涉云云。

廿七　十六日　阴

写对联四付。邓寿臣、依级三来见，一询长春近事，一询蒙古近事。东宁郑知事来见，言俄路线内种鸦片者遍地皆是等语。告以前数日已将东宁、虎林俄地种烟各情电知外交部，诘问俄使矣。接敬一来信，言条陈请求事尚无结果。谢锡臣来函，催取委员会税表。即作函复之。到公署办公。李永芳由依兰来，问北边近事。

廿八　十七日　晴

发《中日交涉善后第六案登记法》呈文。接谢锡臣、乌泽声来函，均言财部派张小松次长来吉查事云云。到公署办公。写致敬一函，言蒙谤半年，隐忍至今，无非欲酬主座之恩遇，相国之提携，打算为国家作事也；兹者前路茫茫，时事日亟，尚何希冀而恋此一官耶？拟俟风潮平息后，决计辞职，以避贤路云云。柴勤唐午后西行入都，来辞行，详论吉林财政、地方各事。

廿九　十八日　微阴

会客。刘敬舆、史仙舫来，畅谈。午后，微雨一阵。写七言对联五付。到公署办公。接程荫棠来信。发考核属吏呈文，并呈请将毛鸿勋等九人先行作为到省免予考询文。本日天气极热。接程荫棠来函。

卅　十九日　阴　小雨数阵

写致敬一函，言官帖定价之功过云云。发《善后条议》、《关于东蒙合办农业及延边韩民越垦等事第七案呈文》。到公署办公。勤唐自长春来函，言绕道营口入都，以新民铁路被水冲坏也。下晚，写复朱洽黎一函。

卅一　廿日　阴雨一阵　旋晴

会客。胡玉轩、卢序东来访。接敬一函，规彝以"沈毅用壮"四字；并陈程雪楼前在江省政策云云。朱子桥将军来信，请饬扶馀县拿盗犯王国忠一犯。北京禁烟联合会言到上海焚烟事一函。到公署办公。早间，发呈文一件，为请为裕华公司启封销案事。致敬一函，附五案底稿。

八月一　廿一日　阴　雨数阵　旋晴　天气极热

为日人天野警官书扇。午后四钟，到北山小酌。座中为声甫、允孚、荩臣、集安、佩石、子安、秀山、彦如、渤生诸人。下晚，乘凉而归。

二　廿二日　晴　极热

到公署委员会研究会事终止之事。到公署办公。下晚，设筵，为各委员酬劳，并畅叙会议要义。

三　廿三日　晴

上午，哲里木盟盟长齐王来省，到车站迎接，同来公署吃午饭，畅论蒙古各事。树村将军电告子桥将军来吉查事云云。到公署办公。灯下拟上杨杏城左丞函稿。写致荩臣函，附函论整顿财政事。

四　廿四日　晴

顾衡如来谈。史敬斋来见。庆徽儿赴津投考清华书院。致张阜岑一书。致敬宜一函。到公署办公。下晚，军界旅长四位约到北山小饮，为齐王作陪也。

五　廿五日　晴

衡如、序东来访，留用午饭。熊厅长自北京来，详述以求财部各事未蒙许可云。到公署办公。下晚，将军请齐王晚饭，前往作陪。将军来函，为李宝田说项。发《密陈吉林矿第八案》呈文。写致敬一函。

六　廿六日　阴　天气忽冷

午后一钟，到齐王处面商东蒙条件，以及对外慎重各事。适闻模范监狱之犯因午后放饭之际，十字监重囚逸出，抢夺看守兵枪械反狱等情。当即到将军府参谋处，面商高、徐两旅长、参谋长等相机攻击，免酿变乱。即命毓团长为司令官，带同辎重马步各营，前往办理。时则狱犯已将狱内大楼焚毁，火焰冲天，兵警已有伤亡，不克闯入，乃调机关枪，到后已交六点钟，初次攻击，入而复出。第二次悬重赏鼓励兵警，始攻至二门，兵警亦伤亡数名。彼占地势，兵警无处遮蔽，只得又行退出。以囚徒获有看守枪数十支，子弹亦甚多，有所恃而敢与为敌也。囚有由后门逸出者，当场枪毙之。然囚每推轻罪犯为前驱，殊难辨认也。后调消防队各围墙开洞，并调炮队到来，俟天明时哄击狱内墙室，为攻入之计。是夜，枪声如雨，兵警严防，与囚抵敌，一面饬令兵警分巡街市，并护领事馆、各银行，防不测也。幸地面尚安静。

七 廿七日

四钟，天始黎明，气候甚冷。炮声、机关枪声并起。至午后，兵警进至后院，救出轻罪不持枪之犯三四百名，而悍犯群至前院短墙内抗拒。李连长及兵队亡者数名，伤者十数名，兵警连攻一昼夜，气势渐馁，然恐入夜不知出何变故，不得已示予重赏：如擒犯一名者，赏二百元。司令官及高营长奋勇先进，士气益振。攻至下午六钟，始将囚徒击毙数十名，生擒三十八名，带至审判厅，彝亲讯。获犯有秦幅和者，自称山东人，起意反狱，一日夜伤官警甚多，言惜子弹缺乏，倘再有子弹三连，则今夜尚可支持。愍不畏法，若自鸣为得意也者。其鞋内尚藏官帖元币，言送给击伊之王、范两兵官云云。是何等凶贼也！以紧急命令处治之，警兵队用刀支解以泄愤怒。并枪毙悍犯六名。时已昏暮，将获犯交审判厅长严押候讯。据张厅长云，司法部命令罪犯不准带刑具，狱官又系法部派来，七月十三日狱犯逃逸四名，部令罚奉一月，实酿成此巨变也。大局定后，由陆军分派兵队巡防城内，恐有他变。本日午十二钟，夜十二钟，上大总统两电，言因犯反狱，以及平定各情形，并电政事堂各部知照。

八 廿八日 晴

天气回暖。岂前两日之冷为肃杀之气，示其朕兆欤？早九钟，到监狱内看视，死尸横陈甚多，惨不忍睹。查实内外墙壁俨同要塞，倘凶徒先不放火，持至夜半，横冲而出，则地方之杀伤，何堪设想！两害取轻，故如此结果，犹不幸中之大幸也。后面监房尚完好，饬将获犯移入，以便看守。到参谋处，谈及杀伤惨状大哭。致天津孟将军电，通电各省将军、巡按使，告知以前情形，免致谣传失实云云。到东关高旅长处，吊已死李连长，及已死兵队，大哭一顿。如此为国捐躯，不禁痛心也。到警察厅慰劳各警士。回署，派李逸绍充狱官。电知司法部通饬各属严防监狱。写致敬一信。写复裴尧田信。皆详告反狱实情。复廖镂如告水灾信。

九 廿九日 立秋 阴雨数阵

接敬一信，言昨呈各案，政府中人又另换眼光看待云云。又言近日情为不怡。悠悠桑梓，无以为家。京中卿大夫徒粉饰太平，颇为明末现象。幸大总统励精图治，相国辅之，或有清平之一日等语。爱国之心，溢于言表。到公署办公。上大总统电，请由财政厅拨款两万元，为赏恤兵警之用等语。黄保极查西北路学堂，毕事来见，详询各县办学状况，并各地方官政治名誉。所言阿城颜知事之乐名誉最坏，与徐信之所查报告无异。下晚，审检厅详请审实反狱凶犯，枪毙四名。张石樵、刘子纯自永清归来，详问地方情形，知关内政治实不如关外之优美也。

十 廿日 阴 微雨

栾、张厅长来见。高旅长、张参谋长来访。高旅长昨已奉令为延珲镇守使。旧管珲春副都统，区域驻珲春。徐旅长为宁阿兰镇守使，旧管三都统区域，驻宁安。会客。派顾冰一到京，帮同傅交涉员与议善后事宜。写复敬一信，奉政事堂转奉大总统电，言所获监犯归军事办理等因。到公署办公。本日，审判厅判决枪毙囚徒七名。接萧曹随函，言报载某帅游中央公园，喝退某总长一段，为之一噱。

十一 七月一日 阴 小雨

近数日阴寒，田禾未免受伤，殊可念也。见许滨、任翩。勤唐自北京来信，劝我引退云云。到公署办公。下晚，写致敬一函，言莅吉一年，愧鲜成绩，所不敢请退者，恐拂相国维持之意，且大总统亦无何等见恶之流露；且此间正值艰难之会，倘冒然陈请，将触政府之怒，则又何以自解，故决计抱定“沈毅用壮”四字主意，去留一听之数，俟摈我不用，坦然引退，方觉理得心安，故所愿也，不敢请耳，云云。又致津阜岑一信，言管教徵儿事。晚晴。本日，审判厅讯出监犯之不法者七名，详请枪毙。

十二　二日　阴

到混成第三旅，为声甫贺喜。同到高旅长处贺喜。董佑臣自长春来。驻哈美领事墨思尔及巴尔穆来访。美领游历无他事也。到公署办公。政事堂奉大总统令，所请赏恤各款，准饬部备等因。陆军、司法两部，均复电。下晚，在北山设筵，请美领巴先生，佑臣，孟庸生在哈办实业，高、徐旅长。

十三　三日　晴

早九钟，高、徐两旅长来访。往拜美领事，并巴先生。复同搭小火轮过江南，游试验场。佑臣、序东亦同往。十二时回署。午后，写谭老太太寿对。日领来访，言日关东都督同之卅一号来吉商议接待等事。到公署办公。接梅韵笙、文蜀生两同年来函。

十四　四日　晴　稍暖

会客。写屏对多件。到公署办公。将军自津来电，言搭昨夜同车东来。

十五　五日　阴雨

陈绍卿来见。镜人、衡如来索屏对，书以与之。接傅写忱自京来函，言王揖唐来吉查事，并代巡按使之任云。庆徵儿自津考罢归来，带到王揖唐名片，言在奉天住数日即来吉云云。今早，将军到长，相通电话，亦言王之来事。旋晤勤唐，自京归来，言在龚次长处知之甚悉，则不得不作交代计算矣。到教育会，为改选会长事。杨济川与刘敬舆大起冲突，当准剀切劝诫之，告以吉林教育全在会中，提倡和衷共济，万不可稍有意见之私，致碍进行，并倡议吉林南界学堂应添日文日语，北界则应添俄文俄语，以为地方人民交接之预备等语。会长改选，刘敬舆得二十四票。宋铁梅来信，言炸狱事不日大定，尚为地方之福等语。写致湖北段少沧按使一书，恳借一万元预备交代需款也。

十六　六日　晴

写致敬宜信。细野喜市来见，言奉天巡按使署已约日人为巡警顾问，吉林想可照行，先不支薪水亦可云云。答以聘外人为顾问，此事关系重大，碍难照行等语。勤唐来谈。卜者李半仙来算命，言本年流年运太驳杂，犯小人口舌，然不能为害等语。到公署办公。阮道尹电告奥俘两名到依，请饬队护送来省云云。

十七　七日　晴

会客。维宙来谈，代为假款还债，殊有侠气，可感也。到公署办公。接敬一来书，有惟有立定脚跟办事，一切荣辱得失度外置之，何可以悠悠之口，自隳厥志等语。良有箴规，可佩也。将军在长，尚须两日酬应，亦劳矣哉！下晚，到将军公馆一看。

十八　八日　阴　有雷声

会客。午后，大雨。到公署办公。毓团长来访，核定军警平定反狱事赏恤款书目。写致敬宜参政一书，平心静气之作也。写复依兰阮公槐道尹一书。

十九　九日　晴

十一时，到车站迎迓将军旋吉。王揖唐参政亦同来。当即同车到将军府。揖唐遂下榻焉。到将军室详问在京事。将军之爱我，有同手足，心感之至。到公署办公。长春陈西甫榷运局长、佑岑、勤唐均来谈。

廿　十日　晴

维宙来谈。王一堂参政来访，令庆善、庆徵儿出见。儿辈为一堂四年前之门生也，请其教训片时，皆为学要言。留一堂吃午饭。论吉林近事。接敬宜信，言一堂到后，必有后命云云。则其接代也无疑。当饬集安厅长预备交代各事。到公署办公。回拜陈西甫局长。下晚，设筵请一堂、将军、尧田、辑五、干臣、西甫、佑臣、勤唐、卣铭法部，畅谈甚欢。

廿一　十一日　晴

芸士来谈，为其子丰年求奖事。细野来见。上大总统电，言任吉一年，愧鲜成绩，而对于国家对于地方事事要好之念，自问可质诸鬼神，此亦地方绅商人民所共见者；即整顿钱法一端，洋价半落，财政收入比较上年当多得十之三四，事实俱在，功过自明。王揖唐参政昨经到吉，请饬查察，当得实情；惟〇〇心力已悴，敢乞恩施俾予罢退，以后请以闲散自效，不胜屏营待命之至等语。并上徐相国电，语意相同。到公署办公。下晚，裴、高、徐三镇守使，张参谋长，约到北山吃饭。饭后，访揖唐，一谈。阅星阶致竹山函，言愿分担亏款。其高义可感也。

廿二　十二日

清晨大雷雨，且夹以雹。少顷，即止。电话局约吃午饭。奉到大总统十九日命令：孟〇开缺来京，另候任用；王揖唐为吉林巡按使等因。请集安厅长前往询问接任日期，回称廿四午刻接印云云。

廿三　十三日　晴

收拾行李。午后，到公署办公。下晚，同将军到祝三处吃饭。

廿四　十四日

十二时，揖唐接印，即刻交代。电呈大总统，并通电各省交印日期。侗伯道尹来省，请一堂、将军、侗伯、尧田同吃午饭。收拾物件。

写致天津张阜岑函。

廿五　十五日　晴

写致佑臣、琴舫函。写对联多件。午后，到日领处辞行。回至将军处，畅谈。交代亏欠公款三十五万吊，承将军假款清还。云天高义，手足深情无以过之，诚可感也。尚欠私款三十万吊，由信银钱号通融者。长春前亏款三十馀万吊在内。烦柴勤唐到熊厅长处议作息借，允为照办，亦可感也。亏款有可以随时催得者，当即陆续归还，免致久欠。巡按使之下场，洵可伤矣。

廿六　十六日　阴雨

早十时，商工农三会，并吉长报社，在商会开会饯行，为之演说年来筹办地方事务情形，彝之三十年来作事任官各情，及设施未竟诸事，更言地方银行一日不立，即财政无法整理，即庶政无法举行云云，畅论为时甚久，至二钟后饭罢。五钟，军政绅学各界，假斯美茶园开会饯行，别由将军代表刘敬舆致送词，彝答词，言任吉一年，毫无成绩，正在施措为难之际，得以奉令开缺，所幸新任为王揖唐君，曾官吉林，情形熟悉，且长于外交，将来必大有作为，为地方造幸福等语。复由王巡按使答词，讲说甚长，俱按地方实际，为难言之所言，"萧规曹随"一语，彝则不敢当"萧规"二字也。六钟后始归。到将军处一谈。

廿七　十七日　阴

写对联。上午，揖唐设筵饯行。接敬一函。震岩、可耕来书，言凉水、泉子清丈事。四钟，慕韩、紫封、佩石、子安在官银号设筵饯行。七钟半，日领事森田设筵饯送。本日早，到日事馆辞行。天气甚凉，为农田虑。

廿八 十八日 晴

写对联。到声甫处辞行。回署，与揖唐论各县知事之贤否，毖以告，殆为地方着想，不敢以却任避嫌也。午后，到车站，将军、揖唐，及各界人等，日领事，俄司罗夫，均到车站送行。二钟二十分，开车西行。彝之虚度一年，固为惭愧，独神伤黯然者，唯将军爱我之心为独挚也。车中，集安、虞臣诸人送行者甚多。下晚七时，到长春站，军队、政警绅商各界均来接待。当面申谢。又到头道沟车站，侗伯、尧田诸人，日俄领事派人来接，与尧田同车到道署，长春各界设筵公饯，谈论极为欢畅。家母则为裴、郭夫人在悦来栈接待。夜十点四十五分登车西行，同人到站来送。俄领拉甫洛福亦来送，一一致谢。车中休息数小时。三钟后，妾张氏知要生产，到双庙子下车，派张妈、小顺伺候，并请许积生亲家留为照料一切。车行至孙家台站，双庙子来电话，知已分娩；旋又来电报知寓同顺源栈；家内妾生一女，均极平安云云。

廿九 十九日 晴

早八钟到车站，南满铁路社镰田弥助来接待。以南满铁路中村总裁送给车票，当面申谢。到悦来栈休息吃饭。九钟后，搭车西行。广赞廷代为致天津阜臣电。车行至兴隆店，见巨流河溢出之水淹没田禾甚多。至一片黄沙，将地淤坏者亦不少。至新民县治车站，水灾尤重。柳河大溜，直灌县街，人民多栖屋顶者。西北一望，沙漠可惨已极。柳河前数次水灾，无如此次之巨者。行至沟帮子车站，阴雨。下晚，到山海关，换车西行。

卅 廿日 晴

早五钟，到天津老龙头车站。佑臣、阜岑、琴舫、鹤楼均到站招待。伯周来，言将军楼房尚未修好，当到大安栈小住。往看各处房屋，皆未就。

卅一 廿一日 晴 甚热

同佑臣租定日租界荣街卞姓小楼房一所。楼系新筑，一切相宜，月租七十五元。到华园洗澡，求柴瑞周兄代买器具，即日迁入。

九月一 廿二日 晴

写致孟将军及二弟两信。又致徐敬宜信。又致双庙子许积生信。带徵儿往看奥界购定之地两亩，尚宽绰。火房东润昌来访，颇关照。

二 廿三日 晴

往士宝斋买信纸，写上徐相国一书。接许积生信，言双庙子车站日警站长皆极保护云云。当复一函，为转谢。往买零用器具。写致段少沧信。

三 廿四日 晴

写致段子敬信。李斌押行李到津，报告双庙子栈房妾生女子甚好等语。安置器具。

四 廿五日 晴

谢屏对多件。写致李永芳，复续莨臣、吴福阶信，统交二弟转交。访柴瑞周，一谈。佑臣来谈。王九思来见。

五 廿六日 晴

写对联多件。访佑臣，一谈。为家母偶病，请张介眉诊视，药方平肝标本双和法。琴舫来谈。王少溥来看。接子敬函，附少沧兄函，言寄款事。

六 廿七日 晴

天气极热，关外禾稼当卜有秋也。

写致徐声甫、裴光田、郭侗伯三函，用申道谢之意。写对联。张鹤楼来访。写致启采如、黄子珍函。写致王揖唐巡按使一函。致张溥元、多竹山函。入夜，派李斌回吉，带去联对，送交双庙子日人，用申谢意。

七 廿八日 晴

早搭电车到北大关，下车步行，到府学胡同命馆占六爻，言以后不欲出而作事，可从此退隐否云云。课云：以后尚有事待作，不得退隐却其仔肩，早则八月，迟则十月，必有人令其出而干事等语。无稽之言，听之而已。归寓，焦表弟、张姻弟、庆慈侄，祝先生，均自永清来津看视，详询家事，并悉家中地面安静，禾稼丰收云云。同佑臣到华园洗澡。接敬一自京来信。王仲武来谈。下晚，佑臣约往聚庆成吃饭。座中为黄凤墀、邓豁然、陈子敬数人。

八 廿九日 晴

母亲七十三岁寿辰，设香案，率家人叩祝。张阜岑、张鹤楼、吴琴舫、董佑臣均送桃面酒席，前来祝贺。留吃寿筵。访瑞周，一谈。接二弟并许积生信。

九 八月一日 晴

焦表弟等回里。写致二弟一信，附寄永芳信，详论在长办过事实。写致柴勤唐信。接将军来信，附戴亦云信。午后，到三义庄，看视孟树村新筑楼房，规模宏敞，可以登高望远，可以为娱老之地矣。往旁边李氏花园一看，树木幽深，虽未周历其胜境，然在津避嚣之所，当无逾于此者。回寓。写复孟树村将军一信。

十 二日 晴

写致二弟信。致许积生信。早饭后，走访梅韵生同年，年已七十，精神尚健，一见甚欢。别经十八年，畅言旧事，为之惘然。又访郑献廷同年，畅谈。戊子优贡，同年计六人，已故去者为徐研芙、郭朗轩、解干卿三人，尚健者旗籍同年双笠安亦存，今春在京曾见之。同献廷到街闲游。下晚，同韵生到羊肉馆吃饭。接周雪庐、叶畹伯、李永芳公信，并寄寿幛，为家母寿，可感也。闻佑臣赴长春。写致宝献廷信，烦转交。

十一 三日 晴

写复雪庐三人信，附致如九信，嘱算大德、玉合、盛元帐目，并看视锦县地亩。瑞周来谈。以佑臣订置奥地二亩，今欲转卖，须由彝另给银。五十馀亩，彝求瑞周代任地价，暂为置买，将来不至吃亏也。本日，感冒风寒颇不适，然服建面加生姜煎汤治之，下晚汗出而愈。

十二 四日 晴

写复许积生信。韵生来谈。接郭侗伯来信。访瑞周，一谈。下晚，阜岑、鹤楼、琴舫三人来约吃浙宁饭馆，不甚精致。饭后，往东天仙观刘鸿升演《拷打吉平》，声调悲壮。该伶绝好戏剧也。回寓十二钟矣。

十三 五日 阴

写致敬宜信。写致李虞臣、马荩卿、王莲樵、程桐伯各信。梅韵生送家母果席成桌。下晚，郑献廷同年来访，同到同福楼饭馆，约韵生吃饭。饭后，回寓。

十四 六日 晴

早饭后，写对联多件。下午，接永芳来信。当写复信，寄二弟转交。到针市街、锅店街买回春丹，买夹贡纸。

十五　七日　晴

写致永芳信，并于朗昆信。接樵弟信，竹山、积生信。即复樵弟信。写致敬宜、星皆信。同徵儿到北马路售品所买爱国布。

十六　八日

早起，到大街买洋布、月饼，以洋元换铜[子](字)，为零用也。接王揖唐来信。许积生自奉天来。瑞阶、墨岑来信，附王巡按咨复接任文。写致集安、墨岑、寿如各信。星阶来信。

十七　九日　晴

写致熊慕韩、叶紫封信。又致采如信。致段子敬信。畹伯来信。

十八　十日　晴

早起，游北马路。到宜兰堂买宣纸。写对联多件。寄双庙子、庄子章，并送日驲长诸人。接子敬复信，言湖北款已寄京。二弟来信，言蒙奉天张巡按保以县佐注册云云。即复一信。永芳、赞臣来信。

十九　十一日　晴

带徵儿到北马路游北海楼。写对联多件。下晚，请阜岑、鹤楼、琴舫吃同福楼，并到东天仙观剧，刘鸿升演《空城计》，有意要好，然不如谭心培之出以自然。[天](人)气极热。入夜，雷电交至，而未落点雨。

廿　十二日　晴

接马荩卿信。阅报，张贞午先生调署内务次长；奉天巡按使以段上将军兼署，则吉林军民归并之期不远矣。写对联六付。写致张贞午巡按使信。又致孟将军信。致徐翰章信。取到少沧兄假七千元。

廿一　十三日　晴

早起，游北马路万全堂，买万应锭。午后，表外甥姚熙纯来看。写对联多付。下晚饭后，游旭街。日来早睡早起，藉资休息。十馀年来，在官忙碌，未曾享受此清福也。此梦初觉矣。

廿二　十四日　阴雨

写致段子敬信，附致少沧大哥收到假款七千元书。写致吉林栾佩石、张子安、赵俊卿、廉懿斋各信。写屏对多件。到大街买过节鲜果、月饼。接积生来信。

廿三　十五日　阴

接桐伯信。许典生亲家由京来。写屏对。循俗过中秋节。

廿四　十六日　晴

写致熊慕韩函，拟由吉归还官帖三万吊，由今照价交大洋少沧假款内动用云云。瑞周来谈，交到勤唐来函。写屏对。

廿五　十七日　晴

写屏对多件。接朗昆来信。永清武文卿同表外甥姚纯熙来谈。阜岑来见，言银号差使已另派人，告以今之长官用人大率不问人之成绩若何，更用私人，类多误事，不之顾也。为之三叹。

廿六　十八日　晴

带善、徵儿游北海楼。到宜兰买夹贡纸，并购王梦楼石印墨迹行书一本，松禅手札八本，多屏对。下晚，黄心泉同敬宜来访。又同敬宜到街上一游。敬宜寓德义楼，来此看视，可感也。

廿七　十九日　晴

早起,回看敬宜,同到估衣街等处一游。吃同福楼。午后,敬宜回京。

廿八　廿日　晴

写复将军一书,并致翰章一书。墨岑来视,留吃午饭。饭后,同到北大关等处游览。下晚约同阜岑吃同福楼。该小饭铺价廉菜美,可照顾也。接星阶信。

廿九　廿一日　晴

到孟庄访贞老巡按,未觅得其寓所。往访吴子明道尹,畅叙两小时。午后,同墨岑到河北游公园。回到全聚德吃晚饭。饭后,回寓。子樵来访,失候不晤。入夜,墨岑回奉,到站一送,并答复子樵为其送行,渠亦回东也。在站,见巴凌云英、季华两旅长,一谈。

卅　廿二日　晴

写致幼樵信。写对联多件。接荣华萼来信。下晚,微雨数阵。

十月一　廿三日　晴

早起,步行到日牙医科处镶牙。到张贞午先生处晤谈。管洛笙、翁韬夫在座,畅谈。回寓。吃午饭。洛笙来看。写对联。买洋布,花洋六十馀元,殊多费也。

二　廿四日　晴

接少沧来信,索移山人参医疾。写复少沧信。复华萼信。致二弟信、翰章信,托购参。下晚,佑臣、凤岐在全聚德吃饭。

三 廿五日 晴

下晚，阴雨一阵。熊慕韩、启采如、二弟均来信。写对联。带庆善儿游公园。见王木匠，借木器。

四 廿六日 晴

守仁来信。张福来信，附报告房租单。墨岑来函。写复二弟函，附致赞臣信。复守仁函，附致采如信。复墨岑函。复榷运局《换帖说略》一本。写对联。晚饭后，到旭街闲游。

五 廿七日 晴

到北大关闲游。到宜兰堂纸店闲谈。到吉林官银号，晤熊承办，言还官帖五万吊事。午饭后，复写字。史纪常来谈新交卸奉天政务厅长事也。接张子安、苏星符、于朗昆信。朗昆有辞职意。当即复书，规劝之。晚饭后，到街上闲游。赵燕荪来谢寿函。

六 廿八日 晴

早起，闲游。看日人赛自行车、快走。午后，到街上买火炉、脸盆等物。下晚，邓豁然约吃松竹楼。饭后，在天仙园观新剧。所演为《梁山泊祝英台》，男女情感、前后情节毫不近理，殊不耐观。

七 廿九日 晴

馥庭妾带新生女子，自奉到津，皆极欢乐。杨缉文、丁质初来访。同到全聚德吃饭。饭后，同观中华落子杂剧。遇献廷同年。下晚，同到会宾楼吃饭。本日上午，到新学书院拜戴院长，为之道谢教育儿子辈之意。接树村将军来函。陶梅先、张仲文、律长康来信。

八 卅日 晴

写复孟将军信。致翰章、廷瑞、子静各信。写对联，赠育卿。下晚，献廷约吃同福楼，并有赵楚江同座。饭后，同到华乐茶园观剧。

九 九月一日 晴

写致二弟信，附赞臣、凤山信。午后二钟，新学书院大学、中学生毕业之日，函约参观。晤赫立德院长。翁韬甫亦在座。吴子明代表巡按给毕业凭照，院长报告，学生作乐。各礼式毕后，又以其暇，学生演西洋新剧一出，极为可观。又到各处参观。五钟后回寓。晤梁孟廷在台上演说者。

十 二日 阴雨 国庆纪念

霖雨、苍生、佑丞来谈。阅梁任公所著《欧洲战役史论》，探源立论，博洽详明，论欧战，并以警我国人也。雨彻夜。

十一 三日 阴

接永芳来信，即写一信复之，寄守仁处转交。下晚，献廷约吃会芳楼。座内为赵楚江、华碧岑、朱泽臣、卞星南、金韩诸位。又有旧友王恩溥，在全聚德招饮。张锡九自永清来。

十二 四日 晴

到旭街买木器，椅子十二张。又同锡九到河北公园德盛工厂买桌椅，为寄家之用也。下晚，同辅廷、恩溥到全聚德吃饭。段芝境来函。

十三 五日 晴

写复芝境信。致翰章信。致朱霭亭、李子敬信。写寄霭亭屏对。谒贞午先生，一谈。下晚，佑臣招饮。

十四 六日 晴

谒增瑞堂将军，畅论别后十来年事。访恩溥，一谈。为佑臣太夫人拜寿,欢聚半日。

十五　七日　晴

写对联多件。二弟来信。

十六　八日　晴

早起,往谒锡清帅,以[胃](未)疼未起不得见。到树村将军楼房处一看,尚未竣工也。接雪庐信、采如信、杨德邻信、佩石讣闻。午后,写对联、屏幅。李表侄自宾县归来,言归路秋收以早寒歉薄,彼处已见冰冻,着棉衣矣,此间近日颇暖,尚单夹衣也。阅《清外史》。

十七　九日　晴

写屏对。到德盛木厂看视所作桌椅等件。到同福楼吃晚饭。恩溥自京旋津,来谈。接廷瑞函。

十八　十日　阴

接翰章来信。西北风颇冷。访献廷,不值。访韵笙,一谈。晚同锡九到天仙茶园观剧。瑞德宝演《李陵碑》,极稳妥。盖叫天演《恶虎村》,手段灵活,仅见之技。惟武生,嗓子不亮,以名盖叫天则不当矣。吉林日领事森田来信。

十九　十一日　晴

早起。甚冷。写致将军一信,并复翰章一函。写屏对。

二十　十二日　晴

早起。上街买卫生衣、零星物件。写对联。

二十一　十三日　晴

接如九自铁岭来信。吉林矿裕通来信，阅之，不知所谓，可笑之甚。写复森田领事一函。写屏对。故人王体元兄之子雨亭世兄来见，将赴少沧兄处也。

二十二　十四日　晴

写致少沧兄信，附参支。致史镜斋信，附赞臣信后。附徐则如信。写对联。许典生亲家由京送儿媳来津，即复还京。

二十三　十五日　晴

西北风颇冷。过河东，访孟伯周，不值。访荣德福议画建房草图，同至奥地看房基。写屏幅。吴子明来谈。与儿辈论作文法。

廿四　十六日　阴

写寄悦来栈魏如九、杨德邻各信。致张农荪、何鹤伯信。齐照岩来谈。王少溥来，论字学。丁质初来访。同往吃山东饭馆。饭后，到天仙部观剧。盖叫天演《花蝴蝶》，尚可观，馀平平。

廿五　十七日　阴　小雨

寄刘云五信。下晚，献廷在会宾楼招饮。座有严范孙，相别二十年者；碧岑、星南诸人。敬一自京来函。

廿六　十八日　晴

访碧岑，以尚未睡起，未见。写屏对。墨岑来函，即复一信。树村大哥之如夫人来宅，询知将军夫人时常在家搅闹，家宅为之不安。树哥之内政，殊为可虑。

廿七　十九日　晴

郑献廷同年老太[爷]，即墨林年伯，八旬晋一寿辰，前往申贺。下晚九时归来。到东北城角小饭铺吃饺子二十五个，片儿汤一碗，只花去十一枚铜子。向来吃饭之省钱，无如此者。

廿八　廿日　晴

齐炳章、施世贵、福圃孙来见，畅论当官居家之均宜为节省之计，日后有无穷受用处云云。同圃孙吃同福楼饭铺，二人一饭，即费去二毛，然亦不至为费也。眼睛有火疾，休息半日。吴佑民来访，未晤。

廿九　廿一日　微阴

写致敬一信。致陈西甫信。接翰章来信，即作一信复之。下晚，访瑞周兄，同到东天仙部观剧。刘鸿声演《斩黄袍》，声音洪亮，宛转如意，的是刘得意之作。惟尖巧处殊欠大雅，为叫天所不取耳。

卅　廿二日　晴

写将军树村信。致张兰轩信。寄二弟信。又致敬宜信。写屏对。下晚，柴瑞周约吃松竹楼。

卅一　廿三日　微阴

写复逯景新信。写屏对。下晚，同鹤楼吃羊肉馆，二人共花十三枚铜字，较前日之吃饺子，又省钱也。接翰章、敬宜、华萼来信。

十一月一　廿四日　晴

王雨亭回徐州，托带去致少沧大参四匣。写屏对。下晚，同鹤楼吃松竹楼饭铺。饭后，观天仙部。

二 廿五日 晴

复翰章、华蕚信。往谒贞午先生,并访翁韬夫,畅谈。又访佑丞,一谈。眼疼,早睡。

三 廿六日 晴

写致敬一信。献廷来访,邀同看中华部。下晚,吃松竹楼。归寓,知奉初三弟到,晤谈家事甚乐。又到德义楼,访段子敬,一谈。李永芳、孟庆廉来信。

四 廿七日 晴

午后,同三弟到北马路一游。下晚,到瑞蚨祥吃饭。归来,又赴黄凤池之约。接敬宜信,洽黎、森田日领三信。

五 廿八日 晴

写复洽黎、黎永芳信。下晚,在松竹楼请珍午、弢夫、子明吃烧鸭。

六 廿九日 晴

写屏对。下晚,同三弟看中华部。听王湘樵演欧阳子方《夜读书》、《八角鼓》,文而不俗,可为绝唱。

七 十月初一日 晴

同三弟游河北公园。访严范孙、卞星南,均不值。晤献廷,一谈。午后,游旭街,买木器。

八 二日 晴

北风。写复谭约厂信。致二弟信。写奉天官纸局求书八尺横匾“云露万色”四字。

九　三日　晴

写复陈述兹信。午后，在松竹楼请碧臣、星南、鹏骞、□□、献廷、韵笙吃饭。

十　四日　微阴　有风

本日为日本天皇加冕之期，日界旭街及公园各处街口高搭彩棚，悬灯庆祝，商户居留民提灯志贺。其国家气象真有蒸蒸日上之势。我国家何日方能到此地步？为之翘盼不已。下晚，到瑞蚨祥吃晚饭。归时，电车至东南城角停驶，以日界游人观光者异常拥挤，不准行车也。到同兴德小坐即归。雪庐来访，谈吉林近事。

十一　五日　晴

范孙来访。下晚，同雪庐到松竹楼便饭。饭后，观中华部。

十二　六日　晴

任荩臣、伯周来访，谈吉林事。下晚，星南请会芳楼吃饭。饭后，同荩臣、伯周观下天仙部。荩臣夜车东行，托其代交翰章信。致朱幼桥一信。

十三　七日　晴

下午，乔吉臣、华壁臣、郑献廷来寓便饭。

十四　八日　微阴　甚暖

带庆徵儿到河北买棉鞋。同雪庐到旭街闲游。下晚，吃松竹楼。

十五　九日　阴

写对联四付。论书法于少溥。午后，到壁臣处吃饭。叶畹伯来信。

十六 十日 晴

十七 十一日 晴

午后，同雪庐到权乐茶园，听落子。晚，吃松竹楼。

十八 十二日 晴

到物华楼、瑞蚨祥买各项物件。

十九 十三日 晴

收拾行装。

廿 十四日 晴

早五钟，送母亲带同内人、妹妹，到车站买票，赴廊坊旋里也。杨邻下晚归来，报告母亲下午已到家矣。午后，到车站接庆常侄，未来。即同曾九、雪庐到中华茶园。晚，吃松竹楼。写寄锦州魏如九信。

廿一 十五日 晴

午后，吃四扒馆，价甚廉。晚，到四海升平茶园观杂耍，皆北京子弟班中人也。各项玩艺颇为醒脾。

廿二 十六日 晴

午后二钟，到车站，看视弟妇带同侄男女到站，详问弟局近况，尚好。李斌交到弟信，并移山参一匣。又续赞臣一信，叶畹伯由长春来，谈吉林近事。下晚，吴琴舫约吃松竹楼。饭后，同观东天仙，梅兰芳演《樊将关》，颇饶大家女子稚气。王凤卿演《让成都》，声口俱学汪桂芬。此皆近来京中名脚色也。夜半始回寓。

廿三　十七日　晴

本日为庆徵儿生日。回忆庚子岁知铁岭县事时,匆匆十六年矣,光阴之速,其如是哉！写寄二弟信。

廿四　十八日　晴

写对联。访瑞周,一谈。到王恩溥宅,为其太夫人祝寿。

廿五　十九日　晴

写寄二弟信。附致赞臣,并赵仲仁函。写对联。下晚,同畹伯吃同福楼。饭后,到中华茶园。致金仍珠函,为问江苏铁路公司前附股五百元事。

廿六　廿日　晴

写对联。下晚,到奥地,为柴瑞周道贺迁居新房之喜。访荣德福,谈筑房事。

廿七　廿一日　晴

写桃山。海如同畹伯来谈。写致朗昆、子衡、赞臣信。下晚,瑞周约吃饭。同座人甚多,皆贺新居者。饭后,又访德福,一谈。

廿八　廿二日　晴

写屏对。十二时,李宾四在裕通饭店约吃午饭。翁弢夫约吃便饭。同座为珍午、子明两先生。

廿九　廿三日　晴

写致树村、孝庭信。金仍珠复信,言苏路股款事。又致勤唐信。写屏对。到旭街、南市街,买零星物件。

卅 廿四日 晴

早五钟，到车站，带同儿媳，搭车。八钟，到廊坊，吃早饭。有家中车马来接。午后二钟到家。母亲大人甚为欢喜。适家中设筵，约诸亲友筹议为舍亲娶亲事宜。离家十四年，晤谈阔别各情，均极快乐。

十二月一 廿五日 晴

备菜饭，奠祖先。备酒席，带同舍人、妹妹、儿媳，到坟茔祭奠。痛我先父，严教多年，始克成立。兹罢官归来，不克亲承色笑，此最为痛心之事，如梦如痴，曷胜哀恸！又见亚琪内人坟墓，为之伤心不已。养儿不克亲见儿媳，九泉当亦伤怀。又到亡女坟前一哭。荣华萼由京寄到呢幛贺舍侄成室。陈述兹来谈。史建初老父台来见，详论地方办事为难情形，与关东如出一辙。

二 廿六日 晴

回拜史知事、朱班伯、刘曜堂。谒三叔。到三弟宅看视。又到宋姑母处一谈。回拜述兹，在北院应酬亲友。

三 廿七日 晴

新亲王贡虞送妆奁来舍，如礼接待之。

四 廿八日 晴

亲友送贺幛者甚多。因请娶亲男女客，弟妇颇不循情理。女人无知，可为慨叹，当与城内诸亲友商订设立女学。大家极端赞成。彝独认捐助开办费。将来女学成立，女子应有明白道理之一日。诸弟妇之激动力成之也，亦有功于地方也哉？接敬一来信，言鄙事由政事堂回明大总统：意思甚好，催令速来云云。

五　廿九日　晴

早间，五常侄迎娶新亲，为新城大辛立庄王姓云卿家，媳妇，其妹也。写复敬一函。是日，亲友来贺喜者甚众，设盛筵款待之。新亲来者为王伯如。王云卿为新妇之兄。

六　卅日　晴

早间，新妇叩拜祖先之时，母亲谕令拜先亡室雅琪之位，弟妇阻止之。其违抗母命，目无一家情分，莫甚于是，为之伤心不已。有舅舅及晋斋表兄劝慰之。弟妇存心如此，将来家事何以团结耶？下晚，刘柏如来道喜，留食晚筵。早睡以养心气。

[十二月]七　十一月初一日　晴

料理家事一日。详询马掌柜帐目出入，知家中历年入项不敷出项，殊多困难之处，嘱令撙节用度，俾免亏累。入夜，雪。

八　二日　阴

到舅舅家吃午饭。往访钟、叶。

[畅](朋)谈十来年事。看视六叔。到伯纯侄家看视。下晚，到三弟奉初处吃饭。饭后，逑兹班伯来谈。

[十二月初]九　[十一月]三日　阴

早八钟，禀辞母亲，带同内人、儿媳，由家起身。午后两点半到廊坊车站，四点半搭车，晚六点到津寓寓。内人等均好。

十　四日　阴

阅报，知朱将军查覆彝前在被肃政史弹劾案文章，大总统批交惩戒。彝之用人未尽谨慎，办事未尽周到，付以惩戒，何敢怨尤，惟朱将军呈覆文语多笼统，于按署与道署事未能分析明白，俨如在巡按署内真可以挟妓、赌博也者。在按署年馀，从未有一妓至门，有号房可查。且按署每日公忙，安有此馀暇可以挟妓赌博耶？朱人极精明，乃竟荒谬至此，天下解事人少，殊为恨事。时局之难如是，人心之坏又如是，将于何处说真理哉！接树村将军信，君厚信，敬一信，公槐信，云樵信。复敬一信。如九自锦索地租，计合小洋二千八百元锦市钱一万七千吊。

十一　五日　阴

为黄辅廷写寿对。

十二　六日　阴

午后，鹤楼来谈，同吃晚饭于松竹楼。饭后，观大天仙部，杨瑞亭、李吉瑞双演《风波亭》，忠义屈抑至此，宋焉得不亡耶？

十三　七日　晴

写对联。午后，同曾九到北马路闲游。在北海楼吃茶。又步行东门南玉盛楼吃饭。饭后，到四海升平观杂剧。

十四　八日　晴

无事。

十五　九日　晴

写对联。下晚，访瑞周，一谈。勤唐来信。

十六　十日　晴

早五钟，到车站，搭车入都。十钟半到前门。十一时到贤良寺，访敬宜。吃午饭。下午，景丰来访。晚饭后，同敬宜游东安市场，同到东安影园看电影。写致珍午先生信。

十七　十一日　晴

上午，到景丰家吃饭。其婿松山来信，尚承注念。下晚，到铁梅先生处一谈。又到中西药房景丰处吃晚饭。饭[后]，到车站，搭九点钟车回津。到老龙头车站，已后半夜一点半钟矣。

十八　十二日　晴

剪发。访珍午先生，一谈。午后，佑臣来谈。写致树村将军信。

十九　十三日　晴

同佑岑到华楼洗澡。午后，写对联。下晚，同姚敬甫外甥到利亚药局访王延年、武文卿，同吃明易楼。饭后，到下天仙观剧。

廿　十四日　晴

午后，到加藤洋行买信纸、信封等物。又同敬甫、延年、文卿同到青年会晤该会韩总干事及会员，到各屋参观，吃番菜。又往访瑞周，一谈。雪庐由京来寓。

廿一　十五日　晴

写屏对。写致敬宜信。接少沧来信，慰藉之语居多，故人之情何重耶！

廿二　十六日　晴

写屏对。写复少沧一信。佑臣来谈。

廿三　十七日　晴　冬至

访李宾四，一谈。写屏对。

廿四　十八日　晴

访质初，一谈。写致子明一信。写聚顺恒匾额。下晚六钟，搭车入都。十钟，到京，住敬宜处，谈冬至日天将明时五时后，有大星自西北飞向东南，声光甚大。此星陨之象，不知主何吉凶。

廿五　十九日　晴

访景丰。写致子敬信，并访子敬一谈。在大观楼吃饭。饭后，访敬宜。朱班伯来谈。寓景丰处。

廿六　廿日　晴

致敬宜信。下晚，景丰在大观楼约子固、照岩、敬宜、班伯、子敬吃饭。饭后，到广和茶园观剧，谭心培演《托兆碰碑》，老当益壮，信为诸伶之冠。

廿七　廿一日　晴

写致斗瞻信。访伯渊、洽黎昆玉，留吃饭。饭后，访敬宜，一谈。下晚，到大观楼吃饭。饭后，看电影。

廿八　廿二日　晴

到伯渊处吃饭。午饭后，访子固，畅谈。适刘润琴来谈选举议员弊端。下晚，文田约到大观楼吃番菜。饭后，看电影。接守仁、张福信。

廿九　廿三日　晴

上申辩书于文官高等惩戒委员会。下晚，敬宜约同子固、景丰吃泰丰楼。九钟，搭车回津。夜半一钟，到津。接述兹信，亦言星陨事，甚详。

卅　廿四日　晴

少溥来，论字学。庆慈侄日前来津寓，详询家内事。二弟自吉林来信。

卅一　廿五日　阴

芝境自京来信，关念惩戒事，殊可感也。复书称谢。雪竟日，下晚止。琴舫来谈，留吃晚饭。

中华帝国洪宪元年

中华帝国洪宪元年一月一 [民国四年旧历十一月]廿六日 阴

写致树村、荩臣、翰章三信。阅《民心报》号外。顷接京电，本年改为中华帝国洪宪元年。下晚，曾九来谈，同往丹桂园观剧。冯慕韩来见。故人果卿之子也。下晚，雾气甚重。写致述兹、伯慈、晋亭公信为立女学堂事。

二 廿七日 阴

接敬宜信。即复一函。午后，同畹伯、曾九看电影。所演德俄大激战事，陆海飞机战争，杀伤极惨。上天好生之仁爱，何竟忍视此延期不息耶？下晚，少溥约吃全聚德饭馆。饭后，到中华茶园观杂剧。

三 廿八日 午后晴

于泽世世兄来谈。写致续赞臣信，附张福信。

四 廿九日 阴

写上徐相国通侯书。下午，文卿来谈。即同往明易楼吃饭。饭后，观丹桂部，无甚好处。午后，晴。

五 十二月一日 阴

致敬宜信。永清李子箴来信，为论买地亩事。佑臣、仲嘉、毅臣、西园来访。下晚，佑臣约吃饭。下午，晴。

六 二日 阴

朗昆知事来信，即书一函复之。佑臣寿日，前往申贺。敬宜来书。

七 三日 阴 微雪

写复福圃孙信。仲嘉、林清如来访。下晚，同佑岑、豁然吃便饭。二弟来信。吴赓来信，索字。

八 四日 阴 午后晴一时许

下晚，仲嘉约吃全聚德。

九 五日 晴 有风 颇冷 时应冷也

写致树村将军信，并寄二弟信。接树村将军来信。冯景山自江省来信。午后，到吴宅访仲嘉。吴君精相人术，言彝气象当俟立春后必有转机云云。下晚，即在吴宅吃饭。

十 六日 晴

阅报，知彝被惩戒，会议以褫职夺官，非六年不得开复等语。奉令准照所议，即行褫职夺官等。因运数所在，夫复何言！接敬一来信。

十一 七日 晴

仲嘉、清如闲谈。戴亦云来信。

十二 八日 晴

仲嘉请吃晚饭。访王恩溥，一谈。写致二弟信。王蓬樵来信。

十三　九日　晴

写复亦云信。并致敬一信。陈述兹来信。

十五　十一日　晴

写对联五付。下晚，吴先生约吃饭。访岱杉，不晤。恩溥来谈。

十六　十二日　晴

访恩溥。又访心泉，一谈。下晚，刘毅臣约吃饭。将军自吉来信，言致曹司令书。访心泉，一谈。访棠村，一谈。

十八　十四日　晴

写致树村将军信，并致亦云函。庆善儿生日，大家吃喜面。

十九　十五日　晴

早有雾。八钟，搭车入都。十一时到京。到敬宜处吃饭。下午，同到富速成班观剧。下晚，到大观楼，同景丰、子固、协六吃番菜。饭后，同到广德楼观剧。寓景丰宅。

廿　十六日　阴

午后，访海如，一谈。四钟，到车站，搭车回津。车上，晤王君直，畅谈。到津后，在孝青处吃饭。接如九信。小雨数小时。

廿一　十七日　阴　雾

接亦云来信。即作书复之。午后，访邓豁然，一谈。下晚，晴，大风，颇冷。海如自京来访。烦带交赞臣一信。高月亭来访，告以吉林部省松江林业局已成立，部派伊为总经理云云。

廿二　十八日　晴

二弟自吉林来信，即作书复之。到孝青处吃晚饭。

廿三　十九日　晴

写致雪庐信。致采如电，令魏珍速回。

廿四　廿日　晴

写致续[赞]臣、月亭、子和、协六、二弟各信。又致铁隍快信。均为索款也。访瑞周，适勤唐自吉林来，畅论近事。唐柳丞、于朗昆来信。

廿五　廿一日　晴

写复朗昆信。下晚，孝青约吃饭。柴勤唐来谈。写对联、匾额。将军来信。

廿六　廿二日　晴

写复蓬樵信。刘云芳来，同游北马路。写协六两书。

廿七　廿三　晴

写复孟将军信。复李子和信。复云五信。

廿八　廿四日　晴

岱杉来谈。下晚，赞臣自长春来，详述交代款项各事。墨岑来信。班伯自京来信。冯公度之夫人病乳疮甚剧，求来京医治云云。

廿九　廿五日　晴

到勤唐处道喜娶媳妇也。到熊棠村处，未晤。接子和由京寄到五百元，即交棠村银号。日细野喜市自吉林来信，清理各处年帐。午后三钟，同赞臣搭车入都。七钟半到京。班伯处吃饭。饭后，到公度处医乳疮。寓景丰宅。

卅　廿六日　晴

访吉甫，一谈。同到敬一处。又同到铁梅处，畅谈。到公度宅早饭。饭后，到吉祥班观剧。《黛玉葬花》一出，古音古节，古色古香，梅兰芳胜场之作。观戏毕，已下晚八钟，又到公度处，到大观楼吃番菜。午后，到典生亲家处看视。

卅一　廿七日　晴

往谒次山先生，畅谈。到公度处午饭。饭后，访班伯。同洽黎到升平园洗澡。到福兴居赴公度之约。饭后，又到公度宅。

二月一　廿八日　晴

积生、禹生亲家来看。到公度宅早饭。到班伯处，一谈。

二　廿九日　晴

荫棠姻弟来谈。访敬一，稍谈。到公度宅。连日医治乳疮，尚见效力。到瑞蚨祥买茶叶等物。午后三钟，搭车旋津。七钟后到寓所。接二弟来信，汇到一千元，急年节之急也。朗昆、月亭、铁隍、亦云来信。

三　旧历丙辰正月一日　阴

夜来爆竹声达旦。商民习惯过旧历年节，异常热闹也。循俗接神焚香，用祈福祉。到珍午先生处贺年。访佑臣，不值。访恩溥，畅谈。又访瑞周、勤唐，一谈。吴曾九来谈。

四　二日　微阴

写复二弟，并亦云信。午后，带同庆徵儿搭车入都。车上，见哲盟宾图王丹巴达尔齐，前在长春会蒙时极浃洽感情者。即到公度处吃晚饭。是夕，公度设筵宴客。饭后，班伯派车送至景丰宅。

五　三日　晴

带庆徵儿到广和楼观富连成部。下晚，瑞蚨祥执事树青本家约吃饭。

六　四日　晴

到公度宅。午后，往[访]齐克庄及丹王，均不值。到广和楼观剧。下晚，到大观楼上吃饭。

七　五日　晴

午后回津。丹王来送，并为购头等车票，其意可感。

八　六日　晴

午后入都。下晚，在大观楼看电影。遇蓟县知事茹泽涵，畅谈。

九　七日　晴

下午，丹王在大观楼约吃番菜。

十　八日　晴

下午，雍仲嘉约吃致美斋。饭后，访敬一，谈天。

十一　九日

到公度处。同往史康侯处，贺其太夫人九旬一岁大寿。观剧至夜半方回寓。

十二　十日　晴

到公度处，同往贺蒋惺甫太夫人八旬晋一寿喜。康侯、惺甫均经理电灯公司，均有高年寿母。公度亦在电灯公司，与康侯、惺甫鼎足而三，亦有老母，七十八岁，精神极健，洵幸事也。午后，同敬一逛厂甸，购王莲溪先生直幅一卷。下晚，到明湖春吃饭。又到升平园洗澡。又同往看电影。

十三　十一日　晴

午后，往谒徐相国，极道愧对提携厚意。承谕往事尽知，无须再说，汝于东省事已悉，暇时须到各内地察看政治情形，将来仍须为国家作事云云。教我之厚，为国之殷，皆能总括其大者，雍容相度，一时无其匹矣。游东安市场。下晚，哲盟齐王约在东兴楼吃饭。

十四　十二日　晴

午后，谒钱干臣右丞。其关切之意极属可感。访姜颍生，一谈。同游厂甸。下晚，仲嘉在公馆约吃便饭。饭后，访敬一，一谈。

十五　十三日　晴

孙芋占来访。王画初来访。午后，访段芝境，一谈。渠新从湖北来也。下晚，画初在大观楼约吃番菜。访子固，畅谈。

十六　十四日　晴

午后，回津。知寓中于日前十三早间被盗，窃去哈喇袍两件，又小衣数件。偷儿与我作剧不浅，以我近年来秋冬均穿夹袍，今则须花钱作新衣矣。

十七　十五日　晴

天津灯节尚无甚热闹。王恩溥来谈。写复少沧一信。

十八　十六日　晴

少溥来谈。写致铁隍信。又致赵燕孙信。下晚，带同内人、儿媳到南开学堂观演《华娥传》新剧，纯以真挚之性感动人心，为之堕泪。新剧之能移转社会者如此。

十九　十七日　晴

早九钟带同内人、妹妹，到车站迎接母亲大人。今日，母亲大人率同弟妇侄辈赴吉林二弟处也。致二弟书，交李斌带去。下晚，到瑞蚨祥闲谈，留吃晚饭。饭后回寓。恩溥来，同观大舞台部须生吴铁庵，年十五六，尚不稚气。老旦为龚处，老而音滞，尚偶有当年清脆之声。

二十　十八日　阴

亦云来，畅谈吉林事。午后二时，搭车来京，到公度处，又到班伯处，一谈。寓景丰宅。微雪。

廿一　十九日　阴　雪

写致赞臣信。又复朗昆一信。到公度处，观宋理宗分题夏主画卷。名人跋者甚多。到广和楼观富连成部。王康彝约吃晚饭。公度又约吃福兴居。

廿二　廿日　阴

写致孟将军信。上午，程听彝约吃明湖春饭馆。饭后，同吉甫、伴琴、雪庐观中华班刘鸿升演《鱼肠剑》，音高而窄，不如上年远甚。下晚，冒雪吃致美斋饭。后到公度处，一谈。

廿三　廿一日　阴

公度之内弟王庭箴，直隶县知事，执贽来请业，辞之不得，勉告以地方官应尽之责任。上午，到公度处。当约听彝、景丰、公度、访渔、献廷、子观、伯衡诸人吃明湖春。下晚，敬宜约吃晚饭。座内为玉双、士湘、仙洲、俊丞诸人。

廿四 廿二日 有风甚冷

写复细野喜市一书。子固来谈。上午，孙伯衡请吃明湖春。下晚，公度约吃福兴居。座内为觐侯、听彝、慎斋、泽声诸人。

廿五 廿三日 晴

到公度处。午后一钟，到车站，搭车来津。同琴舫吃松竹楼。夜十二时，送妹妹搭快车赴吉。致芦台、亦云信。

廿六 廿四日 晴

访岱杉，不值。到瑞蚨祥作夹袍。下晚，同畹伯、育卿、敬甫吃松竹楼。饭后，观中华杂戏。

廿七 廿五日 阴

到吴子明道尹宅行吊。又访岱杉，一谈。午后二时，搭慢车来京，觐侯约吃饭。座有公度、听夷、审斋、泽生诸人。

廿八 廿六日 晴

写致二弟、赞臣两信。定夷约吃明湖春。饭后，访佑丞，一谈。到广和楼观富连成小戏。又到文明园观谭心培演《空城计》。下晚，子固约吃万福居。

廿九 廿七日 晴

写致墨岑信。上午，仍同定夷吃明湖春。饭后，游琉璃厂保粹书局，观字画、古玩。又同定夷观叫天演《南阳关》，尚好。回大观楼吃便饭。饭后，到公度处。旋回寓。

三月一 廿八日 晴

写致二弟信。又寄魏如九、杨德邻信。访冯伯岩，不值。晤仲云及红十字会美国人福开森。到公度处。午后，同公度、审斋、班伯到武英殿瞻视大内所藏鼎彝、字画、磁器，叹观止矣。下晚，同敬一到吉甫处行吊。敬一约吃天福堂。

二 廿九日 晴

少溥来访。到公度处。午后，同景丰、敬一、子固、少溥、班伯观文明茶园谭心培演《连营寨》，为其极得意之作，非他伶之所可及也。下晚，丹王约吃庆华春。

三 卅日 晴

写致赞臣信。同少溥访敬宜。苑博华来见。到公度处。访听彝，畅谈。又访芝境，一谈。下晚，赴献廷之约，饮酒甚欢。

四 旧历二月一日 晴 大风

到公度处。访班伯，一谈。下晚，同仲嘉在敬一处吃饭。饭后，同到丹桂班观富连成小戏。

五 二日 晴

金石珊来见。到公度处。到敬宜处闲谈。下晚，班伯约吃泰丰楼。润田又约吃宾宴楼。又同洽黎到升平园洗澡。

六 三日 晴

敬一之如夫人亦患乳中结核之症，约往一治。午后，到惺甫处，一谈。公度又约参观电灯公司。下晚，在东兴楼设筵，请齐王、丹王、棍王三喇嘛，齐公子，一聚。饭后回寓。写寄谈饱帆一书，为索前垫房款事。

七　四日　晴

到敬宜处稍谈。到车站。午后一点五十分，慢车回津。接朗昆来信。

八　五日　晴

写寄如九信。复朗昆信。致二弟信。长春张广印汇到二月份房租银大洋三百元。言笠夫来访。午后，回拜笠夫，并晤其兄仲远参政，二十年前熟识者。到瑞蚨祥做夹袍。北马路闲人在两旁若看热闹者，询之一人，云系警察加岗，截拿贩运小铜制铁者。近闻东洋人收买废铜，为制军装之用，故贪小利下乡贩运制钱来津售卖者甚众也。恩溥来谈。公度来信。

九　六日　晴

写致亦云快信。致张广印信。致如九信。复公度信。陈述兹来访。写对联。下晚，约述兹同畹伯吃松竹楼。饭后，观丹桂部三麻子演《黑松林》一出。为杨六郎与八千岁、寇准商准在黑松林地方，假装盗寇，强劫潘美，杀以报仇各情。潘美在宋为名将，惟与杨业定期会师不至，致杨师溃身死，为杨之仇人。此出或藉以快杨家将之心理欤？吾知其必无是事也。

十　七日　晴

写屏幅多件。下晚，到瑞蚨祥吃便饭。饭后，观丹桂部三麻子演关圣挂印封金辞曹操事，极有声色。

十一　八日　阴　大雪

休息一日。

十二　九日　晴

胡秀章来谈。下晚，同吃松竹楼。

十三　十日　晴

写屏对、匾额。午后，到瑞蚨祥。又同敬甫往访石瞎子算命，无非恭维话头。据言本年三月后步步好；五月后则大好；至五十六岁，乃见活动；直至六十四岁，则皆属佳境；以后须退归静养，云云。下晚，同琴舫、焕章、畹伯、敬甫吃松竹楼。饭后，观中华部。

十四　十一日　晴

午后，写屏对、宜兴泰匾额。

十五　十二日　大雪

十六　十三日　晴

写对联多件。宋殿选来访。

十七　十四日　晴

写对联多件。与曾九、畹伯游估衣街。接饱帆信。王仲武来谈。

十八　十五日　晴

写对屏多件。访瑞周，一谈。

十九　十六日　晴

写致金道坚巡按一函，为介绍王仲武知事也。午后二钟，搭车入都。曾九亦同行，颇不寂寞。到京，同曾九吃百景楼。典生亲家亦到，并作主人。饭后，到敬一处。适竹山由吉林来，畅谈。回景丰兄处下榻。

廿 十七日 晴

走谒赵次山先生，告以医治乳疮方法，殆为次老太太适患此症也。铁梅、敬一约吃都一斋。竹山、子声在座。饭后，访公度，求其代售储蓄票。又到班伯处，一谈。又到中华舞台观剧。李连仲演《丁甲山》，极有精采。刘鸿升演《御碑亭》，声调洪亮可听。晤庆祝三、王佑臣、徐友梅。下晚，敬一又约到东兴楼吃饭。归寓后，夜半后风声大吼，震撼天地，颇有敬惧之意。

廿一 十八日 晴

到明湖春，请敬一、祝山、铁梅、鸣岐、景丰吃便饭。访子坚，一谈。同铁梅、竹山到韵古斋看字画。又同祝山观富连成部马连良演《状元谱》打侄上坟一出，有极精神之句，见真性情，令人堕泪，有功社会。下晚，到又一村，请竹山、敬宜、吉甫、佐臣、润田、文田、绍儒、礼堂、景丰、班伯吃便饭。畹伯由津转来朗昆、仲山由吉林来信。

廿二 十九日 晴 有风

昨接同人练习社知单，知旧历二十日为开学之期，以明日有小事返津，拜不能前往，致函公度，请其转告。又致典生亲家一信。午后，到大栅栏购烟叶各物。到广德楼观女戏。末演《宏碧缘》一出，为《绿牡丹》传奇中骆宏勋、花碧莲之事，情节、词句均好，女伶唱作颇有可观。下晚，到子坚处。晤廷瑞、子静。又，王佐臣约到福兴居吃饭。接朗昆来信。

中华民国五年

[三月]廿三　廿日　晴

敬宜函告帝制日内即可取销，东海已出山矣，云云。干戈之局可望平定也。致树村将军信。又致仲雍一信。访敬宜、祝三，一谈。午后，搭慢车回津。

廿四　廿一日　晴

本日为彝五十四岁生日。设香案遥为母亲大人叩头，一堂欢聚，殊为快事。下晚，恩溥在松竹楼约吃饭，以在家饭罢，前往一谈。写对联多件。

廿五　廿二日　晴

写对联三付、屏四幅。韩叔文、熊棠村来谈。

廿六　廿三日　晴

早八钟，搭车入都，在百景楼吃饭。午后，同祝三到浙慈馆观剧。郭仲衡演《鱼肠剑》，恩禹之演《审头李》，李绍儒演《碰碑》，小于三盛演《火烧连营》，皆极可观。于则与谭伶唱作无异，尤为难得。下晚，绍儒约吃宴宾楼。

廿七　廿四日　晴

早饭后，同敬宜、祝三到东安市场闲游。下晚，在敬宜处吃饭。

廿八　廿五日　微阴

刘贵德、孙祖泽来访。早饭后，访公度，一谈。又同景兄到齐王处道喜，贺其世兄完婚也。看戏，梅兰芳演《春香闹学》，俨然女子入学、幼稚嬉戏情态，极见精采。夜半方归寓，路遇大风。

廿九　廿六日　晴

早饭后，访敬宜、祝三，适王佐臣来，同到东安市场观剧。刘鸿升演《忠烈图》，为可观。下晚，公度约吃明湖春。

卅　廿七日　晴

访佑丞，一谈，允代售储蓄票。又晤芝境。到贺莲青处，购羊毫笔。到齐克庄道喜。观剧。下晚，刘鸿升演《斩黄袍》，极可观。阿贝子票戏演《琼林宴》，是于此道有功夫者，音节俱仿谭心培也。

卅一　廿八日　晴

树村、朗昆、集安来信。又接二弟来信。午后，搭车旋津。

四月一　廿九日　阴　微雨旋晴

内人生日。夜雨。

二　卅日　阴　大雪

写屏对。

三　三月一日　晴

写屏对。写复树村、朗昆、集安各信。涂璧垣来谈。

四　二日　晴

写屏对。佑丞来谈。同行出游。

五　三日　晴

午后，搭车入都。在大观吃番菜。典生在座。八钟，赴齐王处阿安甫观剧之约。梅兰芳演《玉堂春》，极好。安甫演《连营寨》，去玄德，唱做俱仿谭老板，颇极自然。其三弟、四弟演《捉放曹》。齐公卿那彦图子昆玉演《铁公鸡》。兄去张嘉祥，弟去铁公鸡，身手灵活，枪刀杂技与戏班武生无异，均于此道有功夫者。归寓已四钟半矣。

六　四日　晴

早饭后，访敬一、祝三，稍谈。写致树村将军信。午后，同敬一、祝三、瀛洲、景丰参观庆乐部小戏。下晚，在明湖春请棍王、丹王三喇嘛、阳贝子、庆祝三、竹山、敬一、瀛洲吃便饭。

七　五日　晴

早十钟一刻，搭慢车回津。三时半到，即往黄心泉处行吊。朗昆来信。

八　六日　晴

写复朗昆信。又复赞臣信。到心泉处送殡。下晚，同鹤楼、琴舫吃松竹楼。饭后，观丹桂部演《双鸳鸯》新戏，无情无理，俗而讨厌，稍坐即归寓。是日，风极大，彻夜不休。

九　七日　大风

早八时，快车来京。景丰候在大观楼吃饭。饭后，敬一、祝三同来，往慈溪馆观票戏所演《捉放曹》、《雪杯圆》、《八大锤》，皆好。郭仲衡演《取帅印》，直驾王凤卿之上，追美王桂芬。余叔岩演《当锏卖马》，唱作俱仿谭老板；《群英会》泽恩禹之去鲁肃，可谓一时无两。回大观楼吃饭。少顷，入城回寓。大风彻夜不息。

十 八日 风 晴

代景丰作致贺谭鑫培七十生日对联。文曰:“鹤算古稀桃觞介祉,鸿畴福备莱彩腾欢。”又为景丰写致贺其亲家程尧丞六十寿屏四幅,手生笔涩。下晚,到敬一处闲谈。夜半归寓。检视书案,有陈榕门《教女遗规》,读之兴起,益我良多。前曾细读《从政遗规》、《仕学遗规》两种,奉为圭臬,兹于教女道理,包括甚多,当奉为至宝也。

十一 九日 晴

写寿屏八幅。讫,又写寿对一付,文曰:“芝圃生春桃觞介祉,松龄衍算莱彩承欢。”皆泛话也。出城,看广德楼女戏,无甚好处。下晚,景丰设筵,在大观楼招饮三喇嘛。又约吃惠丰堂。公度、班伯又约到瑞蚨祥一谈。门人王庭箴来看,当教以速购《陈文慕公五种》,潜心读之,则作人、从政当终身受用不尽云云。

十二 十日 晴

早十一时,到东安市场剪发,并到都一斋,赴李寿如昆玉之约。午后,到公度处,写金兰谱,与公度、班伯两人订为盟好,以资他山之助云。下晚,送齐克庄到车站。渠回蒙旗也。公度约吃明湖春饭馆。畹伯自津来信,附墨岑、冯学盘、杨德邻各信。

十三 十一日 晴

午后,到公度处,拜见其太夫人,礼也。同景丰、竹山在庆乐园看戏。生角吴少霞、吴铁庵,旦角尚小云,均极可观。下晚,蒋惺甫约在明湖春吃饭。饭后,到四海升平观剧。日来无所事事,如此消遣,殊足乐也。

十四 十二日 晴

午后,同敬一、竹山、遹仲到庆乐园观剧。下晚,觐侯约吃饭。班伯又约吃明湖春。

十五　十三日　阴　早微雨一阵

访李霁云，并晤郭仲衡。到庆乐园同班伯观剧。吴少霞演《定军山》，吴铁庵演《打棍出箱》，皆童伶后起之秀者。朱丹林世叔由永清来，亦在园看戏，趋谈片时。佑丞来，交前售储蓄票之项。下晚，史康侯约吃泰丰楼。

十六　十四日　晴

写大字。饭后，同竹山、敬宜、协六到浙慈馆看票戏《武家坡》、《岳家庄》、《空城计》、《佘太君》、《辞朝》等剧。皆极可观。下晚，竹山约吃瑞记饭庄，黔中风味也。

十七　十五日　晴

下午，到全聚德，请朱丹林世叔，及其孙世兄，并班伯、姚泗清吃饭。又同到民乐园看戏，如唱梆子老生之小元红，年约七十，十二红年六十三，红年则四十上下，皆二十年前极出名之角色，今则唱作尚极老成，殊形吃力，观之令人感慨。下晚，佑臣请吃饭长春盐局。美人巴尔穆来京也。归来小雨，并闻雷声。

十八　十六日　晴

上午，朱幼航知事约之，彝二年保免考者，同其弟约吃致美斋。饭后，搭慢车回津。早间，写致二弟一信。

十九　十七日　阴

少溥来谈。

廿　十八日　晴

早起，书幼航扇一柄。午后，书屏对多件、大匾字一方。

廿一　十九日　微阴

写屏对多件。琴舫来谈。农孙自吉林来信。

廿二　廿日　阴

早起，写屏对。冒雨到河北中华书局买《笔记小说大观》。午后，到三义庄看视树村大哥眷属。小雨至夜分方止。

廿三　廿一日　晴

早起，写对联一付。午后二钟，搭车来京。景兄备煮水饺子晚饭，甚美。又赴阳贝子、丹王、棍王之约。畹伯自津寓来函，附赞臣信。

廿四　廿二日　晴

早饭后，访敬宜、祝三，一谈。又访朱班伯，并同班伯访公度。下晚，景兄约敬一、祝三、礼堂，在大观楼吃烧鸭。祝三通车旋吉。同敬一送至车站。巴尔穆亦回长春，送至车站，送其古瓷瓶一具，水果数色，以向来感情甚好，舍弟时承其关照，并以将意也。雨一阵，旋晴。

廿五　廿三日　阴　旋晴

朱幼航约在致美斋午饭。饭后，观庆乐部吴少霞演《空城计》。唱作均好。吴铁庵演《托兆碰碑》，则更上一层矣。实至名归，报纸所登非虚誉也。下晚，到福全馆，伯岩、公度、康侯为悭甫公祝大寿，前来作陪客。饭后归寓。

廿六　廿四日　晴

接兰轩、瑞阶信。同公度、伯岩在富源楼吃饭。饭后，同敬一观庆乐部。下晚，班伯请吃明湖春。

廿七　廿五日　晴

午后，搭慢车回津。公度亦同其夫人来津。其内弟王颁清办喜事也。下晚，公度来谈。

廿八　廿六日　微阴旋晴

写对联三付。下晚，约公度、弢夫、子明在松竹楼便饭。

廿九　廿七日　晴

接敬一信。写复兰轩一信。门人王颁卿续弦，前往道喜。同公度搭晚车来京。适敬一、照岩、景丰在厚德福吃饭，往与一饭。饭后，看电影。

卅　廿八日　晴

早九钟到下斜街畿辅先哲祠，充引赞之任，恭与春祭。主祭者为东海相国。祭毕，公讌，藉联乡谊。午后，同仲嘉、敬一到浙慈馆看戏。仲衡演《战长沙》，余叔岩、松介眉演《天雷报》，王君直演《击鼓骂曹》，均极可观。下晚，性甫生日，前往祝贺。饭后，畅谈。与伯岩同车归寓。

五月一　廿九日　晴

同敬一、仲嘉到东安市场吉祥班观剧。王凤卿演《战长沙》，与仲衡昨日所演同为学王大头派，同一声调。王之作派较为熟悉耳。贾洪林演《连营寨》，全体学谭派，亦可观。梅兰芳演《西厢·拷红》一出，非常精采。下晚，赴渠祝华之约，同座有袁德山、段骏良、岳乾斋、公度、洽黎诸人。饭后，畅谈。骏良为北京围棋高手，乾斋为十五年熟人也。

二　四月一日　晴

阅报，郭桐伯署吉巡，并闻黑龙江省军界全体致电中央，攻击朱将军，亦变局也。下晚，赵瀛洲约吃中华饭庄。又，文田在宴宾楼招饮。

三　二日　晴

孙芋占来谈。访敬宜、班伯、公度。下晚，到刘仲鲁处贺寿。又在渠祝华宅，约骏良、灿章、乾斋、公度、班伯便饭。

四　三日　晴

到孟端胡同看视佑公花园。午后二钟，慢车来津。同车有刘伯康，闲谈。朗昆来书。

五　四日　晴

早起，到中华书局购《清朝野史》一函。午后，写致王维宙一函。附致贺张雨亭将军书。陆西甫来访。

六　五日　早晴午后大风　尘霾蔽天

西甫之先人附祀李文忠公祠内，前往致祭。下晚七钟，青年会约到会晚餐。是日，为天津青年会廿周年纪念之期。先由会正王厚斋永清横上人报告，次则美国人精琦博士演说青年会基督教会之利益。彝代来宾演说青年会以三育养成高尚之人格，进为良美之社会，乃可造成强盛之国家云云。精琦博士以火车由北京来，因风延误至十钟方到津，故散会至十一时也。写寄二弟信。大风至夜半止。

七 六日 晴

今日为上年国耻纪念日。不知一班社会人犹记忆否？写复朗昆信。写寄勤唐、守仁、赞臣各信。接荣元信，知承寄二百元，以济窘况，却之不恭，受之滋愧也。

八 七日 晴

写致敬宜、公度、景丰各信。写致镰田弥助、岩永裕吉两信，以其两人前者到津来访，适值在京未见也。王炎午兄来谈，言明日胜芳大庙会，约同往一游。

九 八日 晴

早七时，到大红桥，同炎午、李训卿雇船赴胜芳。下午六时始至。寓训卿钱铺谦会隆号，舟行迟滞，以水浅不克行驶小火轮也。

十 九日 晴

早起，写寄津信，并寄景丰一信。出门闲步。此间街道极窄，中等人家妇女出门均步行，富家则雇二人小轿，不便行车也。初八日起为火神庙会，附近数十里有演各会名目，如《高跷风云》即《少林》、《登云》、《转秋千》、《拾锦音》、《乐红衣》穿红衣许愿者、《跨鼓》，均于午前到火神驾前送驾，至夜间迎驾归来。初八，驾赴河西，初九则赴河东，初十则更赴河北，如巡行之意也。午后，到河东薛家坟地方，看视各会竞演技艺，夜间在门前看会，至十一钟方罢。

十一 十日 晴

寓所请《拾锦会》即要盘碗杂技看视，并请音乐，以管吹演梆子腔。午后，到河北看各会禀技。

十二　十一　晴

寓所请少林会两班，演要技艺，尚属熟悉。午后，到西河看各会禀技，以盘杠子会为最优美，扒杆会次之。共会三十馀班，数日之间沿街塞途，甚为热闹。此间习俗，妇女看会均在门外坐观，街巷甚窄，颇不雅观。习俗如此，竟不之怪，可异也。数日作乡导者，为张君子贞。

十三　十二日　阴雨

农田望泽甚殷之际，沛此甘霖，曷胜庆幸！七时，雨稍止。登船东行。讵行不数里，雨又作。乃又回船来胜芳。雨中行船，景色甚佳。又到谦会隆，寓焉。下午，雨止。下晚，市面颇有惊恐，风说言天津来人道及中国、交通两银行停办等语。此间商会开会，两分行亦归拢帐目，派警镇压。闻之大为可疑，当即告知该钱铺，言中、交两行，乃国家命脉所系，万无停办之事，政府必当竭力维持，勿得轻听谣言，致滋纷扰；即令将商会所传天津带到布告取来看视，乃系警厅布告，谓政府宣告仿照外洋银行办法，暂不兑取现款，以资维持；所有两行纸币，仍照旧推行，云云。此不免兑现之说即市面谣言之所由兴也。此亦人心之轻于浮动也。殊为可虑。

十四　十三日　晴

早七时，登船，行至下午六钟到津。接雨亭、维宙复函。公度、守仁、采如来信。九钟，到训卿处，送其水果，贺其寿喜也。

十五　十四日　晴

写致公度、松泉、景丰三函。访华碧岑，一谈，详告近日所出张、金氏之二烈女事。适朱伯勋同年自京来，言京师地方安静云云。见吴道尹公署悬公出牌，询为代表赴南京会议去矣。到训卿处吃寿面。到瑞蚨祥做官纱大衫，以前初十日夜，寓所被贼偷去夏衣四十馀件也。下晚,佑丞约吃饭。访日人天野健藏,一谈。入夜,雨。

十六　十五日　晴

下晚,炎午并同人十一人在义和成设筵,公请训卿。接景丰信。

十七　十六日　晴

二弟来信。佑丞来谈。写屏幅多张。写复采如、守仁、畹伯三函。

十八　十七日　晴

写折扇多件,五言大对一付。

十九　十八日　阴

笠夫来谈。访王恩溥,一叙。言仲远来,言伊弟笠夫借彝长岭农林公司六千元股票,用以假款。当同仲远到恩溥处商订。仲远、恩[溥](远)作为证人,将股票借给笠夫,以一年为期,重交谊也。同琴舫游李公祠。下晚,吃同福楼。

廿　十九日　晴

写屏对、折扇。

廿一　廿日　晴

写折扇。张桐山来谈。炎午来谈。下晚,同曾九游日本花园。到同福楼吃饭。适郑献廷来此,畅谈。

廿二　廿一日　晴

写扇。景丰来信,促入都闲游也。复景丰、德林信。写屏对多件。下晚,访炎午,一谈。入夜,雨。

廿三　廿二日　阴雨旋晴

午后，搭慢车入都。敬宜来访。下晚，祝华约吃饭，并看电影。

廿四　廿三日　晴

到李润田处，贺其女公子出阁之喜。又同景丰、礼堂到广和楼观剧。下晚，李石臣约吃饭。

廿五　廿四日　晴

同毓如在大观楼吃午饭。访公度，一谈。并看兰花。又访班伯，畅谈。写礼堂折扇两柄。

廿六　廿五日　晴　风

写对联。岳乾斋来访。写毓如、班伯折扇。午后，到庆乐园观剧。下晚，同班伯在泰丰楼，请仲鲁、性甫、康侯、敬宜、秉夷、伯岩、公度、伯渊、侠黎吃饭。

廿七　廿六日　晴

写折扇。到庆乐园观剧。下晚，仲鲁在泰丰楼招饮。又同子固、敬宜、理堂新自江省归、景丰便酌。

廿八　廿七日　晴　风

写致二弟信，并墨岑信。午后，同景丰到浙慈馆看票戏。下晚，子固约吃饭致美斋。又同到广德楼观演《一元钱》新剧。原剧本为天津南关学堂排出，有白无唱，此则就原本加以唱调，转为活动。晚，雨数阵，旋晴。

廿九　廿八日　晴

午后，搭车回津。顾衡如自长春来函，惠寄大洋二百元。厚意可感！

卅　廿九日　晴

午后，访训卿、炎午，一谈。留吃晚饭。

卅一　卅日　晴

写寄佑丞一函。又致谢衡如一函。下晚，炎午来访，同到华楼吃茶。王锡山约吃松竹楼。炎午之友也。早间，徐知事植孙、舜臣俱来谈。

[六月初一]五月一日　晴　天气极热

上午，到乐利旅馆看视陈仲瑀之疾。午后，写致谢阎荣光寄到大洋二百元一函。畹伯来信。写交张连带交张锡九二弟内弟，在家管事者。函，嘱送白面、小米等吃物，接济津寓用度。寄日人镰田弥助折扇两把。下晚，卞鹏骞约吃会芳楼羊肉馆，同座为碧岑、献廷、吉亭、亦香，卞氏昆玉。

二日　晴

写复畹伯信，并唁梅韵笙信。赞臣来信。天气极热，华氏暑表至九十一度。炎午来访，属书稚庭款大折扇一柄。下晚，炎午约吃松竹楼。

三日　晴

写对联、折扇、四屏。晚饭后，炎午约到大舞台观剧。王佑宸演《打棍出箱》。王为谭鑫培之婿，而其唱作得谭叫天之真精神。王蕙芳演《马上缘》，尚好。姜妙香、王瑶卿演《天河配》，切末颇可观，惜生疏耳。

四日　晴

早九钟半，搭车同炎午、锡三赴唐山看会。午后二钟到，寓玉和栈。下晚，赴会场，行至半途而返。入夜，微雨。

五日　晴

早饭后，赴会场。登山，谒雹神庙。庙门外有滦县知事告示，禁止搅扰会场云云。周围数十里乡间人民来会者甚多。山下大车塞途。有要义会一道。闻四日为正日，尚有数道会未之见也。下晚，到养正轩吃饭。菜饭颇好。大雨一阵，并有雹数点。夜逛会归去之乡民行至半途，当不堪其苦矣。唐山为京奉铁路通衢，又有开滦矿务局、启明洋灰公司，实业正在发达。更直端节会期，宜人民之繁多异于常日也。

六日　早阴午后晴

十二时三刻，搭快车回津，顺便在车上看视海滨盐滩。三时半，到老龙头车站。到寓尚未交四钟也。王少溥来谈。接墨岑、级三、如九来信。九钟后，阅日报号外，大总统袁世凯本日上午十时薨逝，为之惋惜不置。南北战局当即解决，收拾残局自必赖代行职务之黎大总统也。

七日　晴

敬宜、公度来信，言京师地面安静，大局之福也。墨岑自奉来访，同往松竹楼吃饭。饭后，到四海升平观杂剧。日间写折扇。

八日　晴

佑丞来信。写扇。写对联。

九日 晴

王荻人、刘云五来访,留寓内晚饭,后同游旭街。闻近日市面中、交银行纸币渐有活动之望。朗昆、赞臣来信。写折扇、对联。

十日 晴

午后,到瑞蚨祥。下晚,同云五吃松竹楼。

十一 晴

写对联。琴舫约在松竹楼吃午饭。三时半,搭快车入都,到大观楼吃饭。班伯、敬一来谈。

十二日 晴

早七时,同云五、荻人、墨岑出西直门游万寿山、颐和园。前清慈禧太后游观之所,今则多有失修者。天气极热。在石船上饮茶。游览毕,回至海甸吃饭。又到万生园一游,无甚可观处。

十三日 晴

接二弟信。即写信复之。颖滨来谈。午后,同在卿、养源、洞亭、颖滨诸人,到广德楼观剧,《恩怨缘》一出,系天津南开学校戏剧园排出,而伶界又加以唱词者也。下晚,颖滨约吃明湖春。又到查俊臣处。敬一亦到,畅谈。

十四日 晴

同照岩到中和园观剧。坤伶王桂宝、富竹友演《桑园寄子》,颇可观。午后四钟,大雨。七时,雨止。到厚德福吃饭。饭后,又访俊臣,一谈。接树村信。

十五日　晴

圃孙、叶文林来访。午后，在树勋处写两匾字。又到中和园看戏。下晚，树勋约吃万福居。又到中华饭庄晤于虎岑，一谈。接竹山、畹伯、守仁来信。

十六日　晴

养源来访。写扇。同养源、在卿、颍滨、景丰、洞亭到文明园，观梅兰芳演《邓霞姑》新剧。下晚，约吃同兴堂。敬宜赴东三省公干，到车站送行。

十七日　晴

访公度，畅谈。午后，仲嘉约到中和园观剧。下晚，吃致美斋。公度又约吃福兴居。又同在卿游中央公园。小雨一阵。入夜，雨。

十八日　晴

清秋浦将军自蓟州来京医病，亦寓景丰宅。清前为盛京户部侍郎，彝受知最深者，追论往事，感慨系之。在卿约到中华舞台观剧，刘鸿升演《鱼肠剑》，杨小楼演《长坂坡》，皆极出色之作。下晚，仲嘉约到其寓所吃饭。

十九日　阴

写匾字。洞斋约到民乐园观剧。大雨。下晚，瑞蚨祥树青约吃饭。

二十日　晴

午后四时，搭快车回津。见有冯申甫、段少沧名片，并献廷、碧臣约吃饭知单。知段少沧大哥在津。当由电话通知，讵于本日早间已搭车南返。十数年来未得一见，殊为怅然。接妹妹来信。即写复信，并候桐伯妹丈。又致树村将军，为因增子固介绍求关照赴吉游历之许邓起枢也。

廿一日 晴

午后，访炎午、训卿，一谈。致守仁函，并求写字件。

廿二日 夏至 晴

炎午、锡三来谈。到华洗澡。入夜，雨一阵。接二弟信。

廿三日 晴 旋阴

写复畹伯信。又致赞臣信。吴仲遥来访。知我困窘，意欲馈我五百元，以济我之急，其情极可感。当告以我之用度尚可勉强支持。彼以诚意来，我以诚意应之，辞之不受，殊为理得心安。更告以嗣后有馀钱时，须作些实业，或量置田产，以防后来需用，万不可随手用去，致贻后悔。此即俗语所谓莫到无时想有时之意。仲遥上年任伊通县税差，薄有盈馀，故以此勉之。其本有旧日国会议员资格，此番辞而不就，恐将来激烈分子捣乱，附入不了之局。其所见甚是也。青年会王厚斋永清人偕美人韩慕儒来访，语及会中经费困难，请设法筹助云云。告以须请本地士绅筹议方有办法。拟即照此办理，定日会商。下晚，到瑞蚨祥一谈。

廿四日 晴

写扇数柄。下晚，训卿约吃饭。接奉天华洋保险公司来函，索保险费金也。本年无款交费，将奈何？

廿五日 晴

写扇。到杨少泉处吃午饭。下晚，大雨一阵。

廿六日 晴

写扇。冯申甫、宋武宣、德养源、许颖滨来访。写致树村将军信。下晚，韩慕儒约到青年会吃饭。座有严范荪。为议会中筹款事。

廿七日 晴

写扇。到瑞蚨祥，作纱衣。下晚，在义和成约训卿、炎少泉、子猷诸人吃饭。二弟来信。

廿八日 晴

写扇。申甫来谈。下晚，约吃第一楼。座有吕燮甫、蓝云屏。

廿九日 晴

写扇、对联，并写寄家信，为舅舅拨钱事。下晚，云屏约吃饭。

[六月]卅 六月一日 微阴

早十钟，申甫为其子定亲过礼，约往陪大媒李星野、吕燮甫宴会。写扇。下晚，燮甫约吃饭。夜半，到车站接待景丰，搭京奉通车回里，稍谈。同行者为礼堂也。

七月一 [六月]二日 晴

写对联。访炎午，一谈。访佑丞，不值。下晚，约燮甫、云屏、申甫、浩春便饭。

二 三日 晴

早八时，携同眷属入都。十一时到京。寓景丰兄宅。午饭后，内人送儿媳至母家。下晚，访公度，畅谈。

三 四日 晴

午后，到广德观剧。所演家庭祸水、世人之纳娼为妾者，当为殷鉴。下晚，仲嘉约在致美斋吃饭。饭后，公度来访。

四 五日 晴

午后，观广德楼，演《妒妇奇观》一出，无甚新颖处。下晚，公度约吃福兴居。

五 六日 晴 甚热

写扇两柄。午饭后，同仲嘉往看住房。到前门外西河沿。访悟真子相士，一谈。相士，湖北人，单姓。相我前生为和尚，云在眼光处见之；言我秉性慈祥，作事勇敢；又言从今五十四岁当为国家作事业二十馀年，寿至八十七岁，云云。如此奉承之语，亦以泛泛视之。而其索谢金须十五元。下晚，觐侯约吃饭。座内为江宇澄、吴镜潭、王志襄京兆尹、徐国俊、公度诸人，谈饮甚欢。十一时，回寓。阴雨至矣。夜雨数阵。

六 七日 阴 旋晴

秋浦先生言江南孙夫人庙联语："思亲泪落吴江冷，望帝魂归蜀道难。"浑成精警，杰作也。又四川武则天庙联云："六宫粉黛无颜色，万国衣冠拜冕旒。"用成语恰合。写扇一柄。午后二时，天阴。下晚，班伯约吃福兴居。

七 八日 晴

写扇。午后，同仲嘉、庆善儿观庆乐部。吴铁庵演《探母》。下晚，在福兴居约仲鲁、康侯、公度、敬一、伯渊、洽黎、班伯、献廷、千里吃便饭。

八　九日　晴

写扇。午后，约典生、积生、禹生诸位亲家观庆乐部。吴铁庵演《空城计》。下晚，约吃同兴堂。入夜，阴雨。赞臣自长春来，畅谈。

九　十日　晴

写扇。午后，同仲嘉到清华寺街药王庙看票戏。初次组织，尚可观。下晚，在宴宾楼约君直、润田、文田、少儒、雪庐、仲嘉吃便饭。接子登来信。

十　十一日　阴　微雨　午后晴

四时，偕内人搭快车回津。七时半，到寓。

十一　十二日　晴

午后，张馨山来看。又同琴舫游北海楼。下晚，到同福楼吃饭。

十二　十三日　晴

忠润斋来访。写屏对多件。

十三　十四日　晴

写扇。下晚，访馨山，约吃同福楼。申甫、药生又约吃会芳楼。儿子庆善、庆徵下午七时到青年会，同远足队出发烟台。写致少沧、班伯信。

十四　十五日　晴

写扇。宋武宣来谈。下晚，访瑞周，不值。

十五　十六日　晴

写扇、屏对。下晚，大风雷，疾雨一阵。入夜，晴。

十六　十七日　晴　极热

写大对。下午，到华璧臣处，行吊。晤子明、献廷。到李训卿处，一谈。同赴少泉处吃晚饭。下晚，献廷来寓，同访石曾，一谈。

十七　十八日　晴　甚热

写致树村督军信。致翰章信。致荩臣信。寄二弟信。寄树村、寄二弟果藕各一包，托张馨山赴吉之便带去。夏树堂来看，为写致树村一函。午后，访馨山，一谈。又访训卿、少泉，一谈。

十八　十九日

写扇、对。

十九　廿日　晴

写扇、对。下午，搭慢车入都。敬一来谈。

廿　廿一日　晴

仲嘉来访。下晚，同敬一、铁林、照岩吃同兴堂。又同敬一、仲嘉到第一舞台看戏：杨小楼演《长坂坡》。

廿一　廿二日　晴

午后，同陈□□到广德楼看戏。下晚，同吃天兴楼。又到天和玉，与敬一、瀛洲、峻丞一谈。是日午后，访公度，一谈。并到康侯处贺寿。又到性甫处，一谈。

廿二　廿三日　晴

写扇。午后，走谒张贞午先生。又与东生一谈。

廿三　廿四日　晴

午后，同仲嘉到中和园观剧。下晚，仲嘉约同铁梅、敬一、班伯游公园，并在来今雨轩吃大餐。入夜，风雷一阵，苦无雨也。

廿四　廿五日　晴

仲嘉约同峻丞、瀛洲、敬一到药王庙看票戏。下晚，吃俱乐意饭铺。

廿五　廿六日　晴

孚先、韵珊约同到东安市场茶楼吃便饭。下晚，在峻丞处，合备便饭，请小鹿、铁林、士湘、瀛洲。

廿六　廿七日　晴

写扇。午后二钟，搭慢车回津。接二弟信，知其于六月七日在吉又得一子，甚可喜也。三弟自家来信，言六叔有病云云。

廿七　廿八日　晴

天气极热，农田盼雨殊切。津地自来水大有不给之势。王雨亭来看，带交少沧参支。午后，吕夔甫招饮。申甫来谈。

廿八　廿九日　晴

宋武宣来访。午后，到下宅行吊，并观其楼房颇极宽阔。访炎午，不值。申甫请吃饭。

廿九　卅日　晴

写复二弟信，贺其得子之喜。并复三弟信。典生亲家昨日来，今日回京。入夜雨，颇慰农民望也。

卅　七月一日　晴

下晚，申甫、心泉同行，到松竹楼吃饭。写复朗昆信。

卅一　二日　晴

写致树村督军信。又致朗昆信。馨山来谈。下午，到卞星南房东处贺寿。

八月一　[七月]三日　晴

早车来京。满街悬挂国旗。知为参众两院开会公同致贺也。共和再造，国会重开，该院议员将何以郑重建议，利吾国而福吾民邪？下午，同仲嘉到大舞台看戏。又到杏花春晚饭。

二　四日　晴

到冯公度弟处，贺其太夫人七旬晋九寿喜。到织云公所看寿戏，如侗贝勒去李克用演《珠帘寨》。有全燕平者去火太保，奎总督俊之子，唱作俱佳。子仙《石头》，谢保云演《孝感天》。又头，谢保云演《二进宝》，老手，唱工实非近日优场所能。

三　五日　晴

下晚，凌瀛洲约吃饭。

四　六日　晴

同少溥访敬一，不值。上午，刘仲鲁约在十刹海会贤堂吃饭。荷塘柳岸，尚称胜地。惟天久不雨，池塘水少耳。同班伯出城。下晚，墨润西、朱洽黎约吃饭。

五　七日　晴

上午，公度约吃福兴居。下午，同敬一访峻丞，一谈。

六 八日 晴

墨润西六十寿，到其寓一贺。午后，访赵孟云在西城，一谈。适康侯亦来谈。时雷电大作，而未有雨。闻东城有雨。下晚，徐友梅约吃饭。又到峻丞处，一谈。高集安来信。

七 九日 微阴

公度来谢寿。敬一来谈。午后，到青云阁吃茶，极为凉爽。下晚，吴士湘约吃饭。于朗昆来信。续赞臣自长春来谈。

八 十日 阴

写扇两柄。午后，搭车回津。

九 十一日 晴

访炎午，言献廷售地事。又访吕燮甫，一谈。午后，阴。下晚，燮甫、申甫约吃饭。

十 十二日 阴

申甫约吃松竹楼。下午，雨。

十一 十三日 晴

到瑞蚨祥，制送邓豁然处挽幛。访宋瑞周，一谈。接勤唐来信。下晚，郑□□约吃饭。兰轩、朗昆来信。

十二 十四日 晴

早车来京。访公度，知其今早赴津。访班伯，畅谈。同到电灯公司闲坐。同班伯、仲嘉到致美斋吃饭。饭后，同仲嘉到第一舞台观剧，鸿升演《打金枝》，杨小楼演《献鱼篮》。

十三 十五日 晴

访敬一。午后,同仲嘉、敬一到西城兴华寺街看房,乃为彝三十岁时租住之房,已易主,感慨系之。又到东城看房。到伯渊处贺寿。下晚,同敬一、照岩、仲嘉吃致美楼。饭后,到第一舞台观剧,鸿升演《辕门斩子》,小楼演《恶虎村》。归寓十一时。睡后,雨淋淋矣。幸早归也。

敬一仁弟台鉴:十二月二十八日,奉到

惠书,具审,极荷

鼎言。请

相国维持一切。无任感谢之至。吉林收帖改币,大致已经就绪,惟尚有昕夕惴惴而不敢即安者,永衡官帖在市面颇有信用,且以吊数流通全省,民间亦称便利,今则日收日少,将来市面交易几无过筹之物。现在所有中国银行纸币至少者为一元,无零角者,乡民之花用甚觉不便。向来官帖不能流至他省流通全省,今收帖兑出之元币,将来商家赴奉天、营口、大连购货,元币亦随之溢出,以后官帖消减,元币之存在者无多,民间之交纳税捐租赋,从何取给?一半年后枯竭之病,何堪设想?而官银钱号本为省有之,地方银行竟又为督办分权不能由我操纵,令我作书而掣我之肘,欲书之善也,得乎?现在商会亦鉴于此,将联合官商,开辟地方银行,将以开行银元零毛小元币,以期流通市面,尚不知果能办到否?再者,将来一千万元币换完,尚有未收完之官帖,亟思再筹基金以为收帖之具。况须筹备四年度,收入之支出必须相抵。又况中央四年度用款亦须筹出若干,以资报解接济。现拟筹设清赋局为经界局之预备,上年财政厅报明财部,言以站地官产出卖为收帖之预备,乃部派濮委员来干预其事,反致迟延误用。今则由我毅然行之,如有可筹之款,即行筹办,以我之责任所在,彼财部及中国银行皆不能救我之急也。况中国银行营业性质，更不管我之痛痒也。我之日夜悬心预防后来之病害者，以此。至于地方吏治，尚属平善，地方亦甚安静。我之力量，皆可望办到好处。惟民间之血脉流通，在乎钱法妥善，此则极觉费力耳。未雨绸缪，高希

高明教我。并恳

转禀

相国，示以方针。至为企祷。读今日

大总统令，巡按使须出巡问民疾苦，则正二月即须出巡，则请觐之期不知须在何日。请于禀见

相国时，代为请示，俾有遵循。专此奉布，顺颂

台绥

如小兄孟〇〇拜上　一月十日

丙辰八月十四　七月十六日　阴雨

下晚，康侯约吃泰丰楼，仲嘉又约吃南菜。归路大雨如注。雨彻夜。月前农田盼雨，今则恐雨又多矣。

十五　十七日　晴　旋又雨

访俊丞，一谈。

十六　十八日　晴

同敬一到问心处问卜。又到舒灵郝星士处占课。

十七　十九日　晴

早车回津。访申甫，一谈。下午，又到京。下晚，在前门大街见敬宜，立谈。又访班伯、公度，一谈。又访吕燮甫，一谈。

十八　廿日　晴

燮甫约在明湖春午饭。写屏对多件。下晚，康侯、伯岩公约吃泰丰楼，谈及永清县北六工决口，由顺直助振局办理急振公议，由彝前往灾区，相机办理。彝以永清人办永清灾振义不容辞，明日即由公度、伯岩诸公善绅筹备一切。

十九　廿一日　晴

写屏对。约燮甫、子固、云屏吃午饭于大观楼番菜馆。写铁林嘱书对联。云屏嘱为郑家溉求写荐信于孟督军。班伯送到车站，回津，取衣物。下晚，到津。访炎午，一谈。庆常侄自吉来津。

廿　廿二日　晴

早五钟搭车到万庄，适班伯携款大洋千元，并带查振员林松岩、李济川在站迎候。班伯即时交代清芝搭车回京。又有王慎三知事由京来。由永定河河防局长王骈斋派队来车接至北五工。彝以灾区系在韩村左近，若同到北五工，殊多周折，当令林、李两员携款径到韩村安顿，彝一面同王慎三委员到北五工桑县佐公署，王局长乃在大河之南。当用电话通话道谢，即时乘小船由口门顺流东行，周视一切。口门宽六十馀丈，小芦庄被灾极重，房屋皆无村民，闻多移至大芦庄之北，架木棲止。大芦庄灾亦重。东则徐于今、王于今各村历历在目，房屋坍毁，灾情均极可悯。下晚，到韩村，住德顺店。林、李两员已先到来，村正刘庆纶，村副叶尚忠来见，详询附近村被水情形。蒋表孙来见。商同林、李两员查振事宜。

廿一　廿三日　晴

北五工县丞桑泽，同北岸河防理事陶文灏派到大船一支。当饬船夫另换小船前来应用，以小船灵便，不同大船之笨重也。早饭后，令林委员乘小船带警一队一，西由北门大小芦庄查视水灾，即时找同村中首事人按户查灾，被灾之家每口振以大洋两角。至下晚，查明若干村，令于村之首事人持帖来韩村懋德堂领取。懋德堂系班伯商号，请其帮忙，管出入振款账目，较为清楚。刘赓垚来见。五间房绅士，在天津县充教员，昨早在火车上见面。五间房村亦系被灾之区，请其帮忙，亦义不容辞者。少顷，刘葆祺字韫生来见，即刘云孙之父翁也。其人谈吐颇有道理，闻其医学优长，其先人为刘仲虎，字痴云。先生系有文学名誉者。候北五工小船不至，殊为焦急。表弟自永清城内来看，询知舅舅得病颇重，甚以为虑。午后三钟，小船至，当即带同刘云孙、叶蕙卿、李济川乘船南行，到李家场即南庄，查振民居房屋。塌倒者十之九，人民露宿风餐，情极可悯。即照所定大口振洋两角、小口亦以两角振之。又到东西两营查视被灾情形，无异李家场，亦如前振济之。查毕，归寓已八时后矣。

廿二　廿四日　晴

到陈各庄查振。该庄民户甚多甚多，房屋塌倒八百七十馀间，灾情之重可知。振洋二百元有零。闻旧友张锡九卧病，前往看视，与之谈往事。其病中精神尚可支持。留吃午饭。适王慎三亦赶至。下午，又到大站村查视。村之户口亦多，房屋倒者亦六百多间，振洋二百馀元。下晚，又到锡九宅住宿。见其子树华，颇为明练。又见其婿刘荫庭，亦少年英俊也。锡九为该庄首富。李姓之富与之相等。两家均住瓦房，故未被水淹没。

廿三　廿五日　晴

到东溜、西溜、西西溜三村查视。村外大水成河一道，两岸禾稼未被淹毁。村计百馀户，只倒房三间，故略与振济该三村二十馀元。归来甚晚。合之西路所振，已出有一千馀元，来洋已罄矣。庆慈侄来看视。

廿四 廿六日 晴

早五时，乘车到廊坊车站，七时半搭北来慢车赴津，为锡九取人参医病。午饭后，炎午来访，言新城盐务事。午后二时，搭慢车北行，到廊坊站，将参交付锡九家人。午后六时，到京，即通电公度、班伯。下晚，即同聚于明湖春，康侯作东道，公议再集三千元为振永清安次之用。住大观楼上。晤敬一六弟，略谈。庆常侄亦寓楼上，候考大学预科。

廿五 廿七日 晴

约子固兄来谈。午后，到阿王处，行吊。又到京兆尹公署，详论振灾事。王志襄京兆关心民瘼，极为钦佩。又为谦甫一谈时局。又到织云公所，为孙伯衡之太夫人贺寿。下晚，公度送到振洋三千元。又访照岩、敬一，畅谈。又访聂献廷，一谈。班伯来访。

廿六 廿八日

早三时，雨数阵。五时，雨至。携洋登车。七时，到万庄。北五工代雇轿车，并派队来接，刘队长护送到旧州镇。王队长又派队一送。午后一时，到韩村寓所。刘韫生来看。光梅生知事来候数时，未到，已先行矣。张警长省吾来看，同用晚饭。李委员赴堼上查振。

廿七 廿九日 小雨

林松岩西行，赴北钊等村查振。写致公度、炎午，及津寓信。又致二弟信。雨渐大。午后，到廊坊车站回津。本日为母亲大人寿辰，友人如献廷、豁然、诵卿，均送寿礼。以彝未在寓，谢却之。下晚，约炎午来寓，一谈。卞八先生亦来访。

廿八 卅日

早间雨始止。同炎午到京，并令魏珍先到廊坊送与张锡九老山参一大支。十二时到京。约子固来，同到天兴楼吃饭。饭后，访聂献廷，一谈。下晚，又到天兴楼吃饭。下晚，钟健庵来访。

廿九　八月初一日　晴

早五时，搭车到廊坊。下车，晤旧友曹詹乔，畅谈二十年来阔别之事，并京兆议会事。一时后，到韩村。下晚，访马鼎臣、佟著安，畅谈振事。本日，查马房村灾情，甚轻。尚有灾轻者数村，道路难行，拟俟后来补查可也。

卅　二日　晴

早送到大德兴看蒋表孙，到懋德堂存振款处，一谈。又回看朱雨亭天主教堂之教员，并与胡司铎一谈，论孔子之言祷天、孟子之言祀上帝，皆以天为主宰，开教会之先声，教会传教，必须使信教者真正信天，则人皆善良，亦即与孔孟之教息息相通。并言天主教有《七克真训》一书，与颜子之克己之主旨无异等语。赴著安早饭之约，鼎臣在座。饭后，同林、李查振员并约叶惠卿，乘小船两支南行，绅民送至河干，到五间房刘韫生处，茶叙片刻即行，过大站村、大悲音、社学庄各村。此安次县临大淄被水极重之处，而村未进水，房屋完好，村外淤好泥皆甚厚。今秋禾稼虽稍伤，明年麦秋必好，以后年年皆好。较之永清被灾之区，有天渊苦乐之不同。谓安次因水灾而入乐土可也。午后，到安次县城，城外尽水，城系小土围墙，入南大街，寓德兴店，稍息即往访陆酝史知事，系二十年前旧友，叙谈甚欢，留晚饭，并约王委员慎三，及绅士谢荣翰、邵仁任来，论查振事。

卅一　三日　晴

王慎三、柳秀生、陆酝史均来访，论振事。写致公度、敬宜、炎午各信。午后，县署交到此间被灾稍次之村名单，须查振者十五村，及令林、李两员分途前往查视。阅《畜德录·为学》卷二。圣贤相传之学，全重在身体力行，何尝有急功近名之一念存哉？今之纷纷扰扰自命为学子，自命为学有经济大政治家，以转移世界之伟人，直不知圣贤为学之道！道统之不克继续，可胜浩叹耶！读《东安县旧志·河渠志门》，明万历乙未秋，浑河南徙，固霸东邑浑河之患顿息，而固永、文霸一带迭受其害。旧志载：会极门太监王时，先期乞灵天师捐资设醮，以祈河伯，会有朱龙告以如期河徙。语甚不经，但邑人称述之。康熙三十七年，圣祖仁皇帝亲临阅视，命抚臣于成龙大筑堤堰，疏浚并施，自卢沟桥以下，由固安之杨村、它头，经永清之郭家务，抵霸州之牛眼，至大城之张归淀，三十年来，河无迁徙冲突之患，惟入淀之后，下口日淤，信安、胜芳诸淀，辛张、策城诸泊，渐成平陆壅淤，清流几无达津之路。（彝以为由郭家务抵牛眼，当系由永清东南行二十里外，近信安镇信安在霸州唐儿铺之东之路，今则此旧河道造成平陆，不可考矣。）雍正三年，世宗宪皇帝命怡贤亲王同大学士朱兴修水利，今引浑河别由一道，遂于永清之郭家务改河东行，由冰窖、武家庄，经东安之狼城、宋流口、东沽港，至武清之王庆坨，归长淀河，入三角淀、浑河，容衍于淀中，而大清河遂得遄驶归津矣。（彝以为是殆现今之河道，然在冰窖、武家庄之大东矣，狼城已改名安澜城，现今之河道，因历年迁徙靡常，约亦不尽同雍正三年之所修治者。）县志又载浑河所过之处，地肥土润，可种秋麦，其守必倍。谚云："一麦抵三秋。"小民只言过水时之患，不言倍收时之利，此浮议之不可轻信者。余尝称永定河为无用河，以其不通舟楫，不资灌溉，不产鱼虾，然其所长独能淤地。自康熙三十七年以后，冰窖、唐二铺、信安、胜芳等村，宽长约数十里，尽成沃壤。雍正四年以后，东沽港、王庆坨、安光、六道口等村，长几三十里，悉为乐土。兹数十村者，皆昔日滨水荒乡也，今则富庶甲于诸邑矣，与泾、漳二水之利，何以异哉！故浑河者，患在目前，利在日后。目前之患有限，而日后之利无穷云云。（彝以为向来浑河决口，近口门十馀里皆淤沙土，人民荡析离居，情形极惨。此十馀里之外，到处淤成好泥，诚有莫大之利。如此利害参半，实不若不决口之为愈也。又况如光绪之十年后，浑河屡次决口，数县人民均被其害，费帀数十万，仅乃合龙，更以为不决口之有利无害也。）下晚，邵仁任、谢荣翰、王其政、张宪臣、信师泰同年信书年之侄、安次绅士来见，为之言永安两邑被灾轻重情状。

九月一　四日　晴

昨早，步行看视城之东北隅，地极宽阔，多种禾稼，城内商号、房屋不甚整齐，旧衙署只馀监狱及小庙一座，此外竟成平地。殆前数年被水冲没也。县公署系假书院以居之。今早到南城墙上步行看水，水流极紧，闻系昨日水又稍长。城之西南隅，禾稼亦甚多，土城较永清土城面积为大，而不如永清土城之完好，街市亦不如永清之整齐。信师泰送到东二区被水灾之村名单。信系第二区自治区董也。志载城北角有晋臣刘琨墓，今难考。读刘琨《授大将军加散骑常侍谢恩表》，忠贞之气溢于笔底，乃不竟其志，中途为匹磾所害，为之悲愤不已。读卢谌为刘琨理冤疏，痛快淋漓。琨之被害，及匹磾之罪，均大白于天下，后之琨之昭雪、予谥，皆此疏为之地也。明都御史李侃《灾异陈言疏》，直言极谏，气节可钦。兵科给事中许复礼《信诏旨以正国法》、《慎名器以惬公论》两疏，不避宵小近戚之怨，大臣风节如是，何以当时君上不为嘉纳？其朝政尚堪问耶？疏内引孔子赞《易》"乾则致谨于几，坤则致戒于渐"云云，天下之事，未有不于此两语视为成败者。兵科都给刘体乾《请抑冒滥以慎名器疏》，抗颜直陈，请收回陛鲍恩等成命，不畏触太监等之怒，可谓有胆；《请节省以足国裕民疏》，内以革冗吏、清冗费二义为主，说得沈痛尽致，后更说到"泛滥无极，虽有百刘晏者出，何以为措手之地"等语，彼时朝政财政已坏得不可收拾，其觉得刘晏亦无可如何已。清给事中赵之符《陈剥船苦累疏》，曲尽情理，娓娓动听，便民裕国，此疏之功莫大焉。仓场侍郎石文桂《请更之例疏》，亦与刘疏同为除民之累之美意也。

本城人采育、防守尉德润来见。其言旗丁苦累情形，为之恻然。

旗丁向无生产，专待旗饷，其结果苦累至于此极。抑当初立法之未善也。陆知事来谈，送到被灾稍次村名单一纸。

《东安县志》有后魏《刁邕传》，刁邕赐爵东安侯，以所管边地常惧不虞，造城、储谷、设兵备守，诏从之，因名其城为刁公城，以旌异焉。五代周时扈载，北燕安次人，其为文章以词多自喜，常次历代有国兴废治乱之迹为《浑源赋》；又游相国寺，见庭竹可爱，作《碧藓赋》题其壁，世宗闻之，遣小黄门就壁录之，览而称善，已而迁翰林学士。宋时，安次吕馀庆，太祖命为参知政事；弟吕端，字易直，太宗称其为小事糊涂，大事不糊涂，会曲宴后苑，太宗作《钓鱼诗》，有云："欲饵金钩深未达，磻溪须问钓鱼人。"遂罢吕蒙正，而相端焉。端于宋为贤宰相焉。《志》载明时循吏《李骥传》，骥知东安事，有病民辄奏于朝罢免之。有嫠妇子啮死，诉于骥，骥祷城隍神，深自咎责，明旦，狼死于其所。洪熙时，荐为御史。李侃，字希正，东安人，迁都给事中，时户部尚书金濂违诏征租，侃论濂，下之吏。石亨从子彪侵民业，侃请置重典，并严禁勋戚、中官不得豪夺细民，有司隐者同罪。时给事中感言者林聪称首，侃亦矫抗有直声。廷议易储，大臣唯唯，侃泣言东宫无失德，聪与御史朱英亦言不可，时议壮之。《志》载明时良吏邱民仰知东安县，厘宿弊十二事。河为害，岁旱蝗，为文祭祷河他徙，蝗亦尽。后擢右佥都御史，代方一藻巡抚辽东，松山城破，洪承畴降，民仰死之。此良吏而忠臣也。清邑令李光昭著《留犊村列女大姐传》，赞曰："彼姝子，贞为德。白不缁，坚不泐。敌狂且，强有力。血衣褥，膏斧锧。名既扬，凶亦殛。垂百世，为女则。"

慎三来谈。陆酝史约吃晚饭。在座五六人，皆署中幕友也。此间县知事出门，仍用差役喝道，张红伞；晚间县公署仍击鼓定更，响炮，仍有房班名目。此关以外十年前所革除者，闻关内各邑皆如故。彝非敢菲薄之也。百姓心目中惟知怕官，若并此仪仗而去之，则百姓将无畏官之念，而事之不易办矣。专制共和过渡时代，为治之道诚有难乎其难者。

二 五日 微阴

回拜邵仁任丙辰进士邵占鳌之后、谢荣翰辛未进士谢元晖之后、王其政、张宪臣。张不值。在慎三寓所稍坐。又回拜德润,稍谈。

今早,又借阅《安次新修县志》,较旧志为详,文笔亦较雅赡。志之补入者吕诲,字献可,端之孙也,宋熙宁初为御史中丞,王安石始参政,诲时召对崇政殿,与司马光相遇于路,诲举手示光曰:“袖中弹章乃新参也。”光止之。诲曰:“安石虽有时名,然好执偏见,轻信奸回,喜人佞己。听其言美,施于用则疏。若在侍从,犹或可容置,置诸宰辅,天下必受其祸矣。”疏上,出知邓州,提举崇福宫,明年,改知河南。命未下而诲以疾表求致仕,曰:臣无宿疾,偶值医者用术乖方,不知脉候有虚实,阴阳有顺逆,诊察有标本,治疗有先后,妄投汤剂,率意任情,差之指下,祸延四肢,非只惮�鳌之苦,又将虞腹心之变。盖以一身之疾,喻朝政也。光及邵雍日就卧内问疾,诲以所言皆国事,忧愤不能忘,未尝一语及私。诲三居言责,皆以弹奏大臣而去,一时推其耿直。宋有直臣如是,不能容纳,且令出之于外,由是安石益横,而新法为害矣。金刘徽柔,字君美,安次人,为洪洞令,明敏善断。县人杨远者,投牒于县,以为夜雨屋坏,压其侄死,号诉哀切。徽柔熟视而笑曰:汝利侄财而杀之,诬雨耶?叱付狱。其人立伏曰:“公神明也。”不敢延死,遂置于法。如此急智,其不可及。元时,东安州张仁义之子禧,数从征伐,有战功,授宣武将军,水军万户,佩金虎符,旋加镇国上将军都元帅,拜行中书省平章政事。此以武功起家之著名史册者。李延兴,字继本,东安人,父士瞻,官翰林学士承旨,封楚国公。延兴少以诗名,持身端洁。至正丁酉中,王宗嗣榜三甲进士,授太常奉礼,兼翰林检讨。中原俶扰,隐居不仕,河朔学者多从之,以师道尊于北方,号一山先生,有《一山先生文集》九卷。读其诗之有逸致者,如《题金山寺赓陆先生韵诗》:“天连泗水水连天,烟锁孤村村锁烟。寺绕薜萝萝绕寺,川通巫峡峡通川。酒迷醉客客迷酒,船送行人人送船。此会应难难会此,传今胜古古传今。”《山行》:“村村寺寺竹好,水水山山路遥。林鸟催人唤酒，野色随车过桥。”其胸襟高旷可见一斑。明施伯诚，其先丹徒人，年十九游都下，值天下多故，道梗不能归，惟以医术自给。性颖悟，博通方论，遇奇疾，辄著神效。洪武初，寓于东安常伯乡之益留里，遂家焉。遇贫乏求医者，未尝责报，朋友死无所归者，辄资助葬之。乡里皆感德焉。子施礼，登明之洪武丙子乡荐，丁丑进士，永乐间除山东道监察御史，执法甚严，贪残者未尝少贷。复命日，擢大理寺右丞，洪熙元年授正卿，治狱详明，多所平反。历九载，进秩刑部侍郎。宣宗常谕之曰：“刑法，天下民命所关，卿理狱事，可谓于民不冤矣。”特授刑部尚书。为御史时，尝言：“吾于此职不敢以讦为直，以察为明，惟言所当言而已。”子施纯，亦登进士，授给事中，晋礼部尚书，兼太子少保。施氏两代尚书，彝以为皆施伯诚修德之所致也。然乎？否乎？

午后三时，大雨一时许。

徐华亭尚书阶为明米脂教谕《赠南京兵部尚书刘公墓志铭》曰：“先生姓刘名景，字仰之，东安人也。初为博士弟子时，亲老而贫，竭力以养，每进饮食，必伺察颜色，意适则喜，否则跼蹐不自宁。兄出自前母，事之甚恭，抚兄子如己出。及长，为之娶妇立业。继母杨有女嫁于贫家，每阴有所予，先生觉之，更分以粟帛。杨大悦，而父益安其养。若先生者，孝友人也。其为庐州府学训导时，自守清白，居无完毡，然闻诸士婚丧失期，辄请捐俸以助。有称贷者，不责其偿。郡尝岁歉，民饥且疫，太守作粥，遣属吏分食之。诸属吏率逊不肯行，公曰：人生有命，奚必疫疠能死人哉？日至其地，等差其老少强弱，与痛之浅深，以上下其食。民甚德之。予每念先生仕不违守，贫约以终其身，未尝不喟然也。庚戌，予以礼书知贡举，是榜进士多知名士，而先生之季子礼乾与焉，即今南京兵部尚书也。予谓所知曰：古称为德之报，不于其身，必于其子孙。于刘先生观之，岂不信哉？尚书自进士历给事中，以至显秩，刚正廉直，著生朝右，继忤时宰罢归。天子即位，登用老成，首起用。盖先生有蕴未施，所以发于子孙者甚厚，而天之报德于是益彰矣。”

林委员查勘灾区八村，回寓，约计须振银二百五十元。下晚，本城绅士邵仁任、谢荣翰、张宪臣、王其政约吃饭。座内为酝史、慎三诸人。德心培送来茶叶点心，留其茶叶五十包，而璧还其点心，不欲受人之物也。

三　六日　阴

参考新旧县志。汉高帝置安次县，属渤海郡，在今县治西北四十里，俗名古县。后魏改为安城。隋大业初，复名安次。唐高祖武德初，移县治于东南五十里石梁城，即今夹城。太宗贞观八年，移县西五十里常道城。武后如意元年，分安次，置武隆县即永清县。元宗开元二十三年，移县治于耿就桥行市南。元中统元年，改安次为东安，二年升县为州，其州治即今旧州也。明洪武二年，东安因浑河为患，迁治于常伯乡张李店。九年，改东安州为县。清因之。民国三年，又改为安次。

县志载：孙承泽，字北海，号退谷，晚岁在京师之西营别墅，名之曰退谷。耄而好学读书，日有程课，著述满家。读其《庚子消夏记·序》：庚子四月之朔，天气渐炎，晨起，坐东篱书屋，注《易》数行，闭目少坐，令此中湛然无一物。再随意读陶韦李杜诗，韩欧王曾诸家文，及重订所著《梦馀录》、《人物志》诸书。倦则取古紫窑小枕偃卧南窗下，自烹所煮茗，连啜数小盂。或入书阁，整顿架上书。或坐藤下，抚摩双石。或登小台，望郊坛烟树，徜徉少许，复入书舍，取法书名画一二种，反复详玩尽其致，然后仍置原处，闭扉屏息而坐。家居已久，人鲜过者。然亦不欲晤人。老人畏热，或免蒸灼之苦矣。退谷逸叟记。考之，退谷为明末清初文人，与吴梅村、王阮亭诗歌唱和，称名于时。惟其以明官给事中入清官侍郎都御史，其记序所云老人畏热，或者老之将至，方觉热之可畏耶？

李济川、叶蕙卿查勘东南乡灾区七村，毕事回寓，计须振款银元二百五十元。刘秉忠河工县佐来见。

志载:宋扈蒙,字曰用,举进士,知制诰。蒙从弟载,时为翰林学士。兄弟并掌内外制,时号二扈。太宗时,宋白、贾黄中、李至、吕蒙正、苏易简五人同时拜翰林学士承旨,扈蒙赠之以诗云:"五凤齐飞入翰林。"后吕蒙正为宰相,贾黄中、李至、苏易简皆至参知政事,宋白官至尚书,老于承旨,皆为名臣。扈蒙应制后苑,诗云:"微臣自愧头如雪,也向钧天侍玉皇。"又:"柳苑春深百草芳。"扈蒙生平句见后村《千家诗》。

写寄公度信。又致二弟信。

前清马庆恩,少从永清诗人李九鹏游,李尚实践,生平笃守程朱义理,以主敬为先,幽独中正襟危坐如对大宾,家法尚严肃,门无杂宾,不喜作佛事,尤不信风水之说。尝曰:邀福者,徼倖之辈也。滥交者,败家之原也。其训子孙曰:事神吾宁敬祖,希贤须先尊师。又尝谓友曰:士君子宜素位而行,得志当存澄清天下之心,不得志亦当整饬乡闾以厚风俗。皆名言也。

午后,雨一时许。到东城外看水,水似稍涨。想永定河工又长水也。今午后又查振东西尤庄,需洋元三十馀元。下晚,晴。

四 七日 晴

早饭后,派松岩往于营、马神庙、大纪庄查振。彝带同济川、蕙卿乘船到张家务查视。村有三百馀户,至午后查讫。又到小学堂参观,为其学生改正所书之字,劝以剪发。各生均喜从之。又搭船到落垡,到已日暮,半路水势甚猛,过减河之桥,极危险。下桥,踏泥步行。访王鹤峰,留用晚饭,并宿其寓所。该镇绅董周姓等四人来见,为之言振急之意。鹤峰处教读之老夫子张紫轩,彝十八岁童试时曾同寓一院。紫轩今五十八岁,彝则五十四岁,阅三十六年矣,光阴迅速,老大徒伤,不禁感慨系之。

五 八日 晴

八时，由落垡旋津。十时到津。接树村督军来信、二弟信。刘云孙自京来信，言永定河无款合龙，拟联合永清、安次多人，禀请京兆尹筹款，并由两县民人帮同就地演说集款等情。即时复信，言请直隶助款，必难办，助亦无多；绅民演讲集款，恐亦缓不济用。似以恳请大京兆转乞大总统恩施钜款，以为合龙之用。倘不合龙，水不退出，麦不种，则明年麦秋无望，则人心惶恐，大可危也。下晚，炎午来谈。

六 九日 晴

写复树村督军信。接朗昆来信，即作书复之。午后，写张子贞求书对联六付。涂璧□、吴琴舫来谈。下晚，炎午、作三来访。同到松竹楼晚饭。赞臣由北京来津，夜半搭车东行，回长春。忠鹤伯自奉天来信，奉天匪患蔓延，殊为可虑。

七 十日 晴

写致景丰信；致奉天刘凤信，嘱其为赵宅制送挽幛。午后，搭慢车来京。饭后，见敬宜，并见辅廷议员。公度来谈冬振及永定河合龙事。

八 十一日 晴

写对联、屏幅多件。子固、云孙、仲嘉来谈。衡如来谈，为其太夫人写寿联。下晚，刘溪泉约吃福兴居。衡如又约吃饭。

九 十二日 晴

早，仲遥来见，为其写致树村督军求关照函。十钟，到车站，敬宜、勤唐来送。午饭后二时，到廊坊车站，与云孙同车来韩村。村外水又涨。被水各村又加一番愁苦矣。济川今日由安次归来。松岩由河口振毕回寓。

十　十三日　晴

早起，北风忽作。寒信至矣。被水灾无住室之民户，殊可念也。补振韩村东牌灾户，则急振毕事矣。同蕙卿乘小船到五间房，又约云孙到陈各庄，行吊张锡九故友。上月到该庄查振，承其款待周至，彼时其患病已久，然闻彝至，精神极好，犹能畅谈在京旧事。感念故交，为之到津取山参两次，以医其疾，孰意其甫逾十日遽作古人，一面之缘，竟成长别，为之痛哭。与其世兄仲文、树华一谈。回寓时已薄暮。适崔翰园来看，详询河口合龙工程各事。晤佟拙安，一谈。

十一　十四日　晴

振务毕事，结清帐目。永清需款二千二百馀元，安次需款九百馀元。当同林、李两员起行韩村，合街人民欢送至村外。行至固城，看半截砖破塔，前有元时石钟，广善寺前有明时两石碑。十一时到廊。(时)午后二时搭车回津。接桐伯妹丈来信。张福寄来长春房租七八月清单。炎午来谈。史伯安来访。

十二　十五日　晴

循旧俗过中秋节。写复桐伯信。又致墨岑信。温鹤仙来信求荐书，当即复书谢之。写复细野喜市信。寄二弟信。下晚，作三约吃同福楼。

十三　十六日　晴

午后，搭车来京。献廷来访，同到天兴楼吃饭。

十四　十七日　晴

同仲嘉到中和园见曹仲三，畅谈欢剧。下晚，炎午来访。同公度到鸿记制挽仲华仲鲁处祭幛。

十五 十八日 晴

早九时,同公度往谒王京兆尹,详论赈灾治河各事。到福全馆午饭。饭后,游花园。到悦心斋看古玩字画。

十六 十九日 晴

写屏对。访仲三,不值。访辅廷,一谈。下晚,养源约吃天福堂。又到照岩酒局之约。

十七 廿日 阴雨

少溥约到广和楼看剧。下晚,刘子安、献廷均约到泰丰楼吃饭。树村复信,言仲遥事。

十八 廿一日 晴

慎三约在福兴居午饭。写屏对。下晚,王京兆尹在公署约吃饭,议永定河决口、合龙事甚详。座内为公度、康侯、骈斋、仲仁、乙青诸人。归来又赴仲嘉宴宾楼之约。

十九 廿二日 晴

陶仲梁约吃午饭于新丰楼。二弟来信。当复一信。言佑丞煤矿公司股份事。又致树村、佑丞各一信。到祝华处,行吊。下晚,敬一约吃饭。仲遥来谈。

廿 十三日 晴

毕辅廷约在中华饭庄吃饭。座内为吉林议员多人。午后,搭快车回津。路中密雨,津则雨半日矣。到李训卿处,贺其生子之喜。接家中来信,惊悉舅舅于八月十八日病故,痛骇莫名。入夜,雨。

廿一　廿四日　雨止　微晴

写寄家信，为言奠舅舅事。又寄张子贞信，附求书对联。下晚，约同贺香南吃雅园，济南风味也。

廿二　廿五日　阴

写致二弟信。访郑献廷。又访柴勤唐，一谈。勤唐到吉长道任甫一月，又到吉林财政厅长任甫一月，竟因事辞职，未免可惜。约香南、炎午、作三，到松竹楼吃饭。

廿三　廿六日　晴

早起，搭快车来京。午后，到刘仲鲁处，行吊。在京好友多得晤谈。下晚，敬一约同照岩，到中华饭庄吃饭。王建中来见。

廿四　廿七日　晴

仲遥来访，为其写致树村督军函。包星三约到全兴馆便饭。饭后，同雪庐、赞臣到浙慈馆看票戏，如《起解》、《搜孤》，王君直之《空城计》，世泽生之《挑花车》，陈远亭之《乌盆计》，均极可观。下晚，又同到中华饭庄吃饭。

廿五　廿八日　晴

庆常入朝阳大学读书，加以训勉之语，实深希望之也。访公度，一谈。为瑞蚨祥写牌字。吴仲遥约在正阳楼午饭。座内有辛屺云、钱兰滋两人。新简江西庐陵道尹程荫棠姻弟来谈。敬宜、照岩、恩溥、养源来访。下晚，乌泽声约吃饭。

廿六　廿九日　晴

写万兴成匾额、万兴成记横匾。仲嘉约到广德楼看戏。又到南味斋吃晚饭。衡如约往一谈。树村寄到复函，言代办佑丞煤矿股本事。墨岑来函。

廿七 九月一日 晴

早十时,谒周少朴院长,道及在奉时事。十一时,访典生亲家,并承禹生亲家约到和顺居午饭。饭后出城。四时半,搭快车回津。二弟来信。谢锡臣自南京来信。炎午来谈。

廿八 二日 阴

写致二弟信。下晚,到河北金华商场买信封。晤炎午、香南,一谈。

廿九 三日 微阴

写复林仙洲信。接王克洲来信,言开通以蒙匪扰乱,农民惊恐,公司商业因之阻滞各情。冯申甫来谈。写对联四付。同炎午访李石君同年,一谈。下晚,到松竹楼吃饭。饭后,晤香南。顾衡如来谈。

卅 四日 晴

写对联。

十月一 五日 晴

陶绶之来访,留吃午饭。饭后,到新车站。回看绶之。到瑞蚨祥,一谈。又到北海楼买胰子。访训卿。下晚,同炎午到北大关吃牛肉馆。上午,访董佑臣,一谈。

二 六日 晴

写致树村督军信。又致二弟信。到佑臣处,为其太夫人祝寿。下晚,冯申甫在松寿里寓所约吃饭。

三　七日　晴

写致敬宜信。并复仲遥、鹤仙两书。写联对多件。下晚，郑献廷约在会芳楼吃饭。座内徐友梅、李雁题丁酉同年、卞星南诸人。

四　八日　晴

写联屏多件。请李石君同年来，为儿媳看病。写致于朗昆信。孙顺臣、何菊生、刘云孙均来访。下晚，石君约到法界看电影戏法。

五　九日　晴

写屏对。午后，炎午、琴舫约到中舞台观剧。下晚，同到松竹楼吃饭。半途，遇曹詹乔，一谈。

六　十日　晴

写屏对。午后，搭车来京。询知敬宜已搭今晚车赴河南矣。

七　十一日　晴

子固来谈，嘱为代拟贺张仲仁太夫人八十寿联。同往中和园观刘喜奎演《虎口鸳鸯》新戏。雷雨一阵。同到西域楼晚饭。

八　十二日　阴

访冯公度，一谈。约同曹敬贻往正阳楼吃羊肉。雨两时许。饭后，同公度到鸿记西栈，旋到浙慈馆看票戏。世泽生演《金钱豹》，王君直、陈远亭、王又泉、松介眉、屈松平演《四郎探母》。余叔岩、贾福堂演《阳平关》。皆极精彩之作，不可多觏者。下晚，同仲嘉、赞臣吃致美[斋](楼)。饭后，看电影。吴仲遥来信，言内务孙总长提及，欲与彝一面云云。

九 十三日 晴

走访孙伯兰总长，一谈。言永清、永定河决口，财部发款迟延，恐误合龙要工，求代催陈总长从速发款等语。彝前充长春进步党部长，伯兰充本部干事，彼此相知，未谋面也。曾敬贻来访，留吃番菜。午后，同到天乐园观剧，小班女戏。养源亦适相值。女伶王玉如、白素忱、刘玉环，唱作均有可观。下晚，养源、敬贻同到全兴馆吃便饭。

十 十四日 晴 国庆纪念日 天气极佳

大总统到南苑观操，商民均极欢忭。似此景象，国事尚有可为。到天乐园观剧。下晚，养源约同敬贻、协六、赞臣吃致美楼。写对联五付。

十一 十五日 晴

写屏对。吴仲遥、刘景玉、姚荚村来谈。午后三时，同赞臣到同乐园观剧。下晚，曾敬贻约吃东兴楼。内有高姓洋人。今日各处仍放假，然电灯牌楼、丁字街东首水管迸裂，地内如泉水汩汩上涌。自来水工之不善可知也。

十二 十六日 晴

写对联。孙芋占、朱型叔来访。午后二钟回津。二弟来信。约炎午来谈。

十三 十七日 晴

孙泽馀、程松山来访。同到松竹楼吃午饭，并约冯申甫、蓝云屏、程季华共饮。下晚，泽馀约吃饭。晤炎午、叔秀。

十四 十八日 晴

早六时，到车站迎接母亲大人由吉林归来，精神十分完足，可喜之极。半路，任表兄、荩臣、新任命吉林第四旅旅长者，照料一切，尤为可感。妹妹亦同来。约云屏、松山、季华吃午饭。

十五　十九日　晴

宋武宣、张馨山来谈。午后，到郑墨林年伯处祝寿。泽馀约吃晚饭。又晤李训卿，谈其所办盐务事。

十六　廿日　晴

访馨山，一谈。访炎午，不值。下晚，访训卿、叔秀，一谈。

十七　廿一日　晴

申甫约吃松竹楼。下晚，叔秀约吃饭。早七钟，母亲大人搭车回永清。妹妹、内人随行。下晚当可到家也。

十八　廿二日　晴

孙泽馀来，言为假款筑房事。午后，访炎午。下晚，齐建堂约吃饭。

十九　廿三日　晴

王诵卿来谈。曹詹乔、解伯光来访。带到善仁山来信。写寄增子固、徐敬宜、吴仲遥各信。晚饭后，访柴勤唐，一谈。回寓后，段子敬、冯梦韩来谈。

廿　廿四日　晴

早起，写屏对。约子敬、梦韩到松竹楼吃午饭。饭后，同访华壁臣，不值，归寓。写屏对多件。

廿一 廿五日 晴

访李石君，一谈。写屏对多件。张馨山来谈。

廿二 廿六日 晴

早九时，快车入都。同子固、仲嘉到浙慈馆看票戏。

廿三 廿七日 晴

访公度，一谈。午后，同子固到庆乐园观剧。下晚，仲嘉约到湖广馆观新剧，刘艺舟演《禽海石》、《黑奴吁天》两出。令人惨不忍睹。亡国奴之痛苦，历历如绘，诚可为梦梦者当头一棒。已，回寓。晤炎午。

廿四 廿八日 晴

约公度、敬贻到正阳楼吃午饭。下晚，敬宜约同吴士缃、子固吃中华饭庄。炎午、叔秀来谈。

廿五 廿九日 晴

上午，搭快车回津。到同兴德买布。

廿六 卅日 晴

早七钟，搭车到廊坊，家中派车马来接。午后，过河，看视决口处。所挑挖引河于高厚沙土之地，将来引水上行，诚属敷衍将事，一二年内必仍决口。南北五六工各处，必属险地。向来合龙之法如是，治标之法如是，无怪年年河决。闻挑引河计五十二段，每段派员包办，每员先出打点钱一二百元，而将来可得馀利数百元。即局长不受打点钱，而委员必向工头索钱，工头必再向土夫扣钱。此习牢不可破，更无怪土工之含胡也。三时，到北关外哭舅舅。今日开吊也。母亲大人亦来，尚极康强也。

廿七　十月一日　晴

到坟茔上祭。念先父大人，痛哭不已。看视坟地，树木极为茂盛。回至北关，舅舅今午出殡，送至坟地，大哭一场。葬后回家。到李晋斋表兄处，一谈。

廿八　二日　晴

早饭后，到六胞叔灵前致祭，痛哭一番。到五叔宅，一谈。五叔六十九岁，尚极壮健。到三弟宅看视。到宋表侄宅一看。

廿九　三日　晴

午后，耿茂林、李荩卿、赵省吾、朱赤文、姚泗清来看。下午，到县公署谒光梅生知事，在京旧识者。畅谈一时许，论女学事。赤文亦在座。

卅　四日　晴

午后，光梅生来谈。内侄杨春来看。下晚，南头老兄弟小名杏林者，自河工上来探，论河工土夫积弊，大约包段之委员扣工头、土夫钱，轻则一成，重则二成。工之不坚，奚足怪焉！

卅一　五日　晴

姚表姊丈来看。到北头大哥名宪宗处，一谈。下晚，到大寺劝学所吃饭，晋斋表兄、赤文、蔚青公请也。

十一月一　六日　晴

杨内兄、张姻兄若彭来访。贾星文世叔约吃午饭。下晚，回拜赵警长省吾。五叔令三弟来招吃晚饭。

二　七日　晴

刘曜堂来谈。固安县本家少臣弟来看。伯纯来谈。下晚，回看曜堂。访述兹,不值。到县公署,光梅生约吃饭,座内晋斋、述兹、朱幼园、赤文、伯纯诸人。

三 八日 微阴

早饭后,叩别母亲大人,乘车起行,到永定河堤上,见土夫挑土,坝工筑坝,公事益亟。过河,水手不力,同船人有落水者,幸水浅无伤也。赶至廊坊车站,北车适到。下晚六时三刻到津,家人告以北邻吴姓昨晚十时被盗强抢一事,为之惊恐殊甚。夜将半,又见下十房东搬家,有如盗之将至者。警备一夜。

四 九日 阴

饬魏珍到廊坊赶上昨来之警兵,回家告知家中来车,一面收拾家具物件备归里。到鸿记访炎午、勤唐。复敬宜一信。

五 十日 阴雨

派魏珍送包裹五件到廊坊,并迎内人来津。写致孟督军信。复吴仲遥信。复二弟信。致林仙洲信。致王恩溥、冯申甫书,言归里事。雨彻夜不止。

六 十一日 阴雨

早四钟即起,收拾行李。至六钟半,所雇之马车不至,只得将行李先运到车站。及车马赶至车站,而七时之车即开行,不能购票上车。不得已,到候车室,候至九钟,搭慢车起行,到午后一时半到廊坊下车。雨稍停。到店稍息打尖。至两钟后起身,雨又淋漓,道泥泞难行。出十数里外,沙土路则易行矣。车五辆,前后急徐行不一致。到南十村已昏暮,到北五工堤上几不辨道路。以车装满,坐在车沿,数层毡衣为雨湿透。到河沿,又冷又饿,几不能支。略息片刻,心乃定。水手两人,尚得力。水颇小,车可直渡过河。后前四车俱行,而我后车骡上夹板皮断，费许多力始拴好，乃车轮又没入泥中，不克行动。当饬水手到曹家务村内携取车杠，起车，车乃出。已耽阁十馀里路工夫。半路泥水甚大，到家已十一时后矣。又片刻，为冷气所袭，不能支持，稍息始定。报告母亲大人，言妾室携子女已到家。两妾俱入见，母亲甚喜。回思本日路行甚苦，俱因在津马车迟延所误，一步赶不上则步步受累。又以回家之心颇亟，若使迟一日再来，亦不至受苦若是甚矣。一时无定见，则苦累甚大。凡事皆作如是观也。

七　十二日　阴

将带来衣物为雨湿透者满院晾之，甚为劳顿。晚饭后即睡，以资休息。

八　十三日　晴

甚悔早来一日也。晒衣物。写挽王锡庵幛字。李表侄惟一来看。

九　十四日　晴

早饭后起行，到曹家务过河，甚为便利。到马房，遇姚泗清，邀入室饮茶两杯。到郎坊，才二钟半。晤测量学生李姓，稍谈。到站长室，稍坐。四时半，登车。适遇刘伯如同年来津。伯如在河工充挖引河委员差。言及此次大工，王局长专用私人购麻购袋馀利最多。北京孙伯兰总长与内务部土木司长张鼎臣霸县人熟识，一内联升鞋铺执事孙云书情托京兆派为河工总稽查，孙又带各处稽查十人到工，内有稽查不识字者，有前曾在工充土夫头现为稽查员者。计稽查员有三十人之多，总计河工派员至一百七十八员，虚耗此不易筹之钜款，即此敷衍之工，一二年内必有决口之患。一事如是，各事皆可类推。国家事又谁为整理乎？言之慨然。七时到津。

十　十五日　晴

命庆慈侄少带物件回永。写复吴仲遥信。谢锡臣来谈。吴曾九来访。

十一　十六日　晴

早车入都。在车上晤孙泽馀，畅谈。照岩约吃明湖春。敬宜来谈。晤栾佩石、张子安、毕辅廷。

十二　十七日　晴

泽馀约吃早饭。饭后，到浙慈馆看票戏。下晚，敬宜约吃明湖春。晤莫柳臣、泽声。

十三　十八日　晴

早车回津。敬宜同行。车上，晤承办裕国实业银行之张乐亭，谈办银行事。十二时，到津。照岩在站相候。同敬宜到松竹楼午饭。饭后，同到王恩溥处，为其太夫人贺寿。又同到德租界访徐友梅，畅谈。又到家树村督军楼房一看。又同访钱干臣，一谈。又同回恩溥处晚饭。

十四　十九日　晴

徐友梅约吃雅园午饭。座内敬宜、照岩、薛松平诸人。下晚，松平仍约吃雅园。早间，内人带儿媳回永清故里。

十五　廿日　晴

恩溥约吃全聚德午饭。饭后，同敬宜、松平访友梅。下晚，赴干臣晚饭之约。夜宿广源长盐号。

十六　廿一日　微阴

午饭后，写屏对多件。写致公度信。午后，同李永芳游大胡同、河北大街，同吃牛肉馆。

十七　廿二日　阴

写对联多件。访松平、张馨山。下晚，同炎午到中舞台观剧。

十八　廿三日　晴

访馨山。议盐店借款事。与李训卿议定合办蓟宝宁盐商事务，先订草合同为据。

十九　廿四日　晴

早，同炎午搭车入都。午后，约同子固到浙慈馆观剧。下晚，吃天兴楼。

廿　廿五日　晴

子固来，订草合同，与彝合股办盐务事。下晚，王药生约吃饭。为冯申甫作生日也。

廿一　廿六日　晴

敬宜约吃午饭。下晚，吕燮甫约吃瑞记。又自作主人，约照岩、敬宜、小鹿、士缃、柳臣、子厚、泽声诸人。

廿二　廿七日　晴

同公度、曾敬贻吃正阳楼。下晚，回津。

廿三　廿八日　晴

访馨山。订借款事。写屏对多件。

廿四 廿九日 晴

馨山交到借款壹万元，付谦升泰津店。

廿五 十一月一日 阴 大雾竟日

写屏对。午后，孙泽馀约吃饭。

廿六 二日 晴

早车入都。到杨东生处，行吊。又到敬宜处晚饭。座有小鹿、子厚、立斋诸人。

廿七 三日 晴

早起，走谒东海相国，畅谈河南辉县名胜之地，为古卫地，有子在川上牌楼、富教堂、孙登啸台，邵康节、孙夏峰读书处，竹林七贤亦在其地。又山东劳山胜境。并谈写字近事。惟不语政界俗事。到班伯处午饭。又到公度处。又同公度、敬诒访英人高林士，闲谈。下晚，赵蕙山约吃正阳楼，座为郑季源、续赞臣、李永芳诸人。孟觐侯又约吃饭，座有宝湘士、公度、墨润溪、江雨辰诸人。

廿八 四日 晴

敬诒约吃午饭。后，班伯送到车站，八时到津。到北大关，吃牛肉饺子五十枚，铜子九枚。

廿九 五日 晴

解伯光来访。同访王枢辰、冯豫原、万竹农、郑次超同乡。

卅 六日 晴

访馨山，借款七千元。魏如九自锦县取地租二千五百馀元。魏珍又自永清送妹妹到津。午后，到悦来胜看视妹妹。下晚，即搭车到长春去。蓝云屏约吃午饭，赵作三约吃晚饭。

十二月一　七日　晴

在松竹楼约吕燮甫、冯申甫、蓝云屏、程季华、张公衡诸人。

二　八日　晴

薛松坪约到雅园午饭。饭后，南门外石瞎子处算命。姑妄言之，姑妄听之，可也。下晚，齐照岩约在全聚德晚饭。饭后，观同庆部杂剧。

三　九日　晴

王枢辰来谈。上午，张燕孙约吃全聚德。下晚，徐友梅约吃雅园。又，邓豁然约吃松竹楼。

四　十日　晴

早起，回看张绍颇议员宁河人。又访曹詹乔，一谈。王诵卿来访。下晚，在松竹楼约王子阳、徐友梅、张馨山、薛松坪、张燕庭、齐照岩、刘鸣岐吃饭。饭后，到同庆部观杂剧。

五　十一日　晴

上午，到薛松坪宅吃家常饭。下晚，王子阳约吃雅园。本日，租定小双庙胡同杨姓住房一所，每年租金三百三十元。温鹤仙来信。

六　十二日　晴

炎午约同伊令兄王卓声到北大关午饭。杨东生寄到张贞午先生为书退补堂三字横幅。下晚，吕燮甫约吃饭。入夜，风。

七 十三日 晴 风 天气稍冷

长春张福来。下晚，燮甫约吃饭。饭后，复谢东生书。早间，王枢辰来谈。王诵卿来访。

八 十四日 晴

九 十五日 晴

下晚，程松山来津，约在松竹楼晚饭。

十 十六日 晴

下午，入都。同敬宜、照岩、泽声在中华饭庄吃饭。

十一 十七日 晴

午前九钟四十分，慢车，至下午五十始到津。约燮甫、申甫、泽馀、训卿、子登诸公吃饭。

十二 十八日 晴

忠墨岑来信，求为其子向刘荔孙之女议婚。先作书复之。午后，访冯申甫。又到吕燮甫处，谈实业。下晚，刘子登约吃饭。接董佑丞自长春来信，为庆徵儿说亲事。

十三 十九日 阴 初雪 午后晴

写复佑丞一信。解伯光来谈。下晚，刘子登约吃醉春园。饭后，到同庆观杂剧。

十四 廿日 晴

王枢辰、王谷臣来访。午后，访薛松平，留吃晚饭。饭后，到同庆观杂剧。

十五　廿一日　晴

张馨山约同到南门外看地基。同松坪吃雅园。

十六　廿二日　晴

写致冯公度，为催江军门允给旧棉衣于我邑被水灾之饥民也。

十七　廿三日　晴

晤夑甫、申甫、云屏，一谈。

十八　廿四日　晴

午后，入都。子固、仲嘉来谈。又访士缃，一谈。

十九　廿五日　晴

访公度，议办绵衣振事。致书班伯，亦为棉衣事。子固来，约到天庆楼午饭。济苍、子维在座。敬宜来谈。午后二时，仲嘉送至车站。下晚八时到津。叔秀约吃饭。

廿　廿六日　晴

带庆善、庆徵两儿早七时搭车，九时到郎坊，家中派车来接。十二时，到韩村。到佟著庵处少息。午后三时到家。母亲大人如常康愉，眷属亦均安吉，致足乐也。伯纯、云堪两侄来看。

廿一　廿七日　雪

廿二　廿八日　雪　冬至

检视旧书箱。

廿三 廿九日 阴 晚又微雪

廿四 卅日 阴 微雪

下晚，到县公署，访光梅生县长，一谈。适朱赤文亦在座。议开女学堂事宜。梅生有戚眷女，师范毕业，可以延请。彝则担任学款。不如是不能成立也。又值齐委员系京兆尹派办永清振务者，谈放振事。风雪甚大，回宅。

廿五 腊月初一日 晴

早九时，叩辞母亲大人，登车起行。雪大，路不易走。十二时，到曹家务，过河。三时半，到郎坊。知朱班伯弟日前到站，代运到顺直振局棉衣六包，计三百套。当令警兵雇车运到韩村，交叶惠卿收管。光梅生县长日内到彼，代为散放。四时半，搭北来车，七时到津。车内甚冷。到寓。接班伯信，言棉衣事。接董佑臣来信，为徵儿说媒事。

廿六 初二日 晴

写复班伯信。写致光梅生信。又致叶惠卿信。又复刘云孙信。

廿七 三日 晴 有风 甚冷

写寄张锡九姻弟信，附寄代还永清恒兴成各商号洋元收条四纸。接程桐伯妹丈来信，附妹妹信，言到济后又犯旧咳喘症。当即复函开解之。到瑞蚨祥、鸿记取皮衣。

廿八 四日 晴

写寄家庆善、庆徵儿信。

廿九　五日　阴　微雪

同训卿、炎午十二时搭车来芦台盐店。午后二时，到盐店，局面宏敞，想见当年官运时之阔绰焉。写致子固信。

卅　六日　晴

与训卿讨论盐务，以后应行、改订各事。

卅一　七日　晴

训卿接家信，即刻搭车回里省视。午后，叔秀、荩臣、梦庄三人到芦店。接子固信。即写信复之。

曾祖文津，初娶祖母氏杨，城内戏楼以东杨姓，生二子：长为宪宗之祖，字广隆；次为武秀才，无子。宪宗承祧。两支生三女：长适南关镇夏姓，次适徐官营□姓，三适龙虎庄于姓。续娶祖母氏陈，北八里庄人，生二子：长广德，次广才；生一女，适城内西街魏姓。宪宗之父及其叔名字待考。广德娶城内朱姓女，生子三：长昭亨，次昭明，三昭和；女一，适城内宋正文祖。广才娶祖母氏王，徐官营人，生二子：长为父昭虔，次昭永；一女，适冯各军苑锦林文生。续娶祖母氏李，韩各庄人，生一子：昭度。

闻之大姑母云：父亲八岁丧母。祖母王太夫人去世后，李太夫人来归，父亲年九岁。祖父去世时，父亲年二十六岁。父亲二十八岁时，母氏焦来归，时二十岁。

——广隆——昭印——宪宗——庆贤——繁

庆儒

——为本家立乾盛号经理办事，故后即以弟广德办理号事

曾祖文津

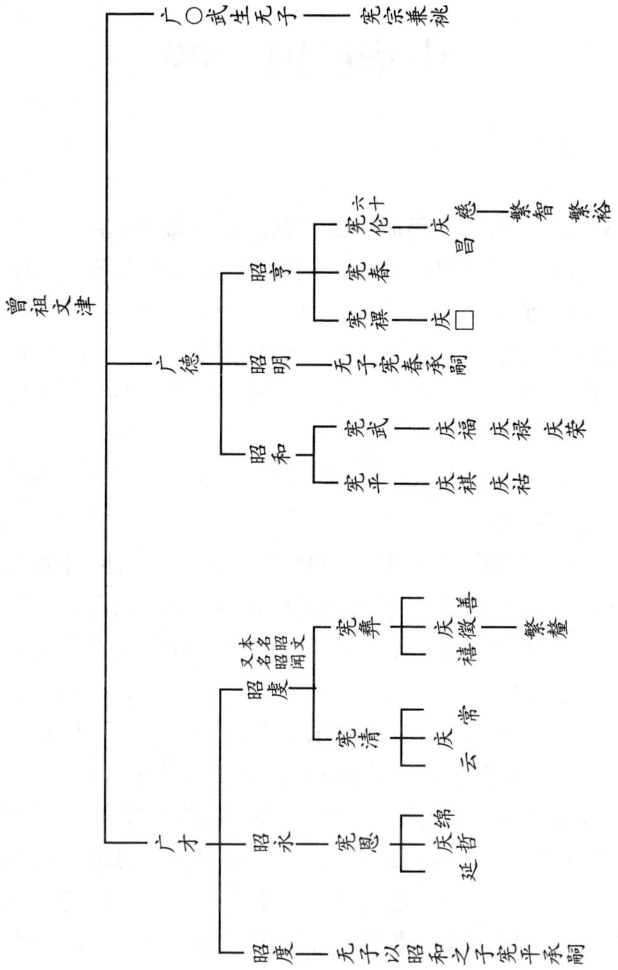
曾祖文津
广○武生无子
宪宗兼祧
广德
昭亨
宪伦 六十
庆慈
庆昌
繁智
繁裕
宪春
宪禩
庆□
昭明
无子宪春承嗣
昭和
宪武
庆福
庆禄
庆荣
宪平
庆祺
庆祜
广才
昭度 本名昭文 又名昭闻
宪彝
庆善
庆徵
庆禧
繁釐
宪清
庆常
庆云
昭永
宪恩
庆绵
庆哲
庆延
昭度
无子以昭和之子宪平承嗣

中华民国六年

民国六年一月一　丙辰十二月初八日　微阴

写致敬宜、子固两信。芦台总盐店办理谦升泰蓟、宝、宁三县盐务开幕之期。面谕总巡督饬巡勇认真缉私，以勤职务。并谕门柜赵可权售盐公平，以便商民。荩臣回津，取图章。午后，文济苍、张榕珊来店，带有子固一书。本店安置总账房，裁去筑盐书记四人，以节经费。

二　九日　晴

委托济苍带同榕珊赴宝坻两县接收各支店积盐，并调查各店人位有无弊窦。又派池少田带同杨茂林赴各卡汛，查汛勇数目，并缉私情形。接训卿自津来信，言回里省视所有谦升泰应办各项事宜。托彝主持，并办密云盐务云云。致津店吴干臣，请其经理帐房事，并手书一纸。言号中用人用款，均由东家主持盖用图章，以为信用等语。又致函沙子垣，请其仍办与芦纲接洽，并筑运各事。叔秀、梦庄均回津。午后，往拜高曦亭先生，并张子正同年，陈少仲绅士，均畅谈。巡勇缉私，获私盐四担，本拟送县惩罚，经商户代为恳求，从宽释放，私盐没收。下晚，张煦堂设筵招饮。座中为少仲、子正、定生、荷生、少卿、炎午诸人。接儿辈自家来信，言阴历七日来津，刻早已到津矣。

三　十日　晴

写致吉林孟督军两信，一为王卓声求差，一为阎春樵做军服事。

复董佑丞一信。致叔秀信。接光梅生信,索棉衣放振。吴瑞阶信,贺年。叔秀来信,嘱同炎午到津商办密云盐岸事。午后四时,搭车来津。在站见唐站长。在车上见奉天鹿宾谷,畅谈。到津,知小儿辈已于昨晚来津。

四　十一日　晴

访张馨山,留吃午饭。敬宜来信。即写复信。写复董佑丞。齐照岩任命为浙江省长。浙乱,其可平静耶? 午后,到吕燮甫处,约吃晚饭也。与龚仙洲同车归来。

五　十二日　晴

写致程桐伯妹丈信。寄皮衣也。写致老德记吕岐昜信,催备款也。午后四时,赴申甫晚饭之约。

六　十三日　晴　风　甚寒

张绍周来访。约同叔秀到松竹楼吃午饭,论密云引岸事。午后四时,搭车入都。同仲嘉看电影《红手圈》。

七　十四日　晴　风

景丰今日寿辰,同礼堂往贺之。到敬宜处。并晤宋铁梅、齐照岩、张伯翱,畅谈。

八　十五日　晴

早饭后,到照岩处,贺其新任浙省省长之喜。将至其门,见有乘汽车者先至,知为要人也,不欲与之言,废然而返。子固来谈。仲嘉约吃宴宾楼。

九　十六日　晴

郭虎臣来访。与之一百元，为度岁之资。王子常、姚荚村、郑培芝来，议筹振事。四时，搭车回津。移寓谦升泰新租房屋。大儿庆善因腿疾回永矣。接佑臣信。又，训卿来信。

十　十七日　晴

写家信，问庆善儿何日到家。致佑臣信。到吉林官银号，晤高彦如由江宁来，畅谈。同叔秀往访张绍洲，议密云引岸事。并晤陈定生。绍洲约到醉春园晚饭。

十一　十八日　晴

在松竹楼约彦如、馨山、松坪、鸣岐午饭。下晚，彦如约吃饭。致智辅臣信，请其认真整理蓟县盐务。

十二　十九日　微阴　暖

寄家信。嘱于廿七派车到郎坊来接。致炎午信。松坪约在聚和成午饭。到燮甫处，贺寿。

十三　廿日　晴

燮甫约吃饭。

十四　廿一日　晴

泽馀约吃饭。

十五　廿二日　晴

为照岩太夫人贺寿。晤敬宜、孔郁吾。下晚，约仙洲、燮甫诸人便饭。

十六　廿三日　晴

恩溥约吃饭。同敬宜观同庆部。下晚，高集安来，约到松竹楼吃饭。彦如、馨山在座。早间，恩溥之局有伊戚傅增湘在座，即上年弹劾彝之人。恩溥致意敬宜转告与彝，不必与之为难等语。彝以为此等被人指使之人，又系过去之事，有如烟云之过眼，初无足介怀也。傅则先向彝致意，只可如常酬应，浑忘其前事也者。彝则退思补过，何暇与此辈较短长、争是非也？

十七　廿四日　晴

到中国旅馆。同敬宜到车站，为照岩送行。回至松竹楼午饭。座内为友梅、斐章、松坪、敬宜、恩溥诸人。午后四时，搭车到芦台，八时到店。晤炎午，谈店事。永芳日内赴津也。

十八　廿五日　晴

午饭后，写对联多件。往拜张渐逵同年。又访黄赞清、张冠三，皆畅谈。炎午约吃晚饭。赞清在座。

十九　廿六日　晴

高熙亭先生来谈。赞清亦来回看。午后，永芳由津回。接石君信。三时，搭车回津。

廿　廿七日　晴

写致宝坻郑复青信，为庆徵儿告假旋里度岁。

廿一　廿八日　晴

早六时，到车站。适董佑丞自东车来津，匆匆一谈。七时，带庆徵儿搭车。九时，到郎坊。在祥和店少息。乘家中来车西行。十二时到韩村镇，过永定河桥在决口之外，入东门，到家。叩见母亲大人，精神极好，合家甚欢。

廿二 廿九日 晴 阴历年节

彝不到家度岁十九年矣。仔肩幸却，合家欢聚，老亲康健，诚人生乐事也。照旧上供接神。为母亲大人叩年喜。大家循例辞岁。

廿三 丁巳年正月一日 晴

上供送神。为母亲大人叩贺新喜。接待亲友之来贺喜者。为五叔贺喜。为宋宅姑母道喜。谒朱大叔玉田，贺喜，谈往事，不堪回首也。

廿四 二日 晴

带同庆善、徵儿，合五叔弟侄辈上坟，祭先祖。循旧俗也。访朱佑民。晤班伯弟，一谈。

廿五 三日 晴

访潘伯慈，谈学务。午后，设筵，请光梅生、李晋斋、伯慈、班伯、赤文、玉卿、朱幼园、伯纯晚饭。论女学堂事。

廿六 四日 晴

近邻诸人论重修韩仙阁事。王炎午来信。

廿七 五日 晴

到五叔处。约同凤初弟，庆慈、庆贤两侄，议亡叔过嗣事。到宋外甥处晚饭。

廿八 六日 庆

庆善、庆徵儿早车赴车站入都。写屏对。下晚，班伯约吃饭。

廿九　七日　晴

写屏对多件。下晚，光梅生县长约吃饭，议修二圣庙事，不就。

卅　八日　晴

写长条字两张。早车赴车站。下晚，到津。与叔秀、炎午畅谈。

卅一　九日　微阴　小雪

早车入都。到班伯处。同到史康侯处，为其太夫人九十二岁祝寿。又到冯公度宅，为其太夫人叩年喜。又同公度畅谈。看夜戏。

二月一　十日　晴

到东海处贺春喜。同李吉甫、朱铁林、敬宜，到都一斋午饭。饭后，访吴士缃，一谈。到蒋性甫处，为其太夫人祝八十二岁寿喜。到琉璃厂肆，购得杨简侯、牟一樵、王孝玉对三付，旧宣纸三张。

二　十一日　晴

李吉甫约同子固，到致美斋吃午饭。下晚，同仲衡到中和园观剧。同敬诒访高林士，一谈。

三　十二日　晴

公度约吃午饭。饭后，逛厂肆，购《二十一史演义弹词》、《验方萃编》。下晚，仲嘉约吃饭。饭后，到宴宾华楼上吃茶。接训卿自山西来信。

四　十三日　立春

为高林士写吉林介绍信四件。午后二时，赴同乡同人松筠庵水灾筹振会议之约。因公启后多数伟人皆书字不书名，力为争之，皆须书名，免致外人非笑。具帖请客尚须书名，况求人助振款耶？下晚六时，性甫约吃泰丰楼。叔秀自津来，谈盐店事。

五　十四日　晴

访王志襄京兆尹，论筹振事，并催永清办女学事。同子固到华充银行，访孟慎斋，议为谦升泰借款事。下晚，同赴敬宜晚饭之约。归来，看电影。

六　十五日　晴　有风　甚冷

回拜毕辅廷，稍谈。景丰约同子固、敬宜吃白鱼。午后，逛厂甸，买翁松蝉大幅字轴、那文毅退思斋横匾。下晚，士缃、性甫约吃饭。饭后，到绿香园吃茶。

七　十六日　晴

早车回津。写复锡九信。并致光梅生信。下晚，到升平观剧。锡九自永清来，为购房木石料也。母亲大人身健如常，为之喜慰。

八　十七日　晴

写复张阜岑信。午后，访张馨山，畅谈。下晚，智辅臣自山西回，言训卿与盐店关系，殊无听信破坏等辈之事云云。

九　十八日　晴

十一时，到车站，同叔秀、绳斋搭车。午后一时半到芦台，店中各位俱来贺春喜，为之劝勉数语，讨论店内进行事宜。陈定生来，谈密云盐店事。

十　十九日　晴

写致敬宜信、如九信。写致二弟信、佑丞信。午后，天阴。黄赞卿来访。济苍自京来芦台。写致魁星阶信。

十一　廿日　夜来大雪

新正以来，天气晴暖，今得瑞雪，尤慰农民之望。下晚，晴。到各绅商处道春喜。谒熙亭先生，畅谈。又在张冠三处观所收藏旧帖。

十二　廿一日　晴

令绳斋弟赴宝坻接办收发提镖事宜。式之、定生、子正、冠三、煦堂来谈。

十三　廿二日　晴

写对三付、屏四幅。熙廷先生以诗十五韵见赠，初唐之音，诵之钦佩无已。熙翁今年七十八岁，前清遗老，德望隆重，尚日事书诗，聆其言论，如坐春风化雨中。忆在北京二十五六岁时，正攻举子业，友人解香岩创立责志文社，课卷请翰院文学家评定甲乙，以熙廷先生为社中主教，彝则久承教益，迄未执贽登堂，殊歉然也。今在芦台得聆教言，或者旧学不至荒芜耶？各绅董皆来回拜，详询地方各事。下晚，巡警局约吃饭。如九来，交代锦当铺事。

十四　廿三日　晴

写屏对。下晚，约绅商、熙庭先生诸人吃饭，极为欢畅。

十五　廿四日　晴

写复段所安信。郑复青、智辅臣均来芦店，议包商买盐事。

十六　廿五日　晴

上午十二时，搭车入都。下午六时到京。即至瑞蚨祥西栈，同公度、性甫、康侯作主人，设筵请江雨辰、吴镜潭、王志襄、徐国俊。十一时始散。

十七 廿六日 晴

子固、敬宜、吉甫来，约到致美斋午饭。饭后，到广和楼观剧。下晚，在大观楼与景丰吃火锅羊肉。张君玉约到泰丰楼吃饭。饭后，到广德楼观《十五贯》新剧。

十八 廿七日 晴

朱幼航约到致美斋午饭。饭后，到松筠庵顺直筹振局议事。下午，子固约到泰丰楼吃饭。润田又约吃宴宾楼。朱赤文来谈；请其代交光梅生信，附公债票、交通票二百五十元。

十九 廿八日 晴

为幼航写致树村督军信。又写寄锡九信。午后，搭车回津。

廿 廿九日 晴

上午，搭车赴芦台。是日，为古礼乡八傩各团体出会，以罗汉会最占优胜。商民奔赴，热闹异常。至夜半始止。到董伯章宅，行吊，款以酒食。

廿一 卅日 晴

是日，各会尚游行街上。下晚，子正约吃饭。同座晤刘壬三，参议员也。写对联、屏幅。写贺孟树村督军寿联，文曰："鹤算春长勋垂大树，鸿威电厉福被岩疆。"

廿二 二月一日 晴

写屏对。午后，来津。下晚，松平、绍眉约观同庆部。

廿三 二日 晴

访馨山，一谈。下午，松坪、馨山约吃饭。

廿四　三日　晴

早车入都。访敬一,同到吉甫处贺喜。旋到高谦甫处贺寿。齐式轩、子固、养元均来访。景丰为备晚餐。

廿五　四日　阴

访公度,一谈。午后,敬一约到裕丰银号,一叙。

廿六　五日　晴

早起,景丰嘱为顾松泉六十寿辰写寿屏。下晚,写至第九幅。孟树青约到广德楼观《自由宝鉴》新剧。有益于世道人心不少。

廿七　六日　晴

写寿屏三幅,共十二幅毕事。又代子固写贺寿联对一付。子固、敬一均来谈。下晚,搭车回津。车上见茹知县泽涵,下车同吃羊肉馆。约到谦升泰下榻。接佑丞复函。

廿八　七日　晴　有风　甚冷

写致敬一信。写复戴亦云信。写致树村督军信。又致二弟信。下晚,约泽涵吃松竹楼。

三月一　八日　晴

孔笠山、孙舜臣来谈。接蒋性甫来函,以香场领地事作罢。当写信复之。周采臣来谈公运。林晋臣来,告合同签名事。即电告训卿核办。

二　九日　晴

泽涵回京。写寄言立甫信,索前借去之长岭股折也。写寄桐伯妹丈信。吴琴舫来谈。下晚,刘壬三约同炎午到松竹楼吃饭。

三 十日 晴

写致林仙洲信。

四 十一日 晴

清早入都。子固来谈。议员王飏廷来访，言段总理出走赴津。壬三旋来谈。本日午后二时，为顺直议员设筵，欢迎冯副总统。乃值段总理与大总统议中德外交事冲突，段与阁员主张加入七协商国，与德绝交；黎谓须经国会同意。段之意此等密件难以先交国会，恐有漏泄；黎不谓然，以宣战媾和为总统特权，争之。段谓既总统负责，内阁应即辞职。范濂源并有极抗直之语，乃辞出。段即悻悻赴津。冯副座追至车站，亦难挽回。俟副座归来入席，宣告情形。壬三并言副座询及彝与之有旧交云云。入夜，颇戒严。北城汇源钱号被贼抢掠，亦会逢其适耳。写致树村督军一信。

五 十二日 晴

早九时，到总统府，谒冯副座。因候见者多，未之见也。访公度，一谈。

六 十三日 晴

冯副座到津，接段总理。访吕君山、姚荚村，不值。晤李虎臣，一谈。同敬一、铁梅到都一斋午饭。到丹桂茶园观剧。回，至大观楼晚饭。

七 十四日 晴

访壬三，一谈。访公度，一谈。午后，敬一、式轩、迪生来访。到同兴堂晚饭。

八 十五日 晴

早车来津。晤训卿，议盐店事。

九 十六日 晴

早车入都。访壬三，一谈。仲嘉、子固、养源来谈。

十 十七日 晴

访公度，留吃午饭。下晚，同壬三访籍亮侪，一谈。又同到冯副座处，承询奉吉故事，为之详陈一切，并又为筹策开复处分，许为向段内阁说项等情。彝以虽系故旧，未敢冒然相求，乃蒙代为计画，虽将来是否有效，而隆情殊为可感。当即面为申谢。并又问及何日赴津，嘱于明早搭车前来。意甚厚也。

十一 十八日 晴

早十时，冯副座专车来津。彝在车上晤面，告以见段内阁为之说道矣。午后一时半，到津，回寓。午后，琴舫来访。又晤李训卿。下晚，同琴舫、申甫到松竹楼晚饭。饭后，到四海升平观杂剧。入夜一时半，到车站送冯副座赴江宁也，面告以后通信云云。

十二 十九日 风 阴

吴曾九来谈。申甫来，谈盐务，恐彝之吃亏也。下晚，沙子垣约吃宴芳楼。入夜，小雨。

十三 廿日 阴 微有雪花

写复佟拙庵一信。冯梦韩来谈。庆善、庆徵儿以新学书院功课不如数年前英人之优等，教员多因战事回国，以后恐无进步，拟辞出在外预备课程。善儿拟将来入香港大学，徵儿为考清华学校预备云。两儿为求学速率起见。为之致函赫院长暂给短假数日，命两儿自为筹备焉。

十四　廿一日　晴

午后，带两儿来京，寓大观楼上。在车伤风，夜间忽冷忽热。

十五　廿二日　晴

身体不爽，饭量大减。强起出行。访敬一，不值。访吉甫，亦不值，与其世兄们稍谈，归寓。敬宜、子固均来谈。下晚，身上大冷，强到泰丰楼，赴朱侠黎之约。归来，寒冷不支。服藿香正气丸、甘露茶。一夜辗转不安，天明始汗出。

十六　廿三日　晴

礼景丰、公度、典生、积生均来访。在被内大出汗，而身上始宽舒，特口中尚不知味耳。稍食稀粥。午后，访仲嘉，一谈。又谒段总理，略谈。以冯副座嘱往一见也。下晚，江宇澄、吴镜潭、王志襄在西栈设筵招饮。镜潭谈及驻俄公使来电，言俄京骚动；海陆军响应各政党领袖开会，拟组织民国政府。闻俄皇亦有退让之意，云云。俄若改新政府，势不得不与德单独议和，则德之有西伯里亚铁路，意中事也。俄若附德，则日本亦必随之以俱往，中国将势成孤立，奈之何哉！此次之主张与德绝交诸人物，不知处于今日，其心理味何如也？本日，《公言报》号外亦登载相同。炎午、诵卿来京。

十七　廿四日　晴

写寄孟督军信。复董佑臣信。寄忠墨岑信，刘荔孙托作冰人也。庆善、庆徵儿回永。炎午、诵卿回津。下午，子固约到广和楼观剧。徐国俊约到西栈晚饭。

十八　廿五日　晴

早车回津。访郑献廷，畅谈，并为致函芦纲公运，以资接洽。

十九　廿六日　晴

访邓振宇、郭少岚、邹学勤、窦延峰四位纲总，声明与李训卿合股办理盐务情节。又同熊慕韩访陶星如运司，一谈，亦声明前事也。

廿　廿七日　晴

致公运公函一件，上运司一禀，申明合办盐务始末情由，以李训卿意存狡赖，不得不为之地，以对待之也。访申甫，同到阮昆林处，一谈。晤王药生。又同访吕燮甫，并晤杨善徵。

廿一　廿八日　晴

陈震之，山西人，名钰，来访，谈密云盐务，并约到松竹楼午饭。下晚，赵邻绍约吃鸿宾楼。又访写复，一谈。

廿二　廿九日　阴　雪降随化

熊慕韩来谈。下晚，王药生约吃饭。昨呈运使之件，批令公运将李训卿之谦升泰字号取销，另由入股新东订立合同，免致亏累云云。是公道昭然可见，抑运使之明鉴也。

廿三　闰月初一日　晴

李嗣香来谈。致公运一函，言接运司指令，请核准订立合同等语。下午，访燮甫，一谈。

廿四　二日　晴

访刘伯绅，一谈。接桐伯信。复言笠夫一信。下晚，约燮甫、申甫、善徵吃番菜。

廿五　三日　晴

写寄永清家书。又致二弟一信。午后四时，内人带同两妾、子女辈来津。因河水涨漫，不易过，改由陆路，到胜芳住一夜，今日乘船前来也。

廿六　四日　晴

到北海楼购胰子、牙粉。

廿七　五日　晴

午后，到公运，访刘荩臣，详说合办蓟岸各情。训卿来函。仍以好交谊对待，函复之。

廿八　六日　晴

午后，到松坪宅。晤馨山、慕蘧。下晚，约慕蘧、松坪到松竹楼晚饭。

廿九　七日　晴

访璧臣，道赞臣关切之意。下晚，松坪约在雅园吃饭。慕蘧、眠羊，畅谈。知石君、训卿在运署妄禀遭驳斥也。小人枉自为人也。

卅　八日　晴

上午，同王吉言、王枢辰、王谷臣、张珠农、孙次斋，到吴道尹处，求提倡顺直筹振事宜，并约到松竹楼午饭。到慕蘧处，一谈。

卅一　九日　晴

接子固两信。复荚村、子固信。复泰兴县张燕荪一信。午后，同申甫观剧。又到松竹楼吃饭。申甫、炎午说合与李石君见面，道及盐务互禀事均系误会，以后致送石君之项照旧，每月一百二十元。石君允事事附属，不起反对云云。药生约到明湖春吃饭。晤黄凤墀。

四月一　十日　微阴

写复锡九函。问母亲大人肝气疼之症，并致函北京中西药房，速寄虎骨熊油膏到家。

二　十一日　晴

庆善儿自家来信，言母亲大人肝疼症已愈云云。下晚，约药生到松竹楼吃饭。并晤刘壬三。

三　十二日　晴

申甫、枢辰来谈。下晚，孙泽馀约吃饭。

四　十三日　晴

访松坪、馨山，一谈。

五　十四日　阴

下晚，燮甫约吃饭。

六　十五日　阴　风

写祝张展云太夫人六旬寿诗。午后入都。下晚，晤树青，一谈。买零物。

七　十六日　晴

早起，洗澡。敬宜来。同子固吃致美斋。午后三时，同子固为展云太夫人祝寿。下晚，乌泽声约吃鹊华春。该饭店厨人系济南名手。鹊华春，取济南八景鹊华春色之意。同人入股，每股贰佰元。朱铁林、赵吟舟提倡彝亦入贰佰元。

八　十七日　晴

上午，彝约子固、敬宜、少溥吃鹊华春。饭后，到浙慈馆观剧。下晚，敬宜约吃鹊华春。归来，看电影。

九　十八日　晴

子固约慎斋、礼堂同到鹊华春。午后回津。致铁林信，求东海相国书匾对。

十　十九日　晴

十一　廿日　阴

报盐一千包。

十二　廿一日　晴

与石君议上各一禀。约申甫到松竹楼吃饭。写复佑丞信。

十三　廿二日　晴

访松坪、馨山，一谈。申甫入都。

十四　廿三日　晴

严伯玉约吃饭。伯玉为幼陵先生世兄，学问甚优。

十五　廿四日　晴

早七时，到车站，接树村督军，畅谈别后事。又晤亦云同年、高集安数人。段少沧谱兄来寓，畅谈十数年别后情话，留吃午饭。访慕蘧、慕韩昆玉。又访柴勤唐，一谈。下晚，璧臣约同少沧、申甫、梦韩、楚南、亦香，到会芳楼吃饭。

十六 廿五日 晴

申甫在寓，约同璧臣、楚南、亦香吃晚饭。

十七 廿六日 晴 大风

报盐两千包。下晚，约到会芳楼晚饭。

十八 廿七日 晴

连日大风，春麦盼雨殊甚。约少沧、璧臣、申甫、梦韩，到雅园午饭。先约少沧到华园洗澡。饭后，到璧臣宅，一谈。下晚，楚南约到明湖春吃饭。

十九 廿八日 晴

廿 廿九日 晴

约佑岑到松竹楼午饭。饭后，闲游。晤雷朝彦。庆善儿来津。

廿一 三月一日 晴

内人早车回家。写扇三柄。少沧大哥来，留吃午饭。出大通煤矿公司章程，嘱为招股。下晚，晤璧臣，谈见莀臣言盐务事。

廿二 二日 晴

同申甫访严伯玉，一谈。同到明湖春，佑岑招午饭也。下晚，伯玉约吃饭。

廿三 三日 晴

复聂献廷信。午后入都。申甫亦来京。同到厚德福吃饭。

廿四　四日　晴

早,访树村督军,一谈。晤亦云。写送郭侗伯太夫人寿对。访敬一。约子增来谈。午后,树村亦来。到丹桂园观剧。杜伯熊年伯约吃饭。饭后,又到第一舞台观梅兰芳演《儿女英雄传》,得意之作也。

廿五　五日　晴

早车来津。

廿六　六日　晴

早车入都。燮甫约吃明湖春。饭后,访亦云。晤树村督军。同亦云、伴琴、敬宜、祝[三]到鹊华春吃饭,同到第一舞台观剧。

廿七　七日　晴

同敬宜早车来津。到徐友梅处,贺其世兄花烛之喜。见菊人相国。访钱干臣。晤壁臣。

廿八　八日　晴

又到友梅处,贺喜。下午,同敬宜入都。祝三来接。同到致美斋晚饭。

廿九　九日　晴

早起。访树村。晤次山先生。午后,到陈秀峰督练处,贺其太夫人寿喜。又到浙慈馆观剧。下晚,到鹊华春吃饭。饭后,到中和园观剧。

三十　十日　晴

访李秀山督军,畅谈。又同树村访曹仲三督军。秀山亦到来。

其三督军维持鄙人，厚意殊可感佩。下晚，乐舜慕约在东兴居吃饭。

五月一　十一日　晴

同敬宜早车来津。到雅园，赴干臣之约。座内为东海昆玉。下晚，约同鹤年、枢臣、谷臣诸人吃饭。日昨选举候补参议员，承省议会公选为候补议员。同人之推爱，殊可感也。

二　十二日　晴

写致亦云信。齐斐章知事约同敬宜吃雅园。下晚，同新当选议员共五人，在义和成设筵，宴会省议员百馀人，藉以联合乡谊，并申关爱谢忱。

三　十三日　阴

细雨数点，殊切农民之望。接杨东生来信，嘱介绍孟督军。即作书复之。

四　十四日　阴

早七时，搭车入都。到大同公寓。值树村督军外出，同各省督军在迎宾馆宴参众两院议员，预为疏通加入战团之通过也。同亦云吃午饭。饭后，访子固。又同亦云、伴琴出东便门，改换小船，东行二里，到乐家花园，赴乐舜慕之约。饭后，冒雨回至大观楼，与仲嘉稍谈。搭八时三十五分之晚车回津。到津寓已十二时逾两刻矣。闻日昨郎坊北得雨数寸，郎坊以南则阴而不雨，殊殷盼也。

五　十五日　微阴

写致曹仲珊督军、程复斋、戴亦云各信。馨山来谈。下晚，松坪约同馨山，在全聚德吃饭。子固、敬宜来信。

六　十六日　晴　立夏

馨山约同集安、序东、松坪吃聚和成。下晚，吕燮甫约吃饭。馨山仍约在雅园吃饭。

七　十七日　微阴　有风

到孙泽馀处，为其尊翁拜寿。前同子固挪借华光银行洋三万元，为济叔秀代办训卿密云盐务之用，现在训卿心变赖债，涉讼，只得向松坪暂贷壹万元，馨山八千元，还债以全信用。

八　十八日　晴　有风

韩叔秀前被检察厅拘留，今日开庭。以李训卿在庭有情托，韩之理仍不得直。司法之黑幕，将来必乱天下也。

九　十九日　晴

早车到京。到树村督军处，晤许东飒道尹。毕辅廷约同到公园来今雨轩吃番菜。饭后，访朱型叔，一谈。下晚，朱博渊约在泰丰楼吃饭。壬三又约吃致美斋。

十　廿日　晴

访公度，不值。到大同公寓吃饭。饭后，到中和园观剧。敬宜约吃鹊华春。

十一　廿一日　阴

到中和园观剧。下晚，觐侯约在西栈吃饭。雨一阵。又到中和园观富竹友全本《六月雪》。

十二　廿二日　晴

子固约吃天兴楼，中和园观剧，到鹊华春晚饭。下晚，到第一舞台观剧。梅兰芳、杨小楼全班演《春秋配》一出。张四姻弟来，取去三百元。早间写屏对。

十三 廿三日 晴

到浙慈馆观春阳友社票戏。下晚，约同远亭、子固到鹊华春吃饭。饭后，仍到第一舞台观剧。早间，写屏对。

十四 廿四日 晴

早起。写字。同敬宜、子固、仲嘉到鹊华春吃晚饭。饭后，晚车回津。在车上，与亦云同年畅谈。夜半到津。

十五 廿五日 晴

午后，到松坪处。晤亦云、馨山。

十六 廿六日 晴

写送戴亦云太夫人七旬寿喜对联："美意延年桃觞春满，古稀介福莱彩欢承"、"萱荫春长瑶池宴乐，莱衣彩焕璇阁欢腾"、"莱彩欢承长寿母，萱堂庆衍古稀年"、"瑶池益算瞻王母，彩服娱亲羡老莱"。胡秀章来谈。又代东海相国撰寿联："寿母休征祥开宝婺，老莱乐事彩焕斑衣。"晤松坪，议同往祝寿事。本日，日色甚红。旱象也。

十七 廿七日 晴

九时，搭车赴汉沽小留庄，为戴年伯母祝寿。乡村之中，热闹异常。戴氏门额，犹悬愚卿年伯"传胪"二字横匾。盖书香传之数代焉。

十八 廿八日 晴

上午，搭车到芦台盐店，详询店事。写致敬宜、二弟各信。下晚，炎午自津来，告以廿五日《公报》载有曹督军、孟督军、李督军呈请为彝销去处分、量予起用一案，奉大总统指令恩准云云。

十九　廿九日　晴

写致敬宜与二弟各一信。午后，搭车回津。炎午与叔秀在检察归来。今日检察官龚姓，极明白，洞明李训卿之无理取闹，今叔秀取保，则前汪检察官之将叔秀拘留多日，其为受李训卿之情托可知，司法之黑幕何如耶？约申甫在松竹楼吃饭。接仲嘉电、敬宜信，均为贺开复事。愧何如也！

廿　卅日　晴

往谒东海。因倪丹忱在座，未见。又访李秀山督军，因病未见，见其参议程复斋，与彝[为]（与）至亲，秀山令其参谋徐君代表，同到德义楼吃番菜。走访薛松平，不值。梅子来来见。

廿一　四月初一日　晴

刘荔孙来谈。

廿二　初二日　晴

早起。闻树村督军来津，当即往见。知树村与王占元督军谒见总统，谕以转知：段总理辞职。不得已将此意转知各督军，均大愤激，相率于昨夜半出京到津，欲见徐东海，乃东海未予一见，拟同到徐州晤张督军勋再定办法，先去一电。至下晚，徐州复电，言馆舍无多，且各督军莅止，未免骇人听闻，请公推一人到徐计议云云。在树村督军之意，以为抗议改正宪法，尚为国家起见，若为段内阁一人职位抗争，终觉不当也。

廿三　初三日　晴

见树村，通电山西、河南，言各督军团公推倪丹忱、李厚基回任之便道，到徐州见张督军，定办法后，再行通信云云。午后，本拟入都面谒总统申谢，并代树村禀告在津一切情形。因事不果行。

廿四　初四日　晴

六时即起。见号外《津报》，段总理免职，已来津云云。迟至九时，快车入都。到后，知北京地面安静如常。敬宜来谈。

廿五　初五日　晴

写屏对。敬宜、祝三来谈。祝三亦书数对。

廿六　六日　晴

大同公寓来电话，告知督军天明时将到京，因公忙迫，未得在寓，故未往见。同子固、敬宜、祝三到丹桂观剧。

廿七　初七日　晴

到大同公寓，知树村督军在陆朗斋宅，得病甚重。当同亦云前往看视。见树村昏迷不知人事，头手壮热，吐绿水，频频大便，如痢疾。先来一宋医，以为少阴寒症，用针刺小便三次，出血，以为老险之症，迟两时则不治云云。又开一方，不成脉案，且有白字。当为之作书求陈云樵参谋亲往延恽薇孙先生前来诊治脉案，以为烦劳失眠，肝胆不调等语，得其要领矣。晤曹仲珊、李秀山两督军，申谢会衔呈保厚意。下晚，树村二女朗斋之儿媳由津来，带来一医士辛孟庄，与薇孙意见相同。到于君厚处，贺其女公子出嫁之喜，留吃晚饭。又往视树村病。

廿八　初八日　晴

早九时，谒大总统，申谢销去处分之命，并言树村在津事实；又代谢总统派医看视，赏赐药水各事。往视树村之病，较昨日略见清减。

午后，往贺邓孝先世兄合卺之喜。下晚，同敬一、祝三到都一斋吃饭。又往视树村，夜半方回寓。树村已可说话，大有转机矣。

廿九　初九日　晴

上午，王鹤年、刘壬三、郭春卿、李永芳、王诵卿来看视，留吃番菜。往看树村，较前见好。到王海安宅，一谈。下晚，乌泽声约吃鹊华春。入夜，敬宜告以倪丹忱、张雨亭宣告独立事。

卅　初十日　晴

写屏对。往看树村病。下晚，公度在福兴居招饮。李润田又约到宴宾楼吃饭。

卅一　十一日　晴

写致高集安信。午后回津。

六月一　十二日　晴

二　十三日　晴

写屏对竟日。

三　十四日　晴

早车入都。往视树村病，已愈七八分，惟痢仍未尽，小便不通耳。同子固到浙慈馆看票戏。

四　十五日　晴

写屏对。午后，往视树村病。敬宜、竹山、迪生来谈。士缃约吃饭。

五 十六日 晴

写屏对。到敬宜处，约同到高谦甫处，请黄汉甫看八字，大抵人云亦云耳。又同往看树村之病。

六 十七日 晴

早车，同敬宜来津。庆善儿自家来信，报告儿媳于旧历十二日午前十时十分钟举一子，母子平安等语。长男得子，多一代人，母亲在家，当欢喜无量，我亦不知何以手舞足蹈之欢慰无似也。同敬宜吃松竹楼。饭后，访友梅、松坪。馨山来谈。下晚，友梅约吃鸿宾楼羊肉馆。

七 十八日 晴

敬宜早车回京。下午，盐号同人来贺生孙之喜，并送厚仪，辞之不得，治席一桌，请同人畅饮，以致谢意。

八 十九日 晴

吉林议员毕辅廷、刘敬舆等五人来看。以政局争持，各员多来津暂避也。下晚，献廷约吃会芳楼。又，吴士缃自京来，约松竹楼一聚。在座为彭秋、绍眉。

九 廿日 晴

馨山电话，告以亦云来津。早饭后，往看亦云。适敬宜亦自京来。下晚，在雅园为徐友梅预祝大寿，同绍眉诸人作主人。

十 廿一日

早大雷一阵，乃疾雨数点即晴。农民望泽殊殷耳。

写致二弟信。同敬宜到青云阁，访居易，倏相士看八字，并为新生小孙拟定八字，系巳年巳月巳时，日为甲戌，四层土命，为从化格，当主富贵云云。松坪约同敬宜,在全聚德午饭。下晚,吴彭秋约在松竹楼吃饭。

十一　廿二日　晴

写屏对多件。午后,访松坪。又访石君,一谈。回寓,仍作书。

十二　廿三日　晴

德养源来访。自朝至暮,写屏对多件。

十三　廿四日　晴

早车入都。往看树村督军之病,已愈八九成,只体弱须调养耳。又到许典生亲家处。

十四　廿五日　晴　天热异常

敬一、祝三、迪生、式轩、仲嘉、士缃、子固均来谈。早间,刘绶卿同年来谈。

十五　廿六日　晴

早起,视树村病,甚好。留共早饭。劝其节食,以病后贪食为养病家所忌也。访亦云、卓生,一谈。午后二时,搭车旋津。庆善儿日前自家来津,母亲大人在家康健,家事亦平顺,可慰也。

十六　廿七日　微阴

写屏对多件。

十七　廿八日　晴

唐子奇约吃午饭。下午,士缃约吃雅园。下晚,到升平园观剧。

十八 廿九日 晴

访松坪。晤馨山。下晚，刘壬三约吃松竹楼。

十九 五月初一日 阴

十二时，急雨。为自春以来所未有，殊可喜也。惜不时许即止，未得沾足耳。同松坪在义和成请客。

廿 二日 阴

壬三来谈。下晚，李题贤在聚和成约吃饭。饭后，到升平观剧。

廿一 三日 晴

写寄马莻卿信。

廿二 四日 晴

访南开张伯苓校长，一谈。

廿三 五日 端阳节

写复郭侗伯、于朗昆两信。小雨竟日，农田甚沾足也。

廿四 六日 晴

早车入都。看视树村督军之症，已痊。前此病已匝月，今已大愈，即可剪发，用减病态。谈黑龙江许师长驱迫毕督军而自代事，跋扈犯上，毫无礼义之行。闻山西、陕西、福建各督军，均逐省长而自代。是复成何世界？为之感喟不已。

廿六 八日 晴

早起，又到树村处一谈。午后二时，慢车回津。八时，到南开学校，看视发第十班中学毕业文凭。据校长张伯苓言，徐东海请其为总统总理而不为，兹到校为学生授凭。诚哉，校中之光荣也！

廿七　九日　晴

早九时，谒东海，一谈。午后入都。下晚，到树村处看视。树村为小孙制小金镯，以贺弥月。谈至夜半，出城。

廿八　十日

早六时，到车站，搭车到郎坊。即时坐车回永清。天气甚热。午后二时，到家。叩见母亲大人，极为喜悦，家人平安。入夜，典生亲家携眷亦到。

廿九　十一日　晴

看视新生孙子。孙子甚为壮实。亲友多来看。

卅　十二日　晴

亲友多有来贺孙子弥月之喜者。光梅生、王枢辰、班伯均到。设酒筵款待之。

七月一号　十三日　晴

早九时，由家起身，午后二时到郎坊。四时，搭车入都。下车，见街市龙旗飘扬，甚为骇怪。问之车夫，云宣统又作皇上。当即到寓，觅报纸一看，多系张勋伪造之上谕，为之心悸不止。草草一饭，即到树村处，乃知树村因病痊愈，急拟旋吉，昨日到总统处禀辞；又晤两总长谈之，时间甚长，未免疲倦，旧疾复作。为之焦急者久之。

二　十四日　晴

早到树村处一谈，病已见好，然不克起床。未免又入于漩涡之中矣。以其又受宣统上谕为吉林巡抚，真有进退不得之势。到敬宜处，一谈。留吃午饭。下晚，到东安市场德昌茶楼吃茶。又到青云阁买苏帖。养源来谈，今日上谕已将内外官职多已补授矣。

三　十五日　阴　小雨

早，快车回津。津市上亦挂龙旗。朱家宝已授民政部尚书，其归心帝制也可知矣。

四　十六日　晴

知敬宜来津。到松坪处走访，已旋津矣。

五　十七日　晴

访壬三、春卿、湘南、绍颇、鹤年，均畅谈。下晚，在松竹楼请诸位便饭。

六　十八日　晴

为克洲致信侗伯、梅先、荫南诸公，设满蒙银行事。

七　十九日　晴

到吉林官银号，访馨山，一谈。王枢辰自清来，言乘车到故城，闻官军派车逐返，由水路来津。姚荚村来访，谈永固设银行事。下午，庆徵儿自北京归来，北京已两日不通车。言车上插英人旗帜；车到丰台，正值两军开战，客人多下车避之，迨车行时，妇女有不及上车者。凄惨情形不能名状。车后不远，由飞艇上抛下一炸弹。真无人道主义者。车上一日人，腿上受弹伤。此行诚危险也。徵儿之来，洵可喜也。

八　廿日　晴

真致中西药房信，问庆常侄旋吉否。又致亦云信，问树村督军可以微服出都否。午后，上南京冯大总统电，贺依法即任之喜。下晚，雨一阵。湘南、枢辰、鹤年、春卿来谈,留吃晚饭。

九 廿一日 阴 微雨一阵

午后,董佑臣约吃饭。座内为申甫、伯玉、豁然。

十 廿二日 晴

辅廷、柳丞来访。绣章来访。敬宜自京来访,言张勋经英法两公使调停,令其兵队解除武装,乃忽变卦,令兵队在永定门内开挖战壕,不惟民国所不容,亦外交团之公敌等语。张镇芳、雷震春,助逆者也。前日,亦获之于丰台车站,冯德麟获于津站。溯自张勋来津之初,警岗清道,气焰不可一世,今几何时,一败涂地! 倡乱之雷、张两伪尚书,亦身名俱裂,为天下笑。冯德麟无逆迹,当释出矣。下晚,约伯玉、豁然、药生、申甫便饭。

十一 廿三日 晴

早,访敬宜,不值。十二时,约敬宜、小鹿、立斋吃松竹楼。

十二 廿四日 晴

早起。访敬宜,同吃牛肉馆。到车站,知早间所开之车只到丰台永定门。两军已开战。又闻铁路局云:张勋兵已投降,张勋已入英使馆。果尔,北京三五日内可平定也。闻孟树村督[军]已于昨晚回吉。写寄一信,附入二弟信内转交。下晚,伯玉约吃便饭。

十三 廿五日 晴

早,敬宜回京。庆徵儿亦回永清。王荫轩回长春,来谈。

十四 廿六日 晴

写致敬宜信。下晚,邓豁然约吃饭。唐顺送庆徵儿由永清回,言母亲大人如常康健，家事顺平云云。

十五　廿七日　阴雨

阅报，知张勋已逃入荷使馆，定武军已遣散，大局已定，善后事正在处置中。入夜，大雨。

十六　廿八日　阴雨

寄树村督军信。燮甫约吃晚饭。夜间，大雨一阵。

十七　廿九日　晴

写复续赞臣信。早间，同诵卿访鹤年、伯才于政治研究会，留用午饭。下晚，琴舫约吃富贵楼，观同庆部杂剧。本日，入初伏。

十八　卅日　晴

胜芳张子贞来访，求写字。到大街买藤椅。春卿、鹤年、绍颇来访，留吃晚饭。又与燮甫、申甫一谈。

十九　六月初一日　晴

写致公度信。伯光来谈。午后，写大对联五付。下晚，到同庆部观杂剧。入夜，雨一阵。

廿　初二日　阴雨

写致曹仲珊督军信，贺其充西路讨逆军司令立功，并兼直隶省长之喜。下午，到李嗣香处，行吊。

廿一　初三日　阴

写致李秀山督军一信。又致其幕府程复斋姻弟一信。写屏对。

廿二　初四日　晴

廿三　初五日　晴

廿四　初六日　晴

午后，到京。京中下晚仍戒严。

廿五　初七日　阴雨

访壬三，一谈。又访敬宜，留吃午饭。饭后，访景丰，一谈。写致树村信。

廿六　初八日　阴雨

上午，约壬三、春卿、浣亭、鹤年、伯才、绍颇、炎午、诵卿，在大观楼吃番菜。下午，同敬宜走访士缃。

廿七　初九日　阴

午后，大雨。访公度。子固来访。同敬宜吃致美斋。下晚，迪生、海安、敬宜、士缃，吃中华饭庄。

廿八　初十日　阴雨

写致二弟信。迪生、海安、圃孙来访。以便饭待之。

廿九　十一日　晴

午后，雨一阵。觐侯约到泰丰楼午饭。下晚，公度电告昨日永定河北三工决口。

以下接查振日记

六年七月卅日　丁巳六月十二日

早五时半即起。以昨晚冯公度弟由电话告知永定河北三工于昨下午决口云云。默念被灾区域人民为水冲没者，不知凡几，流离困苦，其情形当如何凄惨！若不速往救济，何以为情！即刻冒雨到松筠庵，访筹备顺直振捐处经理刘镜轩，略谈振事，并同到公度处陈说办振之事；救灾如救火也，为刻不可缓各情。公度好善之怀尤胜于我，当即由电话通知王京兆尹办理急振事，要求派警保护，一面请史康侯兄到来，面商筹款事。又通知冯伯岩仁弟，送到治时症药料，由顺直助振局先筹现洋五百元，委托彝偕同孟重三、李松山、刘绍□、冯小云，查振员四人，午后两时，搭车到万庄，探询水灾。知旧州镇被水所围，欲入不得，乃到郎坊下车，寓祥和栈，详查水灾各处情形。□致安次县陆耘史一书，请其派船来杨税务，以便分投查振。本日早间，在公度处言及武清、宝坻两县水灾亦重，助振局势难兼顾，乃致信筹备顺直振捐局，请诸同人集议拨款派员往振。彝为筹振局干事，不得不为之筹画也。午后，开晴。在车上晤榕珊，畅谈。

卅一　十三日　晴

又致落垡王鹤年峰书，派□林往投，求雇船赴县署也。早饭后，雇车到杨税务，询悉村南被水，西行见浑水。过两河，流骡卧水中，颇为危险。旋经故城，村人涉水用簸箩来迎。沿村南环视，有全屋覆没者。闻只伤一初生少女。居民有在壕上栖止者，有架木为屋以宿者。本村富绅为寇君子英，武举人，勇于为善，为道村中被灾情形，与所见无异。复同查振员到各处查勘。此间地多沙，出产本薄，今春大旱，麦秋不收，刻又遭水灾，几乎十室九空，即予急振，人民亦多无生活之希望，为之筹策安全之计□不易得。无已，只有核检人口，每日给以粟米半斤。本村只准五十名，养至明年三月为止，则另有谋生之路。计每一月二十元，共八个月，则需一百六十元。如此，以三百村计算，共需四万八千元。以冬抚、春抚款项□，而为此较为妥善。一俟再查视□村后，如与所拟计画相合，当商之助振局，勉力为之。

八月一 十四日开晴

河水落去尺馀。早饭后，乘木筏到柴家务，水路水三四尺不等。到该村查视，十房九倒，只有一家屋内可以驻足，凄惨情形，目不忍睹。村中间为大流隔断，不克西行，即按户口、人口令行振济，计六十七户。另外给饼食六十七□，聊为敷衍，殊觉歉然。又到次乡村查视，水灾较柴家务为轻，村内路南房屋多塌，路北房屋皆完好也。择其极苦者振之。又到安乐村查视，地土沙薄户鲜，盖□粹被水灾尤为困苦，总计六十馀户，塌至八十馀间之多，情何以堪！略为区别振济。又到小北石村查视，家家房倒，大流在村中间，各户门口皆水，举目凄然。只得招集首事人在筏上，询悉灾情，用振济之。又到大北石村，百五十馀户，倒屋计二百馀间。该村亦鲜盖藏，与安乐等，虽极大之户亦无隔宿粮，故振济灾民较多，以灾情重，不得严为区别也。书册毕事，时已昏暮，即乘月色回归。闻南面水声尚急也。□时早饭，月上后晚饭，日间无吃饭处所。且热气满胸臆，亦不能下咽。

二 十五日 微阴

安次县耘史复信，并派去小船四支。今日即乘船查灾矣。写致公度、康侯一信，催寄款项也。早饭后，赴南庄村查视。该村以姚白两姓为富户，郭杏桥为三十年前旧学友，均来招待。该村户口最多，倒房亦不少，为被水灾次等者。分别振之。在姚六舫宅吃午饭。饭后，到王玛。该村水淹极重，倒房约十之七八。以张海山宅富户房尚完好。如前振济之。下午，到琥珀营。该村南北均有大流，村中被灾最重，西街为汉教，东街为回教，分别居住。村外田地均属沙薄，人多困乏，一遇水灾，尤觉难以生活。回诘回族□，颇为凄恻。以房倒地淹，无后望者居多数也。过重灾振济并□谕处困自立各情。盖回族不安本分者多，如晤耘史知事，必为说项□□。回教学堂设法筹款，俾知礼义，免生为非。入夜，到柳园村，乘月色察视，无房不倒，入村即坐簸箩。到鹊姓家后院屋内，炕亦新塌，湿气过重，又令人负之到西院屋内，水新淘净，炕又用火烧之太热，恐炕塌也。该村情形为近日来所查各村灾情第一极重者。

三　十六日　晴

黎明即起。蝇子、蚊子过多，夜中不克成寐也。写灾情户口册，□毕事，用早饭。当令绍轩自乘小船溯流上驶，往西查振。彝则拟到南石姜其营查视。奈行数时南望，水浅不能到，只得到安乐村，□询知以上两村水浅难以到达。不得已，令安乐村人送回固城。适有芦村乡人前来请振，告以明日即往。□日早起，水又涨至一尺，入夜复落。此次水带好泥，有益于田地不少。下晚，雷雨一阵。

四　十七日　微阴

早饭后，同小云乘船到军芦村查勘。该村南面稍被水灾，择其灾口振之。又到景村。该村东西两头均系大溜街口，大流急湍，颇极危险。在安姓门口下船。村中倒房亦多，灾情极重，应从厚振济之。下晚，到东储村。该村分为三段办事，村皆有水，倒房亦多，不克按户查视，令其先行造具被灾户口册，再行分别核实给振。黄昏，到安次县城北门外下船，到城内黄家店上年办振，即寓于此。八时，约访陆耘史知事。一年不见，畅叙数小时，并索两小船，派队带回固城□用。又借现洋五百元，备就近放振也。

五　十八日　晴

早，耘史来访。饭后，赴城东各被水灾处查视。到东张家务，水灾较上年为重，房亦多倒塌，照上年振册振济，用拯灾黎。下午，到落垡，嘱小云查视被灾各村，彝搭车暂回天津。庆善、庆徽儿已来津。庆善儿受热，水泻不思饮食。当延石君诊治。锡九姻弟亦来。知信安、胜芳各处被清河水灾甚众。

六　十九日　晴

庆善儿服药有效。再请石君开方，并为庆善儿预备游美各事。

七　廿日　晴

庆善儿病已好九成。午时，同张伯苓及赴美学生五人，上津浦车南行。面托伯苓关照一切。伯苓热心相待，甚为可感。并嘱善儿随时自卫，饮食注意。送至新车站而返。下晚，申甫来访。

八　廿一日　晴　立秋

写致倪丹忱督军信。又致仲珊督军信。致馨山信。致马绍眉信。写送张云阁喜对。午后二时，搭车到郎坊，即时到固城。水落甚多。入夜，绍轩、惠卿均由西北路查振归来，详询各处灾情。水已渐次消落，大约振款尚可稍省矣。

九　廿二日　晴

总核西北两路已查之四十馀村，计需振洋三千一百馀元。约计东南两起所查水灾村庄需振，当亦在三千以外。北京振款尚未送到，殊深翘盼。

十　廿三日　晴

早起，到郎坊搭快车入都。访公度，知振款颇极支绌。当由电话请大京兆史康侯来冯宅，议振事最后办法。现在安、法各村已查者，总数振款七千元为限，助振局义振，与京兆官振，各任其半，如永清、安次尚有需振之处，令由顺直筹振处拨款千馀元即天津所存者振之。惟涿县水灾极重，同人亦委托彝往查振，俟三五日安次振事毕再行前往。下晚，搭快车回郎坊，在店借小驴骑回固城，时已昏暮矣。

十一　廿四日　晴

派人约绍轩回固城，一面借车赴郎坊车站，取铜元。早饭后，乘船赴安次县，沿路水已大落。午后三时到县。详询重三查灾情形。下晚，松生、惠卿、小云查振归来。总计此间需款三千元之谱。入夜，到县署访耘史知事，告以昨到京王京兆尹令由县拨三千大洋为振款发放。前，京兆尹函告拨一千元，此次又加二千元各情，由县交来王京兆尹及公度，并筹振局各信。

十二　廿五日　晴

耘史来答拜，并约吃午饭。饭后，嘱惠卿、松生带由县署拨交之五百元铜子回固城，安次则留重三、小云，将已查之村先放铜子，再到重灾处查视。彝乃乘船赴落垡旋津，筹拨前存之筹振处一千三百元，以备分赴永清、安次振济之用，以此补助助振局之不足也。

十三　廿六日　晴

接李秀山、孟树村两督军信。写复姚芙村信。寄筹振处。下午二时，搭火车赴郎坊回固城，归拢账目。

十四　廿七日　晴

惠卿已回韩村，乃留松生散放已查过村庄之铜子。同绍轩到郎坊。十二时入都。午后三时，始到。到中西大药房晤子增，一谈。由电话到各处访公度，竟不得其所在。访鹤年，一谈。访壬三，不值。阅报，本日命令对于德、奥两国开始宣战。词意极合人民心理。虽将来之结果不可知，而现在之潮流，则不得不出以此也。

十五　廿八日　晴

早起，访公度，谈赴涿县查振事。西行车早车已过时，午后三时始开行，五时到涿县，查访水灾情形。并在车上看视距马河水溢大势。饭后，访朱知事元炯，知急振已经竣事，乃讨论善后各事。

十六　廿九日　晴

朱知事来答拜。访王旅长承斌，不值。到县公署，约集官商各界，会议水灾善后各项事宜，如办平粜，开使铜子票，借给民间麦种两端，已由此间官商议定，其被灾妇女业经开办粥厂，而男子之被灾无食者，拟修筑吴公坝工作，为以工代振。当即由京兆尹拨到之千五百元中交票各半，入为此项之用，由县开具收条，以便交助振局备案。至冬季需用棉衣，由彝回京设法筹办。议毕，知事留吃午饭。王旅长系三镇旧人，曹督军充统制驻长春之旧部也，人极明白。接全扶辰自京来信，亦为涿郡求振也。涿郡为向来南北通冲名胜之处，必多匆遽出城，未得游览。三时后，到车站，远望城之东南角，有魁星阁；北面有双塔矗立，颇有可观。五时，车始开行。涿之北，距马河、琉璃河，两水并溢。琉璃河可通舟楫。玉清河，闻霸县一带水灾，皆此水为之导也。良乡城亦坚好，城之东高阜上有古塔，数十里外即望之历历在目。过芦沟桥，河水落去甚多，想下游各处当可望种秋麦也。西便门外车道在白云观、天宁寺之中间。到都已七时矣。

十七　卅日　晴

昨晚，寓芝麻胡同。早饭后，写上大总统一禀，报告半月以来赴安次各县查振情事。访敬宜，一谈。下晚，子固约吃鹊华春。又，伯渊约吃新丰楼。性甫、康侯、伯岩、公度皆在座。报告到涿县查振事。

十八　七月初一日　晴

写致王京兆尹一书，言赴涿县办振事。午后，写致树村督军一信。又寄二弟一信。下午，赴津。适唐顺到永清为庆徽儿取衣物，亦午后回津，言母亲大人有腹涨气疼之疾，殊为惦念之至。

十九　初二日　晴

写上大总统一书，报告水灾事，并条陈冬振散米办法。下晚，勤唐来谈，并交来前欠地皮价五百元。

廿　初三日　阴雨

早车来京。午后二时，到大总统处，请见。内丞宣言候请再见。当上一书而归。到公度处，贺其二公子新婚之喜。又到大观楼。子固、敬宜来访。总统府电告翌日十时来见。

廿一　初四日　阴　微雨

早十时，晋谒大总统，详陈振灾各事，并言永定河合龙办法。大总统极为注意，乃前上两书尚未见到。又细陈两书意见而退。访壬三，一谈。到公度处，贺其太夫人八旬寿喜。下晚，归寓。

廿二　初五日　阴雨

写上段总理一书，亦详陈查振各事。又致赵紫登同年一信。午后，访敬宜，一谈。到段总理处，因其午睡未醒，将信送上，未请见也。访陆慎斋，谈振事。

廿三　初六日　阴

写致胡海门、王鹤年、沙紫垣各信。又会同敬宜致孟督军信，为说梁宗拯、李润民悔过回吉，请免追究云云。访鹤年、春卿，一谈。搭十时加车到郎坊。急雨一阵。到固城，已午后四时。与松生论振事。子英言及日前舍妹由吉林来永清矣。

廿四　初七日　晴

写致陆耘史知事信，催其交款。已查被灾之村急待散放铜子也。又致重三一信，并烦松生赴安次催取铜子，雇八人，以两轿杆绑制坐椅，抬过泥塘处。遇水则用簸箩渡之。到安乐村，则无大水矣。十一时到韩村。晤叶蕙卿，及各首事人，详告急振与上年不同，须振因水灾之极贫者，须劝告勿得争论。饭后，告知蕙卿查韩村东西解口楼台，王居各村查毕，到城内再议。乘骡车到永清县城内，省视母亲大人，身体尚好，惟较前稍瘦，腹涨气疼时发时愈，特精神与前一样，大可放心耳。家事亦好。

廿五　初八日　晴

述兹来看。下晚，重三振局自安次专人来信。即作书复之，告以将安次县署拨到之款，应尽先查之寺堡等村散放，其安次附城重灾各村，先查户口，俟县署款到，随时再放云云。

廿六　初九日　晴

午后，梅生县长来访，告以本县境内查振各事。母亲大人肝气发疼症，医以肝胃气疼药酒，大为见效。夜半，小雨。

廿七　初十日　晴

午后，赤文、伯纯来谈，留吃晚饭。饭后，回拜述兹，一谈。又到伯纯宅。又访班伯，畅叙。写寄二弟信。

廿八　十一日　阴雨

下午，蕙卿自韩村各村查振归来。查得十二村应放铜子三万四千馀枚。

廿九　十二日　晴

交蕙卿铜子十万枚，雇大车运赴信安镇，查视水灾振济之项。约以十六万铜子为限。访警长赵省吾，一谈。又到家五叔处，及三弟宅看视。午后，回拜梅生县长。又访常醴若，畅谈。少年学友阔别二十徐年聚首话旧，为之慨然。

卅 十三日 晴

设筵，约梅生、省吾、幼园、赤文、班伯、晋斋、玉青、若彭、伯纯宴会。提议修堤，为防水患，修补城垣，添用更夫，设看城门人，为冬防之计。梅生议添警兵，经费稍多。现在贼匪渐多，无日不有抢劫之案。今日闻河东辛务因抢又出命案矣。说者马巡前在河北拿获身带枪刀惯贼马姓、白姓二人，经县审，有劫路三案。梅生县长以按法律非结伙三人以上，且劫案系在安次县境，按照属地办法，送往安次讯办。如此说法，而不知权宜之计，致酿出抢劫之案如是之多。县长之不敢作事，轻纵贼匪，贻害地方，诚咎无可原也。如此荒年得一好地方官，为百姓作事，诚不易之也。

八月卅一号 十四日 晴

早起，叩禀母亲大人，带儿媳、孙子，起身行四十五里，到黄家柳子村上船。南望一片汪洋。系清河水涨所致。到信安镇，见张筱川，详问被水各村情形。筱川三十年前旧友，相见甚欢。信安东南至津西，通霸县，南通文安，遍地皆在水中，灾民无所栖止，闻之凄然。意拟到津京各处，再为请振，不知办得到否。换船，到胜芳，寓福德栈。闻灾民吃河水，多患痢疾者。交栈主治痢药廿包。

九月一号 十五日 晴

雇大船顺风浪，午后一时半，到津寓。读子固信，知华充借款已成。复子固信。

二号 十六日 黎明大雨 八时雨止

庆徵儿九时赴上海，拟投入圣约翰书院肄业。为致院长一函，并求王子扬、程尧丞代为介绍函两件。旋晴。到松坪宅。访馨山，一谈。写致子固信，附借款信。

三号 十七日 阴 微雨

锡九姻弟回永。写致京兆尹一信，报告永清、霸县办振各事。到瑞蚨祥，留吃午饭。午后二时，搭车到郎坊，雇两驴，一骑一驮衣包。到固城，七时半矣。询绍轩、松生办过各事。知昨赴永清送信人距城二里，竟亦被劫去铜子六十枚。地方之不靖，殊可虑也。

四号 十八日 微阴旋晴

传知前查之寺垡十四村，已经京兆王委员放过铜子者，助振局不再重放。以义振、官振，此次系属合办也。结束先查振过帐目，又补放王玛村之五十口。

五号 十九日 阴雨

早八时，骑驴赴郎坊。十二时上车。下午四时到京。加车之慢如此。访公度。又晤王大京兆尹，讨论振济事宜。下晚，同景丰归寓。

六 廿日 晴

写致张筱川附致蕙卿信、程桐伯、王炎午各信。又致中国大学姚恨吾校长信，为庆常侄介绍求入学肄业也。访铁珊，不值。到公度处，一谈。晤子固、敬宜。下晚，敬宜约吃新丰楼。八时，搭车到津，已交夜半十二钟矣。

七 廿一日 晴

上午，在松竹楼同亦云、馨山、冠三吃饭。下晚，炎午、紫垣[约]吃松竹楼。

八　廿二日　晴

孙子德立为百[日](岁)吉日，备酒食以宴炎午、叔秀、紫垣同人。

九　廿三日　阴

午后二时，搭车来固城。子英设酒食，为我振局同人饯行。子英为固城绅富己丑武举，且能孝母，广行善事。此次又为振局事事相助，为理甚可敬佩。

十　廿四日　晴

结束振款帐目。马鼎臣来访。早饭后，振局同人借坐子英大车，赴郎坊车站。午后四时到京。多竹山来访。壬三来谈。

十一　廿五日　晴

十时，访王志襄，畅谈。午后，同景丰、竹山、子固、鳌卿到吉祥园观剧。下晚，访枢辰、伯才，一谈。

十二　廿六日　晴

写致二弟信。又致砚生信。访公度，不值。午后三时，同公度、康侯、范孙同乡十三人，到大总统府，为其已故夫人上祭。大总统出而申谢，并讨论振灾、修理顺直河道各事。公度之倡议者，为五路加收贷捐，年可得数百万，用修五大河，俾无水患；各车路亦可无冲毁之虑。闻京汉路、津浦两路损失皆甚钜。京汉之修路费，闻须用一千二百万元。治河即以保路，互相为功，计甚便也。归路到松筠庵，议顺直助振局事。下晚，性甫约到泰丰楼吃饭。饭后，回大观楼。写屏对。荚村、伯才、枢辰、华庭、谷臣来谈。

十三　廿七日　晴

早六时，到京汉路车站。七点四十分开车，九时半到涿县下车。

昨日由京兆尹公署以电话固安县，代为雇车派警来接。到则车警均至。即登车东来。沿路村庄有被清河水漫出成灾，房屋坍倒者，幸不日水退，禾稼尚可收成也。过清河，西为涿县界，东则固安。到宫村打尖。午后四时，过固安城，行至东内村，天已昏黑。在耿华林处饮茶。茶后，借一灯笼照之开行。到城已九时半矣。叩见母亲，身体极好，可乐也。

十四　廿八日　晴

写致蕙卿、子英信。即日，接蕙卿复信，言须缓来。

十五　廿九日　阴

早起，为母亲大人叩七旬晋七寿喜。南五工来信。据北京京兆尹公署由电话转张伯才电告催速入都云云。复以十七到京。旋接北五工汛署陈县佐送到王大京兆来电，言星期五会议决定日内见明令后再告，希速归东以便早日来京达寒等语。亲友来贺母寿者甚多，设筵款待，极为欢乐。信安振事未了，蕙卿因事不克终局，适张知事仲文与刘恩普世好，来贺寿，与之论办振系当尽义务，即浼恩溥明日到信安，彝与仲文明晚亦必赶到云。

十六　八月初一日　晴

早十时，仲文至，蕙卿亦到。饭后，叩辞母亲大人，乘大车，偕仲文、蕙卿，并运铜子六万枚。下午四时，到黄家柳子，雇小船到信安镇，晤筱川、伯玉，论振事。刘恩溥已先至，告知蕙卿将霸街振毕，再请仲文、恩溥查五区各村，振完即结束五区、六区帐目。

十七　初二日　阴

早起，乘船赴霸县。十一时，到霸县署。晤唐企林知事，并请到绅士崔伟村前山西政务厅长，讨论合县灾情振济事宜。企林人极明白，论事亦精当，惟灾广振款支绌，甚以为难。当告以父母官救灾要令百姓全得生活为的，振款已有八千元，不足之处当代担任四千元，到京必代以求京兆尹准行留用。午饭后，即回船东行。自信安至霸县，水深均有五六尺。县城外有两堤夹水，名牤牛河，水不甚大，亦可行船。下晚，回镇。阅十六日报纸，载十五日大总统特派彝督办永定河河工事宜。此令。命令放振未毕，而此河工责任又至。责任较重，办理尤难，倘有疏虞，上无对任命之意，下无以副数县灾民冀望之殷。再四筹维，弥滋悚惧，惟有到工后尽心为之已耳。

十八　初三日　阴雨　黑

早，乘船来胜芳。烟树迷离，水天一色。雨大，船不开行，殊甚焦急。下船，访张子贞，吃午饭。饭后，绅士王子坚、子端，徐子静、子清，来看，详论水灾振济事。子静并求代恳曹省长准请动用当铺所存淀租之二千金，用办急振。该镇六千户待振之民，此亦杯水车薪，无多补救，不过得救一人即生一人耳。俟冬令当向顺直助振局请求设一大粥厂，至明春二月底止，或可登灾民于衽席之上。下晚，即宿子贞处。

十九　初四日　晴

早九时，登舟东行，见一带民户房屋塌倒，人民多在房上支席居住，情极可悯。过策城村属霸县，思及企林所言该村逃至堤上，有将怀中孩子抛弃于水中者，闻之泪下。所见一带村屯皆在水中，且此水无日可望退出，尤无生活之路，触目伤心，更为惨痛。当将此情此景，面陈大总统及都中善绅，及早为之营救焉。船行，得西南风，甚顺利。在船上写致二弟信。三时半，到津，寓内均好。

廿　初五日　晴

早快车入都。下晚，访京兆尹，详陈水灾振事，并讨论河工事宜。

上午到都时，都中同乡人士鹤年、伯才诸兄，到站迎接，并备马车，感而且愧，同到惠丰堂宴饮。同人招待极厚，当如何速为治河以副乡人希望邪？

廿一　初六日　晴

谒大总统，未得见。午后，同壬三访籍亮斋，不值。谒段总理，亦不值。下晚，子固约到致美斋吃饭。

廿二　初七日　晴

访敬宜、祝三，留吃午饭。谒东海相国，教以治河方略，如种树、兴水利，俟水流销落，再事堵合等语。谒段总统，面陈振务，并河工事。请刊关防，转催财部发款云云。访仲嘉，一谈。又访内务总长汤继武，一谈。谦甫约到岷江春吃饭。又在泰丰楼作东，请康侯、性甫、际云、伯岩、仲云、志襄、觐侯、履真、秉夷、千里、浴沧、洽黎、公度诸人。

廿三　初八日　晴

移寓天寿旅馆，为接待友人便利也。同亦云同年在全兴馆吃饭。范鼎臣为拟上大总统呈文，奉令催款等事。上国务院咨呈文，请刊关防，咨内务、财部文，并请财部发[款]。又咨京兆尹文。均借京兆尹印缮发。下晚，在致美斋请永定河理事刘星门，汛官桑心之、鼎臣、乙青、翰缘、荚村、枢丞吃饭。

廿四　九日　晴

到大总统府，仍须候传见。访壬三，畅谈，留吃午饭。午后四时，同志襄到财政部，见梁任公总长、金仍珠次长，详陈河工领款，以便从速开工云云。总长允于中秋节前拨五万元，嘱派委员到部接洽。并见朱曜东司长，道及一切。总务厅主任郝浴沧极为关照，可感也。约翰缘、枢辰、星门、心之吃小饭馆，嘱星门、心之即速回工，操办一切。

廿五　十日　晴

早十时，访壬三，同到福华门为大总统夫人吊祭。同献廷到同和居午饭。饭后，回寓。写致任公、仍珠函。派沙紫垣到部接洽。并致曜东、浴沧函。为张珠农夫人行吊。到顺直助振局，议查振事。壬三约吃泰丰楼。晤亮侪，论治河领款事，请其代催任公照发。

廿六　十一日　晴

写致树村督军信。又寄瑞阶信。友人来访求差者甚多，却之不得，听其到工次视差之瘠苦，当自求去也。同壬三到张远伯秘书长处，论河工事。到高骞甫处午饭。到中央公园，访京兆尹，谈领款事。又到内务部，见汤总长，再论河工应速工作情形。下晚，同壬三到南味斋吃饭。今日，沙紫垣到财政部领到交通票五万元，分存华充、义兴两行。近日报纸，及自津来人，言天津河水涨发，淹及日法租界北马路各处，为数十年所未有。居民损失甚钜。天之降灾于我小民，何其酷也！叶畹伯自吉林来。

廿七　十二日　阴

游东浇市。友人来找事者甚夥，只好一一见之。千里来，言河工事甚详。以其上年内务部派到河上验工，较有经验也。写致仲珊督军信。下午，冒雨访水利局潘馨航，详论永定河治本之策，并统治京兆全境水道，需款一千万元，直隶水灾即可因之减少等语。更赠以治山东全河报告书两册。下晚，在宴宾楼约润田、恨吾诸人便饭。写致赵局长世勋一函。入夜，雨。

廿八　十三日　阴

写致寇子英、紫垣信。枢宸、翰缘、荚村，早起赴工次勘估，顺便到固安工次。十二时，王京兆尹约吃饭。下午，访朱曜东司长，催领款事。敬宜、竹山来谈。委托孙次斋赴天津购云梯，并到胜芳购麻。

廿九　十四日　晴

到大观楼。写对联。下午三时，大总统传见于纯一斋，论治河购料，宜先核实料物，声明在案，免致报销时困难，并允催财部拨款。晤沈琬庆，谈南方政治。下晚，天寿堂设筵，约远伯、理斋、小鹿、子厚、士缃、敬宜、竹山、壬三诸兄，极为欢畅。接财政部咨问一件，言节前后拨款十万馀，俟会议通过再拨。内务部来咨，嘱领关防事。致李秀山督军函。

卅　十五日　晴

早九时，搭快车赴津。津寓甚安，惟见儿媳腹泻之症，延石君医治，未见功效，殊为可虑，拟令来京，到母亲家延医诊治，或可期速痊愈也。晚饭后，同紫垣到东南隅看水，尚未大落，南马路有搭窝棚者，略见水灾一斑也。写寄家信。

十月一号　十六日　晴

早快车来京。为芸士写致树村督军信。友人求差者甚多，殊不易安置也，亦足以见困穷人之众矣。张哲夫自河南来信求差，复书谢却之。下晚，访许苓西，详询少筠世兄，并森宝近状。苓西为筠庵夫子之侄，廿年前在京与少筠、稚筠世兄往来极为亲密，乃稚筠业经物故。追怀往事，不禁怆然。

二　十七日　晴

到同仁医院看眼中云翳之疾。访公度、康侯，谈振事。午后，访熊秉三，不值。谒张贞午，谈近事。访水利局李总裁，论治河事。访汤总长、蒲次长，请代催财部拨款事。下晚，约许苓西、公度、康侯、伯岩于泰丰楼，议筹振事。苓西曾充美国旧金山总领事，可请其赴美劝华侨助振也。炎午领到内务部发交之督办永定河公事宜关防一颗。写致金次长信，催其拨款，并申明以后委托壬三接洽云云。

三 十八日 晴

早七时，到西车站。友人来送者甚多。七时四十分开车，八时半到芦沟桥下车。锡九弟带同马车来接。由拱极城内穿过，过大石桥，顺西堤南行，查勘险要各工。行二十馀里。石景山理事范金镛由固安北回来，接查视。南一险二甚重，村民以获平安，正在演剧酬神。南二工县佐王乔年来接，时十一时，即在汛署午饭。一时启行，到金门闸看视。有清纯皇帝御制诗、吕观察《重修石闸碑记》。闸设二百馀年矣，其初闸低，本意引牤牛河、清河之水入浑河，藉清刷浑，后则浑河积高，外水转低，乃改建闸宣泄浑水外出，亦因时制宜计也。堤上道路甚平。过南三工，县佐养年来接。入南四工界，赵局长来接。新任张伯才局长、固安县知事，均来接。为之慰劳焉。六时，到公馆，留两局长、县知事晚饭，藉以考询河上情形。公馆为从前河道防汛行馆，极宽敞，额为"荷净凉生轩"，屋内悬"纳凉"额，窦子桂观察制。又南室悬"澄观"二字小匾，谢受之观察制。窗外有月台，短墙外有荷池，翠盖亭亭，尚堪擎雨。北有小亭子，在水中，曲折有致，胜境也。

四 十九日 晴

接永清县长李搢之来信，知信安振款，光前知事不为筹款事。当致京兆尹书，请领振款，以便发给五区已查各村。复搢之书。致仲云信。又致津李先生信。接见河工正任、候补各官，并来投效各人，委任河工主要各差，调查河工各处应派各员。

五 廿日 晴

早起，祭署中大仙，生敬畏之心也。写致京兆尹信。又致一电，求代催部款也。致高谦甫信。接见河工候补求差各员。拟河工当差各处职员。班伯来看。回拜伯才局长、县知事，皆稍谈。畹伯自京来。来此求差者尚骆绎不绝，可奈何？拟呈大总统咨，呈国务院咨，内务部、京兆尹报告，到工启用关防文、布告，开办大工勉励各工员文。

六　廿一日　微阴

早十时，到坝上，致祭，并面谕各员认真将事云云。写致孟督军信，为胡光璧说项。接曹督军复信。接王铁珊来信，为荐人也。委派坝上各工人员。栾佩石、于朗昆来信，为胡说项。即写信复之。下晚，约三理事来讨论工事，即藉伯才局长送来酒菜以宴之。

七　廿二日　晴

早五时即醒，辗转筹维，款绌误工，殊深焦虑。为拟一电，再催京兆尹转催部款，情急不禁语重也。熊督办委员易寿阶来见，上年曾奉内务部令来监试者，讨论治河各事。午饭后，即顺河堤察视而去。马积生来信，荐到曹礼堂，并带来《永定河水利书》，王德榜治上游之事也。梅韵生、陆耘史均来信荐人。下晚，又致王京兆尹电，拟借其振款三两万元，以应急需云云。由京来人，赍到大总统特任状一纸。

八　廿三日　晴

写复子固、辅廷信。京兆尹复电，准暂借付交票贰万元，换现洋交冯委员恩龢送来云云。得此则招工有着矣。为承挑引河委员百馀人说明引河向来弊端，应行奖戒各事，以期竞争进行，俾速成功云云。饭后，到口门看视，并过河看坝料各厂工程。两堤外皆沙土，不堪种植。与陶理事讨论引用河水制机器灌田，可成沃土，从此人获丰收，护险亦易。姑存此说，将来到津再与机器铁工厂研究之。刘壬三来信，荐到赵恩庆，即作书复之。

九　廿四日　阴雨

写致曹督军信，为颂卿事。复马积生信。专员赵醒吾入都送上大总统报开工呈文，咨呈国务院请催部款，咨财部、内部、京兆尹报开工日期。易寿阶由南路勘工回，报告北五工九号、十一号，南六工十四、十五号，皆属险工，必须修治云云。阅《永定河水利书》，左文忠、李文忠皆于永定河利害言之中肯，非同理想空谈者比也。刘文坛自吉林来交。

十　廿五日　晴

写复二弟信。致敬宜函，附寄小鹿信。午后，到两坝看视。西厂送料车不绝于道，东厂尚寂然，以北路出料之地远也。下晚，徐性初知事送酒席一桌。大雷雨一阵。入夜，晴。炎午、季安送到交通票五万元。以票两万换现洋壹万五千馀元。季安所解系京兆尹借付中国票两万元，易现洋一万四千馀元也。仲云来信。京兆尹来信。祝华、礼堂来信，为荐人也。子固、典生来信。

十一　廿六日　晴

写复京兆尹信。复紫垣信。附李梦华信。寄上海庆徵儿信。致北京京畿河道善后研究会公函。委托伯才局长赴会也。午饭后，到工次、料厂看视。又致申甫信。徵儿自上海来信，字画秀劲可喜，可卜其将来作事有毅力，非草率从事者比也。下晚，锡九自北京带到庆善儿自檀香山来信两封，知其一路平善，亦可喜也。何子彰、忠墨岑、安次张家务董事于廷献等来信。龙河应修堤工亦迫不可缓之事；以工代赈，容到京与京兆尹商之。

十二　廿七日　晴

写复子彰、墨岑信。午后，同翰缘查视引河，看南四工之旧日决口处之养水盆，颇极宽广。与翰缘讨论养水盆道理，谓为抵御口门内之水，殊为有理。以土法论堵口之事，养水盆计画，前人意可及也。到辛务村插锨者尚少，距永清只十七八里，即驱车于四时到家，省视母亲大人，精神尚好，前数日之痢疾愈两日矣。惟肝气疼之症，时见发作。目前勉以治河事关系数县民命，早日从事合龙，无须内顾等语。陪吃晚饭。

十三　廿八日　晴

侍食早饭。十一时，叩辞母亲大人，登车出城，过通泽村西看石门，横书"奉政大夫张氏神道"八字，石门内有两石柱，前亦小石门也。后之石牌楼上，横书字迹多有模糊，似为"佥事张氏之茔"。或为明代之墓，俟考之县志。到东内村东头，看王纯臣之墓碑两通。王为明代之武官，先管涿房，后管蔚州兵丁，不干预地方事者。到堤上察视工段，已有插锨者。三时半到工次，接王铁珊信、崔振五信，均荐人也。崔鲁来报效，给其道路费二十元，却之。

十四　廿九日　晴

写寄二弟信。致程桐伯信。寄禹生信。委充坐办赵世勋来见。

十五　卅日　晴

早饭后，到西料厂，集委员、在工工兵、夫役人等，诰戒从前积弊切须严行剔除，信赏必罚，各图立功，勿贻后悔等语。至于禁止吸（案：下缺）

总理钧座：敬肃者，夏间晋谒

崇墀，辱承

雅教，至以为幸。嗣以承曹督军等会衔呈保，奉准销去处分一案，过蒙厚惠，心感尤深。旋以政局变更，风潮愈演而愈烈，幸赖德威昭布，得以底定功成，日月重光，山河再造，天下人民当甚感总理之赐于无极矣。上月来京，正拟竭诚上谒，适值永定河北三工决口，洪流淹及大兴、宛平、固安、永清、安次、武清各县，当经顺直助振局委托，即时前往被灾处所，办理急振，用拯灾黎。查永定河此次水灾，较上年为重，且被灾区域较广，当先由安次被灾最重处分派查振员，或溯流而上，或顺流而下察视。惊流急湍之中，房屋多有塌倒，灾民衣物多有冲毁，哀鸿遍野，待哺嗷嗷。

此半月之间急振之款已用去八千馀元，固安、永清、安次正在奔驰查振之际，助振局又来函，催促办理涿县急振，当将未竣之事派查振员继续进行，乃复前来涿县查视。路经芦沟桥，见永定河水已渐退落，良乡县境禾稼极为畅茂。入涿县境，见琉璃河、距马河两水皆已顺轨，其两河前次涨发，致涿县西北各乡为灾甚钜。幸为时不过三日，水即渐平。朱知事元炯、陆军王旅长承斌，当时会同绅商，办理急振，甚为得宜，救活灾民无算。乃与官绅各界集议讨论善后各事，如购粮以办平粜，集款贷与灾民，俾作麦种各事，该县已办，有端绪。目下被灾在城之老幼妇女，亦已设有粥厂，可以就食，其男子丁壮之乏食者，拟令修理吴公坝各工，以工代赈，而以带去之一千五百元，交付朱知事，以为补助之款，于民间利赖之处甚多。涿事既毕，仍须回至安次，结束数县振事。窃维此次京兆水灾，计有十四县之多，其中以安次、宝坻、武清、香河、涿县各县为最重。如〇〇所查之涿县，水已退落，只图善后而已。安次县境村屯现在多在水中，固安、永清两县，皆北境被水，尚属偏灾，然永定河一日不合龙，则此固安、永清、安次三水一日不能退出，即此数县田地不能播种秋麦。下游至武清县境，其害尤有甚者。〇〇为桑梓计，用敢为灾民代表上恳总理俯赐，令饬京兆尹限日为永定河合龙，用副灾种秋麦之希望。其事较放振为尤亟也。再者，各属被水灾民此时架木支席勉为栖止，尚若不知有何痛苦也者。以下与二次上大总统书同。

更如冬季施放棉衣事，亦不可缓，亟当与振米一事兼筹并理，相辅而行，则灾民乃不至转沟壑，群庆更生矣。〇〇周历灾区，目击惨状，并以意见所及，上渎钧座饥溺之怀，倘蒙令饬京兆尹限日为永定河合龙，并予早筹冬振，则无数生灵定永感仁施于生生世世也。〇〇急桑梓之难，冒昧上陈，尚乞鉴谅。

大总统钧座：敬禀者，前以政局变更，风潮剧烈，幸赖

德威远播，得以迅就蕖平。旋以我
大总统先在南京依法即任，曾上电贺，藉申倾向之私。嗣闻旌节北来有期，当到北京预备迎迓。乃上月二十八日永定河北三工决口，洪流淹及大兴、宛平、固安、永清、安次、武清各县，当经顺直助振局同人委托，即时前往被灾处所查放急振，用拯灾黎，以致
钧驾到京时，未获祗候道左，良用悚惶。

查此次水灾较上年为重，且被灾区域较广，当先由安次被灾最重处分派查振员，或溯流而上，或顺流而下察视。惊流急湍之中，房屋多有塌倒，灾民衣物多被冲毁，哀鸿遍野，待哺嗷嗷。此半月之间，急振之款已去七八千元。固安、永清、安次正在奔驰查振之际，助振局同人又来函，催促办理涿州办理急振，当将应查未竣之处，派员继续查振，○○乃复前来涿县查视。路经芦沟桥，见永定河水已渐低落，良乡县境禾稼极为茂盛。入涿县境，见琉璃河、距马河两水皆已顺轨，其两河前次涨发，致冲淹涿县西北各乡为灾甚钜。幸为时不过三日，水即渐平。涿县朱知事元炯、陆军王旅长承斌，会同绅商，当时办理急振甚为得宜，救活灾民无算。现在急振已经办完，乃与官绅各界集议讨论善后各事宜，如办平粜，并集款项贷与灾民，俾作麦种各事，大致已有端绪。目前被灾之老幼妇女，亦已设有粥厂，可以就食，其男子丁壮之乏食须振济者，由○○交付朱知事一千五百元，饬令丁壮男子补筑吴公坝堤岸，作为以工代赈，于西北乡者稻田大有裨益，于民间利赖之处甚多。将来冬振棉衣，亦须早为设法。○○到京，当与助振局同人集议办理。此近日查振之大概情形也。先此禀呈，请纾
钧座饥溺之怀。不日○○回京，再当面禀一切。专此
肃禀，祗叩
崇绥。伏维
垂鉴。　　　　孟○○谨禀

中国近现代稀见史料丛刊【第三辑】

张剑 徐雁平 彭国忠 主编

孟宪彝日记（下）

孟宪彝 著
彭国忠 整理

凤凰出版社

中华民国七年

[九月初九]清封通奉大夫孟诚叔公行述　戊午旧历八月初五日草

孟氏世居京兆永清县城内。先严诚叔公，原名昭文，避先曾祖讳，改昭虔，为先祖壮猷公长子。少有至性，以孝友闻。八岁，遭王太夫人之丧，哀痛如成人。九岁入学，读书即知书中大义。习字有魄力，喜临柳书《玄秘塔》。年十五岁，文能成篇。以家计艰难，辍学去，学贾。市原与县署近，每见同学中人之游庠序、掇科第者，辄心羡之，尤伤己之家寒，不得卒学以展其志也。年二十六岁，先祖壮猷公逝世，尽哀尽礼。事先继祖母氏李太夫人，并为昭永、昭度两弟安置商业。先严先娶先母，氏夏，不数年丧偶，至二十八岁时，续娶先慈焦太夫人（母氏年二十岁）。三十岁，宪彝生。三十五岁，胞妹宪钟生。三十八岁，二弟宪清生。彝九岁时入学，先严督责之甚严，以为己之学不成名，望之于子也。学字，教之以柳帖，口讲指画，一笔一画皆手书以示之。宪彝十四岁读十三经讫，乃为文，受业于李明吾、朱浣思、朱子宾、宋敬甫诸先生，每于下学归来，先严日日必命题，或令为试帖诗，或为时文数段。尝告以韩子所谓"业精于勤"者在此。彝十八岁入邑庠，先严督教有加，间日命为制艺一篇；作字不善，尝切责之，并罚跪，令改作。彼时考益昌春院，监院苑丹桥孝廉，大姑丈之弟也，尝谓彝曰：诸父，吾之同学，学柳书，吾素佩服之。苑在彝邑最有书名，其推重先严之书法如是。宪彝二十三岁，乙酉乡试报罢后，先严令随常醴若孝廉入都求学。宪彝二十六岁举优贡生，明年朝考，以知县用，屡赴乡试不售。先严令出关，以知县投效于盛京将军依诚勇公，充文案委员，翌年来京赴行，就便乡试，中丁酉科举人。先严乃喜，谓之曰：吾半生之所希望于此子者，今乃稍偿吾志也。庚子岁，宪彝权奉天铁岭知县事。义和拳起事，仅乃平定。闻吾邑永清县受祸于拳匪也尤钜。外兵侮辱县官，并拘邑之绅民于一室，先严与二弟宪清，俱在焉，大受惊恐。辛丑夏四月，宪彝请假，奉先慈旋里，省视先严，因受惊悸，心气大亏，然犹切教以服官亲民，要言娓娓不倦。乃至秋九月致疾，十月病加重，至初十日戌时逝世。宪彝先为之请从二品封品，丧葬如礼。

先严平生律己甚严，自幼时即守孔颜克己复礼之训，真所谓非礼勿视，非礼勿听，非礼勿言，非礼勿动，至老不渝者。尝谓人当安贫，境遇虽穷，而志气不能穷也。中年后，与先慈奉《观音经》甚虔，性尤好善医书善书，仅力施舍。庚寅辛卯间，永定河决，京南一带灾民遍野，草子皆无。先严命速到京请振于顺天府盐尹潘文勤师，府尹陈六舟公益求、潘善绅民表益为振济银米冬衣，全活无算，人皆以孟善人呼之。疾革时，枕上呼宪彝兄弟至前，教之曰：朱子所注圣经，有"品节详明，德性升定，事理通达，心气和平"十六字，汝兄弟宜终身守之勿忘。卒时，尝谓宪彝曰：汝之性情固厚，惟视人皆为好朋友，将来必致吃亏。第能吃亏，乃是好处。君子和而不流，和而流是汝之大坏处，宜切改之。

先严临终时，先慈年六十岁。宪彝有子二人：长庆善，次庆徵。宪清有子一人：庆常。胞妹宪钟，已适云梦程氏用棻云。

秀山仁兄督军台鉴：接奉

唁函，并蒙

挽幛，祇领之下，感切没存。[彝]等以不孝之故，祸及先慈，诚属罪勿可逭，深荷

大教，敢不凛遵？〇〇在里摒挡丧事，于一个月后，参议院函促到院，选举大典，不得不出席以将事。第二任大总统业已选出，副座一席尚在酝酿之中，约计双十节前当可选出。知系

廑注，并以奉
闻。专此布申解悃，敬叩
勋绥，统希
察照　　　棘人孟　　　稽颡

祖广才，字壮猷，享年四十八岁。嘉庆辛未四月十七生，咸丰戊午五月十四终。

祖母王太孺人，享年三十二岁。嘉庆十四年己巳年生，道光二十年庚子年终。

继祖母李太孺人，享年五十岁。嘉庆二十四年己卯年生，同治七年戊辰八月二十三日终。

母氏焦，现年七十七岁。七月二十九日卯时生人。年二十岁归来。先严时二十八岁。二十二岁生宪彝，二十七岁生妹妹，三十岁生宪清。

大总统钧鉴：敬肃者，日前到涿县查振水灾，由旅次寄呈一禀，计早鉴及。查此次京兆所属水灾，计有十四县之多，其中以安次、涿县、武清、宝坻、香河为最重。如〇〇所查之涿县，水已退落，只图善后而已。安次县境多半被水，振济尚未竣事。固安、永清被水之连带尚属偏灾，然永定河一日不合龙，则此固安、永清、安次之水一日不能退出，即此数县田地不能播种秋麦。下游至武清县境，其害尤有甚者。〇〇为桑梓计，用敢为灾民代表上恳大总统俯赐令饬京兆尹限日为永定河合龙，用拯昏垫之厄。盖以限期合龙，灾民犹有种秋麦之希望。此事较放振为尤亟也。再，窃见京兆被水灾民房屋多已塌倒，衣物多已冲毁，此时筑木支席勉为栖止，尚若不知有何痛苦也。转瞬秋冬，无室无家，无衣无食，死于流亡，即死于冻馁。来春瘟疫必复大作。前清光绪十六年，水灾之后继以大疫，此前事之可惧者，亟应预为筹策，以补救。后来说者谓冬振宜多设粥厂，此向例也，不知设粥厂只能救数里内之饥民，十里以外即不能就食。且朔风凛冽之时，扶老携幼前往领此一盂冷粥，仆仆道路之间，情尤可惨。况定能于各十数里之地，分设粥厂？此设粥厂之不便者。若改放铜子则亦不甚妥，恐灾民顺手用去也无已，则惟有放米之一策较为妥善。此事须先严令各村正、乡保清查实在，极苦灾民方得列入振册，计若干户、若干口，振米一次，以其得米可以和菜与糠煮食也，以来年二月底为止期。如此，则灾民不至转乎沟壑，群庆更生矣。○○管窥之见，冒昧上陈，伏维

鉴核，饬令京兆尹速予施行，则无数生灵当永感

恩施于无极矣。专肃祇叩

崇绥　　　　谨奉

丹忱仁兄督军伟鉴：前者在京，极承

关爱，感何可言！嗣后政局变更，风潮剧烈，幸赖声威所播，与合肥以底定成功。国家酬庸，令兼

任安徽督军，仰念

勋猷，尤深钦佩。弟津门退隐，乏善可陈。日前到京，适值永定河决口，经顺直同人筹办振济，委托弟前赴灾区，施放急振。永定北三工决口，洪流经过大兴、宛平、固安、永清、安次地面，一片汪洋，灾黎满目，当同查振，[须]（页）分投拯鸿救灾，俾得暂苏生命。本年水灾转上年为重，且区域较广，需款更转多。值此时艰款促之际，竭蹶堪虞，惟尽其心力之所及者，稍补救此桑梓之急难也已。专此奉布，祇贺

大喜，顺颂

勋绥，惟希

爱照

　　愚弟　鞠躬

仲珊三哥督军伟鉴：前者奉布一函，祗贺
大喜，计已早承
察及。弟于上月到京，遇值如上急难已耳。顷到顺流，在安次县查振，闻报欣悉执事月之二号到津履新，兼省长之位。弟以未得趋贺，歉仄实深，用特布此区区，尚希省长仁慈，为我呼吁。

秀山仁兄督军伟鉴：前者在京，深承雅教，并荷厚爱，为之呈请极峰，俾得销去处分，云天高义，感何可言！嗣以政局纷扰，旌节南旋，而北京之事日亟，旋乃演出张勋复辟之举，幸而合肥讨逆，大兵云集京师，不出十日，大局粗定，恢复共和。倘从此南北一致，党争消弭，国家事尚可为也。彝息影津门，愧无补救之策，惟冀时局早日平静，不致再有意外纷争，斯天下人民之福。京津一带，连日得有透雨，人心甚安，秋收定有可望，此万为告慰远系者。再，树村督军因卧病在京月馀乃得就痊，六月三十日，即旧历之十二日方出门面谒元首禀辞，为出都计也。下晚归来，旧病复作，昏迷不省人事，如初次之病者。然翌日即有复辟之事。处此漩涡之内，无法可施。逾数日，始力疾来津，实诡言到津，可以力致东海入都，张逆始信之出都，然亦甚危殆矣。到津住两日，东旋到吉，吉局甚平定。《大公报》所丑诋之者，乃有人施其运动之计，希图吉林一席耳。专此奉布，并申解悃，顺颂
勋祺　　　　　　　　　　　溽暑方盛，伏望　为国珍重　无任
企祷

仲珊三哥督军伟鉴：前者在京，极承关切。特为呈请元首，以期赴用。是
执事之厚爱，情同手足，
义薄云天。感激之怀，前已当面申谢，而寸衷之铭泐，则永永不能忘也。日前张勋复辟之举，反叛共和，我督军首倡讨逆，充西

路讨逆军司令,不数日攻克北京逆巢,肤功克奏,市民安堵无惊。伟绩殊勋,海内景仰。同时奉令兼直隶省长,尤为我畿辅人民所倾向者。武功以奠国家,更将为桑梓乡邦造无穷之幸福。翘詹棨戟,曷胜钦迟!
旌麾何日来津,弟寓津门,尤不禁切欢迎之愿也。专此奉贺
大喜,顺颂
勋祺,统希
爱照。不宣。　　如弟孟　　鞠躬

无告之灾民,设法为拯救。一俟振事稍暇,即当趋前奉贺,并报告水灾也。此颂
鸿禧,统惟爱照　如弟

副总统钧鉴:敬肃者,月之初十日在京晋谒
崇墀,渥承
过霁,深荷
隆情周至,
慨予成全。复于段总理前切实说项,所以
垂爱,而代为谋者如是之优厚,寸衷感激,莫可言宣。十一日随节来津,是晚到站恭送
旌麾,又获
教言之锡,当于十六日到京趋谒段总理,幸得一晤。惟其政务忙迫,且系初见,所有〇〇作如何出路之计,未便冒昧请求,只得回津,仍未补过之思,挨俟钧座有何驱策之处,再当趋前,用效微劳。引领
南天,曷胜翘企。而我副总统殷殷嘘植之意,彼当相喻于无言也。在京候至数日,而前朱子桥省长代为呈请之事,竟亦未见发表。

中华民国八年

民国八年二月一　夏正己未初一日　晴

焚香送神行礼。特以先母逝世。追忆上年堂上拜年之乐,亲友来贺年者甚多。庆徵儿为庆善儿寄信,为之在背面书写近来过年事。

二　初二日　晴

述兹来看。到五叔处拜年。到坟上祭先母,悲泣不已。归来,接待亲友之贺年者。

三　初三日　晴

访佑民,一谈。下晚,型叔昆仲约吃饭。述兹、赤文在座。

四　初四日　晴

写屏对。下晚,润之约吃饭。

五　初五日　晴

写屏对。下晚,约立斋、竹青、三弟、若龄便饭。

六　初六日　晴

写屏对多件。下晚,李县长约吃饭。座内有述兹、幼园、竹青、赤文、树丞、班伯诸人。彝提议永清县志四十馀年未修,又经此番变革,应即续修,以为信今传后之具,并请县长提倡,召集各区绅董分任其事。先请述兹先生总理各事，以专责成云云。同人均赞成。又在座提议以发行彩票筹集女学，并右奕营高等小学底款须再妥议，彝方担任。接诵卿自津来信。

七　初七日　晴

写致搢之县长，言以师范扣假之项，请提作女学之款，用补缺欠。并言城内街道堆雪堆粪，有碍交通与卫生之处甚多，请饬警逐户严谕除去，地面幸甚等语。嘱三弟面交，以便详陈一切。早饭后，起身，午后三时到郎坊，六时半搭车北行。年节后，车减少，初十方照常开行。八时四十分到京，九时到寓。

八　初八日　晴

写致傅写忱道尹信，请关照桐伯妹丈也。又致赞臣信，附承领开埠局租地执照两纸。又复诵卿信。寄桐伯信。写致丁佩瑜信，荐用刘学洙也。午饭后，到升平园洗澡。访丁佩瑜，不值。到松华斋购信纸。访泽声，稍谈。访协民。晤凤韶、临斋、慕堂。到翼青宅，曲伟卿消寒会设筵。看电影。

九　初九日　晴

丁子彬约在六味斋午饭。到康侯宅，为其太夫人祝寿。回寓。为篮谦贺生子弥月之喜。

十　初十日　晴

在兴盛馆，约同翰翔、少如、润田、文田、仲衡午饭。饭后，到院。因不足法定人数，未得开会。到性甫宅，为其太夫人祝寿。访子固，不晤。赴恨吾晚局之约。在座晤丁佩瑜。又赴文田宴宾楼之约。庆徵儿由家来京。

十一　十一日　晴

早起。礼服,到众议院已十一时矣。人数尚少。十一时半,两院议员到齐。大总统、国防员入座。王议长演说开会经过六个月之事。大总统致颂词。钱总理致颂词。闭会,礼成,大众拍照。午后,到凤韶处,一谈。苏敬斋约吃撷英番菜。又到浣花春,请子固、敬宜、星三、礼堂吃饭。本日闭会后,又开谈话会,议和平联合会事。又议岁费事。

十二　十二日　晴

诵卿、宇民来谈,留吃午饭。庆徵儿赴津,赴沪入学。下午,宇民约吃饭。绶卿、叔陶来访。

十三　十三日　晴

谒次帅,谈时局。又到志襄处,畅谈。午后,到厂甸一游。下晚,徐松山约在东兴楼吃饭。座内有芝岑、伯熊,论吉江事。

十四　十四日　晴

永芳、公孚来谈。下午,到城南游艺场闲游,即天坛内,规模草创,无甚可观。访协民,一谈。到浣花春晚饭。大栅栏前门大街,游人如织,较前两年为热闹也。

十五　十五日　晴

写致树村督军信,为荐永芳办长春殖边银行事。同子固、宇民游厂肆。下晚,消寒会,吕同甫在中央公园设筵招饮。灯景极热闹。

十六　十六日　晴

到景丰处午饭。访协民,同访迪庵,一谈。写交吉林官银号分期十年交付两万元欠款字据。

十七　十七日　晴

约伯才、诵卿在致美斋午饭。写寿对两付。下午，凤韶与吴君鸿恩在端记约吃饭。

十八　十八日　晴　有风

下午，搭车赴津，为壬三太夫人祝寿。

十九　十九日　晴

到英界陆宅，看视树村之二女，谈建昌煤矿事。

廿　廿日　晴

子明约吃聚乐成饭馆。

廿一　廿一日　晴

廿二　廿二日　晴

早起，搭车回京。午后，访公度，一谈。为王金鼎写致京兆尹信。

廿三　廿三日　晴

衡如约在电政俱乐部午饭。适郭桐伯省长来京，亦在座，晤谈吉事。下晚，敬宜、景丰约同在兴盛饭馆吃饭。饭后，到城南游艺园看烟火。树村复信到，言维持殖边银行同人事。

廿四　廿四日　晴

访侗伯，询树村近事。又访公度，一谈。写复搢之信。为修县志事，商榷一切也。为篮谦写致高谦甫信。下晚，云生约吃兴升馆。

廿五 廿五日 晴

下晚,汪健吾约吃同兴堂。许典生又约吃浣花春。

廿六 廿六日 晴

访紫垣,一谈。谒珍午先生,赴津未之晤也。访协民,取矿照。下晚,子如约在交通部博物馆吃饭。晤隽人,畅谈,并与侗伯论树村事。

廿七 廿七日 晴

裴尧田旅长通电话,言昨自长春来京。当即走访,畅叙四年来各事,并询树督近状。王朴初约吃同兴堂。到参议院报到。下晚,约尧田、紫封、慕韩吃浣花春。饭后,游新世界。归来。永芳明日赴长春就殖边银行副行长事,嘱以谨慎从事,痛改前非云云。

廿八 廿八日 晴

写致孟督军信,为裁兵计划也。为冠三致书燮甫,请其培植。并致冠三信。复介如厅长信。访宇民、子明,一谈。晤鹤年、伯才、浣亭。下晚,郭绍武约吃撷英番菜馆。又到翼青宅,为消寒会之局,请次帅主席。回寓已十二时矣。

三月一 廿九日 晴

早十时,到众议院。参众两院议员开会。访佑丞,吃午饭。晤高荩臣,谈曲阳煤矿事。下晚,秦良臣约在同兴堂吃饭。饭后,同尧田访赞臣司令。

二 二月初一日 晴

写致介如信,令外甥前往山东投递。写致沈冕士信,为陈瀛说项也。下晚,萧同年印丙炎,约在江西馆吃饭。

三 初二日 晴

写致赤文信。并复徐姚周选亭信。下晚，慕韩、紫封约吃瑞记。郭逋仙约吃福兴居。

四 初三日 晴

写文田小册页。宝乐庵约在撷英吃番菜。下晚，公度约吃宙源楼。馨山自津来，通电话。

五 初四日 阴

王化普约到泰丰楼午饭。馨山同座。饭后，馨山来谈。下晚，宁夔扬约吃东安饭店。

六 初五日 晴

写册页。上午，贞午、隽人约在瑞记吃饭。写复二弟信。致莐臣信，附致翰章信。为长房租事。下晚，约同宇民、文田、翰翔到兴盛馆吃饭。

七 初六日 阴

写册页。王志襄京兆尹约到东安饭店吃番菜。接树村督军复信。张广印报告一二月收房租数目，计吉洋八百元，合京现洋四百元。庆善儿自美来信。午后，雨。下晚，凤韶约吃瑞记。

八 初七日 微阴

公度来拜，请为伊女公子作媒也。张阁臣来访，谈江省事。午后一时，到太平湖俱乐部茶话会，周年纪念。揖唐演说段总统再造共和之后，招集参议院，立选举法，参众两院乃克成立，而总统选出，安福俱乐部之有造于国家也如此重大云云。龚仙洲、徐又铮相继演说。毕，到花园内照像。到马绍眉处，行吊。下晚，陈郁臣假靳总长宅设筵相约，并同人为汉亭、文六祝寿。大雪一夜，天气颇冷。

九 初八日 雪止天晴

接写忱信，言吉留住桐伯事。致桐伯信。写为张阁臣致树督信。又为彭锡瓒致树督信。信烦而无信用。友人之求，不得已也。熙人来访。下晚，恨吾约吃饭。

十 初九日 晴

高润之来访。树青约吃午饭。饭后，同公度到段总理处贺寿。接永芳来信、锡九来信。

十一 初十日 晴

到型叔宅，为其侄作媒。同康侯押放定礼。到公度处道喜，并吃午饭。饭后，复回型叔处，放定礼成。到汪健吾处，为其太夫人祝寿。下晚，约型叔吃泰丰楼。

十二 十一日 晴

十三 十二日 晴

佑丞约同少观到浣花春午饭。下午，带四儿游东安市场。

十四 十三日 晴

午后一时，开会。下晚，屈文六约吃饭。饭后，同子贞游东安市场。写屏对。到协民处，为其太夫人寿。

十五 十四日 晴

写屏对。写致树督信，贺寿。下晚，骏良、祝华约吃饭。啸鹿在心航处设筵，作消寒会，并为彝预作生日。晤李介如。

十六 十五日 晴

景新、亚衡公局约吃明湖春午饭。同心航到澄华园洗澡。仲逸约吃桃李园。子贞又约到心航处,王鹿泉约吃饭也。带同繁智侄孙见子贞师长。

十七 十六日 晴

令繁智随子贞师长赴济南军营练习。令杨林回永清家内看视。诵卿、圃孙来访。午后,到药房。珠农、敬宜来谈。下晚,朱一擎约吃饭。宇民又约吃兴盛馆。又到东安市场。

十八 十七日 晴

走谒周朴帅,不值。顺道游护国寺。访伯渊,不值。侠黎留吃午饭。黍夷来谈。午后,大风。复季云信,言养鱼、种葡萄事。心馀力绌,勉力为之可也。致续赞臣信,嘱其配樟脑酒事。光枚生约在济南春晚饭。饭后,同敬宜、礼堂游东安市场。

十九 十八日 晴

午饭后,访敬宜,晤佩伯。到士细处,行吊也。到大观楼。子固、季云来谈。下晚,到少沧处吃饭。

廿 十九日 晴

子固约同佑丞,到浣花春午饭。饭后,到聂献廷处行吊。又到田子琮处贺喜。又到士细处送三。下午,早寝。

廿一 廿日 晴

树丞、翰翔、浣亭来谈,留吃午饭。饭后,访紫垣,还旧三百元美金。下晚,到车站接内人,儿媳、孙子均到。公度约吃饭。三弟奉初亦来,寓王宅。

廿二 廿一日 晴

彝生日，到家吃面。甚念先母生我之劬劳，而增痛也。下晚，訾凌霄约吃泰丰楼。又到心航宅，远伯设筵，作消寒会也。

廿三 廿二日 晴

宇民、翰翔来，留吃午饭。作书对联。到药房。付郎坊学款九十五元。写匾对。下晚，公度在同兴堂备酒食，为彝作生日。宇民亦约吃饭。

廿四 廿三日 晴

听夷同年以彝生日送来伊令媛所画古意《美人》屏四幅为祝。写屏对、大字匾。顾巨六为其子完婚，写送喜对为贺。下晚，树青约同子固吃泰丰楼。

廿五 廿四日 晴

写对联、中堂。下晚，同子固在鸿记便饭。写致仙洲总长一信，为二弟谋盐务差也。

廿六 廿五日 阴

写屏对。午后，宇民来谈。下晚，金佑之约到致美斋吃饭。

廿七 廿六日 阴 小雪

八时，谒见大总统，言孟督军祠宇落成，请书匾额、楹联一事。承嘱与理斋议定联语再书，并问近作何事，以每早书屏对为对。言及南北大局，以镇静态度处之，如教读先生者然，看视小学生淘气一番，终必听我约束，照常读书也。此喻颇为中肯。又言孟督军裁撤军队事。兴辞而退。在候见处见李恕谷遗像，远道图，武装，戴风帽，佩剑，坐石上，旁有如妇人女子，美风仪，执马鞭，佩短剑。一人侍立，名为王宏裔。此图即其所绘。武士乃文人也。恕谷名塨，字刚主，蠡县人。外有著书三本。李近从祀文庙，其后人奉图与书进谒总统申谢也。又从祀之颜元后人，一并进谒。颜有著书数本。午后一时，到参议院开会。毕，同临斋到其宅，闲谈；少顷，凤韶、迪庵亦来。下晚，留吃饭。雪雨竟日，天气较寒。

廿八　廿七日　晴

午后，在大观楼，咎树青、赵适中来，言永清新升杆地亩征粮事。少沧来访，同游新世界游艺园。过申甫。同到澄华园洗澡。下晚，到浣花春吃饭。张小川来信，嘱为赵言转求关照云云。

廿九　廿八日　晴

在大观楼，同子固、季云论种葡萄、种桑事。下晚，张汉举约吃饭。又，屈文六设筵，作消寒会。下围棋，两盘皆负，亦可喜也。

卅　廿九日　晴

内人生日，吃早面。致二弟信，附致树村督军信。下晚，翰翔约吃海滨楼。

卅一　卅日　晴

午后，到参议院。第二审查室实业股之员到者六人，投票举彝为实业股委员长，赵元礼为理事。回拜子固、健吾。下晚，仲孚同荔荪约吃济南春。

四月一　三月初一日　晴

复书参议院，拟二日开委员会，审查吴宗濂提出请派茶叶督办案。写致二弟信，言用钱铺之害，宜切戒之云云。宇民、浣亭来访。敬宜自奉天归来，来访。下晚，佑丞约吃浣花春。

二日 微阴

函谢心航星期六之约。午后二时,到院,为审查茶叶请设督办案,人数不过半数,未得审查而散。下晚,子固约吃兴盛馆。寓大观楼。

三日 晴

早七时,同浣亭、小蓬、干侯由西站搭京汉车西行。芦沟河水平稳。午后,到石家庄。晤包晋侯,立谈片时。同车有吴禄贞眷属。至站下车,为吴上坟。吴为革命伟人,为仇家暗杀,筑坟于此。睹其家属之伶仃,未尝不叹其生时之轻躁也。到顺德站停车。寓保安站。南行千里,麦苗、柳条较京外多青葱耳。馀则与上年赴汉口时无异。

四日 晴 微风

六时,搭车约行五十里,到褡裢镇站下车,吃点心,瞻礼二仙宫碑刻,为明时所建。闰三月一日,香火特盛。稍顷,凌霄派车来接,行至韩店张姓家少憩,凌霄派轿来接。一切旗伞、执事皆备。此为乡里观瞻所系,不便固辞。换礼服,乘轿到北大汪镇以该处有汪河也,凌霄预备之公馆。午后,到凌霄宅行吊。乡人聚观者甚众。此间有苏用章慎斋与白仲平君接待,甚为周至。

五日 晴

早起,到围门外观视野景。麦苗葱秀,以水灌田者甚多。此地产棉花,见村妇纷纷携线包来镇售卖,以钱买棉花纺线,再售,颇可得有微利。午后三时,到凌霄宅,点主成礼。四乡之来观礼者,拥挤不开,乘轿几为之阻塞。特是乡民之气象多属朴厚,自宜进之以文明,此则士大夫之责也。

六日 晴

午前,为凌霄处送殡至郊外。午后三时起行,到褡裢镇。至七时，搭南来慢车。八时，到顺德站。九时半，搭快车北来。在车上吃饭。睡数小时。

七日 晴 有风

在车上六时即醒。八时，到前门车站，下车回寓。化鲁、翰翔来访。午后，同内人、三弟到西城看房。又同游护国寺，又到典生亲家处看九亲家。同体育社教员练拳术，留吃晚饭。

八日 晴

代翰翔写寿对。接桐伯信，言拟辞差来京。即写信复之。下晚，珩甫约吃饭。

九日 晴 风

下晚，齐亦文约吃中华饭店。

十日 晴

写屏对。写致介如信。复若龄信。复畹伯信。致佩宣信。写送袁峻亭寿联。子固、伯才来谈。下晚，浣亭约吃兴盛馆。又复子明信。接朗昆丁忧信。

十一日 晴

写屏对。写唁朗昆信。致二弟信。致三弟信。午后一时，到庆和堂为袁峻亭祝寿。二时，到太平湖开会，为南方提出条件，取消国会。将来总统地位立见危险。且北方之代表诸人，均为自图个人权利起见，将来大局必至不可收拾。请议长先行质问政府，再开两院联合会，请政府、总理出席，表示政见云云。大众赞成。散会，到大观楼。下晚，辅廷约吃饭。

十二日 晴

到石老粮胡同看房。半琴留吃午饭。一时,到院开会。访协民。到大观楼。下晚,溥斋假座翼青总长宅,作消寒会。春将暮矣。以后,应改名饯春云。

十三日 阴

书屏对。午后,中国大学商业本科学生毕业,前往观礼。到大观楼。凤韶、熙人来谈。下晚,熙人约吃南味斋。

十四日 晴

写送靳将军太夫人寿对。又写徐润生之世兄喜对。又写对三付。午后,到西城看房。到丰泰,同妾与子照像。又同敬宜游厂肆。买《廿五史弹词》。访泽声。下晚,星三约吃饭。

十五日 晴

写屏对。为消寒会同人制银杯一具,如意一柄,寿联一付。龙友送到寿屏十二幅胡锜画花卉,派人送靳将军处。同礼堂到第一茶楼,闲坐吃茶。买《秘术海》两本。

十六日 风

写屏对。宇民来访。同到士缃处行吊。又到翼青处,为其太夫人祝寿。下晚,毕芝臣约在东兴居吃饭。

十七日 晴

写屏对。午后一时,太平湖开会。又到临斋处,贺其女公子出阁之喜。

十八日　晴　风

写屏。午后，同佑之到前门大街，买衣箱两支。同敬宜到琉璃厂看字画。访泽声。据言今日众议院开会，请总理全体阁员出席，先言南北会议对于国会一事，问答均甚和平；最后江省王议员质问八年公债不交院议为违法云云。龚总长答复不甚合宜，乃质问总理。钱总理则谓八年公债已发行，如以为违法，即请弹劾予与总长。拂衣一怒而去。闻之从前段总理出席国会，议员有当面斥之者。段总理气度深沉，毫不为动，从容理论。兹则议员无甚驳斥，竟悻悻而去，以为未免近于浮躁。彼既去矣，光云锦议员谓前有弹劾钱案连提，各议员并相继而起，向议长声言提起弹劾总理案，遂纷纷散会等语。如此，两方面既已冲突，必须议长出为调停，然亦须多费唇舌也。下晚，颜韵伯作消寒会尾集，提议此会继续进行，改名饯春；一入夏，则改名健夏云。写寄两儿信。

十九日　晴

早起。七时三刻，到畿辅先哲祠，为时尚早，瞻仰祠内先哲时代、姓名。闻创此祠者为沈桂芬、张之洞文襄，匾额、对联多其两人所书。至十时后，同人陆续到齐。本日，陆文烈钟琦、鹿文端傅霖、张文襄、王京卿梅枚，均入祀乡祠。颜习斋元、李刚主塨则祀之圣贤门矣。请准从祀文庙。同人演祀礼，先由壁岑、鸣蓂，主祭为刘仲鲁，分祭为蒋菽圃、王晋卿，再由彝、鸣蓂演礼一次。时已过午，即到参议院实业科，同科四人，审查茶叶设督办案。均不谓然，主张修正此案，请咨政府令农商部转令各省实业厅整顿茶务，免令再设机关，转多窒碍云云。琴舫来谈。写黄雅林七十寿诗。下晚，金图荫假心航宅招饮。

二十日　早微阴

六时即起。七时半，到先哲祠，又为先到之第一人。延至十一时上祭。时小雨一阵。午饭后，同润田到浙慈馆，贫民学校筹款也。同润田、士谦、续科到兴盛馆吃饭。

二十一日　阴

琴舫来访。购翁松禅中堂一幅。日前，德立孙上胃火，顷接西城电话，已大愈矣。午后，大风。约伟臣到浙慈馆，半日学堂筹款。下晚，约远亭诸人到兴盛馆吃饭。

二十二日　晴

高润之来访，问永清近事。午后，访紫垣，托寄美金二百与庆善儿，并寄五十元与庆徵儿。接庆善儿来信，系由美三月二十三日发来者，不足一月之期即寄到，真速也。下晚，访慕唐，留吃晚饭。写寄庆善儿信，附入前信内。

二十三日　晴

写伯才大对。写册页。到西城看视德立孙。前日口疮已愈，气象得次复元也。到大观楼。荚村、瞻乔来访。下晚，同子固吃兴盛馆。

二十四日　晴

写致二弟信，问树督德界楼房是否转售云云。十一时，同齐久荣搭车赴通县。车上，晤蔡诗可、王桂照。十二时，到通县南站，进西南门，到西街河务局，晤鹤年，畅谈。同久荣到师范女学校，晤校长尚伯良，参观女生上课。其织洋线女边成绩最好。城内响闸，以西河流为一美景，今则堵闭西水关，河底枯涸，顿失旧观。闻之自庚子乱后，街市烧抢殆尽，迄未复原。二十年来，令人有沧桑之感。下午四时半，到车站，五时上车。六时，到京。约同人吃西域楼，以王系回教也。接二弟来信。

二十五日　晴　风

写对联。午后二时，太平湖安福俱乐部开会，议论扶持新国会事。郑万瞻、贺湘南言论甚为激烈。总之，新国会危险，大总统亦随之俱濒于危险矣。下晚，安述尧约同树丞、慕唐吃全聚德。归来，永芳论殖边银行近况。

二十六日　晴

代慕唐写挽联。午后一时，到院开会，议至中国银行回复四年则例。陈锋士痛驳胡钧议案无结果。散会。仲堪来访。下晚七时，假西栈设筵，改消寒会为饯春会。牡丹正开，兰花满院，同人毕集。至十一时始散。此席共费去现洋一百三元。

二十七日　晴　风

早五时半，到车站，带同儿媳、德立孙上车，八时到郎坊下车，吃点心，改乘骡车回家。下午二时到家。正值城内庙会，颇为热闹焉。下晚，同三弟访李县长，讨论修县志各事。

二十八日　晴　风

到宋外甥家闲坐，吃饭。与邢春农论风鉴。

二十九日　晴

写对联，大字。下晚，县署约吃饭。为同人讨论修志进行事也。

三十　四月初一日　晴　风甚大

请若农到茔地看风水。据言，茔之东南、东北方，均有高阜，甚好；西北亥地如有土阜，更好。全局以壮猷祖、先考两坟得正脉为最好，以南气脉俱极连贯云云。约若农早饭。下午二时，到修志局与同人讨论进行方法，即从速分投办理焉。阅《密云志》，杨无敌墓碑凛凛有生气云。

五月一　初二日　自夜来大风　天气阴霾

带同五儿母女乘车赴郎坊。到苑家务北,微雨。至固城北,雨益急。到郎坊,雨则零星而止。大风一个月,麦苗多有萎者。如是微微一雨,农民殊深焦盼耳。午后四时,登火车,六时后到京。杨林来接到寓,甚好。永芳、翰翔、续科均来谈。

二　初三日　晴

午后,到大观楼。接二弟两信,即写复信。吉督署来信,言铁珊已回京。接王少甫复信。四时,到安福俱乐部,李、王两议长报告,政府徇中国银行股东请求,不愿两院通过修正则例案。奈众议院已经表决,参议院实难违此公正之论,加以反对云云。修正则例面面俱到。不过,银行股东欲占私利之少数人蒙蔽极峰,乃代为缓颊也。下晚,同凤韶吃长乐意。回,至大观楼闲谈。

三　初四日　晴

访王志襄京兆尹,谈地方事。午后,到大观楼。慕唐、敬宜来访。下晚,理斋假心航斋,作饯春会。次帅、秉三、赞尧均入会。

四　初五日　晴

写屏对。午后,到大观楼。写匾字多方。下晚,筮谦约吃天和玉。又到杨仲五药房一坐。到前门内,见学生数千人横路,不能行,以赴各使馆,声说日人不交还青岛,各手执一小旗,书"索还青岛,讨卖国贼"字样。下晚,闻到曹汝霖宅,打伤章宗祥,将曹宅房屋烧毁矣。

五　初六日　晴

枢辰、翰翔来谈。午后,访紫垣,求其以国库作押借款,寄美金也。洗澡。到市场,代修志局购纸笔、信封等物。下晚,慕唐约吃明湖春。

六　初七日　晴

写寄美庆善儿信。托紫垣代寄。篮谦之庶祖母四十正寿,为之送杂剧一台。午后四时,大总统约为游园会,入新华门,到瀛台一游。到大圆镜等处观牡丹。到怀仁堂,总统出,与大家略谈。玉双开言:日前学生与章、曹为难,请勿以命令送学生于法厅,致于名誉有碍云云。后到紫光阁,瞻历代帝王像。出福华门,回寓。篮谦宅来客甚多,票戏亦甚多。宇民初次演《坐宫》,颇受大家欢迎。夜过半,乃就寝。

七　初八日　晴

早十时,到车站,搭车到郎坊。三钟后启行。到河沿,令船上煮茶一饮。行至东壮村西,大风南来。到家已昏暮矣。

八　初九日　晴

早九时半,到解家务杨内兄宅少息。沈宅请来之陪客者至矣。伯如、永之皆熟人。少顷,用轿来接。到沈馨樵宅,先行吊,至午后二时,点主如礼。饭后回家。路遇大风。到家后,雨一阵。

九　初十日　阴雨　农田颇觉沾润

写字。

十　十一日　晴

午后,叔青、允臣、雨亭诸人来谈,,要求代向京兆查案委员张子纲为缪管狱员缓颊。下晚,子纲到永来访,畅谈。

十一　十二日　晴

早饭后启行。午后一时半，到郎坊。四时，搭车北来，与伯如遇。六时后，到京，回寓，寓内皆平安。

十二　十三日　晴

午后二时，钱总理约到怀仁堂，同参众两院议员讨论巴黎会议青岛失败问题、方法。大众以不签字为宜，为留将来争论馀地也。写复介如信。

十三　十四日　晴

午后，到慕唐处吃饭。复徵儿信，问约翰学校风潮已否平静事。复二弟信。

十四　十五日　晴

斌典臣来访。写屏对。到花旗银行借款五百元。下晚，吉甫约吃致美斋。

十五　十六日　晴

寄介如信。代若龄辞差。代典臣写致子固信。下晚，树青约吃兴盛馆。饭后，到东安市场一游。

十六　十七日　晴

午后一时，熊秉三督办约同东四县人民代表，开会讨论修治北运等河事。又到太平湖俱乐部，开谈话会，宣布总理准朱启钤辞代表事。

十七　十八日　晴

午后一时，参议院开会。下晚，汉亭在心航处设筵，作消寒会。

十八　十九日　晴

写屏四小幅。午后一时，在大观楼，约同通、武、香三县代表，讨论熊督办所拟修河办法。李阶平亦来会议。下晚，王世瀓、林灏深、胡钧约到新丰楼吃饭。

十九　廿日　阴

黎明即雨，可望深透。农民将幸秋禾之发育矣。昨日，在新丰楼言及学生停课，在大街上，以日本衣帽插为小人，用者为东洋奴云云。抵制日货，言之未免激烈，恐牵及外交，政府无以善其后也。学生之爱国热，殊觉过火也。雨竟日。宇民、翰翔来谈。

廿　廿一日　晴

写荩卿寿屏两幅。午后，到毕芝臣宅，为其女公子出阁道喜。一时，在大观楼，约宝坻、宁河两县代表会议治河事。下晚，甘肃议员段永新、林炳华、吴长植、王学曾，约在广和居吃饭。小雨一阵，即晴。

廿一　廿二日　晴

写致三弟信，言永定挖河事。午后，到徐又铮处，行吊。到凤韶处，闲谈，吃晚饭。

廿二　廿三日　晴

写寿屏。午后，访邢冕之，一谈。并访协民。下晚，河南议员在新丰楼公请，为运动参议院副院长田应璜提出教育总长时，以王祖同补其阙也。

廿三　廿四日　晴

写寿屏十二幅。毕事，到永顺楼买手饰，送丹王生女弥月用也。回拜张哲夫。同凤韶洗澡。下晚，协民约到撷英吃番菜。接张广印信，附三四五月房租单。接王揖周复信。

廿四　廿五日　晴

写复张广印信，令其汇款应用。午后一时，到院开会。下晚，访玉书，看房。到同兴堂，赴敬宜消夏会之局。三弟由家来。搢之来信，言警饷事。

廿五　廿六日　晴

写致伯才信。为永清沿河村庄代表要求挑挖中洪，不得偏于西南堤一带，致贻河患云云。同敬宜到丹泽宸爵邸，为其生女弥月贺喜也。又到湘南处，一谈。

廿六　廿七日　晴

休息一日。

廿七　廿八日　晴

写屏对。到同乡会，一谈。瞻乔、次斋到大观楼来访。下晚，润生约吃致美斋，凤韶约吃长乐意。到桐轩处，一谈。

廿八　廿九日　晴

写致琴舫信。并寄庆徽儿信。写屏对。下晚，树人约吃天福楼。润田又约吃兴盛馆。

廿九　五月初一日　晴

宗荫南来，谈给李希晟票洋四十元内有少沧三十元。下午，到药房，看视所购木器物件。

三十　初二日　晴

写屏对。午后，到同乡会，一谈。同广印汇到房租六百八十元。

卅一　初三日　微阴

竹青来谈。到固安，与伯才交涉挖河情形。写扇。下晚，赵玉双约到新丰楼吃饭，言及今晚三省旅京同乡，并参众两院全体抵抗孟督军与郭省长以官银号产押借朝鲜银行一千万元事。

六月一　初四日　晴

写致树村督军信，言借款事，众怒难犯，急早回头，电达中央；此事作罢，则一天云散云云。寄二弟信，令其转陈树督，万勿大意等语。写扇。下午，同篮谦出城，到澄华园洗澡，路遇适中，同游游艺园。到玉兰亭吃饭，茶园内饮茶，颇极凉爽。十时后，归寓。

二　初五日　晴

写屏对。下午，蓝田同人约游天桥水心亭。下晚，在通商饭店吃饭。

三　初六日　晴

伯才来访，言河工事。访志襄京兆尹，一谈，留吃午饭。到浃黎处，一谈。又到游园，值大风，即速归来。途遇微雨。到寓后，雨一阵。闻学生团又出演说。

四　初七日　晴

写对联。午后，访丹泽宸。下晚，伯才约吃饭。庆徵儿来信。今日见北河沿学堂左近均有兵警安设帐房，监视学生，勿令外出。

五 初八日 晴

写对屏。午后，到大观楼。凤韶、敬宜来访。小雨数点。

六 初九日 晴

圃孙、树丞、揺之来访。写屏对。午后四时，宇民、凌霄约游游园。遇少沧、桂舫、李君允堪，告予曰：适黄桐生见君头上红气甚盛，闻而知为阁下，乃云无怪其然云云。桐生两眼能见鬼神、望人之气，人之气紫为最上，而不多见，次为红气，再次黄气，馀则白、黑、灰气，皆下等社会人矣。同少沧吃浣花春。凌霄约吃明湖春。

七 初十日 晴

写屏对。午后，到大观楼。写寄庆徵儿信，并托紫垣为寄沪洋一百元。敬宜来访，同赴泽声新丰楼之约。又，萧龙友在西栈设筵，作消夏会。写贺祝立三喜对。

八 十一日 晴

写屏对。午后，到大观楼。慕唐来，商以国库券向花旗银行押借款事。同型叔、揺之游游园。型叔约吃玉兰亭。又到兴盛馆作主人，请鼎臣、蓝田十馀人。闻德丞云：养源已邀免缉为宗社党也。

九 十二日 阴雨

写屏对。下晚，祝三约吃瑞记。饭后，同海安游游园，遇养源，困沪经年。听其言论，其脑筋内全染得上海空气，殊不释然。

十 十三日 晴

诵卿、树丞、华亭来访。为华亭写致博渊信。写屏对。到大观楼。接庆徵儿信，言暑假时到杭一游云云。当复一电，言可游杭，或先回家；汝兄来，可留信告知，令其自回可也，云云。同适中、少观游游园。吃玉兰亭。饭后，饮茶，十时即回。

十一　十四日　阴

若龄同九峰来，谈家乡事。十一时，到西直门车站，贞五、少沧、允堪、杨军门并其世兄仲甫，均在焉。少沧顷登京绥车。过清华园、清河两车站，到沙河车站下车。同贞帅坐汽车行二十馀里，经两小时，到汤山，入旅馆，即昔之行宫也。吃午饭。饭后，洗澡。院内有两大池，周砌以石，旧制也。浴室内，引池水，温热适宜。浴后，到园内游览。山不高而有致。池内莲叶田田，有小船游泳其中。有数桥，桥底可行船。桥名怀碧、枫叶，以及龙王阁、溪山无尽。楼匾字皆东海所书。更有当今权要、政客，或就旧屋基址建筑楼馆，或筑洋式楼房，均绕胜概。同人在丛楼下照一像。晚饭后，畅谈。昆叔泉亦到。

十二　十五日　晴

早起，即洗澡。天气稍热。祁君沂、张云生亦来。晚饭后，游园。披襟当风，颇为爽畅。

十三　十六日　微阴

洗浴后，九时，搭汽车到沙河沿站，候至十时，北车始来。登车到清华园站，见孟治侄孙，渠亦登车。据言学潮已渐平静，清华已放假，北京学界联合会拟定提倡实业办法，每学生日捐一铜子，全国学生每一年可捐百万元，以之设工厂，制建国货云云。果如是，则此次学潮尚属有益于国家。到站下车，赴三贝子花园，即曹农事试验场，瞻览动物园，尚与先时无甚差异。到豳风堂休息，吃点心。二时，午饭。彝作主人。饭后，游览畅春楼动物标本、各植物处所。鬯春楼铜狮子二，喷水甚凉爽。行至五时后入城，归寓。雨一阵。

十四 十七日 晴

午后一时,参议院开会表决。照众议院议,延长会期两个月。陈懋鼎请变更议事日程,提议众议院咨到之回复中国银行二年则例案,胡钧赞成之,陈介反对,陈邦燮亦反对,反复辩难,起立表决。开二都、三都会,主张回复者大多数。此案遂得通过。特是前者开会表决回复中国四年则例案,已付审查,尚未得到审查结果。陈介请并案审查,最为正当,乃竟强制完全通过,此安福派势力为之也。尤可异者,此案提出之后,始将原案油印片分给大众阅看,多未得其要领,即亦随同起立,致为通过,而安福部议员多有不满意者,以六年以命令变更,二年、四年则例乃中行股东揽权专利,人多不平,良心上均主张恢复二、四年则例,极属正当。特安福部以强制行之,不免招己未部之非议,将来党争必益剧烈耳。下晚,田蕴山假心航设筵,作消夏会。十时后归来,遇雨,雨半夜。

十五 十八日

休息。为张展云行吊。闰二爷约吃燕寿堂。

十六 十九日 晴

养源来谈。写屏对。访紫垣,一谈。同丹廷、诵卿游游园。

十七 二十日 晴

为荐石富崇写致王京兆信。翰翔来谈。午后,到大观楼。候少沧来,请蕴吾医臀疾。凤韶、慕唐、慕韩来谈,请其吃长乐意。伯渊兼代内务总长。

十八 廿一日 晴

写对联。徐敬宜由电话言:两日间瑞蚨祥电索欠款九次;我所欠,系你所借,彼不当向我要,你到我帐房来取云云。完,即将电话挂上，词气之间非常骄横非礼，殊难忍受。转念交好多年，因此致成割席，极属可惜，当致函告知祝三兄言前者消夏会曾代敬宜向西栈借一百元，临去时告以明早徐亦即当即送来，敬宜并未有言，如果无款，可以正告，彝先代还亦无不可，乃彼时用去九十二元，所馀二元敬宜携去，迨西栈电索，彼不在家，无怪西栈屡屡催问也。乃竟恶声相向，是直无赖行为，是否有误解之处，何以如此发泄？执事平心论事，请一论之等语。到鸿记，先代还敬宜欠款，以愧之。彼之愧悔与否，不计也。风韶、浣亭来访，约吃长乐意。饭后，游游园。写复子固信。存药房五十元。寄徵儿信。访芝臣，送寿筵。

十九　廿二日　晴

写屏对。写致二弟信，附致树村督军信。下晚，同凤韶在游园吃饭。

二十　廿三日　微阴

午后，到杨敬亭军门处，少沧、允堪均在座。少顷，大雨两时。下晚，临斋约吃明湖春。海安约吃济南春。

二十一　廿四日　晴

陈丽堂奉天同寅，介堂之弟来访。午后一时，到院，以不足法定人数延会。访班伯，一谈。下晚，木斋议长在东方饭店约吃饭，请两院同人也。子廙假馨航宅设番菜，作消夏会。接庆善儿自美来信两封。

二十二　廿五日　晴

十一时，同熙人吃兴盛馆。饭后，到头品香澡堂洗澡。凤韶亦来。少顷，敬宜亦到。诘以日前电话之言如何态度，殊属不宜；渠之词遁，亦知其所穷矣。到大观楼休息。下晚，仁宇约吃桃李园。饭后，同浣亭游游园。

二十三　二十六日　晴

十二时，李访渔同年约在泰丰楼吃饭。座中皆安福派顺直议员。访渔有意活动为阁员也。饭后，到大观楼休息。到青云阁书肆购《少年进德录》《青子修养录》《课子随笔》。回寓吃晚饭。写寄庆徵儿信。

廿四　廿七日　晴

写致曹经略使一信，请其调和奉吉两督军事，因有意见，恐酿成冲突风潮，将地方人民遭涂炭也。到慕唐处，一谈。鹤年、少颇均在焉。下晚，李墨卿在同兴堂约吃饭。公度在座。游游园。访翰翔、良臣，一谈。良臣新从长春来京也。

廿五　廿八日　微阴

写匾字、扇面、对联多件。下晚，陆耘史约在万福居吃饭。

廿六　廿九日　晴

写扇。午后一时，到院开会，《尊孔法案》未经通过。人人尊孔，以案中设官之说不甚相合也。到松华斋，买信纸、墨物。竹山、岱青来访，留在大观楼晚饭。

廿七　卅日　晴

写扇。访壬三、宇三，畅谈。慕堂约与一谈。良臣约吃梁园。壬三又约吃六味斋。

廿八　六月一日　晴

写扇。竹山约到海安处一谈。迪生在座。下晚，志赓设筵，作消夏会。又到甲丞处，贺寿。

廿九　初二日　微阴

同筱谦、翰翔、序科到升平园洗澡。又到致美斋午饭。又同慕韩到游园访桐生，不值。小雨一阵。下晚，蓝田同人约到天寿堂吃饭。夜雨。

卅　初三日　阴

同筱谦到松华斋。约凤韶吃宾宴春。饭后，访李芳辰。在大观楼晤养源。下晚，大雨。接曹使复书，允予调和奉吉事。

七月一　初四日　阴

家庆慈自家中来，言家中全好。大雨多半日。入夜，雨。

二　初五日　上午雨　后晴

访馨山，同到兴盛馆午饭。约辅廷来谈。下午，同养源、德丞游游园。下晚，同到兴盛馆吃饭。约翰翔来谈。

三　初六日　晴

写屏幅。到熙宝臣宅，行吊也。又到太平湖，开会。下晚，约凤韶、养源吃兴盛馆。二弟来信。

四　初七日　晴

早五时，到车站。六时，搭车南行。同行者筱谦、翰翔。八时半，到落垡。随同筱谦太夫人大总统所颁“女宗共仰”匾额，行三十里，到马头筱谦宅，贺喜。

五　初八日　晴

代凤韶之叔写致冕士省长信。与王宅亲友欢会一旦。

六　初九日　晴

早七钟，王宅派车送至双营村，计三十三里。河内只有小船一只。乃令车旋反，乘小船渡河，到西堤柳阴下稍憩。南七汛官张丹书亲来迎接，到其汛署午饭。南六官陈丽生，及防汛员郑奎炳亦来看。休息至下晚六时，热气稍杀，乃由丹书派车送至城寓。计十五里。家中全好。三弟、若龄、庆慈均来看。

七　初十日　晴

早九时，存宾学堂函邀，本日学生毕业，约请演说。当于早饭后前往。晤播之县长，及办学诸同人。学生毕业者三人，来宾以次演说。彝乃将京津现在学生风潮，及被人利用风说为之演说，末言学生自有求学应尽事物，至干预政府，期期以为不可云云。归来，休息半日。

八　十一日　晴

亲友来看者不少。

九　十二日　晴

到宋九峰宅，闲谈。

十　十三日　晴

写屏对，助韩村女学建筑费十元。

十一　十四日　晴

本日，为先母逝世一周年之期，家祭后，又到坟墓哭祭。北营沈亲家来谢前次点主之情。在家不出门。阅报，知树村督军调京为惠威将军。

十二　十五日　阴

下晚，起身，遇河水甚小，到韩村已七时，寓天义店。步行到新筑女学堂，看视佟著安，为管理员，为之筹商：以后常年经费，总宜由本区富户筹出，常年的以地亩多寡出款多少为要。驻扎该镇警备队副队长程得功，山东人。

十三　十六日　晴

早五时，启行。七时，到郎坊车站。买桃子二百，为到京送次帅、公度各处之用。九时，搭车。十时半，到京。回寓。午饭后，同篮谦到升平园洗澡。壬三、玉书来谈，少帅关念东省大局，欲作调人云云。并阅报，言树督去吉，高师长有调兵集中长春一带，与奉军为抵抗之行动云云。如此，恐两省又生意见，殊为地方人民悬念不已。到致美斋吃饭。饭后，回寓。

十四　十七日　晴

据玉书兄言，业同壬三与奉军司令张叙五兄说定，愿为调停奉吉事，定有条件，烦彝致电树督，言如可协商，少帅当派玉书中将同彝前往面商云云。条件云者，为保全树督，即保全两省大局也。下晚，到兴盛馆吃饭。

十五　十八日　晴

午饭后，同篮谦、六弟出城闲游。下晚，吃兴盛馆。下晚，见朱作舟，自吉来，言吉军尚不至与奉军冲突云云。到游园，见许多熟人。派杨林到津送六百元，烦琴舫代交保寿利息。

十六　十九日　晴　又大雨

早八时，到公府，见士缃秘书长，言致电树督调和吉军事。士缃则言对于奉吉事正在两难，如能协商，造福无量云云。回至壬三处午饭。饭后,到头品香洗澡。少睡,时大雨如注。在楼上赏雨,亦极有致。到叙五处,言调和奉吉事,极端赞成,言及如有大致,当回奉一助成功云。到张少帅处,申明调和奉吉事,请少帅出电致奉吉两督无稍冲突,当派玉书苏中将偕同前吉林巡按使孟秉初兄前往调解云云。此电稿也。少帅言:须以此稿知会士缃,免致谓我等多事云云。下晚,黄足九约吃泰丰楼。大雨。入夜,树帅回电,言交替为难,欲行不得实情,并言毫无留恋,私意可矢天日;果派员同吾弟来吉,以察真相,是所至盼等语。

十七　廿日　阴　大雨

到公府,晤士缃,交阅树兄电,并交阅少帅致奉吉两督电。士缃亦出示树督及高师长致政府电,语极愤激。据云总统今早曾问彝已否东行,惟当如何结束之法,士缃亦无主见,惟言早为说合了结,功德事也云云。冒雨到玉书宅。接士缃电话,言龚总理约到院,有事相商。即冒大雨到院,晤总理,商定调停奉吉事件。如孟督只带一师,可以照准;如以外另有要求,只为商订云云。时徐树铮筹边使在座,言高士傧一师如无法安置,可归入边防以内。此又铮好意也。午后,同玉书到少帅处辞行。少帅之意关念地方民生,亦可佩也。下晚八时后,同玉书搭通车启行。曼亭亦同行到吉,接家眷。壬三同行,到津下车。

十八　廿一日　晴

车行古治站左右,东来车出轨,耽误四小时始开行。到沟帮子东时,已昏暮。晚十一时,始到奉天车站。张巡使、孙督军均派员来迓,并备汽车,到省城俱乐部稍憩,往见两帅,备言调停奉吉之意。两帅亦言树督本至好,近听人言,颇多误会。彝言龚总理之意,请两帅呈请中央,准孟督带一师入关,当可消化暗潮,大局之幸等语。两帅当面甚以为然,敷衍佑丞明早来奉,另有条件,俟到来再说。又访赞尧督军，亦言调和之意，彼极赞成云。到寓就寝时，后半夜二时半矣。

十九　廿二日　晴

政务厅长史曜五、警察厅长王莲波，均来见。即往回拜两厅长，并访子固兄，一谈。又访刘石臣，一谈。到赞尧处午饭。佑丞亦到。饭后，同访两帅，言佑丞代孟督要求者，带一师一旅入关，并予以近畿或海防空名目司令云云。两帅初不以为然，旋以此项条件鲍督已电达中央，当再以电呈请。拟定电稿，致靳总长代办。彝言此条件中央如不允准时，只好仍归原议，只带一师入关，呈请高师长任命。两帅允之。午后，访景丰，一谈。适陈小山来访，两帅即言今日长春吉军与日兵冲突，彼此枪伤十数名，由长春电话传来者。下晚，同玉书到佑丞所寓之大和旅馆洗澡。九时半，北行。日车极平稳。

二十　廿三日　晴

车至长春，为早八时半。采如诸人到站来接。尧田亦派代表来接。梅先办交涉甚疲累，不能来也。同到食堂用点心。详询昨日吉军与日兵冲突情形。九时，登吉长车东来。午后一时，到吉林站。侗伯省长，及军官暨各界代表来接。下车，一一稍为寒暄，即乘汽车入城，到督军公署。二弟同车到。树哥相见甚欢，备言吉林受奉天欺侮各情，惟与两帅面子，仍旧。昨佑丞带去致两帅一函，两帅亦言树哥如平时，早有人来疏通情意，当不至有此误会。与树哥密言调停大概，树哥颇以为是，惟言任命高师长一事不便与高商，恐惹高之同人误会也。旋与高师长商论，高则言自要树督面子过得去，我等均无所要求。言之颇为慷慨光明云。下晚，树哥设筵款待，并约各界作陪。回拜侗伯、丁厅长。回寓督军公署。

二十一　廿四日　晴

二弟请同玉书到浴沂新洗澡。十时，吉林各界计十会名义，在省议会场开会欢迎。在场为之言明调和奉吉两方面大旨，并申谢欢迎之意。十二时，省长设筵招饮，各界士绅均在，极欢而散。二时，请树督再致两帅一电，言秉弟到，言承关爱极深，感谢，实不敢有所要求；老弟如何筹商，兄当惟命是听云云。亦联合之意也。昨日，树哥亦接龚总理来电，言秉初想已到吉接洽等语。树督回电，言秉弟已到，现正筹商办法云云。搭车赴长，各界到站来送，如来迎时，甚可感也。八时后，到长站。官商各界来站迎接，同到吉长道署。梅先道尹设筵款待，详问交涉始末。据言交涉自外面观之，两方面伤人如是之多，似不为小，其实两方面初无恶意，不过因误会致伤多人，如归本地交涉，当不至甚为失败云云。十一时，搭车来奉。

廿二　廿五日　晴

早八时后到奉。佑丞来接，同至张使处，言吉事和平，即照原议办理，树帅甚感激云云。乃两帅出昨晚奉到中央电令，因长春交涉事，免高师长之职，并令张使、鲍督查办云云。细绎来电，系两帅电报中央，乃有此来电，其无诚意调停也可知。况其所报吉军与日兵在日料理馆起衅，尤与事实不合。两帅又言此事非弹办吉军高师长不可。彝当言吉军亦归巡使节制之兵，高士傧亦执事将官，地方人民为巡使之地方人民，高师长有罪，亦当大度包容，勿轻讨伐，投鼠忌器，正是此义。两省地方人民同遭糜烂，何忍言此？予曹为奉吉官吏，言之痛心，声随泪下，为之大哭，并为巡使劝阻也。两帅言大家同为设法再议。当即备午饭。饭后，到俱乐部稍憩。满望此事已得美满之结果，何意又横生枝节如是也？潘丹廷亦奉曹使之命来奉解和。下午，见两帅，求为设法仍令孟督自带一师入关，不然，吉林之祸，亦奉天之不幸也。两帅总以为不可行，最后徐又铮今午到奉，明晚回京，只好上总统密函，为之请命。彝言拟再赴吉一行。两帅言请令高士傧勿得妄动云云。下晚九时，到车站搭车北行。

廿三　廿六日　晴

早八时，到长春车站，人不知彝之来也。当到道署，适道尹与省长通电话，彝亦与之言此番来意。省长言午后同绅商各界人士来长。又与督军通电话，知高士傧接到免职之令，由吉连夜来长春，在南岭开紧急会议。即赴益丰馆，访高秀山，详论应待中央，复命勿得轻动云云。少顷，彦如亦来，亦言调停之策，仍请督军带兵一师入关，以为转圜之计。回至道署午饭。午后，写致龚撰一函，计九纸，报告日来经过事实，仍请审慎图之，勿俾两省有战事，以恤民生云云。六时，侗伯来长，同车访高彦如昆玉，为之劝告一切。吉省各界绅商亦来劝告，言到奉要求如何再为办理。往看陶揖五旅长之病，稍坐，回至道署吃饭。夜半二时，乘吉长专车，同侗伯入省。稍睡。

廿四　廿七日　晴

早六时后到省。树哥派汽车来接。同侗伯到督军公署，具道来意。树哥言张使鲜诚意调和，初言高师长请任命，兹乃报告交涉事，免师长之职，是故与高士傧为难。高则挺而走险，竟难压制；予则照电令令高师长交代，一面请鲍督赶速来吉接任，以竟予责云云。彝则劝告，果能到带兵一师入关，为最终之结果，亦可敷衍了事。树督深韪是言。用点心后，九时到二弟盐局稍谈。到站，带同三弟搭车赴长。高秀山亦同是车赴长。午后到长，到道署吃饭。饭后，索得道署印刷中日冲突报告两件。下晚十一时，搭车南行。同车有育卿，闲谈。搬运眷属入关者甚多。

廿五　廿八日　晴

早九时，到奉站。佑丞、玉书，吉林各界人士均来站迎迓。到大和馆稍坐，即到俱乐部。又访两帅，详言孟督之意，极愿两帅爱护，俾令入关，并言吉军开赴农安伊通，以高氏弟兄实逼处此，殊难说项。最后为忠告之言，于两帅执事位为上级军官，此次兴师与吉军决战，即使获胜，令地方人民被祸，殊不足以言功，将来巡使名誉如何，恐亦非国家之福。两帅言已令孙督军为奉军司令，今早出发，势难中止，如再调停，无济于事云云。是福祸利害皆不足以动其心，只得告辞今晚回京矣。随后，吉界人士又谒两帅，为秦庭之哭之请求，亦归无效。同玉书、佑丞到大和馆洗澡。又同墨岑、育卿、景丰游日本花园。两次吃番菜皆不饱，后同佑丞吃公记饭店。魏如九由铁岭来看，令其明早到车站迎接姑太太，随车入关。九时，搭京奉车西来。玉书以为调停奉吉事无效，亦付之浩叹不已。

廿六 廿九日 晴 又大雨数阵

到郎坊，三堂弟下车。下晚八时到京。到中西药房看各处来信。庆善儿自美来信，言七月十七号搭轮来华云云。到兴盛馆吃饭。云樵来看，略谈。饭后，访龚总理，详言奉吉间来往经过事实。渠言先本不愿下撤孟督之令，总统言下令无事，乃署名下令，今竟惹起绝大风潮，后悔无及。又言请以事实明早言之总统，以便设法挽救云云。十一时，复寓。

致沈冕士省长信

冕士仁兄省长台鉴：远睽
光仪，倏更寒暑，翘瞻
勋绩，无任钦迟。都门近来政潮风气云涌，极峰极力维持，乃如报纸所言，某系多方破坏，竟致风雨飘飖，陷当局于极危险困难地位。山东商学界亦有罢学罢市举动，赖执事鼎力支撑，乃得平息无事，此
荩猷之裨益全局，诚无等量。临风引领，企仰曷胜！兹熟者陈知事堂，学有渊源，明白政体，前曾历任博山、济阳各县知事，俱有声誉。近奉

委查办清乡吏治差使，业已竣事，极蒙
奖许，该知事为陈凤韶参议之叔，与彝同乡世好，深知其才长吏事，敢为介绍一言，拟乞
优于栽植。该知事当益感奋，以效驰驱。

己未五月廿七日致曹经略使信

仲珊三哥节使伟鉴：睽隔光仪，时深企仰。只以大局未定，政躬任重，机务纷乘，未便以寻常寒暄之词上渎清听，稍疏音敬。职此之由，比经茀履增绥，荩猷懋绩，引瞻裔采，忭颂曷胜！弟议院从公，毫无建树。目下南北方面迄无统一之期，而奉吉两督又启纷扰之渐。树村宗兄因吉林向日借款，致为旅京员绅提议反抗；雨亭巡使处，亦因有人具呈控诉，乃电请中央办理派队北往，吉人则不能无疑。揆其意，恐树村之祸吉，欲去之也。在树督之部下，则欲与奉军对待，闻已调遣军队，处处设防；中央两面敷衍，两帅则拟行使职权。现在吉林各团体代表来京，拟面谒总统，陈诉实情，拟请迟以数月之期，南北大局定后，树督再请辞职，并请电令两帅，免致骤尔发作，以至糜烂地方，极峰未予面见，令吴秘书长代见，则各地代表惶恐无似，均来与弟筹画良策。弟思执事为当今柱石，又曾驻帅奉吉之间，土地人民均系荩注，拟恳出为调停，致电两帅，言巡阅保全东省大局。树督近在吉林借款，亦未成立，其有不合之处，乞格外涵容，令树督再迟数月，俟大局定后，当即辞职退休，并电树督言其在吉十馀年，地方赖以保安，功绩昭著，此次务以地方人民为重，万不可与两帅稍有嫌疑，致启人民惊扰，两方面均宜以地方人民为职任，无论有何不合，皆当解除之也。况虎视眈眈之者有外人伺于其旁耶？两帅功望重，当以执事一言九鼎，立即表示罢兵。树督向爱民，一视两帅罢兵，亦将防兵撤退，两帅释然而欢，我哥哥之保全两省人民，尤为

功在国家，裨益大局更无等量矣。专此布恳，顺颂
勋绥

第八师师长王少甫信

少甫仁兄师长伟鉴：沈阳晤别将及十年，睽隔光仪，时深企仰。比经柳营绩懋，茀履绥和，引领裔晖，莫名忭颂。共和国家对内本无战事之可言，遭时不幸，南北战争，军士苦役，黎产流离，执事为首和平之一人，当局者果能采用伟论，罢战言和，何至有近二年来之人民涂炭？天实为之，谓之何哉？故于年前议会成立时，常与同人言及我兄前年主和言论，为挽救南北大局至计，均极钦佩。故现在南北和议梗于陕西陈督之战事，同人先有献议，谓执事为首先通电主和，南北两方面皆所闻知，拟请以执事代陈督陕，和局当可迅速。此系为维持大局立论也。当道则谓和局不定，暂不便更易督军，故陈如故也。弟日前进谒元首，论及时则谓每谕我北方军人，皆不可自为捣乱，将来南方捣乱之后，何必就我范围云云。此是正当之言，执事为北洋派健将，又随从大总统多年，不日大局平定，宠任专圻，意外事也。弟则逢人说项斯者，实以仰慕执事伟绩，非仅仅关乎乡谊也。

民国八年七月二十七　己未七月初一日　阴雨

早七时，谒总统，言不安逸，令士缃秘书长代见，详言经过奉吉事实。总而言两省人民以长官意气用事，遭此涂炭，可哭！张巡使位居巡阅使，以逞气忿，用兵攻击属下之将官高士傧亦其属下，兵队即使一鼓而下之，亦不足以为功，徒自损其名誉，可[惜](借)。大总统先为三省总督，今居元首，今竟坐视旧治之地方人民同归糜烂，可痛！请以此三事面陈总统。士缃亦无法为词。又到院见总理。渠言今早见总统，面谓此次孟督令下，系为人所骗，今竟惹起大风潮，请与靳总长

速商挽救之计云云。以总理与靳意见不相合也。彝告以最终了此残局计画，仍须由总理电告鲍督，妥筹办法为是。龚为阁揆，名负责任，其实于重大兵事不尽闻知，且亦不能作主，此真怪现象也，欲求国家治安，得乎？为之太息不已。归寓，大雨如注。午饭后，访宇民。下晚，鹤年约吃泰丰楼，知范鼎臣署香河县知事也。又到兴盛馆，约辅廷、景新、亚衡吃饭。

廿八　初二日　阴晴不一

追书日前日记。午后出城，告知玉书，请其报告少帅，代为致候云云。到大观楼。又到鸿记，告知树青东省近事。同凤韶、仲文、宇民到升平洗澡。到兴盛馆吃饭。写致二弟信。

廿九　初三日　晴

写扇面、屏条。约敬宜到都一斋便饭。饭后，访宇民，一谈。下晚，同凤韶到临斋处吃饭。吉林省议会及各团体代表来电，言树帅午后抵长，廷帅已允来长会议，两帅覆郭省长电，亦主和平，请就近速谒中央要人，力求赞助云云。此尚无一定办法，无从置议，只得抄电分送府院，并用快邮代表覆吉林各团体。为庆徵儿汇沪二百元。

卅　初四日　微阴

顾孟养、赵寅生、王文奎、魏象贤来见。午饭后，为少朴先生贺寿，详述奉吉事不得调停要领之故。又为公度太夫人祝寿。天气极热。仲鲁约同献廷往游天坛避暑。千里同行。先到斋宫，时则雷大雨小。冒微雨到祈年殿。此光绪年火焚后重修者，规模宏壮，石栏围绕。近因失修，亦稍剥落矣。六时半回，至织云公所吃寿筵，稍坐，回寓。

卅一　初五日　晴

下午四时，搭车赴津。车上晤诵卿，到新站下车，访琴舫。约同诵卿到松竹楼晚饭。饭后，访壬三昆玉。寓壬三斋。京中微雨，津则大雨多半日也。

八月一　初六日　微雨　晴

午后，访陆少奶奶，即树村之二女公子，正在大病初愈，晤谈奉吉事。以其关念乃父，病亦多由此也。下晚，壬三约吃聚乐成。

二　初七日　微阴

早七时，搭车回京。十一时到寓。午饭后一时，到院，开会。同申甫到西升平园洗澡。回寓七时。临斋约吃饭。九时归来。妾室适产一女，母女均极平顺。

三　初八日　晴　天气极热

休息一日。翰翔、仙洲来谈。

四　初九日　晴

生女三日，为洗儿日，备面茶宴客，循俗例也。下晚，士缃约到西车站吃番菜，告以树督已在长春，约鲍督来长，妥为交代；高彦如师长亦允三日内交代。并谓树督致中央电，言日前报纸登载吉林军官声讨张使通电系属奸人捏造，有意挑拨，其实吉林军官并无此事云云。极峰之意，以为莫若高师长自来一电声明，将来亦可起用，意甚厚也。嘱彝致书高师长照办等语。饭后，遇泽声、敬宜、仲养，同为出游。旋同敬宜到中央公园吃茶。晤海安、斐章，一谈。

五　初十日　晴

写致树督书。并致彦如函。致函梅先道尹转交。彭□□约到济南春午饭。游游园。下晚，祝三约吃浣花春。到广生行购花露水等物。该号十周纪念，凡物八五折出售。归寓后，适庆善、庆徵两儿自上海来京，为之甚喜。二子在美在申，皆系中学毕业，暑假后均入大学矣。与之畅谈中外各事。

六　十一日　晴

宇民来访。午后，访祝三，畅谈。下晚，同海安游中央公园，吃长美轩。晤李小蓬。

七　十二日　晴

庆善儿招美国人六人游万寿山。午后，访宇民。晤任卿、玉书。访凤韶，一谈。又到临斋处，一谈。下晚，消夏会同人在馨航宅公饯屈文六省长。又到西升平园，同宇民洗澡。

八　十三日　立秋　晴

写扇两柄。十二时，熊慕蘧约吃饭，并约黄桐生为之看气。据言头上红气足有两丈，且有光，将来尚可作事十馀年云云。馀谈鬼神及阴骘各事。为慕唐写匾字。又为鸿记写“节劲松筠”匾字。下晚，步行到中华饭店，李小蓬约吃饭。又赴宇民泰丰楼之约。慕唐亦约吃饭。

九　十四日　晴

翰翔来谈，留吃午饭。午后三时，急雨一阵。访啸麓，询吉林近事。杨在陆来，请以京兆同乡名义致电山东牟平县，请释永清人王华臣。宇民来谈。下晚，凌霄约吃济南春。佑丞电告来京。饭后，即到东方饭店走谈，豁然同寓也。询吉林事，知已完全了结矣，三省人民不遭兵火涂炭，地方之幸也。

十　十五日　阴旋晴

宇民、润生、哲泉来谈。午饭后，访壬三，一谈。下晚，赴辅廷饭局之约。

十一　十六日　晴　午后阴雨，旋晴

访景丰，留吃晚饭。出城。敬宜来访。约同景丰游中央公园。十二时回寓。

十二　十七日　晴

曼亭、翰翔来谈。写致子固一信。午后四时，安福部开会。下晚，约同景丰、敬宜游游园，吃番菜。

十三　十八日　晴

翰翔、曼亭来，吃午饭。天气极热，不出门。

十四　十九日　晴

续科来谈。赞臣代张福来信，附六七月房租单。午后，到议院。不足法定人数，延会。同凤韶到东升平洗澡。下晚，申甫约吃饭。

十五　二十日　大雨

下晚，申甫约到华盛通吃饭。

十六　廿一日　晴

午后，到院看会。因尊孔案争执，退席者多人，竟致延会，殊可惜也。又到申甫处晚饭。

十七　廿二日　晴

写扇面五个。下晚，赴津，寓壬三兄宅。

十八　廿三日　晴

早十时，访家树村将军，谈奉吉事。同树村到佑丞宅道喜。

十九　廿四日　晴

又到佑丞宅贺喜，新媳进门也。下晚，约鹤龄、良谋吃饭。

廿　廿五日　阴　小雨旋晴

同壬三访吴秋舫，谈引水灌田机器事。秋舫为北洋铁工厂长也。回寓，佑丞来谢，并约下晚到华园洗澡。见齐协民。

廿一　廿六日　晴

同壬三到协民处午饭。下晚，在聚和成，约洁清、秋舫、燮元、树村、一擎、子奇、协民、壬三、韵樵吃饭。饭后，同壬三游大罗天，见增瑞堂将军，问到奉吉事，精神尚健康也。

廿二　廿七日　晴

早七时，同佑丞来京。到浣花春午饭。同凤韶在西升平洗澡。又到南味斋吃饭。饭后回寓。接子固、墨岑、赞臣来信。晤佩石厅长，由吉新到也。

廿三　廿八日　晴

翰翔、省三来访。午后一时，到院开会，议结四案。到尊孔案，又有反对者数人退席。以人数不足，又告延会矣。同申甫游中央公园。又到申甫处闲谈，下晚，临斋、伯衡约吃来今雨轩，未暇往。到颜韵伯处，为消夏会之聚。日内忽热忽冷，感风寒，小不适，归寓。夜间大雷雨。

廿四　廿九日　晴

写致壬三信，约其来京，与佩石一聚。积生、禹生亲家来访。为禹生写致啸麓一信。宇民、续科来谈。午后，同申甫访少沧，留吃晚饭。

廿五　闰七月初一日　微阴

苏蕴恭任为山东法界书记官，来辞行。同慕唐访王志襄京兆尹，请求吴烈之子以库伦监狱官调归京兆任用。到兴盛馆午饭。下晚，在泰丰楼，约佩石吃饭。写匾字。

廿六　初二日　晴

到景丰宅，陪佩石午饭。下晚，海安约吃广陵春。

廿七　初三日　晴

日人峰旗良充前充吉林学堂教习来访。问吉林近事。庆徵儿来信，言明日来京。午后，大雨。下晚，珩甫昆玉约吃惠丰堂，冕士在座。

廿八　初四日　晴　午后阴雨

同壬三、凤韶洗澡、吃饭。庆徵儿来京，言家事平安，并言河东一带有飞蝗食晚稼也。

廿九　初五日　晴

带同庆徵、四五儿吃兴盛馆，并约紫垣、凤韶、翰翔来吃午饭。饭后，到院开会。下晚，王懋轩统领约吃东方饭店。

卅　初六日　晴

九时，到众议院，行闭会礼。两院同人拍照。下晚，约同凤韶、慕唐、申甫吃饭。

卅一　初七日　晴

七女弥月之期。写扇面。亲友有来贺者,谢不敢当。下晚,在天寿堂备肴酒三桌,款我同人,特默示不便收礼之意。日内到饶孟住宅及贺宅行吊。

九月一　初八日　晴

昨晚归来,腹泻一次,至夜半后忽觉腹内涨满,坐卧皆有难支。又起来,腹泻一次,仍涨满。令人揉搓之。又吸鸦片两口,乃能一睡。士谦为延荣先生医治,开方药。因已愈可,遂不服药。午后起床。到临斋处晚饭。

二　初九日　晴

写致屈文六省长一函,并录具永清、牟平两县来往公文稿,请求令行牟平县公署,省释永清农民王华臣,以令无辜。又致鹿苹、墨岑两信。

三　初十日　晴

访佩石,一谈。适晤朱作舟,即以墨岑所领汗王山煤矿事,求作舟转求陶厅长实业厅,亦在京维持。回寓,写扇面。写致墨岑信,致二弟信。写屏五幅。到翰翔宅,一谈。下晚,协民约吃正阳楼。子明约吃天和玉。归家甚迟。

四　十一日　晴

下晚,同篮谦、翰翔、丹廷,到东升平洗澡。

五　十二日　阴　小雨　旋晴

九时半,到凌霄宅。十时,同京直两院议员见龚总理,面陈永年附近各地方盗匪充斥,民不聊生各情,请其代陈总统,并令曹氏昆玉军民长官专派将官带兵剿办等语。一面以同人名义致函曹氏昆玉办理，倘再不经意，势成流寇，岂独直隶之祸，白狼之续，四邻之忧也。真不成事体矣！同凤韶、浣亭、适中、仁山，到兴盛馆午饭。下晚，约子明、诵卿到泰丰楼吃饭。本日，研究办实业之利。

六　十三日　晴

寄庆善儿信。午后，出奉直外，到延寿寺，为吴自堂之太夫人行吊。又到大观楼。写挽联。下晚，萧新之同年约到江西馆吃饭。渠祝华亦约吃饭。归来甚迟。

七　十四日　阴雨竟日

到翰翔宅晚饭。

八　十五日　晴

鹤年、少颇、诵卿来访。午后，到心航宅，一谈。子明约到西升平洗澡。慕唐约吃明湖春。玉书约吃泰丰楼。墨岑来信。

九　十六日　晴

早，写屏对。下晚，约子明、凤韶、俊如、少颇、丹廷吃杏花春。写寄在陆信，附屈省长来信，托回永清便人带去。屈之复信慎重民命，殊可钦佩。

十　十七日　晴

早十时，到众议院两院开临时会。礼成，照像。到凌霄宅午饭。复二弟信。曹仲珊节使、健廷省长均来复函，言已派大队往剿永年盗贼矣。

十一　十八日　晴

写寿对。本日，为名伶余叔岩为其母祝寿，乌泽声代约并具请帖，拟制寿联，为“秋月长圆婺星永耀，萱帏集庆莱彩承欢”，上款为

"余寿母六十大寿"云云。樊樊山寿联云:"媪尝闻法曲于其舅余三胜,咸同间著名又尝闻法曲于其夫紫云今更闻法曲于其子新秋葵枣竞献觥筹惟斯人乃有斯寿,我未见三世之贤君亦未见三世之良相而独见三世之名伶故国枌榆代传声伎非此母谁生此儿。"上款:"余叔岩小友为其贤母沈媪六十生日,撰联为寿。"下款:"己未闰七月樊山老人。时年七十有四。"下晚,鹤年约吃泰丰楼。

十二　十九日　晴

写祝吴文瀚之太夫人寿联。写复琴舫信。示两儿信。写对、扇面。下晚,同篮谦到福安楼吃螃蟹,蓝田同人生日会之约也。致湘督寿诗函。

十三　廿日　阴雨

写扇面、屏幅。致卢子嘉督军贺信。吕同甫消夏会,约在心航宅吃饭。归来甚迟。

十四　廿一日　晴

写致栾佩石信,为墨岑矿说项也。宇民、凤韶来谈。日前阅报,有增瑞堂将军逝世之耗。昨又阅报,有清室予谥增将军简悫字样,为之悲悼不已。当撰一联云:"廿年来深荷鸿施记曾辽沈相依劫数正逢阳九运庚子拳乱,俄兵祸沈,彝由文安委员奉檄权铁岭县,拳祸、兵祸、俄兵陷奉天,各城俱随之以陷,此清之所以亡也,十日前犹亲麈教孰意津沽一别伤心永诀大罗天上月到京,同壬三游大罗天,适遇瑞帅,于人声噪杂中问答数语,见其精神尚健,乃不二十日即魂归天上,可痛也哉!"下晚,翰翔约吃海滨楼。见良臣。

十五　廿二日　晴

到景丰宅午饭。景丰兄七十矣,体气素壮,食能兼人,日日步行十馀里，可谓老而不衰矣，孰意其老而好色，昨竟纳一十六岁之妾，同人为之贺喜，故设酒食款待也。午后，搭快车赴津。约同琴舫到松竹楼晚饭。饭后，访浣亭、鹤年、诵卿、壬三、作舟、俊人诸人，畅谈。

十六　廿三日　晴

琴舫来，谈保寿险事，并缴回前交之保险费三百元。访树督，一谈。孙夔卿在松竹楼约吃午饭。下晚，约树村、壬三、作舟、鹤年、浣亭、鹤龄诸人，吃明湖春。寓壬三宅。晚九时即休息也。

十七　廿四日　晴

早九时，同琴舫到孙恩吉铁工厂，讨论引水灌田机器事，尚可试办。约琴舫、鹤龄、诵卿，到晋阳楼午饭。下晚，子明仍约吃晋阳楼。亮侪来，亦寓壬三宅。

十八　廿五日　晴

到铁工厂，与孙恩吉再研究灌田机器。较之所论，更有把握矣。下晚，作舟约吃雅园。午后五时，见有飞蝗满天，由西北来，往东南去，为之忧天灾不已。

十九　廿六日　微阴

早九时，快车回京。下晚，夔杨约吃饭。

廿　廿七日　微阴

宗荫、南金、丞培来见。午后，到同乡会，见浣亭、适中，谈组合水利事。下晚，岱杉约在韵伯处吃饭，消夏会也。

廿一　廿八日　晴

写寄庆善儿信。令杨林回里。到江西馆，为吴浩如太夫人祝寿。

到凤韶宅晚饭。写寿对三付。

廿二 廿九日 晴

庆善儿来信。求紫垣为之电汇三百元，为买船票之需。下晚，访翰翔。

廿三 卅日 晴

浣亭来谈，留吃午饭。回拜刘敬舆。到兵马司，为观世音烧香祝寿。闻志赓云：观世音菩萨为闰七月三十日[生](本)，适逢生日，同人捐资，为之放焰口，施馒首，烧法船，心诚则灵也。到同乡会，一谈。浣亭亦来。到中西药房晚饭。

廿四 八月初一日 晴

写致贺子固生子，并女公子出阁一函。又函托任仪臣代办礼物。致送写红对两付。

廿五 初二日 晴

同浣亭谒京兆尹，谈灌田制办机器，以兴水利于永定河两岸，改变土壤，并可灭杀水患等事。志襄极端赞[成]，即决定以我三人先担负款项云。又论京兆自治事。午后，同景丰到齐化门外海会寺，为增简壶公行吊。感恩知己，悲从中来，为之痛哭不已。下晚，觐侯在西栈为公度祝寿，同座为康侯、惺甫、洽黎诸人。鹤年、壬三诸人又约一谈。内人带庆善儿到京。

廿六日 初三日 晴

早十时，到龙爪槐，为张文襄公祭。又到东车站，迎接树村来京。到李墨卿为其太夫人织云公所祝寿处祝寿。下晚，同人假西栈为公度祝寿。

廿七　初四日　微阴

到西城，看视树村。与亦云、廷瑞、伴琴诸人畅谈。到同乡会，晤瞻乔，谈自治事。下晚，靳总理设筵，为消夏会，同人均到，并为贺总理新任之喜。看字画、磁器甚多。

廿八　初五日　阴　小雨

庆善儿由京赴津，即转上海，到美入大学也。到三圣庵，为赵议员守愚之封翁行吊。到长春寺，为李准熙之太夫人祝寿。

廿九　初六日　晴

鹤年、子明、少颇、诵卿来，留吃午饭。下晚，吃致美斋。

卅　初七日　晴

下晚，啸麓约吃饭。

十月一　初八日　晴

壬三约到大观楼谈话。子明、鹤年、丁质初、张仲山、张汉举均来访。下晚，质初约吃饭。凤韶亦在座。

二　初九日　晴

写贺谈铁隍任奉天实业厅长之喜。写对联、横幅。午后，同子明、诵卿赴津，访壬三，即寓其宅。

三　初十日　阴雨

到北海楼、同兴德买零物、布匹。同鹤龄到王祝三宅，为其太夫人祝寿。午后回京。下晚八时，赴士绷之约，在刘寿夫宅设筵，宴树村督军也。

四 十一日 晴

篮谦生日。宇民来，吃午饭。下晚，翊臣约吃晚饭。未去。同壬三、浣亭吃泰丰楼。遇訾凌霄。

五 十二日 晴

浣亭由电话求署名领衔呈请司法部，请求特赦潘烈士之子智远，前在《益世报》，因登载不慎获罪也。致朱总长两函，一为潘说话，一为东生请奖章。午后，到广惠寺，为郑黼门故友行吊。下晚，张明銮门生约吃泰丰楼。雨数阵。

六 十三日 晴

为夏湘九、何烈写致郭省长信。为星三写致啸麓信。访朱六诒，畅谈。到车站，送树村将军赴津。下晚，凤韶约吃撷英番菜馆。庆善儿自申来电，索护照。当复电，令在申交涉署另起护照云云。

七 十四日 晴

写谕庆善、庆徵儿快信。午后三时，到邢冕之处，留吃晚饭。写对两付。复翰章、墨岑、二弟信。

八 十五日 晴 中秋节

午后，到袁迪安宅，看褚河南临《兰亭序》，价二千元。后有米襄阳及翁覃溪、梁茝林跋，希世之珍也。又看天一阁帖，隶书，赵㧑叔注甚详，价六千元。留吃晚饭。

九 十六日 晴

下晚，同篮谦到润田宅，为其太夫人祝寿。

十　十七日　晴　双十节

午后，同凤韶到中央公园一游。各样游戏会，如扛箱狮子、中幡、五虎义、高翘、少林杠子、自行车会，点缀极为热闹，人山人海。闻游艺园、新世界各处，均属相同，仿佛升平景象，而南北和议尚无接近之期，大局危险，不堪言状，谁为顾及之耶？到冕之处，一谈。

十一　十八日　阴雨

到宝臣处，吃祭肉。至夜晚方回。座内君沂、心泉、同汀、慕唐诸人。

十二　十九日　晴

写寿对两付。到访渔同人处贺寿。

十三　廿日　晴

午后，搭快车赴津，访壬三。即寓其寓所。

十四　廿一日　晴

早十时，搭车赴军粮城，雇骡车，到郭庄子，过河，赴泥沽，访树村将军。至则树村已回津。在六哥处午饭。饭后，到树村所建之新祠堂一看，甚为壮丽。当乘原来车回军粮城车站，晚车回津，访树村，又出门，与大嫂谈家务，甚复杂也。壬三约到晋阳楼晚饭。

十五　廿二日　晴

早十时，访吴秋舫，讨论灌水田过山龙机器。午后，访树村，为写祠堂匾二字，同树村闲游，遇豁然、鹤龄。

十六　廿三日　晴

早十时，到车站，同秋舫派来张荣章赴塘沽，下车，登小火轮，到大沽造船所，吃番菜，午饭。饭后，到工厂看视，工徒千人，造船，造机关枪，均有条理。又看过山龙机器，引水灵敏，拟即照样定做，以为灌田之用。搭晚车回津。

十七　廿四日　晴

买零物。壬三约到华园洗澡。又到聚乐成吃饭。晤张敬舆、张燮元。

十八　廿五日　晴

早快车回京。午后，雨。休息。因骤冷，九时即睡。

十九　廿六日　晴

李希晟小门生来，教以古人疏食饮水之道。少年求学，恶衣恶食，处贫境所宜然。赠以入学饭费十元。申仲符介绍霸县靳骧，由河南候补县知事，无事归来，言河南官场之腐败各情，真堪痛恨也。宇民约吃正阳楼。晤浣亭，一谈。下晚，远伯假座西车站，为健秋会。佑丞、二弟均来信。

廿　廿七日　晴　孔子圣诞

树丞、树青来谈。写致锡九信，托树丞带家，派车九月二日到车站。竹青来访，知与树丞诸人又起讼案。并知树丞已控李县长。天下本无事，庸人自扰之也。一县之人，一县之事，不和如是，何论一国事耶？凤韶约到正阳楼午饭。到花旗银行还七百元欠账。到啸麓宅晚饭。

廿一　廿八日　晴

编树村新祠堂楹联："显亲扬名乃为大孝，光前裕后斯是伟人。"又代宇民成一联："堂构辉煌孝思不匮，享祀丰洁明德惟馨。"下晚，约同敬宜、峻丞、宇民吃致美斋。

廿二　廿九日　晴

访京兆尹，畅谈地方事。宇民、叙科、翰翔来访，留吃午饭。下晚，约汉举、丹廷、翰翔、宇民吃广陵春。写匾对。

廿三　卅日　晴

李搢之县长来谈。公度约吃福令馆。座中为次帅、奭少、南尹、性吾。饭后，随次帅游龙福寺。午后，同内人到第一楼镶牙。

廿四　九月初一日　晴

写致啸麓信。为星三说项也。宇民约在正阳楼早饭。下晚，约同壬三、宇民吃饭致美斋。

廿五　初二日　晴

约少沧吃正阳楼。饭后，同游游园。下晚，少沧约吃浣花春。

廿六　初三日　晴

靳总理约在迎宾馆午饭，演说维持大局各端，极为完全明达。同临斋到金拱北宅行吊。又到增幼亭处道喜。下晚，同人在心航宅设筵，为啸麓补祝，并为敬宜饯行。

廿七　初四日　晴

写对联。汉举约吃晚饭。饭后，同到湖广馆，纳义务水灾十二元。

廿八　初五日　晴

公度来。观忠义堂帖书。兴大发作字多件，较其平日所作，倍见精神。留吃午饭。下午，赴津。车上晤翰翔、莫敬一，颇不寂寞。到津，诵卿约吃松竹楼。寓刘宅。

廿九　初六日　晴

看视树村将军。同到佑丞宅，为其太夫人祝寿。夜半方回寓。

卅　初七日　晴

与张荣章电话，研究过山龙水管事。下晚，洁卿议长约吃雅园。

卅一　初八日　晴

到孙恩吉铁工厂，讨论过山龙水管。总须向外洋铁厂定购也。下晚，亮侪约吃明湖春。

十一月一　初九日　重阳节

早车，同海门回京。写翰翔求书之喜寿对两付。下晚，王哲生约吃浣花春。李润田约吃宾宴楼。又到第一舞台，[捐](卷)河南水灾义务票洋乙百元。

二　初十日　晴

约同壬三、玉书、宇民、凌霄，在正阳楼午饭。饭后，到畿辅先哲祠，开参众两院议员同乡会，公举王晋卿为正会长，彝为副会长，武继勋文牍员，訾凌霄庶务员，并定每星期三为聚会之日，每四人预备酒食，费务从其俭，所重者联络感情，遇有地方公益应办事件，招集较易。此团体万不可少者也。下晚，晤王君直，约吃饭。饭后，到杨仲五药房，闲谈。宇民、翰翔皆在焉。

三　十一日　晴

宇民约在正阳楼午饭。下晚，临斋约吃饭。写致王恩博、魁星阶两信。为积生亲家说项也。

四　十二日　晴

张燕荪来谈。魏象贤来见。回拜刘寿卿，不值。答拜燕孙，少谈。到车站，接树村督军。又到树村新置之公馆，大佛寺旁寓所看视。又往看侗伯。玉书约吃饭泰丰楼。饭后，到参议院，已开票，全数投票赞成靳云鹏为国务总理矣。董穆堂、王哲生约谈片时。下晚，到西车站，赴傅子如之约，吃番菜也。又同凤韶访哲生，一谈。

五　十三日　晴

早十时，同浣亭访京兆尹，不值。到树村将军处，一谈。到正阳楼，同壬三、浣亭午饭。到车站，送树村还津门。下晚，杜毓田约吃又一村。

六　十四日　晴

解仲光、杜毓田来拜。树丞来访。答拜刘绶卿。到杨翼长宅晚饭。座有少沧大兄。

七　十五日　微阴　有风

十时，出平则门西行，经八里，到田村，计二十馀里，赴曲伟卿观操之约。到时已一点数分钟。大操已毕，马行已疲，令车夫休息片时。当搭施汉亭汽车回归，行到翠花胡同杨翼长宅。是晚，少沧在此请吃饭也。电话令刘顺来将四喜儿接回。

八　十六日　晴

竹青、润生自永清来，留吃午饭。宇民亦来。浣亭、鹤年均来谈。下晚，汉举约吃庆元春。

九 十七日 晴

写送解元辂太夫人寿联。同浣亭访京兆尹，一谈。午后，同宇民搭快车赴津。

十 十八日 阴

十时，登火轮，下驶。十二时，到泥沽村下船，见树村将军。祠内送匾对者甚多。午后，树哥请神主入祠。入夜，雨甚大。

十一 十九日 晴

赵次帅来。殷献臣代表大总统来致祭。正式行入祠礼。彝为大赞，同赞者为壬三、敬舆、仲山。仪容极为肃穆可观。祠内演剧三日。村外另演剧五日。乡村之间骤睹此热闹之事，数十里外来观礼者异常拥挤。亦甚事也。

十二 二十日 晴

外宾以次归去。

十三 廿一日 晴

早十时，同壬三、廷瑞、颂平同船来津。到华园洗澡。到会宾楼午饭。饭后，同壬三来京。同到同福居吃饭。

十四 廿二日 晴 午后阴

约壬三、宇民、绶卿、凤韶，到正阳楼吃饭，到大观休息。

十五 廿三日 晴

贾有三带在牟平受屈之刘华臣父子来谢。父教子严，致其子出走，几陷其子于死地，仍是不善教其子也。李海如来见。写对联。下晚，刘愚山约吃饭。愚山为江西种树致富之人。详询造林方法。

十六 廿四日 晴

写屏对。午后,同箴谦访魏子丹。又同游新世界。下晚,蓝田、箴谦同人生日会之局,约到斌陞楼吃饭。入夜,风甚大。

十七 廿五日 晴

写致二弟信。内附蔡品三、董佑丞两信。致伯渊信,为李荫森说项。致潘心航信,为公局宴马子贞,屈、徐两省长事。又复孟鹿苹信。天气颇冷,终日不出门。

十八 廿六日 晴 风甚冷

写致岱杉信,为朱六诒世兄说人情。复启采如信。致陈翊臣信。为包桂崇说项。十二时,丹廷约吃正阳楼。下晚,同丹廷在天成居吃饺子。

十九 廿七日 晴

写致啸麓,为王桂寿知事催送谒见也。上午,同李东莱、邓述禹、高锡恩在畿辅先哲祠设筵,请同乡两院议员。午后一时,到院开会。六议案均通过。下晚七时,假西栈设筵,为消寒会。请屈文六、徐敬一、马子贞(未到)、周子廙、潘正航、夏溥斋、曲伟卿、吴士缃、郭啸麓、萧龙友、颜韵伯、金荫图、陈翊臣(未到)、成竹山、孟觐侯、孟玉双。饭后,凤韶、鹤雏、浣亭、凌霄晤谈。

廿 廿八日 晴 风

午后,赴津。车上,浣亭、凌霄畅谈,颇不寂寞。下车,到全聚德吃饭。寓壬三斋。

廿一 廿九日 晴

到北洋旅馆,访凌霄。晤李重三。与吴秋舫通电话,问张荣章病愈否，前曾请其代询水管价值也。午后，同子明到华园洗澡。晤下月亭。月亭方由商会举为商会长，乃驻津日领事致函农商部次长，言月亭为提倡反对日货之人。商会大哗，致书质问农商部，省议会亦开会，议请咨由省长质问外交部与驻京日公使抗议。民气之发达，可知也。乃读报，又有福建日人枪杀学生，日兵舰擅入内河事。日人之不知何所底止也。到爱园吃饭。

廿二　十月初一日　晴

上午，解仲光约到鸿宾楼羊肉馆吃饭。风韶、谦甫、志权皆在座。并有杜宅陪客数人。饭后，登汽车，过北浮桥，西北行二十馀里，即由永定河南堤西行，过三河罾、楚河港，即七十馀里，到何家堡下车。杜宅以轿来接，行一里，到杜宅，如解伯光、杨楚材、王子贞、李子贞亲友，均晤谈。夜有风。

廿三　初二日　晴

早饭后，到杜宅。丧事。灵前吊唁。先请风韶朿主。乡俗，先请书主者书主牌，只书三横，另请人朿一墨笔成"王"字也。主家请彝点主，礼成后，到香案前，荣主归寓。杜氏已者为杜金鹏，为前清武举人，八十岁寿终。其孙为杜冠三，经湖南张敬尧督军约其为裕湘银行行长。闻其骤富至百万元。此次殡事花银元万馀元，纸扎已花两千元，他可知也。

廿四　三日　晴

早饭后，登汽车回津。到半途，行七八里也，路不平也，距津二十五里许，许司机者不检，过一大辙，车大颠扑，彝则头上受两伤，眉上皮破，发内血流，当用牙粉糊之。少顷，疼止。到津后，在鸿宾楼吃饭。另用牙粉糊发内之伤。此事故，从宽大恕司机，人非故意伤我。下晚，约壬三、寿辰、风韶、豁然，吃明湖春。在汽车上，风韶亦头面被碰，然颠扑不破，亦云幸也。

廿五 四日 阴

下晚，壬三约吃聚乐成。晤朱一擎、张敬舆。

廿六 初五日 阴

早九时，搭车回京。在车上，晤傅子如，畅谈。下车，同重三、凌霄吃致美斋。回寓看视，令家人知我受伤之轻微也。下晚，高子詹约吃惠丰堂。晤宋铁梅、翟熙人、毕辅廷诸人。到大观楼看电影片时。

廿七 初六日

写致津朱一擎函，谢其招饮不能至也。下晚，齐协民约吃饭。

廿八 初七日 晴

写寄庆徵儿信。韩素谦约在正阳楼午饭。饭后，严次约同到大观楼畅论实业事。据言山西阎都军所办新政事实求是，洵可模范全国，殊难能而可贵也。下晚，李墨卿约吃玉楼春。饭后，晤浣亭、凌霄。

廿九 初八日 晴

访徐敬宜，不值。同浣亭、凌霄、重三在正阳楼午饭。下晚，在斌陞楼，戴亦云约吃饭。莱半琴、宇民约在座。饭后到东车站，为敬宜送行。蒋枚生又约到斌陞楼一谈。又同半琴、宇民、亦云，到绿香园吃茶。

卅 初九日 晴

写对联、中堂。访协民，一谈。下晚，高湛园、邓次仲约在东方饭店吃饭。蒋枚生、冯申甫又约到斌陞楼吃饭。写复庆徵儿信。

十二月一　初十日　晴

写屏对。到畿辅先哲祠,同乡两院议员会。王晋卿、贺湘南、王采章、朱子明公局约吃午饭。冯豫原来访。下晚,约豫原、凤韶到同兴堂吃饭。二弟来信。写复高谦甫信。

二　十一日　晴

访树村将军,不值。上午,到太平湖,两院议长约吃饭。饭后一时,到参议院开会。靳总理报告阁员案,请予同意。当经投票。外交陆徵祥、内务田问烈、财政李思浩、陆军靳云鹏、海军萨镇冰、司法朱深、交通曾毓隽,全体通过。到同兴堂,为包老太太拜寿。下晚,顾仲康在泰丰楼约吃饭。

三　十二日　晴

写屏对。李仁浩来见,给以回家路费五元。下晚,傅荣约吃瑞记。莫敬一约吃晚饭。

四　十三日　晴

写屏对。访树村。谈话。留吃午饭。今日,大总统命令,蒙给予二等宝光嘉禾章。双十节照例事也。写致二弟信。吉林财政厅任命齐耀珺,则本省人办本省事,极属相宜矣。董佑丞改任滨江道尹,则傅彊置之闲散。傅为熟悉外交之人,董可办财政,乃任以外交,用人不得其当,政府之大错也。下晚,熙宝臣约吃饭,座内为树村将军、朱一擎、宇民。

五　十四日　晴

写大对四幅。午后,到周子廙总裁处贺寿。闻须下晚到京也。

约树村、宝臣、一擎、玉书、宇民、辅廷、荫南、寄云、小亭吃便饭。又到翰翔处一谈。寄二弟信。附寄敬宜信。

六 十五日 晴

写屏对。下晚，张韵樵约吃饭。

七 十六日 晴

写屏对。下晚，晤武继勋，谈公送曹经略使寿屏事。又同凤韶访林健秋。

八 十七日 晴

写致子廙函，为说江西借款事。访子廙，不值。到先哲祠午饭，凤韶、玉双、次超、祝三作主人也。承大众委托，代办贺曹经略使寿礼事。下晚，在大观楼吃饭。荩臣来信。

九 十八日 晴

崇让泉借取五十二元。写送曹经略使寿联，王晋卿集八言，文曰："名勒鼎常功绵日月集汉碑，管乐佐世老彭引年集兰亭。"写对联多件。下晚，李吉甫约吃天福堂。饭后，晤凤韶、慕堂、子明，一谈。接曹理斋复函，附领二等宝禾章执照。

十 十九日 晴

写屏对多件。下晚，访壬三，畅谈。到头品香澡堂洗澡。同壬三吃杏花春。晤丹廷，代购如意也。写寄马荩卿信，附致桐伯妹丈信。

十一 廿 晴

早七时，搭京汉车西行。车上，参众两院同人数十人在车上畅谈。十二时，到保定。东飒道尹在站接待，到道尹公署午饭。凤韶、丹廷亦来。饭后，到督军署迎寿。晤曹经略使，一谈。树村将军已早到。下晚，宿道尹署。

十二 廿一 阴 下午晴

早九时，为经略使拜寿。欢会一日，夜半回道尹署。四时到车站。东驷送到站，并为起车票。凤韶、丹廷同行。四时办登车。车上人太拥挤。以头等票坐二等车。车上汽管并未生火，冷气袭人，未得安睡。

十三 廿二日 晴 午后阴

早九时到前门车站，同凤韶、丹廷到头品香澡[堂](塘)先睡两时许，再洗澡。午后一时，到兴盛馆吃饭，到大药房。又同凤韶到容光照相馆照四寸小照。回寓早睡。接如九由锦来信。

十四 廿三日 晴

吴琴舫、德养源、王韵生来谈。王鹤年、张伯才约吃中华饭店。二时，到太平湖安福俱乐部开会，欢迎徐又铮筹边使。徐使报告此次赴外蒙库伦地方与活佛哲布尊旦巴及蒙古王公交涉外蒙取消自治情节，同人均拍掌称庆。外蒙数年前宣布自治，即独立之别名也。五族共和，此实极大缺憾。殆彼时俄国暗中串嗦活佛致使愚弄也。今则俄几亡国，自顾不暇。徐使到彼，兵威甚整，活佛亦信中国可以仗赖，故取消自治，深得时机。徐使功在国家，殊为政治上生一异彩，安福部亦与有荣施焉。下晚，同浣亭、丹廷吃小馆。饭后，回寓。

十五 廿四日 晴

早五时半，到车站。六时，搭车启行。八时到郎坊。在祥和栈吃热汤面。九时，坐家车西行。午后二时到家。人口均极平安。下晚五时即睡。三弟来看。睡至九时又起，与三弟畅谈、吃饭。

十六　廿五日　晴

早饭后十时，张若彭姻弟来接，起行到辛阁村韩策三侄婿家小憩。醴若三哥先在焉。为张姻伯母书主也。十二时，为张姻伯母点主，礼毕。李县长亦来行吊，陪吃午饭。下晚，回家。

十七　廿六日　晴

各亲友来看，闲谈。

十八　廿七日　晴

下晚，班伯约吃饭。幼园、赤文、三弟均在座。

十九　廿八日　晴

看视家五叔。回看张嘏臣表弟。看伯纯侄病。到修志局，晤竹青，闻王树丞因挟嫌控告李县长，被检察厅两次拘留，同人闻之，殊为惋惜。特事由自作，爱莫能助，奈何？写字竟日。下晚，以火锅约润之、竹青、三弟来舍吃饭。

廿　廿九日　晴

写屏对竟日。

廿一　卅日　晴

早十时起行，过河，赴郎坊。午后三时半，搭车。六时半，到京。

廿二　十一月初一日　晴

接荩卿、桐伯来信。庆徵儿自美来信，尚未入大学也。到先哲祠吃午饭。浣亭、凌霄来访。养源、蓬樵来谈。宇民约吃致美斋。晤李吉甫，一谈。

廿三 初二日 冬至 晴

访紫垣，一谈。浣亭同允臣来访，请疏通树丞事。事属司法，爱莫能助，自作孽，可奈何？下晚，金拱北假西栈设筵，作消寒会。到吉甫处行吊。慕唐约谈话。致如九信，催其速送款也。

廿四 初三日 晴

下晚，伴琴、亦云约吃泰丰楼。又在卿约吃饭。

廿五 初四日 阴

往视树村将军。写字。下晚，养源约吃长庆楼。壬三来谈。

廿六 初五日 阴，微雪

访子廙，详询天津指开清河口借美款事。上午，在正阳楼，约在卿、汉生、养源、壬三昆玉吃羊肉。下晚，晤浣亭、煦斋、麦渡、子明。

廿七 初六日 晴 风甚寒

上午，在同兴堂约麦渡、煦斋、浣亭、壬三、子明、凤韶吃饭。为唐临庄贺喜。到清秘阁买寿屏同人为宋铁梅先生公送者。买旧墨，买笔，写屏用也。下晚，在卿约吃饭。写致岱杉、佑丞、荩卿各信。

廿八 初七日 风卷残雪 冷不可支

写对联。条山、仲光同杜□□来谢，为之成主，并送礼物湘绣四屏各件，计值一百五六十元，亦云厚矣。近来臂后感受风寒，马燕生西医为之施以药末脑酒。下晚，魏子丹约吃撷英番菜。仲光约吃泰丰楼。边洁卿在曹斋招宴同乡两院议员，报告乐亭县开清河口商埠事。同人均无异言。

廿九 初八日 晴

写对联。十二时，到先哲祠午饭。同人反对昨晚洁卿开埠之事居多数。临斋、小梁言之尤激烈。昨日午后，凌霄、继勋、浣亭诸人已提质问书于国务院也。闻冯总统于昨晚逝世。

卅 初九日 晴

写铁梅寿屏四幅。下晚，为河间总统行吊。下晚，施漠亭在潘馨航宅设筵，为消寒会。连日膀臂受风甚疼。萧龙友同年为开一祛风活络药方，到同济堂买药。

卅一 初十日 晴

写寿屏四幅。下午，为河间送三。出城，同宇民吃春华楼。

中华民国九年

九年一月一　十一日　晴

写寿屏两幅。下晚，内务部河工团同人在致美斋致饮。同士谦出城。应之归来，到翰翔宅一谈。

二　十二日　晴

写寿屏。下晚，同宇民、丹廷吃春华楼。又晤吉甫、伴琴。

三　十三日　晴

写寿屏。顺直两院议员新年在先哲祠团拜吃饭。同子明洗澡。下晚，傅子如约吃饭。树村、侗伯、尧田均在座。写致二弟信。

四　十四日　晴

写寿屏。共十六幅。

五　十五日　晴

十二时，到先哲祠吃饭，甲丞约也。饭后，同毕芝臣到奉天会馆，为宋铁梅都督拜寿。下晚，彭云伯约到东方饭店吃饭。又回铁梅处。

六　十六日　晴

昨夜为风寒所袭，卧睡竟日，勉为慕唐写喜寿对。又书送武继勋太夫人寿对。入夜，汗出，稍愈。

七 十七日 晴

午后，翰翔来看。下晚，出城。吉甫约吃致美斋。裴尧田又约吃东方饭店。接栾佩石信。

八 十八日 晴

写致桐伯信。附致荩卿函。寄忠墨岑信。午后，为心航之尊大人拜寿。访林健秋。

九 十九日 晴

李县长来谈。下晚，型叔约吃泰丰楼。饭后，同篮谦洗澡。

十 廿日 晴

写对六付。为徐松山行吊。松山为彝所保荐由外交部任科布多副使，正在英年，竟尔长逝，可惜孰甚！下晚，同壬三在东方饭店约侗伯、尧田十数人晚饭。写致二弟、小莱、赞臣三信。

十一 廿一日 阴

上午，田骏声约吃泰丰楼。访赵适中，求其为写领矿产呈文。下晚，壬三约吃南味斋。

十二 廿二日 晴 北风甚寒

到先哲祠午饭。送领房山高家坡煤矿呈文于京兆财政厅。下晚，约壬三、浣亭、凌霄、辅廷、宇民吃饭。

十三 廿三日 晴

写致林健秋信，为说傅广俭领矿事。下晚，侗伯约吃东方饭店。健秋亦约吃饭。接庆善儿来信，言在美国包斯顿学校，此校为全国工程学校之冠。并商汇款之法。

十四　廿四日　晴

写屏对。致锡九信，并复墨岑信，言已准令领矿矣。下晚，树村将军约吃东方饭店。熊慕韩约吃饭。本日午后，访少沧，谈半日。

十五　廿五日　晴

文在卿在天福堂约吃午饭。饭后，到潘心航宅，同人为其堂上演剧为寿也。张锡九姻弟来。

十六　廿六日　晴

到大观楼。下晚，到铁梅处，行吊。

十七　廿七日　晴

午后，同李小蓬到财政部，访李总长，不值。见潘次长，为董慕唐说项，并交两院同人致李总长一书。为慕唐求派津浦路商捐委员差使。下晚，约小蓬、凌霄到正阳楼吃饭。写致察哈尔刘伯寅书，为言报领煤矿事。

十八　廿八日　晴

写寄家三弟书，言购买《九通》书事。又写致曹经略使函，为包丹廷介绍卖书籍事。下午二时，到居仁堂，听大总统演说。长篇大论，所言和议、统一、教育、实业各项，均娓娓动听。又到怀仁堂茶会，观剧。下晚五时半，到东方饭店，树村将军约吃饭。座客有日本公使馆头等参赞山内四郎，前三年充长春领事官者；深泽暹，十年前在奉天充翻译者。

十九　廿九日　晴

张锡九自房山煤矿处归来，言该矿煤质不纯云云。下晚，将军树村在东方饭店宴同乡参众两院议员。

廿　卅日　晴

上午，约同适中、仁山在正阳楼，请刘君锡纯，献县人，在张家口，于矿学极有经验者。星三介绍入同善分社，未邀准。

廿一　十二月初一日　晴

写匾字、屏对。午后，到五洲宾馆，访徐亚衡。孙星垣新由长春来，为介绍卖房者。访紫垣，一谈。下晚，宋铁梅约吃大陆饭店。七时，到同善总社，由星三介绍入社。同一时入社人行礼。蒙准入社，并由先进入社者示以佛法正道静坐之功，正心诚意之学，可却病延年。此社由巡警保护，纯系正学，非他教门比也。开示杨祖谦引进孙德鑫，保举李时品。

廿二　初二日　微阴

锡九回家，带同族孙女伯纯之女在京入女校者回家。以伯纯侄有病也。上午，约亚衡、星垣、宦卿在正阳楼吃羊肉。约武文卿来谈领矿事。下晚，心航六人作主，约吃东方饭店。接王获人为售房事自长春来电。

廿三　初三日　晴

庆慈同苏永湖、佟永茂来谈宛平末石口领煤矿事，令其画图再说。亚衡、宦卿约在正阳楼午饭。写致王获人信。徐亚衡代写售长春房产于王琳契据。与刘士林谈八宝山马子腾煤矿事。心航在宅约吃晚饭。

廿四　初四日　晴

写挽冯总统七言联，曰："治河命我成三策，论旧蒙公重卅年。"顺、直、察、热参众两院同人公挽联文曰："忆汉江奏凯以还一梦槐安怆怀家国无穷事，继项城登假之后八年草创赍志生平未了心。"王晋卿作也。张福持王获人信自长春来见，告以误事情由。此间已立契，不便反汗，只可求买房主准宝泰昌多住年限云云。壬三到大观楼，一谈。下晚，韩继香在福兴居约吃饭。魏如九自长春来两电，言售房事有支节，皆小人为之祟也。叶畹伯来信，求致信为伊说项事。

廿五　初五日　晴

写景丰屏对六幅。箴谦因疔毒得病，颇重，为延龙友诊治两次，尚不见效，仍请郭菊孙治之。下晚，熙宝臣约吃饭。上午，心航约吃饭；下晚，国务院约吃饭：均未去。

廿六　初六日　晴

写致敬宜省长函，为崔知事茂林说项也。到大观楼，适如九由长春来，为房户同兴公买房事而来。在致美斋约钟春亭、王宧卿午饭。到先哲祠作主人，请同人吃饭。到大观楼。写寿屏两幅。刘鹤龄来谈。下晚，景丰在同兴堂约吃饭。

廿七　初七日　晴

写对两付。致敬一省长两信，一为夏树棠，一为崔茂林说项也。午后，代表同乡两院议员公祭冯前总统。到訾凌霄处一谈。下晚，祝三代敬宜在心航宅设筵，作消寒会。饭后，到大观楼。浣亭、少颇来访。

廿八　初八日　阴

五九天气，颇似正月杪。时令天时不正，瘟气流行，殊为可虑。

如九同长春东兴公房户张海楼来见。告以王荆山置房，业经其弟宧卿声明，决不苛待房户。宝泰昌来人，钟春亭已经满意以去，汝如不信，可随我午后到津，与宧卿一见，当自知之。午后二时，同赴津，下车，到松竹楼，由电话约刘鹤龄，适宧卿亦在彼处，来同吃饭。宧卿与海楼接洽甚好。宧卿同鹤龄将房价四万五千元拨存谦和泰，以三万拨入鹤龄之福星面粉公司，以四千存张锡九之帐，以一万一千拨付北京谦和泰应用。

廿九　初九日　微阴

到同兴德买布。到华园洗澡。鹤龄约吃爱园。午后二时，搭车回京。车头损坏，不良于行，延至九时半到京。郎坊半路，内人搭车同来。入夜，雪。

卅　初十日　阴雪

入冬无雪，今始得些许之雪，差可人意。写景丰寿屏五幅。晚饭后，到谦和泰取洋。到天和玉晤浣亭，论合办头沟煤矿事。在大观楼，韩悦卿来谈八宝山煤矿事。

卅一　十一日　阴

写寿屏三幅。午后，为乌泽声太夫人祝寿。访林健秋，谈八宝山矿事。为杨临斋祝寿。王育卿自吉林来见，言二弟见我去信言售房款皆有用项，不敢滥用，不令留于吉林数千，大为伤心云云，殊不可解，当告以二弟当差五年，每年皆存数千，何以忽有亏累？不过，其所存者皆守秘密，今见有售房之价，无端生心，如此则大非我光明坦白待弟之心矣。弟兄之间，安有争论财贝之事？第事之所在，不得不申明其理耳。

二月一　十二日　大风甚冷

写寿屏四幅。共二十六幅写齐。下晚，在致美斋约鹤龄、浣亭、凌霄吃饭。

二　十三日　晴

写致二弟信。到花旗银行还一千元。另寄庆徵儿一百元。到前门,为冯前总统公祭。到会贤堂,为伴琴贺喜,其世兄续娶也。又到江西馆为李木斋议长贺喜,其世兄娶亲也。

三　十四日　晴

午后,到同兴堂,为聂献廷贺寿。又到奉天馆,为任泉丰贺寿。下晚,冯厚铨在杏花春约吃饭。李斌自吉林来,亦言二弟借款事。告以二弟在差五年,当不无积蓄,自出所馀了之可耳。

四　十五日　晴

代吟笙写吉甫寿对。午后,到贤良寺,为李吉甫祝寿。下晚,同凤韶在泰丰楼约谢菊农、冯厚铨、张伯才、白浣亭、訾凌霄吃饭。饭后,回寓。

五　十六日　晴

十二时,约顾仲康在致美斋吃饭,并讨论煤矿事。往拜齐照岩,不值。同晋侯洗澡。下晚,谢菊侬在西车站约吃番菜。又德养源约在天和玉吃饭。

六　十七日　晴

写屏对、匾额。写寄美庆善儿信。下晚,慕唐约吃正阳楼。

七　十八日　晴

到吉甫宅午饭。到安徽会馆,为姚根吾太夫人祝寿。约孙洋畲到南味斋晚饭。

八　十九日　晴

写屏对。到同兴堂,武继勋约吃饭。下晚,到蒋性甫宅,行吊。刘宇民约吃杏花春。李训卿来见。

九 廿日 晴

写寿对三付。下晚，到渠祝华宅，行吊。买回家年节香烛物件。潘竹青已考取自治研究所学员。冯厚铨(霸县)亦考取。据浣亭电话言墨石口山后无煤矿，徒花费杨广顺之返往十元。

十 廿一日 晴

访文蜀生，为言华安保险公司所保庆善儿补缴保费事。谒次帅，论学潮事。下晚，萧龙友同年借心航宅设筵，为消寒会。又访蜀生，一谈。

十一 廿二日 晴

写字。午后，搭车赴津，寓宇民宅。

十二 廿三日 晴

到鸿记买物件。同宇民访树帅，一谈。到安徽馆，为齐太夫人拜寿。震岩省长畅谈别后四年事。下晚五时，搭车回京。到吉甫宅一谈。

十三 廿四日 晴

内人早车回家。接庆徵儿来信。写对联、匾额。即寄庆徵儿覆信。到吉甫宅午饭。下晚，仍在吉甫宅吃饭。

十四 廿五日 晴 有雪点

写屏对。下午，到东方饭店，访文再卿。下晚，毕辅廷约吃浣花春。又到大中银行，访阎廷瑞。庆善儿自美来信。

十五 廿六日 晴

写对屏。下午，访文蜀生。又到谦和泰取如久汇来之三百三十八元地租款。下晚,宇[民]约吃太和馆。饭后,到西升平园洗澡。

十六 廿七日 阴

王炎午自吉来信,并寄代领山荒地照五张。当复一信,以山荒地不易派人看管,地照退回。写寿对。午后,到车站,送树帅。晤饱帆,一谈。下晚,宇民约吃致美斋。

十七 廿八日 阴雪

写寿对。下晚,田蕴山督军出名假座,潘心航设筵,为消寒会。前往,与心航一谈。又到兴盛馆吃饭。座内惟翰翔、浣亭、菊孙。饭后,同浣亭访王鹤年。

十八 廿九日 阴

早五时到车站,六时开车,八时到郎坊。下车,遇赵适中。少顷,曹瞻乔、朱型叔均来。同由北京来。在车上,未之见也。瞻乔作东,备酒饭。付瞻乔百元,系代捐修理南城村东石桥之款。九时启行。午后一时半到家。家中人口均好。

十九 卅日 晴

清付应给女学捐款百元。预备上供各事。下晚,上香,祀天地、祖先。毕,为庆常侄详告先父母艰苦起家情事。为之伤感不已。奉初三弟来辞岁。又言伯纯侄久病不愈,近来将有不起状态,更为之不怿于怀。伯纯虽系远支侄辈,而少小同学,又同在京求学数年,感情甚厚。其家道落魄,毫无馀赀[料](了)理身后之事,殊不禁代为愁闷,难以为情。散步到大街。面柜上与李梦华稍谈。归来,书此日记后即睡。荐公槐事致函敬一。

中华民国十年

十年五月十号　辛酉四月初三日　阴

到振务处办公。到天寿堂，为苏敬斋贺喜。又为王叔沂贺嫁妹之喜。下晚，傅子如约吃饭。

十一　初四日　晴

美兴洋行沈绶青来见。到振务处办公。到永年人寿保险公司，取华洋人寿保险公司十年满期本息计三千七百馀两。下晚，到电灯房，议购电机交价事。又到亦云同年处贺寿。寿联："诗咏鹿苹宾筵重宴，筹添鹤算寿寓宏开。"

十二　初三日　微阴

到福寿堂，为王劭农年□道寿喜。到花旗银行，取洋四千□□馀元。入电灯房股本二千五百元。

十三　初六日　晴

到振务处办公。写致王维宙信，为李宝三说项。下晚，熙宝臣约吃饭。

十四　初七日　晴

居停王太太寿日。到振务处办公。下晚，刘玉甫约吃致美斋。

十五　初八日　晴

到振务处办公。十一时，到先哲，赴欢三使之局。乃三使已来函辞谢，只得主人同饱此筵。午后始散。下晚，同朱伯恭吃便意坊。

十六　初九日　阴

到振务处办公。因无款，无公可办也。写唁夏溥斋函，并致挽幛一端。

十七　初十日　阴雨

到振务处办公。写匾字。访张少江，一谈。下晚，傅子如约吃饭。

十八　十一日　晴

马子腾、韩悦卿约吃撷英番菜馆。到电灯筹备处议事。感冒，风寒。下晚，服药出汗而愈。

十九　十二日　晴

张丽轩来访。写挽高燕如夫人联。到电灯房议事。

廿　十三日　阴雨数点

到振务处办公。下晚，云伯约吃撷英番。文田约吃宴宾楼。入夜，雨数阵。

廿一　十四日　阴旋晴

到振务处办公。下晚，荔孙约吃东兴楼。

廿二　十五日　晴

到振务处办公。下晚，荔孙约在寓吃便饭。

廿三　十六日　晴

到振务处办公。下晚，吉甫约[吃]天福堂。饭后，同宇民到中升平洗澡。文田嘱写两扇。

廿四　十七日　晴

到振务处办公。吴纯臣上午约吃西车站食堂。为齐照岩道喜。访闫廷瑞、冯公度，不值。访紫垣，一谈。下晚，到董慕堂宅便饭。

廿五　十八日　阴小雨旋晴

到振务处办公。写寄庆徽儿信。午后，到电灯筹备处。下晚，到申仲符处，行吊。顾仲康约吃福兴居。函京师总商会，求出采煤矿保结。

廿六　十九日　晴

到振务处办公。写扇两柄。写屏对。下晚，文伯泉约吃杏花春。

廿七　廿日　晴天气渐热

到振务处办公。写贺祝母寿联。写挽李月楼封翁联。写屏对。伯才来访。午后，公孚坐办电告六万赈款已拨到。当即派篮谦前往领取，暂存豫丰银号。

廿八　廿一日　晴

到振务处办公。渠祝华续弦过礼，约请陪媒。午后，到电灯房，看视租房合同。并议暂租用天津小电机事。又到振务处。五时，约东安市场商董在福寿堂吃饭。并招电灯股款，主人为彝与荔孙、维新三人。

廿九　廿二日　微阴

到振务处办公。下晚，风雨一阵。

卅　廿三日　晴

到振务处办公。写扇三柄。写屏对。下晚，渠祝[华]约吃饭。

卅一　廿四日　晴

到振务处办公。写扇四柄。到织云公所，为祝太夫人祝寿。到鸿记买茶叶。

六月一　廿五日　晴

到振务处办公。各县来领拨款者已有六处矣。写屏对。电灯房同人在福寿堂开股东成立会。

二　廿六日　晴

到振务处办公。写扇。

三　廿七日　阴雨

到振务处办公。到渠祝华处，贺喜。雨彻夜。

四　廿八日　阴雨

到冯季安处，道喜。到振务处办公。到渠祝华宅，道喜。下晚，晴。

五　廿九日　晴

早六时，搭车赴郎坊。族五叔同行也。八时，到郎坊。家中派车来接。下午三时到家。家人均平安。

六　五月初一日　晴

到县公署，与徐县长妥议放赈。以一百五十六枚作价。灾民不（下阙）

七 初二日 晴

稽查放振委员高骥程来见。下晚，朱幼园约吃饭。

八 初三日 晴

请李晋斋、李春圃、潘伯慈、朱幼园、朱赤文、张嘏臣诸亲友到来，商议与张锡九清算锡福堂与姑太太各帐目结果，令锡九之私账献出，查算后方能开议，以定办法。

九 初四日 晴

锡九不愿出其私帐。诸亲友为之切实劝说。二弟与之发怒，几欲用武，经彝为之指导，万不获已，始将私帐取来交出。

十 初五日 晴

经李芳林查出，私帐弊端在买粮石帐者甚多。当与锡九说明，此系侵占人家财产，以刑事犯罪论。伊始知惧。旋由亲友调停，将以所得之利赔偿号中与姑太太之损失矣。

十一 初六日 晴

经亲友说合，锡九始允出永钱四万吊，以两万吊赔偿姑太太，二万吊赔偿锡福堂各项损失。以此告一段落，遂成圆满结果也。

十二 初七日 晴

早起，告知二弟家中同居分爨之事，并泛论分家之事。二弟甚为戚戚，实不愿也。旋又同二弟到后院，与弟妇宣言前事。彝之意，以诚恳之言论，令其常常感悟也。以二弟前数日说话，颇不如从前之和顺，兹完事之后，欲有以警觉之也。下午，二弟对于亲友声言欲向锡九另行索款。诸亲友大不谓然，以事已了结，何得反覆？姑太太设宴款待亲友。席间，二弟出言不能和平。饭后，并言早间闻分家之说，极不谓然，现已觉悟，以分家为是云云。彝乃以和平之言告之，并对于亲友宣言，弟兄手足为重，财产为轻，二弟要何房地，决不与之争论云云。

十三　初八日　晴

上午，即请亲友到舍，二弟竟不出面，乃令弟妇与亲友论事。[唯]二弟妇言是听，竟漫无主张至此。午后，亲友到里院见二弟，乃言现地七顷有零，不足还其在吉林之亏累；二弟在吉榷运局六年，人言得洋三四万元。租子地三十馀顷，不足以资养赡云云。其意殆欲全据家产也。彝乃告知亲友，言财产任二弟拣择，请勿过三分之二之数云。

十四　初九日　晴

二弟传语索取应分之帐。其实，彝一部分之帐，情愿索到分给二弟半数，若索取，则不合矣。起身赴郎坊。下午四时，搭车北来。六时到京。李宝枢、方维新来谈。

十五　初十日　晴

刘荔孙来，谈电灯房事。到振务处办公。到电灯房议事。下晚，约荔孙、维新、宝枢，在便意坊吃饭。又到泰丰楼，赴壬三之约。同宇民到永新园洗澡。

十六　十一日　晴

到振务处办公。访慕唐，一谈。下晚，宇民约吃泰丰楼。

十七　十二日　晴

到振务处办公。写扇三柄。凤韶约到撷英番菜馆午饭，有宁晋绅士秦滋生在座，为王哲生振事来京，求唐稽查免去误会之点也。

十八　十三日　晴

到振务处办公。下晚，秦滋生约吃六味斋。

十九　十四日　晴

到振务处办公。访凤韶亲家，带四儿到体育社看武术。下晚，钟子年约吃六味斋。

廿　十五日　晴

到振务处办公。到电灯房议事。下晚，壬三约吃泰丰楼。同宇民到西升平洗澡。亦云先在焉。

廿一　十六日　晴

到振务处办公。到电灯房议事。

廿二　十七日　晴

到振务处办公。访协民。到松华斋购对。下晚，董佑臣约吃东方饭店。入夜，雨。写家信。

廿三　十八日　阴雨半日

农田被泽不浅。到振务处办公。写对。下晚，雨。吃斌陞楼。

廿四　十九日　晴

到振务处办公。写扇六柄，写对三付。头起保案保十人。

廿五　廿日　晴

午后二时，到市政公所开评议会。齐照岩为新任督办，未开议，因公他去。经张展云评议员质问，督办既定日开议，何不发表意见即行他去云云。经大众为之解释，勉为敷衍散会。

廿六　廿一日　晴

到振务处办公。写扇多件。带四儿洗澡。下晚，李墨卿约吃万福居。访乌泽声，一谈。

廿七　廿二日　晴

荔孙来谈。到振务处办公。写扇。到电灯[房](扇)议事。同荔孙、德祥、恩元吃大陆饭店。

廿八　廿三日　晴

到振务处办公。到会贤堂霍志明处，行吊。到鸿记购物。下晚入夜，雨。

廿九　廿四日　晴

到振务处办公。写扇对多件。下晚，李文田约吃宴宾楼。

卅　廿五日　晴

同荔孙到谦和泰银号，议存借款事。十二时，孙京兆尹约在瑞蚨祥东栈吃饭。饭后，到电灯房。下晚，电灯房同人约请股东，在大陆饭店吃饭。杨林自津电话，庆徵儿已由沪到津，准七月二号上午来京。

七月一　廿六日　晴

浣亭代借千元，为还吉林官银号之债也。到振务处办公。写扇五柄。俊如、少江来谈。

二　廿七日　晴

到振务处办公。防灾委员会在内务部开会，讨论山东黄河险，工急，宜派员筹款修治云云。庆徵儿由上海学堂来京，暑假也。晚饭后，带庆徵儿到鸿记买夏布，大昌源买鞋。到第一舞台观剧。杨小楼演《挑华车》，梅兰芳演《天女散花》。

三 廿八 晴

到赈务处办公。写扇对。刘子明来谈。

四 廿九 晴

到振务处办公。到督办振务处，访公孚，一谈。到东安市场买零物。下晚，许寿占约吃饭。寿占宅内树木阴森，花竹水石俱极茂美，纳凉尤极相宜。

五 六月初一日 晴

袁季来同年同文田来访，并约到福寿堂午饭。到振务处办公。下晚，在泰丰楼约吕寿生、陈剑秋、王志襄、乌泽声诸人便饭。写扇。

六 初二日 阴

乡间盼雨甚切，阴而不雨，殊为可虑。写扇。到振务处办公。下晚，大风骤雨。苏敬斋约吃撷英番菜馆。庆徵儿同儿媳回家。

七 初三日 晴

到访公度，一谈。访陈凤韶亲家，留吃午饭。饭后，到西升平洗澡。到李小莲宅，行吊。文六舟约吃晚饭。

八 初四日 阴雨半日

午后，到劝业场，购买图章。刻文曰“孟秉初”三字。下晚，文蜀生约吃饭。

九 初五日 晴

到振务处办公。写扇面。下晚,居简斋约吃宴宾楼。

十 初六日 晴

同荔孙到谦和泰,盖领煤矿水印。上午,环球商业公司约吃饭。到振务处办公。下晚,瞻乔、仲文约吃惠丰堂。江柳圃约在蜀生斋便饭。

十一 初七日 晴

到振务处办公。写寿对,祝李子惠双寿者。陈凤韶亲家约吃晚饭。饭后,同宇民到西升平洗澡。天气极热。庆徵儿来信。

十二 初八日 晴

到振务处办公。

十三 初九日 晴

到振务处办公。王荩卿来信,言已还永衡官银号十万吊云云。到董云生宅,行吊。下晚,陈剑秋约吃浣花春。

十四 初十日 晴

早到隆福寺花局,购紫薇老本两株十元,百日红六株六元,夹竹桃两株二元,荷花四盆四元二。到振务处办公。写扇对、匾额。下晚,李超凡约吃南园。

十五 十一日 晴

到振务处办公。写扇。下晚,董兰泉约吃泰丰楼。

十六　十二日　晴

早九时，到防灾委员会，讨论救济贵州、湖南灾荒之策，并直隶引水灌田、水利公会办法。到振务处办公。写致孔希白信，附送保结二纸。致武文卿信。又致王慎三信，言王铨因采煤被累事。到振务处办公。下晚，约凤韶、兰泉、启予、辑五便饭。

十七　十三日　晴　下晚阴雨一阵

到振务处办公。下晚，鹤年约吃福兴。

十八　十四日

阴雨早半日，乡间谅可深透。农田正在殷盼，获此甘泽，定卜有秋也。用电话询之永定河南岸各汛，言彼处之雨较北京为大，乡民之乐可知也。下晚，开晴。

十九　十五日　晴

到西安饭店，回拜赵俊卿。又回拜董平甫、刘砚升。到电灯房。约程松山看视掘井地方。到振务处办公。写扇多件。

二十　十六日　晴

朱型叔来谈。到振务处办公。写扇屏多件。到电灯房。徐恩元约吃大陆饭店。

廿一　十七日　晴

早九时，王德祥约同荔孙游日坛，将创办市场也。到振务处办公。[同](到)宇民到西升平洗澡。又到中央公园长美轩吃饭。

廿二　十八日　晴

访乌泽声，托领地事。到振务处。又到裴尧田处，早饭。下晚，荔孙约吃百花洲。

廿三　十九日　早阴雨一时

到振务处办公。十二时，李磻溪约吃撷英馆。午后，又雨。下晚，宇民约吃泰丰楼。

廿四　廿日　早间阴雨旋晴

到振务处办公。下晚，到少江宅，一谈。恽公孚、孙保滋来谈，处分公债票事。

廿五　廿一日　阴雨旋晴

赵俊卿约吃福全馆午饭。到振务处办公。到何蔼臣处，晚饭。

廿六　廿二日　晴

到振务处办公。午后，到德养源处，贺其乔迁之喜。下晚，孟觐侯约到西栈吃饭。

廿七　廿三日　晴

上午，假养源宅，约阮公槐、赵俊卿、子敬、王维宜、朱伯言、江柳圃、文蜀生、马桐轩便饭。

廿八　廿四日　晴

到振务处办公。下晚，宇民、荔孙约在便意坊吃饭。

廿九　廿五日　阴雨

午后，到董慕唐处，一谈。

卅 廿六日 阴雨

到振务处办公。写屏对、扇面甚多。下晚，汪聘臣约吃会贤堂。居简斋约吃福寿堂。到西安馆店，访赵俊卿。

卅一 廿七日 晴

到振务处办公。写屏扇多件。到电灯房。

八月一 廿八日 晴

到振务处办公。午后，到市政公所开评议会。下晚，到养源处吃饭。

二 廿九日 晴

到振务处办公。写扇。到电灯房。下晚，吃大陆饭店。

三 卅日 阴雨竟日

李惟一、赵俊卿、马桐轩来谈。

四 七月初一日 晴

到振务处办公。下晚，荔孙约吃饭。

五 初二日 晴

到振务处办公。十二时，筮谦约吃福寿堂。下晚，何蔼臣、荔孙、惟一均约吃饭。

六 初三日 晴

到振务处办公。下晚，尧田、少江均约吃饭。

七　初四日　晴

天气甚热。到振务处办公。到电灯房。又[到](与)秦司令处，议借地搭立烟筒木筒事。到公度处织云公所，为其太夫人贺寿。泽声约同到致美斋吃饭。

八　初五日　阴雨竟日

农田已沾足矣。又恐雨大致涝也。下晚，王子刚约吃饭。董平甫约吃饭。

九　初六日　晴

往拜阮公槐。王鹤年约在福兴居午饭。到振务处办公。下晚，在寓约裴尧田、何霭臣、王子翰、陈凤韶、吴纯臣吃饭。

十　初七日　晴

到振务处办公。往访钟子年。下晚，张伯才约吃福兴居。饭后，洗澡。

十一　初八日　晴

到振务处办公。同裴将军到新丰楼午饭。到大成银行贺喜。下晚，凤韶约吃便饭。

十二　初九日　晴

早八时，赴津。到壬三处。同到树村将军，贺续弦之喜。

十三　初十日　阴雨

到树村处。同壬三、辅廷、砚升、燕如，到松竹楼午饭。四时，搭车回京。七时，雨止。陶俊人约到西车站吃番菜。

十四　十一日　晴

河南人王贵然持张鸣岐省长函，请维持大成公司矿区事。到振务处。约凌霄、浣亭，议覆鸣岐函。接京兆财政厅令庆善具领矿照事，并附令房山知事保护矿区云云。下晚，到王洞斋处看字课。

十五　十二日　晴

朱赤文来访。到振务处办公。写大字。到电灯房。方维新约吃东来顺。

十六　十三日　晴

到振务处办公。致申仲孚信，索借二百元。致马纶阁信，托售友人代托之黑汽油。写扇对。下晚，同訾凌霄到西升平洗澡。到三元店吃饭。

十七　十四日　阴雨

到振务处办公。写屏对。下晚，恽公孚约吃饭。饭后，到岱杉处闲谈。

十八　十五日　晴

到振务处办公。写屏对。下晚，宇民约吃福兴居。

十九　十六日　晴

到振务处办公。写寄潘伯慈各亲友之信，并致徐紫东一函，为请派警查禁家中砍伐木植也。并交竹青带交。到电灯房，交款一千元均请浣亭由日升昌借得。下晚，回家吃饭。

廿　十七日　晴

到振务处办公。写屏对。写挽耿母联。复宣化马子腾约入煤矿股款函。

廿一 十八日 晴

到振务处办公。写屏对。接庆徵儿自家来信。

廿二 十九日 晴

近日,暑气甚重。同内人到鸿记购布。到恽公孚宅,贺其嫁妹也。到电灯房。与方维新议借款偿电机之用。到振务处办公。下晚,同筮谦到西升平洗澡。阴云起,有凉风矣。

廿三 廿日 阴雨

到燕寿堂,贺冯伯岩嫁女之喜。到振务处办公。下晚,约凤韶、越凡、凌霄、浣亭、玉书在寓吃便饭。庆徵儿并儿媳由家来京。天气甚凉,较昨日大不同也。

廿四 廿一日 阴

到电灯房,晤维新。到振务处办公。到潘丹廷宅,行吊。

廿五 廿二日 阴雨

到振务处。写屏对。

廿六 廿三日 晴

带庆徵儿往访沙紫垣。到电灯房。荔孙约同李道衡吃东来顺。到振务处。写屏对。写复张农荪信。致王维宙信,为农荪说项也。

廿七 廿四日 晴

同内人到第一楼镶牙。到孔希白宅,午饭。饭后,到振务处办公。写屏对、扇面。下晚,带四儿到大观楼看电影。

廿八 廿五日 晴

到振务处办公。写屏对。下晚,文博亭约吃饭。

廿九 廿六日 晴

到振务处办公。写屏对。写寄美国庆善儿信,写于庆徽儿信纸之背面。到王动斋宅,判同人字书。

卅 廿七日 晴

早九时,到第一宾馆访张馨山,一谈。访曹瞻乔,一谈。乌泽声约到瑞记吃午饭。访程松山,同往东城看地基数处。下晚,江柳圃约吃南园。饭后,洗澡。

卅一 廿八日 晴

带内人到隆福寺花厂,买石榴、海棠。到振务处。写致程桐伯妹丈信。

九月一 廿九日 晴

同内人游隆福寺,购零物。到福寿堂,为方维新办寿事。

二 八月初一日 晴

到振务处办公。

三 初二日 晴

到振务处办公。写屏对。到泰丰楼,饯毕辅廷。

四 初三日 晴

早十时,到南下鹤龙爪槐,公祭张文襄。

五　初四日　晴

庆善儿搭京浦车赴沪。

六　初五日　晴

到振务处办公。写扇对。

七　初六日　晴

到振务处办公。

八　初七日　晴

到振务处办公。本处十人保案,已由督办振务处呈请大总统照准矣。写屏对、匾额。复潘竹青信。到刘荔孙处,贺寿。

九　初八日　晴

接訾凌霄快信,言王贵然阻挠大成公司矿区情形。当即写致张鸣岐省长一信,请其维持,并函复凌霄,言实业厅私函不足为据,仍应照旧进行云云。到振务处办公。写屏对。

十　初九日　晴

到振务处办公。同内人到隆福寺庙会,买零物。阅九日邸抄:彝奉大总统令,给予一等士绶嘉章。彝自去冬办京兆振务,深赖诸同人辅助,灾民之得沾,实亦多赖督办振务处提携,各善绅捐助。自问何功之有?兹蒙给予勋章,对之滋愧焉。到城外,同壬三吃饭。

十一　初十日　晴

到振务处办公。

十二　十一日　晴

到振务处办公。写屏对。具文呈谢大总统给勋章。篮谦寿日，来客欢聚。訾凌霄来信。

十三　十二日　晴

到振务处办公。写复凌霄信。同文田、浣亭到会贤楼午饭。

十四　十三日　晴

到振务处办公。写屏对。刘荔孙约吃饭。恽公孚约到中央公园，议发起北五省士绅救济湘、鄂、苏、皖、黔五灾区义振会。到者为王懋宣、柯风孙、史康侯、吴士湘、高少农诸人。

十五　十四日　晴

到振务处，具覆督办振务处，请覆示清理各借款事。

十六　十五日　晴

中秋节，振务处放假一日。

十七　十六日　晴

午后，带眷属到华乐园，观剧。下晚，在便意坊吃烧鸭子。

十八　十七日　晴

又看戏。

十九　十八日　阴雨　午时晴

内人早间冒雨登车回永清。到振务处办公。咨内务部，请奖捐助赈款及办义振之匾额、奖章。三时，到中央公园，开办北五省救济江、皖、鄂、湘、黔、浙六省协会董事会。内另有十二省救灾协会开会。

二十 十九日 晴

到花旗银行，借银元五百元，零用。到电灯房早饭。到振务处办公。

二十一 廿日 晴

早，访朱班伯。并访冯公度，公度为之写扇，并约吃正阳楼。午后一时，到龙泉寺，为刘荔孙之弟妇许氏题主。

廿二 廿一日 晴

牟济东约吃正阳楼午饭。下晚，谢幼安约吃饭。

廿三 廿二日 晴

到振务处办公。

廿四 廿三日 晴 午后阴雨一阵

为朱班伯与牟济东儿女结婚放定。早晚俱在福兴居吃饭。

廿五 廿四日 晴

到振务处办公。到李筱蓬处，行吊。下晚，同壬三到西升平洗澡，泰丰楼吃饭。饭后，到广德楼观剧。以戏太坏，早归。

廿六 廿五日 晴

到振务处办公。写喜对。午后，到天津会馆，开北省协济会。到华乐观剧。

廿七 廿六日 晴

上午，董慕唐约吃正阳楼。到鸿记买布。

廿八 廿七日 晴

到振务处办公。写屏对。杨海峤约到正阳楼午饭。下晚,张文山约吃富源楼。

廿九 廿八日 晴

近日,日色早晚俱见赤红色,想系旱象也。到振务处办公。写对联。写寄杨林与吕车夫信。

卅 廿九日 早雾旋晴

日赤色,甚重。到振务,写字甚多。午后三时,壬三来访。同访树村将军。下晚,宁夔杨约吃六味斋。温鹤仙约吃瑞记。座内,何子彰自营口来京,相别六年,一晤甚欢云。

十月一 九月初一日 大雾

早六时,搭车到郎坊,遇张麟生,同到祥和栈,畅谈。午后,晴。过董家务公渡,到枣林看视。闻二弟将榆、杨、梨各树售卖与人,甚为惜之。到家,家人皆好。下晚,捷南、幼园、伯慈、晋斋、春圃,均来看。当谈及枣林系四五十年大树,正在结枣茂密之秋,请大家劝令二弟免予出售云云。

二 初二日 晴

午后,诸亲友来舍,评二弟所办本年家务。秋收,禾稼将次完,应行清理各事。一,令二弟将彝二十年在外所置房产地亩全数交出,一一用钱若干,统行清算。一,本年自正月至现在,二弟办理家事出款入款,令二弟开单清算。以上两事,办理明白,再说分析家产云云。下晚,请亲友便饭。

三　初三日　晴

请张锡九来，指明数项帐目，并以刘伟冒支钱四百吊，令中人董玉川代索归账。耿华林来，谈明年合种棉花事。

四　初四日　晴

写扇面。访伯慈，一谈。午后，到山查地内看视，适遇姑太太来取山查，以为时稍早，山查不熟，劝止之。到晋斋、春圃表兄处，一谈。下晚，到家五叔宅看视，又到若龄外甥宅，一谈。

五　初五日　晴

写扇面。访伯慈，一谈。接中西药房信，即写信复之，言无暇回京也。

六　初六日　晴

访伯慈，一谈。午后，伯慈、捷南、晋斋、春圃来，算本年自正月起至八月底止，用钱甚至三万馀吊。二弟之居心搅乱可见。旋又出大不情理之语，忍之又忍，一笑置之。好在亲友均有公论在。程松山来信。

七　初七日　晴

写复松山信。致方维新。又写京寓信，并带五十元去，均交冬侄带京。本日，程桐伯妹丈到郎坊，派车去接，二弟口出不逊，竟不让去车，诚哉无理之甚也。午后，因送圆桌面，二弟与姑太太口角。二弟竟持棍，声言要将姑太太打。旋又持内藏刺刀之手杖，找向姑太太住宅逞凶，均经亲友阻止，未出事端。二弟之强横无理，至于此极。彝忍之又忍，未经出头拦阻，然亦太难为情矣。亲友中人无法劝解，遂各退而去。

八　初八日　微阴

乃在县公署起诉，一诉二弟私售林木，一诉二弟恃强侮辱兄长，并殴侮胞姊。一代姑太太诉陈二弟逞凶无理，并追索存款各情。一面函致县长，言万出无奈，始将二弟控诉云云。午后三时，妹丈程桐伯由津来舍，畅叙往事。入夜，阴。

九　初九日　天明微雨

又诉陈二弟匿契不现，并种种无理各节。又致县长函，言实在被弟逼迫无奈，至于起诉，不避一日之涉讼，以免子孙辈辈缠讼云云。

十　初十　阴

早，微雨即止。农田无雨，不得播种，秋麦亦可忧也。奉初三弟来，言奉县长谕令转告无须生气，如诉，批令亲族调处；如二弟不知转圜，当以法律判断之云云。可感也。下晚，甚冷。

十一　十一日　晴

接北京三儿媳信。又接方维新信。三弟下晚来告，县署已令胡文炳警佐约集亲友，妥为调处矣。

十二　十二日　晴

李翰翔来函，报告北五省救灾会开会各事，即写信复之。亲友劝告二弟，不甚入耳，明日再进言也。

十三日　晴

午后，亲友劝告二弟，均被二弟谢绝，其胡涂殊可恨也。下午，二侄庆常由京来家，来见。告以其父之种种无礼，并经三弟及庆慈侄详为劝说，可望其几谏乃父也。班伯、赤文来访。

十四日 晴

写扇面。亲友中人等，又婉劝二弟，仍无效，反更强劲，殆因庆常侄从中加功之所致也。常新得保案，乃亦如伊父之反颜无情，有是父，有是子，何情理之可言耶？

十五日 晴

到潘伯慈宅，行吊。伯慈之夫人逝世也。赤文、幼园言，经徐县长告以厚爱大意，不愿彝到法庭，无论如何忍让，即县长亦愿作为中人，开评议会，为之调停云云。当遵奉先严贻训吃亏二字办理，吃亏忍气以为主旨，由中人调解，北院让与二弟，二弟乃亦得步进步，将现熟地全行占去，只给彝西堤外之租子地九顷六十亩，及所典前伯纯故侄之地五十亩归彝管业。现住之北院前半段，自大门以至腰厅后墙，并祖遗南院房，又大街栈房，归彝管禁。彝既认吃亏矣，此亦无须争执。容明日再与亲友中人研究以上各项细目，如此以妥先人灵爽，以对徐县长及诸亲友之关爱，斯已耳。

十六日 微阴

訾凌霄来信两件，言大成煤矿事已经河南友人调处，王贵然将矿区移转公司，公司任王贵然为副经理，已经呈省公署并实业厅立案。果如是，则公司之发达可预卜也。午后，亲友中人又来调说，写立分家单底稿。

十七日 微阴

午后，到潘宅，行吊。

十八日 晴有风

写复陈啸山信。接电灯房来信，月内电灯安装齐全云云。分家单，二弟以字句不妥，故意挑剔，致未成立。

十九日　阴

十时，同桐伯妹丈起身。午后三时，到郎坊搭车，来京。

二十日　晴

宇民来访，留午饭。同到电灯房看视。又同到西升平洗澡。

廿一日　晴

到振务处办公。同宇民到电灯房。朱伯恭来访，同到东来顺吃饭。

廿二日　晴

到徐元抚、徐星叔、许寿占、张贞午、张聚庵五处道喜。

廿三日

早七时，搭车赴涿县，为周庆华处题主。袁季莱县长到车站接送。下晚，回京。

廿四日　晴

荔荪约到庆丰堂午饭。到电灯公司访公度。下晚，枚生、展云约吃斌陞楼。文博亭约在泰丰楼，请冯公度、史康侯、刘仲鲁讨论两电灯房订立合同事。

廿五日　晴

宇民、笃生来寓，留吃午饭。写复热河财政厅栾厅长佩石信，为李德谦说项也。下晚，笃生约吃元兴堂。

廿六日　晴

早七时，同荔孙、伯寅搭环城车，赴丰镇县。过南口站，穿山洞，到张家口，已午后二时。到丰镇，已过九时。寓同顺栈。少顷，伯寅约同周筱沅，来谈脑包山煤矿事实。天时较北京稍冷。

廿七日　晴

早饭后，同荔孙访筱沅。到街上闲游。访张麟生，一谈。伯寅、筱沅来寓，讨论加入煤矿股本事，小有条件。请筱沅与其公司同人商妥后，再为函复。下晚，筱沅约到饭馆吃饭。菜之口味尚好。麟生约到戏园观剧，脚色恶劣，衣服蓝缕，真堪发笑。尚有坤脚三人，亦系北京坤剧之下等者。边外之风景如是。

廿八日　晴

早五时，搭车东来。快车之慢，令人焦急。头二等车均为军人占满，来回乘三等车，亦极便利。至下晚十时，方到。前下车闻之人云：绥远地方多种大烟，所邻山西地面罂粟禁绝，其它禁缠足各项新政，山西均特别进行，邻省乃皆无此政令，亦可愧矣。

廿九日　晴

凌霄来，报告大成公司事。饭后，写致张鸣岐省长函，请其严谕王贵然，并切责武安县知事，以便煤矿进行云云。到振务处，谕知各员月杪结束云云。下晚，王炎午约吃致美斋。饭后，同宇民、凌霄到西升平洗澡。

卅日　晴

写匾对。宇民来，吃午饭，请以福星面粉公司五千元股票押借懋业银行四千元。到电灯房看视。访程松山，一谈。下晚，约壬三、旭东吃悦宾楼。王炎午来访。

卅一　十月初一日　晴

早六钟，搭车赴郎坊，八时到栈。午后一时到家，家中平安。下晚，访幼园。与三弟畅谈。

十一月一　初二日　微阴

早九时，赴固安。到东内村耿华林处，茶尖。适县知事刘孟纯差人来，约到县署晚饭。少顷，到孝城村，孟纯知事亦到，遂即同到县署。同行者幼园，亦来县署少坐。幼园赴温宅。第一区区董同王裕斋来访，同到东关东岳庙，参观柳器公司工作各事，成绩极好，得利亦厚，为之赞许不置。入城，到第一区区所三佛寺，少谈，回县署吃晚饭。同座为刘云门、星门昆玉诸人。孟纯所制闽菜甚佳。

二　初三日　晴

十时出城，赴温聘卿宅，先行吊，后为题主。襄题者，冯厚权、幼园两人。午饭后二时，起身到孝城王宅，内侄女婿家也。内人昨亦来此，当同车而归。到华林家，少憩，回家时方上灯。访伯慈，一谈。昨早，本意坐家中车马，乃二弟先将骡马牵之他去，不得已，借诸三弟。一月之久，二弟仍不觉悟，其无礼又加甚，为之殊叹息者久之。

三　初四日　晴

三弟来谈半日。

四　初五日　晴

看《元史演义》。庆常侄来看，以大义训之。

五　初六日　晴

三弟、若龄来，谈半日。下晚，访幼园。同访伯慈。

六 初七日 晴

风。

七 初八日 晴有风

亲友劝说，二弟仍强横如故。

八 初九日 晴

早九时起身，午后三时到郎坊。五时上车，七时半到京寓，人口皆平安。京兆振务处已移寓所。

九 初十日 晴

凌霄来，谈矿事。必须凌霄赴汴，起诉武安县任知事滥使职权，违法封窑。王贵然屡反成约，扰乱矿政。当写致裴尧田，托其照拂。并写复邯郸各股东，以安其心。写贺包星三之太夫人寿联。又为景丰写三对。到电灯房察视。到西升平洗澡。少顷，凌霄来，同往三元店吃饭。饭后，到大观楼一谈。

十 十一日 晴

写喜对。接庆善儿自美来信，言由包斯顿转学到此。信皮字为洋文，不知此为何地也。从学棉业，为将来回国发达棉业地步。又言家中分家事云云。三四个月未接来信，甚为惦念，今得信，甚喜慰也。写瞻乔对、中堂。代宇民写致顾子良信，寄凌霄带汴，面交到包宅，贺寿喜。

十一 十二日 晴

托景丰带奉十元，交陈啸山嫁女喜敬。到电灯房。到李吉甫宅，道喜。桐伯妹丈来谈。

十二　十三日　晴

到齐照岩宅，贺嫁女之喜。为郭啸麓贺其世兄成室之喜。又到吉甫处，帮忙喜事。程松山约吃晚饭。

十三　十四日　晴

到北五省灾荒协济会。到电灯房。

十四　十五日　晴

写复孟鹿苹信，内致王铁珊省长信。到电灯房议事。到宾宴华楼，买笔墨。下晚，张树人同年约吃天福堂。

十五　十六日　晴

上午，为饶鼎三题主。午后，到电灯房议事。下晚，到车站，搭京奉车。有耿宅差人为定包房休息。到津站，壬三上车，畅谈。到开平站，下车。时交五点钟，到候车室宿焉。

十六　十七日　晴

十时，耿耀升宅派车来接。到开平镇耿宅，题主。主官、襄题及礼傧，均穿耿宅预备之祭礼服，殊为不合。以之哄动乡愚已耳。午饭匆匆，即回车站候。一点半，东车到来，即将包车挂上，西行，五时到津。同壬三到寓晚饭。八时，即休息焉。为桐伯向鸿记取款。

十七　十八日　晴

早四时搭车，到郎坊甫六时，候至八时，姑奶奶由京到来，吃点心，搭乘轿车起行。午后三时，到家。吃饭。饭后，同若龄外甥到庙会上一游，买小火锅。

十八　十九日　晴

早八时，同赤文南行二十五里，到后奕镇第五区学堂茶尖。区长为刘益园。参观学堂，看菊花。又行二十五里，到信安镇赵宅预备之公馆忠吉栈解仲光之粮栈。到赵宅行吊。饭后五时，到赵氏茔地题主。晚饭后，宿于忠吉栈。

十九　二十日　晴

早九时，到男女学堂参观。起身归来。到后奕镇茶尖。午后三时，到家。请邢若农看住宅南墙开便门地方及安厨地点。又观二弟后院小门，出入为五鬼门，甚不利，北院开门无吉地，非五鬼即六煞，将来当善为区处方好。下晚，到若龄宅便饭，陪若农也。到幼园处，畅谈。

二十　廿一日　阴

九时，东行。午后三时，到郎坊祥和栈。四时，搭车北来，遇增万钟，谈柳器公司事。七时，到京寓。接凌霄自开封来信。

廿一　廿二日　晴有风

荔孙来谈。宇民、翰祥来谈。写致裴将军尧田一函，附致凌霄函内。下晚，同壬三吃颐芗斋。

廿二　廿三日　晴

早七时，同李珩甫搭京汉车，到坨里，改乘四人轿到李各庄。路经清河套内，石子崎岖，恐蜀道亦不如是之难行也。午后三时，为苏宅题主。毕事，到村西铁瓦殿佛寺游览。铁瓦皆明正德时所造，亦古迹也。河套内有河流，两面皆高山，山上多种柿子树，平地甚少。苏宅隔河有平田五十亩，为数十村所罕见者。

廿三　廿四日　阴

早八时，仍乘轿回坨里。十二时，搭火车到长辛店，改换京汉，由南来京，时已二时半矣。下晚，李越凡约吃天瑞居，坐有凤韶亲家。

廿四　廿五日　晴

写匾额字。午后，写复王翊汉信。同养源观剧。又到便宜坊晚饭。

廿五　廿六日　晴

早六时，搭车赴郎坊。午后三时，到家。家人皆好。

廿六　廿七日　晴

早起，访伯慈，一谈。下晚，班伯来谈。言亲友中人又在幼园处聚会，逼我再让给二弟树林一处。此小事也，以董家务枣林地让之。

廿七　廿八日　阴

午后三时，晴。早九时，赴河内第五村，为王宅题主，如礼。下晚，回家。访幼园，一谈。

廿八　廿九日　晴

上午，到冯各庄，为苑表兄行吊。

廿九　十一月初一日　晴

下晚，李芳林自京来。交到方维新、訾凌霄各信。

卅　初二日　阴大风

写复维新、凌霄信。

十二月一　初三日　晴

亲友中人来议析居事。

二　初四日　晴

亲友来，议立分单事。未就。

三　初五日　晴

亲友来议分单事。又未就。

四　初六日　晴

数日来，我主让，二弟主争，合议分产事，大致就绪。二弟又不交出契据，竟将住门房之当差人逐出，实属不讲情理之至。当即告知伯慈，如二弟如此，家事只可仍求官厅处分，欲屡屡找气生也。伯慈、春圃今日找张锡九索欠，锡九竟反前约，实出情理之外。伯慈系属证人，恐亦须诉之法厅解决也。

五　初七日　晴

早九时，偕同内人起行。三时，到郎坊，搭车来京。七时到京寓，家人均好。

六　初八日　晴

到电灯房。到大栅栏，买茶叶、饼干。同凤韶亲家到西升平洗澡。到天瑞居吃羊肉。饭后，到东升楼，访李越凡。

七　初九日　晴

写复庆徵儿信。未出门。

八　初十日　阴

写复邯郸大成公司同人信。到电灯房。到织云公所宝瑞臣处，祝寿。下晚，王洞斋、陈景苏、德养源、温鹤仙约吃天福堂。

九　十一日　阴

到电灯房，议借款事。同内人到正阳楼，吃羊肉。又请凤韶、纯经、越凡吃羊肉。

十　十二日　阴

下晚，同枚生吃天瑞居。

十一　十三日　晴

写致刘粹然信，转告凌霄速赴汴，与王贵[然]办诉讼事。到孔希白宅，行吊。写横披。

十二　十四日　晴

下晚，李文田约吃通商号。

十三　十五日　晴

下晚，出城。壬三约吃致美斋。

十四　十六日　晴

回拜刘丁辰，不值。访紫垣，一谈。到电灯房晚饭。

十五　十七日　晴

写致吉林官银号王百川信，为请缓期两月还津号二千元事。复王克周信。下晚，在天瑞居为德养源饯行，赴吉林。

十六　十八日　晴

王鹤年约在致美斋午饭。下晚，壬三约吃杏花春。入夜，大风。

十七　十九日　晴

夜来风势大作，将昨日之阴云吹散，又无望雨雪矣。下晚，文博亭约吃饭。

十八　廿日　晴有风

下晚，同壬三到顾子良处吃饭。

十九　廿一日　晴

午后，到动斋处，为同人改正字课。下晚，玉七卿约吃便宜坊。

廿　二日　晴

午后，到动斋宅，写匾对，留吃晚饭。

廿一　三日　晴

访程松山，谈话。下晚，同壬三吃杏花春。

廿二　四日　晴

接王百川来信，已函驻津官银号，求张管理沛滋办理矣。李宝善拜门，称门生。

廿三　五日　晴

上午，请李越凡、少儒、凌霄、凤韶在便宜坊吃烧鸭。下晚，越凡约吃东升楼。

廿四 六日 晴

上午，访树村将军，畅谈。下晚，訾凌霄约同壬三、宇民吃泰丰楼。

廿五 七日 晴

下晚，带同眷属到便意坊吃饭。

廿六 八日 阴

到电灯房。下晚，同荔孙、维新约同鲁心斋、樊丽泉吃福兴居。吃饭为电灯房借款也。张锡九来信，竟行反约，好在有中人为证，不与生气也。

廿七 九日 晴

宇民、翰翔来，吃午饭。午后，到孟将军宅，一谈。下晚，同宇民、玉书吃饭。

廿八 卅日 晴风

永清县知事徐紫东，在京寓病故。在永半年，无善政可纪也。下晚，同荔孙到廖少游处吃饭。

廿九 十二月初一日 晴

约同仲光、敬宜、凤韶、枚生、厚铨，到正阳楼午饭。

卅 初二日 晴

写致三弟信。厚铨约在正阳楼午饭。访桐伯妹丈，一谈。下晚，荔孙约吃饭。

卅一 初三日 晴

写复姑太太信。为沈、殷两处道喜。下晚，带同内人眷属，到便宜坊吃饭。

徐县长批令亲族调处，拟与亲族论列条件：

一，二弟侮辱兄长，当先令其陪礼，知兄长之不可侮也。应请亲友同到内宅，令二弟到祖先木主前长跪，听兄将以先家事明白论说。二弟之目无先母各情，严予训教一番。如其诚心悔过，应向兄长陪礼，宣誓以后永不得再有侮慢兄长情事。

一，二弟殴辱胞姊，并应到胞姊前陪礼，亦声言以后永不得再有前日殴辱之事。

一，二弟悔过后，再请亲友为之处分家产。应令二弟将历年来胞兄寄家之款项一切帐目交出，并将何年、月、日购置某项田产细数交出；至所有田产、文契全数交出查验后，归兄长保管。其有捏写其自己名号者统行更正。

一，田产均系兄长出钱所置，纯系兄长之个人私产，如果二弟悔过知非，由兄长酌量给予田宅，令其自主，必须尽其足为养赡为限。

一，清算本年自正月起至现在日用帐目，其有项不正当者，由二弟自己出钱，不得淆混。

一，现卖树木，系属私卖，应即停止。

为陈诉债户张蓝田欠债不偿，请传案讯追事。窃张蓝田上年买锡福堂小麦，计合永钱五千九百一十吊，言定本年旧历六月初一日，有批帖为证，到期请还，当向追讨。据言一月之内偿还，乃至今已四个月有馀，屡次前往催问，竟不一面，殊出情理之外。如此赖债商人，无可奈何。为此，诉请令传到案，速令偿还。俾欠项得以有着，则感大德无既矣。再上年，张蓝田买小麦时，系前执事人张锡九经手。张锡九于本年二月出号，问之数回，亦无力为之追讨，因张蓝田亦欠张锡九之钱，两项批帖，系属一纸，故批帖现在张锡九之手，合并陈明。

上徐县长函稿

县长台览：日昨呈三诉状，当蒙
察及，兹又呈上一状，敬希
鉴核办理。兄弟涉讼，稍知自好者羞为之。彝在外数十年，此等情事，尤所明了，何敢率尔出此致贻污点，惟万出无奈，不得不请求
仁天一剖断焉。彝之舍弟，生性本极纯厚，乃为万恶之弟妇制伏，舍弟亦随之以入于恶道。又有表弟焦连桐为之煽惑，遂演成今日之现状。彝向来爱弟之心过重，在外三十年，所有宦况馀赀，随时寄家，嘱弟置产。至其置产之若干，亦未计较，其所干没已不知凡几。至上年秋，舍弟辞差回家，计算家事，始知数十年来为弟夫妇之愚也。彝所有财产，无不一一告之舍弟，而舍弟在吉林盐局六年，计其所入，至少亦不下五万元，此人人所共知者，舍弟曾未一言道及，其鬼蜮伎俩，乃始显然。今更奇者，舍弟乃言在吉六年，亏累六千元，向彝索要，此岂尚有人心乎？彝恩养舍弟五十年，富贵功名皆已完具，即不知以恩报恩，抑何至反颜仇视，诚出乎物理人情之外，此皆万恶弟妇为之造成也。同居一家，安求善果，故不敢避一日之涉讼，以免将来子孙辈之缠讼。今之所以求老父台者，只请依法判令，侮辱兄长应予惩戒，严行教训一番。然后再判令亲友为之析产，并令其知家产为彝个人所置之产，给予多寡，均为格外尽兄长笃爱手足情义，不当无理胡闹，分外强求。迨其心意明白，彝即多数与之亦所不惜，将来总求在冰案下判结，不令舍弟回家与恶弟妇商量，则易为力，否

则搅闹无已时也。千乞老父台此时勿予优容方好，若稍事宽假，舍弟将以侮辱兄长为无事，不知又要激出多少事端，故冒渎尊严，请求
雷厉风行从事，则合家感戴成全大德于无尽矣。再，城东董家务匪人李小川等，仍偷伐木株，并请饬差迅速予拘案惩办，至为感祷。专此布恳，敬颂
时祉，统希
爱照。不尽。

陈诉胞弟霸产欺兄，请传究以儆凶顽而安产业事。窃〇〇服官在外二十馀年，所有宦况馀赀，随时寄家，交胞弟宪清买田建房，并在家开设锡福堂生理。前者，在吉林省长任时，曾将胞弟荐至吉里榷运局，充吉垣榷运局长差者五六年，并未报告有一钱添入家中置产之用，彝亦不之计较也。迨归田后，亦常不在家，未尝问及家事，皆由胞弟引入伊内弟张锡九主持锡福堂号事，兼理家计。上年秋，胞弟辞差到家，不知如何，与伊内弟张锡九龃龉，于本年正月决裂，锡福堂号事遂即停歇，胞弟乃接办家事，彝以奉令帮办京兆振务，无暇到家查视，迨至五月间旋里，请亲友出为调解，仅将张锡九与胞弟所办号事轇轕为之清理。号事方有头绪，而胞弟争产之意随之以生。彝以向未承受祖产，所有家中房产土地，皆以二十馀年劳累馀赀得来，胞弟享用多年，并未有一钱添入产内，惟因手足情重，极不愿兄弟析产，致招外人非议，奈胞弟志在分家，可以免去将来子孙辈之纷争。知分家亦系好事，当以振务正在忙迫，不暇常在家中，乃于五月初九日赴京时，告知诸亲友，言胞弟各界情理通顺，即以多数产业与之亦所不惜。现已数月，胞弟贪心不足，屡出不近情理之言，彝本主让，胞弟乃主争，竟至处于无可再让之地。日前来家，仍请诸亲友出为解劝，而胞弟竟至出言不逊，不顾体面，迫令亲友无可

再进一词。是胞弟不明弟道，至于此极，即应不以弟视之。则所置家产，纯系个人私产，当然不再给予，而伊屡屡恃强寻衅闹，万不得已诉之冰案，千乞
明镜高悬，秉公察断。

一，家中所有房产、地亩文契，胞弟霸占不交，并闻有伊置庐产时，捏写伊之名字情事。恳请判令全数交出，归彝管业。

一，本年自正月初间至八月底，伊接办家事，竟冒报日用钱至数万吊之多，并请提帐清算，以明真相。

一，家事，彝属家长，所有家事均应商明处置，乃闻城北曹家务地杨树林场被焦连桐私占，胞弟开价偷售，于是只当面切嘱：城北榆树林，留为盖房使用，不准出卖，乃竟于六月间树木方长之时，砍伐至二百馀株之多。其为霸占产业，欺侮兄长，竟至不可情遣，不可理喻。所请亲友中人，无可置词，不得已而解散。万出无奈，惟有叩乞依法判令将房地文契交出，并惩其欺侮兄长之罪，则感荷仁施于无既矣。

至于锡福堂所置田产，全系彝个人私产，与家弟不相干涉，而家弟在吉榷运局，闻有私蓄三四万元之谱，尽管各业在法律亦属正当，伊既不顾体面，彝亦无须再为忍让矣。

为陈诉李小川等偷伐树株，请拘案法办事。窃日前由京旋里，路过城东董家务地，方到自置杨榆枣林看视，竟遇匪人偷伐树株。询之土人，知为首者为李小川。李姓于姓，当即阻止，不令砍伐。到家探询，知有焦连同私事胞弟〇〇偷为出售。本属家之林木，系个人出钱置买，纯属私产，与胞弟不相干涉。况其暂理家事，不先秉商，即系盗卖偷伐，为此，据实陈诉。千乞
拘传一干人等法办，并治砍伐树者偷砍林木之罪，用儆将来而安生业，则感荷仁施于无既矣。

为陈诉母家胞弟逞凶侮辱，请传案法办事。代胞妹起诉陈稿

窃氏夫程用菓，在吉林哈尔滨充铁路交涉局委员，氏于前年先母病故后，即留滞母家，依赖母家胞兄○○，经营买卖粮石以资过活。不意胞弟○○因索欠结怨，常来欺侮，昨因细事口角，伊大肆虎威，短衣持棍，声称将氏打死，幸有北邻史君文涌护救，未经成伤。盖氏前在吉林胞兄省长任所，先母有胞兄，年节送到银元四百元，又面告将来给氏先母积蓄六百元银元应用。胞兄在任时，胞弟尚在吉垣榷运局充差，即将此项银元暂存胞弟局所，不意先母逝世，胞弟竟行干没。屡次追讨，伊竟口出不逊，几次逞凶，多被亲邻救护，未被毒打，此邻佑亲友所众见众知者。旋又手持刺刀，带领家人，到氏住房逞凶。适有母家堂叔孟昭和及亲友朱幼园等劝阻，未致遭其毒手。其侮辱氏也，至于此极。兹又藉细故寻衅，胞兄又不常在家，来日方长，后患何堪设想！万出无奈，只得诉陈

冰案，伏乞

秉公法判，令胞弟将前项寄存银元一千元交出，俾氏得以过度有实，则感大德无限。再先母有胞兄为置金镯一对，先母亦曾言过给氏之用，又为胞弟干没，并乞恩施为之退出，俾氏具领，至为感祷。

为陈诉胞弟侮辱兄长并殴打胞姊，请传案法办

窃○○于日前在家，延请亲友清算帐目，胞弟○○以争产故，强横无礼，其目无兄长，亲友均不能平。日昨早起，因派人赴郎坊有事，令车夫备车，胞弟强为阻止，迨出告以兄所分派，伊乃出言不逊，声称乃要焚车，并到大门外肆其叫嚣。宪彝以恐被人耻笑而退。其侮辱兄长至于此极！又于午后胞妹○忠与胞弟由细故口角，胞弟竟破口辱骂，短衣持棍，声言要将胞妹打死。幸经北邻史君文涌护救，未经致伤。旋又短衣持棍，带领家人，到

胞妹南院寻衅，幸有族长孟昭和并众亲友朱幼园等劝阻，胞姊乃未遭其毒手。其侮辱胞妹又如此。似此无法无天，侮辱胞兄胞姊，同居一家，复患何堪设想？为此诉陈
冰案，依法拘案惩办，俾宪彝兄妹得以安度。

拟上京兆尹书

敬启者：京兆地方土地沙碱，民生疾苦，全恃之长官维持治安。上年荒旱，赖多方救济，(仅)各县人们仅免于死。

敬启者：端节在永，屡承
费神为舍间清理锡福堂帐目，最终又以分家之事，重劳
擘画，既感且惭。彝向未承受祖产，所有家中房屋土地，皆系一人劳累得来，舍弟因之享用多年，并未有一钱加入置产之用。彝手足情重，本不愿兄弟分产，致招亲友之非议，奈二弟既愿分家，可以免去将来子孙辈之争产，则分家亦属好事。彝去家之时，曾与
诸亲友声明，所有产业情愿让与二弟三分之二。乃时已两月，闻二弟尚多不足之言。彝本主让，二弟主争，彝无可再让，只得俟秋收后，回家再烦
诸亲友处理矣。惟最要之事，家业未分之前，家中之事二弟不得擅自作主。其移动街上碾磨，殊属无理。再前，曾谆告二弟郭家务榆树万不可出卖，留以后盖房使用。乃日前传闻二弟已派工砍伐矣。此真欺侮彝之甚者。务请
费神，劝阻二弟，已伐者勿卖，未伐者停工。如其不听，只得函恳县署，派警查拿买树之人，彝当与之起诉也。此恳。顺颂
时祉
家五叔、朱赤文

姚捷南、李晋斋台照
潘伯慈、李□□
朱幼园、史□□

紫东县长台览：敬启者，舍间有城北郭家务榆树林数十亩，本为留之后来盖房使用，近闻有外人朦蔽舍弟宪清，得钱出售，于此夏令树木正当长大之时，任意砍伐，此实骇人听闻者。舍间事，全由彝作主，岂容小人勾串舍弟砍伐树株！为此，恳乞台端派警查禁，并将勾串舍弟之小人，及买树人看押，彝当即与之起诉也。冒渎
清神，容当面谢。敬颂
勋绥，统希
察照　　治晚　　拜启

鸣岐老哥省长台览：前者奉复一函，为调解王贵然矿务事，似已周全详尽，两得其平，谅邀察纳，转告前途矣。前接矿区办事处来函，言尊处实业厅派许委员至矿，查明一切呈复，实业厅准予启封开工营业等语。现在置办各事，定八月九日开工，不意王贵然到矿，大不谓然，声言回省运动实业厅仍令封闭。不数日，该厅果致武安县办公署一函，暂不令该矿开工，则该厅公事直不啻儿戏也。兹经訾凌霄兄来函，王贵然狡横情形言之历历，而实业厅出尔反尔，殊出乎情理之外。弟意甚愿和平从事，如王贵然不愿调解，则大成公司之先与王贵然共事者，当仍与之缠讼不休，殊非王贵然之福。然其涉讼者自涉讼，而公司之事业仍应正常工作，将来两造讼事平息时，可照营业账目清算，断不能任令实业厅出尔反尔，致碍营业。在公司同人，亦甚不愿此项讼事将实业厅牵涉在内也。务乞
费神告知王贵然，如照前函和平息事，固为两得利便，否则，任其

自由涉讼，而公司矿业不便停滞，仍请转令实业厅长格外维持实业，免致有碍进行，是所至祷。专此奉恳，顺颂
时祉。统希
爱照。不宣。

鸣岐老哥省长台览：昨王君贵然来见，交到前者訾凌霄兄趋谒崇阶，面陈大成公司矿务各事，极承
关爱未拂，并蒙
赐予食物，
隆情厚感，何可言之！转令王君依照七条件，速行商之公司也，呈请转移矿照，免致各股东再与其起诉，更多不利。屡渎清神，感谢不尽。正拟具函申谢，乃于日昨接晤王君贵然奉到
惠书，敬悉种切。据王君面道大成公司以前经过情形，其间在邯郸县被押之时，破口大骂陆知事情状。王君之愤愤不平者，只此被押一事耳。弟婉为说劝，允以详为调查，当必和平调解，请留一二日，再为面商。王君则言即日出京，如有覆信，请寄
尊处转交云云。其对于弟之情面甚好，且重以台命，更必极力为之排解，以期早日了结。翌日，訾凌霄兄又从矿区到京，详询公司与王君轇轕情节。訾兄将以前事实反覆说明，王君之初次领矿区一事，有孔昭琳控告在案，其伙办煤矿亏折一事，有股东代表张继志等控告在案。至其在邯郸被押，旋经中人调处，王君立有七项条件，其事遂告一结束，又经邯郸陆知事呈明曹省长转咨台端在案，此无烦缕述者。王君与孔昭琳等，初定招股简章，曾有矿区作股四千元一条，此次调处之七条件，王君将矿照转移至公司，则又增六千元，共为股本一万元，是其利益较前有加。王君曾将一万元股票领去，公司又给以矿区税七百馀元，嘱其代交实业厅。初不意其所承认者不旋踵又反覆也。弟与在京各股东妥议公司之事，拟约王君充名誉经理，或再与众股东通融，举以

董事一份子名义，在经理之上，当亦可以申王君不平之气。仍乞鼎言代为劝导，即此了结，于矿务、前途两有利益。王君人极明敏，亦必俯从斯议也。以后矿事，王君可与弟直接办理。弟向主和平之议，必不令其吃亏。务乞此复。顺颂
勋绥

宝三仁兄经理台鉴：敬启者，兹因小兄宪彝请京兆财政厅开采房山县高家坡老窑大园子煤矿，现请殷实银号两家出具保单，连同书就履历、保结两纸送上，拟请
贵总商会代为出具保结交下，以便呈请财政厅转呈农商部。至承
费神，感谢之至！附上矿业法规一本，内有样式，并乞
照办。此恳。顺颂
时祉

中华民国十一年

民国十一年一月一　夏历辛酉十二月初四日　阴

飞小雪。冬月无雪，今始见此，颇觉忻然。惜地皮未湿即停止矣。同壬三吃泰丰楼。王文锦约吃三元店。回寓甚晚。

二　初五日　晴

到徐宅，行吊。紫东县长到永清半年，人极疲软，善政无闻，今竟以烟瘾逝世。此之行吊，情面耳。下晚，同壬三、宇民吃便宜坊。

三　初六日　晴

程松山来谈。马荩卿来访，约到正阳楼吃羊肉。午后，到孔宅，行吊。下晚，李少如约吃同和堂。

四　初七日　阴

马纶阁约同荩卿、伯翔、敬宜，在正阳楼午饭。饭后，观剧。下晚，约荩卿同人吃便宜坊。

五　初八日　晴

到伯翔宅，午饭。下午，敬宜约同照岩、荩卿诸人，吃正阳楼。饭后，同荩卿到琉璃厂买笔纸等件。内人早六时回家。下晚，接赤文来函，言二弟已递辩诉状云云。乍闻之，不觉发怒，转而思之，弟之种种无礼，自取失败，可怒亦[可](不)怜也。

六 初九日 阴

写致各亲友信,问其所说合之分家单,业经诸中人画押,两方面已钤字,是否尚有效力。二弟之悍然废约,中人之责任何在云云。并复赤文信,均交三弟处转交。午后,到乌泽声处,行吊。到西升平洗澡。鹤年、宇民、玉书、子良均来。到新丰楼,荩卿约同幼岑、虞臣,陪两俄人吃饭。

七 初十日 晴

写屏对。下晚,虞臣约吃致美斋。

八 十一日 阴

午后,同若龄到华乐园观剧。下晚,到泰丰楼,宇民约吃喜酒,新纳妾也。

九 十二日 晴

微风,甚冷。写大对。到电灯房,与维新、荔孙议修改章程。下晚,朱伯恭约吃福安楼。

十 十三日 晴

写寄上海庆徵儿信,嘱其年底来京度岁。邯郸孔宪瀓来电,令转告凌霄:赵师长已派兵到矿,速往开工云云。又托顾子良,函托武安县知事照拂矿事。但伍知事听从王贵然一面之词,遽尔封矿,滥使职权,摧残矿业,将来仍须起诉,令其赔偿损失焉。到三义店,访刘子明、车蔼轩,谈矿事。王鹤年、张伯才、宁夔约到撷英吃番菜。

十一 十四日 晴

约刘子明、瑞亭、乐之、式中,在正阳楼午饭。下晚,约车蔼轩、珩甫、少如吃正阳楼。若龄早间回永。

十二 十五日 晴

到翰翔宅，贺寿。到电灯房，商议与电灯公司订合同事。

十三 十六日 晴

写屏对。

十四 十七日 晴

访凤韶亲家，一谈。亲家将赴柏乡县知事任。下晚，枚生约同凤韶、敬生，到致美斋吃饭。饭后，到东车站。八时，搭车赴津。

十五 十八日 晴

上午十一时，为张绍姜太夫人题主。午后，访壬三，畅谈，留吃晚饭。到大胡同，购镜子、手巾等物。回张宅，刘伯寅、刘芸孙来访。

十六 十九日 甚冷

早三时，到新车站候车，手足皆冻。四时半，登车北行。六时后，到郎坊站下车，吕车夫来接。杨林直赴京寓。到祥和栈，稍睡。九时，启行。午后二时，到家，家人皆好。宋外甥、三弟来看。潘伯慈手持栈房文契来看，言分家事可以解决云云。

十七 二十日 晴

酬应来看各亲友。

十八 廿一日 晴

上午，白聘之县长来谈。

十九 廿二日 晴

置筵，宴请亲友、中人。声言家事已承亲友为立分单，二弟忽又在县署递辩诉状，如亲友不知，是二弟与亲友为难；如知之，是令我兄弟相争，请亲友为之解释。亲友言二弟不交之文契，必为索出云云。

二十　廿三日　晴

置办带京公物。到县署，回看县长，畅谈。

廿一　廿四日　晴

庆慈为其母出殡。到南院，酬应亲友。

廿二　廿五日　晴　风

到南院，送殡。早起，五叔来，言夜梦先严，告以为分家产，因其不为主持，披其颊者数下。随与之对哭时许，五叔则到二弟院，施以教训云云。到下晚，亲友来说，只由二弟交文契一纸，至前开单所索各物，许以展缓，过年后再为追索。

廿三　廿六日　晴　稍暖

早饭后，起行赴郎坊。下午四时，搭车来京，适县署派员解款赴京，遂与偕来焉。七时半到，寓中皆好。

廿四　廿七日　晴

约宇民、凌霄来寓，议论大成煤矿公司事。经苏玉书函请赵司令派兵来矿区弹压，业已定日复行开采。王贵然反托人来函，欲与同人议和。与之论公理，彼竟恃县知事官力，兹出于不得已施以强权，彼乃反来求和，世道人心，至于此极，曷胜浩叹！下晚，同到西升平，洗澡。

廿五　廿八日　晴

上午，约蒋枚生来寓，畅谈。庆徽儿由上海来京度岁。

廿六 廿九日 晴

托赵仁卿寄家各物。下晚，到金笃生宅，吃饭。

廿七 卅日 阴

雪数阵，不过湿地皮。冬雪不见，明岁之春麦恐难播种也。带四儿出城，买年物，平安过年。

廿八 壬戌新正月初一日 晴

彝则今年六十岁矣。修名不立，老大增惭，特是儿女满堂，虽无富产，聊可饱暖自娱，亦属可为喜悦之事。国家多故，得以退处林下，岁月优游，殊堪忻幸。庆徵儿由沪回京度岁，约请由沪同来之美国女教员六人，并章文通之女学生，到第一舞台观梅兰芳之《彩楼配》。下晚，在美益番菜馆吃饭。入夜，起风。

廿九 初二日 晴

到赵次山先生宅拜年，不值。访乌泽声，一谈。到冯公度宅拜年，不值。下晚，到陈王明宅，观剧。

卅 初三日 晴

到章文通宅，拜年。带秀珍妾、四儿，到琉璃厂丰泰照像馆照相。又到华乐园观剧。

卅一 初四日 阴

到华乐园观剧，遇黄暄远、陈东山故友。下晚，暄远约到厚德福便饭。

二月一 初五日 晴

带眷属观剧。下晚，宇民约吃厚德福。写家信。

二　初六日　晴

午后，观剧。

三　初七日　晴

午后，观剧。

四　初八日　晴

庆徵儿来京时，同车有美国女教员多人，并有章文通之女公子，同来往数日，殊多嫌疑，当严加训斥，申明男女有别之义，不得妄谓新学“自由”二字，致越礼义防闲，误走一步，贻悔终身，以后不得自与接近云云。一日不出门。陈亲家太太来看。

五　初九日　晴

黄暄远约到春华楼午饭。饭后，观剧。下晚，到史康侯处，拜寿。吕车夫由家来京。

六　初十日　晴

早十钟，带庆徵儿到车站，搭津浦车赴津，到津站下车。到福星公司开董事会。上年获利在六分四厘。津地生意之获利，当首屈一指也。下晚，寓壬三宅。庆徵儿已南行矣。

七　十一日　晴

早起，到大胡同北海楼，买零物。午后，到公司开股东会议。

八　十二日　阴

早车回京。李月楼安来访，留吃晚饭。

九　十三日　晴

带眷属观剧。下晚，孔希约吃西车食堂大餐。同王司令到东亚饭店一谈。

十　十四日　阴

房山煤窑开采数月，费去一千数百元。昨办事人来京，报告窑之所开两筒，均被水灌，不克工作，殊呼负负也，只得暂停矣。到华乐观剧。下晚，到三元店便饭。

十一　十五日　晴

到华乐，观剧。下晚，为恽公孚太夫人贺寿。

十二　十六日　晴

早车赴津，为边洁清公子贺合卺之喜。往晤树村将军，并约吃饭，座有王子春、常朗斋、壬三。到华园洗澡。

十三　十七日　晴

董右丞约吃晚饭。

十四　十八日　晴

为壬三太夫人祝寿。

十五　十九日　阴

早车回京。饭后，到电灯房开股东会。到市场购零物。出城，到中西药房吃饭。

十六　廿日　晴

姨太太早车回永清。午后，观剧。下晚，苏玉书约吃饭。汪剑吾生日。

十七　廿一日　晴

午后，观剧。下晚，约宇民、莫敬一、冯申甫吃便宜坊。

十八　廿二日　阴

为王德祥太夫人贺寿。观剧。寄宋外甥信。下晚，约敬一、凌霄吃便宜坊。

十九　廿三日　晴

午后，观剧。下晚，宇民约吃泰丰楼。

廿　廿四日　晴

午后，到西升平洗澡。下晚，赵式中约吃杏花春。

廿一　廿五日　阴　小雨

冯公度之太夫人逝世，前往吊哭。到宇民处，一谈。下晚，张敬宜约吃致美斋。

廿二　廿六日　阴

写致刘鹤龄信。为冯太夫人送库。下晚，姚荚村约吃泰丰楼。

廿三　廿七日　阴

午后，到电灯房议事。出城，买叶子烟。回宅。入夜，小雪。

廿四　廿八日　阴

写寄齐照岩信，为许禹生求补缺也。致若龄外甥信。

廿五　廿九日　晴

写寿对两付。到冯宅，吊祭。到陈顺龙处，镶牙。下晚，壬三约吃泰丰楼。

廿六　卅日　晴

午后，观剧。下晚，在便宜坊约孔纯洁、訾凌霄吃饭。到西栈，孟觐侯约吃饭。

廿七　二月初一日　晴

寄韩子明挽幛。廿年前之友，一旦逝世，为之於邑。写致张良谟信，催款也。写复凤韶亲家信。访贾洞元，谈天兴煤矿事。

廿八　初二日　晴

庆善儿、庆徵儿俱来信。善儿约明年暑假毕业，言须预定归国买船费。徵儿言耶稣教与孔教甚近，愿入教云云。当复信，告以学英文尚未毕业，万不准入彼教，以诫之。到谦和泰，取福星公司汇来之九千馀元。

三月一　初三日　晴

到花旗银行，还借款五千元。又还浣亭所借之三千二百五十元。寄凤韶亲家一信。午后，观剧。下晚，同壬三洗澡。同吃广陵春。

二　初四日　晴

写屏对。

三　初五日　阴　微雨

到前门外，买零物。到荔孙宅，贺寿。下晚，姨太太带儿媳、孙子自家来京。

四　初六日　晴

带姨奶奶、四喜儿、七儿回家。到郎坊下车，少息，雇车回家。到若龄外甥处晚饭。

五　初七日　晴

亲友来看视。

六　初八日　晴

太太同姑太太，到信安镇赶庙会，实为庆绵侄相看媳妇也。白县长来谈。同到劝学所，筹议建筑高等女学房屋。下晚，备便饭，请县长并幼园、班伯、赤文、竹青、玉青、三弟诸人，为筹款办女学筑房屋也。

七　初九日　晴

下晚，到班伯处吃饭。

八　初十日　晴

同幼园、三弟到北门外，看晋斋表兄。适北关演剧筹神，观剧半晌。

九　十一日　晴

点检旧藏书画。下晚，回看县长。到幼园宅吃饭。

十　十二日　晴　风

偕太太、姨奶奶、孩子们来京。若龄外甥随来。

十一　十三日　晴

早十时，带若龄见壬三监督。到永新园洗澡。到冯公度宅行吊。

到华乐观剧。下晚，请壬三、亦云、宇民，到致美斋吃饭。

十二 十四日 晴

约亦云、宇民到华乐观剧。下晚，请亦云、伴琴诸人，到泰丰楼吃便饭。太太请刘太太吃饭。

十三 十五日 晴

下晚，王云卿约吃陶园。朱佑民六世叔在座。闻其旧病甚剧，一旦霍然，相见极欢。

十四 十六日 晴

为吴廉卿写寿对三付。

十五 十七日 晴

为田展程太夫人写寿屏四副。下晚，朱伯恭约吃全聚德。早间，到门小华处，医奶疮。

十六 十八日 晴

到门宅，写寿屏四副。

十七 十九日 晴

写屏四副。浣亭来，商购子固地事。凌霄来谈。下晚，到福寿堂，请各处戏剧，大家一聚，以彝之生日，荔孙诸友人为之演唱也。

十八 廿日 晴

到永新园洗澡。下晚，苏玉书约到浣花春吃饭。子良、宇民在座。

十九　廿一日　阴　小雪

午后，大风。下晚，晴，风稍息。是日，为彝生辰，同人为在福寿堂演剧。亲友到者甚多。若云受贺，万不敢当，设筵款客，颇极闹热。至夜四时，戏始停演，各归。

廿　廿二日　晴

到崇宅，拜寿。下晚，李虞臣约吃福寿堂。

廿一　廿三日　晴

到金台馆，回看殷李君兢。阔别三十年，相见甚欢。到丰泰相馆，为凤韶亲家放大像。

廿二　廿四日　阴

雪半日，迄未沾足。到宇民处，与玉书、凌霄、子良畅聚半日。

廿三　廿五日　晴

早起，回拜北城亲友。

廿四　廿六日　晴

为荔孙贺寿。回拜西城亲友。到冯宅，行吊。到电灯房。访程松山，知电灯公司在警厅控诉电灯房引线外出等情。去冬，该公司派渠祝华来询电灯房如何组织情形，当即据实告之。荔孙同人又以联络该公司感情，在泰丰楼饮宴。该公司之总理公度、康侯皆极浃洽，旋复商订合同三四，通函甚为妥协，我已履行，该公司延不签字。今乃控诉是欺骗之行为，出乎意外。当到该公司质问，并告电灯房对待之。

廿五　廿七日　晴

上午，回拜各亲友。到电灯房，各股东会议，对待电灯计画。同宇民、左季云到致美斋晚饭。饭后,到西升平洗澡。

廿六 廿八日 阴

殷李君兢来访。为冯老太太送殡。李文田约到悦宾楼晚饭。又到东亚饭店,访王文锦。

廿七 廿九日 晴

内人生日,备酒席款客。王君直、方维新、李宝枢、文田诸人同来清唱,颇极欢畅。

廿八 三月初一日 微阴

回拜各亲友。到天顺祥午饭。张祖勋约在新丰楼晚饭。到鸿记为杨树华购裙。

廿九 初二日 微阴

写致刘益吾信,催问矿师到矿日期。到电灯房看视。下晚,张敬伯约到东兴楼吃饭。吴纯臣约到颐香斋吃饭。

卅 初三日 晴

写复苏梦鲁信。到品香果厂看视营业,可期发达也。在宝枢宅午饭。到王仁甫宅行吊。到织云公所。鸿记请春酒。苏玉书约吃饭。

卅一 初四日 晴

为马莼卿夫人由花旗行借五百元。姨太太入品香糖果厂股款一百元。到电灯房看视。到华乐观剧。

四月一 初五日 晴

太太回家。约吴纯臣、李越凡、宇民、玉书便饭。

二　初六日　阴　小雨

到言荫先宅贺喜。到鸿记做棉袍。到华乐观剧。

三　初七日　晴

到言森先[宅]贺喜。

四　初八日　晴

到孔绍亭处,行吊。访亦云,同到华乐观剧。

五　初九日　晴　有风

天气甚暗。下晚,微雨。写复张阜岑信,勿庸代催养农夫也。同荔孙、维新、博亭同到致美斋,请王劲文吃饭。写匾字。

六　初十日　晴

写屏对。写复齐协民信。写致白聘之信,为荐车致坦充收发委员。下晚,吴纯臣约吃饭。

七　十一日　晴

写致增子固,为声明为浣亭代办购地事,不便出尔反尔,致失信用也。

八　十二日　晴

搭津浦早车赴津。车上晤马纶阁,畅谈。访壬三,索得垫交大成煤矿公司一千五百元。访苏玉书,适遇张夑元、王□□,畅谈竟日。在德义楼晚饭。寓壬三宅。

九　十三日　晴

早七时,早车回京。下晚,晤浣亭、凌霄、兰亭,约同到便宜坊便饭，讨论大成公司对待王贵[然]阻扰情事。

十　十四日　晴

接孔纯洁快信，皆言大成公司危急，请设法主持云云。昨晚，已令兰亭回矿，报告设备情形矣。访戴亦云，求代致函张鸣岐省长，言大成煤矿事，矿东股东无论有何轇轕，皆应候在法厅法律解决，如行政官干涉压制，皆属违法行为云云。同亦云到华乐观剧。下晚，同到致美斋吃饭。饭后，洗澡。

十一　十五日　晴　风

入春以来，入(按：此字疑误。)风且燥，小雨不过两三次，干旱异常，春麦不能播种，粮价日涨，穷民无以为生，奈何奈何？出城购零物。在前门车站，见清肃王善耆出殡，异常热闹。肃王丁辛亥变政之后，即赴旅顺避难，今则物故，灵柩回京，清予谥曰忠，饰终典礼，极属优厚，王亦属佼佼者矣。下晚，刘粹然自邯郸来快信，求速设法维持矿事。当即作书复之，言已尽心筹[办]，请转告同人云云。

十二　十六日　晴

写对联。午后，访型叔，适凌霄、浣亭在座。拟呈农商部文，并上河南实业厅文，又在武安与王贵然提起诉讼文。

十三　十七日　晴

写致河南武安县王仲开知事一信，求其保护矿务。署名者，彝与壬三、玉书、浣亭、凌霄也。访型叔。修正上农商部呈文稿。到华乐观剧。晤亦云、化初。

十四　十八日风　晦

写寄庆善信，寄善徵儿转寄。写屏对。访慕唐，一谈。又为顾子良贺纳宠之喜。

十五　十九日　晴

为袁同叔写扇面。午后，观剧。

十六　廿日　晴

早十时，出阜成门，到圆广寺，为廷浦云行吊。二十年前至友，前在甘肃被人惨伤，并害及其二子，据其子岳琦言：伊父经营生颇获厚利，其仇家系图财害命行动，现已经昭雪矣。浦雪前在营口盐厘局同差时，见其人，尚事事要好，多有以己之长形人之短处。其开裕丰银号，致彝损失至八千元之多，其赴甘肃道时，曾言将来再为偿还云云，亦诳语也。其人怪异处，与对面人言，多低视两旁，相法谓之为“望刀眼”。其被害时，人在后以枪击毙之，亦惨矣哉！同黄暄远到同和居吃饭。饭后，到华乐园观剧。下晚，景丰约吃同兴堂。

十七　廿一日　晴

李芳林来。与荔孙谈电灯房事。地方各官署约在中央公园，开粮食救济会。下晚，文博亭约吃饭。

十八　廿二日　晴

写屏对、扇面。寄庆徵儿信。到永新园洗澡。访型叔，谈大成公司矿事。约佑民、世叔到玉楼春吃饭。型叔、洽黎、赤文、伯恭、少农，皆在座。接凌霄信。

十九　廿三日　晴

写复凌霄信。到电灯房。下晚，刘壬三、白浣亭同吃厚德福。饭后，到第一舞台，看俄国跳舞戏。

廿 廿四日 晴

写华乐茶园台上横匾四字，为“金鉴大观”云。午后，同赤文见面，告以日前为张锡九与二弟涉讼作证，经法厅判令，锡九仍应照县署原判，归还孟宅之四万吊。既有自立契据，万无违反之理云云。锡九仍求与二弟算帐，恐无了结之日也。下晚，请赤文在致美斋吃饭。饭后，访型叔。接太太来信。

廿一 廿五日 晴

令杨林回永清，取物件。

廿二 廿六日 阴 小雨

上午，约吉甫、荔孙、仲衡诸人。下晚，内人来京，知永清城内已驻有奉军马步队。闻其军纪甚好云。早九时，先哲祠演礼。

廿三 廿七日 晴

早十时，到畿辅先哲祠春祭。充任唱赞。上午，荔孙约吃回回馆之广福轩。下晚，暄远约吃杏花春。

廿四 廿八日 晴

午后，到电灯房看视。方维新与太原公司所定之合同，尚为合算。到东安市场，购《宋史演义》。

廿五 廿九日 晴

到大观楼，少坐。

廿六 卅日 晴

天气极热。到董慕唐宅，闲谈。下晚，洗澡。接庆徵儿信。又接宇民自安庆来信。

廿七 四月初一日 晴

京兆同人筹议地方秩序维持会，以奉直两军对峙，恐启战事，故预为之地也。庆善儿自美来信，言腿疾，在医院，医药费索四百五十美金，可谓骇人听闻。官家子弟不知家计艰难，可见一斑。

廿八 初二日 晴 风

天气不佳，久旱不雨，不识人民遭何重劫，恍若大难之将临者。早九时，同公孚、世勋、浣亭，访中国红十字会长汪伯棠，请求特别派往永清、武清各救护队一队。到总会，与陈菊荪接洽。午后二时，到京兆尹署议员办公处，开京兆地方秩序维持会。演说京南各县驻兵危迫情形，所有各县地方官办理支应需款，应请求京兆尹通令各知事，准由地方公款暂为挪借垫办，并各地方应办妇孺救济会，以及尹署所有红十字分会，应速为出发，以资救济云云。下晚五时，到红十字会，领取大旗两面，小旗四面，袖章二十七枚。下晚，阴，微雨。入夜，闻西南有炮声，当系直奉两军开战也。

廿九 初三日 微雨

汪伯棠以无地招待，辞之。少顷，即到红十字妇孺救济会，见伯棠，言及会中有高姓书记，欲附我之救护队旋里云云。下午，到红十字总会开会。办事员陈菊孙言外县救难民紧急，多编救护队为宜。到中西药房，与伯恭、敬甫商永清救护队购药事。医官一事，即嘱敬甫担任。到百景楼吃饭。接家信，知北院为奉军司令张作相占用，外院住李旅长子锋，南院住李营长，城内房屋多住军队云云。当写致张辅臣、李子锋两函，请其关照也。并致奉初三弟信，令其担任救护队长，并请县中士绅办理妇孺救护会事。请县长担认，借公款垫办也。入夜，有炮声。

卅 初四日 晴

令杨林同敬甫赴永清。都市人心惊惶。早九时,赴访暄远,讨论大成煤矿公司事,因有电来令停工之耗也。到蒋枚生处道喜,其侄女出阁也。又到同兴堂,为于友贤道喜。回宅。为王六卿致书。陈菊孙请办安次县红十字会救护队一队,给予旗帜、袖章事。下晚,西南炮声尤烈,彻夜不息。

五月一 初五日 晴

六时即起炮声,至八时始止,想系剧烈战斗也。坐洋车到东西两车站看视,探不出若何消息。到正队牌楼南,遇王化普,同到第一宾馆访顾子良,闲谈。同子良、化普吃穆家小饭馆午饭。午后,到琉璃厂买纸墨。回至庆乐园,观剧。斯何时也?尚有心观剧耶?然不如此,更觉到处不安。遇张伯才、王鹤年。下晚,同到兴盛馆吃饭。有炮数声。

二 初六日 晴

到花旗银行借一百元,为度日之用。写致訾凌霄一信,以昨早接凌霄自顺德来电,言武安县署函告,奉上宪令,饬停工传讯,请设法云云。当电复,言应赴县诉讼,请缓停工,并声言实业厅须奉部令乃得令停工;如厅令停工为违法,倘损失,应负责;如省长令停工,更违法云云。此电须转山西,寄邯郸县转交,令再致函详晰说明。京汉车不通,不知何日递到。下晚,西南有炮声,彻夜。

三 初七日 晴

王太太生日,在寓酬应一日。接家信,知知子营、牛驼各地方,皆有剧烈战事。杨林已到家,开办红十字救护队事矣。人言长辛店地方梁旅长朝栋阵亡,许兰洲被伤,两军兵士多有死伤。惨哉,此战事也!

四　初八日　晴

午后，同篮谦到永新园洗澡。到大观楼，询知各城门皆闭，因奉军被吴军击散，散兵有聚众入城者。经王懋宣将军守城兵士令散军缴械入收容所，散兵不从，且有开枪违抗者。散兵之苦，可知也。吴巡阅使电知王将军，令送茶点犒军。吴之威望，由此益重。奉军之因骄致败，可为浩叹。

五　初九日　阴雨

到北京饭店，访马荩卿，同到中央公园看牡丹。在致美斋午饭。饭后，访景丰，同到中和园观剧。下晚，景丰约吃同兴堂。

六　初十日　晴

早九时，到福寿堂，为孔希白贺续弦之喜。到京尹公署，同包润、张展云、张静宜见孙尹，商办战后京兆救济事，请速筹款赶办云云。同到庆和堂午饭。访暄远，不值。到公度处，议救济会事。吉甫约到中和观剧。下晚，吃兴盛馆。

初七　十一日　晴

约荩卿、暄远，到致美斋午饭。饭后，到广和楼观剧。下晚，到天福堂吃饭。

初八　十二日　阴雨

寄致凌霄信。又致纯洁信。午后，访型叔，一谈。下晚，暄远约吃南园。饭后到游艺园，看文明戏。接凌霄、粹然信，闻落垡溃军尚未走净。津车下午四时始到京。

初九　十三日　晴

写致纯洁、凌霄、粹然信。午后，荔孙约到中和观剧。下晚，到兴盛馆吃饭。饭后，到第一台观俄剧。杨林自永回京，详述家事，均甚平安。

十 十四日 晴

写复朱赤文信。又复庆徵儿信。访型叔。又详询永清战后情形。又到广和楼观剧。荩卿约吃晚饭。大风，月色昏暗。

十一 十五日 晴 风

大总统命令：张作霖免去东三省巡阅使、督军，本兼各职，听候查办。又闻以吴俊陞调奉天督军，冯德麟为黑龙江督军。东三省之难犹未已耶？下晚，约吉甫、荩卿、荔孙、慕唐吃饭。

十二 十六日 晴

写上曹仲珊巡阅使一信，道谢直军到永保护地方商民情形。写复孔纯洁一信。午后，带儿孙到吉祥园，看梅兰芳演《四郎探母》《带回令》。下晚，李文田约吃悦宾楼。接若龄来信，言河西务溃兵抢掠情形。凤韶亲家来访慰问。

十三 十七日 微阴

写致壬三、子明信。复若龄、凤韶各信。闻东三省任命各官皆来电，请收回成命，其信然耶？

十四 十八日 晴

暄远约吃中兴茶楼。饭后，吉祥园观剧，梅兰芳演《天[女](花)散花》，精采异常。陈德邻《蒲关》，杨小楼《挑[滑](花)车》，皆属都下无二之作。下晚，庆徵儿自沪来信，沾染新学坏习气过重，为之不欢。訾凌霄自武安矿上来谈。适接刘粹然来函，言矿事经人调解，似可通融了结，免致损失等语。当与凌霄妥商，函复粹然决解办法，对待王贵然之小人，可了则了已耳。接曹巡阅使复信。

十五　十九日　晴

写致陶守之信，为佟姓事说项，求无被人欺侮也。同荩卿、暄远游东岳庙。到东兴楼午饭。同荩卿游隆福寺。

十六　廿日　阴雨

同荩卿、暄远游白云观。到广和居午饭。午后，晴。下晚，毕芝臣约吃东兴楼。董幼岑亦约吃饭。

十七　廿一日　晴

荩卿约在中央公园水榭午饭。饭后，游园，看芍药。到大栅栏买胰子等物。下晚，暄远约在寓吃晚饭。

十八　廿二日　晴

赵世勋自武清来，详言该县兵灾情形。午后，访型叔。又访公度，畅谈。壬三约到西升平洗澡。下晚，朱作舟、壬三到宾宴春便饭。写复朱班伯信。又寄庆徵儿信。

十九　廿三日　晴

写致曹巡阅使一信。写紫垣扇一柄。午后，到华乐观剧。下晚，约壬三、作舟、树臣到便宜坊吃饭。

二十　廿四日　阴　小雨

接粹然自矿上来信，言王贵然要求立契八条。当即复信，言八条甚苛，万难强同云云。下晚，荩卿约吃天福堂。

廿一 廿五日 晴

莀卿约到东兴楼午饭。饭后，到华乐观剧。下晚，约暄远、辛濯之在便宜坊吃饭。饭后，到许锦荣宅贺寿。仰视东南、西南天上，忽现两大明星，西南金色，或主兵象；东南火色，或主旱象。总之，天垂象以示儆也。

廿二 廿六日 晴

写三扇。午后，华乐观剧。下晚，林健秋约吃陶园。闻之訾凌霄言：大成矿上监工人前于旧历三月二十三日早四时，在山上北[边]看众星纷纷如雨，下至十馀分钟之久。又阅报载，徐州雨[雹](电)，大如西瓜，麦田皆毁，人物多被毁坏；又曲阜孔衍圣公德成电报公府言，曲阜雨[雹](电)，庙宇被毁，苍松翠柏枝叶尽落云云。此皆非常奇灾，加以近日战事，民国十年来灾祸之最重者也。国民其觉悟否耶？今日日色赤黄色，其为旱象也，可知京兆地方麦秋已无，大田又不能播种，不知将来灾况又何如也？

廿三 廿七 晴

写扇三柄。午后，华乐观剧。公请莀卿在华乐观剧。下晚，公请莀卿在天福堂吃饭，祝其寿也。

廿四 廿八日 晴

写矿上粹然信。午后，约莀卿、敬宜、叔文、纶阁、暄远，到华乐观剧。下晚，到天福堂吃饭。接曹巡阅使复信。

廿五 廿九日 晴

写扇。午后，观剧。下晚，到李珩甫宅，祝寿。

廿六　卅日　晴　大风

杨林自永清归来，言干旱，大田尚未播种。此极可虑者。写扇。同荩卿、暄远、宇民、凌霄观剧。下晚，到陶园吃饭。

廿七　五月初一日　晴

翰翔来寓，吃饭。饭后，荩卿约观剧。下晚，济南春吃饭。

廿八　初二日　晴

荩卿约观剧。下晚，吃天福堂。

廿九　初三日　阴雨

一日未出门。

卅　初四日　晴

访型叔、凌霄。到鸿记买布做单衣。荩卿约到厚德福晚饭，遇绳武，同到真光看电影。宋若龄外甥自永清来，详问家事，平安。

卅一　初五日　晴

写复班伯信。寄三儿信。致宇民信。午后，访型叔、凌霄，谈矿事。到华乐观剧。应端节戏剧为《金针刺蟒》。当与荩卿推广言之，凡粉白黛绿，楚楚动人，色欲界中，皆红蟒类也。人之惑之不悟者，皆被害如红蟒也。可痛也哉！到厚德福吃饭。饭后，同暄远到游艺园吃茶。

六月一　初六日　晴

写扇。午后，荩卿约观剧。下晚，到明湖春吃饭。

二　初七日　晴

政局大生变幻。闻东海今晚退职，黄陂将在津就职。旧国会在津开会，主张一切以期南北统一云。写扇两柄。午后，大雷数声，风雨一阵。报纸言东海一去，天怒人怨之现象云云。亦论人太刻矣。

三　初八日　晴

午后，到永新园洗澡。下晚，消闲友会约在浙慈馆吃饭。饭后，同荔孙到游艺园一游。

四　初九日　晴

暄远约同槐清、濯之、东山观剧。下晚，槐清约吃天福堂。访宇民，一谈。同到浙慈馆，看消闲友会票戏。

五　初十日　晴

维新、宝枢约到马圈胡同，看视地基。午后，凤韶亲家来访，以承王都统令赴热河，查察财政筹备善后，明日即赴热河也。为写致栾佩石、张翊宸信，与之介绍也。下晚，李谦六约吃饭。

六　十一日　晴

昱东侯约吃晚饭。

七　十二日　晴

写扇。

八　十三日　微阴

同莨卿、暄远观剧。下晚，约到天福堂吃饭。饭后，莨卿约到第一舞台看俄戏。

九　十四日　晴　风

写寄庆徵儿信。到永新园洗澡，观剧。

十　十五日　晴

写上周总理一信。闻京兆保已由内部呈请奖励，请其查照山东各省先例，特令照准也。马荩卿仁弟携其新宠来寓。并约李虞臣夫人前来午饭。下晚，倪聘卿约到泰丰楼吃饭。

十一　十六日　晴

写寄庆徵儿信，附寄庆善儿信，言经济困难情形。写扇四柄。写寄家信，嘱浇新种菜秧。午后，到华乐，约荩卿、暄远、槐青、濯之观剧。下晚，到天福堂吃饭。饭后，到槐青宅，一谈。黎总统到京就职。

十二　十七日　晴

天气热极，不雨，旱灾可虑也。写扇。为诗可写致公孚信，为求保案也。为四五儿、德立孙，请张教员练武术。下午，访暄远，看视部司及参事会议之批，皆称法理之论也。访型叔。同凌霄到游艺园吃饭。

十三　十八日　晴

天气热极。千六、聘卿、荔孙来谈。留吃午饭。下晚，杜伯熊年伯约吃会贤堂，遇吴琴舫。夜间热，不成寐。

十四　十九日　晴　极热

午后五时出门，到真光看戏。余叔岩演《击鼓骂曹》。下晚，同荩卿到北京饭店吃大餐。饭后，到游艺园访幼岑。接栾佩石自热河来信。

十五　廿日　晴

日日有旱风，热稍逊于前日。写扇三枋。到真光观剧。下晚，幼岑约吃陶园。张翊宸自热河来。复信。

十六　廿一日　晴

写寄庆徵儿信。一日未出门。接庆徵儿信。

十七　廿二日　晴

寄庆徵儿信。下晚，莶卿约带眷属，到北京饭店西餐，看跳舞。

十八　廿三日　晴

约暄远到厚德福午饭。饭后，到浙慈馆看戏。五时半，回宅休息。

十九　廿四　晴

早起，访林健秋、潘佩卿。约型叔、凌霄，到缸瓦市和顺馆午饭。饭后，访远亭，又访槐青。下[晚](晴)，假槐青宅备席，为莶卿饯行，并约健秋、暄远、濯之作陪。

廿　廿五日　晴

午后，大风，雷数声，雨数点。四时，同暄远到东车站，为莶卿送行。洗澡。到公园一游，颇凉爽。

廿一　廿六日　晴

访公度，遇听夷。十一时，适中约到西车站食堂午餐。到前门大街买凉席等物。写复粹然两信，并寄孔纯洁信。

廿二　廿七日　晴

午后，观剧。下晚，戴际青约到天顺祥吃饭。

廿三　廿八日

午后，同凌霄、浣亭，到永新园洗澡。大雨一阵。

廿四　廿九日　阴

下晚大雷雨，雨如倾盆。京兆四乡农田约可沾足矣。

廿五　又五月初一日　阴

午后，观剧。下晚，朱六诒约同王韵泉，吃正阳楼。

廿六　初二日　阴

早，大雨如注两小时，农田约得雨深透也。午后，到天顺祥闲谈。

廿七　初三日　晴

写屏对。写复刘粹然信。

廿八　初四日　晴

写屏对。写家信。写寄庆徵儿信。访沙紫垣，托代索延丰公司保寿险款四百馀元。

廿九　初五日　晴

写扇两柄。午后，到天顺祥，一谈。下晚，留吃饭。

卅　初六日　阴

约圃孙、凌霄、铸新下晚小饮。入夜，大雨。

七月一　初七日　晴

写寄庆徵儿信。寄王诵卿唁信，并挽幛。聂统锁、萨总监、刘京兆尹约在中央公园晚饭。

二　初八日　晴　下午阴雨数阵

访暄远、健秋。到宾宴春吃饭。饭后，到华乐观剧，演《梨记》，穿插颇有致。庆徵儿来信，言星期内可来京云云。

三　初九日　晴

接家信，知已得透雨，大田普种矣。接粹然来信。致函内务部，并致私函于张总长，请其查照山东、河南保案先例转呈云云。又与适中商酌，致快函奉天张雨帅，请其送还京兆各县借去车马，以资应用云云。用各县公民名义，不知果生效力否？写致凤韶信。

四　初十日　晴

休息一日未出门。

五　十一日　晴

寄庆徵儿信。再致凤韶信，为仁山介绍也。午后，到电灯房，会议借款无效事。下晚，到天顺祥吃饭。

六　十二日　晴

写致孔纯洁、刘粹然信。

七　十三日　晴

派杨林赴津，接庆徵儿。

八　十四日　晴

看戏。徐敬宜约吃天福堂,又同到游园纳凉。

九　十五日　晴

庆徵儿由津回京。约竹山、敬宜、纶阁观剧。下晚,约到天福堂吃饭。

十　十六日　晴

为保案事,咨呈国务院一文,催其查照山东等省照准先例发表也。吴琴舫来访。荔孙为电灯房借款,不俟董事开会,冒然为之,致遭经理反对,自取辱也。下晚,荔孙约在来今雨轩大餐。

十一　十七日　晴

天气极热,到前门外买冰箱。答拜吴琴舫,约其到厚德福午饭。饭后,到庆乐园观剧。

十二　十八日　阴

写致程听彝。又复家中范林亭信,言三儿廿五回家云云。大雨半日,新种秋稼小苗,生机当亦勃然矣。

十三　十九日　晴

带庆徵儿访紫垣,一谈。同篮谦带四儿到永新园洗澡,又看戏。写寄庆善儿信,由花旗行汇去二百美金。

十四　廿日　晴

午后,约琴舫观剧。下晚,琴舫约到来今雨轩吃饭。

十五 廿一日 晴

电灯房董事、同人到荔孙宅会议，整理厂事。写屏对多付。下晚，何霭臣约吃新丰楼。文博亭亦约吃饭。

十六 廿二日 微阴

下晚，荔孙约吃饭。写寄庆善儿信，嘱其毕业后回国也。宋若龄外甥来京。

十七 廿三日 阴雨

午后，到电灯房开董事会议。访朱赤文，约其仝型叔、若龄、伯恭到玉楼春晚饭。

十八 廿四日 晴

访訾凌霄，不值。答拜陆荫楣，畅谈大成煤矿公司事。写致唁萨子伟信，附楮敬四元。写复于朗昆信。写匾对。接张农孙自吉林来信。马序臣自奉天来信。

十九 廿五日 晴

早四时半，到前门车站。庆徽儿、若龄外甥随行，将登车，儿曰："我二哥来问，何人言庆常二哥?"知为五常侄也。转瞬见之，彼乃掉头竟去。上年，伊父侮辱于我，霸占家产，种种不说情理，皆此子助之为虐也，今敢如此蔑视伦理，可谓糊涂至极矣！忍之又忍，不与之生气，付之一笑已耳。五十四分开车，八时至郎坊车站下车，祥和栈打尖。乘家中来车，起身。午后一时半，至董家务渡河，尚顺利。三时到家，家人皆好。下晚，三弟来看。

二十 廿六日 微阴

竹青、焕亭来看。午后，白聘之县长来看。车致坦来看。

廿一　廿七日　阴

早起。带庆徵儿到祖坟，祭先祖，悲痛之情不能自已。归路访李四九表兄，谈四月间直奉两军战事。入城，访伯慈，一谈。下晚，幼园、班伯、健庵来访。大雨一阵。今日为入伏之首一日，土王用事，俗云："若遇土王，一天一场。"言雨多也。

廿二　廿八日　阴雨数阵

回拜白县长。到家五叔宅看视。看清代轶事，捡视字画。

廿三　廿九日　阴雨

写扇面五个。

廿四　六月初一日　阴雨

写扇。写册页。

廿五　初二日　阴雨

写扇。写册页。午后，访幼园，畅谈。篮谦、翰翔来信，报告京兆赈务处保案，已于二十日奉大总统令，照准明发云云。当即复篮谦函，告以俟内务部公文转到，应即行知各员遵照。下晚，班伯来谈。

廿六　初三日　晴

久雨放晴，田家甚喜。写册页。子良来访。

廿七　初四日　晴　小雨两阵

写册页。访姚捷南，一谈。下午，宋二弟约在若龄处晚饭。接凌霄来信。

廿八　初五日　晴

写复凌霄信。

廿九　初六日　晴

写册页两幅。西关外虮蜡庙会。庙奉王猛将军，昔驱蝗虫有功者。

卅　初七日　晴

热甚。

卅一　初八日　晴

早六时，偕三弟、庆徵儿、高外甥，到张家务看视。榆树林木共计六百馀株。今春新栽桑苗，多已生活。游玩三小时，始归。天气又极热，九十八度。午后，写致吉林魁星阶省长一信，为张农孙同年说项也。又复农孙一信。复粹然一函，附交凌霄转达。寄杨林信。

八月一　初九日　晴

二　初十日　晴

写册页、扇面。下午，到若龄处吃饭。粹然来函。

三　十一日　晴

写复凌霄信二封。寄四儿信。写复凤韶信。复郭鹤亭信。

四　十二日　晴

写屏对多付。下晚，幼园、赤文、班伯公约便饭。

五　十三日　晴　极热有风

闻京津传染霍乱症，禁食西瓜。

六　十四日　晴

写对联。

七　十五日　晴

写致訾凌霄、刘壬三、王篴谦各信。

八　十六日　阴雨

写屏对。约亲友便饭，提议上年与二弟说和未了之件。本日立秋，甚凉爽也。

九　十七日　晴

写对联、册页。白县长来访，议立高等女学事。下午亲族中人理结前与二弟分产一案，无结果而散。

十　十八日　晴

午后，假座幼园宅，约白县长，赵孟抡、幼园昆玉，竹青昆玉，钟健男，奉初三弟，便饭，讨论设立高小女学，并建筑学校事。亲族人等又为说合分产事，略有头绪，又备酒饭以飨之。接凌霄、翰翔信。

十一　十九日　晴

写复凌霄与翰翔信。写致壬三信，催借队驻矿也。写致紫垣信，为借款二百元，为庆徵儿作学费、车费也。中人说合，二弟又搅赖，无结果。

十二　廿日　阴

庆徵儿夫妇入都。下晚，白县长约吃饭，议女学堂事。

十三　廿一日　晴

写复凤韶亲家信，言若龄秋节后赴热。为老妹妹放定礼，约媒人朱班伯、姚励臣及陪媒人吃饭。

按：此下原有图，据日记内容移于第503页。

栈房原开油酒面粮行生理。上年正月，胞弟与其内弟张梦龄，因帐目争闹，竟将生意关闭，并将此内家具、碾磨什物百数十件强行运出。此次，伊立分单时，言定各屋器具随各屋用，不得移动。此则应将运去器物全行运回，而资应用。

西堤外玖顷七十六亩租地，现皆经中人潘君用直注明各若干亩，乃胞弟于旧契上乱行涂抹，并旁注原契亏地六亩三分一厘五毛等字。原买此项地亩，系胞弟经手，彼时之中人，有朱君赤文，实未有买后清丈之事，何以知原契尚有亏地之数？且上年写出分单之时，皆经中人说明此地全数，并无隐匿，乃今夏种植之后，忽胞弟派人到地，声言内有伊地三亩，强要将青苗铲去，此有意搅扰也。此次经中人将其当地契索出，始知此项地内之数未交清者，明明搅赖，应再交出，以杜阴谋。

为陈诉胞弟宪清仍旧顽梗不服理处，请传案判决事。窃上年八月间，因胞弟宪清霸占家产、侮辱兄长等情，诉陈在案，当蒙前县长批令，胡警佐邀集亲族人等，为之理处。几经调解，胞弟始将家产，按六分之一分给。彼之丧心昧良至于此极！彼时，万分容忍，经中人写立分单，而胞弟竟不照单履行，且口头上应索书籍、字画、器具各件，始则经中人，元为代索，

现在毫不付给，实属无赖行为，不可以情遣，不可以理喻。万出无奈，惟有诉恳
传案，秉公审判，感荷
仁施，实无既极。兹将分单一纸，应行清理各条，分条签注，并西门外现地契呈请
察阅，俾予存案。此再呈西门外金家坟地段要回，业经播种，忽闻胞弟派人声言内有伊地三亩，要另行种植，实属无理已极。秋收时，并请令饬警佐随时保护，免滋事端。

为陈诉母家胞弟殴辱胞姊，霸占银元首饰，请传案判决事。窃氏上[年](月)八月间，因向胞弟宪清索追银元等物，以伊恃强逞凶，诉陈在案。蒙前县长批令，胡警佐邀集亲族人等理处。事隔年馀，胞弟顽梗如故，其无赖行为，亲族人等实难调解，万出无奈，惟有乞
仁天传案讯追，则感
大德无既矣！

房产，前言北正院自过厅至临街大门后，言北正院过厅后之后院下注，但过厅不在内，后正厅南北厢房在内。此语虽似分明，实多含混，兹绘草图以注明之。过厅后有一小后院，小院之后，乃为其北正院；过厅有后门，其小院之半，应彼此分清界限。过厅后门外南有小中厕，应以斜线归前院。小院之东亦有门，出小门北行至小北门，应画斜线归后院。此皆胞弟立分单时主张。不然，何不注明以过厅后檐下至滴水为界限较为明显耶？此应再令中人划清注明，以杜后来争执。再分单注存清手云云，究之原契，应存长房次房，应请秉公判断。

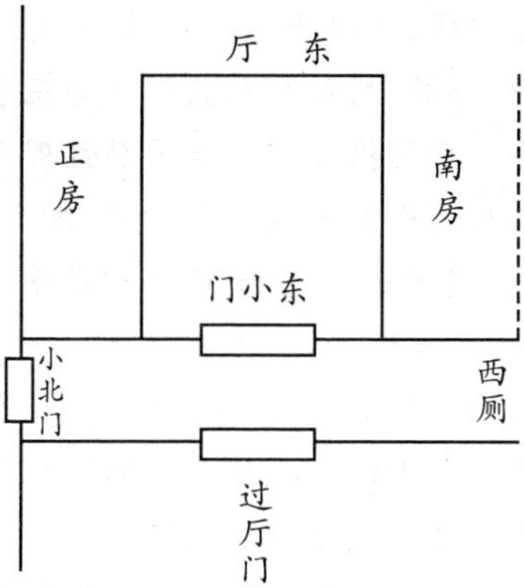

上周总理书 六月十日

子廙仁兄总理台鉴:久不趋
教,维
政福绥和为无量颂。前以九年旱灾,彝奉
大总统令,办理京兆振务,十年夏间浚事,开具保案,与山东、河南、直隶同一办法也。山东等省均已先后奉特令照准,而京兆保案迁延至今,内部总长三易其人,独令京兆案内人员一再核减,现闻内部已经核准,日内呈出。查京兆旱灾甚重,散放急振、冬振,县分既多,用人尤众,办振人员皆系纯粹义务,所希冀者,保案耳。夫今日之保案,即得实职,何处为官?不过名义上较为好看。务乞费神维持,查照山东各省九年保案先例,特予照准,以资鼓励。至为感祷!

致河南武安县王仲开知事函 请保护矿业事

仲开仁兄县长左右:远睽
光仪,时殷企慕。比维

新猷福祉，凡百吉祥，至以为颂。兹恳者，敝乡同人在贵治大成坡组合大成煤矿公司，原发起人孔昭琳与王贵然，然因领照轇轕成讼，迄未解决。公司推詧君凌霄为总经理人，最后到汴与王贵然交涉，蒙张省长约出国会议员李仲安、省会议员司华吾妥为调停，订立契约，呈明省长公署及实业厅备案。此上年十月间事也。不意王贵然又复反覆，省长竟不制止之。王贵然且暗勾串省长公署之李秘书，私嘱前任任知事其昌，违法封窨，勒令停止工作，致公司损失七千馀元之巨。敝同人以为财产系生命所关，受此扰害，势难容忍。现推詧经理到
冰案提起诉讼，其王贵然违反契约，挠扰矿务，任前知事违法摧残矿业，应受法律惩处，并赔偿损失。敢乞明镜高悬，秉公剖判，当感
仁施于无既矣。除呈明农商部，咨明省长，并令河南实业厅加意保护，并声明大成煤矿公司无论矿权人与众股东有何轇轕，皆应候法厅以法律解决。其行政官厅，万不得妄为干涉、压制阻碍矿务进行，致被损失。如张省长仍行袒护王贵然与李秘书，舞弊扰害矿务，当由大理院、平政院与之起诉。敝同人受此欺侮，不得不然，非好为多事也。区区苦衷，恃在
乡谊，故将一为剖白，尚希
明察，随时维持一切。是为至祷。专此奉布，无任屏营待
命之至。顺颂
政祺。统准
亮照。不宣

孟、苏
刘、詧　拜启
十二　十六

致曹巡阅使函

仲珊三哥巡帅伟鉴：敬启者，京津人民苦奉军久矣！比者奉军入关，无端搆衅，彼所通电，无理取闹，凡有人心，闻之共愤。衡以执事及玉至帅通电宣言，纯属公理战胜。左氏有言："师直为壮，曲为老。"不待两军交绥，已知彼之无能为役矣。弟家居永清县城内，奉军骤至，人民逃避不遑，以四百户狭小之土城，置一师一旅横暴之兵众，强索供应，哭诉不容。尤苛者，以兵守水井，居民不得水饮，其苦可知。城外村庄被抢掠者甚众，且有枪毙人命情事。合县只有二百馀村，被掳去骡马、大车至五百辆之多。正在万分困难之际，幸得贵军从西而至，一鼓荡平，彼乃鸟兽散而东走。商民安堵，秋毫不惊。且兵士均驻帐房，不居民室。城内人民欢声雷动，箪食壶浆，竭诚相迎。如大旱之得雨，均慑来苏之望。《书》云："徯我后，后来其苏。"其情状有如是者。报载：钧处通电，有罚令奉张出赔直军兵费二千万元外，另赔偿人民损失费八百万元之语。果能办到此项地步，敢乞仁施，派员振济永清地方人民之损失，则合县被祸民生当更颂
丰功盛德于无极矣！永清合县人民感戴之馀，无以为报，谨嘱彝上书申谢。
专此奉布，敬颂
勋绥，统准
爱照。不宣。如弟　　谨启

十二

仲珊三哥巡帅伟鉴：昨奉
福书，至深铭佩。奉张搆难，三路进兵，经大军扫荡，驱而东之，其日都门欢声雷动。子玉巡帅驻节长辛店，都人士箪食壶浆，竭诚往迎，以为奉军在京积怨于商民者甚深，自今以后，可永去其

螫毒，故相庆
公理战胜也。乃奉张不即出关，复在滦县负隅思逞，不知天道恶盈，骄则必败。行见
雄师云集，当必聚而歼之，奠安关内，亦即为关外去此巨凶。人心之所归，即为天心之所在，从此国是以定，西南之归于统一，指日可卜，则
丰功伟烈，震动全球。翘企
斋晖，曷胜忭颂。弟前办京兆振务，业经结束，现在无所事事，亟思趋报宇下，用效驰驱。现在
贵处需人正多，如有弟相当之事，尚希
示及，即当前来，勉供
指使。数年闲散，伫盼
玉成。临颖神驰，无任企祷。专此布恳，顺颂
勋绥。

如弟　　　十九

西厅　隔扇　竖三寸×尺　宽五寸一尺　横眉宽七寸三尺窄五分五寸一尺

董其昌墨迹
冯祥山水
耕烟散人山水
方霆字迹
米南宫墨宝
姜筠山水
吴鸿字迹
二樵山人山水
黄均山水

李宗翰山水
杨天壁山水
恽寿平山水
吴程雪门花卉
改七芗楼阁人物条幅
乾隆皇帝墨宝
倪元璐行书真迹
汪叔明先生山水
铁梅荞墨宝真迹
潘伯寅对一付
杨椒山墨迹
周桂山秋林弈图
黄少秋山水
廷邵民山水
翁同龢对一付
朱梦庐翎毛花卉四幅
高其佩指墨人物真迹
许叶芬字迹四幅
蓝瑛山水
郭尚光墨宝
黄尊古山水
明文五峰山人山水真迹
清果亲王书
黎祝衡字
宋炳文字
四明山人吕纪山水
陈其介隶书篆书二幅
边景昭梅花

绣谷花开
许叶芬对一付
悟莲生荷花条幅
刘乃刚兰花条幅
孙液仙墨迹条幅
傅山墨迹条幅
翁方纲石拓
姜筠山水条幅
张平山美人真迹
煦斋英和字条幅
查士标山水人物条幅
徐中堂对一付
孙王民草书条幅
允禧水墨山水条幅
赵孟頫墨宝真迹
黄钺山水条幅
戴熙墨山水条幅
徐相国对一付
英和对一付
孙诒经对一付
管劬庵翎毛花卉
汪梅鼎山水屏
孙诒经对
皇十一子对一付
祝荫庭对
蓝田叔山水条幅
王概山水条幅
慈禧山水条幅

吴荣光山水条幅
徐相国大对一付
慈禧秋鹤图
胡石杏横幅
慈禧山水小条幅
慈禧菊花条幅
袁培基山水四幅
查士标山水条幅
董邮达山水条幅
张宗苍山水条幅
杨简侯对一付
胡石杏山水条幅
汪昉山水条幅
文衡山[山](水)水条幅
胡仁颐字条
弢斋春喜堂小横
胡扶山条幅仁颐
盛茂烨山水条幅
姜颖生山水四幅
林少穆对一付
胡仁颐小对一付
孙子技小对一付
郭尚先小屏四幅
翁方纲楷书屏四幅
何诗孙山水四幅
吴琴舫松鹤四幅贺寿用屏
冯桂芬对一付
郭兰石先生手卷行书

石查赞手卷山水
张季直字对一付
徐菊人长对一付
辋川图石拓手卷山水
刘润民对一付
古今说部丛书二包
吴晴帆字对一付
高子占对一付
徐菊人屏四幅
慈禧松鹤大条幅
李虹若屏四幅对一付
廿二史札记四套
富强斋丛书二套
怀仁县志一套
易经一套
医镜一套
史学丛书三套
几何算数六本
东塾读书记一套
唐诗三百首一套
九通序一套
通天秘书要览一套
以上附第一号书箱

吉林通志六
左传一　又二
通鉴
涵芬楼十四

壮悔堂一
吴梅村全集一
名臣言行录十二本
钦定书经图说
读通鉴论
明季稗史
北洋公牍类纂
神洲国光集
支那疆域沿革图
中华墨宝
东洋美术大观
以上装第二号整书箱
第三号散本书 寿屏两箱
第四号散本书 寿屏两堂 寿对贰付 戏盘

十一年八月十四 壬戌六月廿二日 晴

上年家事，经中人调解，与二弟写立分家单。乃二弟竟不照单履行，且已分给地段，又复从中搅扰。中人与之理论，彼以颟顸出之，中人亦无法可施。万不获已，留递县署一呈，附分单一纸，仍请县长传集中人为之分析清楚，免留后累也。早八时起行，过永定河水，尚顺利。午后一时，到郎坊，在祥和栈打尖。四时，搭车。七时到京寓。家人均好。庆徵儿已于午后赴津。

十五 廿三日 晴

午后，到永新园洗澡。宇民来谈，同到致美斋晚饭。晤鹤年，畅谈。写致壬三信。

十六　廿四　阴雨

下午五时，宇民约到华乐观剧。同宇民、仲衡吃便宜坊。雨竟夜。写致张玉衡信。

十七　廿五日　阴

午后，同宇民、亦云观剧。宇民约吃泰丰楼，复訾凌霄信。

十八　廿六日　晴

午后，观剧。晤亦云、伴琴。宇民约吃泰丰楼。

十九　廿七日　晴

午后，同宇民观剧。董兰泉约吃番菜。到史康侯宅，行吊。

廿　廿八日　晴

早十时，到下斜街，为故友李虹若之夫人题主。吃素菜。到华乐观剧。晤慕唐，约到游艺园吃番菜。

廿一　廿九日　晴

写匾字。下午，同筮谦到永新园洗澡。到中央公园一游。吃长美轩。

廿二　卅日　晴

午后，带四儿出朝阳门，游菱角坑。四面荷花，中有杂耍、戏园，与中央公园、游艺园不同，别饶清远之致。下晚，约子年、筮谦、子和吃中兴茶楼。入夜，雨一阵。

廿三　七月初一日　晴

回拜白县长，遇之道中，下车稍谈。午后，宇民来，嘱写寿对一付。裴尧田、赵俊卿来谈，留吃晚饭。

廿四　初二日　晴

写扇面。致凌霄信。午后，武文卿同观剧。张伯才约到致美斋吃饭。到西升平，晤壬三。

廿五　初三　晴

午后，观剧。文卿为抄示矿警章程。下晚，约慕唐、枚生、文卿在致美斋吃饭。

廿六　初四日　晴

观剧。窦环海来谈。

廿七　初五日　晴

早八时，快车赴津，为王恩溥太夫人行吊。同式如、筱蓬到真素楼吃茶。买手巾零物。四时，快车回京。若龄外甥来信。

廿八　初六日　晴

到电灯房。观剧。接玉衡复信，凌霄来信。

廿九　初七日　晴

写玉衡信。复凌霄信。寄家信、三弟信。复若龄信。七儿生日。下午，城外观剧。申甫约到厚德福晚饭。

卅　初八日　阴

昨接家中来信，言谷子被虫灾甚烈，无望收成。玉米、高粱亦多被灾。又据安次来人，及昌平来人，皆言大田被灾相同，粮价大涨云云。则荒年殊可虑也。寄庆徵儿信。午后，同筮谦到永新园洗澡。

到同和堂，为方维新贺其生子弥月之喜。下晚，型叔、王化普均约吃饭。

卅一　初九日　阴雨

午后，到裴尧田处，畅谈。留吃晚饭。

九月一　初十日　早阴雨　午后晴

公孚通电话，商议救济永清、安次等处水灾。嘱与法人锋尔孟商办。三时，访锋尔孟，妥议救灾之事。须招集永清、安次、武清三县士绅，妥筹与法人合办一救灾会，再向华洋义振会索款，方能办理云云。四时，赴津。寓刘宅。亦云先到矣。

二　十一日　晴

早八时，壬三、亦云、作舟，同搭海鹤小炮舰，赴泥沽。为树村将军世兄完婚贺喜。午饭后，看结婚礼成，观剧数出。仍搭原船回津。下晚七时，作舟约吃福德馆番菜。晤倜伯，畅谈。寓壬三处。

三　十二日　晴

早八时，到鸿记，取前存公债券五百元所换之一百一十元。到老站，搭九时快车回京。午饭后，带四儿到华乐观剧。写复太太并三弟信。复凌霄信。明日，王厨子回永，带去上等好漆、茶叶、膏药等物。

四　十三日　晴

写扇面三个。午后，到锋多孟处一谈，振灾事。宇民约观剧。下晚，同暄远吃便饭。入夜，雨。

五　十四日　晴

写扇面。宇民来谈，吃午饭。午后，回拜窦环海。又访赵世勋，论振灾事。观剧。下晚，宇民约吃泰丰楼。夜半，雷雨一阵。

六 十五日 阴

写致若龄信。复宗荫南信。午后，壬三约观剧。下晚，吃泰丰楼。

七 十六日 阴

午后，观剧三小时。到永新园洗澡。写寄庆徵儿信，附寄庆善儿信。下晚，王动斋约吃天福堂。

八 十七日 晴

观剧。下晚，翰翔约吃全聚德。

九 十八日 阴

写扇。下晚，王致轩约吃福兴居。李文田约吃通商号。下晚，雨。接朱幼元来[信]，为公摊支应款也。

十 十九日 晴

写对扇。观剧。下晚，假东华公寓，为维新饯行。写复幼元信。复范先生信。购备时疫多药。明日，差修伙计回家，为急救时令症之用。

十一 廿日 晴

写对联多付。到电灯房，议税房契事。回路遇宇民，约同来寓吃饭。午后，到裴将军宅，一谈。遇河南李鸿伯，系王贵然主谋捣乱者，与之谈矿事，请其转圜，为王某某事，李亦慨然允为尽力。夜晚，回寓。

十二 廿一日 晴

接孔纯洁来信，言王某不日实行接矿云云。当即电告陆友梅知之，即将友梅之意，并函稿复纯洁，告以王之假托胡师名义，虚张声势，不足虑也。午后，与宇民商之。郭惟一代致顺德驻陕军第一师胡师长笠僧名景翼，并驻彰德之陕军邓旅长宝山，说明王贵然假托陕军名义，勾串陕军参谋郭仲隗，日前到武安县署干涉矿事，并扬言带队接矿云云，请予查办，并令饬军队随时保护等语。两信当由快邮寄去。到沈金门、陆慎斋两处道喜。李鸿伯约看戏。下晚，约叶剑星到斌陞楼吃饭。剑星与李鸿伯至好，主张为矿事调停者，又快信寄纯洁。

十三 廿二日 晴

写致孔纯洁一信。又复孟绍周一信。访公度，一谈。约李鸿伯同人观剧。下晚，王子刚约吃新丰楼。

十四 廿三日 晴

孔纯洁并矿上来信二件。张祖勋约在新丰楼午饭。观剧。下晚，陆荫楣约吃东华饭店。

十五 廿四日 阴

纯洁来信。写屏对。午后，到陆宅行吊。到永新洗澡。到东车站，内人六时半到京。下晚，温鹤仙约在泰丰楼吃饭。

十六 廿五日 阴

写复孔纯洁信。午后，冒雨到顾子良宅，畅谈。赵翔臣、刘子明在座。下晚，子良约吃撷英。

十七 廿六日 晴

鹤年约到正阳楼午饭。观剧。下晚，暄远约吃厚德福。

十八 廿七日 晴

午饭后，带内人、孩子们游北海，无甚可观处，归来甚倦。又[带](到)四儿到福寿堂，为孙宅拜寿。观昆剧。

十九 廿八日 晴

观剧。壬三约吃泰丰楼。同看电影。

廿 廿九日 晴

凌霄来谈，留吃午饭。观剧。壬三约吃正阳楼。

廿一 八月初一日 晴

代凌霄写复张静轩知事信。宇民电告胡笠僧复信，言王之假借名义，无自惊扰云云。

廿二 初二日 晴

早起，到电灯房。访薛总监，谈电灯房事。午后，到宇民处，为郭唯一道喜。下晚，居简斋约吃通商号。

廿三 初三日 晴

为恽公孚道喜。午后，观剧。下晚，约李鸿伯、宇民、凌霄吃便宜坊。访沙紫垣。为庆善儿寄美金六百元。

廿四 初四日 晴

写复孔纯洁信。复若龄外甥信。观剧。下晚，张叔达约吃撷英番菜。温聘卿、解伯光约吃天福堂。晤王月波、徐敬宜。

廿五 初五日 晴

凌霄来谈。写寄庆徵儿信。同凌霄到永新园洗澡。下晚,吴纯臣约吃新丰楼。冯厚权约吃惠丰堂。

廿六 初六日 晴

写致孔纯洁信,附胡德夫致邓宝珊信,请队驻矿事。写屏对多件。下晚,赵孟伦、阎力宣约吃济南春。接张农荪来信。

廿七 初七日 阴黑 早大雷雨一阵

写复纯洁信。为拟电灯房上警察厅文稿。以松坪总监面告,欲以私人资格,为了与电灯公司纠纷也。为荔孙夫人贺寿。

廿八 初八日 晴

写士杰颖屏对。到史宅送殡。后观剧。下晚,李少如约吃天和玉。到大观楼看电影。若龄来京。

廿九 初九日 晴

到电灯房看视。呈交通部立案稿。午后,壬三约观剧。下晚,子良约吃明湖春。

卅 初十日 晴

写扇面。观剧。下晚,李宝三约吃通商号。张俊如约吃天和玉。

十月一 十一日 晴

刘子明约在正阳楼午饭。观剧。篮谦寿日。

二 十二日 晴

午饭后,到大栅栏买物件。到大观楼晚饭。

三 十三日 晴

写致安凤山，荐刘全铭。约马桐轩、王动斋、增辑五晚饭。

四 十四日 晴

接纯洁来信。午后，同宇民访胡德夫，不值。到永新园洗澡。

五 十五日 晴 中秋节

午后，约桐轩、动斋、凤山来吃晚饭。

六 十六日 晴

约凤韶、凌霄观剧。下晚，吃正阳楼。

七 十七日 晴

观剧。人数寥寥。知市面银粮紧急也。

八 十八日 阴有风

凌霄来谈，留晚饭。

九 十九日 晴风

十 廿日 晴风 双十节

内人同篮谦、若龄游南海。

十一 廿一日 晴

内人带同若龄回家。文博亭约吃晚饭，贪吃菓子，致泻肚。

十二 廿二日 晴

到宗人府第二工厂看视。壬三约观剧。下晚，吃泰丰楼。

十三　廿三日　晴

写屏对。下晚,钟子年约吃饭。复纯洁信。致田芝芳信。

十四　廿四日　晴

写致方维新信,催其来京。写屏对多件。

十五　廿五日　晴

傅子如在寓约吃午饭。为聂伟臣太夫人祝寿。又为觐侯祝寿。访孔纯洁,谈矿事。约其到悦宾楼晚饭。

十六　廿六日　晴

早五时搭车,十二时到汉沽,过小河,到戴亦云同年家,行吊其太夫[人]也。

十七　廿七日　阴

十时,为亦云太夫人题主,礼成。午后五时,搭车,至八时到津,寓壬三宅。晤宇民、壬三,畅谈。宇民得蒙盐局长差。

十八　廿八日　晴

九时,快车回京。午后,写复田兰亭信、朱幼园信、孟松泉信。致方维新信,催其回京也。

十九　廿九日　晴

宇民约吃午饭。下晚,同凤韶到第一舞台,看义务戏。

二十　九月初一日　晴

写寄韩紫石省长信,为孟鹿苹、王沛说项也。复鹿苹一信。接方维新信,言不明了,当即作书,催其来京。为袁珏生太夫人祝寿。到电灯房。又与维新写信。到陆友梅宅午饭，纯洁在座，议矿事也。

廿一 初二日 晴

叶剑星约同凌霄、宇民，在老半斋午饭。饭后洗澡。下晚，约到西车站吃番菜。又张仲文约吃宝华楼。又访汤序五。与凤韶一谈。

廿二 初三日 阴

到电灯房会议。下晚，茹泽涵、唐企林约吃明湖会。

廿三 初四日 微阴

写致玉衡信。下晚，王云卿约吃致美斋。壬三、凤韶均来谈。是日午后，回拜法司铎司义方，不值。

廿四 初五日 晴

在寓，开京兆水灾华洋义振会。与公孚修定简章。下晚，同壬三游游园，遇凌霄。到正阳楼，小蓬作东也。

廿五 初六日 晴 有风

写对联。下晚，林健秋在寓约吃饭。

廿六 初七日 晴

廿七 初八日 晴

汪聘丞约吃晚饭。凤韶又约吃番菜。同往访袁迪安。

廿八 初九日 晴

同谦六、荔孙访李仪廷宅，看菊花。裴尧田约下晚到开明电影园观剧。

廿九　初十日　晴

访成竹山,一谈。下晚,钟子年约吃正阳楼。

卅　十一日　晴

壬三约到大观楼观杂剧。下晚,朱作舟约到正阳楼吃螃蟹,三毛六分一支,亦云贵矣。

十一月一　十三日　晴

为卢刚甫贺喜。访陈远亭,一谈。下晚,约远亭、谦六吃兴盛馆。

二　十四日　晴

午后,为任景丰夫人贺寿。访紫垣。为上海庆徽[儿]寄二百元,以庆善儿自日本来信,言三日到沪,须费用也。下晚,景丰约到同兴堂吃寿酒。入夜有风。

三　十五日　晴

写致韩紫石省长信,为汪锡珍、张庚生说项也。夜来,梦兵队与洋兵交战,地方焚烧,人民逃难情形。身当其境,尤为惶悚无措。此梦境也,而实受其害者可知甚矣,难为情也!写致郭鹤亭信,附致续赞臣信。陆友梅约吃番菜。

四　十六日　晴

李谦六约到又一村晚饭。

五　十七日　晴

德养源约到正阳楼早饭。饭后,中和园观剧。下晚,约养源、祝三、桐轩、动斋、仁山到悦宾楼晚饭。

六 十八日 晴

祝三约到福安楼午饭。到动斋处，闲谈。下晚，留晚饭。

七 十九日 晴 有风渐冷

写屏对。午后二时，到中央公园水榭，开京兆水灾华洋义振会。公推恽公孚与彝为理事，洋人为锋尔孟、林懋德。

八 廿日 晴

早五时半，到东站乘车，赴郎坊。九时，由郎坊乘车，午后一时半到家。内人甚好。下晚，到县署，晤白县长，畅谈。

九 廿一日 晴

县长来谈。赤文、竹青来看。

十 廿二日 晴

到赤文宅，行吊。午后，为钟宅题主。

十一 廿三日 晴

为钟宅送殡。下晚，到钟宅吃饭。

十二 廿四日 晴

早十时起身，午后三时到郎坊，四时乘车，下晚七时到京寓。庆善儿已来京，问美事。

十三 廿五日 晴

忆昨夜一梦，不识如何获咎一人，以针刺我背上，疼彻心脾。刺我之人，恍惚似李香圃，彼亦知我有义气，不忍刺我，又不得不刺，而含泪以刺之者。惊醒后，尚有馀疼焉。如此噩梦，颇资警觉。午后，到电灯房开股东会议。以方维新经理去后，屡招不来，无人负责，将何以善其后云云。正讨论间，方维新突至，当与其争论，前未经董事会准令辞职，何以捏称已准辞职等语。众股东倡言十五日开会，令维新将以往账目算清，再议整顿办法，众始散去。同訾凌霄到东安市场购画谱并零物，到东华饭店晚饭。

十四　廿八日　微阴

午后，同訾凌霄带庆善儿到永新园洗澡。到正阳楼吃羊肉。庆善到车站，接其由美来京友人鲍生，来寓暂住，乃夜间为煤气所熏，甚属危险，幸获安全。

十五　廿七日　阴

到电灯房开会。

十六　廿八日　晴

早五时，到车站。朱少农为起车票。六时开车，八时到郎坊，少憩起行。午后一时半到家。下晚，访县长，一谈。

十七　廿九日　晴

为朱赤文之父母题主。午饭后四时，赴解家务杨内兄家，内侄之长子于明日完婚也。

十八　卅日　晴

道喜。午后，同内人回家。

十九　十月初一日　晴

白县长来告，二弟追悔上年侮慢兄长之过，并令二弟来舍声明一切，此番经县长教训，二弟并庆常侄悔过，诚属家门之福。年来十数亲友、中人说合无结果者，今由县长数日训导之力，翻然改悔，可感孰甚焉！下晚，到赤文宅吃饭。

廿　初二日　晴

早十时起行，午后三时到郎坊，四时乘车，六时半到京。

廿一　初三日　晴

凌霄来谈，同出城，到劝业场第一楼买茶叶、零物。下晚，杜贯三、解仲光约吃天福堂。

廿二　初四日　晴

早十时，搭津浦车赴津，访壬三。乃壬三于早车来京。同凌霄到北大关吃羊肉馆。到福星公司一谈。搭晚车回京。由电话问知，壬三又返津矣。两不相值，亦巧矣哉！

廿三　初五日　大雪

午后，开水灾理事会。洋理事锋尔孟、穆林、恽公孚，商由穆林代表往恳史蒂芬，由红十字会拨给振款。到电灯房。股东会议准方维新辞去经理之职，公推徐恩元暂代经理，整理内部。对外则推定刘荔孙为临时主任。至银钱出入，须由股东会议公开，俟过三个月后再议办法。凌霄约到永新园洗澡。下晚，在福安楼吃饭，型叔亦到。田兰亭自大成公司来函，谓运煤到京价值。

廿四　初六日　晴

北风作，寒极，田间昨日之雪，已全吹散矣。写复兰亭信，谓北京之红煤贱于矿上之煤，运京销售殊不相宜云云。午后，访型叔，遇凌霄。到前门外买零物。

廿五 初七日 阴 有风

荔孙约到真光电影园观义务戏。

廿六 初八 阴

午后，为丹廷之太夫人题主。到丰泰照相。到松华买对联。同公度到鸿记小坐。下晚，钟子年约吃宝华楼。

廿七 初九日 晴

写寿对。十二时，冯公度约吃正阳楼。

廿八 初十日 晴

早五时，到东车站。八时到郎坊。午后二时，到坟地，痛哭先父，本日忌日也。入城到家，又祭祖先，竭诚致敬，礼应宜然。

廿九 十一日 晴

到县公署，谒白县长，畅谈。午后，为陶绍祥之父题主。内侄孙女杨树华嫁后归宁，来见。新婿邢在田，年少书生，教以向学作人之恳挚话。

卅 十二日 晴

访幼元，畅谈。会二弟出帖，下午请前者说合家事之亲友、中人。

十二月一 十三日 晴

上午九时起身，午后三时到郎坊，四时半搭车，六时半到京。带来常侄女仆一人。

二 十四日 晴

为张珍午先生行吊。晤李兰洲。李越凡昆玉来见。下晚，同到正阳楼吃羊肉。

三 十五日 晴

乐佑申以电灯房事起诉，致出传票，真无理取闹之甚者。正初殊未强以入股，如因章程未甚完备，伊系副经理，何以不为修正？今乃无端涉讼，殊不值也。亦悔之无及矣！同荔孙访蒋枚生，论诉讼事。约吃宣南春。到余戟门处贺寿。访朱型叔。到鸿记买衣料。接凌霄自云兴栈裕裢镇来函。写复孔纯洁、刘粹然信。

四 十六日 晴

写贺新懋银号对三付。到宝丰楼，约荔孙、枚生午饭。回寓，开理事会。同篮谦到头品香洗澡。吃小馆。到松华斋买寿对、纸墨。

五 十七日 晴

下晚，傅子如约吃饭。

六 十八日 晴

同凌霄洗澡。

七 十九日 晴

早十时，到西车站，赴保定。同车如吕燮甫、李叔芝，熟人甚多。午后五时，到保定，寓道尹公署。前道尹许东帆曾寓过两次，今则易陈寿山矣。访叔芝，一谈。又访凌霄。到巡阅使公署看戏。

八 廿日 晴

九时，为曹使拜寿。到张韵樵厅长处午饭。打麻雀，日以张继夜，甚疲困也。

九　廿一日　晴

早饭后，同慕唐洗澡。以张星桥介绍，访孙禹行节使，面恳保护武安煤矿事。禹行前在长春第三镇时，彝在长行府任内升任长春西南路兵备道，常相往来。叙起旧交，忻逢旧雨，颇极欢洽，慨然允予保护矿产，殊可感也。张夔元约到宴春园晚饭。饭后打牌八圈，回到道尹公署，大睡。

十　廿二日　晴

早八时，乘车回京。车上遇杨建章，汉阳兵工厂总办也。论述保定会议结果，曹使取与吴使一致行动。又论罗文干与孙、高两总长关系一案。此次高到保，闻有负屈之语。曹仍令其回部，不知曹使前电有查办之一语也，已辞职矣，岂能再回部耶？事前未加审慎，冒然通电，事后将进退两难矣。若罗案果确，虽系袒护曹、吴，其如卖国之罪，将得罪于国中后世，一死不足以蔽辜，黎总统之左右，又岂能抬手轻轻放过？两方面将有不能相让之势，大局何堪涉想！曹、吴虽欲保护罗、高，不可得矣。若谓罗案不确，国会弹劾案证据具在，且曹使通电言之历历可考，恐欲掩饰而不能。将来之结果，不知落到如何地步。此车上之私议，姑妄言之，姑妄听之可也。下午二时半，到京。约建章、海门、凌霄吃正阳楼。回寓早睡。

十一　廿三日　阴

孔纯洁自邯郸来访，讨论整理矿事。午后，到德医院，看视陈亲家太太产后医病也。到新懋银行，访冯厚铨。

十二　廿四日　阴雪

到花旗银行，借八百元，为还凤韶入股之款也。写八言对四付。写致保定张韵樵信，谢其关照也。荔孙约吃晚饭。

十三　廿五日　晴

到傅子如处，贺喜。友梅约在东华公寓午饭。座有纯洁、君屏。论大成矿事也。凌霄约到永新园洗澡。下晚，张南双约吃东方饭店。武彝亭约吃福兴居。

十四　廿六日　晴

写屏对多件。吴君屏、纯洁、凌霄来，谈矿事。留用午饭。下晚，朱型叔约吃西车站食堂。凌霄又约吃正阳楼。写致刘鹤龄信，为求其代恳驻津吉林官银号准缓两月期交两千欠款也。到开明，看浙江振务戏。

十五　廿七日　晴

为裴尧田贺寿。晤王懋轩、郭侗伯。下晚，文博亭约吃饭。

十六　廿八日　晴

写字。

十七　廿九日　晴

写匾对。

十八　十一月初一日　晴

写大字。下晚，为林炳华同和堂之宅贺寿。写致孙禹行节使，并张燕孙两信，为请队保护矿事也。接矿上来电，言王贵然有打架之举。下晚，到刘炳秋宅吃饭，接宅中电话，言来两电，言王贵然带匪，于今早四时抢矿，枪毙矿工一人，受伤者数人，将矿强占云云。当到第一旅馆，晤凌霄、纯洁，讨论矿上善后办法。催纯洁即刻乘车回邯郸，并致孙禹行节使，请其派队，或代请胡师附近军队往剿等语。回寓后，接张燕荪自大名来函，言燕孙节使代筹派队护矿各事。当拟电致孙使，言顷发电后，接燕兄函，知承代筹派队保矿事，甚感。驻队一连，每月津贴当照办。昨电眉急，请速援云云。又写致纯洁信，请其与孙使接洽驻队各事。又占一牙牌数，得中下、下下、上上一课，先忧后喜，料应无妨，若履虎尾，先忧后喜，不入虎穴，焉得虎子。评曰："一纸官文火急催，奉行员役迅如雷。虽然目下多惊恐，保尔平安去复回。"并以此课语，附入致纯洁函内。

十九　初二日　晴

发寄纯洁信。发电魏如九，来交锦县地租，并上年欠租一千五百元。凌霄及矿上来人，报告王贵然抢矿事，与来电无异。今晚即回邯郸矣。出城，访郎寅东，请其到正阳楼吃饭。接粹然自矿上来信，言初一王某抢矿，即时报告武安县署，当派李队官带警前来弹压。王已全数退去，只可留队七名暂维秩序，失去快枪七支，馀有损失有限云云。牙牌数之灵应，洵可喜也。

廿　初三日　晴

写致吉林马纶阁、王百川两信。访冯公度。牟济东约吃正阳楼。饭后，公度约到西升平洗澡。

廿一　初四日

晚，写复刘粹然信，知矿上已有邯郸保卫队二十名驻扎，照常工作矣。致孔纯洁信。

廿二　初五日　晴有风　冬至

下晚，同荔孙约王劲文在斌陞楼吃饭。型叔又约到泰丰楼晚饭。闻津福星公司失慎。

廿三　初六日　晴

十时赴津，为张燮元贺喜。到福星面粉公司，[看]火后情状。到良谟协理处，遇鹤龄总经理，询知公司失[慎](情)情形，知保险公司已承认赔款，当无甚损失也。下晚六时半，搭津浦车，回京已十时半矣。回寓。接凌霄、纯洁信。

廿四　初七日　晴

写复凌霄、纯洁各信。庆善儿忽吐血数口，当系积热瘀血所致，服凉血药，渐好。李鼎臣、张南双、白聘之来访。

廿五　初八日　晴

写致刘绶卿信。带四儿、德立孙、七儿到华乐看戏。伯才约吃杏花春。

廿六　初九日　晴

接纯洁来信，言见孙使，已与胡师商定拨队一连驻矿矣。复纯洁信，附入致凌霄函内。下午，又接凌霄、纯洁、粹然各信。又凌霄快信，当复凌霄一信，附入复纯洁函内。孙禹行来复信一件。

廿七　初十日　晴

张俊如下晚约吃天和玉。

廿八　十一日　晴

上午，约王诵卿、刘民俊、如鹤年吃正阳楼。下晚，约何岫斋、张叔达、叶剑星，为烦岫斋代向河南张督理、张省长说项，惩处王贵然也。

廿九　十二日　晴

上午，到剑星处便饭。上张督理、张省长呈文，交岫斋代递也。

卅　十三日　晴　甚冷

写大字匾额。观剧。

卅一　十四日　晴　新历年终

读报纸，丁锦通电国际共管之说，为之悚然。

中华民国十二年

民国十二年一月一　[十二月]十五日　晴　风甚冷

带庆善到永新园澡堂洗澡。为陈亮伯写寿屏一幅。前往贺寿，留用晚饭。庆徵儿来信，报告身体强壮、功课亦好。亦好！

二　十六日　晴

写屏对。接纯洁信、凌霄来信，报告在武安与张知事交涉，催缉王贵然情形。当各复一信付邮。

三　十七日　晴

写屏对。写致程松山信，为赵吉安求差使。下午，壬三约到华乐观剧。下晚，鹤年约吃致美斋。饭后，到西升平洗澡。接凌霄自武安来信，当写信复之。

四　十八日　晴

写致凤韶亲家信。

五　十九日　晴

到新懋银号，借三百元。到车站，同剑星赴保定。下午五时，到保定督署下榻。交际处处长吴伯熙，招待甚好。下晚，到王兰亭秘书长处贺寿，告以为矿事来此，请予维持云云。又到张韵樵处，详谈一切。

六 廿日 晴

同剑星谒仲珊节使，详言矿事被害情形，并将訾经理呈文说明。仲帅详加批览，允为照办。留用午饭。旧雨情殷，仲帅之不染军阀习气，殊可感佩。谈至三小时辞出。到韵樵处，一谈。同剑星赴车站，搭车回京。下晚七时半到京。到正阳楼饭后回寓。致凌霄信。

七 廿一日 晴

致纯洁信。午后，带孩子们看戏。到正阳楼吃饭。[致](到)韵樵一信。

八 廿二日 晴

写致凌霄信。到裴尧田处，一谈。下晚，到明湖春吃饭，壬三作东也。

九 廿三日 晴

写致纯洁、凌霄信。写复绶卿信。上午，宇民约吃撷英番菜馆。访班伯，一谈。下晚，接纯洁、凌霄两信，当即写信复之。

十 廿四日 晴

写致天津实业厅于馥岑信，为邯郸面粉公司怡丰字号请速报部立案事。

十一 廿五日 晴

公度约吃正阳楼。下晚，诵卿约在济南春吃饭。

十二 廿六日 晴

纯洁来快信，言到矿整理警务，以防王匪再扰云云。上午，约林仙洲、茹泽涵、郑翔廷、王殿青到正阳楼吃饭。饭后观剧。

十三　廿七日　晴

纯洁又来信，即并写一信复之。复朱实君信。

十四　廿八日　阴

到项仲坚处行吊。上午，约公度、世勋、班伯吃正阳楼。下晚，带同眷属又吃正阳楼。

十五　廿九日　晴

接纯洁信，又接凌霄信。即写信复之。

十六　卅日　晴

十七　十二月初一日　晴

访林仙洲。苏玉书约到致美斋吃饭，三喇嘛在座。饭后，访叶剑星。写致何岫斋信。又致王兰亭信。访朱型叔，适遇訾凌霄在座，畅叙矿上情形，与武安县交涉各事。

十八　初二日　晴

水灾义振会议。凌霄、剑星来谈。代剑星致何岫斋信。下晚，董垲约在西车站吃番菜。王义堂约在柳园吃饭。

十九　初三日　阴

李谦六、李文田、包丹廷来访。留吃午饭。同丹廷访杨子玉，一谭。

二十　初四日　晴

为班伯世兄过通信礼，在德兴堂午饭。饭后，同凌霄在西升平洗澡。

廿一　初五日　晴　有风甚冷

东车站王段长殿青约吃正阳楼，座有郑翔廷、孙旅长秀峰。下晚，胡吁门约吃饭。张燕孙来访。

廿二　初六日　晴

纯洁来信，写信复之。致如九信，嘱其到长春与仙洲接洽，取长岭地租。寄朱兑山信，附于厅长函。午后，访刘砥泉，又同访恽公孚，会商水灾振务事。到新懋银号，取银元三百元，为庆徽儿寄一百五十元。下晚，约张燕[孙]、赵瀛洲、叶剑星、訾凌霄吃致美斋。

廿三　初七日　晴

写屏对。下晚，燕孙约吃瑞记。

廿四　初八日　晴

凌霄约吃正阳楼。

廿五　初九日　晴

写匾对。曹仲帅来信。

廿六　初十日　晴

开振灾委员会。各干事出发九县，计支配振款一万八千八百元。下晚，刘致斋、李扆臣约在西车站食堂吃饭。

廿七　十一日　晴

写复曹仲帅信，申言河南张实业厅袒庇王贵然，并请派队护矿也。公司上农商部呈文。下晚，到鲤门处，一谈。

廿八 十二日 晴

朱赤文同实君来谈。到牟济东处，为其女公子送妆。到华乐观剧。下晚，到泰丰楼吃饭。

廿九 十三日 晴

到班伯处道喜。又到牟济东处道喜，大媒应尔也。下晚，在泰丰楼，约潘佩卿、蒋枚生、陈寿山吃饭。

卅 十四日 晴

早访刘仲鲁、林健秋，谈矿事也。同壬三观剧。下晚，董兰泉约吃泰丰楼。又到致美斋，晤剑星、凌霄。三儿庆徵由沪来京。

卅一 十五日 晴

为李吉甫贺寿。访王兰亭，不值。访剑星，一谈。同凌霄观剧。下晚，李润田、文田约吃通商号。回宅，知妾室八钟零十分戌时也生子，一喜也；又接纯洁自邯郸来信，言孙司令派队护矿，一喜也。花甲一周，有子四人，家门之庆也，子孙满堂，天伦之乐，无逾于此。

二月一 十六日 晴

为高焕辰贺喜。访武文卿，不值。访型叔。凌霄亦来谈。复纯洁信。复耿华林信。

二 十七日 晴

写致谢孙禹行、张燕荪两信。凌霄来谈。初生儿洗三之期，备喜面以供客，循俗例也。下晚，曹联鹏约吃斌陞楼。风韶亲家来信。

三 十八日 晴

同凌霄、少如在永新园洗澡。下晚，到泰丰楼吃饭。

四　十九日　晴

郎坊孙秀峰旅长，同苗雨村团长、王晋臣站长、郑翔廷段长来京，约到正阳楼早饭。饭后，约其到华乐园观剧。到京兆教育会。开永定河河防水利联合会，刘砥泉发起也。下晚，成祝三约吃厚德福西记。报载京汉路工人罢工。

五　廿日　晴　丑时立春

写屏对。赵世勋由京东看视振灾事宜，回京言三河、香河灾情甚轻云云。写复宋守志一信，言两次收到一百五十元，当代寄永清矣。又致张韵樵一信，附代拟信稿。

六　廿一日　晴

写屏对多件。裴尧田将军由电话告知，张孝达自河南来电，言京汉通车，即同何岫斋共四人来京，调停大成煤矿公司纠葛事。访型叔，并晤凌霄，言矿事。

七　廿二日　晴

早十时，搭津浦车赴津。为齐老太太拜寿。与振岩省长一谈。下晚，搭快车，同黄暄远回京。

八　廿三日　阴

上午十一时，到电灯房，会商事件。到东来顺吃饭。下晚，同凌霄约友梅、型叔、枚生、剑星，在泰丰楼吃饭，为讨论对待河南来人调解煤矿事宜。魏如九自长春来信，言仙洲日内带地租款来京云云。

九　廿四日　晴风

到电灯房。晤宝枢。到裴尧田处，闲谈，留吃晚饭。

十 廿五日 晴

写屏对。下晚，小蓬、凌霄来谈。

十一 廿六日 晴

早，访李吉甫，吃午饭。逯景新约到泰丰楼吃饭。到第一楼看育化会戏剧，以王又宸、陈德霖、程艳秋之《四郎探母》，余叔岩之《盗宗卷》为可观，尤以《霸王别姬》杨小楼、梅兰芳，有声有色，悲壮淋漓，可为空前绝后之作。艺至此，叹观止矣！

十二 廿七日 晴

同凌霄到清华池洗澡。到何霭臣宅晚饭。

十三 廿八日 晴

到前门外买物件。下晚，在大观楼吃饭。

十四 廿九日 晴

到东安市场，买《唐史演义》、《国民快览》。

十五 卅日 晴

早起，到前门外买零物。清理应还各债务。

代拟訾云岫呈曹巡帅文

是为呈请事。窃前以大成煤矿公司被王贵然纠匪强抢，枪毙矿丁，俵分财物一案，呈请转令河南军民两长，饬令武安县缉凶法办等情。当蒙电饬查明，依法惩治，极征大帅维持实业之盛意，在矿同人感

德何极！兹据公司董事会、董事长孟○○报告，接奉帅函，并附

抄张督理呈覆文件，在张督理令饬厅县查明核办，实在已尽心力，可感之至。惟厅县袒庇王贵然，对于本案王贵然之违反契约，抢矿毙命，关乎民事、刑事，前后两起，真实情由俱不提议，仅以似是而非之词笼统声覆，并请令矿上停工，施其狠毒奸计，其为有意朦蔽张督理也显然可见，谨为一一辨明，上渎
钧聪。

一，武安县覆称〇〇再行启封等情。云岫以为矿事纠葛，先在邯郸县涉讼，王贵然知其诈取矿照理亏，央人和解，立有契约，事后反覆。经云岫到汴交涉，蒙张省长谕令，议员李仲安、司华吾调解，订立契约四纸，双方签字盖章，呈明张省长及实业厅各契约一纸备案，不得谓之积讼连年调处，迄未解决也。王贵然两次反覆之后，张省长未能制止。云岫乃不得不在武安县依法投诉。王贵然恃为省署咨议，迄不到案。云岫委有代表，在县等候经年。该知事未经一讯，何以知代表之不负责耶？此仅就民事诉讼言之也。王贵然抢矿毙命，另为刑事重案，该知事何以不依法缉凶惩办？乃言不得不先从根本制裁，以为解决问题。请问民事诉讼，王贵然果已理服其所犯之命盗重案，即可不问耶？前者云岫到县，该知事一再招饮，又经派人求和命案，云岫严词拒绝，言命盗重案，难以私和。该知事羞恼成怒，故有将该矿先行停工之请。殊不知上年农商部有饬令实业厅转令武安县，言诉讼案由法厅解决，不得令矿上停工。案牍具在，该知事乃敢反抗部令，肆其毒计。又矿上工作，皆系股东巨万血本经营数年而成者，若令停工，水即满矿，十数万之血本顷刻立尽。王贵然反约抢矿，其私心即为阻止工作，破坏我血本也。该知事与彼一气，为之声请，至矿上之损失，其能负赔偿之责耶？况矿上工作与该县判案何干！其为有心朦蔽，毫无疑义。

一，据实业厅覆称：查该矿〇〇集讯判结等情，云岫以为，该厅既有上年之双方契约存案，若欲根本解决，即令王贵然之不反

约，一言以决之而已。至王贵然之所犯命盗重案，自有法律在，与矿上工作无干。该厅于此案明明白白，故作欺饰之语，与武安县串通一气，拟饬停工，忍心害理，摧残实业，更何以解违背部令之咎耶？初次抢矿，该县知事不为周办，何令在县居留，故王贵然又有二次抢矿之风说。该县既不为之保护，而股东多系邯郸县士商，为自卫计，势不得不请民团保守，岂敢言抵制耶？总之，此案之如何纠葛，其初王贵然反邯郸县之约，经张省长咨请直隶曹省长查覆所有，曹省长咨覆之文牍具在也，后经张省长谕令李、司两议员调解订立契约，省公署亦有案可稽。铁案如山，万难移动。张省长果能有主持公道，以此两约为断，早已解此纠纷，出此命盗重案，迄未令该县依法惩办，王贵然之敢于犯法，有所恃也。云岫、矿商属在省长、厅县保护之下，万不敢有诬蔑长官之语，自昧天良。既蒙张督理明镜高悬，不为该厅县所蒙蔽，且以所有滋事各节关系刑事范围，未便委员办理，仍严令该知事勒传集讯，早日判结，免再滋事等因。奉此，用敢不避

威严，将此案实在理由一一陈明，伏乞

俯赐令行。张督理查核即知该厅县欺朦之点，严予申饬，并转饬厅县依法办理，则矿商感戴

仁施永永无极矣。

上曹巡阅使函稿正月初二

献岁发春，忽奉

惠翰，浣诵再三，忻感无已。大成煤矿公司事，深承

鼎力维持。其张督办复书饬县依法办理，亦已极荷费神，可感之至。惟该厅县袒庇王贵然，串通一气，其容心朦蔽张督理，罪固难绾，其伤天害理，置命盗重案于不顾。谚云：“一世为官，十世打砖。”岂能逃此报应耶？訾云岫再上一呈，辩明真实确情，仍乞

推情令行。张督理转令该厅县依法办理，并切实保护矿务，至为感祷。日前裴尧田将军交到一电文，曰："北京报子胡同裴将军尧田、胡议长象三鉴：武安大成煤矿讼案，须谋根本解决，永保和平，务希转致孟秉初暨叶、訾两公，暂作海涵，俟路通，弟等即联袂赴京，随公作最后之调处，必能令訾君安心营业，不复受他人干涉。学钧、霁峰、聘三、孝彝叩感。"电内学钧李姓，省署秘书长，人呼之为二省长，为王贵然之主谋者，上年被冯督军指为五凶之一，严拿未获。霁峰何姓，上年在京为张省长运动事务者。聘三李姓，武安人，与王贵然同党。孝彝，张省长之子也。王贵然之行为不法，出此重案，知与省长有关。将来水落石出，必有不了之一日，故电求裴将军、胡议长如此，此足证明王贵然之无理胡为，公司之被屈实甚也。现值旧历年节，该四调人尚未到京。倘到来后，以公理调解，果能令公司安心营业，未始不可和平解决。但王之命盗重案，不识该县知事何法可以消弭也。属在历系，谨此布
闻，并乞
转至张督理细绎电文，当释然于此案之真实确情也。

上曹使函初十

大帅伟鉴：敬肃者，日前趋诣
崇阶，详陈大成煤矿公司实在被屈，河南厅县与王贵然匪徒串通，朦蔽六情。深蒙
洞烛彼等奸谋，
慨允专派副官长赴汴查办，行使职权，撤换不办命盗案之县知事，并派一队护矿，以保无虞，极征
维持实业之至意。而武安亦幸去此虐民之官，此诚地方人民之福，感

德其有极耶！昨接矿上来函，言该县知事以訾云岫控其不办命盗重案，日日声言派差封矿，以泄其私忿，致矿上人心惊惶，不得安心工作。在矿上之盼援救，有如大旱之望云霓。既蒙
允派一队前往保护，敢乞
速赐令派到矿，以安人心。〇〇已函知邯郸股东保卫团总孔宪瀓在邯招待，并希
谕知派往之队官知照是荷。谨肃申谢，敬颂
勋绥，统准
垂察

武安大成煤矿公司董事长孟
股东代表刘彭寿、叶云表

致曹巡阅使信

仲珊三哥巡帅伟鉴：前者到保，趋承
钧教，厚扰　邮府，心感之私，莫可言喻。彝现在无事可作，满望经理矿业以谋生计，奈因王贵然屡次搅扰，迄未得安心工作。幸蒙
鼎力援助，为之电达河南两长，饬队保护，并饬县依法办理。
云天高义，没齿难忘。顷复奉到
惠书，以张督理电复，据张实业厅长称两造争讼已久，纠葛甚多，俟武安县查复后详情若何，再行电禀等情。诵悉之馀，仰见
关爱之至意。伏查此案，前已由訾云岫具呈声明申明，自经张省长派员议结之后，已无纠葛，为之处理完结。王贵然到河南后竟致反覆，经訾云岫经理往见河南张省长，声明王贵然反覆各节。蒙张省长谕，令国会议员李仲安，省议会议员司华吾调解，双方订立契约，盖章签字，具呈省长公署及实业厅备案。此本无纠葛者也。乃王贵然恃为省长咨议，竟反覆已订之契约，皆因省长公署

李洪伯秘书长，人称之为二省长者，垂涎此矿，为之主持，以致实业厅及武安县皆不得不为之偏袒。当经訾云岫呈明实业厅，批令到武安县诉讼，王贵然抗不到案，以至案悬至今。此实业厅所称“争讼已久，纠葛甚多”两语，皆袒庇王贵然之语也。前此讼案与今此命盗重案系属两事，该县知事皆不依法办理，此公司被屈之甚也。我哥处理军国重务何等忧劳，弟宁敢以私人琐事冒渎

聪听？惟弟以此矿为生计所关，且膺公司董事长之任，深荷厚爱，不得不据实以

闻，请求援手。矿上自被抢后，人心皇皇，武安县知事袒庇王匪，又有二次抢矿之风说，河南又无可求之兵队以资保护。公司煤矿在邯郸左近，敢请

饬令冀南孙镇守使派队二三十名就近保护，俾得进行工作，则感戴

仁施无既极矣。专此冒渎，尚希

亮察。敬颂

勋绥

煤矿公司呈为被匪徒王贵然聚众明抢、枪毙矿丁一案，业经云岫呈明

帅鉴，请饬河南军民两长派队保护，并饬县依法缉凶惩办在案（王贵然为河南省长公署咨议），理宜静候，曷敢再渎？惟实业厅及武安县知事皆为之袒庇，如此命盗重案至今不办。矿上自被抢后，人心皇皇，武安县张知事因畏王贵然为省长公署咨议，不敢依法惩办。云岫到县数次面请缉凶法办，该知事延置不理，反敢违法派人为之私和命案。当经以法理拒之，不意县城中又传出王贵然将有二次抢矿之风说，并有不久饬矿停工之谣言，以致矿上愈起惶恐，不得照常工作。如此，损失更不可测。河南行政司法黑暗已极。无奈，拟恳

巡帅电饬煤矿左近之冀南孙镇守使派兵三四十名，随时保护，俾矿上得以进行工作，则
大帅维持实业之盛德，将永感不忘，即附近地方人民亦同戴
仁施于无既矣。此呈
直鲁豫巡阅使

孟 河南大成煤矿公司总经理
訾 大成煤矿公司董事会董事长

致天利农林公司

天利农林公司执事台鉴：敬启者，鄙人前入股本六千元，曾领得股票折，并取息折为据。民国五年，有世好友人言微言及欲创办公司，同鄙人所有公司股票折及取息折印刷工作甚好，拟借用一观，以便仿作。鄙人以系世好，并当时有王君乃斌、言君敦源在旁作为证人，遂即借去。不意言微一去不返，年来竟不交还，其诈欺无信已可概见。恐其在外有以此项股折招摇借债作押情事，特此声明作废，另请换给新股折息股收执，如将来有以鄙人前项股折息折，到贵公司询问者，即以鄙人之柬函答复之。无论如何，有鄙人负责也。

此布。顺颂
时祉

庆馀堂拜启

茹泽涵代致长岭县署函

敬启者：友人孟〇〇，前在吉林时，曾以庆馀堂名义，向天利农林公司入股本六千元，取有股折及息折全份为据。迨去吉寓津时，有世好言微到寓，言及欲创办公司，拟借所藏股折及息折一阅，

以使仿作。秉初以为与之系世好,当时在旁有王君乃斌、言君敦源作证,遂借与一用。不意一去之后,杳如黄鹤,竟不交还。其诈欺无信,已可概见。秉初恐其在外有以此项股折息折招摇借债抵押情事,前已向公司去函,声明前项股折息折作废,另换新折,由公司备案矣。顷与秉初闲谈,恳托代为致意执事。如有以此事到尊处探询者,请即以此意代为答复之可也。

致大名道尹张燕荪函

燕荪仁兄道尹台鉴:日前在保接晤
光仪,备承
关爱,允与于禹行节使前为之介绍,当于是日下午趋访,蒙禹行军门格外优待,当将矿事略为说明,即荷慨允饬队保护,甚感甚感!现在矿事正在开采,乃王贵然搅扰不安,实则恃省公署秘书长李洪伯为内援,外则倚张五大人为护符。县知事明知公司之被[屈]而无可如何。敬将公司办矿始末情事,开具节略,送请
察核,并请
费神,转求禹行节使速予指派军队就近保护,俾便工作,至为感祷。现在委托公司监察员孔纯洁趋诣
崇阶,面请
指教,并令其与禹行节使接洽如何指派军队。矿上房屋甚多,可以驻队也。至王贵然为金丹大制造家,上年被罚巨款有案,请讯之孔君,当知其底细也。专此布恳,顺颂
勋绥

致孙禹行节使函壬戌十一月初一

禹行仁兄节使台鉴:日前在保得逢

旧雨，并挹
高风。所有敝公司矿事已经面陈，当承
慨允派队护卫，感幸之私莫可名状。兹将敝公司办矿情形，开具节略，陈请
察核，即知屡次之被屈之由来也。现正在开采之际，王贵然搅扰不安，内有河南公署秘书长李洪伯为内援，外则倚恃武安收税委员张五大人为护符，县知事明知公司之委屈而无可如何。兹由公司股东监察员孔宪濈趋谒
崇辕，仰照
指教，并接洽执事允赐予饬军队保护之事。敝公司有驻队房屋，一切均便，惟
军门之命是听。恃
爱奉恳，尚希
鉴原。敬颂
勋绥，统惟
亮照。不宣

为呈请事。窃以东安市场电灯房一所，所有计画经过及电灯房建筑，并限制办法，均经遵照厅区指示各点，分别承报建筑，并呈请开办各节，业蒙
钧署批准在案。查本电房权限之规定，不得引线外出。惟上年放光之初，东临宪兵司令部派兵到来，声言华商电灯公司之电昏暗，立令为之通电。迫不得已与之通电，非欲牟此利也。该华商电灯公司亦知此情形。本电灯房亟欲退出此电，拟就令知该公司接通该司令部之电，俾全本电灯房之信用。再市场内各商号之电灯，前经呈准，均用电灯房之电，并乞
令知该公司退出，俾该公司与本电灯房之限制，两无侵越，永免争执。本电灯房历蒙

贵厅仁施，用敢烦渎，特乞
维持，感且无既。此呈
京师警察厅

代拟刘仲鲁致张实业厅长函稿

兹恳者：敝同乡訾君云岫，充大成煤矿公司总经理，被王贵然纠众抢矿，枪毙矿丁一案，曾由该公司董事会呈报，并经该总经理呈请贵厅，饬令武安县知事依法缉凶惩办等情，想执事均已表其梗概矣。据该公司总经理及在京股东董事会，均谓公司之纠葛，上年蒙张省长谕令国会议员李仲安、省会议员司华吾调处了结，订立契约，双方签字盖章，计立契约四份，分呈省长公署及贵厅备案，双方各执一份。此铁案如山，各宜遵守，从此可无争讼，永免纠葛矣。不谓王贵然恃为省署咨议，并有号称二省长之李洪伯秘书长垂涎此矿，为之鼓动，扰害该公司矿物。訾经理不得不在武安县起诉，而延阁至今竟未判决。而王贵然强暴不法，胆敢纠众抢矿，枪毙矿丁，经公司报案，县知事竟不为之缉凶法办，且派人到訾经理处调停，欲令私和命案。其胆敢违法有如是者。前之讼案，该知事若据契约判断，早已解决，此一事也。今之纠众抢矿，枪毙矿丁，此又一事也。万不能以此命案牵强谓与讼案相连。讼案自讼案，命案自命案，此万不得牵混者也。该县知事不为法办，是必畏王某与李秘书长之势，或被运动而故为袒庇也。公司股东多系同乡士绅至好，皆谓被此冤抑，必求法理伸张，终必有天日之一日。此其大略也。愚以为
执事主管实业机关，必能主张公道。倘王某摧残矿业，执事当能秉公处置，万不可稍徇王某及李秘书之意，自入漩涡之中，将来该事之归农商部、法部主持办理，王某当为不了之局也。万望
执事慎重将事。现在贵厅处分此案意见若何，并希示复，俾得转

告公司同人。是为至祷。

石山站庆增祥孟绍周

恩宪中堂钧座:敬禀者,客腊曾肃才禀,叩贺
年禧。旋于二十八日奉委署理吉林西南路道,又经电禀除夕北行,今正初一接任等情,极蒙
聪鉴。比维
昆祺日丽,履福春和。翘企
龙门,莫名凫颂。署道莅长视事一两月于兹,此地当三省之会,介两强之间,一切内政外交极形严重,又值发疫疠为患,尤觉时局堪虞。谨就两月来办事情形,缕陈一二,用纾尘怀。当署道履任之时,正疫灾盛行之际(按:下阙)

大帅钧座:敬禀者,吉林火灾之后,继以水灾,闻日前吉垣有抢米之案,江省呼兰府几成泽国,遍野鸿嗷。我
宪巡阅之举,似可稍缓。以两省正办振抚,事务纷烦,我
宪如值此巡行,两省绅民之吁请,必至应接不暇,岂遑调查他项事件。至韩司使来吉之行,正宜饬令从速。旧任邓司使在吉已无信用,亦无心勉强从事,要政岂堪久日延阁?故韩司使早到一日,凡事乃有主张。职道愚昧之见,是否有当,伏候
钧裁。再职道处有不能已于言,为
宪台谆谕案陈者数事。

《吉林税捐章程》急宜修改,现行章程除烟酒禾税外,有七四九厘捐营业附加税。一省不能统一,即一厅亦不能统一,如长春之七四厘捐,英太古糖不纳捐,老晋隆洋行货物不纳捐,日本之三井行货物独令纳捐。营业附加税已颁行数年,长春于上年奉准改定章程,与他城有别。去冬,李前道以日人干涉,禀请修正。蒙

前督宪锡批示，营业税系向坐贾抽收，并不指货征捐，外务部咨复有案等语。长春之七四厘捐营业税，皆系指货征捐者，正与外务部咨复之意违背。外国人以为七四厘捐与营业税，虽不加捐税于外国人，而指外国之货缴捐，则货物必以贵而滞销，以为有背条约。七四厘捐，已交涉数年，迄未解决。营业税自李前道禀请改后，职道到任后，日俄两领事哓之不已，按之税章，究欠完善，亦屡经声请修正，曾经批准定一全省统一税率，以免外人藉口。二月间，职道禀请令长春府何守晋省参预改定捐章，并由度支司征集全省税员会议，爰定由各商卖货钱上纳捐，此兼资本金，并所获之利钱皆上捐也，统名之营业税，再加地方附加税，入款必较往时增多。在商民以为统一税率，免去烦杂等费，亦皆无从，乃迟延至今，迄未颁行，徒令外人纷纷訾议，环相要求，且至愈激愈烈，虽内地行政外人不得干涉，而现行章程实有予人以置喙之处，即难免横生阻挠。况一修改则多得利益，何乐而不为耶？必待外交国与外务部交涉，迫令修改始为改正，丧失主权，贻笑外人，曷若及早自为改变？中外势力果能平均相等，凡事尚须以理出之，势力既不如人，乃徒令外交官以强词夺理对待外人，无理之强硬，曷坚持到底也？东省盐法，本来一税之外，任其所之，极为平易惠善，自前将军增变章之后，弊端滋出。近来奉省盐务总局名为统一东三省，其实吉林之盐贵于奉天一倍，如长春界边与奉天怀德县接壤，长春附近怀德民人到怀德卖粮之便购买盐店有官票之盐回家食之，即谓之私盐，查出即须加捐一倍，岂得谓之平均？现在熊司使统筹全局，当也有以变通而整齐之。

司法行政之分权，固为新政所宜先，惟必须先行躬察地方情形，徐与改变，方有进步。近来司法长官以为各地方多设审判厅，即为尽职，不顾事之扞格与否，径恃而直行之，以故法多不明法律之人，即有讲新法律者，亦与百姓格格不相入。如虑旧日宵吏之压制百姓，只在随时考察，改换慈明之官吏为之，以福吾民足矣。乃有一班语音不清，不能听断之官吏，以为请设审判厅，可以掩己之拙。司法长官且喜其行新政也，而百姓苦矣。故已设之审判厅，多无底款，且较前压案更多，如此倒行逆施，告之者氓，何所控诉，徒为地方多一筹款为难之具，行政官与百姓多一层隔膜。父母斯民之义，居然有名无实矣。如法官以为审判厅能收回治外法权，尤属呓语。更有极不可解者，长春地面东辖二百数十里，前年于二百三十里之大房身地方，分设德惠县治，彼处百姓可以得所矣，乃此新设之官，只办巡警、学堂两事，所有诉讼各事，仍须赴长春地方审判厅。事无有谬于此者。只办学，只由劝学所派一视学员可矣。如重巡警，只派一警事员往办可矣，何须美其名设一县治，徒靡廉费，百姓更不得便利耶？

哈埠李道家鏊，深通俄语，闻其前在海参崴办交涉有声，在奉数年，亦以抗直闻于时，此次到哈之先，人皆仰望之，乃近据探访报告，及访之自哈来者，则李道之前后判若两人，到任后以俄之《远东机关报》主笔连梦琴为谋主，以俄之铁路公司翻译朱翊臣办外交，唯诸从事毫无主张，前有提讯妓女银福之案，为之强予择配，全埠哗然。滨江厅林丞世瀚广东人人尚明白，见该道行为，颇不愿与之共事。自本月初一日到小城子随抚帅晋省，必当尽情密告，并闻其有望辞厅任之信。又俄兵在蒙古地方拿获蒙古打猎之蒙古人多名，俄官商之李道，该道并不能与之争论，为之说明，任令俄官将蒙人羁押，果如是，则李道之非真外交家也可知。久之，必非滨江之福。人言藉藉，未必无因。应请宪
台派员密查核办，以示慎重地方之道。职道夙荷
知遇，深盼我
宪此次旌节重来，严厉进行，凡百事毕举，为国家增光荣，为民人谋幸福。故敢进此切直之言，为土壤细流之助。其实为东省大

局起见，决非敢挟有阴私攻人之短，如查李道事，果真查出其不能治事等情，骤然更代，似亦非计，以哈埠为外人注目之地，一更代则内政许多亏损也。东三省地方官之不能久于其任，实属极大弊故，惟宪台熟筹，不翻交之。如吉林双城府，本来知府已四易人，榆树厅三易官，其他各城三易、两易官者尚多，诚非地方之福。如果察其勤政爱民，有益地方之官，应令久任其地，一切政事方能与民进化。吉林该等地方官之真能勤政爱民者不多覯。查有可与论治者，吉林高等检察厅长、候补道史菡，执持真理，不随流俗。交卸长春地方审判长、候补知县苏鼎铭，条理细密，听断勤能，人亦老练可靠，为好地方官之选，如派充哈埠道署清理积案委员，必可异常得力。候补知县由升堂在长春府属一带充清乡局委员，疾恶如仇，民怀其德，其人诚实不欺，才长听断，亦一良吏，以充监查员。惟认理过真，到处与地方官不合，经其禀撤德惠县官令及警务长各长官皆不直之，该令亦不求知于长官，直道而行，反致闲散差使，殊为可惜。署榆树厅任双阳县安令颐元，人极明敏，微嫌稍刻，具听断之才，办理新政，尚能振作。若奉天之候补知县费光国、李荣庆，人皆明白，亦长听断，皆可为良有司、好地方官，不宜久置之于省垣差次也。奉天候补知府殷鸿寿，亦可为好地方官，前有矜躁两字小疵，现又磨历数年，大有可用。人才不易得，不过举其所知者。惟乞
宪台酌量录用。若夫江省之民政司小濂，固知江省大局，力果心精，敢负责任，大用才也。旷览人才，皆非其攸。再长春十九、二十两日大雨，农田亦多损失，城内赶筑马蝗之事，已经督饬绅商开会集议，职道莅会决议，借款兴修，现已招收奉天清我公司工程司，到长勘估，约须银十万馀两，总期本年冬前筑齐。所有一切事宜，另当详报。

无已，请献一最下之策，以救李道之失。职道上年在双城府任时，因案到哈埠，闲往道署调查积案，已有三千馀起之多，现在

当更不止此数。李道于此讼事更不了了，可由
宪台派一精明老练之清理积案委员，帮同办理，即外交事有专员办理，即外交事亦可以随时匡救，当不致再有阙失。此亦职道顾全大局，爱惜李道之意。敢乞我
宪鉴谅

致吉林民政司韩司使函

司使大人台鉴：昨奉电话，张树荣党人来长密侦所之一事，已派员预备矣。复接
手书，令查王小堂箱只一节，当即派侦探孙队官到大来，云将王衣箱逐细检查，其箱之衣服已典尽，零碎信函全系无赖事件，不关革命之事。只有《法兰西革命小史》《洪秀全小说》，随将王之名片一纸、小照两张带来，以凭将来查照拿办。此间自三镇开完，吉林军队到后，西夹荒、农安、长岭各处平定后，地面极为安静，惟前数日有一绝大暗潮，设法消弭：驻长二十三镇陆军军校庆恩，被日人勾引起事，幸庆恩人极机警，将计就计，得以密侦该日人行为。又日本警察署以奉天日人放炸弹一事，并报纸屡揭日人勾串革党各节，颇觉不好看，其署长前来道署密告，长春日本居留民三千馀人，良莠不齐，难保不假托革党以图诈骗。如有此等匪人，希密告警署拘办等情。当已密告各界，随时留意。祥标统所以不速令省来辎重各队开回者，即为此也。迨日人木村勾串庆恩之事起，亦即日警严加侦探之时，彝以将来交涉，深恐日领有所袒护，当由电话暗招日警署长来署，告知前情，并同祥统领密商进行侦探木村方法。二十三日，庆恩等正在欲赴木村处所，经日警署电告，日探见木村女人改装欲逃，已将木村拘赴日警署，无庸再往云云。或日警商之日领，不欲株连，以全名誉欤？未可知也。据日警告，已立将木村治罪送回本国监禁，永不

令其再到中国等语。木村向系无赖下等社会之人，今又有意谋乱。此案一破，可以寒日人之不法者之胆，消除多少祸根。彝当以此案始末情由质问日领，虽属和平解决，彼当惭愧无地矣。附上说明书一纸呈阅。再媾和事，可望有成。北京杨汪之共济会已取消，奉天之分会员皆潜逃，吉林之分会或亦自为消灭耶？附呈《谐谈》一纸，以资一噱。再，此间出探蓝天蔚，未曾到连，或报纸之误传耶？辽阳事已平，庄河尚安，復州事当亦不至为大患。督宪近日权势已渐如前，以张作霖能制服一班邪绅，并暗杀一班乱党，人心渐入和平境地也。吉林则大局全乱，稳固地方之幸福，较奉天为多云云。专此奉布，敬请
台安，统维
鉴照。不宣。十月二十五日下晚

顷日领派警署译员广本来告，日人木村谋乱，承道台保全日本名誉，暗中通知日警拘拿法办，感谢无既等语。此案发现之初，本拟派兵将木村拘禁，讯明供词，用正式照会与日领交涉。彼时日领必多方袒庇，牵连陆军，且伤感情，未必得良美结果。今则日领主持法办，木村日内即解回日本国，较为妥速，
司使高明以为何如？再，奉天信：
督帅请病假，奉
上谕赏假十日，并有许多慰劳之词，奉事之棘手，
钦帅之贤劳，可知矣。

民国十二年二月十六　癸亥正月初一日　晴

亲友来贺年喜者甚多，一律挡驾不见。

十七　初二日　晴

早起，为赵次山先生贺年喜，又到李吉甫宅贺年，皆不值。昨接

曹仲帅来信，附抄张督理呈复文稿，其实业厅、武安县呈复文件，多系袒庇王贵然、朦蔽张督理之语，令人气愤填胸。朱型叔、白浣亭来访，会商对待方法。下晚，拟代呰凌霄呈曹帅文稿，揭破厅县朦蔽内幕。请转令张督理，饬县依法办理云云。又拟复仲帅一函，并夹叙李洪伯四人致裴尧田将军电文，求和之意一一说明，并求代致张督理知之，以明我直而彼曲也。长篇大论，夜过半始脱稿。

十八　初三日　晴

修正昨夜文稿。

十九　初四日　阴　微雪

廿　初五日　晴

午后，带眷属逛厂甸，到丰泰照相，到华乐观剧。下晚，约枚生、涣亭、型叔、友梅到柳园吃，并讨论煤矿事。

廿一　初六日　晴

庆徽儿赴沪入学。

廿二　初七日　晴

访剑星。十一时，同搭京汉车赴保定。车上，晤彭青岑、胡象三。下午五时，到保，寓交际处。下晚，到韵樵处吃饭。

廿三　初八日　晴

谒巡帅，详陈张督理呈复文件系被厅县朦蔽。又将呰呈，并彝信，及请队防矿手折，呈阅。仲帅言张督理已来人报告，矿事系厅县串通一气，张省长不为主持云云。又言当照呰呈，分饬军民两长照办，并派周副官长督催妥办。当行使巡阅使职权，先将县知事撤换。

又言我派队一小队十二人驻矿保护,并说他敢停工,我必为之开工云云。慨然允为担承,当面先为致谢。在座壬三、剑星均为说好话。此行甚为满意也。辞出后,即同壬三赴车站,搭十二时快车北来。下午五时到京,同到华乐观剧。宇民亦来。

廿四　初九日　晴

写致凌霄、纯洁信。往访凤韶亲家。到三义店,访宋立斋,交付其子存寄之二百元。到华乐观剧。凌霄来谈矿事。下晚,钟子年约吃番菜。又写致纯洁信。

廿五　初十日　晴

上午,刘润琴约吃撷英番菜。午后,访型叔。同壬三观剧。写上曹仲帅一函,速其派队护矿也。又致纯洁一函。

廿六　十一日　晴

写寿对。致吉林长岭县张实樵知事一信。午后,华乐观剧。下晚,李文田约吃斌陞楼。

廿七　十二日　晴

午后,同内人逛白云观,无甚可观。下晚,到正阳楼吃饭。

廿八　十三日　晴

同祝庭、王化初逛厂甸。看字画。到前门大街买瓷器。

三月一　十四日　晴

六十小儿弥月,亲友来贺者甚多,小备酒席以燕之。六十儿为起名为庆年,字子新,一字宇新,维新宇内之意也。

二 十五日 晴

到剑星处，晤李洪伯、何岫斋，略言奉张督理之命，调停公司矿事。王贵然当然不能再为合作，言外欲得钱了事也。当与之言明，如果诚心和解，自要事实上公司不吃亏，情理上法律上说得去，公司当然欢迎；否则，当从法厅解决也。到公孚处拜寿。

三 十六日 晴

庆善儿赴津。日前如九自锦同升当来函，汇到现洋一千元，甚不敷用。昨去一信，今又致一信，言现急需款，请与子敬说明，提出原本并公积金约计万元之数应用。此信发后，如九适来京，报告同升当三年得利奉天洋元票计四千元五十馀元有零，以二千元倍本，前汇到一千元，合一千五百元，馀则零用。此二千元之用途也。

四 十七日 晴

到永新园洗澡。约郭仲衡到兴盛馆吃饭，并嘱其明日代邀程艳秋等，到壬三宅演剧。

五 十八日 晴

早八时，带四儿，同筮谦、若龄赴津，并垫办仲衡诸人车费。五时到津，壬三派车来接，为其太夫人祝寿。观剧一日。夜三时，到德义楼宿焉。

六 十九日 晴

九时，乘车回京。访凌霄。

七 廿日 阴雨

荔孙约吃便宜坊。与王劲闰晤谈。京东同乡约吃西车站番菜。海如、访渔两处之约，不克往也。

八　廿一日　晴　风甚寒

访凤韶，并交领矿文件。留吃午饭。饭后，到尧田处，畅谈。晤河南调人李洪伯，一谈。下晚，张锡臣约吃撷英番菜。

九　廿二日　晴

写匾字。李颂臣来访。下晚，李洪伯约吃华番菜馆。座有裴尧田、叶剑星、李聘三、李仲安、刘铸鑫，为矿事调解，开始谈判也。

十　廿三日　阴　大雪

约尧田诸调人观剧。下晚，刘鲤门约吃同和堂，并约到奉天会馆看鲤门自演之《南阳关》。

十一　廿四日　阴

回拜李颂臣。白聘之、汪剑吾约吃同兴堂。到永定河河防联合会，被公推为会长。宣言不先筹款，毫无办法，实难当会长之任。副会长为恽公孚、张伯才，皆不允彝辞会长之任。且看此会开评议会再说。下晚，约白聘之、刘宾侯、张竹溪、张敬伯吃便宜坊。

十二　廿五日　晴

裴尧田交到调人李洪伯开出条件，所言多属彼方面，非调人之言论。此不可与之言者也。下晚，约尧田、劲闰吃便宜坊，同荔孙作主人也。

十三　廿六日　晴

鹤年、伯才、夔扬，公请到东兴楼午饭。下晚，约凌霄、友梅、宇民、型叔、凤韶在泰丰楼，讨论对待调人论矿事，皆不赞成李洪伯所开之条件，议致尧田一函，以谢绝汴来之调人。

十四　廿七日　晴

约尧田到华乐观剧。声言不承认李洪伯所开条件云云。尧田言须和平妥议再说。下晚，请姑太太吃便意坊。另有凌霄约孟彩臣、刘铸鑫吃便意坊别室云。

十五　廿八日　阴

太太同姑太太回里。小雨。下午二时，开理事会。各县放振已毕，总计馀洋三千九百馀元，议决以二千元拨付宛平工振之用，其馀则再察看各县灾况，再定振济之用。下晚，约凌霄、型叔到兴盛馆吃饭。雨较日间为大。

十六　廿九日　阴小雨午时晴

访蒋枚生，畅谈。又访王劲闰，一谈。午后，约裴尧田到华乐，谈大成煤矿开出条件，与调人磋商事。下晚，到王德成处，为其太夫人叩寿。

十七　二月初一日　晴

约枚生到老半斋午饭。饭后，到永新园洗澡。纯洁来信。

十八　初二日　晴

午后带眷属到丰泰照像。下晚，何霭臣约吃新丰楼。

十九　初三日　晴

写屏对。下晚，壬三约吃饭致美斋。与凌霄论矿事。暂应用一部抽水机，以省经费。

廿　初四日　晴

写祝莫柳丞太夫人寿诗。答拜汤叙五。到裴将军处，畅谈。下晚，访型叔与凌霄，研究尧田诸调人调解矿事条件。

廿一　初五日　晴

到荔孙宅拜寿。尧田、凌霄来谈。写复荣华萼信。

廿二　初六日　晴

写复马荩卿信。

廿三　初七日　晴

宇民同胡海星来访，谈矿事。海星为留学东洋矿学专家。约曹秋舫看戏。下晚，宇民约吃济南春。饭后洗澡。

廿四　初八日　晴

到新宾旅馆，请荣华萼来寓小住。访秋舫，同到凤韶处，往看房舍，不成，以凤韶拟购住房也。同凤韶到汤叙五宅午饭。饭后，到尧田处，同出城观剧。下晚，董兰泉约吃泰丰楼。

廿五　初九日　晴

接张燕孙自大名来信。

廿六　初十日　阴雨

商同凌霄下晚十一时搭京汉车赴邯郸。

廿七　十一日　晴

午后二时半，到邯郸车站。到怡丰面粉公司看视。晤王韵泉，畅谈。下晚，寓义元亨。

廿八　十二日　晴

午后一时，搭汽车赴大名，访张燕孙道尹，又访孙禹行镇守使，详述矿上困窘情形，不堪再驻陕军，请代辞却。承其允为致函岳旅长，暂勿派队。回拜县知事、监察长。同凌霄寓道尹公署。

廿九　十三日　晴

燕孙备午饭。孙使、何参谋长均在座。饭后，仍乘汽车回邯郸，寓鸿顺栈。李重山出《邯武轻便铁路计划书》，详言铁路利益。

卅　十四日　晴

同韵泉诸人入城登丛台，赵武灵王旧台基址。今士绅重新修葺，又建亭，引城外滏河水绕于亭之四周。水内种四围环植桃柳，小有公园意致。台之西，胡立生师长新建七贤祠，廉颇、蔺相如其最著者。到劝学所小憩。回至鸿顺栈，与韵泉、王文山、孔润斋诸股东论矿上进行事。下晚九时，搭特别快车同凌霄旋京。

卅一　十五日　晴

早九时到京。与尧田通电，言李洪伯已改订续约，专候商订云云。午后，在华乐候尧田到后，商定契约，当由尧田电告李洪伯，速令王贵然来京立约云云。

四月一　十六日　晴

上午赴津，寓壬三宅。致函王祝三，请其于纱厂为庆善儿位置纺织事。

二　十七日　晴

告知壬三、鹤龄矿事，及轻便利益各事。

三 十八日 晴

王云书约在明湖春晚饭，燮元、壬三在座。

四 十九日 晴

福星公司开董事会。公司自上年被灾，刻下已由保险公司交到保款六十五万元，讨论仍否进行恢复原业，无结果。翌日，再开会讨论。回至壬三宅，与海门、亮侪、砚升谈话，仍主张照旧营业，惟须加招股款云云。

五 廿日 晴

董慕唐约到华园洗澡。晤佑丞。下午四时，到公司开会。刘霁亭因与公司小有龃龉，意不愿进行，主张退换股本，悻悻而去。大众主张原本三十万，再招二十万，仍事进行。上年红利及旧有公积金，共计合利息二分有馀，求鹤龄前为代还吉林官银号之旧欠两千元，并为借六千元寄京。

六 廿一日 晴

七时，同砚升搭车旋京。十二时，恽公孚约到西车站吃番菜。午后四时，同公孚、刘馨斋、英人孙姓同一汽车。王鹤年、张伯才、刘砥泉同一汽车。到南苑见冯检阅使，详言永定河防会拟请兵队为之工作云云。冯使允肯，俟拟定办法，筹有的款，再为通知派队。五时回寓，亲友来者甚多。彝本日诞辰，故来相贺，初不敢当也。

七 廿二日 晴

晤尧田，言王贵然已来京，应再与之详细立一合同，永远遵守云云。下晚，朱颀伯约吃致美斋。又同凌霄到型叔处，一谈。

八　廿三日　晴

写喜寿对三付。下晚，约刘子明到便宜坊吃饭。

九　廿四日　晴

早九时，访朱六诒，面交股本款五百元，为怡丰公司入股，计前后共入二千元也。下晚，裴尧田约到新丰楼晚饭。与王贵然见面，中人李品三、刘铸新、李洪伯之子，均为两方面说好话调解，大致妥协，手续上尚须斟酌耳。

十　廿五日　晴

拟移转矿照及上各官署公文，附和解条件。与壬三在华乐园晤面。下晚，在泰丰楼约尧田、品三、铸新吃饭。饭后，到型叔处谈话。

十一　廿六日　晴

写寄风韶亲家信。下晚，约尧田、品三、凌霄在兴盛馆吃饭。

十二　廿七日　晴

写屏对多件。

十三　廿八　晴

写对联、匾字。

十四　廿九日　晴

太太六十三岁生日，亲友酬应竟日。

十五　卅日　晴

早六时，同太太、姑太太搭早车起行。内人等到郎坊下车回家，彝到落垡下车，到公兴栈稍憩，行至条河头，看视纯庙御书碑诗。到马家店打尖。到河边察视，河身宽计四十里。麦苗甚茂。过河十数里，抵傅家场傅宅，亲友多系熟人。

十六　三月初一日　阴　小雨

为傅冠五题主。饭后，冒雨回家。抵家。雨竟夜。

十七　初二日　阴

雨深透，农人称庆。冒雨起行，赴大辛庄，属新城县，为王子正题主。晚饭后，到街上游行。王家数门皆富厚，五常侄之岳家也。

十八　初三日　晴

早八时起行，十二时到家。幼园、三弟皆来谈。

十九　初四日　晴

午后，回看汪仲卓。到五叔处看视。又到幼园处，一谈。

廿　初五日　晴

同三弟到女学堂参观。闻县议会今日成立。下晚，幼园约吃饭，商订筹女学款事。约钟健男，讨论速修县志事。

廿一　初六日　晴

八时，起身过河。大风。午后一时半，到郎坊，休息。四时，搭车北来。下晚七时，到家。陈凤韶亲家来信，寄来煤矿股款一千元，并寄宁夔杨领矿回批一纸。

廿二　初七日　晴

早访茹泽涵，永清新任知事也。同到永新园洗澡。凌霄亦来，同到厚德福午饭。饭后，到聚贤堂，访林仙洲。又访裴尧田，留用晚饭。

廿三 初八日 晴

企虞、凌霄来谈。下晚，王贵然约吃新丰楼。矿事告一结束。付五百元。尧田又将王贵然其前领去一万元股票交回。饭后，同尧田、凌霄访吁门。

廿四 初九日 晴

到新懋银号，取凤韶之五百元，再付尧田，转交王贵然。下晚，约尧田、品三、王贵然、凌霄来寓吃饭。矿事至此大局定矣。

廿五 初十日 晴

午后，到尧田处，再与王贵然、李品三聚会。日内，彼即回汴，呈请实业厅移转矿照矣。

廿六 十一日 晴

下晚，约壬三、凌霄，到致美斋便饭。

廿七 十二日 晴

到壬三宅午饭，求其为庆善致书朱作舟，于上海造币厂位置一用洋文事。午后，复到同乐看昆戏。下晚，约友梅、浣亭、剑星到泰丰楼，讨论矿务进行事。

廿八 十三日 晴

写致孔纯洁、李重山、朱作舟、刘宇民各信。

廿九 十四日 晴

午后，壬三、鹤年约看戏。下晚，吃致美斋。

卅　十五日　晴

暄远约到华乐，一谈。

五月一　十六日　晴

日昨，庆善儿赴上海，到朱作舟造币厂谋事。

二　十七日　晴

为钱干臣太夫人行吊。下晚，电灯房约到便意坊吃饭，荔孙烦人与乐佑申调解讼事也。暄远约在泰丰楼吃饭。

三　十八日　阴

写匾字。凌霄来谈。下晚，雨数阵。

四　十九日　阴

为润颂南及文博亭两家道喜。到老半斋约枚生、维新、傅聘三午饭。购眼镜。同景丰到天桥一游。人山人海，下等社会者居多。生计问题，教育问题，所急宜论及之也。到织云公所。赴瑞蚨祥春酒之约。看戏数出。回宅。庆善儿自沪来信，报告平安也。

五　廿日　晴

写致刘鹤龄，求其代表福星公司董事会出席也。写致凤韶亲家一信，为刘丁辰说项也。

六　廿一日　晴

早十时，搭津浦快车赴津。在车上，与砚升、壬三畅谈。下车后，同到福星公司开董事会议，决从新招股三十万元，共为六十万元。如招至二十万元，即开幕购机器、建厂房、行政用人等事。继开股东会，如前议，均极满意。下晚，燮元约吃明湖春。

七　廿二日　晴

早车回京。阅报,学商各界以国耻纪念反对日人,津地街市上以白纸书写“力雪国耻”四字张贴。到京,学生游行,执白旗,上写“经济绝交,坚持到底”等字。此固国民心理之足贵者,惟昨日津浦路夜间南来快车行至苏鲁交界处所,遇到土匪千馀人,将路拆毁,车倒,匪人开枪击毙洋人一名,逃去六人;华人逃出二十馀人,其馀三百数十人全被匪徒绑去,往微山湖各处。交部电苏鲁各督军派兵往剿,追还绑去各人,关系外交,恐有极为困难者。此亦国耻之大可纪念者。午后,开救济会,拟将出力各人开单请奖,并与公孚、砥泉议修浚永定河事。凌霄来谈。下晚,李润田约吃斌陞楼。

八　廿三日　晴　风

自昨晚风沙大作,前门外不辨行人。此地气之不得其平者。到李吉甫宅回看。留用午饭。到电灯房开会,无结果。王鹤年约到泰丰楼晚[饭],讨论查勘永定河工事。又在兴盛馆,约吉甫、君直、丹廷、润田、文田、仲衡、翰翔吃便饭。

九　廿四日　晴

午后,洗澡。下晚,李文田约吃斌陞楼。写致王劲闻信。

十　廿五日　晴

王劲闻以我方不信任,辞代表出庭。经傅聘三调停,允照旧出庭,并反诉乐佑申、刘益卿阻害电灯房公共利益等情。到吉甫处贺寿。同吉甫观剧。

十一　廿六日　晴

孔纯洁来信,言矿警出外滋扰,宜严加整顿云云。当催凌霄到寓,商同复纯洁信。同凌霄到永新园洗澡,到兴盛馆吃饭。饭后买点心、茶叶，凌霄回邯郸送礼用也。

十二　廿七日　晴

写字。约同吉甫到华乐观剧，到兴盛馆吃饭，到西站送凌霄回邯郸。夜半，庆善儿自沪归来，言朱作舟相待甚优，委为机器助理员。

十三　廿八日　晴

写字。午后，到尧田处一谈，催其致函李聘三、王贵然等，速催实业厅呈转矿照。

十四　廿九日　晴

又到尧田处，一谈。据言聘三宅报告一星期后当可由汴旋京矣。林仙洲约吃惠丰堂。

十五　卅日　阴　微雨

下午，电灯房议事。访王劲闻，询其与乐姓辩论各节。劲闻之意旨，与前大不相同矣。赵阔如约吃斌陞楼。写屏对。

十六　四月初一日　晴

访傅聘三，研究对待乐姓讼事，须用参加诉讼之法。访公度，一谈。写致三弟信，为言公度对于嫁女事，须以明年冬月为宜。午后，洗澡。接凌霄自邯郸来信，即写信复之。下晚，解仲光、杜冠三约吃天福堂。

十七　初二日　晴

为刘仲鲁贺寿。

十八　初三日　晴

午后，访尧田。与聘三商定，另备上实业厅公文。下晚，到电灯房议事。荔孙约吃饭。

十九　初四日　阴　小雨

到电灯房。与宝枢、荔孙议参加诉讼，以多数股东名义，诉乐佑申、刘益卿为破坏营业等情，委任朱型叔为律师，参加诉讼云。

廿　初五日　晴

午后，到陈寿民宅，一谈。

廿一　初六日　晴

到尧田宅。晤李聘三。是晚出京。

廿二　初七日　晴

到壬三宅。晤朱作舟。吃午饭。饭后，到电灯房议事。复凌霄信。

廿三　初八日　晴

写寄凌霄信，附去上实业厅文件。

廿四　初九日　晴　大风

写对屏、扇面多件。到永新园洗澡。

廿五　初十日　晴

接凌霄信。到东安市场买书、笔、茶叶。

廿六 十一日 晴

写上曹巡阅使信，言矿事已经调人调解云云。致孙禹行节使、张燕荪道尹两函，亦言矿事调解情形。致凌霄一函，附寄《矿业条例》一本。写扇面三个。为刘铸新写致张燕荪一信。访傅聘三、朱型叔，一谈。到前门买零物。约祝荫庭吃兴盛馆。接凌霄来信，即写信复之。并致聘三信。

廿七 十二日 晴

午后，到电灯房议事。到游艺园访文博亭。下晚，博亭约吃恩承居。

廿八 十三日 晴

写屏对、扇面。凌霄来信，即复一信。到新懋银号借八百元，为还煤债。下晚，陈景苏昆玉约吃陶园，座中皆简帅之旧人也。

廿九 十四日 晴 风

下晚，李宝枢约吃来今雨轩。晤靳宝林、刘士浚（武清人）诸人。

卅 十五日 晴

写屏对多件。访蒉丹廷。

卅一 十六日 晴

写屏对多件。枚生来谈。胡海星来谈矿上工程事，须再集五万元，此矿大有希望，可出八百万吨之数，当为数十年之开采矣。写致燕荪一函。下晚，接燕荪前函覆信。

六月一 十七日 晴 雷两声雨数点

到电灯房，开股东会。加入新股，合组赞成者，在全数股东二成以上。下晚，裴将军约吃饭。

二 十八日 晴

为赵式中写致张嘏民都护信。写致刘鹤龄一信，借款过节也。

三 十九日 晴

张希天约吃宾宴春。座有交通部路政科长杨然青，谈民业铁路事，为拟造邯武轻便铁路张本也。约吴琴舫观剧。令庆善儿请吴琴舫在便宜坊晚饭。荔荪、博亭公请晚饭。

四 廿日 晴

早五时，到车站，搭早车到郎坊，曹瞻乔约同赴姚马坊。十一时，到姚荚村宅，为其太夫人题主。下午五时，起身回家，到城日尚未没也。奉初三弟、若龄外甥来看。

五 廿一日 晴

检视旧书《昭代名人书札》。忽阴雨一小阵。

六 廿二日 阴雨一阵

下晚，朱颃伯约吃饭。

七 廿三日 晴

约颃伯、若龄便饭。

八 廿四日 晴

上午，同三弟、外甥、内人，到榆林看视上年新种之桑苗。到贾家仲和庙会上一游。下晚，朱幼园约吃饭。

九　廿五日　晴

赵孟伦、潘竹青公请在劝学所吃晚饭。数日来，皆与钟健男晤面，催其速修县志。

十　廿六日　晴

朱五弟约吃饭，嘱与冯公度说项，为其子娶媳妇也。

十一　廿七日　晴

清早，同内人、若龄起身。午后二时，到郎坊，遇孙秀峰旅长，设筵相邀。下晚席散，已误搭车时间。内人、若龄已入都矣。在王莀臣站长处借宿一宵。

十二　廿八日　晴

早八时半，搭车来京。展视凌霄来两信、聘三一信、凤韶一信。下晚，冯公度约吃斌陞楼。

十三　廿九日　阴　下午雨一阵

到吉甫处，一谈。写致王祝三信，令庆善儿持信到津往见，参观其纱厂也。

十四　五月初一日　晴

十五　初二日　晴

吉甫来访。同到华乐观剧。晤毕芝臣。下晚，到王金昆宅贺寿。庆善儿回京。

十六　初三日　微阴

到吉甫宅，闲谈。

十七 初四日 晴

带儿孙辈观剧。下晚，伯恭约吃玉楼春。

十八 初五日 晴

到灯市口李宅，闲谈，吃饭。

十九 初六日 晴

庆善儿赴津，就裕源纺纱厂之事。午后，洗澡。下晚，田春亭约吃济南春。

廿 初七日 晴

写扇面、挽联五分。下晚，永定河防联合会公宴冯检阅使于青年会。冯因事不至，派李旅长鸣钟代表。

廿一 初八日 晴

写扇面。下晚，在玉楼春，约傅少溥、型叔、伯恭、少农、幼邻、若龄吃饭。

廿二 初九日 晴

早八时，赴津。十一时半，到刘宅。午后二时，同鹤龄到董幼岑宅行吊。访朱伯渊，畅谈。到王祝三公司，详说小儿庆善承诺入裕元公司，请其教导云云。祝三甚为关爱，可感也。

廿三 初十日 晴

到大胡同买手巾等物。十一时，到幼岑宅，陪赵次帅题主。襄题者为王晋卿、柯凤孙。与凤孙讨论伊所修之《元史》与永清县历史有关涉事。午后，同吉甫到鸿宝楼吃饭。饭后，到车站。幼岑派人为购车票。下晚七时半到京。

廿四　十一日　晴

写喜对。到聚寿堂,为王子愚贺喜。到裴尧田处,畅谈。写寄汪果如一函,付交庆善儿信。

廿五　十二日　晴　风

凌霄来,谈矿上事。同到永新园洗澡。到谦和泰,取鹤龄寄来之一千九百四十八元,共退股五千。下晚,王亦皆[约]在福兴居吃饭。张俊如在天和玉约吃饭。入夜,急雨两阵。无济干旱,奈何?

廿六　十三日　晴

访紫恒,一谈。午后,同内人游劝业场第一楼,购零物。下晚,刘子明约吃天和玉。

廿七　十四日　阴

写寄庆徽儿信。致吴曾九一信,附免票二纸,为庆徽儿由浦口北来之用。

廿八　十五日　阴

下午,雨。为庆徽儿汇七百元,为买船票之用。

廿九　十六日　晴

写扇、屏对。下午,同篮谦、凌霄游中央公园。

卅　十七日　晴

接庆善儿信,言已在裕源纺织为一、二厂副主任。庆徽儿自沪来信,索款。写致同升堂信,索取锦县地照也。复永清议会信。复钟健男信。寄庆善儿信,训勉之也。

七月一　十八日　晴

写字甚多。致李重山信。

二　十九日　晴

写字。到电灯房,与褚瑞符论整顿电灯事。瑞符拟接办,请其一手拟定接办章程,再与同人讨论云云。到翰翔宅吃晚饭。

三　廿日　微雨

写扇。下晚,同凌霄、海星到永新园洗澡,到兴盛馆吃饭。同升当寄到地照五张。

四　廿一日　晴

写扇。午后,同裴尧田访张砚田,留吃晚饭。写复同升当信。寄庆善、庆徽儿两信。

五　廿二日　晴

海星交到矿事计画书,附图两纸。下晚,同海星、凌霄游中央公园,吃饭。

六　廿三日　晴

庆徽儿由上海来京,报告大学毕业得有文凭,为之喜慰无量。到永定河防联合会,谈论筹款办法。潘财政厅允为设法。骤雨一阵。同公孚到傅子如宅行吊。下晚,林仙洲约吃惠丰堂。又到张砚田处,一谈。庆善儿晚车来京。

七　廿四日　晴

到内务部,与京都市自治筹备处评议会。约尧田观剧。代复李鸿伯一书,催其速代办实业厅呈农商部转照文件也。下晚,傅少浦约吃天和玉。雨一阵。

八　廿五日　晴

庆徽儿起身赴沪，转赴美国游学。买船费及学费，带银元两千馀元。美金涨至每元合中元两元，亦云太费矣。同尧田观剧。大雨一阵，雨雹甚重。

九　廿六日　晴

写字多件。下晚，董兰泉约吃泰丰楼。

十　廿七日　晴

写对联多件。

十一　廿八日　晴

写扇对。下午，阴雨一阵，旋晴。下晚，毕辅廷约吃泰丰楼。大成公司约集陆友梅、叶剑星、白浣亭、訾凌霄，亦在泰丰楼，会议招股进行事宜。

十二　廿九日　晴

写扇多件。胡海星、凌霄、剑星、浣亭均来谈，留吃午饭。

十三　卅日　晴

写致凤韶亲家信。复吴琴舫信。写对联多件。到永新园洗澡。尧田送到李鸿伯来信。

十四　六月初一日　晴

写对联、扇面。代尧田复鸿伯一信。同尧田、董兰泉、三喇嘛观剧。下晚，约到便意坊吃饭。

十五　初二日　晴

午后阴微，雨。十二时，胡海星约到西车站午饭。带儿孙观剧。下晚，凌霄约吃泰丰楼。本日清早，内人带同若龄外甥回永清。

十六　初三日　阴　微雨

代尧田写致李鸿伯信。到尧田处。又代写致张鸿岐信，拟令凌霄带赴汴梁也。在尧田处晚饭。雨竟日。

十七　初四日　阴雨

写两扇、对三付。下晚，陆友梅约吃撷英番菜。又到慕唐处，道喜。

十八　初五　阴雨旋晴

到自治筹备处开会，通过关厢归入京都市内范围。友梅同凌霄来访，言赴汴事。午后，浣亭、鹤年、宇民来访。写宇民扇一柄。下晚，宇民约吃天和玉。

十九　初六日　阴雨

若龄来信，言内人初二午后到家；下晚，大雨深透。又言茹县长初一日为民祷雨，夜间因冒暑吐泻，初二午后病故，殊可痛惜。致奉初三弟一信。写屏对。

廿　初七日　阴雨

写对、扇。刘议员请吃天和玉。入夜，雨。

廿一　初八日　阴雨旋晴

到朱六诒处，为其太夫人贺寿。买暑药。

廿二　初九日　晴

约尧田、霭亭华乐观剧。下晚，到福寿堂，为文博亭贺喜。巩子良来见，令其将暑药带家施舍。李重来见，议邯武轻便铁路事。

廿三　初十日　晴

写扇、对。下晚，王鹤年在中央公园约吃番菜。与潘厅长议拨永定河防局款事。十时，送凌霄、浣亭赴河南，办转移矿照事。

廿四　十一日　晴

上午，希天约吃宾宴春。与其同事讨论轻便铁路车头、轨道事。同世勋到公园纳凉。午后五时，永定河防联合会。写致固安刘孟纯信，求其为河务局代借工款。下晚，带家属到中央公园一游。

廿五　十二日　晴

天气极热。到自治筹备会，以人数不足流会。午后，写字，并写朱柏庐《治家格言》屏六幅，挥汗为之。向未受此苦也。下晚，李文田约吃斌陞楼。雨一阵。

廿六　十三日　晴

尧田送到李鸿伯来信。王鹤年约到西车站食堂吃番菜。庆善儿自津回家，车上受暑，腹泻休息。

廿七　十四日　晴

写字多件。

廿八　十五日　晴

剑星送到左君来信，言转照周折事。浣亭、凌霄自汴来电，又来快信。到王动斋处贺寿。下晚十时，派杨林送矿照赴汴，以实业厅非见照不为转呈也。

廿九 十六日 晴

庆善儿赴津。午后，带儿孙观剧。天气过热，早回。

卅 十七日 阴雨

到永新园洗澡。下晚，林仙洲约吃画丰堂。写复朱孝先一信。庆善儿又回京，以工厂放假六日，藉资休息也。

卅一 十八日 阴

到花旗银行，借二百元。到李宅，贺弥月之喜。

八月一 十九日 阴

到东安市场买物件。

二 廿日 阴雨旋晴

张伯才约到青年会食堂吃饭。郝宝珍言永清集河工款三千元不误用，张竹溪言霸县河工款可添一万元，均求伯才与财政厅接洽。饭后，同荟如到李宅，闲谈。

三 廿一日 晴

接凤韶来信。午后，到自治筹备处开评议会，宣言前数次流会，皆因不足法定人数。彼参众两院，为国家所望，议员、制宪议员不出席，实在另有作用，我市都市自治，市民极为属望，我同人不出，当无若何作用，长此流会，未免为筹备处所轻视，外何以对于市民？迁延复迁延，对内对外人皆归咎于评议同人之延误时日，请我同人注意为要云云。回到东安市场，为儿孙等买《中华故事》小书。

四　廿二日　晴

写复凌霄、浣亭快信。致奉初、麟亭信。庆善儿回津厂。杨林由河南送矿照回,绕道到矿上看视,归来报告:凌霄在汴办事极顺利,矿上情形亦好等语。到永新园洗澡。

五　廿三日　晴　极热

陈叔伟约在象来街水月庵张宅花园午饭。叔伟通电学,现与于子昂办贸易公司,与议邯武铁路,请其计划购铁轨等事。访王鹤年,不值。

六　廿四日　晴

早车赴津,同行者为胡海星。上午到津,访壬三。午后,同海星到富亚面粉公司,访马灿斋,求其代致铁工厂两处计算锅炉抽水泵价格事。下晚,同壬三到大罗天纳凉。

七　廿五日　晴

同海星到普益铁工厂,访孙斋白、刘朗西,计算购买锅炉、水泵、轻便铁路各事。天气极热。下午,到懋业银行,鹤龄介绍恒丰洋行洋人计算轻便铁路价值。四时,快车回京。

八　廿六日　晴

九时,到自治筹备处开会。鹤年约吃东华饭店。下午,到瓜市买西瓜。先到农坛公园一游。万子和诸人正组织茶社也。晤宝枢与贾渐鸿,约其同到厚德福吃饭。尧田约到第一[舞]台观剧。

九　廿七　晴

写字。午后,到胡吁门处,一谈。尧田在座。

十　廿八日　晴

写横匾。午后,约尧田观剧。商议复鸿伯信也。同游公园。在厚德福吃饭。入夜,雨。

十一　廿九日　阴雨

十时,到聚贤堂,为李访渔道喜,并晤林仙舟。大雨如注,恐河水涨发也。访型叔,讨论电灯房讼事;败诉,即应向高等庭起诉,以求公理伸张事。到大观楼,闲谈。下晚,刘海轩约在惠丰堂吃饭。入夜,雨不止。

十二　七月初一日　阴雨止

写复矿上回田兰亭一信。

十三　初二日　晴

写扇。午后,洗澡。下晚,到斌陞楼吃饭,为请傅聘三、朱型叔讨论电灯房讼事进行也。

十四　初三日　晴

同宝枢访法人何图,京汉路车务课长,询问轻便铁路事。到开成饭店吃素菜。午后,到李虞臣处闲谈。下晚,同浣亭吃饭。浣亭新由河南归来,为办矿照转部事甚好,详述在汴交涉各事。

十五　初四日　阴雨

到内务部开评议会。午后,到尧田处,论转照事。浣亭兄亦来。

十六　初五日　晴

写扇对。一日未出门。

十七　初六日　晴

写扇。接凌霄来信。浣亭同李士穀来访,交到实[业]厅呈部转照公文,须先与部友接洽,再呈递。下晚,鹤年约吃致美斋。

十八　初七日　晴

七儿生日。写扇。午后,约沙紫垣、郭润生看戏。下晚,到致美斋吃饭。

十九　初八日　晴

写屏对。午后,约浣亭、剑星、李士穀(李鸿伯调人之子),为矿事送实业厅转照呈部公文来京者观剧,后到泰丰楼吃饭。

廿　初九日　阴

写致凌霄信。绍禹来谈。到郝勖初处,一谈。访柯凤孙,不值。访公度,畅谈。定准朱宅婚事,年假迎娶云云。回看赤文。大雨至夜。

廿一　初十日　晴

致自治筹备处公函。约贾仲甫到开成饭店素餐。下晚,鹤年约吃天和玉。

廿二　十一日　晴

到自治筹备开评议会。午后,为孟松泉道喜。为王慎三老太爷题主。到尧田处晚饭,为尧田致鸿伯信。

廿三　十二日　晴

写致纯洁、凌霄各一信。下晚,仙洲约吃泰丰楼。饭后,到吁门处闲谈。

廿四 十三日 晴

写扇。午后三时,到自治筹备处开评议会,讨论推举调查员之事。下晚,鹤年约吃致美斋。

廿五 十四日 晴

写致刘鹤龄信,致仙洲信。下晚,文博亭约吃饭。傅少浦约吃天和玉。

廿六 十五日 晴

早车赴津。到壬三宅。

廿七 十六日 晴

到普育工厂,访孙霁白。

廿八 十七日 晴

早车,同鹤年回京。下晚,鹤年约吃天和玉。入夜雨。

廿九 十八日 晴

到自治筹备处开会。凌霄来访,谈矿上近况。同到永新园洗澡,到庆元春晚饭。宇民又约吃天和玉。

卅 十九日 晴

写字。午后,同壬三观剧。下晚,在泰丰楼,刘壬三、凌霄、浣亭、剑星,开大成公司谈话会。大雨。

卅一 廿日 晴

午后,观剧。下晚,鹤年约吃西站食堂。

九月一　廿一日　晴

电灯房股东杨姓，又起诉。午后到杨石青医室。石青及其弟元甫，为用针抽水法，由肾囊抽出黄色水约一斤之多，病若失。神乎技矣！下晚，同凌霄、剑星、宇民，约尧田及士锋（李鸿伯之子），到泰丰楼吃饭。由彝出二千五百元，剑星出一千元，共三千五百元，交尧田，由尧田出具前后共收到四千五百元一纸，存凌霄手，矿事纠葛乃告结束矣。

二　廿二日　晴

午后，约尧田、王执中观剧。下晚，在泰丰楼吃饭。

三　廿三日　晴

宝枢约到开成吃素菜。访凌霄。到尧田处晚饭。阅报，日本地震、火灾、海啸，全国骚然，为此前未有之奇劫，为之凄惨不置。救灾恤邻，是所盼于当局者。入夜，大雨一阵。

四　廿四日　晴

写扇。三读《益世报》，言日本灾区情状，我国人急宜蠲除前者反对之私见，而为救济之义务。仁人之言，令我泪下。凌霄取去矿照。本日，将河南实业厅呈部转照文递上。到黄丹廷处，为其太夫人祝寿。入夜，回寓。

五　廿五日　阴雨

王诵卿约到正阳楼午饭。访公度，一谈。访朱赤文，不值。到电灯房开会，大多数股东赞成转给新股东接办。下晚，偕凌霄约到泰丰楼吃饭。大雨彻夜。

六 廿六日 阴旋晴

写扇对。

七 廿七日 晴

上午，约壬三、宇民、子明、伯才、鹤年、俊如、诵卿、馨吾、夔扬，在正阳楼吃螃蟹、羊肉。到仲五大药房，取搓背药水。观剧。下晚，俊如约吃天和玉。

八 廿八日 晴

写字。午后，观剧。

九 廿九日 晴

午后，观剧。王鹤年约到玉楼春。下晚，伯才约吃陶园。

十 卅日 晴

早车赴津，寓壬三宅。

十一 八月初一日 晴

吴濂青约到华楼吃番菜。同益吾、凌霄到德义楼访海星，同到普育铁工厂，订购矿上应用锅炉、水泵、烟囱、高车等件。下晚，李诵臣约吃饭。

十二 初二日 晴

庆善儿来，谈纱厂事，并言王祝三在横滨遇险事。孙雩白、周志和来访。详阅锅炉等件合同，签字后即来京。同诵臣、凌霄吃致美斋。

十三 初三日 晴

到韩继香宅题主。访公度。访聘三。到西城陈宅，聘臧先生充西席。下晚，何图、李宝枢约吃西餐。

十四　初四日　晴

华乐园程艳秋演剧，名誉极著，更有荣蝶仙、郭仲衡辅助之。兹三人不日赴沪献技，假座泰丰楼小宴，以送之。

十五　初五日　晴

伯才约吃正阳楼。浣亭、凌霄来寓，考论公司章程事。下晚，庆善儿自津来。

十六　初六日　晴

诵卿约到正阳楼午饭。饭后，到鹤年处，闲谈。

十七　初七日　晴

下晚，雨一阵。访壬三，一谈。鹤年约吃天瑞居。下晚，在子明[处]吃饭。

十八　初八日　阴

为子明写“椿萱并茂”四字匾额。到电灯房看视。到新懋银号，取五百元。访壬三。下晚，型叔约到泰丰楼吃饭。

十九　初九日　微雨一阵　晴

庆善儿赴津。写复若龄一信。又寄鹤龄一信，附致孟绍周一信。代公司、凌霄致函张鸣岐省长、吴忆鲁厅长诸公，申诉转照之意。下晚，京兆尹李逸民、潘季香、王鹤年、张伯才，约吃西车站番菜。有冯检阅使之旅、团、营长皆在焉，其军服皆布衣，与当兵者之服同，诚可谓军人之模范。

禹行仁兄节使伟鉴：不通音敬数月于兹，顷阅邸抄，忻悉荣膺新命，特任为端威将军。将军端严威肃，平日之立身制行也有然，而命令竟以此锡之嘉名，可谓名符其实，引詹
台曜，忭贺昌胜！［与燕荪上半幅同］

张韵樵信

韵樵仁兄厂长台鉴：不通音敬数月于兹，此维节届秋澄，福同月朗，比詹
台裔，莫罄颂私。［与燕荪函同］

燕荪仁兄大人台鉴：不通音敬数月于兹，此维德并秋澄，福通月朗，引詹
台曜，莫罄颂私。弟寄隐都门，乏美可玒，所有敝公司事，前已专函布
闻。上月，訾凌霄兄到汴，与各当道请求实业厅将转移矿照公文呈部，现始蒙农商部批令照准，此后与王某断绝葛藤，得以进行无阻。倘承
远庇矿务，日见发展，皆我
兄维护之力所赐也。矿公司股东，皆原同乡同人，感且无极。现在矿上事应办之事正多，须招新股，拟请我兄入股东一千元，由公司给予特别优待股五千元之股票，用酬前者维护之厚意。其股款证，于旧历八月底交到，务希
示复为盼。此外，致函孙禹行军门函，贺其特任端威将军之喜，并谢其维护公司，今始得有结束之事，在公司，亦欲请其入股，惟军门性情伉直，侠义为重，恐公司请其入股诚意转启嫌疑，拟乞执事代为婉言说项，如不愿入股，公司亦不便相强也；如愿入故，亦照一千作为五千之股本。至承

费神,容当申谢。不尽。

上曹巡阅使函稿

仲珊三哥巡帅伟鉴:数月未通函候,维福履绥和,为无量颂。弟之武安县煤矿事,数承
鼎力维持前途,电令河南当局依法办理,而于是不敢使用强权,故自本年正月派来调人数人,到京调解,磋商月馀乃有头绪。现在结束之手续尚未办理完竣,如从此前途不再反复,或者得托福庇,矿事得以就绪,一俟事竣后,再当趋诣
崇阶,面申谢悃。知系
廑注,谨以奉
闻,顺颂
崇绥

仲珊三哥巡帅伟鉴:数月以来未趋
教益,敬维
福通月朗,
德并秋澄,引企
裔晖,莫名忭颂。弟都门寄隐,历碌如恒所有。前恳
鼎力维持之武安县大成煤矿公司事,经调人解决半年之久,始克就绪。现蒙农商部批准,转移矿照,免去将来轇轕,以后公司之逐渐扩张,得有发达之日,皆我
巡帅之赐也。公司同乡同人,皆感戴
大德于无既矣。矿事正在入手进行,头绪纷烦,诸劳擘画,一俟得暇,再当趋诣
崇阶,面申谢悃。知系
垂廑,谨以肃

闻，敬请
崇安

十二年八月初十　九月廿

九月二十　八月初十日　黎明大雷雨　七时晴

拟上曹巡阅使函稿。致孙禹行将军函，并张燕荪道尹、张韵樵各信稿，申谢维持矿事也。到永新园，同凌霄洗澡。下晚，子明约吃致美斋。

廿一　十一日　晴

写致王韵泉信。下午，李重山来访。七时，同凌霄、宝枢、浣亭，在致美斋，为约赴邯武测绘轻便铁路图之王、左两君，并余新德送行。

廿二　十二日　晴

写致曹巡阅信。又致张燕荪、孙禹行、张韵樵各信。敬一约到华乐观剧。下晚，在正阳楼吃螃蟹。

廿三　十三日　晴

王伊文约观剧，吃正阳楼。同座有敬宜、照岩、吴交长秋舫、王省长孝伯、熊省长润丞，并彝，为省长五人，亦偶然也。

廿四　十四日　晴

写挽韩紫石王夫人联。午后，观剧。

廿五　十五日　晴

带同子孙辈到东菜市，买鲜果。午后，观剧。

廿六　十六日　晴

今日天气清和，人心安静。前者传单、谣言为之顿息。写匾字。写致夔扬信。

廿七　十七日　晴

凌霄来谈。访陈凤韶亲家。适钟子年书纪元在座，同吃午饭。访裴尧田将军，一谈，留吃晚饭。

廿八　十八日　阴雨　午后晴

王鹤年住房腾出，与凌霄议定接租是房，为大成煤矿公司办公处。到新懋银号取钱。下晚，康选斋约吃中兴号。写字。

廿九　十九日　晴

接范林亭信。复王获人信。送祝读楼喜联。到电灯房，晤方维新，与论添招新股。邓子安接办矿事。同凌霄洗澡。到厚德福吃饭。写中堂四纸。

卅　廿日　晴

为祝荫庭贺喜。到电灯房，与子安讨论订立合同。在宝丰楼午饭。下晚，在四时春吃饭。

十月一　廿一日　晴

与子安签订合同，以后可无顾虑。惟以前债累，尚须与荔孙、维新设法清理也。

二　廿二日　晴

昨接庆徽儿自美来信，报告一切皆好。庆善儿亦于昨晚自津来京，即命其致函于其弟，并寄去美金二百元，由沙紫垣汇交。代裴尧田书叶紫封太夫人寿屏两幅。

三 廿三日 晴

接张燕荪快信，言同孙禹行将军愿由工厂提出两千元入股，以所得红利为工厂永远资金。善哉，为地方造福，计非浅鲜也！代姚君挽王祝三，文曰："海山讵有神山，遨游万里与世长辞，东道无情罹浩劫；人生总由天命，经济大家赍志以殁，西风洒泪吊征魂。"

四 廿四日 晴

写复燕荪信，请其将二千元股款交邯郸县暂存云云。为孟觐侯贺寿。到张和斋处，与维新、荔孙议还张四太太之债事。法人何图与宝枢约吃饭，并看电影。

五 廿五日 晴

写寿对。维新、荔孙、仲甫来访，议还电灯房旧债事。留吃午饭。下晚，何霭臣约吃饭。今日，参、众两院选出总统为曹仲珊巡阅，有志者事竟成也。

六 廿六日 晴

姨太太回家看视。写复范麟亭信，附致杜冠三信。到何图处，与赴邯郸之画图人王君谈话。据言路多不平，宜改路也。写对联、匾字。到华乐看戏。到天寿堂，为白简斋祖太夫人贺寿。回寓。凤韶亲家来访。写寄善儿信。

七 廿七日 晴

崔翰元、王桓峰来谈，言白浣亭已到北运河接局长任。午后，约丁辰、翰翔、子年观剧。下晚，约凤韶、丁辰、翰翔、子年，在正阳楼吃羊肉。饭后，到协民宅，一谈。翰翔代发保定电，贺曹大总统也。

八 廿八日 晴 有风

写对联。刘绍禹约在中央饭店午饭。饭后，到电灯房，本为开会，公议筹还旧债，因维新不到中止。同博亭、荔孙到华乐观剧，到广福轩吃饭。遇松介眉、陈远亭。写致内人信，请其到京为堂妹宪先出阁置买妆奁也。接若龄外甥自河西县来信。

九 廿九日 晴

写屏对。午后，到华乐观剧。下晚，约宝枢、荔孙、徐襄平，到天瑞居吃羊肉。入夜一钟半，保定曹大总统来电申谢。

十 九月初一日 晴 双十节纪念

新任曹大总统早间到京就职。本日，天气清明。或者天下从此太平乎？午后，约照岩、敬宜、素文、伊文观剧。下晚，在正阳楼吃饭。靳宝林、刘曼祥、宝枢、维新亦来观剧。都门悬灯结彩，颇极乐观。

十一 初二日 晴

写匾字。下晚，约伊文、敬宜、素文、照岩，在正阳楼吃羊肉。子明又约吃天和玉。

十二 初三日 晴

到总统府请见。司阍者留一名片，言先挂号，俟传见。访公度，一谈。下晚，约曼襄平、华亭、宝枢吃正阳楼。

十三 初四日 晴

访方维新，议还张四太太之债。访凤韶，留吃午饭。到大成公司办公处。晤凌霄。约凤韶观剧。下晚，刘丁辰约吃宾宴春，照岩约吃正阳楼。写复李重山信。接王润泉信，言大名镇道交公司股本两千元，暂存商会，为惠民工厂入股，善举也，德政也。

十四 初五日 晴

写扇。写寄三弟信，寄去五十元，为聘宪先妹用也。

十五 初六日 晴

写字。访凌霄，议公司章程。到西升平洗澡。下晚，张锡臣统领约吃撷英番菜。又约枚生、敬一到天瑞居便饭。

十六 初七日 晴

写对。往新华门，到居仁堂见大总统。同见者十馀人。当言河南矿事前蒙费心维持，现已和平了结云云。馀皆泛话。到宝瑞臣宅，贺其嫁女之喜。又到宝华楼，凤韶约吃午饭也。到胡吁门处，一谈。素文、襄平约观剧，又同约吃正阳楼。写复王韵泉一信。致李重山一信。

十七 初八日 晴

写匾对。下晚，汪聘臣约吃德兴堂。

十八 初九日 晴

写上曹总统信。到大成煤矿公司管理处，与凌霄、型叔订定公司章程。庆善儿自津来京。

十九 初十日 阴雨

庭前海棠每届三四月盛开，兹东南一枝，枝头开五朵红紫花。闻张敬宜言：贤良寺海棠亦开花。岂春气未尽发泄耶？带同庆善儿到管理处改订章程。凌霄亦来。一夜北风作冷。

廿 十一日 晴 风止

挽王祝三，联曰：“三岛云山黯行色，重阳风雨吊归魂。”代庆善儿挽王祝三，联曰："长者喜提携后进，登堂展谒辱蒙青眼相加，方期竭尽寸长仰酬知遇；先生为经济大家，浮海远游深盼宏谋广运，孰料突罹浩劫遽失典型。"挽冯拙安联曰："当年角艺春明诗酒论交，高风共仰；此日怀君秋末人琴俱杳，旧雨徒伤。"

廿一　十二日　晴

潘锡九约到惠丰堂午饭。张仲文约在致美斋午饭。锡九约到庆乐看女戏《一元钱》，骂社会人之负恩者。下晚，程听夷同年约到斌陞楼吃饭。

廿二　十三日　晴

写字。午后，到华乐观剧。下晚，约壬三、凤韶、凌霄、海星，在致美斋[吃饭]。若龄外甥来，太太派吕车夫来送一信，言前寄去之五十元为老妹妹出阁费，五叔嫌少退还云云。另由仁寿堂立钱札置买嫁装云云。夜间大风。

廿三　十四日　晴　风息

当写信复太太，并致三弟信，言我以一分三厘利借款五十元置嫁装，问心实在过得去。嫁娶称家之有无，五叔不明此理，将钱退回，只可将一应零星衣物为之置买。五叔另立钱札，我家可不必过问云云。另致寄杜冠三、解仲光一信，令义记派人到津接洽借款事。访刘壬三，为之贺寿，同到厚德福午饭，壬三谢客不见也。饭后，到西升平洗澡。与壬三酌定公司章程，并办事细则。此壬三之所长处也。下晚，到泰丰楼吃饭。饭后，为任大嫂贺寿。

廿四　十五日　晴

到管理处，与凌霄定章程。鹤年约在泰丰楼午饭。回管理处，开董事讨论会。凤韶、宇民、浣亭、凌霄再讨论公司章程，另修正之。下晚，钟子年约吃宝华楼，宁夔扬约吃济南春。

廿五 十六日 晴

写字。到正阳楼，约浣亭、鹤年、宇民、敬宜、甲辰、夔扬、颂清、俊如、世勋吃羊肉。到鸿记买零物。下晚，敬宜约吃泰丰楼。

廿六 十七日 晴

写屏对。午后，到宝枢宅，为其祖母祝寿。写致家五叔信、班伯信。

廿七 十八日 晴

同王辅臣到鸿记作新衣。约辅臣、宇民到致美楼午饭。下晚，刘海轩、林仙舟约吃致美楼。汪云菘约吃忠信堂。庆善儿回津。在大观楼晤凌霄、型叔。

廿八 十九日 晴

午后，到管理处，促凌霄赴津催运机器事。照岩约观剧。下晚，吃正阳楼。

廿九 廿日 晴

方维新来，议了结张宅、鲁宅债务，以清电灯房旧事。到振业公司，访何图，谈轻便铁路事。到管理处，晤剑星、朱型叔，讨论公司章程事。观剧两出。下晚，徐襄平约吃天瑞居。

卅 廿一日 晴

午后，到管理处，晤剑星，讨论公司章程。下晚，约海星到厚德福吃饭。林仙洲约吃饭。写致凤韶亲家信，催入公司款也。另一信，为刘海轩催发矿照事。

卅一　廿二日　阴雨旋晴

到电灯房，晤邓子安。十二时，到庆王府花园，宝枢约吃饭。到内务部开评议会。下晚，维新约吃馅饼周。

十一月一　廿三日　晴

写屏对竟日。下晚，带五儿到东安市场，买《小朋友》五十五本。鹤龄又从津来信，言代售锦州地亩事。即复一信，请其主持办理。

二　廿四日　晴

写屏对。都下名伶梅兰芳，号畹华，一号缀玉轩主人，本日三十生辰，为书一小幅，烦黄亶心为制七言律赠之。下晚，鹤年约吃天和玉。

三　廿五日　晴

写屏对。下晚饭后，访宇民，取京汉车免票。

四　廿六日　晴

写字。徐敬宜约观剧。下晚，吃天福堂。

五　廿七日　阴小雨

写寄庆徵儿信，托紫垣加封寄美。凌霄由津回，来谈。下晚，何图、宝枢约吃番菜。何图代约之正泰铁路之白工程师来京，拟明日赴邯武重勘路线也。

六　廿八日　微阴

写致王韵泉、李重山、余新德各信。派杨林随法工程师下晚赴邯郸。下晚，维新约吃济南春。

七 廿九日 晴

上午，维新代电灯房向鲁心斋借三千元，以房产为抵押品。兹维新赎房，不得不由彝与荔孙、维新三人筹款。当由谦和泰（子明代）借一千一百元添集。事不谋始，后累如斯，无可如何也！同维新到正阳楼午饭。下晚，到办公处，与剑星、凌霄、新聘之矿师郭悦民讨论矿事。

八 十月初一日 晴

自昨晚感冒风寒，身子小有不适。凤韶自热河来，论矿事，谋始宜慎云云。

附录:咨呈公文书牍

呈为驻省陆军拿获盗匪,拟援奉天成案,仍交军法课讯办,免经审批程序,会同呈请,仰祈

钧鉴事。窃查《奉颁惩治盗匪条例》,及司法部通行管辖权限,凡属盗匪各案,均归县知事或审判厅审理,于审寔后,详由巡按使核办,并规定军队驻在地,如距县署辽远,或事机急迫,及会匪逃兵、胡匪马贼结伙,十人以上执持枪械者,得由军队长官审判等因。详释例文,于轻重缓急之间,权衡至为确当,自应遵照办理。惟吉省地方辽阔,胡匪出没无常,近省各县警兵单薄,全赖省派军队分防驻守,遇有匪警,即由陆军协力剿捕,所获盗匪归入军事范围,交军法课讯办理。一经定谳,立正典刑。办理有年,地方赖以安谧。现今治盗条例归巡按使主管,吉林省城审判机关早经成立,若将军警所获盗匪一律送交法庭审理,不但省会地方讼案较繁,寻常民刑事件已有日不暇给之势,且恐辗转解送,多费手续,积压疏脱,在在堪虞。近因欧西战争,乱党思逞,密饬军警侦缉,时有破获,更应特别审问,迅予判决,不得不因地制宜,变通办理。伏查奉天镇安上将军兼巡按使张锡銮,呈请省城陆军获盗免审判程序,交由军法课讯办,已奉

批令,准如所拟办理等因。在案,奉吉两省情事相同,拟请嗣后凡驻省陆军拿获盗匪,援照奉天呈准成案,仍送将军行署法课审理,俟结案后,查照条例,分别案情,录报陆军部,及咨由巡按使转饬高等审判庭备案,以期迅捷,而免周折。○○等为治盗严

速、审理便捷起见,一再会商,意见相同,理合具文呈请,伏乞
大总统钧鉴,训示施行。再,此案系由宪○主稿,会同○○办理,合并
声明,谨
呈
民国 年 月 日

呈为已故吉林都督陈昭常政绩卓著、公德在民,据情转呈,恳请于立功省分建设专祠,并将政绩宣付史馆立传,以彰劳勋而顺舆情,仰祈
钧鉴事。案:据吉林士绅赵宪章、松毓、峻昌、王文珊、佟庆山、文禄、张光鼎、何棫朴、富荫、杨鹤龄、侯莀臣、衣秉璋、杨梦龄、何裕、朴成奎、沈德涵、伊铿额、沈崇缓、初宪章、韩登举、沈崇祺等禀称,祀善旌能,国家特隆勋典;感恩铭报,社会尤重舆情。查故前吉林都督,兼民政长陈昭常,督吉六年,勋劳卓著。当其初办延吉边务,正值间岛交涉困难之顷,彼时稍一让步,领土已非,因历堪鸭绿江、图们两江源流,及红丹石、乙红士山诸水,考诸史乘,稽之界牌,旁参新旧地图,远证日、韩邦志,严重交涉,遂得良好结果。该故督之功在保全国土者,此其一。迨升任吉林巡按使后,其时初改行省,百废待兴,该故督竭虑殚精,悉心筹画,殷殷于军警之联合,实业之提倡,教育自治之维持,而尤注重于财政大端,创设统税局,画一税目,收入锐增十倍,积弊立除,新政推行,于兹入手,且有内地所不及办而边地已开风气之先者,改故都督之功在刷新政治者,又其一。当武汉起义,大局岌岌可危,吉林地处边陲,外患内忧,环生迭起,设一措置失宜,何堪设想!该故督体察情势,一以保持现状为宗旨,当设立保安会分部治事,仍一面严密筹防,不旬日间部署已定,转危为安。洎乎大局甫定,而蒙、旗、乌、泰之竹又作,洮南告警,吉边戒严,鹤唳风声,人心大恐。幸经该故督定战守境外之计划,飞檄各军队,驻

赴郭尔罗斯前旗，与奉黑诸军队并力防剿，蒙乱遂以削平，仍一面联给该盟各王公，俾为我用，长春集会，遂益坚其内向之诚，远虑深谋保全者。该故督之功在定倾扶危者，又其一。〇思军兴以来，各省骚然，而吉林独称完善，若非该故督始终搘拄，何克得此？某等抚臆论报，没齿难忘。《记》曰："有勋劳于国家者，则祀。能御大灾，则祀。能捍卫大患，则祀。"为此仰恳呈请

大总统，援照各功勋先例，准于建功省分审理专祠，并将政绩宣付国史馆立传，以示表扬等情。据此，查已故吉林都督陈昭常，宦辙所莅，以在吉为最久，其政绩亦以在吉为尤多，于间岛问题则缓急兼权，收回领土。于巡抚任内，则洪纤毕举，次第进行。洎乎武汉起义，大局动摇，吉林介乎两大之间，势尤危急，而该故督对外则联以感情，对内则持以镇定，对于蒙旗变乱，则为战守境外之计划，立靖邻氛，卒能转为安，俾吉省始终完善。绸缪搘拄，劳苦功高，实有造于国家，宜群情之感戴。恩、宪同官吉省，知之尤详，据平昔闻，证以该士绅等所陈述，诚有不可没其劳勚者，合无仰恳

慈鉴，准予陈故督在立功地方建设专祠，并将政绩宣付国史馆立传，以酬宏勋而顺舆情。除咨呈政事堂外，所有吉林士绅亶请为陈故督建立专祠，并将政绩宣付史馆立传各缘由，理合据情转呈，伏乞

大总统鉴核，训示遵行。再，此案宪主稿，会同恩办理，合并声明，谨呈

民国四年一月二十九日

呈为吉省警察厅人员成绩卓著，择尤恳请分别给奖，以昭激劝，仰祈

钧鉴事。窃据吉林省城警察厅厅长赵宪章详称，窃厅长任事以来，适值国体甫更，人心未定，省会之维持不易，党徒之侦查难周，加以年逢灾患，盗贼堪虞；地接强邻，风云迭变。警察之职，重在保

安，际此时艰，迄历三载，差幸秩序未紊乱，地方粗安固，在各长官之随时指示，免蹈愆尤；而在事各员，涉险防微，夙夜匪懈，竭诚尽力，尤多勷助之劳。厅长同舟共济，艰苦与俱，考绩酬庸，实有难安缄默者。伏查各省警察官吏，凡有卓著勋劳者，无不仰邀奖典，即或偶因一时一事之功，亦多有呈请奖叙者。本厅在事各员，历时既久，临变已多，卒能保全终始，消患无形，以视破坏省分多方整理者，实异事而同功。兹值官制重颁，改组在即，拟援照各省成案，恳乞择尤呈请，分别保奖实官勋章，以彰劳勚，并开具该厅裁缺秘书王鸿翱等履历、事实等情前来。宪查吉省国体变更之时，人心浮动，险象环生，各省垣重地异常吃紧，该厅任事各员悉心防范，弭患无形，实非寻常禁暴诘奸可比，即其平实缉捕巨盗多至数十名，扑灭火险历经数十次，地方安堵，商民悦服，亦属不无微劳，似应择尤奖励，以昭激劝。兹查有该厅裁缺秘书王鸿翱，总务科科长王梦兰，行政科科长何裕朴，司法科科长沈崇祺，或系赞画机宜，或系执行政务，均经荐任有案，宣力多年。其馀如勤务督察长刘文山，第二区署长蔡文泮，第九区署长齐伟勋，译员张恩积，亦皆供职年久，卓著勤劳。前巡按使齐耀琳，本拟早为请奖，嗣因调任离吉，未及拟办。宪〇到任以来，再三考察，亦经半载以上，各员均有实在劳绩，不敢稍涉冒滥，合无仰恳

慈鉴，准将王鸿翱、王梦兰、何裕朴、沈崇祺等四员，援照各省裁缺秘书科长成案，以签事交内务部存记任用。其刘文山、蔡文泮、齐伟勋等三员，可否恳请

奖给七等嘉禾章？张恩积一员，恳请

奖给八等嘉禾章，以昭激劝，而励警政之处出自

鸿施逾格，除咨呈政事堂，并将各该员履历事实加具考语，造册陈内务部查照外，所有吉省警厅出力人员，择尤恳请分别给奖缘由，理合具文呈请，伏乞

大总统鉴核，训示施行。谨

呈

中华民国四年一月二十九日

呈为汇报民国三年分吉林省各县二麦大田收成分数，恭呈仰祈

钧鉴事。前准财政部钞发户部则例，内载各直省收成分数，责成确查汇齐题报等因，咨行道吉，当经通饬各县遵例查报，并节经饬催在案。兹据吉林等县，各将民国三年分大麦小麦及大田收成分数陆续详报前来。宪遂加复核，大麦最高分数八分，最低分数一二分，而以五分、六分为多数，平均计算，实得五分一厘。小麦最高分数八分，最低分数二三分，而以五分六分为多数，平均计算，实得五分一厘馀。大田最高分数十分，最低分数二分以上，而以七分八分为多数，平均计算，实得七分馀。统计全省收成分数，除珲春、依兰、延吉、东宁等县，于民国三年春季被水成灾，收成歉薄外，其馀各县，大小麦收成均在五六分以上，大田分数均在八分九分以上，较之近数年来收成大为丰稔，堪以上纾

廑念。除咨内务、财政两部外，所有民国三年分吉林各县二麦、大田收成数，理合缮单具呈，伏乞

大总统钧鉴，训示施行。谨

呈

民国四年四月九日

呈为道尹才能特出，谨胪陈事实，恳请优予勋章，以资策励，恭呈仰祈

钧鉴事。窃维时事之艰危不迫，不足以造英雄；政治之经验未深，不足以谋建设。值此邦基甫定、经纬万端，必使贤能竞奋于功名，斯艰巨可资其干济。宪〇等忝膺疆寄，留意人才，苟有所知，敢不汲汲上

闻，勉副以人事国之义！兹查有吉林依兰道尹阮忠植，前清由荫生

通判发往吉林,光绪二十七年二月,署理伊通州缺,服官之始,即以勤政爱民著称。旋补双城通判,兴利除弊,卓著循声。迭经前吉林将军延茂、长顺、富顺等,保加奖擢。三十年,新设延吉同知,省吏为地择人,调委该员署理,适值日俄战事方炽,双城当中东铁路之冲,保卫地方,弥形吃重。调缺之日,经该厅人民坚请留任,至于卧辙攀辕,其为舆情爱戴可知。在延吉任内,办理日韩交涉,悉协机宜。安抚吉强军叛兵,立消祸变。该厅建设方始,缔造维艰,得该员为之招垦劝农,通商惠工,立学堂,设警察,并疏通钱法,以利商民。治具毕张,成绩最为优美。三十三年,过班知府。宣统元年,经前东三省总督锡良保准,免补知府,以道员仍留吉林补用。民国二年,办理北京正阳门商税征收,剔出积弊,人不敢欺,时有廉明之誉。三年二月,经吉林民政长齐耀琳以该员才识卓越,志虑忠纯,呈奉

大总统批,交国务院存记,四月五日任命该员为吉林依兰道尹。该员在吉最久,洞悉边情,抵任后,正值欧战方殷,宣布中立,筹维防守,因应咸宜,而又以政治刷新为根本之计划,如筹议设局督垦,以实边陲,开埠招商,以谋抵制,均于国计民生大有裨益。且复才长应变,上年秋季及本年开江时,依兰两次大水,危险万状,均经该道尹躬率县知事,督饬军警抢救人民,一面设法急筹防堵,并捐款,倡设临时慈善会,赈抚灾区,保持秩序,人庆更生,厥功尤伟。查该道尹器识宏远,体用兼赅,有经权互用之智能,有缓急足恃之志节,倘更投艰遗大,必有可以济常变而共安危者。宪〇几经考察,确见其才局干练,敷治从容,叹非时贤所可及。庆近在邻境,与依兰唇齿相依,尤赖该道尹力与维持,不分畛域。比来江北一带,农民安业,盗匪潜踪,皆该道尹镇抚兼施,屏蔽东南之力,不侈言补救,而边治已洽于心;不自诩功能,而颂声远作于境外。宪〇等知之有素,闻见尤真,用敢胪陈事实,敬陈

睿鉴可否,恳请奖给三等嘉禾章,以资策励之处出自鸿施,非宪等

所敢擅拟。谨合词呈请
大总统钧鉴训示。再,此呈系由宪主稿,合并陈明,谨
呈
民国四年八月十七日

呈为查明民国三年吉林省伊通等县民旗各地雹灾、水灾情形,拟请应征地租分别蠲缓,以纾民力而恤灾黎,仰祈
钧鉴事。案:查民国三年伊通等县夏季雹灾,舒兰等县秋季水灾,当将大概情形、成灾约数,分报内务、财政两部,查照在案。一面督催各县,依限报查,并分饬各该管道尹覆堪具报去后,兹据各道县陆续册报前来,宪○细加复核,计桦甸等县十分雹灾地五百九十垧零六亩九分,拟请将民国三年应征租银一百七十七元二角零七厘,全行蠲免。又伊通等县五分以上雹灾地四百一十垧,拟请将民国三年应征租银一百二十三元,缓至民国四年秋收后,分两年带征。又舒兰等县被水冲发地二千八百九十一垧一亩八分,拟请将每年应征租银八百六十七元三角五分四厘,自民国三年起,永远豁除。舒兰等县十分水灾地六万三千九百六十五垧六亩四分八厘,拟请将民国三年应征租银一万九千一百八十九元六角九分四厘四毫,全行蠲免。又舒兰等县八分以上水灾地七千五百七十四垧零四分五厘,拟请将民国三年应征租银二千二百七十二元二角一分三厘五毫,缓至民国四年秋收后,分三年带征。又舒兰等县五分以上成灾地一万七千二百三十七垧三亩零八厘,拟请将民国三年应征租银五千一百七十一元一角九分二厘四毫,缓至民国四年秋收后,分两年带征。所有查明伊通、舒兰、桦甸、德惠、扶馀、宾县、榆树、同宾、延吉、宁安、珲春、东宁、敦化、额穆、汪清、依兰、桦川、方正、穆稜等县,民旗各地,民国三年雹灾、水灾地亩,暨应征租银数目合无,仰恳
慈鉴,准予分别蠲缓,以舒民力而恤灾黎。除咨呈政事堂,暨册报

内务、财政两部外,理合敬缮清单,呈请
大总统鉴核,训示遵行。再,此案上年咨报内务、财政两部时,系据各县暨查灾委员电禀情形撮要转报,现经复堪明确,致与前案微有符至。此外,尚有吉林和龙、阿城、宁安等县,续报雹水成灾地亩,应俟册报到日,另呈核办。合并声明,谨
呈
民国四年四月十七日

呈为长岭县在监人犯越狱脱逃,请将该县知事万邦宪交会惩戒,恭呈仰祈
钧鉴事。窃据吉林高等审判厅厅长栾骏声详称,案据同级监察厅函称,据长岭县知事万邦宪详称,窃于年四月十二日据县署监狱看守报称:本日天未明时,适值狂风骤起,大雨昏黑,更夫进屋避雨,不料在监窃犯陈海山、杨德山、陈才、张福、焦永海、边有、于成龙、赵才、康振玉、郝德、王献等十一名,乘隙将狱门后墙挖孔,爬出潜逃等语。知事闻报,当即亲诣,堪验属实,随分饬游巡队暨警察长、警兵,分头追缉无踪,一面饬将墙孔修理完固,严加防守。查陈海山,系犯窃盗,判处三等有期徒刑三年又六个月之犯;杨得山,系犯窃盗俱发,判处合并刑期三年又八个月之犯;陈才,系犯窃盗,判处三等有期徒刑四年之犯;张福,系犯窃盗,判处三等有期徒刑三年又两个月之犯;焦永海,系犯窃盗,判处三等有期徒刑三年又两个月之犯;边有,系犯窃盗,判处三等有期徒刑三年又六个月之犯;于成龙,系犯窃盗,判处三等有期徒刑三年又六个月之犯;赵才,系犯窃盗俱发,判处合并刑期三年又六个月之犯;康振玉,系犯窃盗,判处三等有期徒刑三年又一个月之犯;郝德,系犯窃盗,判处三等有期徒刑三年又六个月之犯;王献,系犯窃盗,判处三等有期徒刑四年之犯。以上十一名,均经先后造具判决书,详奉批准执行各在案。查核看守等疏于防

范，以致监犯乘间潜逃；有无贿纵情事，自应彻底究除。将看守李明等严押研讯，另案详办，并分别咨会陆军、邻封，暨督饬兵警一体协缉，务获外理，合造具该逃犯等年貌清册，详请转详通缉等情，当即批饬该县勒限严缉，逃犯务获，并将各看守有无他项情弊研讯明确，另行详报核办。惟查该知事负有管理监狱之责，宜如何严为防范，乃于事前毫无布置，致使已决各犯乘机脱逃至十一名之多，实有疏忽之咎。按照知事惩戒条例，应由惩戒会议予以应得处分，除由本厅通缉逃犯并报部外，所有据报该县监脱逃人犯情形，及该知事应加惩戒之处，函请转详等因，准此理合详情核办等情，据此查该知事万邦宪，负有管理监狱之责，乃于事前毫无布置，以致监狱人犯脱逃十一名之多，实属异常疏忽，应请将长岭县知事万邦宪，交由高等文官惩戒委员会照例议处。除批高等审判厅转饬长岭县勒限严缉，并通饬各属一体协拿，逸犯陈海山等务获究报，暨咨呈政事堂，分咨内务、司法两部查照外，所有长岭县知事万邦宪疏脱监犯，拟请交会惩戒缘由，理合恭呈具陈，伏乞

大总统鉴核，训示遵行。谨

呈

民国四年五月二十日

呈为双城县在监人犯反狱脱逃，请将该县知事欧暑春交会惩戒，恭呈仰祈

钧鉴事。案查前据双城县知事欧暑春详称：民国四年四月二十日夜一点钟，陡闻监狱地点发现枪声，料有变故，知事急趋查视，见县监西墙挖有破洞。时值昏夜，风雪交加，当即查点在监人犯，计已脱逃常庆吉等二十七名，馀犯守法未动。知事立时督同警队，知会驻县陆军，严守城门，分投追缉。当夜及次早，先后捕获吴永成等十名，内有艾青山、臧祯两犯，均因天寒，冻馁僵卧，旋

即身死;张福贵一名,因受冻致疾,未及医治,次日殒命。一面根究疏脱情形,诘据看守齐相云等佥称:是夜十二点三刻时分,伊等正在监内巡逻支更,不知监犯常庆吉等如何卸脱刑具,齐闯至院,即将伊等绑缚,因棉絮塞口,凿落看守蓝得胜门牙,不能声张,并被夺去木柝,照常击鼓,以致监外巡逻先未觉察,各犯挖毁西面监墙,蜂拥而出。迨经外巡查见,开枪击捕,已赶不及。并讯据获犯吴永成等均供,系由常庆吉起意反狱,伊等等听从,拒捕同逃各等语,理合详报查核。当经○○批饬,悬赏购线,勒限严缉,一面饬据吉林高等审、检两厅,暨滨江道道尹,分别委员往查反狱情形,尚与欧知事所报大致相同,惟致变原因,查系逸犯常庆吉之甥张姓,事先假送白菜为名,暗藏钢锉六七枝,送进狱内,是夜看守长阎恒外出未归,以致各犯乘机起事。旋据该县续报,查获逃犯胡有已经在途,因冻倒毙,并经弋获王洪林等三名各等情,据此查狱犯常庆吉等,均系重大罪犯,羁禁在监,该管知事宜如何督饬兵夫,严密防守,乃于所用看守废弛职务,毫无觉察,竟至监犯反狱,脱至二十七名之多,虽经缉获,及查知病毙共十四名,尚有十三名在逃未获,实属异常疏忽,咎由应得。兹据吉林高等审判厅厅长栾骏声具详前来,查与《知事惩戒条例》第八条第四款情事相符,应请将双城县知事欧暑春交由高等文官惩戒委员会照例议处,以示惩儆。除咨呈政事堂,并分咨内务、司法两部查照外,所有双城县知事欧暑春疏脱监犯,拟请交会惩戒缘由,理合恭呈具陈,伏乞

大总统鉴核,训示遵行。谨

呈

民国四年五月二十七日

呈为续报民国三年吉林等县地亩被水成灾情形,拟请将应征租赋分别蠲缓,缮单具呈,仰祈

钧鉴事。案查民国三年伊通等县被灾地亩应行蠲缓租赋，前经宪〇开单呈报，并声明，此外尚有吉林等县续报灾地，请俟册报到日另行核办等情，呈奉

申令，如拟办理等因，遵即分行饬查去后，兹据各道县陆续册报前来，宪〇细加复核，计吉林等县被水冲发永远不堪耕种地一千零三十垧零一亩七分，拟请将各该地每年应征租银三百零九元零五分一厘，自民国三年起，永远豁出。又吉林等县十分水灾征银地九千四百十九垧五亩五分，每年应征租银二千八百二十五元八角六分五厘；征粮官地三千一百五十七垧一亩五分，应征官粮一千四百九十五石八斗五升五合，拟请将各该地民国三年应征银、粮，全行蠲免。又吉林等县八分以上水灾地，一万一千弍百五十一垧五亩四分二厘，应征租银三千三百七十五元四角六分二厘六毫，拟请将各该地民国三年应征租银缓至民国四年秋收后，分限三年带征。又吉林等五分以上水灾征银地四千三百八十垧零二亩一分，应征租银一千三百十四元零六分三厘；又征粮官地八百十四垧三亩，应征租粮四百三十七石三斗六升，拟请将各该地民国三年应征银、粮，至民国四年秋收后，分限二年带征。所有续报，查明民国三年吉林阿城、宁安和龙等县、民旗地亩被水成灾垧数，暨应征银粮各数，同合无仰恳

慈鉴，准予分别蠲缓，以纾民力而恤灾黎。除咨呈政事堂暨分咨内务部、财政部外，理合敬缮清单，呈请

大总统鉴核，训示遵行。谨

呈

少卿衔署理吉林巡按使孟　　谨

呈为奉给卿衔感激下忱，仰祈

钧鉴事。窃奉电传，一月九日，

大总统“策令孟宪彝给少卿衔，此令”等因，奉此祇聆之下，愧感莫名。

伏念宪〇奉吉备员,迂疏寡效,叠膺荐擢。愧理烦治剧之无才,权篑疆圻;虑绠短汲深之贻误,乃荷

恩宠,

赏给荣衔,忝跻卿贰之班,弥切冰渊之惧。所有感激下忱,理合具文恭呈。伏乞

大总统鉴核。谨

呈

中华民国四年一月十七日

谨

呈为情殷瞻就,并拟面陈重要事宜,恳请

觐见,仰祈

钧鉴事。窃宪〇猥以疏庸,叨承

恩遇,于民国三年七月由吉长道尹,晋摄吉符。受任之初,即呈请,趋聆

训示,旋奉

令饬缓觐。依恋之忱,经时逾积,现值更新岁序,诸待敷陈即如吉省财政一端,并顾兼筹,有非呈报所能详尽者。预算之不敷可虑,收帖之善后尤难近因库藏支绌,迭奉

中央催饬筹款。宪〇夙夜筹思,综核吉省情形,惟有将地亩清丈,并将向归旗署之津贴,随缺马厂等地,一律丈放,庶可以集成钜款。综此计画,胥关重要,拟即赴京展

觐,面陈一切,请

示机宜所有。宪恳请

觐见,面陈重要事宜缘由,理合具文呈请,伏乞

大总统鉴核训示。谨

呈

中华民国四年一月十七日

呈为奉颁福寿字，敬陈谢悃。仰祈
钧鉴事。窃接内史监卅电，奉
大总统谕，岁事更新，福祉攸同，特于元旦令节，颁给福寿字，以志寿喜等因。通电知照到吉。祗聆之下，荣幸莫名。兹于一月十九日由内史监封寄，
特颁福寿字各一方，遵即敬谨承领讫。伏维
大总统福星光被寿域，宏开机务，馀闲犹怡情于翰墨，元辰迪吉，更锡祉于人民。快瞻两字之吉祥，谨效三薰而供奉。宪〇忝权疆寄，惭无和亲康乐之书，叨被
荣施，愿上美意延年之颂。谨具呈，敬陈谢悃。伏祈
大总统钧鉴。谨
呈
中华民国四年一月二十一日

大总统批令
署吉林巡按史孟宪彝呈奉颁福寿字，敬陈谢悃，由
校呈，已悉。此批
中华民国四年一月廿七日（大总统印）
国务卿徐世昌

谨
呈为恭报启用印信日期，并缴销旧印，仰祈
钧鉴事。民国三年七月十二日，承准国务卿咨开，据印铸局详称：直隶奉天吉林黑龙江江苏等省巡按使印业已铸就，兹特加粘本局印花封固，派员请转呈颁发等语。当呈请
大总统鉴定在案。除分咨外，合亟咨行，遴派委员孙来京具领等因。承准此前任巡按史齐耀琳遵即遴派委员孙凤仪咨赴京具领。兹校该员将印信领回，即于八月二十日敬谨启用。除将民政长旧

印截角咨送印铸局缴销,并分行外所有启用印信日期,并缴销旧印各缘由,理合具文呈报。伏乞

大总统钧鉴施行。谨

呈

中华民国三年八月廿一日

谨

呈为恭报遵奉委任监督财政事务日期,仰祈

钧鉴事:民国三年八月七日,奉政府公报,内载本月三日奉

大总统策令,"署理吉林巡按使孟○○,暂行委任监督该省财政事务,此令"等因,奉此,即于是日敬谨遵照在案。除分行外,理合将遵奉委任日期具文呈报,伏乞

大总统鉴核施行。谨

呈

民国三年八月十三日

谨

呈为恭报遵奉委任监督司法行政事务日期,仰祈

钧鉴事:民国三年八月九日,准司法部庚电,内开七日奉

大总统策令,"署理吉林巡按使孟暂行委任监督该省司法行政事务。此令"等因,奉此,即于是日敬谨遵照在案。除分行外,理合将遵奉委任日期具文呈报,伏乞

大总统鉴核施行。谨

呈

民国三年八月十三日

谨

呈为胪陈吉省道尹、厅长等历任政绩,恳请分别奖给勋章,以资

激劝，仰祈

钧鉴事：窃维设官授职，聿昭明试之程；考绩稽勋，允著

酬庸之典。是以微劳必录，庶堪奔走群贤；懋赏时闻，藉以激扬众吏民国肇造以来，我

大总统特制勋章，垂为令典，凡有薄绩微勋，无不仰邀

恩恩赏，备荷

宠荣，遂使庶职咸修，群知奋勉，万流向化，争效驰驱。政治之隆，实基乎此。吉省于改革之际，未经破坏，故政界人员类多宣职有年，其在行政方面维持赞佐，亦皆备尝艰苦，卓著勤劳。然论功不嫌其严，行赏毋取乎滥。○○审慎考察，谨择政绩尤著之数员，胪陈事实，为我

大总统陈之。查延吉道道尹陶彬，于前清光绪三十三年，由奉天西安县调任延吉厅同知，其时间岛问题争持甚烈，该员襄办边务，遇事不稍退让，如火狐狸沟一役，日人拟在该处修筑房舍，阻止不听，几以武力相向。该员冒险前往，据理力争，卒就和平。嗣将延吉厅改设府治，升补延吉府知府。宣统二年，升任东南路道。适值边务解决之后，开放商埠五处，办理诸多困难。珲春、东宁等属，与俄接壤，亦复时有交涉，该员持以坚忍，无不磋商就范。宣统三年，防疫事起，俄人于沿边一带设立局卡，并欲派员入我境查疫。日领亦踵起要求。边民大哄，几酿事端。该员一面先自设局选派医官，分投查验，一面亲往力阻，告以我境业经设防，不致传染邻境，外人无可指责，遂亦中止。改革之际，民气不靖，多方维持，属境均甚安谧。近二年来，乱党勾结内匪，希图滋扰。延境防维甚密，绝少党徒，尤征特色。该员在延前后八年，内政外交悉臻妥善，其劳绩实为通省之冠。

又查有署理吉长道道尹郭宗熙，于前清宣统元年，以裁缺珲春副都统，改任东南路道。其时间岛问题解决原有边务，公署亦经裁撤，责成该道办理善后事宜，建筑商埠工程竭力撙节，省款约数

十万。韩民越垦,恐启交涉争端,该员拟订入籍办法,并请核减部定入籍年限,饬属遵办。宣统二年冬,升任吉林交涉司。到任一月,适值疫事,调赴哈埠办理防疫,兼署西北路道。维时疫氛甚炽,该员多方消弭,昼夜不眠,经数月之力,始获扑灭,华俄商民至今称颂。三年六月,交卸西北路道篆,仍回交涉司任。旋值武汉事起,对内对外维持保护,备极辛勤。其在教育司任,当民国成立之初,秩序未定,学务废弛,该员力求整顿,手订学校管理规则,及奖励教员章程,通饬遵办,一年以来,通省学务渐有起色。本年九月一日,到吉长道尹任,虽为时未逾四月,然当欧战方殷,中立事起,长春为日俄路线衔接之区,乱党匪徒最易潜匿,防范侦查,劳瘁不辞,地方赖以平靖。该员以简任大员到吉七年,历任边繁,士民爱戴。

又查有政务厅厅长高翔,于前清光绪二十九年,以试用知县投效北洋,充直隶学务处编译员。三十年,蒙我
大总统在北洋大臣任内调赴天津,委充督练处文案并委兼办《训兵报》。是该员之学识通达,早在
洞鉴之中。三十二年,奏调到吉林,历充督练处参议、教练处总办、讲武堂监督,一切措施,悉仿北洋办理,吉省陆军为之改观。嗣后,历任差缺,所至有声。前巡抚陈昭常,以该员洞明治术,委充公署提调,所有奏牍文告,悉出其手。宣统三年,始则鼠疫发生,继则火灾踵至,后又值南中起事,地方不靖,该员以提调之职,综核机要,案牍盈尺,昕夕不遑,赞佐规画,悉协事机。民国元年,以道员借署新城府知府,适值札赉特蒙旗启衅,新城毗连蒙壤,警报迭至,全城惊惶,省派征蒙各军,以该府为司令部驻在地,该员一面安抚商民,一面接待军队,阅时三月,兵民相安,厥功尤著。本年八月,由吉林县知事,奉
命为政务厅厅长。数月以来,如改革币制、筹办保卫团,以及清丈、放荒诸大端,无不赖其赞画。内务、教育、实业三项,从前分司办

理，今则并归一署，非有兼人之学，断难措置裕如。该员才长心细，经验宏深，理剧御繁，勤劳备至。

又查有省城警察厅厅长赵宪章，由警察毕业生历充前巡警总局巡官局长，依兰、榆树等府厅警察长，省城警察局局长，洊升今职。前在巡官差次，因生擒匪首常乐，身受多伤。又迭次拿获著名胡匪曹瑞廷、东洋等数十名，几濒于险。宣统三年，疫疠大作，该员奉委检疫委员，实力检查，不避艰苦，疫氛赖以扫除。迭经历任督抚专案，保由府经历，累进同知直隶州，迨任警察局长、厅长。关于警政进行，悉心筹办，诸臻完美，计获巨盗数十名，救灭火险数十次，商民安堵，歌诵勿辍。当民国元二年间，各机关预算经费多有超出，独该员能于预算范围内节省一万四千馀两，殊为难能可贵。本年七月，经镇安左右将军孟恩远，前吉林巡按使齐耀琳会同荐请，以道尹存记，并经送

觐，准予存记在案。近因欧洲战事，严守中立，于吉长车站设立检查处，并多派侦探秘密查察，以致外来乱党不敢潜入省垣重地，保全匪细。平时辑和军警，联为一气，无几微嫌隙之生，收指臂相助之效，其功尤不可没。

以上四员，要皆在吉年久，供职无间，自国体变更以后经过事实，于职务上则备历艰辛，于地面上则尤多勋绩，允宜摭拾上陈，仰邀

褒赏。况皆身任要职，平时与外人往还，佩带五华，亦觉黯然减色。

○○为鼓励贤员起见，不敢缄默自安。合无仰恳

鸿慈，准予分别奖赏延吉道道尹陶彬，署吉长道道尹郭宗熙，政务厅厅长高翔等三员，可否恳请

奖给三等嘉禾章？警察厅厅长赵宪章，恳请

奖给四等嘉禾章，以昭激劝之处出自

恩施逾格。除咨呈政事堂，并咨陈内务部外，所有胪陈吉省道尹、厅长等历任政绩，恳请分别奖给勋章缘由，理合具文呈请，伏乞

大总统钧鉴,训示施行。谨

呈

民国三年十二月二十八日

谨

呈为道尹奉给勋章,据情代陈谢悃,仰祈

钧鉴事。延吉道道尹陶彬详称:窃民国四年一月十五日奉檄饬

呈,蒙

大总统策令,陶彬给予四等嘉禾章等因。奉此祗聆之馀,感悚无极。伏维道尹一介儒士,十载戍边,愧无建树之能,幸际共和之世,强邻接处,当慎重乎邦交,庶政日繁,益究心于内治。兹值阳和始布,辱承

异数遥颁,但愿嘉禾启祥,极地熟年丰之乐;更欣章甫克式,增文明黼黻之光。未报涓埃,谬膺非分,嗣后察吏安民,兴学劝工,一切新政应尽之责,自当禀承办理,矢勤矢慎,无或陨越,以仰副

高厚鸿慈于万一。所有奉给勋章,暨感激下忱各缘由,理合呈请鉴核,代陈施行公便之至等情前来,宪○覆核无异,除批示外,理合将道尹奉给勋章、感激下忱缘由,具文转呈,伏乞

大总统钧鉴。谨

呈

民国四年一月二十五日

谨

呈为道尹奉给勋章,据情代陈谢悃,仰祈

钧鉴事。延吉道道尹郭宗熙详称:窃奉饬知本年一月九日接京电,内开奉

大总统策令,郭宗熙给予四等嘉禾章等因。伏念道尹一官,边徼七载,监司宣德明威,仅揠免苗之诮;观风察俗,愧无教艺之方。曲

被生成，忽膺懋赏，铍瓌(环)藻饰，觉绣豸之弥荣；粉米彰施，与山龙而并耀。流根有泽，食粟滋惭。道尹惟有淬厉精神，靖共职守，以期黎元绥抚，上答佩金赐玉之仁；郡邑澄清，式征合类连茎之瑞。所有奉给勋章、感激下忱，详请转呈等情前来，宪〇覆核无异，理合将该道尹感激下忱代陈谢悃缘由，恭词具呈，伏乞

大总统钧鉴。谨

呈

民国四年一月二十九日

谨

呈为警察厅长奉给勋章，据情代陈谢悃，仰祈

钧鉴事。据吉林省城警察厅长赵宪章详称：案奉檄饬，一月七日政府公报登载

大总统批令，陶彬等已另有令给奖，具赵宪章一员，应给予五等嘉禾章，交政事堂饬铨叙局，查照此批等因。奉此恭读之下，感戴莫名。伏念宪章猥以庸材厕身警界，滥竽充数，自愧建树毫无，数载以来，幸无陨越。前者

宠命荣膺，忝长一厅，抚躬已觉逾分；今复勋章，

特锡嘉禾五等，扪心益怀惭。矧吉垣三面环山，一江横贯，伏莽每易潜滋；铁道交通，商旅肩摩，良莠尤虞混迹。乱党之祸心未戢，勾煽宜防；胡匪之蠢动时闻，侦查宜密。责权綦重，事务繁兴，梼昧自维，深虞弗任，惟有兢兢业业，殚竭愚诚，随时秉奉机宜，认真办理，以期仰副

大总统维持公安、增进幸福之至意。所有感激下忱，恳请代陈等情前来，宪〇覆核无异，理合将该厅长奉给勋章感激下忱缘由，具文转呈，伏乞

大总统钧鉴。谨

呈

中华民国四年一月二十五日

呈为请颁吉省各县知事印信以信昭守,仰祈
钧鉴事。窃查吉省自官制更定以来,所有三十七县知事,皆由省颁发木质印信,沿用至今,殊不足以昭信守。上年七月间,前巡按使齐耀琳将旧时县印咨送内务部,曾请颁发新印,迄未奉发,而各该县木质印信渐形模糊,各知事于税契及租赋簿据等事,在在与民相接,关系尤重,若不盖用铜质印信,殊非慎重之道。合无仰恳
大总统令饬政事堂印铸局,刊发铜质量印信三十七颗,颁发来吉,以资启用。所有请颁吉各县知事印信缘由,除咨呈政事堂查照外,理合缮单具文呈请,付乞
大总统钧鉴训示。谨
呈
中华民国四年一月二十八日

呈为遵令体察现办盗匪情形,按照奉颁条例酌拟变通办法,据实直陈,仰祈
钧鉴事。案照中华民国三年十二月六日奉
令参议院议决《惩治盗匪法》,业经公布施行,提出《惩治盗匪法施行法》,复经议决公布,除京师及特别要塞地方关系重要,应责成军政执法长官依法办理外,所有各省各地方,应否案照《惩治盗匪法施行法》,施行于该管区域之处,责成各该将军、巡按使、都统、京兆尹,暨各该高级军官体察现办盗匪情形,迅速切实呈报,听候命令遵行等因。仰见
大总统明慎用刑,因地制宜之意,○○等遵即详绎例条,悉心讨论,窃谓立法已极于周详,而施行尚烦于商榷。谨将此中为难情形,及酌拟变通办法,为我

大总统缕晰陈之。

缘吉林幅员广阔,村落奇零,多盗之风由来已久。自经改革以后,各处乱党狡焉思逞,此以便于联络,每不惜供给,以求其来归;彼缘图壮声,援斯乐与勾通,而任为指使,藉铁路作逋逃之薮,就深林为负嵎之乡。东串西奔,漫无顾忌;抢劫掳捉,视若寻常省城。本无捕盗,防军各属,又无练习,乡勇已编之城乡。巡警暨现经改组之地方保卫团,均以限于额数,抽拨为难。以故剿捕问题,殊多棘手,其所恃以无恐者,惟赖有各防驻扎陆军合力侦查,获办严速,始得弭患无形,俾若辈稍加儆畏。今者军队拿获各犯,如必须改造《惩治盗匪法》第七条,及《施行法》第二条之规定,制限其道里之远近,案情之轻重,与夫报核准之程序,诚恐军队以职权之不专,致获办稍流于迟缓。法庭以审案之忙碌,俾巨魁得遂夫稽诛,诚有如

大总统申令所云:大之贻误地方,小之为害黎庶。隐患滋深,不可思议。

且吉林地处边辟,介于两强,惩匪不严,立起交涉。规定办法自不能与内省强同。○○等忝膺疆寄,责有攸归,固不敢纵恶以长奸,亦何忍枉杀以违道。惟本此安良除暴之初心,以求一治盗严速之政策。拟请嗣后将陆军拿获盗匪统饬解交附近营团长,查收审讯,核其所犯情罪,认为与《惩治盗匪法》第二、三、四条相符者,即不必问其驻在地点与审判厅,暨兼理司法事务之县知事相距远近,及交通之是否便利,事机之是否紧迫,悉准由承审之营团长官酌量案情轻重,分别摘具犯罪事实,或录其全案供招,径报将军行署核准施行。其有案情关系重大,或经省城附近陆军所获各犯仍照向办成案,径送将军行署军法课审理,以昭捷便,每届月底,并由将军将执行死刑人犯之姓名、月日,暨犯罪事由,录报陆军部,转报司法部备案。

至《惩治盗匪法施行》第四条:"囚载当场拿获盗匪各犯,由防剿

军警各队首领长官立即审判执行”一节,固为办理迅速起见,第不将案犯情罪明白规定,终恐涉于冤滥。○○等悉心商酌,以后遇有此等人犯,拟请以会匪、马贼、逃兵、土匪,并打劫牢狱、仓库,及干系城池、公署,或聚众至百人以上者为限,其馀虽系当场拿获,及虽有持械拒捕情事,仍应饬照报请核准之程序办理。其同条内所称各队首领长官并应分别军、警,定为陆军自营长以上,巡警自兼任警察所长之县知事以上为断,庶几权无滥用,事有责成。至若非陆军拿获各犯,及虽系陆军拿获,而其案内首夥各犯,已经审判厅及兼理司法事务之县知事获讯有案者,应即将犯解归原审机关,悉照奉颁条例办理,以清界限而重法权,有遵令体察现办盗匪情形,按照奉颁条例,酌拟变通办法缘由,除咨部查照外,是否有当,理合恭呈具陈,伏乞

大总统钧鉴训示。再,此案系恩○主稿,会同宪○办理,合并陈明,谨呈

中华民国三年十二月二十一日

谨

呈为吉林巡按使公署荐委各职人员,应请叙官,仰祈

钧鉴事。窃查前奉

大总统教令,公布文官官秩令第三条内开,文官授官进官加秩,依左列之规定,任荐任职者初叙授上士,进叙少大夫、中大夫,加秩同上大夫,但历职积资八年以上,曾为荐任职者,初叙得授少大夫;历职资积十年以上,曾为荐任职者,初叙得授中大夫;任委任职者初叙授少士,进叙中士、上士,加秩同少大夫,但历职积资二年以上,初叙得授中士;历职积资四年以上,初叙得授上大夫。又第六条内载:凡授官进官加秩,系荐任职,由所属长官呈请

大总统命令行之,委任职由所属长官汇案呈请

大总统命令行之,又准铨叙局,咨开本局,拟请京外各机关长官呈请

荐委各职授官时,由
大总统饬交本局审查核覆,再行拟办,策令分别叙授一案,详由国务卿转呈
大总统鉴核。本年二月五日,堂交拟饬准照办,奉批阅各等因,兹查吉林巡按使公署荐委各职人员叙官事宜,自应由宪〇检查各员履历造册,仰恳
大总统俯准,饬交铨叙局,审查核覆,分别叙授,理合造具本署荐委各职人员履历清册具呈,伏乞
大总统钧鉴训示。再,本省各署应行叙官人员为数尚多,应俟取齐履历,另文分别呈请叙授。合并陈明,谨
呈
中华民国四年五月二十四日

呈为吉林政务厅厅长暨道尹等,奉授上大夫敬陈谢悃,据情转呈,仰祈
钧鉴事。窃据吉林政务厅厅长高翔,长春道道尹郭宗熙,延吉道道尹陶彬,依兰道道尹阮忠植,会同详称:民国四年三月二十日,奉
大总统策令高翔、郭宗熙、陶彬、阮忠植,均授为上大夫,此令等因。并奉省公署饬知前因,祗聆之下,感悚莫名。伏念翔等或佐政符,或膺道职,皆无毛苌九能之学,敢希诚夫十转之荣?乃荷
隆施,
特加显秩,位列三卿之后,班叙大夫之先。受宠若惊,抚衷滋愧。惟有勤修厥职,铭轩杖以自箴;缅仰前徽,赋羔裘以加勉。庶几政风丕变,懔持纲纪于少微;且冀边治日新,仰答
宠恩于三命等情,详请转呈前来。宪〇覆查无异,所有厅长、道尹等奉授上大夫敬陈谢悃缘由,理合据情转呈,伏乞
大总统钧鉴训示。谨
呈

中华民国四年四月六日

呈为吉林省财政厅长暨中国银行管理等劳绩卓著,恳请赏给勋章以昭激劝,仰祈

钧鉴事。窃维政事以考核而日新,人才因激扬而愈出。民国建设,各省疆吏仰体我

大总统综核名实、策励贤才之至意,凡有微劳足录者,一经呈请,无不仰荷

殊荣。是以庶政咸修,百僚奋发。〇〇承宣

德意,平时考核如有成绩昭著、堪资激劝者,何敢缄默不言?查有吉林财政厅长饶昌龄,以前清直隶道员蒙

大总统前在北洋大臣任内,历委要差,迭承保奖。宣统元年,经前东三省总督锡良,吉林巡抚陈昭常,以该员办理财政,素有经验,奏调吉林,委充永衡官银钱号总办,兼充陆军粮饷局总办。其时吉省财政已成紊乱,该号本无准备实力,全恃流通纸币,以消长金融。万一办理不慎,立时即召危险。该员竭虑殚精,化虚为实,不数年之间,积存现金至数百万两。光复以还,各省库储告竭,惟吉林官银钱号尚存基金。遇京奉有急,仍不时接济。追念前勋,昭人耳目。嗣署度支司使,复任财政司长,旋改任财政厅长。数年之间,如倡议改革吉林币制,整顿全省岁入,查追各署旧欠,无不井井有条,办理得宜。至其核减行政经费,厘订各项税则,严定各征收官考成,亦皆不辞劳怨,锐意进行。财政厅成立以后,半年之间,各项收入竟增至数百万吊之多,尤征特色。

又查有吉林中国银行官吏李士炯,由日本明治大学商科毕业,领得商学士证书,于前清宣统元年赏给商科举人,廷试一等,以主事签分农工商部,派在商务司行走,旋由北洋调充高等商业学校教务长,于簿记、商业等科学,均亲自教授,计先后在校四年,勤劳备至,该校毕业诸生,现在各处银行任事者,实繁有徒,造就人

才，有裨实用，其功诚非浅鲜。三年冬间，奉中国银行派充吉林中国银行管理该行，去年上半期决算共亏八千馀元，自该员接办后，联络商情，扩张营业，行务逐渐发达，任事未及两月，而年终决算除一切开支，并抵补前亏外，尚获馀利六千馀元。此其手腕灵敏，善于经营，已可概见。去秋，欧战事起，吉省同受影响，金融停滞，商业大为减色。该员竭力维持，疏通市面，地方商民咸称便利。嗣因吉省筹办收帖改币事宜，尤赖该员多方赞画。本年一月间，○○奉

命入觐，未几，财政厅长饶昌龄，亦奉部电相继赴京，所有收支款项暂托该员代为调度，兵饷一项为大宗出款，每月定期发放，刻不容缓。该员酌盈剂虚，悉心筹画，毫无贻误。

以上二员，一系在吉多年，历任财政要职，擘画经营，功绩昭著；一系现充银行管理，辅助政界，维持金融，确有成效，均足以上邀

奖叙，未便没其劳勚。合无仰恳

慈鉴，俯准将吉林财政厅厅长饶昌龄一员，

赏给三等嘉禾章；中国银行管理李士一员，

赏给四等嘉禾章，以昭激劝之处出自

鸿施。除咨呈政事堂，并咨陈财政部查照外，理合具文呈请，伏乞

大总统鉴核，俯赐训示。谨

呈

民国四年四月六日

呈为吉林财政厅厅长饶昌龄蒙给勋章，敬陈谢悃，据情转呈，仰祈

钧鉴事。案据吉林财政厅厅长，调任河东盐运使饶昌龄详称：窃照本年四月十四日奉

大总统策令，"饶昌龄给予三等嘉禾章，此令"等因，奉此，伏念昌龄猥以菲材，屡膺异数，前奉

策令,授为上大夫,位居三事之先,才愧九能之选,方感
恩之未报,觉受
宠之若惊。乃复
任以驰驱,荣之黻佩,辑瑞而嘉祥臻应,差同蒲穀之颁;分曹而亚旅追随,咸懔韦弦之诫。既增辉于鹭序,敢贻诮乎鹈梁!惟有谨守官箴,躬亲盐务,上重国家之名器,下操山海之牢盆。庶几累蕊纡婴,非同貂续;不数玉梁金镂,重拜
鸿施,详请转呈前来。宪〇覆核无异,所有财政厅厅长蒙给勋章、敬陈谢悃缘由,理合具文代为转呈,伏乞
大总统钧鉴。谨
呈
民国四年五月八日

呈为吉省现署各县知事拟请分别实授试署,以重职守,仰祈
鉴核事。窃查教令公布省官制第六条内开,凡各县知事由巡按使呈请
大总统任免,并咨陈内务部,又奉部通行江西成案办法;嗣后荐任知事,凡有曾经历任地方,政绩素著者,准其呈荐实授;其有学识优长,而经验或有未逮者,一律先行呈请,试署一年期满,如果称职,再当列举成绩,出具考语,呈荐实授各等因。奉此,查吉林历届保荐免试及试验及格人员,业由内务部分别核准,注册给照,分发次第到省。宪〇随时接见察核,人地相宜,先后委署各县知事在案,亟应详加遴选,分别呈请补署,以资治理。兹查有现署吉林县知事李廷璐,由前清同知留吉补用,委署双城厅理事通判,嗣补吉林地方检察厅检察长,复委署农安县知县。民国三年一月,代理宾县知事。经前民政长齐耀琳,于第二届知事试验案内咨保,核准免试,分发吉林补用。八月,调署吉林县知事。该员干练精明,通达治体,历任繁剧,均有政声。拟请实授吉林县

知事。

又查有现署榆树县知事李奎保，前清举人，于剿办朝阳匪徒案内，保准以知县选用，旋选授河南濬县知县，丁忧开缺，起复后，选授山东沂水县知县，历署文登、荣城县知县，宁海州莒州知州，调补高苑县知县。民国元年，委署奉天开原县知县。三年二月，应第二届知事试验，取列甲等，分发吉林。四月，到省缴照。五月，委署榆树县知事。该员缉捕勤能，才具稳练，服官数省，资格较深。拟请实授榆树县知事。

又查有现署宾县知事李德钧，前清举人，选授东光县教谕，旋投效吉林，历充劝业道科员、签事、科长，嗣以知县留吉，于剿匪案，保以直隶州知州在任候补。民国二年四月，经前都督陈昭常呈奉

大总统任命，署理德惠县知事。三年四月，于第二届知事试验案内，保送应试交卸赴京，考列乙等，分发吉林。七月，到省缴照。八月，委署宾县知事。到任以来，勤求治理。只因宾县一缺，业经前巡按使齐耀琳呈准，以易翔补授在案，惟有双阳县缺尚未补人。该员诚朴无华，才明守洁，历任差缺，经验尤深。拟请实授双阳县知事。

又查有现署方正县知事范琛，前清举人，拣选知县，直隶法政学堂毕业，历充直隶司选员、自治催办员、视察员，及户口调查员。民国二年，充临城帮审员。应第一届知事试验，取列乙等，分发吉林，依限到省。九月，委署方正县知事。该员年壮才明，办事稳练。拟请试署方正县知事。

又查有现署穆稜县知事杨培祖，北洋高等警察学校毕业，历充直隶获鹿县区长，官运局文牍员、会计员，安徽盱眙掣验局局长，吉林双城官运局文案，长春地方检察厅书记官长。民国三年四月，经浙江民政长保送，应第二届知事试验，取列乙等，分发吉林，八月到省，九月委署穆稜县知事。查核该员才具开展，果敢有为。

拟请试署穆稜县知事。

以上五员,均经宪〇留心考察,尚能称职。所拟各缺,以之分别补署,员缺相当,似于地方吏治不无裨益。合无仰恳

大总统俯准,任命李廷璐为吉林县知事,李奎保为榆树县知事,李德钧为双阳县知事,范琛试署方正县知事,杨培祖试署穆稜县知事,以重职守而专责成。其范琛、杨培祖二员,仍俟试署一年,期满如果胜任,再请实授。倘蒙

允准,该员等俱系荐任人员,照例应饬入觐,惟各该地方紧要,可否准其暂缓觐见之处出自

钧裁。除将该员履历咨陈内务部外,所有各县知事,拟请分别实授试署,并恳暂缓送觐各缘由,理合具文呈请,伏乞

大总统钧鉴,训示遵行。谨

呈

民国三年十一月二十一日

呈为荐任知事员缺,请分别实授试署,仰祈

钧鉴事。窃查《知事任用暂行条例》第一条:各县知事非试验及格,或保荐由部注册者,各该长官不得荐请任命。又准内务部咨:嗣后荐任知事,凡有曾经历任地方,政绩素著者,准其呈荐实授;其有学识优长,而经验或有未逮者,一律先请试署,一年期满,如果称职,再行列举成绩,出具考语,呈荐实授。又呈准《县知事甄别章程》第三条:到省甄别,凡分发任用之县知事,应自到省之日起,扣满一年,由该长官认真考核,出具切实考语呈报,照章补用;凡未经此项甄别人员,应不得呈请试署县缺。第五条:凡有左列各项资格之一者,得免到省甄别。甲,曾任实缺州县以上人员;乙,曾因在差在缺,著有成绩,得赏勋章,及奉令嘉奖人员各等因,自应遵照办理。吉省现任各县知事,有于未经保准免试以前,业已奉委到任者,为时已久,亟应分别呈请补署,以重职守。

兹查有现任绥远县知事邝广，年五十岁，广东新宁县前清进士，曾补授江苏江浦、江宁，暨署理六合等县知县，升补海州直隶州知州，民国二年四月，经前吉林民政长陈昭常呈奉

大总统，任命为吉林绥远县知事，旋以未经试验，照章改为署理，于第三届保准免试。该员老成稳慎，办事勤能。

又查有现任宁安县知事德颐，年三十八岁，京都正白旗满洲三甲喇恒连佐领下人，曾补授吉林依兰府知府，历署长春双城等府缺。民国三年八月，委代理宁安县知事，于第三届保准免试。该员年壮才明，任事果敢。

又查有现任长岭县知事万邦宪，年五十一岁，安徽合肥县人，曾任直隶临榆县知县，调吉后，并补授吉林桦甸县知县。民国二年四月，经前吉林民政长陈昭常呈奉

大总统，任命为长岭县知事，曾奉给予七等嘉禾章，亦以未经试验，改为署理，于第三届保准免试。该员学识明敏，条理秩然。

又查有现任桦甸县知事林世翰，年三十八岁，广东梅县人，曾补授吉林滨江厅同知。民国三年六月，委代理桦甸县知事，于第三届保准免试。该员才具明通，认真办理。

以上四员，均系历任地方，实有得免到省甄别之资格，拟合出具考语，呈荐实授。

又查有陆迈，年四十三岁，江苏太仓县举人，曾补授前农工商部主事员外郎，充工务司、农务司主稿，署掌印。民国三年一月，经前任吉林巡按使齐耀琳委，代理吉林富锦县知事，于第三届保准免试。

以上一员，学识优长，勤求治理。核与《甄别章程》第五条甲项之资格实属相符，惟未历任地方，拟请先行试署，一年期满，如果称职再行出考，呈荐实授。合无仰恳

大总统俯准，任命邝广为绥远县知事，德颐为宁安县知事，万邦宪为长岭县知事，林世翰为桦甸县知事，陆迈试署富锦县知事，以资

治理。该员等均系现任人员,地方紧要,可否暂缓觐见之处,祇候

钧裁。除将该知事等履历咨呈政事堂,并咨陈内务部查照外,理合具文呈请,伏乞

大总统钧鉴训示。谨

呈

民国四年四月二十二日

民国四年五月,准内务部咨开,案查贵巡按使呈荐任知事员缺,请分别实授试署,并恳暂缓觐见一案,于本年五月三日奉

大总统策令,吉林巡按使孟宪彝呈请任命,审查及格之邝广为绥远县知事,德颐为宁安县知事,万邦宪为长岭县知事,林世翰为桦甸县知事,陆迈试署富锦县知事。应照准此令。同日,又奉

批令,邝广等已有令明发,并准其暂缓觐见,交内务部查照,此批等因。准政事堂钞交到部,除注册外,相应咨行贵巡按使查照,饬遵可也。此咨。

呈为县知事到省一年期满,照章甄别,仰祈

钧鉴事。窃查本年二月七日,准内务部《咨送县知事甄别章程》第三条:到省甄别,凡分发任用之县知事,应自到省之日起,扣满一年,由该长官认真考核,出具切实考语呈报,照章补用等因,自应遵照办理。

兹查有分发吉林任用之县知事刘延祺,年壮才明;李齐芬,办事谨慎;任翿和,才具明敏;梅镇涵,文学颇优;卢维时,才长听断;徐志绎,老成稳慎。以上六员,均于三年四月先后到省,扣至四月,一年期满,经宪〇详加考核,均堪留于吉林,分别补用。除将履历咨陈内务部查照外,所有甄别到省县知事缘由,理合具文,呈请

大总统钧鉴训示。谨

呈

民国四年四月三十日

呈为吉林财政厅厅长熊正琦蒙授官秩，敬陈谢悃，据情转呈，仰祈

钧鉴事。案据吉林财政厅厅长熊正琦详称：窃正琦于五月七日奉

大总统策令，“熊正琦授为中大夫，并加上大夫衔，此令”等因，奉此伏念正琦豫章下士，樗栎庸材，初观政于司农，继备员于皖省，腾越之驰驱未效，临清之报称无闻。甫鸡林就职之初，膺鹓序抡资之典。九能有愧，三事先跻。在国家议采王华，固属均地；惟驽下训追周朗，敢云称事？称官等王弘短效之年，过蒙饰擢；缅杜预救边之法，诸待施行。计维谨按度程，勉宣绵薄。校量军国之用，底慎财赋之殷。庶几叙品九班，得随玉府金曹之末；继此司储七部，或免土山粉署之嘲。迭沐

鸿慈，忍忘鳌戴等情，详请转呈前来。宪〇覆核无异，所有该员厅长熊正琦蒙授官秩、敬陈谢悃缘由，理合转呈，伏乞

大总统钧鉴。谨

呈

民国四年五月二十五日

呈为裁缺吉林审计分处处长罗树森援案恳请觐见，量加擢用，仰祈

钧鉴事。窃查裁缺吉林审计分处处长罗树森，浙江上虞县人，前清时由县丞历就江苏府、州县钱谷幕友十有馀稔，嗣到吉林办理税务，剔出中饱，两年之间，长收钜额。经督抚保升知县。其时，吉省度支司甫经创设，该员充任科长，钩提稽核，积弊为之一清；拟订章程，灿然美备。兼摄清理财政局科长，规画尤多。适值吉林

火灾案卷被焚,该员清理焚馀卷宗,订缺补残,秩然有序,各属乃不敢欺蒙。复严定税收,比较及通省交代章程,均能推行有效。宣统三年,该员曾编订《吉省收支沿革报告书》,原原本本,详书无遗,洵足为后来改税之依据。前都督陈昭常,以该员办理财政著有成效,保升直隶州知州。民国元年,调充行政公署审计处审计长。民国二年二月十九日,奉

大总统任命,为吉林审计分处处长。吉省财源,本形短绌,加以官帖充斥,收支未得均衡,该员剔抉爬梳,任劳任怨,数月以后,各机关渐就范围,悉遵预算,刊有第一、第二两次《文牍汇编》,审计成绩斐然可观。该员和平精细,守洁才长,洵为理财家难得之选。今因审计院成立,各省分处取消,遂置闲散,未免可惜。查江苏审计分处长单镇,河南审计分处长赵基年,山西审计分处长徐一清,均经各该省巡按使报送觐见,呈奉

钧批,照准在案。该员罗树森事,同一律用,敢援案仰恳

大总统俯念人才难得,准予觐见,量加擢用,出自

鸿施逾格。除将该员履历咨呈政事堂查核外,理合备文具呈,伏乞

大总统钧鉴,训示施行。谨

呈

民国三年九月三十日

呈为据情转呈滨江道道尹到任日期,并感激下忱,仰祈

钧鉴事。窃据署理吉林滨江道道尹李鸿谟详称:鸿谟在驻哈黑龙江铁路交涉局局长任内,奉到饬知本年九月四日奉

大总统策令,任命李鸿谟署吉林滨江道道尹,此令。九月九日,奉

大总统令,外交部呈请,任命李鸿谟兼署哈尔滨交涉员,应照准此令。九月十四日,准政事堂电开,奉

大总统令真电:悉所请李鸿谟先行到任,暂缓觐见之处,应照准此令各等因,并由铨叙局颁发简任状一张,敬谨祇领。九月二十日,

饬赴署任，遵经抵哈，准前道尹李家鳌，将吉林西北路观察使哈尔滨交涉员印信各一颗，暨文案卷宗等件，咨送前来，于十月一日接印视事。伏念鸿谟边疆于役，方愧迂疏，

简命特颁，益难报称。查道尹有监察地方之责，滨江当交通轮轨之冲，内政外交，向关紧要。矧值欧云多变，影响亚东，中立维持，易滋丛脞。自顾才轻任重，深惧弗胜，惟有勉竭愚诚，遇事秉承巡按使妥筹办理，以仰副

逾格裁成之至意。所有鸿谟到任日期，并感激下忱详情、转呈等情前来，宪○覆核无疑，除分咨查照外，合将滨江道道尹到任日期，并感激下忱代为转呈，伏乞

大总统钧鉴训示。谨

呈

民国三年十月七日

呈为要缺道尹因病恳请免官，据情代呈，仰祈

钧鉴事。窃查吉林滨江道道尹李家鳌，于本年八月二十一日，经内务、外交两部因有面询事宜，电调入都，兹于八月三十，据该道尹由京电称，道尹前以母病请假归省，旋奉电催回任，到滨江后，思亲成疾，夜不能寐。据医者云：非静养海滨，不能痊愈。正思乞假就医，适奉部调，途中劳顿，头晕目昏。当此欧洲多故，中立维艰，滨江冲要，更非寻常可比，因循致误，尤非素愿。万不得已，拟恳转呈

大总统，准免吉林滨江道道尹本官，暨哈尔滨交涉员兼缺，电称各节，词意恳切，碍难强留，惟有仰恳

大总统俯准，免去该道尹本官，俾资静养，并请

简员接替，以重职守。除分咨外，所有道尹因病恳请免官，据情代呈缘由，理合具文呈请，伏乞

大总统鉴核，训示实行。谨

呈

民国三年九月三日

呈为道尹交卸日期,据情转呈,仰祈

钧鉴事。本年十月三日,据卸任滨江道道尹李家鏊详称:窃家鏊前奉外交部电调晋京,旋在京因病电恳,转请辞职,嗣奉饬知《政府公报》内载本年九月四日奉

大总统策令,据署吉林巡按使孟宪彝电称,滨江道道尹李家鏊因病辞职等语,李家鏊准免本职,此[令]。同日奉

策令,任命李鸿谟署吉林滨江道道尹,此令,各等因。奉此,兹新任道尹李鸿谟,定于十月一日接篆,家鏊即于是日交卸。除分报外,所有交卸吉林滨江道道尹,兼哈尔滨交涉员职任日期,备文详请转呈前来,宪〇覆核无异,除批示暨分行外,所有道尹交卸日期,理合具文转呈,伏乞

大总统钧鉴。谨

呈

民国三年十月七日

呈为县知事员缺紧要,拣员调补,仰祈

钧鉴事。窃查五常县知事曹豫谦,保升道尹,发往江苏任用,所遗员缺,查有实授长春县现署五常县知事瞿方梅,明达治体,政通人和,堪以调补递遗;长春县员缺,查有实授珲春县,现署该县知事彭树棠,才具练达,熟习外交,堪以调补。又,宾县知事易翔,因病详请开缺,回籍就医,所遗员缺,查有实授双阳县,现署宾县知事李德钧,才长学裕,勤求治理,堪以调补。

以上三员,委署各该县知事,或数载或将一年,均能勤慎从公,舆情爱戴,且系曾经呈请实授,奉准

任命之员,以之调补各缺,实属人地相宜。拟请

鉴核，准予任命：瞿方梅为五常县知事，彭树棠为长春县知事，李德钧为宾县知事。如蒙

允准，该知事等均系现任地方紧要，未便遽离，仍请照章缓觐。除将履历咨呈政事堂，暨咨陈内务部查照外，所有调补县知事员缺缘由，理合具文呈请，伏乞

大总统钧鉴训示。谨

呈

民国四年七月十六日

呈为会举人才以备任使，仰祈

钧鉴事。窃邦基甫定，建设方新，遗大投艰，需才孔亟。比来各省文武官，皆殷殷于以人事国，交上剡章。耀○等，亦尝留意人才，既有真知灼见，又何敢壅于上闻？查吉林高等审判厅长栾骏声，由前清进士除刑部主事，入进士馆，毕业补京师地方审判厅推事。其时司法开幕，措置维艰，该员独能贯彻中外法律，熔铸新旧典章，规划精[细]，判断明允，任事数年，为前尚书戴鸿、侍郎沈家本所赏识，许为杰才，旋简任湖北高等监察长，廓清监狱，整顿法厅，时称壁垒一新。民国建立，调司法部襄理部务。前司法总长许世英，以该员才堪重用，首先保荐，简受现职。今已历职三年，成绩卓著。其统率僚属也以严：吉省逼近两强，法官裁判恒系中外观听，苟失其平，指责交集。该厅长对于所属注重品节，劝戒兼施。又以严格取缔律师，不稍假借，故各厅名誉日隆，不闻有骫法营私之事，此统率之力也。其整饬审判也以敏：积案不清，人所诟病。该厅长力除此弊，既严之以审限，复绳之以功过，勤敏者有奖，怠忽者有惩。考核认真，群思奋勉。近查各厅县每月结案恒超过十之八九，为向来所无，此整饬之力也。而其整顿司法收入又以实：吉省各县，多系初设司法，收入从无稽核。该厅长迭经筹议，酌定章程，勒限实行。又复随时查核，弊混一

清。现在报解分明,成效大著,虽未能遽抵支出金数,较前之漫无考查,其得失已不可以道里计。此又整顿之力。二年十二月三十一日,经前任司法总长梁启超特予嘉奖,现任司法总长章宗祥到任后复为呈请勋章,三年六月十四日,蒙

大总统给予四等嘉禾章;四年三月二十日,授为上大夫。是其司法称职,久在

洞鉴之中,无俟赘陈。顾〇〇等有不能已于言者,前者

大总统慎重名器之令,曾申明如果有潜德殊绩、奇才异能,理应上闻者,祗准胪陈事实,听候录用等因。是严以杜倖进之门,仍宽以广旁求之路。〇〇等忧心时局,敢不敬举所知!如该厅长栾骏声,成绩昭然,才能尤为特出。耀〇任吉林民政长时,遇有兴革,多资赞画;宪〇莅任后,谘询利弊,罔不竭诚相告,切中事情。政法两权,各得其平,尤赖相与维持之力。总按厅长器识宏远,志虑忠纯,其明达可以治内,其持重可以对外。置之险阻艰难之地,遇有危疑震撼之时,必能终始不渝,缓急足恃。若仅限以司法一事,似未足以资展布而济艰危。惟应如何录用之,处出自

逾格鸿施。除将该员履历咨呈政事堂,并咨陈司法部外,理合呈请

大总统钧鉴训示。再,此呈系由宪〇主稿,合并陈明。谨

呈

民国四年六月二十六日

呈为现任知事政绩卓著,人地实在相需,恳请破格奖励,准予任命,仰祈

钧鉴事。民国三年十一月十七日,《政府公报》登载内务部呈奉

批令,人地实在相需者,准由各巡按使陈述理由,呈候本大总统察夺等因。是月二十九日,国务卿转呈铨叙局呈请限制呈荐知事一案,内载有因人地实在相需,专呈声请者,仍应以历任州县、现

署实缺，实在得力人员为限等语，亦奉
批令，照准在案。仰见
大总统登明选公、慎重民牧之至意，莫名钦佩。宪〇窃以为知事为亲民之官，举凡内政外交，及地方一切事务，萃之一身，责任极为重大。在地僻政简之区，得人尚易，若系繁难要缺，实非才能出众之员，不能胜任。吉林自改革以来，人才消乏，吏治渐觉因循，若使拘泥成格，不将治行卓著之员优加擢拔，殊不足以示鼓励而策将[来]。兹查有代理滨江县知事于芹，年四十二岁，奉天铁岭县人，前清岁贡，吉林法校宪政研究所毕业，由选用训导留吉试用府经历，充民政司科员，奖保留吉知县，曾署双城府巡检。经前东三省总督锡良电调，充奉天省公署秘书会议厅事务员，又充吉林官运局国税厅科长、官运分局局长。其才识经验，早为政界所推重。二年冬，经前巡按使齐耀琳委署滨江县知事。该县为中东铁路中枢，俄人在满经营，纯以哈埠为根据，稍一不慎，即有责言。加以欧战事起，波及东亚，交涉尤为棘手。该员随机应变，措置裕如，商民既皆爱戴，俄人尤深信服。即如派人在租界内绩捕党匪，查禁烟赌，外人亦从来未干涉。是非平日服人之深，断难收此效果。至于清理词讼，整顿警察，广设学堂，尤属不遗馀力。选据滨江道尹、高等审检两厅长保荐有案，该员才具优长，洞明治体，洵为通省不可多得之员。

又查有署理舒兰县知事郑棻，年四十一岁，奉天海城县人，由巡检叠保，以知县留吉补用，历充边防营务处筹饷总局交涉局、清赋局、筹饷局等委员，历署吉林府经历、磐石县巡检、赫尔苏州同吉林地方厅检察官延吉局子街六道沟初级厅推事，历任差缺，均有成绩，声誉昭著。旋经前巡按使齐耀琳委署舒兰县知事。舒邑地方辽阔，匪盗横行，该员亲督巡警，缉捕有方，迄今年馀，地面安靖。他若烟赌及私种烟苗各事，无不实力严禁，净绝根株。审理诉讼，随到随结，毫无积压。吉林各属租赋，向以次年五月间为扫数之期,至期不能扫数者仍复不少,该员催科认真,不辞劳苦,竟能先期征齐,尤为特[色](免)。亦据吉长道尹、高等审检两厅长保荐有案,该员精明强干,任事实心,治有洵有可观。以上二员,皆吉省最为得力之员,而所任又系最繁难之缺,人地实在相需。滨江本为一等县缺,夙称难治;舒兰虽非一等,然胡匪充斥,民情强悍,其繁难尤非他县可比。该二员莅任均已一年有馀,商民爱戴,政绩昭然,似未便遽予调考,置地方重要于不顾。宪○为鼓励贤员起见,不得不援人地相需之例,专呈声请核,与内务部呈奉

批令,及国务卿转呈之案亦相符合。合无仰恳

慈鉴,俯念现任知事人地实在相宜,准予任命于芹为滨江县知事,郑棻为舒兰县知事,以资策励而重地方。如蒙

允许该员等职守重要,可否恳请暂缓送觐之处出自

钧施,除将该等履历咨呈政事堂,并咨陈内务部查照外,所有现任知事人地实在相需,恳予任命缘由,理合具文呈请,伏乞

大总统钧鉴训示。祗遵谨

呈

民国四年一月二十五日

为咨覆事。本年七月二十八日,准

贵局咨开,三年七月十五日奉

大总统策令,任命孟宪○署理吉林巡按使,此令。复于同月十六日,奉

批令应缓来觐,此批,等因。相应将拟就简任状一张,咨送

查照收执。此咨。计送简任状一张等因。当将简任状祗领讫,除将到任日期另文呈报外,相应咨覆

贵局,请烦查照。此咨

政事堂铨叙局

中华民国三年　八月　柒日

为咨呈事。窃照本署巡按使于八月一日接任视事，业经咨呈
钧堂在案，兹将详细履历，造具清册，理合咨呈
钧堂，查核施行。为此，咨呈
大总统府政事堂
中华民国三年八月　十二日

为咨送事。前准
贵局咨开，本年二月八日，奉
大总统策令，特任孟宪彝为吉林巡按使，此令。查贵巡按使业于本月八日觐见，相应将特任状一张咨送查收。再本局详情呈准颁发任命状规则，业经通行在案，应请将前领任命状照章缴还本局注销等因。准此。除将特任状谨敬衹领外，相应检同前颁任命状一张，备文呈咨送
贵局，请烦查收，注销施行。此咨
政事堂铨叙局
计咨送前颁任命状一张
中华民国四年四月廿四日

今将本署巡按使履历开陈
钧鉴
计开
孟宪彝：现年五十二岁，顺天永清县人，由前清光绪十四年戊子科优贡知县，二十一年投效奉天，因获盗出力，保俟得缺后在任，以同知直隶州升用。二十三年，以知县留奉补用。嗣经中式丁酉科举人，二十四年到省，二十五年一年期满甄别，二十六年六

月檄委署理奉天铁岭县知县,十二月交卸回省。二十七年丁父忧,回籍守制,服满照例起复,回省候补。三十年十一月,试署开原县知县。三十一年六月,檄委代理锦县知县,九月调署承德县知县。三十二年四月,调署西安县知县。五月,因剿灭巨匪出力,案内保准,开缺免补,同直隶州以知府仍留原省补用。三十三年四月,在辽西防军,获盗出力,案内保准,俟补缺后,以道员用。是月委署海龙府知府。三十四年九月,调署吉林长春府知府。宣统元年五月,调署双城府知府。六月,补授黑龙江呼兰府知府。二年正月,调署奉天府知府。七月,甄别属员,保准嘉奖。八月,调补奉天府知府。十二月,升署吉林西南路兵备道。三年六月,在办理防疫出力,案内保准嘉奖。民国二年一月二十六日,奉

大总统令,任命孟宪彝署吉林西南路观察使,此令。并奉到任命状,兼任长春交涉员。嗣因造获党匪,案内先后蒙给予三等嘉禾章,并五等文虎章。三年五月,改任吉林吉长道道尹。七月十五日,奉

大总统策令,任命孟宪彝署理吉林巡按使,此令。七月二十二日,交卸吉长道道尹篆务。八月一日,接署吉林巡按使任,并奉到任命状。

呈为密陈《中日条约吉林善后条议》,并派员赴部接洽,仰祈

钧鉴事。窃查此次中日条约,计约文二件,换文十三件,宪彝寻绎正文,并取中日前后合修正案,悉心研究,乃知以日本初次提案之严酷结局,犹能于主权条约两无抵触者,皆由我

大总统统筹全局,坚持定见,始终镇静不移,而外交部得以秉承

睿略,迎拒应付,悉合机宜,维持苦心,全国共见。当交涉解决之初,宪〇谓南满暨东部内蒙古各事项,惟吉与奉实当其冲,自非先期准备,临时必致茫无把握,因密饬吉林特派交涉员傅彊,会

同吉林政务厅厅长高翔，中立办事处顾问员顾次英，取草约中关于南满暨东部内蒙各事项，逐条讨论，以资准备，并饬各机关主要人员，凡课税警章，及刑民诉讼一切典条约有关系者，各抒所见，互相商榷。又密电吉长、延吉两道道尹，饬将地方情形，及各矿区现状，迅速详查，并陈办法，以收集思广益之效。兹据傅疆等详称，关于南满暨东部内蒙各事项，详考博采，业已讨论终结，凡应行准备之处，逐一条议，务期详尽。其主旨无非准备条约之履行，期免将来之损失。惟杂居之例一开，此后国际问题将处处牵涉内治，而我法制未备，最易贻人口实，应请

中央从速修明法制，或将最要各法，如民律、诉讼律、登记法等，提前修订，早日颁布，以为根本之图等情，并缮送《中日条约吉林善后条议》一册前来。宪〇复核各项条议，均尚审慎周详，依据办法自能较有把握，其所称根本之图，揆之现在情形，实已时见困难，似非将各项应用法制提前修订，不足以执外人之口。至于该条议末后所论南满以外日人居住问题，并确定商埠章程二端，尤与本约关系最钜，自应由部切实提议，早为解决。谨将《中日条约吉林善后条议》密缮一册，呈请

钧鉴，一面派交涉特派员傅疆，即日赴部，面陈一切，并请

饬部知照，以便接洽。再，宪〇对于三省行政制度所有善后计划，除另文恭呈外，理合具文密呈，伏乞

大总统鉴核，训示遵行。谨

呈

呈为分发新疆县知事叶珊，恳请调归吉林委用，仰祈

鉴核事。窃查《知事指分令》第八条内开，地方行政长官对于决定指分他省之人员，得呈请调用等因。兹据延吉道尹陶彬详称：第三届考取分发新疆知事叶珊，前在延吉襄理边务，均臻妥协，且于此间情形较为熟悉，拟请调延任用，以资臂助等情。据此，宪

〇覆查该道尹以分发新疆知事叶珊熟悉延吉情形,曾办该处边务,颇称得力,以之调归吉林为用,实属人地相宜。合无仰恳
恩施,俯准将该员叶珊调归吉林,由宪〇饬其赴延,交该道尹酌量任用,以资助理。除呈政事堂,并咨陈内务部外,所有请调分发新疆县知事叶珊归吉林委用缘由,理合恭词具呈,伏乞
大总统钧鉴,训示施行。谨
呈
民国三年十二月三十日

呈为荐举贤才,以备任使,仰祈
钧鉴事。窃维为政不难,要在得人;而理当务之急,允宜任官惟贤。此在国事宴安之时,论治者已不易说,矧近日新邦初建,待举万端,尤非广求俊乂,用之于相当之地,使之各尽所长,无以济时艰而臻上理。兹查有裁缺吉林杂税整理分处坐办谢骞,为吉省襄办财政,最称得力之员。该员才识恢宏,志趣远大,心精力果,为守兼优。弱冠就江苏各道府、州县幕职,即高瞻远瞩,专讲经世之学,出其绪馀研究财政,垂十馀年,嗣充广西派办处文案、藩署库藏科科长,调充总务科科长,规画整顿,秩然有条。前清宣统二年,奉调来吉,委充吉林清理财政局审核科一等科员。时吉林财政纷如乱丝,该员爬梳剔抉,不辞劳瘁,数日以后,遽就整理。宣统三年火灾,案奏尽失,该员收拾馀烬,口授笔述,调查印证,夜以继日,不旬月之间,复将全省收支表册编纂齐全,至今得以追溯吉林财政原委,实以该员劳勚居多,当时颇为该局总会办所倚重。前吉林度支司徐鼎康,到任后即调该员兼充司署田赋科一等正科员,旋升充主计科科长,兼核办总务科事。值武汉起义,吉林筹设保安会,徐鼎康复派委该员兼充该会财政部办事员,举凡筹拨饷项,催提税捐,一切要政尤资赞助。未几,民国成立,该员曾倡议统一国币,整顿吉林官帖,组织地方银行,并条陈

举募全国公债，扩张银行政策，创办验契等事，探原立论，无不洞中机宜。凡公署交司核议呈复事件，多出其手。其于吉林税务，则主张休养商民，整饬官吏，严定比较，优给俸薪，常年增出钱三百馀万吊，银十九万馀两。二年春，随同财政局长饶昌龄入都，筹改吉林币制事宜，凡所建议，胥中肯綮。旋财政司改组成立，前民政长陈昭常即荐任该员为财政司第一科科长。适值划分国家、地方两税，该员规定金库办法，统一收支。减政以后，人少事浮，该员夙夜在公，力任劳怨，因应咸宜。饶司长第二次入都，司中各事均委该员代行，凡四阅月之久，对内对外，进行倍力。时值年关，需饷甚亟，库空如洗，该员兼筹并顾，卒能应付妥洽，钜细毕举。饶司长及前民政长齐耀琳均深器之。故上年举办地方荐任，以上文官甄别案内，经齐民政长加考，有该员学识明通、熟悉财政等语，汇送铨叙局，核办在案。财政厅改组，该员充厅署总务科科长，兼综核各科稿件。该员以一人承上启下，悉心计画，力主先从币制、税务两大纲入手，并倡议破除征收官期满之例，一以比较盈绌为各局长殿最之标准，诰诫全省，树之风声。厅署成立之后，税款增收甚钜，实赖该员综核之力。嗣准财政部电，设立各省杂税分处，当据财政厅长饶昌龄详保该员心细才长，经验宏富，于吉林各项税捐利弊研究最深，确有心得等语，经宪〇委任该员为吉林杂税整理分处坐办。受事以来，孳孳图治，日不暇给，并主张多办登记，培养税源，严提中饱，减免苛细。所论深得政体。现虽开办三月奉电裁并，而步骤井井，蔚然可观。本年二月，饶厅长因公赴京，奉部电派委该员暂代，虽值收帖改币之秋，税务饷需两俱吃紧，而通权达变，调度有方，金融赖以维持，事机毫无贻误。其才尤不可及。综计该员从政以来，历二十年，其中尤以在吉林佐理财政为最久，操守谨严，始终如一。倘异畀以财政厅长，或关监督，及其他关于财政各要职，必能胜任愉快。宪〇官吉年久，知之甚深，祇以前奉

申令,停止记名,未敢率请,而目睹英俊久沉下僚,若知而不举,亦
失以人事国之义,因查前奉
申令,内有潜德殊绩、奇才异能,理应上闻者,仍准胪陈事实,听候
录用等因,合无仰恳
慈鉴,准将裁缺吉林杂税分处坐办谢骞,先行送觐。至应如何破格
录用,俾得展布长才之处出自
鸿施。除将该员履历咨呈政事堂,并咨陈财政部查照外,所有荐举
贤才以备任使缘由,理合具文呈请,伏乞
大总统钧鉴,训示施行。谨
呈
民国四年四月四日

呈为敬举所知以备任使,仰祈
钧鉴事。窃前奉
明令,嗣后京外文武长官保荐人员,务必真知灼见,勿违公义而徇
私交,勿采虚誉而忘实践,仰见
大总统侧席求贤,于爱惜人才之中,寓审核名实之意,钦佩莫名。宪
〇谬膺疆寄,窃附以人事国之义,敢不敬举所知,上备
任使!兹查有约法会议议员徐鼎霖,由前清廪贡生投效奉天,经前
奉天将军依克唐阿、增祺等,历委营务要差,动中机宜,迭膺保
荐;今国务卿徐世昌督奉时,该员充黑龙江省顾问员,考求利弊,
钜细靡遗,用为徐前督所识拔。嗣该员补任兴东道缺,经营边
治,规划精详。武昌起义,筹防吃紧,调委兵备分处总办筹防处
总参议,兼统领中路营队。震撼危疑之际,保全甚大。民国元
年,奉
任命为黑龙江民政司使,除暴安良,边民爱戴。裁决后,旋
任命为都督府参谋长,筹备逆蒙,消除匪患,尤赖该员之力居多。
此次复蒙

任充约法会议议员，先于本年二月间，经前吉林民政长齐耀琳以该员未尽所长，保请优予擢用，奉

批文存记在案。是该员资望劳勚，久在

大总统洞鉴之中，无事宪〇荐陈，惟前与该员同官奉省，知之最深，诚见其器识宏远，志虑精纯，遗大投艰，缓急足恃。似此体用兼备，实为近今不可多得之才。用敢特为保荐。应如何优加简擢之处出自

钧裁，理合呈请

大总统钧核，训示施行。谨

呈

民国三年十一月四日

呈为拣员荐任政务厅厅长，以资治理，仰祈

鉴核事。窃查前署吉林巡按使公署政务厅厅长王莘林，因籍隶本省，例应回避。详经前巡按使齐耀琳转呈免职业，奉

策令准其免职在案。查收政务厅厅长掌理全厅事务，职任极为重要，非有谙练政治、富于经验之员，难期称职。宪〇于通省属员中，一再遴选，查有吉林县知事高翔，原系前清道员，在吉多年，历任繁要差缺，并在前巡抚时充任公署提调，久典机务，于吉省政治情形尤为熟悉，以之荐任为吉林巡按使公署政务厅厅长，实堪胜任。仰恳

钧鉴，俯赐任命，以资治理。再查该员，前经吉林镇安左将军孟恩远、前吉林巡按使齐耀琳会同荐保，请以道尹交政事堂存记，呈奉

批令，著先行送觐，交铨叙局查照等因，自应遵照办理。惟在宪〇甫经就任，政务殷繁，正资襄佐，未便遽令远离，而在该员既膺剡荐，若不立予送觐，又恐存记资格转为贻误，再四思维，惟有恳求

恩准将该员仍照原保，交政事堂先行存记，俟奉

任命政务厅厅长后,将全厅事务办理稍有头绪,再由宪○呈送展
觐之处出自
逾格鸿施。所有荐任政务厅长人员,并请仍照原保存记,暂缓送觐
缘由,除咨呈政事堂,并咨内务部外理,合备具该员履历呈请,
伏乞
大总统鉴核,训示遵行。谨
呈
民国三年八月八日

呈为吉林政务厅厅长高翔奉给勋章,敬陈谢悃,据情转呈,仰祈
钧鉴事。窃据吉林政务厅厅长高翔详称:民国四年一月六日,奉
大总统策令,陶彬、郭宗熙、高翔均给予四等嘉禾章,此令等因,并奉
省公署饬遵前因。祇聆之下,感悚莫名。伏念翔一介寒儒,十年
边役,久登仕版,深惭建树之未能,谬佐政符,益虑补衮之无术。
乃荷
恩赏,
荣锡勋章,受宠若惊。抚衷滋愧,惟有遇事秉承巡按使,尽力励勷,
益加奋勉,俾边省政治日见刷新,以期仰答
鸿慈于万一等情,详请转呈前来。宪○覆查无异,所有政务厅厅长
奉给勋章、敬陈谢悃缘由,理合据情转呈,伏乞
大总统钧鉴训示。谨
呈
民国四年一月二十一日

呈为恭报政务厅厅长就职日期,仰祈
钧鉴事。民国三年八月十四日,《政府公报》内载本月十三日,奉
大总统策令,署理吉林巡按使孟宪彝,保荐政务厅厅长人员,请任命
等语,应准以高翔为吉林巡按使政务厅厅长,此令等因。奉此,

当经转饬遵照去后，兹据政务厅厅长先经奉饬兼署，当于七月二十七日到厅供职。兹蒙

任命，遵即缮造履历清册，详请转呈前来。宪〇覆查无异，除将履历咨呈政务堂，并分咨内务部查照外，所有政务厅厅长就职日期理合具文呈报，伏乞

大总统钧鉴施行。谨

呈

民国三年八月二十三日

呈为到任三月谨将已办筹办事宜择要恭报，仰祈

钧鉴事。窃维为政之道，首重吏才；裕国之基，端资实业。诚以牧令不善，则民俗无自刷新；地利不兴，则财源日形枯涸。况吉省为胡匪最多之所，亦为林矿素富之区。欲除匪患而靖盗风，不得不讲求治理；欲兴林业而重矿政，不得不整顿金融。事本相宜，理宜兼顾。宪〇到任以来，瞬经三月，审量事势，默察情形。吉林本系军治省分，溯自改建行省，竭力经营，政治进行迄未十分发达。推原其故，由于边陲僻陋，本乏人才；民户稀疏，转滋盗薮。其次则币制太坏，将成积重之疴；劝业无闻，坐失自然之利。凡兹数事，胥属吉省受病之点，亦为治吉最要之图。宪〇在吉多年，考询有素，既知其病之所在，敢不施以救治之方？业经次第筹维，分别缓急，拟以整饬吏治，严惩盗匪，为治标之策；改革币制，振兴实业，为固本之谋。循序设施，期臻上理。所有以上数端，已办筹办各情形，谨为我

大总统缕晰陈之。

一，整饬吏治。查知事一职，为亲民之官，地方利弊，民生休戚，咸视之为转移。故欲吏治良善，必先从慎选知事入手。迭奉明令，对于身任知事者，殷殷劝勉，不啻三令五申，仰见

大总统为民求官之至意。宪职任所在，敢不上承

德化,选择贤能?当于到任后,饬委妥员,分往各县,严密察视,查有办事因循委靡不振者,分别撤换;其有人地不宜、任职勤奋者,互相调任,总期有裨地方。并将宪○前任知府时县知事循名责实,恪守奉行,仍拟定捕盗贼、兴教育、禁鸦片、禁吗啡各项办法,通饬遵办,依限具报。宪○期以三月,分别考核,以成绩之优劣,定劝惩之等差,应俟届时另案呈报。此整饬吏治已办之大概情形也。

一,严惩盗匪。查吉林地方辽阔,接毗外邻,马贼胡匪夙称渊薮,飘忽靡定,出没无常。近年来,绑官勒赎之案层见迭出。虎林知事被绑两次,濛江知事本年又遭劫掠,赖陆军穷追之力始得生还。纵事后将该知事褫职示惩,而地方已先受其害。设官以捕盗也,而每为盗所困,官且不保,民何以堪!宪○以为内乱不除,无以防外患;盗风不息,无以安民居。况当欧战方殷,波及东亚,吉林、长、哈各属,日俄路线纵横,尤须杜渐防危,期保和平大局。当经分饬各县知事,举办清乡整顿捕务,并查照保卫团办法,另拟施行细则,通饬遵办。遇有拿获盗匪,供证确凿,令即按照条例就地惩办。一面与左将军孟恩远会商,凡系驻省陆军拿获盗匪,勉经审判程序,概由军法迅办。呈蒙

批令照准,现计三月于兹,共按治盗条例惩办盗犯一百四十馀名,辟以止辟、刑期、无期。入秋以来,盗贼颇知敛迹,地方赖以乂安。此严惩盗匪已办之大概情形也。

一,改革币制。查吉林原系军协省分,自国体变更以后,不特协款无著,且时有接济中央之举,其全省财政之不能收支适合,自可不言而喻。加以官帖充斥,钱法败坏,影响及于收入者甚巨。而改币政策,筹议经年,迄无一定办法。宪○到任后,体察吉省财政艰危情形,以为官帖一日不去,财政一日不能清理,将税务、金融同受亏损,其弊直无止境,不但商民交困,即在行政方面,凡百措施皆将为之束手。惟在改币问题未决之时,不得不为维持

现状之计，迭经督饬财政厅长整顿收入，慎重支出，以期全省收支逐渐相抵。兹经核计：财政厅三月收入正杂赋税各款官帖钱一千八百三十七万六千二百二十一吊七百二十八文，大银元五万八千一百二十三元四角，小银元五千一百九十二元一角，羌洋五万五千七百一十五元四角。以此比较，前国税厅十一个月经收之正杂赋税各款，官帖钱二千四百零五万零四百六十四吊零二十八文，银一千七百九十七两七钱八分，大银元三百六十六元九角，小银元一万零五百九十七元一角，羌洋五万六千四百十三元七角，平均约增一倍而有馀，将来冬月税捐旺收，计数犹不至此。至于收帖计划，乃属根本问题，果能提早施行，则数十年不良之货币，一旦摧陷落廓清，暗顾潜消，来源自畅，极其成效所臻，正有无穷希望。前与财政厅长一再筹划，将官银钱号所存之各种现货，暨本省官有站地及房屋，并该号历年收抵之不动产业，分别拍卖，以及请拨之公债票共约一千五百万元，一并作为收换官帖之基金，并详陈收帖时一切善后办法，在八月间已经分别咨呈政事堂及财政部，鉴核在案。嗣经宪○将此中利害与东三省官银钱号督会办等一再陈说，请其转为达部，近承财政部洞察其情委，派中国银行潘行长来吉，面商办法，业已拟定收帖合同，交由潘行长详请部示，应恳
饬下财政部，迅予核准，早日见诸实行，官与商民交受其益。此改革币制筹办之大概情形也。

一，振兴实业。查吉省地处远东，夙饶矿产，而森林一项尤为出产大宗，以故历年言治吉之策者，矿务之外，并及林业。溯自南满东清铁路告成以后，沿松花、鸭绿各江一带，林木入外人掌握者所在皆是，频年来喧宾夺主，范围愈溢，抵制愈难。他如各地矿产外人垂涎已久，均欲演其竞争之手段，发掘我地中之蕴藏，不筹所以挽救之策，诚恐利权外溢，贫弱日增。言念及斯，难安寝食，惟以财政困难，措施匪易，不得已暂就原有机关，设法维

持,以期逐渐扩充。查吉省本有永衡林业公司,其初系由吉林官银钱号认拨资本三百万吊,遴举绅商经理采运销售事宜,订立合同,以盈馀归公,始谋未尝不善。嗣以官银钱号限制出帖,原议资本之数仅拨一百万吊,遂至无力转旋。至于矿产,吉林原有磐石县石嘴子铜矿一处,前巡抚朱家宝派员调查,该矿苗旺质佳,准由官银钱号先后拨给资本市平银三万两、官帖十五万吊,试办年馀,皆用土法开采,嗣经聘订矿师测算,就现时办法,可供二百年之采取,因请添拨官款,备购机器,大加采作。当以官家财力不允,拟定招商合办,时有唐商鉴章,自愿招集商贾,并将官垫银钱作为官股,设立公司,承办该矿,迄三四年,毫无成效。本年,官家收回自办,仍先由官银钱号借款十万吊,委员办理。两月以来,炼出净铜两万馀觔。宪○到任后,饬派专员调查,据称该矿确有把握,即照土法开采,预计一年盈利约有五六万元,将来厚集资本,改用机器开采,获利当不可限量。吉林原有铸造铜银元厂,机器完备,若将矿铜铸成辅币,颇可接济财源,否则集于外商,亦可月得巨款。正在督促进行,讵料欧洲战事,影响商业,以致铜矿堆积,断绝销场。续拨资本,为数甚微。因之挹注无术,陡然停工。以上两公司,为吉省实业之先导。若再以无力维持,任其无形消灭,则此后全省森林、矿产恐皆暗入外人势力范围之内。宪以迫于切虑,燃眉之急,不得不出以补疮挖肉之谋,业经分案咨陈财政部,对于林业,请仍照原定合同之数,拨足三百万吊,由该公司就省有之四合川,及松江上游之各森林,自行依法采运;对于铜矿,请由吉省历年放荒收入项拨给吉钱一百万吊,以资接济,将来欧战稍息,行商开市,即将售出铜觔价值如数归还。该两公司均系省办机关,势力较厚,如能经理得人,则外人自无从插入。应请

饬下财政部,迅予分别核准,俾吉林实业得以逐渐发展,以挽利权而裕财政。此振兴实业筹办之大概情形也。

以上各端皆就。宪〇到任后，已办、筹办分别详陈。除将已办各事仍当继续进行，筹办各事奉到部覆再行妥为办理外，自应先将大概情形，择要呈请

钧鉴。再，吉省本年雨水较多，而田禾丰茂，竟有十分收成，为近来未有之丰象。惟沿江低洼之地稍被淹没，他如依兰、珲春、延吉等属，亦略受水灾。业经宪〇酌拨省款，分别赈抚。所幸被水者少，丰收者多，粮价大落，民食毫无妨碍，地方均甚平靖，堪以上纾

慈廑。理合一并具文恭报，伏乞

大总统鉴核，训示施行。谨

呈

呈为请将存记人员发交吉林任用，仰祈

钧鉴事。窃查吉林将军行署军务课课长张世铨，上年经镇安左将军孟恩远，以练达老成、洞明治体考语，呈请以道尹存记，蒙

大总统批令，交政事堂存记，此批等因。查核该员在吉服务多年，历充要差，无不措置裕如。现在时艰势棘，需才尤殷，如该员之办事实心，洵属不可多得。若发交吉省，不惟情形熟悉，游刃有馀，即该员亦感激驰驱，力图报称。近阅《政府公报》，河南巡按使田文烈请将存记人员胡鼎彝发交河南任用，呈奉

批令，照准在案。胡鼎彝系未经觐见之员，蒙

恩发交原省任用，无非以就熟驾轻、足裨治理，为地方择人起见。今张世铨久在吉林，与胡鼎彝事同一律。合无仰恳

大总统俯准，将该员张世铨发交吉林，由宪酌量任用，出自

鸿施逾格。所有存记人员请发吉林任用缘由，理合呈请

大总统钧鉴，训示施行。谨

呈

民国四年三月二十五日

呈为奉令发交任用人员张世铨,业经到省,仰祈
钧鉴事。窃宪〇于本年三月间,呈请将存记人员张世铨发交吉林
任用。四月二日,奉
大总统批令:张世铨准其发往,由该巡按使酌量任用,交政事堂饬铨
叙局查照,此批等因。奉此。兹据该员张世铨详报到省,并缴铨
叙局咨文前来,除将该员注册任用,并咨覆铨叙局查照外,所有
张世铨业经到省缘由,理合呈请
大总统钧鉴。谨
呈
民国四年四月三十日

呈为吉黑榷运局局长成绩卓著,拟请奖给勋章,以昭激劝,仰祈
鉴核事。窃维服务宣勤官吏,当然尽职,有功必录,国家所以酬庸。
自民国肇造以来,凡有政绩昭著者,我
大总统无不奖给勋章,俾邀荣典,盖示天下以好恶之公,即隐以寓鼓
励人才之意也。兹查新任吉黑榷运局局长董士恩,前在直隶随
同前长芦盐运使张镇芳,创办永平七属盐务,力加整顿,每年长
征至三十馀万元,为该前运司张镇芳所倚重。旋经前两淮盐运
使,调充扬州十二圩零盐局局长。民国二年十二月,经财政部荐
任,充吉林榷运局局长。到差以来,即将历年积欠盐课七十馀万
元,一律缴清,并实行先课后盐办法,以杜外人干涉。故该局每
年馀利向只七八十万元,近则加增至一百馀万元之多,成效卓
著,地方商民对于盐务之购运,均极悦服,故盐政乃能如此发达。
前曾由财政部屡次特电嘉奖有案,今复为升是职。综核该员历
充各项差缺,前后计十馀年,经手税款无虑数百万元,均能廉洁
自持,尤为近今所不可多得者。该员既有微劳足录,恩等见闻所
及,自不敢壅于上闻,谨将该员办事成绩择要胪陈,合无仰恳
慈鉴,准予奖给三等嘉禾章,以昭激劝之处出自

逾格鸿施。除咨呈政事堂,并咨陈内务部、财政部外,所有权运局局长成绩卓著恳请奖给勋章缘由,谨会同具文,呈请

大总统鉴核,训示施行。再,此系宪○主稿,会同恩办理,合并声明。谨

呈

民国四年一月五日

呈为吉省裁缺秘书科长成绩昭著,援案保荐,以励贤劳,仰祈钧鉴事。窃查上年省官制公布以来,奉天、黑龙江、直隶、山东、河南等省,先后将裁缺秘书科长专案保荐,请以签事分部记名,尽先任用,均奉

批令照准,交内务部查案,办理在案,仰见

大总统鼓舞人才,有劳必录之至意。兹查吉省有现充巡按使公署参议,裁缺西南麓观察使公署内务科科长周鸿勋;现充巡按使公署参议,裁缺西南路观察使公署秘书叶广钏;现充巡按使公署教育科主任,裁缺教育司第一科科长彭清鹏;现充巡按使公署实业司科长唐荣第;现充吉长道尹公署第三科科长,裁缺西南路观察使公署财政科科长徐豫康;又裁缺教育司第二科科长程祖勋:以上各员,均经宪彝前在观察使任内民政长遴选充任。各该员服务有年,勤劳卓著,自公署改组,底缺被裁,其原有之荐任资格,如果任其消灭,似不足以资策励,自应援照奉天等省成案,择尤荐拔,用资鼓励。合无仰恳

慈鉴,准将周鸿勋、叶广钏二员,以佥事交内务部;彭清鹏、程祖勋二员,以佥事交教育部;唐荣第一员,以佥事交农商部;徐豫康一员,以佥事交财政部,分别记名,遇缺尽先任用,以昭激劝之处出自

鸿施逾格。除咨呈政事堂,并将各该员履历事实切加考汇,造清册咨陈内务部查照外,所有援案保荐吉省裁缺秘书科长等员,请以

佥事分别任用各缘由,理合具文,呈请
大总统鉴核,训示施行。谨
呈

呈为奉颁扇纱,敬陈谢悃,仰祈
钧鉴事。窃准内史监函,奉
大总统谕,长夏炎蒸,勤职可念,兹颁给折扇一柄,生丝纺二匹,用资清暑等因。于七月十八日,将
特颁扇纱等件,由邮寄到,祗领之下,感悚莫名。伏维
大总统体抱旸和,
功侔夏大,清风纨素,时扬尧箑之仁;叠雪香罗,
特下唐宫之赐。宪○仰瞻
宝翰,敬念
宵衣,东局虽艰,为
示白羽青巾之策;南薰不暑,叨分冰绡雾縠之荣。惟
雨露之优沾,弥冰渊之是懔。谨具呈敬陈谢悃,伏乞
大总统钧鉴训示。谨
呈
民国四年七月二十日

呈为恳将前明蓟辽督师袁崇焕,配祀关、岳,以作民气而固国维,仰祈
钧鉴事。窃维邦基甫定,宜注重于武功;直道长存,讵忘情于先烈?我
大总统崇奉关、岳,建立庙祠,并准予从祀二十四人。所以崇尚武之精神,示民族之模楷者,用意至为深远,钦仰莫名。惟关、岳尚矣,而于关、岳以外,历稽史册,概念前徽,求其以一身之进退、死生,为一代全局所关,千古人心所属,英风亮节堪与关、岳相伯仲

者，则惟前明蓟辽督师袁崇焕足以当之。袁崇焕文兼武略，功在国防，自监军以至督师，始终以守关外捍关内为成谋，以抗外族主中国为定志。慷慨请缨之日，人已识为边才；经营增叠之时，威更加于敌国。倘使长城不坏，何至九鼎遂迁！而乃反间工谗，艰贞蒙难。登坛泣誓，五年之大计未终；盈箧谤书，三字之沈冤莫白。考其绥边之勇，谋国之忠，死事之惨，拟以汉家壮缪，比之宋室精忠，赫濯声灵，后先辉映，恩等前者。或驻兵辽境，或敷治锦城，凭吊英魂，搜求遗迹，过蓟北宁前之路，犹想见崇焕当日经画边事、叱咤风云之壮采。得遗编而浏览，如见丹心；抚折戟而摩挲，犹存铁血。似此完全忠节，允宜追配英贤。拟请

大总统追念前明蓟辽督师袁崇焕，勇武忠烈，度越寻常，足以扶植三纲，风厉末俗，

特准予从祀关、岳庙，以作民气而固国维，于世道人心，不无裨益。

除事迹具载《明史》列传，免邀造报外，谨合词具呈，伏乞

大总统钧鉴，训示施行。谨

呈

呈为省会警察厅长赵宪章资劳甚深，并有简任资格，恳请优予叙官，仰祈

钧鉴事。窃查存记道尹吉林省会警察厅厅长赵宪章，精明干练，奋发有为，缉捕认真，确著成效。自任吉林省城警察局长厅长以来，破获党匪盗犯数十起，商民安堵，匕鬯不惊。民国元、二年间，因财政奇绌，力加撙节，年省警费一万七八千元，而事无废弛，尤足见该厅长心精力果。上年七月，经镇安左将军孟宪远、前巡按使齐耀琳会衔，保荐道尹，奉

令入觐，交政事堂存记。十二月，宪〇复以严防乱党、缉和军警，呈请奖给勋章，奉

批令，给予五等嘉禾章。该厅长益加奋勉，策励进行。本年，中日

交涉解决以前,人心惶惑,该厅长力示镇静,维持秩序,保全地方,厥功甚伟。是该厅长资劳既深,且曾经保奖存记道尹,得有简任资格,允宜优予叙官。拟恳

饬交政事堂铨叙局,依简任职进官加秩之条,从优拟叙,俾资奖励出自逾格

鸿施。除将该员履历咨呈政事堂查照外,理合具呈陈请,伏乞

大总统钧鉴训示。谨

呈

民国四年八月十六日

呈为核准免试知事李固猷等现任要职,据情拟请饬部先予分发,并恳缓觐,仰祈

钧鉴事。窃查本年七月二十七日《政府公报》载山西巡按使金永呈核准免试知事,山西财政厅科长仇曾诒等,现任要职,据情请饬部先予分发任用,并缓觐一案。奉

大总统批令:仇曾诒等既系现任要职,准免其考询,并准缓觐,交内务部查照办理。此批等因在案。兹查吉省现有第四届知事、试验案内保荐免试知事、财政厅制用科科员李固猷,阿城农安等县税捐征收局长萨增翰、韩廷焕,官产处委员丁立憧、姚鸿钧、何烈、童宗城,官银钱号文案刘庚莲,清丈局分局局长张凤墀、徐星朗,帮办朱约之,庶务科长何厚庠,文牍科员陈观武,林务局坐办蔡祖年,滨江县署行政科长朱邦达,省公署总务科助理员何忠声,师范学校校长张灏等十七员,前次汇案保荐,均经审查核准,本应饬令请咨赴部听候传询,带领觐见。惟该员等,或专任审核,兼管支应;或现丈旗荒,清理轇轕;或综核款项;或办理选举,正在督策进行,均系现任要职,事繁责重,碍难遽离。伏查山西巡按使呈仇曾诒等现任要职,请先分发任用,并恳缓觐一案,既奉

批准在前,该员李固猷等现任厅局县等处要职,事同一律。据财政

厅厅长援案详请转呈，免予考询，饬部先行分发，并请缓觐等情，复准陆军第一、第三混成旅旅长裴其勋、徐世扬，函开旅部书记官杜元龄、李翰昌，均于第四届保免试验审查核准，现当旅部改组之际，职务繁重，未便遽离，请一并转呈免询等因前来，宪〇详加查核，该员等现任重要职务，一时未能遽离，系属实在情形。合无援案，仰恳

鸿施，饬部将李固猷、萨增翰、韩廷焕、丁立憧、姚鸿钧、何烈、童宗城、刘庚莲、张凤墀、徐星朗、朱约之、何厚庠、陈观武、蔡祖年、朱邦达、张灏、杜元龄、李翰昌等，免予考询，先行分发吉林任用；何忠声一员，籍隶本省，拟请先行分发省份，暂留本省当差，并均缓觐，以供任使之处出自

钧裁。除分咨查照外，理合具文呈请，伏乞

大总统钧鉴训示。谨

呈

民国四年八月十九日

呈为裁撤旗务兼蒙务处机关，改归省公署政务厅设科办理，并拟将撙节馀款筹备蒙招待之用，以符预算，恭呈仰祈

钧鉴事。窃查吉林自前清末季改建行省，旗制亦因与变更，从前军署所设各司，一律裁撤，另设全省旗务处机关，承办通省各城旗之官兵缺额、俸饷，以及世职、恤案、旌表、恤赏、税契、租赋、祭贡、典礼等事项，并于外城各设分处。复因吉省与郭尔罗斯前旗接壤，所有联络蒙情、承转蒙务，悉附于该处兼办，范围既广，需费较繁。迨民国元年夏间，改为旗务筹备处，所需经费较前减缩，然所减之数仍属无多。嗣奉

大总统核定，吉林全省旗务经费，连优待澜革爵、旅费，并计仅准年支银十五万七千九百十一元。当经遵照，通盘筹划，另行支配。业将各旗营之官兵俸饷，可裁则裁，可减则减，并将总分处之额支、

经常各费,切实减削。又将附属旗务各学校、工厂,分别归并改组,以期适合预算规范。惟每年招待蒙员,与举行中蒙联合会两项用款,虽前经本省财政厅规定,年支银八千元,因此项用途多寡无定,未能先编预算,咨请核准,遂至无从领款,未免困难。查年来蒙旗王公员役来省者,月有数起,均须随时招待,所费不赀,若不设法筹措,必至贻误要需。兹拟将旗务兼蒙务处机关裁撤,改归省公署政务厅,附设旗务科,裁并员额,以足敷办事之用而止,不使稍有虚糜,并将外属各分处与县公署同城者,一律裁并县公署设科兼办,其额支经费再行核实裁减,统计每年约可节银八千元之谱。拟即以此节馀之款,用备联蒙招待之资,即将来于中蒙联合会间岁举办,如所用之款仍照历次数目无加,归奉、吉、江三省均摊,约计亦足以敷开支。如此变通挹注,无事追加预算,仍可并顾兼筹,于事实不无裨益。惟此项用款均须随时支发,碍难预定细数,拟请准予免造详细预算,事竣仍据实编列决算,咨报核销,以符审计定章。所拟是否有当,除咨呈政事堂,并分咨陆军部审计院查核立案外,所有裁撤旗务兼蒙务处机关,改归省公署设科办理,并拟将撙节馀款筹备联蒙招待需用,免造详细预算各缘由,理合具文恭呈,伏乞

大总统鉴核,训示遵行。谨

呈

民国四年八月二十一日